GAMING THE SYSTEM

-

SIEG ODER NIEDERLAGE

Brenna Aubrey
Übersetzung: Dominik Weselak

SILVER GRIFFON ASSOCIATES
ORANGE, CA, USA

Für Kate, die mit mir durch dick und dünn geht

DANKSAGUNGEN

Es bedarf eines ganzen Dorfes, um ein Buch zu schreiben, das tut es wirklich. Und mein Dorf ist voller kluger, hilfreicher und fürsorglicher Menschen, die ich glücklicherweise kenne oder während des Schreibens kennenlernen durfte.

Vielen Dank an meine ersten Leserinnen, Kate McKinley und Sabrina Darby, die mir täglich in den Hintern treten (weil ich sie darum bitte!) und mein Buch um so vieles besser machen.

Dieses Buch hat mehr Recherche erfordert, als jedes andere Buch, das ich bisher geschrieben habe. Abgesehen davon, dass ich viel Material gelesen oder angesehen habe, habe ich auch den Vorteil gehabt, Experten zu konsultieren. Vielen Dank an: Peter McGonigle, Olivia Devon, Elizabeth Varlet (und ihren Mann), Aleksandra Adamovic, Adnan Nurkanovic, Carey Baldwin, Laney Jordan, Lyra Marlowe, Cindy Kinnard, Sabyna Aydon, und Temple Grandin (die definitiv eine Expertin ist, die meinen Dank verdient, obwohl ich sie nicht direkt konsultiert habe!).

An mein Produktionsteam, die diesen Klumpen Ton nehmen und ihn zu einer glänzenden, schönen Geschichte machen: S.G. Thomas, Eliza Dee, Sarah Hansen, Lindee Robinson.

An die unverzichtbare Abteilung für moralische Unterstützung: Tessa Dare, Kate McKinley, Sabrina Darby, Natasha Boyd, Bria Quinlan, Cora Seton, Julia Kent, Bev Kendall, Zoe York. Die Novel Spot Lounge auf Facebook. Die Mitglieder meiner eigenen Lesergruppe, Brenna Aubrey Books auf Facebook. Die Selfpub Warriors, die Chatzy Authors, das Romance Divas Forum und die Romance Writers of America.

Herzlichen Dank, an alle von euch, die über meine Bücher bloggen, posten und Rezensionen schreiben. Ihr macht es mir möglich euch diese Geschichten zu bringen. An all meine wunderbaren Leser: danke für eure Rezensionen, eure Nachrichten, eure Posts, eure Tweets, eure Likes. Danke, dass ihr diese Charaktere und ihre Geschichten so sehr liebt.

Das bringt mich zu meiner letzten, aber wichtigsten Danksagung: die lieben süßen Menschen, die mein tägliches Leben mit mir teilen. Ich liebe euch mehr, als man mit Worten ausdrücken kann (und ich bin Autorin, also sagt das viel darüber aus!), bis zum Mond und zurück, zum zweiten Stern rechts, bis zur Unendlichkeit und darüber hinaus. Ich weiß, dass es nicht einfach ist, mit einer Schriftstellerin zu leben – bei weitem nicht. Aber danke, dass ihr es mir ermöglicht, zu tun, was ich tute, und mir der Verrücktheit lebt und mich trotzdem liebt.

Kapitel Eins
Jenna

MANCHMAL GAB ES KEIN ANDERES WORT, MEIN Leben zu beschreiben, außer *absurd*. Es war eigentlich ein gutes Wort. Es ging leicht von der Zunge. Es klang besser, wenn man es laut aussprach, als wenn man es in seinem Kopf hörte. Und manchmal, in einer Situation, in der man sich außerhalb seines eigenen Körpers befand und die Ereignisse betrachtete, die um einen herum passierten, passte es einfach so gut.

Das war das Wort, das mir an diesem drückend heißen Samstagmorgen im März in den Sinn kam. Ich saß in der ersten Reihe eines Amphitheaters in einem Park und sah zwei erwachsenen Männern in voller mittelalterlicher Rüstung dabei zu, wie sie mit langen Schwertern aufeinander einhackten. Das Morgenlicht spiegelte sich im Metall und tat in meinen Augen weh, während sie gegeneinander antraten. Der kleinere Mann war Doug, der Kerl, mit dem ich die letzten paar Monate ausgegangen war. Der Wappenrock, der über seinen Brustpanzer drapiert war, erstrahlte in golden eingefasstem Scharlachrot. Der andere Mann war größer, und obwohl sein Kopf unter einem Metallhelm und Visier versteckt war, wusste ich, dass es William Drake war.

„Hussa, Sir William! Ihr könnt es schaffen!", rief Shannon. Sie war eine der Frauen, die ich gerne als seine Fangirls bezeichnete. William schien sich unbewusst seine eigene kleine Ansammlung angeeignet zu haben und sie alle versuchten entweder ihn zu daten oder ihn zu bemuttern, wobei sie fast immer in beiden Fällen versagten.

Allerdings schien er nicht viel Interesse an den Frauen der Gruppe zu zeigen, egal wie oft sie sich an ihn heranwarfen. Ich konnte jedoch verstehen, wieso sie es taten. Er war nämlich fast zu attraktiv, um wahr zu sein – groß und stark, mit dunklen Haaren, einem kantigen Kinn und ausgezeichneter Knochenstruktur. Seine Gesichtszüge wurden nur von einer winzigen Narbe über seinem Kinn getrübt, welche seiner Schönheit nur zusätzliche Schroffheit verlieh.

Die Rüstungen klirrten, als Schwerter mit überraschender Geschwindigkeit aufeinander trafen. Das waren keine Schaumstoff- oder Holzschwerter, welche man normalerweise wählte, um mittelalterliche Kämpfe nachzustellen. Nein, sie waren echt.

Die Regeln des Historical Medieval Recreation Combat – wie die offizielle Organisation hieß – verlangte echte, aber stumpfe Waffen. Die Verletzungen konnten jedoch viel zu echt sein. Angesichts der Art und Weise, wie Dougs linke Schulter durchhing, wo William sie in der ersten Runde verletzt hatte, war ich mir sicher, dass er genau spürte, wie echt sie war.

Derzeit lag Doug einen Punkt zurück und sie kämpften jetzt in der zweiten von insgesamt drei Runden. Ich schaute nur mit halbherzigem Interesse zu. Das Ergebnis interessierte mich nicht.

Naja, das stimmte nicht *ganz*. Etwas an dem Kampf interessierte mich – Doug. Ich wollte, dass er gewann, damit es kein großer Schlag für sein ohnehin schon gewaltiges Ego war, wenn ich später mit ihm Schluss machte.

Klirr! Williams Waffe landete auf Dougs Rüstung, gefolgt von einer Serie aus aggressiven Schlägen. Er schien Doug zu überwältigen, welcher offensichtlich nicht erwartet hatte, dass er so gut war. Heute Morgen vor dem Duell hatte Doug sogar noch gelacht und ein paar abfällige Bemerkungen über seinen Konkurrenten gemacht – „den man kaum als solchen bezeichnen kann", hatte er gespottet.

Doug war manchmal ein echter Arsch, aber das war nur einer der Gründe, weshalb ich mit ihm fertig war. Die Dinge hatten sich verändert und ich hatte dieses vertraute schmerzhafte Gefühl, dass ich es beenden und mich weiterentwickeln musste. Es war mein Schicksal, niemals gebunden zu sein, vor allem nicht in einer mittelmäßigen Beziehung.

Hinter mir feuerte eine weitere Gruppe ebenfalls William an. Es waren meine Freunde und definitiv keine Fangirls. Mia, eine meiner besten Freundinnen, brüllte und feuerte ihn über die Menge hinweg an und Alejandra, meine Mitbewohnerin, hatte einen Sprechgesang angestimmt, während sie dazu im Rhythmus klatschte. „Sir William! Sir William!"

Ich atmete einmal tief durch. Es geschah Doug ganz recht, dass William ihn in die Schranken verwies. Aber ich konnte doch nicht am gleichen Tag mit ihm Schluss machen, an dem er in einem Kampf besiegt worden war, oder? Was würde eine mittelalterliche Lady tun?

Glücklicherweise würde ich die Antwort auf diese Frage nie herausfinden. Da ich eine Frau des einundzwanzigsten

Jahrhunderts war, hatte ich viel mehr Möglichkeiten als diese sprichwörtliche mittelalterliche Lady.

Doug richtete sich wieder auf, nachdem er von Williams Schlägen zurückgedrängt worden war, und fing an, seinen unverletzten Arm wild herumzuschwingen, was William zurückweichen ließ. Er führte einen Streich auf Williams Taille aus und als dieser mit seinem Buckler parieren wollte, schmetterte Doug sein eigenes Schild in Williams behelmtes Gesicht. Eine völlig legale Aktion, wenn auch eine arschlochmäßige. Doug war eindeutig angepisst, dass sein „einfacher Konkurrent" ihn nicht nur an der Schulter verletzt, sondern auch noch die erste Runde gewonnen hatte.

Innerhalb weniger Minuten war die zweite Runde beendet und Doug wurde vom Schiedsrichter zum Sieger erklärt. Es stand unentschieden und eine Runde stand noch aus. Der erste Kämpfer, der drei Schläge an seinem Gegner erzielte, würde als Gewinner der letzten Runde und somit als Gewinner des ganzen Duells hervorgehen.

William und Doug bekamen ein paar Minuten, um zu verschnaufen. Zielstrebig schritt Doug zum Geländer herüber und blieb vor mir stehen. Er verneigte sich mit lautem Klirren und hob dann das Visier seines Helms. *Absurd.*

„My Lady", rief er, immer noch schwer atmend. „Eure Gunst, wenn es Euch beliebt." Ich zog eine Augenbraue hoch. Er glaubte nicht wirklich, dass mein Haarband oder ein Schal ihm helfen würde, oder? Ich presste meine Lippen aufeinander, als Caitlyn, die zu meiner Rechten saß, mir kichernd mit dem Ellbogen in den Brustkorb stieß. „Du glückliche Maid. Gib ihm etwas!"

Ich zog mein Haarband vom Kopf, woraufhin meine langen Haare unverzüglich über meine Augen fielen, und hielt es zwischen Daumen und Zeigefinger baumelnd Richtung Doug. Er streckte sein Schwert mit dem Griff voraus aus.

„Binde es um den Schwertknauf, meine Liebste", sagte er wieder in einem lauten Singsang.

Mein Magen füllte sich bei diesem Kosenamen – und seiner bescheuerten Selbstdarstellung – mit Säure. Meine Wangen brannten vor Scham. Er hatte mich schon die letzten paar Tage so genannt – laut, und nur in der Öffentlichkeit. Das machte etwa fünfzig Prozent der Gründe aus, weshalb ich beschlossen hatte, jetzt und nicht erst später einen Schlussstrich zu ziehen.

Mein Blick fiel auf die andere Person in der Arena. William hatte seinen kleinen, runden Buckler gegen ein großes Wappenschild getauscht, welches immer in der dritten Runde eines Duells benutzt wurde. Er stand still wie ein Stein da, als er uns ruhig durch sein gesenktes Visier beobachtete.

Ich erhob mich von meinem Platz und wickelte schnell das Band in einer Schleife um den Griff von Dougs Waffe. Dann setzte ich mich wieder, bevor er noch richtig nervig wurde und nach einem Kuss oder so etwas fragte.

Dann hielt Doug zur Menge gedreht das Schwert hoch. Lautes Jubeln brach aus. „Lauter! Wir können euch durch unsere Helme nicht hören."

William hatte sich nicht bewegt und sein behelmter Kopf war noch immer in meine Richtung gerichtet. Beunruhigt klatschte ich schüchtern mit, wobei mein Applaus in dem Geschrei hinter mir unterging. Einige stampften mit den Füßen auf der hölzernen Tribüne und pfiffen. Williams Kopf schwenkte zur Tribüne und senkte sein Schild dabei ein Stückchen. Dann drehte er der Menge mit hängendem Kopf seinen Rücken zu.

Doug hatte sich zu William umgedreht, während er darauf wartete, dass der Schiedsrichter die letzte Runde ankündigte. Ich kniff die Augen zusammen, als ich ihn beobachtete. Er schien William ebenfalls zu studieren. Eine Einschüchterungstaktik?

Nachdem er sein Schild ausgetauscht hatte, schritt Doug zur Mitte des Schlachtfeldes, wo sich der Schiedsrichter befand. Zögernd wandte sich William ihnen zu und strauchelte, als er seinen Platz einnahm. Ich runzelte die Stirn. Was war da los? Er hatte während der ersten Runde so selbstbewusst gewirkt. Vielleicht hatte ihn die Niederlage im zweiten Kampf erschüttert.

Die beiden Ritter traten sich wieder mit erhobenen Schwertern entgegen, während sie auf das Startsignal warteten. In dem Moment, als die gelbe Flagge sich zwischen ihnen erhob, fingen sie an, aufeinander einzuschlagen. Es war so surreal, diese erwachsenen Männer dabei zu beobachten, wie sie ihre Kriegsspiele inszenierten, während ich einen echten Krieg miterlebt hatte. Ich war inmitten eines Kriegsgebietes geboren worden und lebte jahrelang in einer belagerten Stadt.

Ich zitterte und verbannte diese schrecklichen Erinnerungen aus meinen Gedanken.

William ging wieder auf Doug los, aber seine Bewegungen waren zögernd und willkürlich. Er schwang das Schwert und traf nur die Luft und sein Schild war in einem ungünstigen Winkel ausgerichtet, beinahe so, als sollte es die Zuschauer daran hindern, den Kampf zu verfolgen. Die Menge jubelte lauter und stampfte noch fester.

William taumelte in Schlagdistanz und sein Schwert landete hart auf Dougs verletzter Schulter. Doug ließ eine Reihe von lauten Flüchen los, die das Getöse der Menge übertönten. Der

Schiedsrichter blies in eine Pfeife und forderte beide auf, sich zu trennen. Beide Ritter senkten ihre Waffen und hoben ihre Visiere.

„Foul, Schwarz und Silber, für das Attackieren eines zuvor verletzten Körperteils des Gegners auf unritterliche Art. Schwarz und Silber, das gibt eine gelbe Karte! Eine weitere solche Strafe und Sie sind disqualifiziert. Und Sie – Rot und Gold. Sie werden hiermit wegen ihrer unritterlichen Ausdrucksweise verwarnt. Passen Sie auf, Sir."

William nickte und seine Augen waren auf den Boden fixiert, während Doug William mit zusammengekniffenen Augen anstarrte. Ich konnte nicht sagen, ob er wütend war oder einen Plan schmiedete. Seine Lippen wurden schmal, als er sich zur Menge drehte und sein Schwert erhob, um noch mehr Lärm zu entfachen. Die Menge kam dem freudig nach.

Williams gesamter Körper versteifte sich – falls man das bei all der Rüstung überhaupt sagen konnte. Ich fragte mich, was zur Hölle Doug vorhatte. Vorher hatte er etwas darüber gesagt, dass der Schlüssel zum Sieg in einem Duell darin lag, die Schwäche seines Gegners zu kennen. Bis vor ein paar Minuten hatte William keine Schwächen an den Tag gelegt.

Die Menge machte William deutlich zu schaffen. Ich hatte es nicht bemerkt, bis Doug zu mir herübergekommen war und mich um meine Gunst gebeten hatte, was die Menge zum Jubeln ermuntert hatte. War das ein ausgeklügelter Schachzug von Doug gewesen? Es war bestimmt nicht aus Sentimentalität geschehen. So tickte Doug nicht. Er hatte einen Grund gehabt, mich darum zu bitten, wenn er so eine Sache daraus machte.

Doug stürmte in dem Moment vor, in dem er das Signal vom Schiedsrichter erhielt. Er landete zwei Volltreffer kurz hintereinander. William war gezwungen, sich ohne einen einzigen Versuch zum Blocken zurückzuziehen. Die Menge brüllte. Noch ein Treffer und die Runde – und das gesamte Duell – würde an Doug gehen. Und auch wenn ich ursprünglich gedacht hatte, dass es für meine Zwecke gut wäre, wenn er heute gewann, wünschte ich mir plötzlich, dass er es nicht tat.

William richtete seinen großen Schild an seiner Flanke neu aus. Doug hob erneut sein Schwert, dieses Mal jedoch als Signal an die Menge, lauter zu jubeln. Sie kamen seiner Aufforderung durch noch leidenschaftlicheres Stampfen, Schreien und Pfeifen nach. Ich jedoch war auf William konzentriert. Es war schwer, seine Körpersprache unter einer Schicht aus Stahl zu erkennen, aber da sein Schild herabhing und sein Schwert in einem merkwürdigen Winkel hervorragte, sah er eindeutig aus, als wäre ihm unbehaglich.

Doug bewegte sich zu ihm und William griff plötzlich an, wobei er sich schneller bewegte, als er es zuvor getan hatte. William erzielte einen Treffer an Doug, bevor er den Schlag abwehrte, welcher der letzte gewesen wäre. Die Menge stand jetzt auf, mich eingeschlossen. Es war *so knapp*.

Der Schiedsrichter unterbrach das Spiel erneut und William kreiste umher, während seine behandschuhte Faust sich an seiner Flanke öffnete und schloss und sich sein Helm drehte, als würde er darin seinen Kopf schütteln. Doug wandte sich den Zuschauern zu, hob seine Hand, als wollte er die Menge dazu bringen, noch lauter zu schreien. Ein Zittern durchfuhr Williams gesamten Körper.

Als die Flagge zwischen den beiden erhoben wurde, holte William beinahe zu früh aus und fing an, wahllos auf Doug einzuhauen. Vorbei war seine präzise, ruhige Art zu kämpfen, die Doug in der ersten Runde fertig gemacht hatte. Jetzt schien Williams Energie beinahe chaotisch und Doug konnte ihn leicht abwehren.

Bis Williams Schwert noch einmal auf ihm landete … am Übergang von Brustpanzer und Helm. Wir alle sprangen kreischend auf und ab. William hatte seinen letzten Treffer gelandet.

Und ja, ich freute mich wahrscheinlich mehr darüber, als ich hätte sollen. Alle jubelten so laut, dass niemand die Pfeife des Schiedsrichters hörte, bis beide Anwärter ihre Visiere hoben. Es dauerte ein paar Minuten, aber die Menge beruhigte sich.

Irgendetwas stimmte nicht. Der Schiedsrichter verkündete William nicht als Gewinner.

„Aufgrund eines weiteren Verstoßes, der eine gelbe Karte nach sich zieht – ein Schlag gegen das Halsstück –, erkläre ich hiermit den Ritter von Schwarz und Silber als disqualifiziert. Rot und Gold, Sie sind der Gewinner dieses Duells."

Die Menschenmenge hinter mir – Williams Freunde und Familie – hinterfragten das Geschehene mit angespannten Stimmen. Ich drehte mich um, um sie anzusehen. Mia beobachtete William sorgsam, und ihre Stirn legte sich in Falten. Alex beschwerte sich lautstark und Adam und Heath hatten ihre Köpfe zusammengesteckt und unterhielten sich. Einige andere waren in einem ähnlichen Zustand der Verwirrung. Dougs Freunde waren natürlich ekstatisch und Caitlyn und Ann, die zu beiden Seiten neben mir saßen, jubelten. „Er hat gewonnen! Dein Mann hat gewonnen!"

Doug hob sein Visier, um das abstoßende Lächeln auf seinem Gesicht zu enthüllen. Er erschien äußerst zufrieden. Ein Jubelruf wurde angestimmt. „Sir Douglas! Sir Douglas!"

Unerklärlicherweise verknotete sich mein Magen. Ich konnte nicht anders, als Mitleid mit William zu haben. Er hatte so gut gekämpft, mit schnellen und kraftvollen Schlägen.

Innerhalb von Minuten hatte sich eine Menge um Doug gebildet und William ging in Richtung des Campingplatzes los, wo die Schlafzelte aufgebaut waren. Wir hatten in der Nacht zuvor als Gruppe hier gecampt, um uns auf die Events des Wochenendes vorzubereiten. Außer bei den Duellen zuzusehen, hatten wir Nicht-Kämpfer auch noch Arbeit zu erledigen. Nach dem Mittagessen würde die jährliche Planungsbesprechung für unseren Club stattfinden, die traditionell immer zu Frühlingsanfang abgehalten wurde.

Zwei weitere Ritter traten hintereinander für ein Übungsduell in den Ring. Ich atmete tief aus. Ich sollte das hinter mich bringen. Vielleicht würde er es nach seinem „großen Sieg" nicht zu hart nehmen.

Meine zwei engsten Freunde in unserem Clan, Caitlyn und Ann, gingen mit mir. Ann plauderte über das Duell, während Caitlyn auf dem Weg den Leuten zurief und ab und an kurz wegging, um jemanden zu umarmen oder zu begrüßen.

Ich hingegen war ruhig und übte mental bereits, wie das Schlussmachen ablaufen würde.

„Bist du froh, dass dein Mann gewonnen hat?", fragte Ann plötzlich.

Ich warf ihr aus dem Augenwinkel einen Blick zu. In der Vergangenheit hatte Ann mir ziemlich offen gesagt, dass sie kein Fan von Doug war und dass er „mich nicht verdiente". Schweigend machte ich noch ein paar Schritte, bevor ich antwortete. „Sicher."

Ich sah ihr nicht in die Augen, da ich Angst hatte, sie würde mich durchschauen. Ich hatte bisher mit keiner von ihnen über mein schwindendes Interesse an Doug gesprochen.

„Es ist zu schade", sagte sie in ihrem lieblichen Somali-Akzent, dem ich so gern lauschte. „Um Sir William. Er ist ein netter Mann."

„Ist er ..." Ich zuckte mit den Schultern. „Aber jedes Gefecht braucht einen Gewinner und einen Verlierer." Ich runzelte die Stirn. Das hatte in meinem Kopf viel besser geklungen als laut ausgesprochen. William war kein Verlierer.

Caitlyn fasste wieder neben uns Tritt und dämpfte ihre üblichen ungestümen Neigungen, um unser Gespräch verfolgen zu können.

Ann warf mir noch einmal einen heimlichen Blick zu und atmete laut ein, wodurch ihre bereits markante Knochenstruktur noch mehr betont wurde. „Er steht auf dich."

„Doug? Natürlich tut er das", sagte Caitlyn.

Meine Augenbrauen schossen in die Höhe, und obwohl ich wusste, dass Ann William gemeint hatte, schwieg ich weiter, in der Hoffnung, dass Caitlyn die Unterhaltung in eine andere Richtung lenken würde. Sie hatte keine Chance dazu.

„Ich meinte William", erklärte Ann. „Ich erwische ihn ständig dabei, wie er Jenna ansieht."

„Sir Sexy MacHeiß ist scharf auf Jenna?", sagte Caitlyn viel lauter, als es mir lieb gewesen wäre.

Ich brachte sie zum Schweigen. „Ist er nicht. Wir streiten uns die ganze Zeit. Der Kerl widerspricht ständig allem, was ich sage."

Ann zuckte mit den Schultern. „Sexuelle Spannung. Das ist nicht so weit hergeholt, Schätzchen. *Er* hat Doug zum Duell herausgefordert, erinnerst du dich?"

Ich schüttelte meinen Kopf. „Das war nur ein Schwanzvergleich, sonst nichts."

Caitlyn brach in schallendes Gelächter aus. „Es war also eine Manifestation eines Streits darüber, wer – ähm –das längste Schwert hat?"

Ich nickte grinsend. „Genau. Eine Männersache. Ihre *Schwerter* sind ihnen sehr wichtig."

„Was hat es *damit* überhaupt auf sich?", fragte Ann. Ich fand ihre Naivität wie immer reizend. Sie und ich hatten beide aufgrund unseres ähnlichen Backgrounds – wir waren beide in die USA eingewandert - eine Beziehung aufgebaut. Genau genommen hatten wir uns bei der Arbeit im Internationalen Flüchtlingshilfezentrum getroffen.

„Wer weiß? Wir sind keine Männer. Wir halten sie nur um uns, um uns zu vergnügen", sagte ich.

Wenn man unter Anns glatter, dunkler Haut ein Erröten erkennen konnte, dann bildete ich mir ein, dass sie gerade errötete.

Caitlyn lehnte sich zu ihr und tippte ihren Arm an. „Wenn Rodrigo endlich seinen Kopf aus seinem Arsch bekommt und dich um eine Verabredung bittet, wirst du schon sehen."

Anns Hand schoss vor ihren Mund. „Caitlyn! Sag sowas nicht!"

Ich führte fort, was Caitlyn begonnen hatte, und war erleichtert, dass ich nicht mehr im Brennpunkt stand. „Er liebt dich, Ann. Er ist nur zu schüchtern."

„Er liebt mich genauso, wie William dich liebt?", feuerte Ann zurück. Verdammt. So viel zu meinem Plan. Jetzt brannte *mein* Gesicht, als das Bild eines perfekten, großen Mannes – eines buchstäblichen Ritters in strahlender Rüstung – sich vor mein inneres Auge schob.

„Sie hat Doug. Sie braucht nicht *noch einen* Mann. Heb ein paar davon für uns normale Mädels auf." Caitlyn zeigte mit einem Lachen auf sich selbst.

„Du tust es schon wieder. Hör damit auf", tadelte ich sie leicht und bezog mich auf ihre Tendenz, sich in Selbstironie zu frönen.

Aber Ann konnte nicht abgehalten werden. „Ich weiß, dass du Doug nicht magst. Nicht *wirklich.*"

„Spricht da deine allmächtige afrikanische Intuition aus dir?", neckte Caitlyn.

„Man nennt es Auffassungsgabe", konterte Ann. „Solltest du mal ausprobieren."

Caitlyn zuckte mit den Schultern und ließ mir den Vortritt. „Was sagt *deine* Intuition?"

„Ich traue nie meiner Intuition. Ich halte mich an meine Tarotkarten", sagte ich.

Ann drehte sich zu mir. „Wieso hast du noch nicht mit Doug Schluss gemacht? Er verdient dich nicht."

Meine rechte Augenbraue hob sich zu einer perfekten Imitation von Mr. Spock, aber ich unterließ es, darauf hinzuweisen, dass ihre Intuition – allmächtig oder nicht – dieses Mal genau ins Schwarze getroffen hatte.

Caitlyn stupste sie an. „Tu das nicht. Nicht jeder hat etwas gegen Doug."

Ann zuckte mit den Schultern. „Tut mir leid. Ich hasse es einfach, dass er gewonnen hat. Er wird noch unausstehlicher sein als normal."

Mein Mund verzog sich. „Ich kann garantieren, dass Doug nicht allzu sehr mit diesem speziellen Sieg angeben wird. Er hat schließlich nur durch einen technischen Fehler gewonnen."

Ann schien einen Moment darüber nachzudenken. „William schien sich dort draußen unwohl zu fühlen."

„Vielleicht mag er keine Menschenmassen?", mutmaßte Caitlyn.

Ann nickte. „Er ist sehr zurückhaltend. Vielleicht lag es daran. Er wurde abgelenkt."

Ich runzelte die Stirn, während ich darüber nachdachte. Es war jedoch mehr als reine Ablenkung. William hatte Asperger, was bedeutete, dass er zu den Autisten gezählt wurde. Es ergab Sinn, dass Menschenmassen ihm zu schaffen machten – zumindest nach dem bisschen, was ich über die Krankheit wusste.

Ann sah mich mit einem wissenden Grinsen an. „Ich denke, dass er Doug zu dem Duell herausgefordert hat, weil er Gefühle für dich hat. Und verdreh ja nicht die Augen!"

„Du glaubst, dass alle Gefühle für mich haben", sagte ich zu ihr. „Ich denke, es liegt an den Hormonen und meinem zuverlässigen Push-up-Korsett." Ich deutete auf meinen beachtlichen Vorbau, welcher sich nur in historischem Gewand zeigte. Vielleicht liebte ich es deswegen so sehr, mich entsprechend zu kleiden. „Ich war an dem Tag, an dem William Doug herausgefordert hat, nicht mal anwesend."

„Ja, aber – "

Aber ich unterbrach sie. „Ich glaube, dass William es leid hatte, Doug ständig zuzuhören, wie er damit angab, der beste Kämpfer in unserem Clan zu sein. Er hatte nur beschlossen, ihm eine Lektion zu erteilen."

Caitlyn rief über das Lager einem Freund etwas zu. Dann drehte sie sich wieder zu uns. „Also wünschst du dir, dass er gewonnen hätte?"

Ich zuckte mit den Schultern. Dass William nicht gewonnen hatte, würde mein bevorstehendes Schlussmachen mit Doug einfacher machen – zumindest hoffte ich das.

Als wir Dougs Zelt erreichten, sagte ich ihnen, dass ich meine Sachen zusammenpacken würde. Sie verzogen sich und sagten, dass sie mich nach dem Mittagessen bei der Planungsbesprechung treffen würden.

Ich schlüpfte hinein und zog mein mittelalterliches Gewand aus – mein geschnürtes äußeres Korsett, die Rüschenbluse und zwei Lagen farbenfroher Röcke. Ich war bereit, mich zurück in eine Frau des einundzwanzigsten Jahrhunderts zu verwandeln, und ich tat es schnell, bevor der andere Bewohner des Zelts auftauchte.

Tatsächlich hatte ich gerade meine Jeans hochgezogen und zugeknöpft, als Doug das Zelt betrat. Er hatte seine Rüstung und die Polsterung, die man darunter trug, bereits abgelegt. Wie die meisten Kämpfer der Gruppe trug er ein Gewand, welches man unter der Rüstung trug und das authentisch für die Zeit war. Und unter all den Sachen, die er getragen hatte, schien er klein, verschwitzt … ausgelaugt.

Ich schenkte ihm ein verkrampftes Lächeln, als ich mich bückte, um meine Sachen in meine Tasche zu stopfen.

„Herzlichen Glückwunsch zu deinem Sieg! Das war ein aufregender Kampf."

Dougs Augen verengten sich. „Das war ein nerviger Kampf. Dieser Idiot hat trainiert. Und geübt. Er ist praktisch über Nacht viel besser geworden. Wer zur Hölle kann das außer Captain America?"

„Es war nicht gerade über Nacht. Er hatte Monate, um daran zu arbeiten", sagte ich mit sanfter Stimme, um seine aufgebrachte Stimmung zu glätten, obwohl ich wegen des Wortes „Idiot" verärgert war. Je sanfter er war, desto besser würde es für mich laufen. „Du warst mehr als vorbereitet. Du hast schließlich gewonnen."

„Es war eine Formsache. Ich habe nicht wirklich gewonnen. Es war knapp. Knapper, als mir lieb gewesen war. Und er hat ein paar unfaire Schläge ausgeteilt."

„Ich bin mir sicher, dass er dich nicht verletzen wollte. Er wirkte nervös."

„Ja, das habe ich nach der ersten Runde herausgefunden. Er ist so ein Schwachkopf, dass er mir gegenüber zugegeben hat, dass ihn die Menge wahnsinnig macht. Selbstverständlich habe ich das zu meinem Vorteil genutzt."

Meine Kehle brannte vor Galle. „Und du redest von unfair…"

Seine Augen weiteten sich. „Hey, *ich* habe mich an die Regeln gehalten. Er hat sie gebrochen. Ich habe anständig und ehrlich gewonnen."

„Aufgrund eines Formfehlers."

Sein Gesicht wurde dunkel und er zog sein verschwitztes Hemd aus und trocknete sich damit sein Gesicht. „Was auch immer." Scheiße. Ich hatte gesprochen, ohne vorher darüber nachzudenken, und jetzt war er gereizt. *Dummer Schachzug, Jenna.*

Ich schnallte meine Umhängetasche um. Ich war bereit, nach dem Kampf zu fliehen. Alles, was ich jetzt noch tun musste, war, die Rede zu halten.

Keine große Sache. Ich hatte das schon früher gemacht … ich musste nur die Einzelheiten ändern und die allgemeine Botschaft übermitteln, auf die ich in der Vergangenheit zurückgegriffen hatte.

„Also, Doug … wir müssen reden und ich vermute, es gibt keinen wirklich passenden Zeitpunkt dafür."

Er ließ sein Hemd fallen und sah mich an. „Das hört sich irgendwie ernst an."

„Nun, du weißt, dass ich mich bereitmache, mit dem Mittelalterfest zu reisen, wenn die Saison beginnt. Ich dachte … ich dachte, es wäre am besten, wenn – "

Er hob eine Hand, um mich zu unterbrechen, und seine grünen Augen funkelten. „Warte … was? Du machst jetzt nicht mit mir Schluss, oder?"

Ich zögerte und sah ihn an.

Seine Hand fiel zurück an seine Seite und ballte sich zu einer Faust. „Das kann ich einfach nicht glauben! Ich habe gerade das Duell gewonnen. Ich wollte dich überreden, *nicht* mit den Leuten vom Mittelalterfest mitzugehen. Bei mir zu bleiben."

Ich spannte meinen Kiefer an. „Ach ja? Und wie wolltest du das anstellen?"

Er fing an, an seinen Fingern abzuzählen. „Ich habe dir sehr geholfen, Jen. Auch wenn du es nicht wusstest. Jedes Mal, wenn wir miteinander ausgegangen sind, habe ich für alles bezahlt. Ich habe dir Sachen gekauft – "

Ekelhaft. Ich hatte jetzt kein so schlechtes Gewissen mehr, dass ich das tat. „Du kannst gleich hier aufhören, okay? Du kannst mich nicht kaufen und du kannst mich nicht *überreden*, etwas zu tun, indem du dein Geld einsetzt."

Er schmunzelte. „Ach wirklich? Ich nehme also an, dass es dir nichts ausmachen würde, wenn ich, sagen wir mal, eine gewisse kleine Spielerei zurückkaufen würde, welche du so herzlos verpfändet hast, und beschließen würde, sie zu behalten, anstatt sie dir als nette Kleinigkeit zu schenken, wie es – du weißt schon – ein fester Freund tun würde?"

Ich erstarrte. Die Tiara? Was zur Hölle? Er hatte sie ausgelöst? Doug hatte, wie er mich gerne erinnerte, einen fantastischen, sicheren Job als Ingenieur und mehr Geld, als er sinnvoll ausgeben konnte. Sagte er wirklich die Wahrheit? Und würde er die Eier haben, die Tiara gegen mich zu verwenden, *falls* er sie zurückgekauft hatte?

„Du machst besser Witze, und wenn das der Fall ist, ist das ein verdammt beschissener Witz."

Er schüttelte den Kopf. „Kein Witz. Ich wollte sie dir heute Abend beim Abendessen geben, um meinen Sieg zu feiern." Er drehte sich von mir weg, um sich ein Handtuch zu schnappen. „Aber jetzt bin ich nicht mehr so gewillt."

Ich war schockiert, der Atem stockte mir in der Lunge und mein Blut toste in meinen Ohren. Ich ballte meine Hände zu Fäusten. „Ich will sie zurück."

„Dann hättest du sie vielleicht nicht an Tim verpfänden sollen."

Dougs gefühllose Worte schmerzten. Ich hatte gesehen, dass er mich verurteilte, als er mich zu dem Laden eines Bekannten gefahren hatte. Es war immer leicht, andere für verzweifelte

Maßnahmen zu verurteilen, wenn es ums Geld ging, wenn man selbst mehr hatte, als man brauchte.

„Du lügst", schnaubte ich. „Tim hätte sie dir nie verkauft. Ich habe die Papiere unterschrieben und er hatte versprochen, mir sechs Monate Zeit zu geben, sie zurückzukaufen, bevor jemand anderes es konnte."

Doug zuckte mit den Schultern. „Du warst mit deiner letzten Zahlung zu spät dran und ich dachte, ich kaufe sie einfach zurück. Es war mir schon peinlich genug, dass du zu spät dran warst. Ich wollte nicht, dass du zahlungsunfähig wirst."

„Ich war vier Tage zu spät dran! Ich musste auf meinem Gehaltsscheck warten – "

„Ich habe dir einen Gefallen getan." Er lächelte spöttisch. „Wie dankbar du doch bist."

Ich wollte vor Frustration heulen. Als ich erwähnt hatte, dass ich die Tiara verpfänden musste, hatte Doug angeboten, mir etwas Geld zu leihen. Sogar damals hatte ich gewusst, dass es eine schlechte Idee war, also hatte ich sein Angebot höflich abgelehnt. Daraufhin hat er diesen Schmuckhändler erwähnt, den er kannte und der mir einen besseren Deal bieten konnte als ein Pfandhaus – und dass er das Stück behalten würde, bis ich es abbezahlen könnte.

Dumme, dumme Jenna. Wieso tat ich mir das an?

„Bitte …", quietschte ich. „Willst du wirklich, dass die Dinge so enden?"

Doug wühlte in seiner Tasche nach einem sauberen Hemd und richtete sich dann auf. „Ich will das hier überhaupt nicht beenden. Ich habe dir gesagt, dass ich dich überreden wollte, zu bleiben."

„Indem du die Tiara verwendest?" Dieses üble Gefühl in meinem Magen stieg unaufhörlich an und ich kämpfte mit den Tränen. „Du bist ein Bastard. Du weißt nicht einmal, was mir diese Tiara bedeutet. Sie ist ... Sie ist ..." Ich stoppte mich selbst. Er verdiente es nicht, von den kostbaren, persönlichen Gefühlen zu erfahren, die mit diesem leblosen Gegenstand verbunden waren ... Erinnerungen an die Hoffnungen und Ängste eines kleinen Mädchens, das sich in einem Flugzeug daran klammerte, als sie in einem neuen Land landete, dessen Sprache sie noch nicht einmal sprach.

Er zuckte mit den Schultern. „Du bist diejenige, die Schluss machen will. Wie ich schon sagte – "

„Du sagst also, wenn ich nicht mit dir Schluss mache, dann bekomme ich die Tiara zurück."

„Sicher ... eines Tages."

Ich wollte ihn mit seiner eigenen Waffe zu Hackfleisch verarbeiten. „Was meinst du mit *eines Tages?*"

„Ich meine, dass ich in der Stimmung *war*, heute Abend zu feiern, und dass ich sie dir geben *wollte*. Ich habe im La Terminale reserviert und alles. Ich bringe dich an schöne Orte, Jen. Du musst zugeben, dass – "

„Diese Tiara ist *mein* Eigentum. Ein Familienerbstück. Du gibst sie *besser* zurück, Doug."

„Ich glaube, ich habe eine Quittung, die beweist, dass sie derzeit *mein* Eigentum ist."

Ich stampfte beinahe mit dem Fuß auf. „Sei kein Arschloch. Ich werde nicht mit dir zusammenbleiben, nur weil du versuchst, mich zu erpressen, okay? Diese Tiara ..." Meine Stimme versagte und erlag einer unerwarteten Emotion. Es war sinnlos. Je mehr ich mich aufregte, desto selbstzufriedener sah Doug aus.

Er würde mich *nicht* weinen sehen. Wenn es in meiner Macht stand, würde ich nicht zulassen, dass er mich zum Weinen brachte. Der letzte Mann, der mich je zum Weinen gebracht hatte, war Brock gewesen. Und damals hatte sich meine *Seele* in den Ozean aus Tränen ergossen, die ich für ihn vergossen hatte. *Nur* für ihn. Ich konnte nicht zulassen, *jemals* wieder so zu werden.

„Fick dich, Doug. Das war noch nicht das Letzte, was du von mir gehört hast. Ich werde damit zum Clanrat gehen."

„Ziemliche Dramaqueen, hmm?" Er verdrehte die Augen und solcher Hass brannte in mir, dass ich ihn schlagen wollte. „Ich bin mir sicher, dass der Clanrat dich für genauso herzlos befinden wird wie ich, weil du ein unbezahlbares Erbstück verkauft hast, das dir dein Vater hinterlassen hat."

Ich machte einen bedrohlichen Schritt auf ihn zu und für einen Sekundenbruchteil hatte er Furcht in seinen Augen. Aber ich konnte nichts sagen und die Tränen verstopften und verschleierten alles.

Er würde dafür bezahlen. Ich würde ihn so dermaßen dafür bezahlen lassen.

Ich hob meine Tasche schwungvoll auf und stürmte, auf dem Absatz kehrt machend, aus dem Zelt und zum Rande des Lagers. Die Tränen kamen schnell und ich konnte nicht zulassen, dass jemand sie sah. Mit gesenktem Kopf, meine Tasche um die Schulter geschlungen, wurde ich schneller und meine Fäuste ballten sich an meinen Seiten. Ich war kurz davor zu entkommen –

Nur um dann mit einem festen Körper zusammenzustoßen, als ich das letzte Zelt in der Reihe umkurvte. Ich hatte mich so schnell bewegt, dass ich meinen Schwung nicht hatte stoppen können, weshalb ich flach auf meinem Hintern landete.

Ich lehnte mich schockiert zurück und nahm mir ein paar Sekunden, um zur Besinnung zu kommen. Als ich aufsah, blickte ich direkt ins Gesicht von Dougs Erzfeind. Trotz größter Bemühungen hatte ich Tränen auf den Wangen und ich war mir sicher, dass mein Gesichtsausdruck Hilflosigkeit ausstrahlte.

Er für seinen Teil sah verblüfft aus, dann beugte er sich sofort vor, um mir aufzuhelfen. Meine Augen blieben an seinem Hals hängen, welcher aus seinem offenen Waffenrock ragte, der auch den obersten Teil seiner Brust freilegte. Dort war ein dünner Fleck Haare über festen Muskeln.

Doug hatte recht. William hatte monatelang trainiert – und man konnte es sehen.

Er sah … fantastisch aus. Vor allem mit so wenig Kleidung am Körper. William war schon immer ein gut aussehender Kerl gewesen, aber seine Vorbereitungen für den Kampf hatten ihn feingeschliffen. Jetzt war er groß, dunkel, gut aussehend *und* muskulös. Und im Gegensatz zu Doug, welcher klein und müde gewirkt hatte, erschien William lebendig und kraftvoll.

Er streckte eine Hand aus und sein praller Unterarm spähte aus der Manschette seines aufgerollten Ärmels. *Verdammt.* Sogar durch meine Tränen war das schwer zu ignorieren.

„Fräulein Kovac. Verzeihung." Er sprach mich an wie die meisten, solange wir noch innerhalb unseres Clans in unseren Rollen steckten. Ja, es war verdammt dämlich, aber es machte auch Spaß. Zumindest dachte ich das die meiste Zeit – zum Beispiel wenn ich nicht gerade *verdammt* angepisst war.

Ich duckte mich schnell, um mein Gesicht zu verbergen. „Ist schon okay, William. Du bist okay." Ich griff nach seiner Hand und ließ mich von ihm auf die Füße ziehen. Dann bückte ich mich, um meine Tasche zu schnappen, aber er war schneller und hob sie für mich auf. „Ich werde die hier für dich tragen."

Wie gewöhnlich vermied er es, mich direkt anzublicken. Das kam mir zugute, da ich nicht wollte, dass mich jemand so sah. Ich streckte mich, um ihm meine Tasche abzunehmen und behielt meinen Blick auf den Boden gerichtet. „Nicht nötig. Danke. Deine Niederlage tut mir wirklich leid. Du hattest es nicht verdient zu verlieren." Er übergab mir langsam und widerwillig die Tasche und ich warf sie über meine Schulter.

Mit einem lauten Schniefen wandte ich mich um, um zu gehen, aber seine große Hand landete auf meinem Arm, gleich unter meiner Schulter, und die Wärme, die ich durch das dünne Material meines Shirts fühlte, machte etwas mit mir. Ich schluckte und widerstand dem Verlangen, ihn abzuschütteln. Ich beschloss, nicht unhöflich zu ihm zu sein, nur weil ich stinksauer auf einen anderen Mann war.

„Ich bitte um Verzeihung", sagte er in demselben gekünstelten Rollenspiel-Modus. „Aber wieso solltest du das sagen?"

Ich schüttelte meinen Kopf und Wut nagte an meiner Stimmung. „Was? Wieso sollte ich was sagen?"

„Dass ich verdient hätte zu gewinnen. Ich habe die Regeln verletzt…"

„Du warst angespannt."

Seine Hand fiel von meinem Arm. Ich wagte einen Blick auf sein Gesicht. Er starrte auf meine Schulter – wahrscheinlich war er noch nie so nah dran gewesen, mir ins Gesicht zu schauen – und runzelte die Stirn.

„Woher wusstest du das?"

Ich zuckte mit den Schultern. „Nur eine wohlbegründete Vermutung. Du hast hart gearbeitet. Monatelang. Ich kann sehen, dass ..." Meine Nase fing an, wegen der Tränen, die ich vergossen hatte, zu laufen, also schniefte ich – lauter, als mir lieb war. Wieder sauer auf mich selbst, wischte ich wie eine Vorschülerin mit meinem Ärmel über mein Gesicht.

„Ich muss gehen." Innerhalb eines Sekundenbruchteils war die Hand wieder auf meinem Arm. „*Was?*", fauchte ich.

„Du weinst."

Ich unterdrückte ein Seufzen und hielt mich ab, die Augen zu verdrehen. „Danke, Captain Obvious", schnaubte ich.

Er runzelte die Stirn und ignorierte die abfällige Bemerkung – eine weitere Angewohnheit von ihm. „Wieso?"

Ich fragte mich, wie viel ich ihm sagen sollte. „Ähm. Jemand hat etwas, das mir gehört, und will es nicht zurückgeben."

„Wer hat dir etwas gestohlen?"

Ich seufzte. „Nicht gestohlen ... nicht direkt. Hör zu, es ist erst später Vormittag, aber mein Tag hat wirklich schlecht angefangen und es ist eine wirklich lange Geschichte."

„Dann kürze sie."

Ich knirschte mit den Zähnen und überlegte. Die Clan-Ältesten mochten William. Er hatte Einfluss, soweit ich wusste. Er war ein treues Mitglied der Gruppe und wurde wegen seiner geschickten Schmiedekünste sehr respektiert. Vielleicht wäre es ein guter Anfang, ihn einzuweihen. Er könnte sie dazu bringen, dass dieser Trottel mir meine Tiara zurückgeben musste.

„Doug hat etwas, das mir gehört."

Er versteifte sich und ich erinnerte mich erst zu spät an Anns Bemerkung, dass William mich mochte. Ich glaubte es immer noch nicht, aber … falls er das hier persönlich nehmen würde, musste ich vorsichtig vorgehen. Ich biss mir auf die Lippe. Was sollte ich tun?

„Was hat Doug von dir genommen?" Sein hübsches Gesicht wurde dunkler.

„Nun, er hat es mir nicht weggenommen. Er … er hat es von einem Pfandleiher gekauft."

„Aber es gehört dir?"

„Ja." Ich hustete. „Ich habe dringend etwas Geld gebraucht und das war das Einzige, was ich besaß, was wertvoll genug war, um einen Kredit zu bekommen."

„Er hat sie von dem Pfandleiher gekauft …", wiederholte er und seine Stimme wurde tiefer. Ich konnte nicht sagen, was er andeuten wollte. Vielleicht wollte er Dougs Behauptung, dass sie ihm gehörte, weil er sie gekauft hatte, rechtfertigen.

„Er … er war an dem Tag dabei, an dem ich die Papiere unterschrieben habe. Der Kerl ist ein Freund von ihm und hat ihn gebeten, mein Darlehen ebenfalls zu unterschreiben, falls ich zahlungsunfähig werde, was ich *nicht* wurde. Doug sagt, er hat sie für mich zurückgekauft, aber da ich mit ihm Schluss gemacht habe, will er sie mir jetzt nicht mehr zurückgeben."

William dachte kurz mit ernstem Blick darüber nach. „Wie hoch war dein Darlehen?"

„Zweitausend Dollar."

Es gab überhaupt keine Änderung in seinem ernsten Gesichtsausdruck und er starrte noch immer auf meine Schulter.

„Und wie viel hat Doug bezahlt, um sie zurückzukaufen?"

„Die volle Rückkaufsumme waren … fünftausend Dollar."

Williams Mund klappte auf. „Hundertfünfzig Prozent Aufschlag?"

Ich verdrehte die Augen. „Bitte verurteile mich nicht. Ich war verzweifelt."

„Niemand sollte jemals so verzweifelt sein."

Mir stellten sich die Nackenhaare auf. Ich konnte nichts dagegen tun. „Das sagt sich einfach."

Sein Gesicht verdüsterte sich. „Es ist nicht einfach und es ist nicht schwer. Es ist nur eine Tatsache."

„Es ist deine *Meinung*."

Seine Augen verengten sich. „Ich werde dir deinen Gegenstand zurückholen. Was ist es?"

Oh Göttin, das war peinlich. Ich machte eine große Sache aus einer Tiara. Ich konnte die Prinzessinnen-Witze schon kommen sehen, aber niemand wusste, was sie mir *wirklich* bedeutete. Sie war ein Symbol für etwas, das ich verloren hatte und nie wieder zurückbekommen konnte. Sie war *mein*, als ich sonst so wenig hatte.

„Es ist ein … Schmuckstück", wich ich aus.

„Okay. Ich werde jetzt mit Doug reden."

„Das wird nichts bringen. Er wird seine Meinung nicht ändern. Ich hatte gehofft, dass du zu den Clan-Ältesten gehen könntest."

William schien darüber nachzudenken. „Ich werde mit Doug sprechen", wiederholte er, dann machte er kehrt und ging den gleichen Weg zurück, den ich gekommen war – direkt zu Dougs Zelt.

Oh Scheiße.

Kapitel Zwei
William

ICH SCHLÄNGLE MICH ZWISCHEN ZELTEN UND LAGERN hindurch. Zu meiner Rechten befindet sich authentisches Kochgeschirr, das um eine von Steinen umringte Feuerstelle verteilt ist. Darüber hängt ein Bratspieß, an dem ich letztes Jahr in meiner eigenen Schmiede gearbeitet habe. Zu meiner Linken befindet sich ein Waffenständer mit einer auftrumpfenden Auswahl von Waren, welche zum Verkauf angeboten werden. Im nächsten Lager legt Ginny ihre selbstgemachten Schmuckstücke aus, in der Hoffnung, dass Kunden vom Kampfring herüberschlendern werden.

Ich kann die Vorbereitungen für das Mittagessen, die vom Essbereich herüberwehen, riechen. Die Speisen werden traditionell gekocht und sind so gut es geht der damaligen Zeit nachempfunden. Unser Wochenendausflug fängt gerade erst an und ich werde die ganze Zeit Schmiede-Aufträge bekommen. Es werden ein paar hektische Wochen in meiner Werkstatt werden.

Aber jetzt gerade denke ich nicht daran. Ich denke gründlich über die Worte nach, die ich zu Doug sagen will. Mit jedem Schritt, den ich mache und der mich näher an sein Zelt bringt, fällt mir ein weiterer Ausdruck oder Satz ein. Für mich sind Unterhaltungen immer einfacher, wenn ich das meiste oder alles, was ich sagen muss, vorher vorbereite. Oder wenn ich einen Spickzettel dabei habe. Das ist meistens das Beste, aber dafür fehlt mir jetzt die Zeit.

Jenna ist den ganzen Weg hinter mir hergegangen, hat meine Gedanken unterbrochen und aus irgendeinem Grund versucht mich davon abzuhalten, mit Doug zu sprechen. Ich bin gerade einmal drei Meter von seinem Zelt entfernt, als sie ihre beiden winzigen Hände in dem Versuch, mich herumzureißen, um mein Handgelenk klammert. Wenn ich ihr beibringen würde, wie man kämpft, könnte ich ihr zeigen, wie man das richtig macht. Meine Augen fallen auf ihre Hände – auf ihre Handgelenke, um genauer zu sein. Sie hat überaus zarte Handgelenke. Elegant. Wie Schwalbenflügel. Ich zögere, aber ich blicke nicht hoch.

Ich kann ihr nicht in die Augen sehen. Und ich hoffe, sie bittet mich nicht darum.

„Wil – bleib stehen.“

Sie nennt mich Wil. Ich bin mir nicht sicher, wie ich das finde. Ich runzele für einen Moment die Stirn und studiere noch immer ihre Hände. Ihre langen Finger graben sich in die Muskeln meines Unterarmes. Sie hält mich fest und ich mag das Gefühl. Normalerweise mag ich es nicht, wenn man mir Spitznamen gibt oder mich Leute anfassen. Aber das ist anders. Das fühlt sich … besonders an. Wie sich Feiertage und Geburtstage anfühlen *sollten*, wie ich mich jedoch an solchen Tagen *nie* fühle.

„Jenna“, sage ich ruhig, obwohl ich verwirrt bin und nicht genau weiß, was ich sagen will, bis ich die Worte ausspreche. Das verunsichert mich. „Lass mich dein Recke sein.“

Sie ist einen Moment lang still und ich erhasche einen Blick auf ihr Gesicht. Ich bin erleichtert zu sehen, dass sie mich nicht ansieht. Sie sieht nach unten und ihr Mund ist geöffnet ... als würde sie versuchen zu atmen. Langsam gibt sie den Druck auf meinem Arm auf und ich ziehe ihn zurück und von ihr weg. Ich bereue es bereits, als ich es tue.

Etwas in meiner Kehle macht es mir schwer zu schlucken. Meine Augen bleiben an Jennas hellblonden Haarsträhnen hängen, welche vom Wind nach hinten geweht werden. Sie ist so schön.

„Sei vorsichtig, okay?", sagt sie.

Ich lache. „Ich habe *keine* Angst vor Doug."

Sie blinzelt und sieht zu mir hoch und ich habe kaum eine Sekunde, um zu vermeiden, von ihrem Blick gefangen genommen zu werden. Ich weiß, dass, wenn sie mich anblickt, ich nicht wegsehen kann. Ich habe mehr Angst davor als davor, Doug und seinen sechs besten Freunden ohne meine Rüstung entgegenzutreten. Mein Herz pocht. Es ist ein knappes Entkommen. *Dieses* Mal.

Ich drehe mich um und steuere auf den Eingang von Dougs Zelt zu. Es ist schlecht gemacht und erinnert nur vage an etwas aus dieser Zeit. Es ist nichts gegen mein Zelt im Pavillon-Stil. Die Stoffe, die er benutzt hat, sind nicht authentisch und es scheint, als würde es ihn nicht interessieren. Mir ist aufgefallen, dass das Einzige, für das er sich interessiert, das Kämpfen ist – und das Gewinnen. Sonst hat er an diesem Zeitalter kein Interesse. Er verbringt sehr wenig Zeit damit, sich als ein Teil der Gemeinschaft einzubringen oder jüngeren Kämpfern zu helfen, in den Rängen zu steigen.

Ich greife nach oben und ziehe an der Glocke, die an einem Strick am Eingang hängt.

„Herein", sagt die Stimme von drinnen.

Ich hebe die Klappe des Zelttuches und gehe mit Jenna im Schlepptau hinein. Doug dreht sich um und sieht mich an, dann sie, dann wieder zurück zu mir. „Was willst *du*?"

„Ich bin gekommen, um den Gegenstand, der Fräulein Kovac gehört, zurückzuholen."

Sein Mund kräuselt sich zu einem Lächeln, aber er sieht eher nach einem knurrenden Tier aus. „Ich habe nichts, was ihr gehört. Und wenn sie dich wegen ihrer kleinen Tiara auf mich gehetzt hat, die gehört *mir*. Ich habe sie gekauft."

Jenna macht einen Schritt nach vorne, sodass sie nun neben mir steht. Ihr hellblonder Schopf erreicht kaum meine Schulter. „Du hattest kein Recht, sie von Tim zurückzukaufen. Ich habe dir gesagt, dass ich mir von dir kein Geld leihen wollte."

„Es ist *mein* Geld, Jen", sagt er zu ihr. Sein Tonfall und die Art, wie er ihren Namen abkürzt, erwecken in mir den Wunsch, ihn zu schlagen. Mitten auf den Mund. So würde er diesen Mund nie wieder dafür verwenden können, etwas zu sagen, was sie verletzt.

Ich trete nach vorn. „Ich werde sie dir abkaufen. Gleich jetzt. In bar."

Er mustert mich von oben bis unten. Vielleicht versucht er herauszufinden, wo ich das Geld versteckt haben könnte.

„Nein." Er verschränkt die Arme vor seiner Brust.

Er entscheidet sich also dazu, es schwierig zu gestalten. Ich verstehe nicht, warum. Doug und ich hatten einander nie viel zu sagen. Offensichtlich ist es jetzt kein bisschen anders.

„Dann zahle ich dir eben dreimal so viel, wie du bezahlt hast."

Er starrt mich an, und da ich keine Gesichter lesen kann – und auch niemanden anstarre – vermeide ich es, in sein Gesicht zu sehen. Ich habe keine Ahnung, was ihm durch den Kopf geht, aber als ich wieder aufblicke, starrt er Jenna an und lächelt. Ein kurzer Blick zu ihr bestätigt, dass sie ihn nicht anlächelt.

Ich sollte froh sein, dass sie wütend auf ihn ist und nicht mehr seine Freundin sein will. Ich mag sie schon so lange und es hat mich die ganzen Monate über verärgert, dass sie mit ihm zusammen war. Ich habe keinen Anspruch auf sie, doch irgendwann … *wird* sich das ändern.

Aber im Moment mache ich mir Sorgen, dass sie ihre Meinung ändern wird. Dass sie sich entscheidet, doch noch mit ihm zusammen sein zu wollen, auch wenn sie es nur machen würde, um dadurch ihre Tiara zurückzubekommen. Wenn ich es mir recht überlege, habe ich Jenna noch nie mit einer Tiara gesehen – oder sonst einem teuren Schmuckstück. Die muss einen stolzen Preis wert sein, wenn sie sie für zweitausend Euro verpfändet hat.

Doug sieht mich jetzt mit zur Seite geneigtem Kopf an. „Ich verstehe, wieso sie dich hierhergebracht hat. Du hast Geld. Ist dein Bruder nicht ein Milliardär oder so?"

Ich schüttle meinen Kopf und bin jetzt genervt. „Ich habe keinen Bruder. Du meinst meinen Cousin. Ja, er ist ein Milliardär, aber ich gebe nicht sein Geld aus. Ich habe einen eigenen Job. Also, wenn ich dir heute fünfzehntausend Dollar gebe, wirst du ihr das Schmuckstück zurückgeben?"

Er hält seine Faust in die Luft und macht ein Geräusch wie ein Buzzer in einer Gameshow. Ich habe keine Ahnung, was das bedeuten soll. „Versuch es nochmal."

Jenna zieht jetzt an meinem Arm. „Komm schon, Wil. Wir können das vor den Clan-Rat bringen. Sie treffen sich nach dem Mittagessen."

„Ja, mach das Jen", spottet Doug. „Geh – und nimm deinen Idioten mit. Du weißt, was man sagt – gleich und gleich gesellt sich gern."

Ich erstarre. Da ist es wieder … dieses Wort. *Idiot.* Genau wie die anderen, die ich im Laufe meines Lebens gehört habe. *Schwachkopf. Spasti.* Aber das hier ist viel schlimmer. Er hat Jenna ebenfalls so genannt.

Ihre Hände ballen sich an ihren Seiten zu Fäusten. „Was fällt dir ein –"

„Jenna", unterbreche ich sie, gehe nach vorne und strecke meinen Arm aus, um sie davon abzuhalten, auf Doug loszugehen. Ich kann meine Kämpfe selbst ausfechten. Zu Doug sage ich: „Ich habe dich nicht beleidigt. Es interessiert mich nicht, ob du mich beleidigst, weil deine Meinung mir nichts bedeutet. Aber du wirst sie nicht beleidigen. Entschuldige dich."

„Das wird nicht passieren."

Ich gehe einen weiteren Schritt auf ihn zu. Seine Augen werden rund, aber als ich denke, dass er einen Schritt zurückgehen wird, macht er es doch nicht. Wir hatten gerade eine Konfrontation, bei der wir beide eine Rüstung trugen. Das hier fühlt sich viel realer, viel direkter an, jetzt, wo wir nur ein paar Zentimeter voneinander entfernt sind und kein Metall zwischen uns haben. „Was willst du machen, Spasti?"

Plötzlich steigt Hitze in mir auf und meine Haut brennt. Ich strecke meine Hand aus und greife mir Dougs T-Shirt. „Hör auf zu versuchen, mich zu provozieren."

Er stößt mich gegen die Brust und ich lasse ihn los. Er macht zwei Schritte zurück und klopft sich ab. „Zurück, Psycho."

„Ich muss mich nicht zurückziehen. Das hast *du* gerade getan. Jetzt entschuldige dich."

Stille.

Ich mache mich bereit, einen weiteren Schritt auf ihn zuzugehen, als er seine Hand ausstreckt. „Na gut. Es tut mir leid. Jetzt hau ab aus meinem Zelt."

„Du solltest dich für dein unritterliches Verhalten Jenna gegenüber schämen."

Dougs Gesicht verzieht sich. „Raus."

Jenna versucht sich wieder an mir vorbeizudrängen und ich halte sie zurück. „Lass uns die Regeln des Clans befolgen, Jenna. Wir können dieses Problem vor den Rat bringen."

Sie murmelt etwas, sagt eine Menge unschöne Worte über Doug. Ich werde nichts gegen ihre Meinung über Doug einwenden. Selbst unter den besten Umständen wäre er wohl kein Freund von mir geworden, aber jetzt auf keinen Fall mehr … und vor allem nicht, nachdem er so mit ihr gesprochen hat.

Und wenn man bedenkt, dass sie bis heute noch zusammen waren. Er hatte sie als seine Freundin bezeichnet und trotzdem hat er sich um 180 Grad gewandelt und sie so behandelt. Ich kann nicht verstehen, wie er so grausam zu jemandem sein kann, den er einmal gemocht oder sogar geliebt hat.

Doug ist kein guter Mensch. Und jetzt bin ich noch wütender auf mich, weil ich in dem Duell so dumme Fehler gemacht habe. Ich hätte gewinnen können. Ich hätte beweisen können, was ich vor Monaten beweisen wollte, als ich ihn zu einem Duell herausgefordert hatte. All die Stunden, die ich mit Training verbracht habe und all die Zeit und das Geld, welche ich in einen privaten Martial-Arts-Trainer investiert habe. Ich hätte der Bessere sein können … ich hätte *würdig* sein können.

Aber ich habe mich nicht beweisen können. Ich habe versagt. Schon wieder.

Die altbekannte Frustration sticht schmerzhaft in meiner Brust. Ich balle die Fäuste und geleite Jenna aus dem Zelt. Sie hat ihren Kopf gesenkt und ihre Haut ist gerötet.

„Geht es dir gut?", frage ich sie. Ich kann es nicht sagen, indem ich sie nur ansehe – indem ich irgendjemanden ansehe. Das sind Sachen, die anderen so leicht fallen, aber ich muss Angewohnheiten, Gesten und Tonfälle studieren. Und selbst dann liege ich in den seltensten Fällen richtig.

Jenna sagt eine lange Zeit gar nichts, aber schließlich nickt sie. Wir gehen zum Zentrum des Parks. Dort steht ein großes Hauptzelt, wo sich der Rat in Kürze treffen wird. Ich drehe mich zu ihr. „Du musst etwas essen. Und ich auch. Wenn sich der Rat nach dem Mittagessen trifft, können wir mit ihnen reden."

Sie greift nach meiner Hand und bevor ich sie wegziehen kann, drückt sie sie. „Vielen Dank. Es war sehr nett von dir, für mich einzutreten. Ich …" Ihre Stimme zittert und sie verstummt, während sie schnell blinzelt. „Es bedeutet mir viel, dafür einen Freund bei mir zu haben."

Sie lässt meine Hand los und ich bin verwirrt, als wir zu den Kochfeuern hinübergehen, um Mittagessen zu kaufen. Was hatte das zu bedeuten? Das war das zweite Mal, dass Jenna meinen Arm genommen hat. Sie mag es, Leute zu berühren. Aber ich war nie fähig, genau zu verstehen, warum oder unter welchen Umständen sie sie berührt.

Wir bekommen Brot und Eintopf in hölzernen Schüsseln, zusammen mit Bechern mit warmem Bier. Wir setzen uns gegenüber voneinander an einen nahegelegenen Picknicktisch, als mein Knie ihres berührt. Sie zieht es nicht weg. Ich sehe auf und sie starrt mich direkt an.

Oh Scheiße! Meine Augen fallen auf ihre Hände, die sich rechts und links von ihrem Teller befinden. Sie trägt eine Vielzahl von Ringen – beinahe an jedem Finger einen, sogar an ihren Daumen. Manche sind mit Halbedelsteinen besetzt. Ich erkenne einen Hämatit und ein Tigerauge. Die Finger selbst sind lang und schlank, halb so groß wie meine. Ich würde gerne wissen, wie es sich anfühlen würde, meine Hand um ihre zu legen und sie festzuhalten.

Sie sieht weg und fängt an, an ihren Ringen herumzuspielen. „Ich könnte vor ein Bagatellgericht gehen", murmelt Jenna. „Ich könnte den Fall gewinnen."

Ich runzle die Stirn und richte meine Augen auf sie. „Wäre es unhöflich dich zu fragen, warum du die Tiara hergegeben hast, um einen Kredit zu bekommen?"

Sie ist einen Moment lang still, aber dann greift sie herüber, teilt das Brötchen in zwei und taucht es in die Soße ihres Eintopfes. „Nein, es ist nicht unhöflich zu fragen. Ich habe das Geld gebraucht."

Ich grüble einen Moment darüber nach, wobei ich an den Bartstoppeln an meinem Kinn reibe. Ich rasiere mich normalerweise nicht, wenn ich über Nacht weg bin. Es stört mich, juckende Bartstoppeln zu haben, aber es ist erträglicher als zu versuchen, mich beim Zelten mit eiskaltem Wasser zu rasieren.

„Du steckst nicht in irgendwelchen Schwierigkeiten, oder? Denn ich würde dir helfen, wenn es so wäre."

Ihre Hand stoppt, das Brot noch immer in die Soße getaucht. Dann fängt sie an, sie langsam wieder zu bewegen und ich folge dem Weg dieses durchgeweichten Happens von der Schüssel zu ihrem Mund. Jenna hat entzückende hellrosa Lippen, die so elegant und fein sind wie der Rest von ihr. Sie presst das Stück Brot an diese Lippen und öffnet sie, um es in ihren Mund zu führen.

Ein vertrauter Rausch von Hitze und Aufregung rast durch mich und jetzt denke ich darüber nach, wie es wäre, sie zu küssen. Ich habe andere Frauen geküsst. Es war gut. Aber ich glaube, es könnte anders sein, Jenna zu küssen.

„Ich stecke nicht in Schwierigkeiten." Sie verzieht das Gesicht. „Zumindest nicht so, wie du denkst."

„Hey Kinder!" Jemand lässt sich plötzlich neben Jenna auf die Bank fallen und ich drehe mich, um zu sehen, dass es ihre beste Freundin und Mitbewohnerin, Alex, ist. „Das riecht gut. Ich werde mir auch so etwas holen."

„Hier, du kannst den Rest von mir haben. Ich habe nicht viel Hunger." Jenna schiebt nach nur drei Bissen die Schüssel zu Alex hinüber.

Alex dreht sich zu mir und spricht, während sie den Eintopf löffelt und schluckt. „Hey, William. Das war so ein guter Kampf. Es tut mir leid, dass du nicht gewonnen hast."

Ich zucke mit den Schultern. „Du musst dich nicht entschuldigen. Du bist nicht für meine Niederlage verantwortlich."

Ihr Löffel macht auf dem Weg zu ihrem Mund Halt. „Nein – ich … ähm, ich meine, ich fühle mich schlecht, weil du nicht gewonnen hast."

Ich weiß nicht, wie ich auf diesen Kommentar antworten soll. Sollte ich ihr danken oder nicken? Stattdessen führe ich die Konversation weiter. „Es war Pech. Ich habe die Regeln nicht befolgt. Ich war von der Menge abgelenkt. Ich habe viel trainiert und ich dachte, dass Doug und ich etwa gleich stark sind, aber die Ablenkung hat mich dazu veranlasst, einen Fehler zu machen und Dougs Schulter zu verletzen. Ich habe mich während des Kampfes bei ihm entschuldigt und ihm meine Schwierigkeiten mit der Menschenmenge erklärt, aber er scheint noch immer ziemlich wütend zu sein, obwohl er gewonnen hat."

„Wil, wieso hast du Doug erzählt, dass dich die Menge störte?", fragt Jenna.

„Um meine Gründe zu erläutern, weshalb ich die Regeln verletzt habe."

„Er hat es gegen dich benutzt, um zu gewinnen." Ich runzele die Stirn, da ich ihre Logik nicht nachvollziehen kann. Sie seufzt. „Ich habe die Menge in der zweiten und dritten Runde absichtlich aufgeheizt und versucht, uns dazu zu bringen, lauter zu jubeln. Als er herüberkam, um mich um einen Gefallen zu bitten, sagte er, dass er Schwierigkeiten hätte, uns durch seinen Helm zu hören."

„Was er getan hat, war nicht gegen die Regeln", stelle ich fest.

Jennas offene Handfläche schlägt auf den Tisch. „Aber er hat deine Schwäche ausgenutzt."

„Das ist ebenfalls nicht gegen die Regeln."

„Aber der Trottel hätte das nicht gewusst, wenn du nicht so offen zu ihm gewesen wärst."

„Das ist ein mieser Schachzug." Alex streicht eine dunkle, gelockte Strähne hinter ihr Ohr und sieht ein paar Mal zwischen Jenna und mir hin und her. Dann wendet sie sich an Jenna. „Du scheinst, ähm, ziemlich unglücklich wegen Doug zu sein. Hattet ihr beiden Streit?"

Jenna blickt mich an und dann weg. „Ich habe mit Doug Schluss gemacht."

Alex' Mund kräuselt sich und sie reibt ihren Kiefer. Sie sieht aus, als würde sie nachdenken, aber Jenna scheint gereizt zu sein – zumindest glaube ich, dass das ihr gereizter Blick ist. Ich habe diesen Blick oft genug gesehen, dass ich ihn jetzt vielleicht schon kennen sollte.

„Sag es nicht, Alex." Jenna starrt ihre Mitbewohnerin mit zusammengekniffenen Augen an.

„Du *weißt*, dass ich es sagen werde." Alex lacht. „Welches Datum haben wir? Das sind auf den Tag genau drei Monate, oder?"

Jenna verdreht die Augen. „Ich bin nicht in der Stimmung."

Ich bin völlig verwirrt – was überhaupt kein fremdes Gefühl ist. Es gibt eine unterschwellige Botschaft in der Aussage, die ich nicht verstehe. Und da ich oft schon Schwierigkeiten mit normalen Botschaften habe, gehen unterschwellige weit über meine dürftigen Fähigkeiten hinaus.

Wie so oft bemerkt Alex meine Verwirrung. Ich bin dankbar. Ich habe beobachtet, dass Alex ein scharfes Gespür für Sozialverhalten hat und vieles wahrnimmt, was nicht ausgesprochen wird.

„Ich ziehe Jenna nur wegen ihres Musters auf", sagt Alex.

„Ihr Muster?", frage ich.

„Halt die Klappe, Alex", sagt Jenna seufzend.

„Sie ist nicht besonders lange mit Kerlen zusammen und ich habe mir angewöhnt, es aufzuzeichnen. Sechs Wochen hier, drei Monate dort. Das Längste waren fünfeinhalb Monate, denn ich nehme an, sechs Monate wären als zu langfristig betrachtet worden."

„Ich will nicht sesshaft werden." Jenna zuckt mit den Schultern und ihre Wangen und ihr Hals verfärben sich in einen sehr vorteilhaften Rosaton. „Lass es sein, okay?"

Alex und Jenna wechseln einen langen Blick, gefüllt mit noch mehr unausgesprochenen Worten. Wenn sie sich berühren würden, könnte ich annehmen, dass es sich dabei um irgendeine Art von vulkanischer Gedankenverschmelzung zwischen Mitbewohnern handelt. Aber Vulkanier können nicht einfach so Gedanken lesen. Sie müssen Körperkontakt haben, um Gedanken teilen zu können.

Manchmal frage ich mich, ob jeder außer mir die Fähigkeit hat, Gedanken zu lesen. Es fühlt sich in mancherlei Hinsicht an, als wäre ich taub, da ich die Hälfte von dem, was um mich herum passiert, verpasse. Ich kann nicht erkennen, was die Gesichter und Gesten der Menschen versuchen zu sagen, welche Worte sie benutzen, die nicht aus ihrem Mund kommen. Es scheint wie eine andere Sprache, eine, die ich nicht verstehe.

„Wenn du also mit Doug Schluss gemacht hast, willst du dann heute Nachmittag mit mir nach Hause kommen? Ich bin mir sicher, dass ihr euch heute Nacht nicht sein Zelt teilen werdet."

Jenna sieht herumzappelnd weg. „Ich habe einen Schlafsack. Ich kann heute Nacht einfach draußen neben dem Feuer campen. Ich würde gerne noch bleiben und an den Abendaktivitäten teilnehmen."

„Es wird heute Nacht zu kalt, um draußen zu schlafen", sage ich. Beide Köpfe drehen sich zu mir.

Alex' Mund verzieht sich zu einem breiten Lächeln. „Hast du für sie Platz in *deinem* Zelt, William?"

Jenna errötet und schlägt Alex gegen den Arm. „Autsch!"

„Ich kann nicht zulassen, dass du heute Nacht am Feuer schläfst, Jenna", sage ich. „Das wäre unritterlich von mir. Es ist noch Platz in meinem Zelt und ich habe eine Matratze, die ich selbst gemacht habe. Sie entspricht der Ära und ist bequem. Du kannst sie haben und ich werde auf dem Boden schlafen."

Jenna zögert. Dann öffnet sie ihren Mund, als wollte sie antworten, aber wir werden wieder unterbrochen, dieses Mal von meinem Cousin Adam und seiner Verlobten. Mia ist auch meine neue Stiefschwester, aber sie mag es nicht, wenn ich sie so nenne, also sehe ich sie stattdessen nur als Adams zukünftige Frau an.

Die beiden setzen sich auf meine Seite der Bank, aber ich sehe noch immer Jenna an und warte auf ihre Antwort.

Kapitel Drei
Jenna

ICH WÜRDE ALEX UMBRINGEN, SOBALD ICH SIE ALLEINE erwischte. Sie dachte, sie wäre urkomisch, weil sie mich in diese Lage gebracht hatte. Aber sie wusste ganz genau, dass ich nicht wütend wurde, sondern es ihr heimzahlen würde. Vielleicht war es schon zu lange her, seit ich ihr das das letzte Mal demonstriert hatte. Anstatt auf das großzügige Angebot von William zu antworten, drehten sich die Räder in meinem Kopf, während ich meine Rache an meiner schadenfrohen Mitbewohnerin plante.

William war heiß. Jeder wusste das. Und es war offensichtlich, dass er diese Ritterlichkeit-Sache *sehr* ernst nahm. Das machte ihn sogar noch attraktiver. Aber ich hatte gerade erst mit *Doug dem Arsch* Schluss gemacht, und egal ob das ein romantisches Angebot von Seiten Williams war, ich konnte das auf keinen Fall annehmen. Nicht jetzt.

Aber hier war er, beobachtete mich und wartete auf meine Antwort, als Adam und Mia auftauchten – als wäre es so geplant gewesen. *Ich. Hasse. Mein. Leben.*

„Hey William", sagte Mia und legte eine Hand auf seine Schulter. „Das war ein erbitterter Kampf. Du warst wirklich gut."

William zögerte einen Moment, als könnte er meine Antwort auf seine Frage verpassen, wenn er Mia antwortete. Ich wusste, dass ich sie nicht einfach unbeantwortet lassen sollte, aber so war es viel einfacher. Also tat ich es.

„Ich denke, er hätte gewonnen", sagte ich.

„Natürlich hätte er das. Was ist passiert, William?", fragte Mia.

„Ich habe die Regeln verletzt", sagte er und die Offensichtlichkeit seiner Antwort hätte mich zum Lachen gebracht, wenn sie nicht so ernst hervorgebracht worden wäre.

„Also, wie sieht der Plan aus?", fragte Adam seinen Cousin. „Wirst du weiterhin Duelle bestreiten?"

„Ich weiß es nicht", antwortete William, der mich noch immer anstarrte und jedes Mal die Augen abwandte, wenn ich ihm ins Gesicht blickte. Mein Gesicht fing an, sich von der Aufmerksamkeit zu erhitzen.

Vielleicht hatte Ann recht. Und hätte ich nicht so einen beschissenen Tag gehabt, wäre ich mehr als geschmeichelt gewesen, dass er interessiert zu sein schien. Oder vielleicht hatte er nur Mitleid mit mir. Es war bei ihm so schwierig, das zu sagen. Durch sein distanziertes und stoisches Benehmen hielt er sich bedeckt.

Minuten später – und mitten in Mias Geschichte über ihre Arbeit an einer Leiche in ihrem ersten Jahr an der medizinischen Hochschule – blickte William auf seine Uhr und stand dann abrupt auf. Ihre Stimme verstummte, während ihre Augen seine Bewegung verfolgten. Göttin sei Dank hatte William sie unterbrochen, auch wenn es unhöflich war, denn ich war bei solchen Sachen wirklich zart besaitet. Mia schien nicht verärgert zu sein, vermutlich nahm sie es ihm nicht übel, da sie jetzt eine Familie waren.

„Ich muss zum Clan-Rat gehen." William stieg über die Bank und sammelte unser Geschirr zusammen. „Jenna muss auch mitkommen", sagte er, bevor er den Tisch verließ.

Ich sprang auf und folgte ihm, jedoch bemerkte ich noch, wie sich Mias dunkle Augenbrauen hoben. Nachdem ich William schnell eingeholt hatte, fasste ich neben ihm Schritt, während wir zu dem großen Pavillonzelt gingen, das unserer Organisation, dem Baronat von Anaya, gehörte. Es war nach zwei verschiedenen Städten in Orange County benannt, Anaheim und Santa Ana. Über dem Eingang des Zeltes hing das Wappenbanner, das schon vor Ewigkeiten entworfen worden war. Es trug ein weißes Einhorn auf einem silbernen Schild vor einem dunkellila Hintergrund – oder, in heraldischer Fachsprache, purpurfarben.

Die Divisionen der Renaissance and Medival Reenactment Alliance waren dem Feudalismus nachempfunden. Territorien, genannt „Baronate", waren in Herzogtümern und dann in einem Königreich zusammengefasst, das ein Viertel des Landes ausmachte.

Oberhäupter des Königreichs wurden üblicherweise durch einen Wettkampf auserwählt. Tatsächlich hatte Doug mir mitgeteilt, dass es sein Ziel war, unser Königreich zu regieren. *Gott behüte.* Glücklicherweise war unser Rat durch Konsens ernannt worden und ich war mir sicher, dass sie diese Situation auf faire und intelligente Weise behandeln würden.

William und ich gingen in das Kriegszelt und ich war erleichtert, dass es bis auf die fünf Leute, die ganz am Ende eines Tisches saßen, leer war. Eines der Dinge, die ich am meisten an diesen Wochenend-Zeltausflügen mochte, war das Gefühl, in einer anderen Zeit zu leben. Wir waren nicht vollständig authentisch, aber wir versuchten es, indem wir Kleidung trugen, die der mittelalterlichen Mode nachempfunden war, und Handel mit Gegenständen und Dienstleistungen trieben, um einander gegenseitig zu helfen. Ich fühlte mich wahnsinnig unangemessen, wie ich hier in meiner Jeans stand, aber eine Frau musste nun mal tun, was eine Frau tun musste.

Ich warf einen Blick auf William und fragte mich, ob ihm der Club aus den gleichen Gründen gefiel wie mir. Dem Zugehörigkeits- und Gemeinschaftsgefühl. Vor allem für eine so zurückhaltende Person, wie er es war. In vielerlei Hinsicht war es der perfekte Ort für Außenseiter wie uns.

William näherte sich dem Tisch, an dem die Ratsältesten saßen. Lord Richard de Bricasse, unser Baron, war im echten Leben als Derek Richardson bekannt, ein Geschäftsmann Mitte Fünfzig. Seine Ehefrau, die Baroness, saß neben ihm, und zusammen mit drei anderen führten sie den Clan, arrangierten Veranstaltungen und stellten sicher, dass jeder der Satzung folgte – all die langweiligen Sachen, um die sich der Rest von uns nicht kümmern wollte, wenn man stattdessen Spaß haben konnte.

„Sir William. Wollt Ihr uns einen Antrag vorlegen?", begann Lord de Bricasse der Form halber, wie er es meistens während der Treffen tat.

William verbeugte sich, wie es Brauch war. „Mein Lord und meine Lady, meine Herren, ich würde Fräulein Kovac gerne für sich selbst sprechen lassen."

William zeigte mit der Hand auf mich und ich machte eine peinliche Verbeugung, welche noch peinlicher wurde, da ich keinen Rock hatte, den ich halten konnte. Dann wandte ich mich dem Ratstisch zu, um festzustellen, dass mich alle ansahen.

„Fräulein Kovac, wollt Ihr Beschwerde gegen Sir William einreichen?"

Mein Mund fiel auf, aber ich riss mich gleich wieder zusammen. „Nicht gegen Sir William, nein. Er ist zu meiner Unterstützung hier. Meine Beschwerde richtet sich gegen Doug – ich meine, Sir Douglas."

Genau in diesem Moment entschied sich Doug aufzutauchen und schritt mit geschwollener Brust herein. Er hielt an der anderen Seite von William an, als hätte er mehr Angst vor mir als vor dem Kerl, der ihn vor nicht einmal einer Stunde mit einem riesigen Langschwert verletzt hatte. Ich bemerkte, dass er seinen Arm jetzt in einer Schlinge trug und William einen wütenden Blick zuwarf. Der ignorierte ihn entweder, oder er bemerkte es einfach nicht.

„Das sollte lustig werden", murmelte Doug, während er seinen wütenden Blick zu mir wandte.

Ich räusperte mich und wandte mich ein weiteres Mal dem Rat zu, um meine missliche Lage so schnell ich konnte zu erklären, wobei ich so wenige Details wie möglich preisgab.

Lady de Bricasse räusperte sich und korrigierte ihren Sitz. „Das könnte außerhalb des Geltungsbereichs unseres Rates sein, wenn Sir Douglas sich nicht entschließt, unserem Schiedsgericht Folge zu leisten, aber es scheint, als würde der Gegenstand Fräulein Kovac gehören. Was sagt Ihr dazu, Sir Douglas?"

„Es stimmt, dass ich an fraglichem Tag mit Fräulein Kovac zusammen war, als sie beschloss, ihre angeblich wertvolle Tiara für Geld zu verpfänden."

Lady de Bricasse hob ihre Augenbraue. „Aber Ihr wart nicht gewillt, es ihr zu leihen?"

Er zuckte mit den Schultern. „Ich habe es ihr angeboten. Sie sagte, sie nimmt von Freunden kein Geld."

Ihre Augen verengten sich und meine Hoffnungen stiegen. Die Lady auf meine Seite zu ziehen, war ein gelungener Streich gewesen. Das könnte doch funktionieren. „Trotzdem habt Ihr sogar noch mehr Geld ausgegeben, um den Gegenstand zurückzukaufen."

Doug zuckte mit seiner heilen Schulter. „Ich habe versucht, etwas Nettes zu tun."

Ich versteifte mich. „Er wollte einfach nur etwas gegen mich in der Hand haben." Ich verschränkte meine Arme vor meiner Brust, nicht bereit, ins Detail zu gehen. Ich hatte schon vor Wochen versucht, mit Doug über unsere Trennung zu sprechen, hatte ihm gesagt, dass ich nicht glaubte, dass wir gut füreinander wären. Aber er hatte mich angefleht, uns noch eine Chance zu geben. Ich hätte mich auf mein Bauchgefühl verlassen sollen, aber ich hatte vermutet, dass Doug die Tiara als Druckmittel einsetzen würde. *Arsch.*

Ich blickte ihn finster an. Was hatte ich überhaupt in ihm gesehen? Er war kein schlecht aussehender Kerl und sicherlich, er war charmant und schwärmerisch gewesen, als wir angefangen hatten, miteinander auszugehen. Am Anfang war es sogar süß gewesen, aber dann wurde es anstrengend und bizarr. Drei Monate mit ihm waren eine viel zu lange Zeit gewesen.

Dougs Gesicht verzerrte sich zu einer Reproduktion von Traurigkeit. „Fräulein Kovac ist unnötig grausam und wirft mir meine nette Tat vor."

Ich drehte mich zu ihm und meine Fäuste waren an meinen Seiten geballt. „Es wäre eine nette Tat gewesen, hättest du beschlossen, mir die Tiara zu geben und mich dir das Geld zurückzahlen lassen. Stattdessen behauptest du, es sei deine."

„Würdet Ihr ihr erlauben, sie von Euch zurückzukaufen?", fragte Lord de Bricasse.

„Hmm ..." Doug legte seine Hand an sein Kinn, als hätte er das erste Mal von dieser Idee gehört. *Arsch.*

„Ich habe angeboten, sie ihm zum dreifachen Preis abzukaufen, den er bezahlt hat", warf William ein. „Er hat abgelehnt."

Doug machte eine Show daraus, seinen Kopf zu senken, um seinen „Kummer" zu unterstreichen. Ich hätte beinahe gestöhnt.

„Ich bin bereit, sie zurückzugeben, aber ich will nicht, dass das mit Geld verbunden ist. Das würde meine Erinnerung an meine Zeit mit Fräulein Kovac verunglimpfen." Seine Stimme verstummte allmählich und diesmal schnaubte ich hörbar.

Alle Ratsmitglieder drehten sich zu mir. „Ihr habt dafür kein Verständnis, Fräulein Kovac?"

„*Nein.* Habe ich nicht. Dieser Gegenstand..." Meine Stimme stockte für einen kurzen Moment und ich schluckte. Ich wollte nicht darauf eingehen – nicht jetzt, nicht hier.

Wie konnte ich den festen Klumpen aus Panik erklären, der sich in meiner Brust bildete, wenn ich daran dachte, einen weiteren Teil meiner Vergangenheit zu verlieren? Bevor ich es aufhalten konnte, überkam mich die Erinnerung an meinen Vater, der sie mir mit Kummer in seinen Augen in die Hände legte. „*Kci*", hatte er gesagt – das bosnische Wort für „kleine Tochter" – „*Du musst tapfer sein ... sei tapfer für Mama und Papa.*"

Meine Fäuste verfestigten sich an meinen Seiten und ich war versucht, mit dem Fuß aufzustampfen. Ich blickte Doug schräg aus meinen Augenwinkeln an. „Wenn du kein Geld willst, was dann?"

Doug hatte wieder diesen Blick in seinen Augen, als ob er über die Antwort auf diese Frage nachdenken würde. Aber er hatte bereits herausgefunden, was er wollte. Entweder machte ich das Beziehungsende rückgängig oder ... Gott, ich hatte eigentlich keine Ahnung. Er *wusste*, dass ich vorhatte, in ein paar Monaten mit dem Mittelalterfest mitzugehen. Ich würde genauso wenig ohne diese Tiara hier weg gehen wie ohne meinen rechten Arm. Vielleicht benutzte er sie, um mich hier zu behalten?

„Wenn Sir William bereit ist, als ihr Streiter einzustehen, dann fordere ich ihn zu einem Duell der Ehre am Beltane Festival im Mai auf."

Ich öffnete meinen Mund, um zu protestieren, aber William war schneller. „Ich nehme die Herausforderung an. Als Preis werde ich Fräulein Kovacs Tiara akzeptieren."

„*Falls* du gewinnst." Er grinste spöttisch und drehte sich dann zum Rat zurück. „Und wenn *ich* gewinne, wird Sir William damit einverstanden sein, für immer aus unserer Gemeinschaft auszutreten."

Die Stille in diesem Zelt war so fest, dass man darauf einen ganzen Tisch hätte stellen können. Leute waren im Gänsemarsch hereinspaziert und hatten sich auf Bänken und Sitzkissen niedergelassen, da in ein paar Minuten ein formelles Meeting beginnen sollte. Normalerweise gab es vor Besprechungen viel Geplapper, aber jetzt nur leises Flüstern.

Lord de Bricasses Kiefer war schlaff geworden und seine Frau biss sich auf die Lippe, während sie Doug anstarrte. Erst da fiel mir wieder ein, dass William einer ihrer Lieblinge war.

Nach ein paar peinlichen Sekunden räusperte sich William, um zu sprechen. Aber bevor er auch nur einen Ton sagen konnte, hob Lord de Bricasse seine Hand. „Das ist äußerst unvorschriftsmäßig, Sir Douglas. Was Ihr von einem unbescholtenen Mitglied verlangt, ist unangemessen – "

„Ich kann alle Bedingungen stellen, die ich will." Doug zuckte mit dem Kopf in Williams Richtung. „Es liegt an Sir William, zu entscheiden, ob er sie annimmt oder nicht. Ich biete ihm eine Chance, seine durch die unehrenhafte Niederlage besudelte Ehre wieder herzustellen – "

„Sie war nicht unehrenhaft– ", widersprach Lord de Bricasse.

Doug zuckte erneut auf diese völlig übertriebene Art mit den Schultern. „Was auch immer. Ich würde ihn lieber besiegen, ohne durch eine *Formalität* zu gewinnen." Er drehte sich um und blickte mich finster an, und stellte damit sicher, dass ich verstand, dass es bei dieser Strafe für William um mich ging.

Oder vielleicht auch nicht …

Vielleicht sah er William als eine Bedrohung für seinen Versuch, eines Tages das Königreich zu gewinnen. William hatte sich gerade als der gute Kämpfer bewiesen, der er war. Vielleicht war dies Dougs Art, die Konkurrenz zu beseitigen.

Doug räusperte sich und fuhr fort. „Sir William hat die Chance, ihr Schmuckstück zurückzugewinnen, wenn er möchte. Aber nur wenn er *meine* Bedingungen annimmt, wenn er verliert."

Alle Augen richteten sich auf William, aber jetzt war ich an der Reihe, den Mund zu öffnen. „Nein. Ich werde nicht erlauben, dass William das tut."

Mit einem finsteren Gesichtsausdruck drehte William seinen Kopf zu mir. „Ich brauche deine Erlaubnis nicht."

Ich ignorierte ihn und fuhr fort. „Dieser Gegenstand gehört rechtlich gesehen mir, und ich werde vor ein Bagatellgericht gehen, um ihn zurückzubekommen." Dann drehte ich mich um, um Doug zu verspotten. „Du bist *offensichtlich* kein Mann, der sein Wort hält."

William sah mich schockiert an. „Man zweifelt nie die Ehre eines Ritters an … *niemals*."

Deutlich aufgebracht wurde Doug dunkelrot und griff ruckartig nach einem der Lederhandschuhe, die von seinem Gürtel hingen, bevor er ihn vor mir auf den Boden warf.

Alle um uns herum schnappten nach Luft.

Und ich war völlig ratlos, was gerade passiert war.

Ich sah zu William hinauf und er starrte auf den Handschuh, dann bückte er sich und fegte ihn vom Boden. Während er in hoch hielt, sagte er laut: „Sir Douglas hat seinen Fehdehandschuh vor Fräulein Kovacs Füße geworfen. Ich nehme diese Herausforderung in ihrem Namen an und werde als ihr Streiter kämpfen."

Lord de Bricasse hob seine Augenbrauen. "Nun, ich habe schon vor seinem Gehabe angenommen, dass du das sagen würdest. Wirklich, Doug … ", sagte er und schlüpfte einen Augenblick aus seiner Rolle.

Doug bauschte seine Brust sogar noch weiter auf. „Das ist erlaubt. Ich habe nachgesehen."

Er hatte das Ganze offensichtlich geplant und schien nun sehr zufrieden mit sich zu sein. Ich drehte mich zu William. „Du musst das nicht tun. Das ist mein Problem, nicht *deins*. Doug hat offensichtlich ein Problem mit *mir*. Ich kann das mit dem Kerl, der mir das Darlehen gegeben hat, abklären."

William schüttelte seinen Kopf. „Ich werde als dein Streiter kämpfen. Die Herausforderung wurde gestellt und ich habe sie angenommen. So sind die Regeln, an die wir uns halten und sie sind sehr deutlich. Es gibt nichts mehr zu sagen."

Ich hätte beinahe vor Frustration geheult. Was, wenn er *verlor*? Würde ich meinen kostbarsten Besitz bei einem Kampf einsetzen, den er vielleicht nicht gewinnen würde?

Triumphierend verbeugte sich Doug dramatisch und hielt die Hand nach dem Handschuh in Williams Richtung. Dann drehte er sich um, ohne auch nur danke zu sagen, grüßte die restlichen Besucher des Zelts und marschierte hinaus. *Arschloch hoch zehn.* Ich starrte ihm den ganzen Weg nach draußen finster hinterher. Was zur Hölle hatte ich nur in ihm gesehen?

William stand noch immer vor den Ältesten und Lord de Bricasse fragte ihn, ob er noch andere Angelegenheiten mit dem Rat zu klären hatte. Ich trat vor, um dem ein Ende zu setzen.

William streckte seinen Arm aus, um mich zurückzuhalten. „Nein, wir werden das auf die altmodische Art regeln. Immerhin geht es bei uns doch genau darum."

„Aber..." Niemand von ihnen wusste, was das „Schmuckstück" mir bedeutete. Ich würde mein Schicksal nicht jemand anderem überlassen. Aber ich sagte nichts, bis wir das Zelt verlassen hatten. „Wil ... "

Er blieb stehen und drehte sich zu mir, seine Augen waren auf meine Schulter fixiert. „Ja?"

„Ich finde es sehr nett von dir, dass du angeboten hast, mich zu verteidigen, aber ..."

Er wartete, bis ich den Mut schöpfte, seine Fähigkeit, das durchzuziehen, in Frage zu stellen.

„Das Beltane Festival ist schon in zwei Monaten. Wie kannst du wissen, dass – dass dort nicht dasselbe passieren wird, was heute passiert ist?"

Er starrte weiterhin auf meine Schulter. An seinen Seiten öffneten und schlossen sich seine Fäuste einige Male. Dann rieb er seine Handflächen über seine Oberschenkel. Ich folgte seiner Bewegung und studierte seinen muskulösen Körperbau und fragte mich, wie er in einer engen Jeans aussehen würde. Vermutlich verdammt heiß …

Ich schüttelte meinen Kopf, um mich neu zu orientieren, da er mir jetzt antwortete. „Ich werde jeden Tag üben. Ich werde Sport machen und trainieren. Ich werde besser werden."

Ich verlagerte mein Gewicht von einem Bein aufs andere und bemerkte erst jetzt, dass meine Hände fest ineinander verhakt waren. „Aber wird das helfen? Was, wenn du dich immer noch stresst und die Regeln verletzt? Dann gewinnt er wegen einer Formsache – schon wieder."

Er runzelte die Stirn. „Es war kein Stress. Es war …"

„Was?"

„Eher wie … Furcht."

Furcht … Damit kannte ich mich aus. Mitten in einem der blutigsten Kriege in der jüngeren Geschichte geboren zu werden, stellte so etwas mit einem Kind an. Und dann von seiner halben Familie weggerissen und auf die andere Seite der Welt geschickt zu werden, um „sicher" zu sein? Ja, ich wusste alles über Furcht.

Ich atmete tief ein und ließ meine Hände locker an meine Flanken fallen. „Wenn du willst, kann ich dir damit helfen. Also … wir könnten es zu einem Teil deines Trainings machen."

Seine Augenbrauen hoben sich. „Du kannst dabei helfen?"

„Ja, ähm … ich hatte ein paar Erfahrungen mit Furcht."

Das schien ihn wirklich zu schockieren.

„Lass es uns einfach dabei belassen, okay?" sagte ich, bevor er die Frage stellte.

„Okay", sagte er langsam, als würde er nicht ganz verstehen, was ich meinte.

„Weißt du, wir hätten diese ganze Sache vermeiden können, wenn ich einfach zur Polizei gegangen wäre. Das könnte ich eigentlich immer noch machen."

„Könntest du. Aber ich muss trotzdem noch gegen ihn kämpfen."

Ich wich verblüfft zurück. „Warum?"

Er sah aus, als wäre das die dümmste Frage aller Zeiten. „Weil ich seine Herausforderung angenommen habe. Ich werde jetzt keinen Rückzieher machen. Ich werde zum Kampf gegen ihn antreten, und sollte ich verlieren, werde ich meine Mitgliedschaft im Clan zurückziehen."

Ich rang nach Luft. „Du kannst dich nicht einfach so von ihm davonjagen lassen."

„Das sind die Bedingungen des Duells", sagte er mit einem leichten Stirnrunzeln. „Wenn es so weit kommt, werde ich diese Bedingungen akzeptieren. Aber ich habe nicht vor zu verlieren."

Ich dachte einen Moment nach, bevor ich eine Entscheidung traf. „Ich will dir dabei helfen zu gewinnen, William. Nicht nur, weil ich die Tiara zurückhaben möchte, sondern weil jemand Doug auf den Boden der Tatsachen herunterholen muss."

Williams Stirnrunzeln vertiefte sich. „Ihn von wo herunterholen?"

Ich fragte mich, ob er mich veralberte. Nachdem ich seinen ernsten Gesichtsausdruck zur Kenntnis genommen hatte, bemerkte ich, dass er es nicht tat. „Das ist nur ein bildhafter Ausdruck ... es bedeutet, dass er von seinem hohen Ross heruntersteigen muss –"

William öffnete seinen Mund und ich konnte die Frage auf seinem Gesicht sehen. Er verstand diesen Ausdruck eindeutig auch nicht.

„Ähm – es bedeutet, dass er gedemütigt werden muss."

Er nickte. „Oh. Okay. Ja, da stimme ich zu."

„Also, haben wir einen Deal? Ich helfe dir bei deinem Problem mit Menschenmengen und du prügelst die – ich meine, du gewinnst das Duell wie ein Boss."

„Wie ein Boss", wiederholte er grinsend. „Deal." Er streckte sich, um meine Hand zu umgreifen und ich erwiderte den Druck. Etwas Elektrisierendes ging von der Stelle aus, wo seine Finger mein Handgelenk kitzelten, und wanderte meinen Arm hinauf. Plötzlich wurde mein Körper von Hitze durchströmt und der Atem zischte aus meinen Lungen.

Ich blinzelte und war für einen Moment von seiner Berührung *und* seinem guten Aussehen überwältigt. William lächelte nicht viel, aber wenn er es einmal tat – *wow*. Und obwohl ihm die Hälfte der Zeit seine Haare ins Gesicht hingen; wenn sie einmal nicht dort waren ... nun, er hatte einfach die schönsten dunkelbraunen Augen, die ich je gesehen hatte. Auch wenn sie nie in meine zu blicken schienen.

William war ein Leckerbissen und er wusste es nicht einmal. Das machte ihn noch schmackhafter.

Ich biss mir auf die Lippe. *Keine Typen für dich, Jenna. Nicht jetzt. Nicht, wenn du sowieso gehen wirst ...*

Letztendlich lehnte ich höflich Williams Angebot, die Nacht in seinem Zelt zu schlafen, ab. Ann, Caitlyn und ihre Freundin,

Fiona, eine von Williams größten Fangirls, rückten ihre Schlafsäcke enger zusammen, um in ihrem Zelt Platz für mich zu schaffen. William schien zum Glück nicht beleidigt zu sein. Er war wahrscheinlich erleichtert, dass meine Tugendhaftigkeit, oder irgendeine andere ähnliche altmodische Vorstellung, intakt war.

Ich bemerkte, dass er viele seiner sozialen Umgangsformen von unserer Organisation übernahm, was oft so wirkte, als würde er eine Rolle spielen, sogar wenn er mit beiden Beinen fest im einundzwanzigsten Jahrhundert stand. Ich konnte mir vorstellen, dass die strengeren Regeln einer früheren Zeit für eine sozial unbeholfene Person beruhigend waren. Es gab damals für alles Regeln, wohingegen man in der modernen Zeit oft instinktiv auf Situationen reagieren musste, wobei man oft unbeabsichtigt jemanden beleidigte.

Alles in allem verlief das Wochenende mit dem Clan gut – nach dem Duell und der Sache mit der Tiara zumindest. Noch besser war, dass Doug bald nach der Ratsversammlung abgereist war, sodass ich ihm nach unserer peinlichen Trennung nicht noch einmal auf dem Fest über den Weg lief.

Wenn ich jetzt doch nur einen geschickten Einbrecher anheuern könnte, um mir meine Tiara von ihm zurückzuholen. Aber da ich für alle Ewigkeit pleite war, sah es so aus, als müsste ich mich auf William verlassen.

***

Ein paar Tage später wurde ich früh geweckt – nachdem ich zu spät ins Bett gegangen war –, als mein Telefon klingelte. Ich blinzelte in die Dunkelheit, fummelte auf meinem Nachttisch herum und erhaschte einen Blick auf die Uhr: fünf Uhr morgens. Das war besser ein internationaler Anruf, sonst würde ich angepisst sein.

Ein Blick auf die Anruferkennung bestätigte mir, dass der Anruf tatsächlich aus Bosnien kam. Was dachte sich Maja? Sie kannte die Zeitverschiebung zwischen LA und Sarajevo verdammt genau. Ich räusperte mich, aber krächzte immer noch ins Telefon. „Hallo?"

„Janja." Die bekannte Stimme in meinem Ohr nannte mich bei meinem Kindheitsnamen, wie es nur Mitglieder meiner unmittelbaren Familie oder Freunde aus meinen jüngeren Jahren taten.

Mein Kopf fiel ins Kissen zurück. „Maja. Du weißt, wie spät es hier ist, oder?"

Sie antwortete mir auf Bosnisch, unserer Muttersprache, und wir machten so weiter – wie wir es immer taten –, sie sprach in der einen Sprache und ich antwortete ihr in der anderen. Wir beide sprachen beides fließend, aber diese seltsame Gewohnheit spiegelte unsere angenommenen Nationalitäten wieder. Wir waren zwar beide in Jugoslawien geboren und waren beide als junge Mädchen in die Staaten gekommen, aber jetzt war sie eine Bosnierin und ich eine Amerikanerin.

„Tut mir leid wegen der Uhrzeit, aber ich wollte anrufen, bevor Mama von der Arbeit nach Hause kommt."

Ich runzelte die Stirn. „Wieso? Was ist denn los?"

„Nichts. Alles läuft gut. Eigentlich sogar fantastisch. Sanjin und ich werden heiraten!"

Ich setzte mich auf und war nicht fähig, das verschlafene Lächeln, das meine Lippen verbog, zu unterdrücken. „Ich freue mich so für dich."

„Es ist nur wegen dir soweit gekommen. Ich weiß nicht, was ich ohne das Geld, das du geschickt hast, getan hätte. Seine Familie hat endlich erlaubt, dass wir heiraten dürfen."

Sanjins Familie war lächerlich altmodisch und beharrte darauf, dass die Familie der Braut die Hochzeit bezahlte. Auch wenn es ein altes Land war, war diese Sitte doch geradewegs aus dem neunzehnten Jahrhundert. Aber wie immer biss ich mir deswegen auf die Zunge. Es war nicht nötig, meine Schwester aus einigen tausenden Meilen Entfernung zu verärgern.

„Oh Maja, das ist wunderbar. *Čestitke*", sagte ich und gratulierte ihr ausnahmsweise in unserer Muttersprache.

„Wir werden im Juni heiraten, hier in der Stadt, aber dann werden wir unsere Flitterwochen an der Küste verbringen. Kannst du dich an diese alte Stadt in Kroatien erinnern, aus der Mama stammt?"

„Nein … tut mir leid. Ich kann mich nicht erinnern. Ich war erst fünf."

„Tut mir leid, ich habe vergessen, dass du dich nicht an so viel erinnerst wie ich."

Maja, die fünf Jahre älter war als ich, hatte viel umfangreichere Erinnerungen an unsere Kindheit dort. Und da sie vor neun Jahren dorthin zurückgekehrt war, kannte sie sich gut in dem Land aus, wohingegen all meine Erinnerungen aus frühester Kindheit und gelegentlichen Sommerurlauben stammten, in denen wir Mama und die restlichen Verwandten besuchten.

„Du kannst doch kommen, oder?", fragte sie und mein Magen verkrampfte.

Ich ging in Gedanken die Möglichkeiten durch und was es beinhalten würde, Geld aufzubringen, um ein Flugticket zu kaufen. Ich hatte ihr bereits mein letztes Geld, das eigentlich für die Studiengebühren gedacht war, geschickt, das Auto verkauft und die Tiara verpfändet. Worauf konnte ich sonst noch verzichten?

Mein Gehirn suchte nach etwas, das ich sagen konnte, etwas, das weder eine Lüge, noch eine Ausrede oder ein Versprechen war, von dem ich wusste, dass ich es nicht einhalten könnte. „Ähm. Ich werde es versuchen … Ich habe hier eine Menge Dinge am Laufen. Und dann der Job. Ich werde sehen, ob ich weg kann.“

Eine Junihochzeit. Genau mitten in der Mittelalterfest-Saison. Die Mitglieder reisten das Jahr über durch alle westlichen amerikanischen Staaten, angefangen und endend im Mai und Juni in Südkalifornien.

Mein Plan war es, das kommende Jahr mitzumachen, zu reisen und neue Orte zu sehen und dabei einen Batzen Geld zu verdienen, indem ich Tarot-Karten für die Besucher des Festes legte. Das war alles Teil des Plans, meine Ersparnisse aufzustocken und endlich das College zu beenden – wenn es das war, wohin mich der Wind trieb.

Der einzige Weg, wie ich mir ein Flugticket nach Bosnien leisten konnte, war, wenn ich keine Miete mehr zahlte und das würde bedeuten, meine Mitbewohnerin, Alex zu bescheißen. Darüber hinaus schuldete ich *ihr* ebenfalls noch Geld.

Maja war wie ein Schulmädchen, als sie mir ihre Hochzeitspläne auftischte und von dem Kuchen, den Blumen, den Kleidern und ihrem Traum, mich als ihre Trauzeugin zu haben, erzählte. Ich hörte zu, nickte und stellte Fragen, wo es angemessen war.

Mein Körper wollte wirklich wieder schlafen gehen, aber meine Gedanken rasten. Was zum Teufel konnte ich nur tun? Meine Familie hatte keine Ahnung, dass ich die letzten paar Jahre damit verbracht hatte, langsam zu verarmen, damit ich ihnen Geld schicken konnte. Mama arbeitete als Sekretärin bei einer Versicherungsagentur und Maja war Krankenschwester, aber ihr Einkommen deckte nur ihre Grundbedürfnisse. Das Geld, das ich ihnen schickte, half ihnen bei zusätzlichen Ausgaben – Notfallreparaturen, Geburtstage, Feiertage, und nun eine Hochzeit.

Ich hatte es größtenteils geschafft, meinen Kopf über Wasser zu halten. Bis zu dieser Hochzeit. Vor Monaten hatte mir Maja unter Tränen erzählt, dass sie und Sanjin vielleicht niemals heiraten könnten, weil sie das Geld für die Hochzeit nicht zusammenkratzen konnten. Ich hatte alles in meiner Macht Stehende getan, um zu helfen, sogar die Tiara hergegeben – vorübergehend.

„Janjica?", sagte sie und für einen Moment wurde ich mit Erinnerungen an Umarmungen von Papa überschüttet, davon, in den Weihnachtskuchen zu beißen und eine Silbermünze zu finden, davon, an Sonntagen stundenlang in der Kirche sitzen, wenn ich lieber hinauslaufen und spielen wollte. „Ich weiß, es ist viel verlangt, aber … könntest du Babas Tiara mitbringen? Ich habe davon geträumt, sie zusammen mit meinem Schleier an meinem Hochzeitstag zu tragen. Als mein *etwas Altes*, du weißt schon."

Die Schuld quetschte beinahe den Atem aus mir heraus und Tränen drangen mir sofort in die Augen. An dem Tag, an dem ich die Tiara weggebracht hatte, um ihren Wert schätzen zu lassen, sind mit jedem Pulsschlag kleine Stücke meines Herzens gestorben. Der Schmuckhändler hatte leidenschaftslos jeden antiken Kristall begutachtet, jede winzige Bernsteinperle, sogar die Qualität des Goldes, während ich vor Scham glühte. *Kci, du musst tapfer sein ...*

Jetzt gerade wollte ich mich zusammenkauern und sterben.

„Janja? Bist du noch dran?"

Ich räusperte mich ein paarmal, bevor ich antwortete. „Ja ... ja. Bin ich. Definitiv. Natürlich werde ich ihre Tiara mitbringen. Du musst sie haben."

„Nur für diesen einen Tag. Papa hat sie *dir* gegeben. Und ich weiß, dass sie eine der wenigen Erinnerungen ist, die du an ihn hast." Maja machte eine kurze Pause, sie musste mein Zögern missverstanden haben, als ich versuchte, mich zu sammeln. „Ich wollte sie nie behalten. Ich will sie nur tragen. Um Babas und Papas Segen auf unserer Hochzeit zu haben."

Papa hat sie dir gegeben ...

Ach, die Ironie. Ich hatte die Tiara geopfert, um für ihre Hochzeit zu bezahlen und jetzt wollte sie sie auf genau dieser Hochzeit tragen. Die letzte Sache, die ich hatte, die mich mit der verschwommenen, verblassten Vergangenheit verband, mit diesen Erinnerungen an Papa. Und jetzt war sie außerhalb meiner Reichweite.

Ich musste sie weiterhin dazu bringen, mir zu glauben, dass alles in Ordnung war. Weil sie niemals, *niemals* das Geld genommen hätten, wenn sie gewusst hätten, was es mich gekostet hatte.

Ein paar Minuten später legte ich auf, dann rollte ich mich auf die Seite und schluchzte gute fünfzehn Minuten in mein Kissen, bevor ich mich endlich wieder beruhigen konnte.

Aber ich konnte definitiv nicht mehr schlafen.

Kapitel Vier
William

ONTAG IST MIR DER LIEBSTE TAG DER WOCHE. DIE meisten finden, dass der Freitag diese Ehre haben sollte, weil sie sich auf das Wochenende freuen. Sie leben für das Wochenende. Aber ich bevorzuge den Komfort und die Struktur, die ein Wochentag in mein Leben bringt. Meine Tage scheinen an den Wochenenden schwieriger zu füllen zu sein, sogar wenn ich an der Renaissance and Medival Reenactment Alliance teilnehme. Nur eine gewisse Zeit kann für Einkaufen und Kochen, für den Wohnungsputz und meine verschiedenen Hobbys aufgewendet werden, und es ist schwierig, diesen Acht-Stunden-Block auszufüllen, der meistens von Arbeit eingenommen wird.

Und da ich es nicht mag, fernzusehen, ist das eine Menge Zeit, die es zu füllen gilt.

Die Ordnung in meinem Leben wird an Montagen wiederhergestellt. Ich komme ungefähr fünf bis zehn Minuten vor Beginn meiner Schicht an meinem Arbeitsplatz an. Ich habe zwar Gleitzeit, aber ich war schon immer pünktlich – und nicht nur, weil ich für die Firma meines Cousins arbeite. Alles ist einfacher, wenn man pünktlich ist. Es gibt keinen Stress, keine Hektik. Man fühlt den Erfolg, pünktlich angekommen zu sein, bereit, den Arbeitstag zu beginnen.

Jedoch nimmt dieser Montag, egal wie gut er anfing, kurz vor Mittag eine ärgerliche Wendung. Ich sitze an meinem Skizziertisch in der Designabteilung, als ich plötzlich bemerke, dass jemand neben mir steht. Und da ich mich gerade darauf konzentriere, was ich tun muss – das Rendern einiger 3D-Hintergrundmodelle –, ignoriere ich die Person, bis sie sich laut räuspert.

Ich nehme mir noch ein paar weitere Minuten, die komplexe und detaillierte Arbeit zu speichern und ein Backup davon zu erstellen, bevor ich meine speziell für solche Arbeiten designte Brille abnehme und aufblicke. Jordan, der Finanzchef der Firma, steht mit den Händen in den Hosentaschen an meinem Schreibtisch. „Hey, William. Tut mir leid, dass ich dich störe."

Nein, tut es ihm nicht, sonst würde er es nicht tun. Sofort brodelt Ärger in mir hoch. Jordan ist keiner meiner Lieblingsmenschen und das schon seit einiger Zeit. Es ist ein paar Monate her, seit mir sein bescheuerter Ratschlag die Chance vermasselt hat, Jenna nach einem Date zu fragen.

Ich hatte den Fehler gemacht, Jordan um Rat zu fragen, wie ich auf Jenna zugehen sollte, da es ihm leicht fällt, sich Frauen zu nähern. Ich war seinen Vorschlägen nachgekommen, indem ich Jenna dazu eingeladen hatte, bei der RMRA mitzumachen, was ihr sehr gut gefallen und mir die Möglichkeit gegeben hat, sie öfter zu sehen. Zuvor war sie nur eine von Mias Freundinnen gewesen, aber dann wurde sie auch eine von meinen Freunden. Gerade, als ich meinen Angriffsplan entwarf, lernte sie Doug kennen, und *die beiden* fingen stattdessen eine äußerst ärgerliche Beziehung an.

Aus Gewohnheit verfluche ich Jordan noch immer gedanklich mit Worten, die ich normalerweise nicht laut ausspreche. Mir wurde gesagt, dass ich ein hartes, nachtragendes Wesen hätte, und das könnte im Fall von Jordan tatsächlich so sein – was, wie ich zugebe, unangenehm werden könnte, wenn man unser Arbeitsverhältnis bedenkt. Aber er hat nichts getan, um mein Leben einfacher zu machen, und ich traue ihm nicht.

Jenna mochte vielleicht wieder Single sein, aber sie war immer noch nicht mein. Und nichts von dem, was Jordan mir geraten hat, hat etwas daran geändert.

„Ja? Was?", sage ich.

Jordan zögert und lächelt dann. „Ich wollte nur kurz nach dir sehen. Ich habe von dem LARP-Duell gehört. Adam hat mich informiert."

Ich knurre ihn beinahe an. „Es ist kein LARP."

Er blinzelt. „Macht ihr Jungs denn keine, äh, Rollenspiele und so? Ist LARP nicht genau das?"

„LARP heißt Live Action Rollplay. Und das tun wir nicht. *Wir* stellen etwas nach. Wir übernehmen Rollen, aber wir stellen Geschichte auf eine authentische Art und Weise nach – wir machen keine Fantasie-Rollenspiele. Das hebe ich mir dafür auf, wenn wir am Tisch sitzen und D&D spielen."

„Oh, äh. Sorry. Ich wollte dich nicht beleidigen. Eigentlich wollte ich bei deinem Duell dabei sein, aber April hatte unten in San Diego eine Familiensache."

Ich versuche, noch mehr Verbitterung zu unterdrücken. Sicher, *er* ist glücklich verliebt und mit einem sehr angenehmen und hübschen Mädchen zusammen, während er schlechte Ratschläge an diejenigen von uns verteilt, die nicht mit seinem Charme geboren wurden. Er verdient sie nicht.

Ich antworte nicht und Jordan fährt fort. „Tut mir leid wegen des Duells, Mann. Ich hatte dir wirklich die Daumen gedrückt."

„Niemand musste meine Daumen drücken", antworte ich und dränge das Bild, wie er meine Daumen packt und sie drückt, aus meinen Gedanken.

„Nein, ich meine, ich hatte gehofft, dass du gewinnst."

Ich verschränke meine Arme vor der Brust und wippe mit meinem Bürostuhl. „Warum, damit du dich nicht mehr schuldig fühlst?"

Jordans Lippen werden dünn und seine Augen verengen sich. „Ich sehe schon, was da los ist. Du bist noch immer sauer auf mich."

„Ich habe ein sehr gutes Gedächtnis."

„Ja, dessen bin ich mir durchaus bewusst. Ich habe dir bereits angeboten, es wiedergutzumachen. Ich könnte dich mit jemandem verkuppeln –"

Mein Kiefer spannt sich an und Hitze steigt mir ins Gesicht. Ich stehe steif von meinem Stuhl auf. „Vielleicht sind Frauen für dich austauschbar, aber *nicht* für mich!"

Jordan blinzelt. „William – Mann, beruhige dich mal. Ich meine es ernst. Ich will es wiedergutmachen. Vielleicht könnte ich dir zeigen, wie –"

Ich deute mit dem Zeigefinger auf ihn. „Ich nehme von dir keine Ratschläge an! Denkst du, ich bin dumm? Sicherlich denkst du, dass ich dumm bin."

Jordan streckt eine Hand mit den Handflächen nach vorne aus. „William, beruhige dich, okay? Lass uns im Lager oder in meinem Büro reden. Oder lass mich dir einen Kaffee ausgeben."

„Nein. Ich mag Kaffee nicht einmal." Ich verschränke meine Arme erneut vor der Brust.

Jordan reibt sich seinen Kiefer und sieht mich einen langen, stillen Moment an. „Was kann ich tun, um das wiedergutzumachen? Sag's mir …"

„Hat Adam dich gezwungen, herzukommen und mit mir zu sprechen? Wieso interessiert es dich?"

Er blickt zur Decke hoch und atmet hörbar aus. „Weil es mir leid tut, dass du dein Mädchen nicht gekriegt hast."

Ich verkrampfe meine Arme an meiner Brust. „Und du denkst, dass es etwas gibt, mit dem du das wiedergutmachen kannst?"

Er zieht die Schultern hoch. „Ich weiß es nicht. Hör zu … ruf mich an, wenn du darüber reden willst."

„Ich habe deine Nummer aus meinem Telefonbuch gelöscht", sage ich.

Sein Blick wandert wieder zur Decke. Ich frage mich, ob da oben etwas ist – ein Käfer oder eine Spinne. „Alter, wirf mir einen Knochen zu", sagt er.

Bilder rasen durch meinen Kopf – eine Piratenflagge mit einem Totenkopf, ein Hund, der einen Knochen in seinem Maul trägt, ein Haufen Dinosaurierknochen. „*Was?*"

Seufzend winkt er ab. „Egal. Hier ist meine Nummer."

Er beugt sich vor und nimmt sich ein Post-it und meinen Lieblingsbleistift von meinem Schreibtisch. Ich will ihn gerade anschreien, den Stift fallen zu lassen, bevor ich mich bremse. Das lebhafte Bild, wie ich Doug in der Kampfarena entgegentrete, erfüllt meinen Geist. Ich starre durch das Gitter meines Helms und schlage wild auf ihn ein. Die Schwerter klirren, das Blitzen des Metalls im Sonnenlicht blendet mich. Ich kann den Staub in meinem Mund schmecken. Doug blockt mit seinem Schwert – das er fest in seiner linken Hand hält.

Jordan benutzt seine linke Hand, die in einem merkwürdigen Winkel ausgerichtet ist, um seine Nummer in seiner typischen unordentlichen Schrift hinzukritzeln. Ich studiere ihn dabei. Ich weiß, dass Jordan Linkshänder ist, aber vor diesem Zeitpunkt war diese Information nicht wichtig für mich gewesen.

Jordan sagt wieder irgendetwas und ich höre es entfernt durch den Hurrikan aus Bildern, die in meinem Kopf umherschwirren. Doug und ich sind auf Augenhöhe, was unsere Fähigkeiten betrifft. Aber sein Vorteil ist, dass er viel öfter gegen Rechtshänder kämpft, als ich mit Linkshändern übe. Mit einem Linkshänder zu trainieren – auch, wenn er nicht so geschickt ist wie Doug –, könnte mir einen Vorteil ihm gegenüber verschaffen. Linkshänder machen nur etwa zwölf Prozent der Bevölkerung aus. Mir wäre niemand eingefallen, der körperlich fit genug ist, um mit meinem Trainingsplan mitzuhalten, und zudem noch Linkshänder ist. *Zumindest bis gerade eben.*

Jordan richtet sich auf und dreht sich um, um zu gehen, als ich mich äußere. „Halt. Ich habe gerade darüber nachgedacht, wie du es wiedergutmachen kannst."

Jordan sieht mich verwundert aus den Augenwinkeln an. „Ja? Und wie?"

„Du kannst mir beim Training mit meinem Lehrer für europäische Kampfkünste helfen."

Seine Stirn runzelt sich. „Kampfkünste? Du meinst wie Karate oder Tae Kwon Do?"

Ich seufze. Jordan ist schlau – zumindest meistens –, aber manchmal kann er echt begriffsstutzig sein. „Das sind asiatische Kampfkünste. Ich rede von europäischen Kampfkünsten. Schwertkampf, Bogenschießen, Fechten und so weiter. Speziell Sword and Board."

„Schwert und Brett?“

„Das ist der Ausdruck für den Kampf mit Schwert und Schild oder Schwert und Buckler. Ich brauche einen Linkshänder, mit dem ich für Duelle trainieren kann.“

„Du kämpfst noch in einem weiteren Duell?“

„Ja. Und es ist sehr wichtig, dass ich gewinne. Sie zählt auf mich. Wenn du es wiedergutmachen willst, dann will ich, dass du das machst. Vielleicht vergebe ich dir dann.“

Er verzieht einen Augenblick seine Lippen, als hätte er gerade eine Zitrone gegessen. „Ich bin nicht verantwortlich, wenn ich die Scheiße aus dir rausprügle, oder?“

„Falls du das schaffst, nein. Aber eure Überheblichkeit ist eure Schwäche“, sage ich und wiederhole damit Luke Skywalkers Text aus *Die Rückkehr der Jedi-Ritter.*

„Dein Vertrauen in deine Freunde ist deine“, zitiert er. „Na gut. Ich werde es tun. Verdammt, vielleicht macht es mir sogar Spaß.“

„Und wenn ich gewinne, darf ich April daten?“ Als er seinen Mund öffnet, um zu protestieren, fange ich an zu lachen. „Scherz.“ *Natürlich* ein Scherz. April ist sehr hübsch, aber sie ist nichts im Vergleich zu Jenna. Was mich betrifft, ist Jenna die eine. Seit ich sie zum ersten Mal gesehen habe, habe ich über keine andere Frau nachgedacht. Nur über sie.

Ich bin *nicht* bereit, sie im Stich zu lassen. Ich werde alles tun, um das Duell zu gewinnen. Für sie.

***

Später an jenem Abend fahre ich mit meiner Montags-Routine fort. Nach dem Abendessen ziehe ich meine Sportkleidung an und bin bereit für einen kurzen Lauf. Ich beende fünf Kilometer in etwa zwanzig Minuten und nach weiteren vierzig Minuten Unterarmstütz, Ausfallschritt und Gewichten fange ich an, an meinen Kampfbewegungen zu arbeiten.

Ich blicke auf meinen Wandkalender. Es ist die zweite Hälfte im März. Das Beltane Festival, und somit auch das zweite Duell, ist in genau einundvierzig Tagen.

Zusätzlich zu meinem Kampfkunsttraining sehe ich mir Videos an, um die Strategie des Schwertkampfes zu studieren. Ich habe meinen Trainingsplan farbig gekennzeichnet und die Trainingszeiten für die einzelnen Aktivitäten aufgeschrieben. In den letzten paar Monaten habe ich es geschafft, an meinem Fitnessplan zu feilen. Mein Körperfettanteil ist laut einer genauen Auswertung meines BMI auf einem optimalen Level. Sogar mein Cousin, der sehr gut in Form ist, hat das bemerkt und mich zu meiner Leistung beglückwünscht.

Ich bin gerade dabei, meine Schwertroutine zu starten, als mein Handy klingelt. Es ist der am wenigsten nervige aller verfügbaren Klingeltöne – ich habe die Einstellungen überprüft.

Mit einem tiefen Atemzug stehe ich auf, um nachzusehen, wer anruft. Ich habe es bis jetzt noch nie geschafft, einen Anruf zu ignorieren, weshalb ich mein Handy normalerweise ausschalte, wenn ich in meiner Werkstatt oder meinem Atelier bin. Ich bevorzuge es auch, nach dem zweiten Klingeln abzuheben. Dieses Mal klingelt es beinahe ein drittes Mal, bevor ich es schaffe abzuheben, und ich bemerke, dass ich in meiner Eile, das Klingeln zu stoppen, nicht auf die Anruferkennung geschaut habe. Diese beiden Sachen bringen mich aus dem Gleichgewicht. Ich bin aus meiner Routine und fühle mich deshalb unbehaglich.

„William Drake hier", platze ich heraus.

„Ähm ... hey, William. Wie geht es dir? Ich bin's, Jenna."

Jenna. Ein Gefühl, als würde ein ganzes Schiff in meinem Bauch sinken, überkommt mich. Meine Kehle schnürt sich zusammen.

Für einen Augenblick fällt mir keine angemessene Antwort ein, da ich das Bild vor mir habe, wie ich sie das erste Mal gesehen habe. Es war vor über zwei Jahren auf einer Überraschungsparty, die Adam in seinem Haus für Mia gegeben hatte. Sie feierten ihre Aufnahme an der medizinischen Fakultät. Ich hasse Partys und stand die ganze Zeit nahe an der Wand, wie ich es bei solchen Anlässen für gewöhnlich mache. Aber dann sah ich sie.

Wunderschön.

So wunderschön, dass alles stillstand, als ich sie ansah. Ich sehe das Bild, als würde sie genau vor mir stehen. Sie trägt ein türkis und violett gemustertes Shirt und einen schwarzen Rock. Ihre Beine sind lang und schlank. Sie hat blasse Haut und ihr Haar ist so blond, dass es beinahe weiß ist. Und ihre Augen ... so blau. Blass, aber mit einem violetten Unterton. Irgendwo zwischen den Nuancen von Kornblumen und dem Blau des Himmels.

„Hallo? William? Bist du noch dran?"

„Ja. Ich bin nirgends hingegangen. Hallo, Jenna." Ich verdränge das beinahe überwältigende Bild aus meinem Kopf.

„Oh, okay. Gut. Ich habe mich ... Ich habe mich gefragt, ob ich kurz rüberkommen könnte, damit wir uns unterhalten können."

„Wir können uns jetzt unterhalten. Und eigentlich tun wir das doch schon *gerade*."

Sie lacht. Irgendetwas, das ich gesagt habe, muss lustig gewesen sein. Dann fällt mir auf, dass es bedeutet, dass sie mich sehen möchte, wenn sie fragt, ob wir uns unterhalten können.

„Nun, ich dachte, wir könnten mit einer dieser Beruhigungstechniken anfangen, um dir bei deinem Unbehagen bei Menschenmassen zu helfen. Wäre heute Abend okay? Nach dem Abendessen?"

„Ich habe bereits zu Abend gegessen, aber du darfst gerne kommen, wenn du gegessen hast. Ich trainiere gerade. Dann werde ich in meiner Werkstatt sein. In der Zeit kannst du kommen."

„Äh, okay … deine Werkstatt? Ist die in deinem Haus?"

„Ja. Läute einfach und geh rein. Ich kann die Klingel in meiner Werkstatt hören. Ich werde die Haustür offen lassen, und die Werkstatt ist im Garten."

„Hmm. Okay. Ich werde um sieben Uhr dreißig da sein."

Ich blicke auf die Uhr. „Dann sehe ich dich in vierundneunzig Minuten."

Sie lacht wieder. „Ja … mehr oder weniger."

Als Jenna auflegt, gehe ich in meinem Trainingsraum auf und ab. Was werde ich zu ihr sagen? Wie werde ich mit ihr sprechen? Ich bin noch nie allein mit ihr gewesen. *Niemals.* Ich habe keine Ahnung, was ich erwarten soll.

Ich nehme mein Handy und wähle schnell die Nummer meines Cousins. Er antwortet beim dritten Klingeln.

„Liam", sagt Adam und nennt mich bei meinem Kindheitsnamen. „Was ist los?"

„Ich brauche deine Hilfe bei einer Situation, die sich ergeben hat."

Ich fahre fort, in immer kleiner werdenden Kreisen in meinem Fitnessstudio herumzugehen, bis ich schließlich von einem auf den anderen Fuß schaukle.

„Eine Situation? Geht es dir gut? Soll ich rüberkommen?"

„Bist du noch in der Arbeit?", frage ich, während ich einen kurzen Blick auf die Uhr werfe. „Mia wird sauer auf dich sein."

„Ihr geht's gut. Sie ist heute länger in der Uni und lernt. Was kann ich für dich tun?"

„Du musst nicht herkommen, aber ich brauche deinen Rat. Jenna hat mich gerade angerufen. Sie kommt zu mir."

Eine Pause. „Du sagst das, als ob es etwas Schlechtes wäre."

„Es ist weder eine schlechte noch eine gute Sache."

„Also, was brauchst du?", fragt er.

„Ich muss herausfinden, was ich zu ihr sagen soll. Ich weiß einfach nie, was sie gerade denkt."

Adam kichert. „Nun ... trotz meiner vielen beeindruckenden Talente, kann ich die Gedanken von Frauen auch nicht lesen. *Vor allem* nicht die der Frau, mit der ich zusammenlebe. Also bezweifle ich, dass ich Licht in deine Situation bringen könnte." Obwohl ich diesen Euphemismus verstehe – Adam benutzt ihn häufig –, stelle ich mir sofort vor, wie er die helle rote Schreibtischlampe in seinem Schlafzimmer in dem Haus, in dem wir als Teenager zusammen gelebt haben, anschaltet.

„Okay, aber ich werde dich anschließend vielleicht zurückrufen müssen. Ich bin mir sicher, dass ich eine Menge Fragen haben werde."

„Wenn ich nicht rangehe, werde ich dich so schnell ich kann zurückrufen. Aber was auch immer passiert, denke bitte daran, dich nicht hineinzusteigern."

„Ich denke immer daran, mich nicht hineinzusteigern, Adam. Aber das beeinflusst nicht, ob ich es tue oder nicht."

Er seufzt wieder. „Ja, ich weiß. Viel Glück."

Ich lege auf. Wieso sollte ich Glück brauchen? So etwas wie Glück gibt es nicht. Als Programmierer weiß Adam das ganz genau. Und er benutzt den Ausdruck sowieso viel zu großzügig.

Ich schaue auf die Uhr – es sind nur noch ein paar Minuten meiner Trainingseinheit übrig. Ich bin starr vor Frustration, als ich bemerke, dass ich heute Abend keine Zeit mehr habe, mit meinem Schwert zu üben.

Nachdem ich mir eine Jeans angezogen habe, mache ich in der Küche Halt, um meinen Durst mit kaltem Wasser zu stillen, während ich mein nächstes Projekt in Angriff nehme. Dann ist es an der Zeit, nach draußen zu gehen.

Meine Schmiedewerkstatt befindet sich in einem großen Schuppen im Garten. Er ist groß genug, dass meine Schmiede, Blasebalg und andere Gerätschaften, die ich brauche, hineinpassen. In dem Augenblick, als ich ihn betrete, trifft mich eine Mauer aus Hitze. Ich habe das Feuer in der Schmiede angeschürt, als ich vom Büro nach Hause gekommen bin, damit sie bereit ist, wenn die Zeit zum Arbeiten kommt.

Ich ziehe an der Kette, um die Deckenleuchte einzuschalten, und checke meine Liste mit Aufträgen, die die Mitglieder unseres Clans über das Wochenende aufgegeben haben. Glücklicherweise hatte ich nur geplant, ein paar kleinere Arbeiten zu erledigen, sodass Jennas Besuch meinen Zeitplan nicht übermäßig stören wird. Das bereitet mir zumindest ein wenig Trost.

Es ist zu spät, um die Pläne, heute Nacht hier zu arbeiten, komplett zu verwerfen, da ich das Feuer und all das Holz, das es gebraucht hat, um die optimale Temperatur zu erreichen, nicht vergeuden möchte. Und außerdem ist es der perfekte Abend, um in der Werkstatt zu arbeiten. Kühl, aber nicht kalt.

Wir hatten einen warmen Winter und manchmal ist es dann in der Werkstatt geradezu unangenehm. Aber ich liebe die Arbeit wirklich – wie ich mich dabei fühle, wie es mich entspannt.

Da ich meine Trainingskleidung bereits gegen Jeans getauscht habe, setze ich meine Schutzbrille auf und ziehe zum Schutz eine Lederschürze und dicke Handschuhe an. Obwohl es heiß ist, ist das Feuer klein, perfekt für einfaches Anwärmen und Hämmern.

Ich hole meine Werkzeuge hervor und reihe sie neben dem Amboss auf, fülle meine metallene Wanne, die zum Abkühlen der heißen Schmiedestücke gedacht ist, voll Wasser und bin bereit zu arbeiten. Ja, das ist viel besser. Meine Konzentration auf die vor mir liegende Aufgabe wird mich davon abhalten, mich in Jennas bevorstehenden Besuch hineinzusteigern.

Ich greife nach einem flachen Schaufelkopf, welcher von Goodman Meyer, einem Gärtner des Clans, in Auftrag gegeben wurde. Ich halte ihn mit einer Zange, schiebe ihn ins Feuer und werfe einen Blick auf die Uhr, um die Zeit zu stoppen. Ich bin gerade tief ins Hämmern versunken – der Rhythmus und die Kraft der Schläge von Metall auf Metall dringt durch meine Arme –, als ich wieder zur Uhr hinaufblicke. Ich nehme zur Kenntnis, dass es weit über der Zeit ist, zu der Jenna kommen wollte.

Verspätet sie sich? Kommt sie nicht? Vielleicht hat sie ihre Meinung geändert und will nicht helfen. Mein Hammer schwankt, ruckelt vom Amboss und ich blicke finster drein. Ich beiße die Zähne aufeinander und versuche, mich zu konzentrieren, bemühe mich, die Konzentration, die ich verloren habe, zurückzugewinnen.

Ich fange wieder an zu hämmern, versuche meine Gedanken von ihr weg zu lenken, doch bei jedem Schlag höre ich „*Nicht. Hier*", wie eine Stimme in meinem Kopf, die sich über mich lustig macht. Ich ertappe mich dabei, wie ich erst frustriert und dann wütend werde.

Wieso sagt sie, dass sie um sieben Uhr dreißig hier sein wird und taucht dann nicht auf? Wird sie mich zurückrufen? Ich erhasche einen Blick auf mein Handy drüben auf der Werkbank und sehe keine Nachrichten auf meinem Sperrbildschirm. Ich bin mir sicher, dass ich es nicht ausgeschaltet habe.

Ein paar Augenblicke später habe ich dieses merkwürdige, aber vertraute schwere Gefühl in meinem Nacken und auf meinen Schultern. Jemand beobachtet mich.

Ich schlucke und meine Rückenmuskulatur spannt sich an. Ich richte mich auf, aber drehe mich nicht um.

Kapitel Fünf
Jenna

ALEX HATTE MIR FREUNDLICHERWEISE ANGEBOTEN, mich auf dem Weg zu ihrer Mutter mitzunehmen, und so stand ich jetzt an Williams Haustür. Durch einen flüchtigen Blick auf mein Handy sah ich, dass es beinahe acht Uhr war.

Ich klopfte und fragte mich, ob es ihm etwas ausmachen würde, dass ich zu spät war. *Na ja.* Ich zuckte mit den Schultern und nachdem ich ein paar Minuten ohne Antwort herumgestanden hatte, fiel mir ein, dass er mir gesagt hatte, ich sollte durch die Haustür und in den Garten gehen.

Williams Anweisungen folgend, ging ich durch das Haus. Er hatte hilfreicherweise den ganzen Weg von der Haustür bis zur Hintertür beleuchtet gelassen – welche wieder hilfreicherweise einen Spalt offen stand. Er hatte beinahe alles für mich getan, außer Brotkrumen auszulegen.

Sein Haus war groß, aber schlicht. Viele Möbel passten nicht zusammen, aber sahen gemütlich aus. Für einen Künstler hatte er wirklich kein Stilgefühl für Inneneinrichtung. Nicht, dass ich darüber urteilen konnte. Ich benutzte noch immer Poster in Plastikrahmen und gebrauchte Möbel zur Dekoration meiner Mietwohnung.

Als ich von der Küche in den Garten ging und eine kalte Brise spürte, war ich froh, dass ich vorher ein Sweatshirt angezogen hatte. Der Weg zu Williams Arbeitsschuppen war entgegenkommend mit Solarlampen gesäumt und ich ging in Richtung der leuchtenden offenen Tür. Etwas Verschmitztes in mir wollte ihn überraschen, also hüpfte ich auf meine Fußballen und tippelte auf Zehenspitzen weiter. In meinen Sneakern war es nicht schwer, auf dem Steinboden leise zu sein.

Ein Hammer schellte in einem so präzisen Rhythmus auf Metall, dass es von einer Maschine hätte ausgeführt werden können. Ich wusste, dass William Schmied für die RMRA war. Er machte das sogar schon mehrere Jahre und ich hatte die Stücke immer bewundert, die er gemacht hatte. Ich konnte mir vorstellen, dass er nach dem Wochenende eine Menge Arbeit aufzuholen hatte.

Aber heute Abend würde er nicht mehr schmieden. Wir hatten wichtige Arbeit zu erledigen. William musste ein Duell gewinnen.

Ich betrat die Werkstatt durch die offene Tür und erwischte ihn – wie ich gehofft hatte – nichtsahnend. Er war über seinen Amboss gebeugt, mit einer Zange in der einen und einem Hammer in der anderen Hand. Er trug eine Schutzbrille und Jeans unter einem Lederschurz. Das erinnerte mich kurz an Hephaistos, den Schmied der griechischen Götter. Dieser aber war entstellt gewesen, und soweit ich sehen konnte, gab es an Williams Körper nichts, was auch nur im Entferntesten als entstellt bezeichnet werden konnte.

Seine Arme und sein Rücken waren völlig entblößt und ihn so zu sehen, traf mich wie ein Schlag in den Magen. Wie ein angenehmer Schlag eigentlich. Ich holte tief Luft und saugte ihn auf, während ich beobachtete, wie sein Bizeps und Trizeps sich mit dem Rhythmus seines Hämmerns zusammenzogen und ausdehnten. Seine Arme waren wie gemeißelt, stark – herrlich. Ich hatte unter all der Rüstung nicht bemerkt, in welch guter körperlicher Verfassung William war. Er war nie nicht in Form gewesen, aber durch all das Training, das er in den letzten vier Monaten absolviert hatte ... war er jetzt geradezu zum Anbeißen.

Mein Mund wurde trocken, als ich mir vorstellte, wie diese wohlgeformten, festen Arme um mich geschlungen waren. Geistesabwesend leckte ich meine Lippen und blickte weg, erstaunt und sogar etwas verunsichert von diesem mächtigen Anfall von Anziehung. Ich hatte William immer für gut aussehend gehalten und wusste, dass ich mich von ihm angezogen fühlte. Aber es war nie auf eine lüsterne Ich-muss-ihn-haben-Art gewesen. Zumindest nicht bis gerade eben.

Plötzlich stoppte das Hämmern – zusammen mit den attraktiven Wellen in seiner Rückenmuskulatur, die die Bewegung begleiteten. Ohne sich umzudrehen, richtete sich William auf und sagte: „Du bist dreiunddreißig Minuten zu spät."

Mein Kiefer klappte herunter. Wie zum Teufel hat er *das* gemacht? Hatte ich zu schwer geatmet oder etwas ähnliches? *Verdammt.* „Oh, ähm. Tut mir leid."

Er justierte den Hammer auf dem Teil, an dem er arbeitete, doch sah mich noch immer nicht an. „Und du hast nicht geklingelt."

Oh Scheiße. Ich hatte ihn völlig unvorbereitet erwischt ... und er klang sauer deswegen. Obwohl das bei ihm immer schwer einzuschätzen war. Er war die meiste Zeit wie ein Vulkanier auf Steroiden.

„Mein Fehler", sagte ich und versuchte, mich zu beruhigen – sowohl wegen meiner Verlegenheit als auch meiner Verärgerung.

„Dein Fehler was?"

„Ähm …" Okay, jetzt wusste ich wirklich nicht mehr weiter. „Hä?"

Er stieß einen Seufzer aus. „Ich werde mich dir gleich widmen. Daran muss noch etwas gearbeitet werden, bevor das Metall erkaltet." Er beugte sich wieder über sein Werk, dann fügte er hinzu: „Ach ja, guten Abend. Ich hoffe, dir geht es gut." Er sagte die Worte auf, als hätte er gelernt, dass man so eine Person begrüßt. Als wäre er tatsächlich ein Vulkanier, der gerade auf dem Planeten gelandet war und sein treues Handbuch *Die Sitten und Gebräuche von Erdlingen* benutzte.

Ich blinzelte und fragte mich, in was ich mich da reingeritten hatte.

Während ich William dabei beobachtete, wie er sein Werkstück beendete, war ich weiterhin beunruhigt darüber, wie sehr mich die Bewegungen seiner Rücken- und Armmuskeln faszinierten. Schlussendlich zwang ich mich wegzusehen und drehte mich um, um die Regale in seiner Werkstatt auf mich wirken zu lassen. Auf jedem Regal lagen Gegenstände – manche schon fertig und andere noch in Bearbeitung –, alle sorgfältig mit ihrem zukünftigen Besitzer gekennzeichnet. Die meisten waren einfach aussehende Gartengeräte und eine Menge mittelalterliche Metallschnallen für Gürtel, Rüstungsriemen, Waffenscheiden und Leinenzelte. Die Leute, die diese anderen

Gegenstände fertigten, verließen sich darauf, dass William sie mit den Eisenwaren belieferte.

Es gab auch ein paar komplexere Stücke, die er offensichtlich zur Übung gemacht hatte. Ich hatte irgendwo gelesen, dass es jahrelanger Arbeit bedurfte, um das Schmieden zu beherrschen. Das war Williams Hobby, aber dem Aussehen seiner Werkstatt nach zu urteilen – voll ausgestattet mit seiner eigenen Schmiede und einem Blasebalg –, war es ein ernstes Hobby.

Ich erspähte auch eine vollständige Ritterrüstung auf einem Ständer in der Ecke. Sie ähnelte nicht der Rüstung, die er bei dem Duell getragen hatte, und ich ging hin, um sie genauer anzusehen. Dabei warf ich wieder einen verstohlenen Blick auf ihn und bemerkte das Spiel des Lichts auf seinem schweißbedeckten Oberkörper, als er sich vorbeugte, um sein Werkstück in den Wassereimer zu werfen. Mit einem leichten Zischen sank es auf den Boden, während er seine Schutzbrille ablegte und seinen Schurz abnahm.

Ich blieb wie angewurzelt stehen. Jetzt war seine Brust vollkommen entblößt und ich musste ein Keuchen unterdrücken. Hitze stieg mir ins Gesicht. Heilige Artemis, er war heiß. Seine Brust hatte scharfe Ebenen und maskuline Kanten und sie sah sehr, *sehr* hart aus. Ich hörte auf, darüber zu fantasieren, ihn zu berühren – und ihn vielleicht sogar abzulecken –, als ich bemerkte, dass ich starrte und er mich wiederum beim Anstarren beobachtete. Ich wirbelte herum und meine wandernden Augen fokussierten sich wieder einmal auf die Ritterrüstung.

„Berühr das nicht", sagte er, als meine Hand sich auf halbem Weg zum Brustharnisch befand. In Verlegenheit gebracht, zuckte ich zurück.

„Dieses Stück ist kaputt und muss repariert werden ... es ist im Moment zu anfällig, um es zu bearbeiten."

„Hm. Ich habe mich nur gefragt, wo der Arc-Reaktor war ...", kommentierte ich bissig, wobei ich noch immer an die Wand starrte. „Er ist offensichtlich nicht, ähm, nicht auf deiner Brust –" Ich unterbrach mich selbst und war dankbar, dass er mein Gesicht nicht sehen konnte.

Verdammt. Wenn man mir ein paar schöne Muskeln und einen starken, männlichen Körperbau zeigte, flippte ich aus wie ein Schulmädchen. Ich schluckte den dicken Kloß in meinem Hals.

William zog sein Werkstück aus dem Wassereimer – oder zumindest hörte es sich so an. „Das ist kein *Iron Man*-Anzug. Die gibt es nicht wirklich."

Ich lachte. „Ja, das wusste ich. Ich habe nicht erwartet, dass du herumfliegst oder so." Ich sah ihn wieder an und zwang mich, meine Augen nicht von seinem Gesicht abzuwenden. „Bist du bald fertig? Ich habe nicht die ganze Nacht Zeit, weißt du?"

Er blinzelte. „Ich bin fertig. Ich muss nur noch das Feuer mit Asche bedecken. Das wird nicht die ganze Nacht dauern. Nur einen kleinen Bruchteil."

Ich hätte gelacht, wenn ich gedacht hätte, dass er einen Witz machte. Aber das tat er nicht, sodass der Atem, den ich ausblies, nur zum Dampf ablassen diente. Ich war verlegen und beschämt – sowohl wegen meiner Reaktion auf ihn als auch dem Fehlen einer Reaktion von ihm auf mich.

Wäre er irgendein anderer Kerl gewesen, hätte er mich bis jetzt schon zweimal abgecheckt. Stattdessen hatte er mich kaum angesehen, seit ich angekommen war.

Innerhalb von Minuten war er fertig und wischte sein Gesicht an einem Handtuch ab, das er von seiner Werkbank gezogen hatte. Ich warf einen weiteren Blick auf seine Brust ... gut entwickelte und klar definierte Brustmuskeln, ein fester Bauch, blasse Haut mit einem leichten Hauch von dunklen Haaren.

Ich holte tief Luft und sah weg, hoffte, dass ich ihn nicht bitten musste, ein Hemd anzuziehen. Es war, als könnte er meine Gedanken lesen. „Ich entschuldige mich, dass ich kein Hemd trage. Die Schmiede ist sehr heiß.“

„Machst du dir keine Sorgen, dass du dich brennen könntest?“

„Nicht bei dieser Art von Arbeit. Wenn ich große Stücke anfertige, trage ich bessere Schutzkleidung, aber das war nur eine kleine Form- und Verarbeitungsarbeit.“

„Hast du deine Rüstung selbst gemacht?“

Er schüttelte seinen Kopf. „Ich bin noch Anfänger. Ich mache einfache Stücke. Diese Übungsrüstung und meine echte Kampfrüstung wurden extra für mich von einem Meisterhandwerker gemacht.“ Ich ging einen Schritt auf ihn zu und er hob eine Hand. „Komm nicht näher. Ich habe eine Regel für Besucher in meiner Werkstatt. Sie dürfen nicht näher als fünf Meter an meine Schmiede kommen.“

„Ich breche normalerweise gerne Regeln. Gib mir eine Regel und ich werde sie brechen.“

William runzelte die Stirn und zeigte dann auf ein Schild, dass über seiner Werkbank hing. Es war in perfekter, mittelalterlicher Handschrift beschrieben und hatte dekorative Schnörkel an den Rändern. Es sagte genau diese Regel aus: *Besucher – bitte bleiben Sie mindestens fünf Meter vom Feuer entfernt.*

„Brich meine Regeln nicht“, sagte er mit ernster Stimme.

Ich studierte ihn für einen langen Augenblick, da ich mir nicht ganz sicher war, was ich erwartete, von ihm zu hören. *Ich mache nur Scherze.* Oder *Erwischt!* Beides wäre okay gewesen. Aber er war ernst. Angespannt. Und verdammt, ich hätte so gerne einen Schritt auf ihn zugemacht, um zu sehen, was er tun würde. Aber das wäre kein guter Start für uns gewesen.

„Nun, dann werde ich versuchen, mich zurückzuhalten. Dir zuliebe."

Keine Antwort. Es war, als hätte ich überhaupt nichts gesagt. Er streute Asche auf das Feuer und sobald er das erledigt hatte, fing er an, die Werkzeuge akribisch abzuwischen, bevor er jedes an seinen angestammten Platz hängte. Woher ich das wusste? Weil *Umrisse* an die Wand hinter der Werkbank gezeichnet waren.

Ich verschränkte meine Arme vor der Brust und seufzte laut. Ich hatte langsam genug von Williams Werkstatt und seinem schroffen Benehmen.

Während er weitermachte, wanderten meine Augen zu dem Schild zurück. Ich hatte nicht viel von seiner Arbeit gesehen, aber ich wusste, dass er von Beruf Künstler war. Mia hatte mir erzählt, dass er wahnsinnig talentiert war. Ich fragte mich, ob er mir ein paar seiner anderen Arbeiten zeigen würde, wenn ich ihn fragen würde.

Zwanzig Minuten später begleitete er mich aus der Werkstatt hinaus und sagte: „Mein Fitnessstudio ist im Wohnzimmer. Wir können dort arbeiten." Er drehte sich um und verschloss die mit Metall ausgekleidete Tür mit drei Riegeln, welche alle mit einem Vorhängeschloss versehen waren.

Ohne auf meine Antwort zu warten, machte er kehrt und ging voran. Wer hatte ein Fitnessstudio in seinem Wohnzimmer? Anscheinend ein Kerl, der alleine lebte und nicht viele Gäste bekam. *Mehr Macht für ihn.*

William ging in das Haus und führte mich in ein großes Wohnzimmer, das mit einer Couch, einem Spieletisch und Stühlen ziemlich normal aussah. Jedoch fiel mir auf, dass ein Fernseher fehlte. Vielleicht sah er im Schlafzimmer fern?

Entlang der Wand im Fitnessbereich gab es einen Satz Gewichte, ein Laufband, eine Rudermaschine und aufgerollte Matten. Er beugte sich nach vorne, griff nach seinem vorher abgelegten T-Shirt und zog es sich über den Kopf. Ich war gleichzeitig bestürzt und erleichtert, das erste, weil er die nette Aussicht verdeckte, und das zweite, weil ich nicht sorgsam vermeiden musste, mich in seiner männlichen Brust zu verlieren.

Meine Reaktion auf sein Aussehen war heute Abend etwas übertrieben. Hatte ich vielleicht irgendeinen merkwürdigen Hormonrausch? Es war nicht gerade so, als hätte ich eine Trockenperiode durchlebt, in der ich wahrscheinlich von allem und jedem angeturnt worden wäre.

Vielmehr hatte ich zuvor noch nie wirklich so über William gedacht. Groß und gut aussehend, ja. Das war für jeden offensichtlich, der Augen im Kopf hatte. Aber vielleicht hat mich seine gewaltige Zurückhaltung zuvor abgehalten, ihn als Objekt der Begierde anzusehen.

Ich räusperte mich in einem Versuch, meinen Kopf von erotischen Gedanken zu befreien. „Also ... Hast du jemals irgendwelche Meditationsübungen gemacht, oder kennst du irgendwelche Beruhigungstechniken?"

William ging zur Wand hinüber, rollte eine große Matte aus und legte sie auf den Boden. Er setzte sich an einem Ende mit gekreuzten Beinen auf den Boden, ohne dabei ein Wort zu sagen. Ich setzte mich ihm gegenüber.

„Nein", antwortete er endlich.

„Okay ... Also willst du mir vielleicht erklären, was bei dem Duell passiert ist?"

„Warst du nicht da?"

„War ich. Aber ich steckte nicht in deinen Schuhen."

Er runzelte die Stirn. „Ich habe keine Schuhe getragen. Ich trug meine gepanzerten Stiefel."

Machte er Witze? William war mir nie dumm vorgekommen – eigentlich genau das Gegenteil. Vielleicht neckte er mich auf seine übliche emotionslose Weise, die mich im Glauben ließ, dass er es ernst meinte. „Nun, ich meine, geh es Schritt für Schritt mit mir durch ..."

„Schritt für Schritt wo durchgehen?"

Ich atmete durch den Mund aus, während mein Frustrationslevel stieg. „Willst du mich verarschen?"

Seine dunklen Augenbrauen zogen sich zusammen. „Du bist verärgert. Ich sollte wahrscheinlich erklären, dass ich Schwierigkeiten mit Sprache habe. NTs benutzen immer Redensarten, statt etwas einfach klar auszusprechen."

„NTs? Ist das etwas wie ETs?"

„Nein. ET bedeutet extraterrestrisch. NT bedeutet neurotypisch."

„Neuro-was?"

„Es bedeutet, dass dein Gehirn normal funktioniert. Meines tut das nicht. Englisch ist nicht meine Muttersprache."

Ich lächelte, da ich froh war, irgendetwas zu finden, mit dem ich mich identifizieren konnte. „Es ist auch nicht meine Muttersprache. Meine Muttersprache ist Bosnisch-Kroatisch-Serbisch. Was ist deine?"

„Bilder. Darstellungen. Andere Arten von Sinneseindrücken. Aber keine Worte. Worte kommen später." Er zuckte mit den Schultern und seine Augen wanderten zu der Matte hinunter, genau unterhalb meines Knies.

„Hm … das ist interessant. Das ist etwas, über das man nie wirklich nachdenkt … die Art, wie man Gedanken in seinem Gehirn verarbeitet."

„Es ist etwas, über das ich nachdenken *muss*. Die ganze Zeit."

„Ich denke auf Englisch, wenn ich Englisch spreche, und auf Bosnisch, wenn ich Bosnisch spreche. Aber ich muss mir darüber keine Sorgen machen. Ich denke, das ist der große Vorteil, den NTs haben, ohne überhaupt genau zu wissen, dass sie diesen Vorteil haben."

Er schien sich auf diesen Punkt auf dem Boden zu konzentrieren, während er mir zuhörte. „Wenn du in der gleichen Sprache denkst, in der du sprichst, musst du nichts übersetzen. Aber ich sehe alles zuerst in Bildern. Als du zum Beispiel gesagt hast, in deinen Schuhen stecken, war meine erste Reaktion, dich meine Schuhe tragen zu sehen." Er schüttelte seinen Kopf, wobei er seinen Blick zu meinen Füßen wandte. „Meine Schuhe würden dir nicht passen. Es ist eine sehr lustige Vorstellung."

Ich konnte nicht anders … Ich fing an zu lachen. William war trotz meiner Verärgerung entzückend.

Seine dunklen braunen Augen bewegten sich langsam meinen Körper hinauf und blieben knapp über meiner Brust stehen, und wo mich sein Blick berührte, erwärmte sich meine Haut. *Verdammt, Jenna ... du bist heute Abend außer Kontrolle.*

„Jedenfalls ...", sagte ich und lenkte das Gespräch wieder zurück auf das Thema. Ich zwang mich, nicht darüber nachzudenken, wie sehr William mich mit jeder vergehenden Minute mehr interessierte. „Ich will wissen, was in deinem Kopf los war, als du das Duell bestritten hast. Was genau hat die Ablenkung ausgelöst?"

Er atmete tief ein und wieder aus. „Es war die Menge. Damit hatte ich nicht gerechnet. Ich wusste genau, was ich dort draußen tat. Ich hatte einen Plan und ich hätte gewonnen, aber ..." Er schüttelte seinen Kopf. „Ich hatte diese ganzen Gesichter und den Lärm nicht miteingerechnet."

„Und Doug hat die Sache noch schlimmer gemacht, als er es erst einmal herausgefunden hatte."

Er nickte, aber sagte nichts. Seine Hände zuckten, während sie auf seinen Knien ruhten.

„Heißt das also, dass du gar nicht in Menschenmengen gehst? Kinos? Sportveranstaltungen? Konzerte?"

„Nein."

„Wirklich? Wie siehst du dir Filme an?"

„Ich warte, bis sie auf Blu-ray rauskommen oder sehe sie mir bei Adam an. Er hat sein eigenes Kino."

„Wow. Aber was ist mit wirklich tollen Filmen, auf die man nicht warten will? Wie zum Beispiel der neue *Star Wars*-Film?"

Er schüttelte seinen Kopf. „Kann ich nicht. Sogar, wenn es ein Film ist, den ich wirklich sehen will."

Ich runzelte die Stirn und fragte mich, wie das sein musste. „Oh, das ist gemein. Aber vielleicht würde es dir helfen, dich daran zu gewöhnen, wenn du an ein paar solche Orte gehst und dich größeren Gruppen von Menschen aussetzt?"

Er schien darüber nachzudenken und schüttelte dann seinen Kopf, als graute es ihm vor dem Gedanken.

„Okay… also, es gibt Techniken, die dir dabei helfen, dich zu beruhigen. Visualisierung, Atmung. Als ich jünger war, hatte ich furchtbar schlimme Panikattacken. Sie wurden normalerweise von lauten Geräuschen ausgelöst, sodass ich auch Probleme mit bestimmten Filmen hatte."

Er hob überrascht aussehend seinen Kopf vom Boden. „Du hast Angst vor lauten Tönen? Warum?"

Ich zögerte. „Weil… als ich klein war, wurde die Stadt, in der ich lebte, so gut wie ständig bombardiert." Sein Blick hob sich langsam von meinem Kinn zu meiner Nase und machte dort halt.

„Hast du in Sarajevo gelebt?"

„Ja. Meine Familie kommt von dort. Wie bist du darauf gekommen?"

„Es war nicht schwer. Du sagtest, dass Bosnisch deine Muttersprache sei. Sarajevo ist die Hauptstadt von Bosnien und Herzegowina, wo früher einmal Jugoslawien war."

„Und du weißt mehr darüber als neunzig Prozent aller Amerikaner."

„Die Stadt war für beinahe vier Jahre im Belagerungszustand. Deine Familie ist hierhergekommen, um diesem Krieg zu entfliehen?"

Ich wich dem leichten Schmerz aus, an den ich mich längst gewöhnt hatte. Er war jetzt nur noch wie ein entfernter Schatten im Hintergrund. „Ja – also eigentlich nur meine Schwester und ich. Wir haben dort gelebt, bis ich fünf war, und dann konnten wir das Land verlassen, um nach Kroatien zu gehen, bevor wir letztendlich mit meiner Tante hierhergekommen sind. Aber … meine Eltern sind dort geblieben. Meine Großmutter war krank und schon älter und sie wollten sie nicht alleine lassen. Aber gleichzeitig wollten sie, dass wir Kinder in Sicherheit sind, also haben sie eine schwierige Entscheidung getroffen."

William rieb sich die Stoppeln an seinem Kiefer und ich folgte dieser Bewegung, wobei ich bemerkte, wie kantig und maskulin seine Gesichtszüge waren. Sein perfekt gespaltenes Kinn wurde von einer markanten Narbe durchkreuzt, bei der ich mich einfach fragte, wie sie schmeckte. Ich schluckte und hörte ihm kaum zu, als er fortfuhr. „Es war ein schrecklicher Krieg. Ich habe viel darüber gelesen und Dokumentationen angesehen. Ich wusste nicht, dass du von dort stammst."

Ich nickte. „Ich war noch klein, als ich hierhergekommen bin. Ich sprach kein Wort Englisch, aber ich war erst fünf, also habe ich mir die Sprache schnell angeeignet."

„Und diese Techniken, die du gelernt hast? Hast du sie schon einmal jemand anderem beigebracht?"

Ich lächelte. „Versuchst du zu testen, ob ich darin ausgebildet bin?" Seine Gesichtszüge trübten sich, also fuhr ich fort, bevor er fragen konnte. „Ja. Ich arbeite mit anderen Kriegsflüchtlingen. Du weißt, dass das mein Job ist, oder? Ann und ich arbeiten beide im Internationalen Flüchtlingsförderzentrum." Zumindest bis ich im Juni anfing, mit dem Mittelalterfestival zu reisen. Der Gedanke, dass FFZ zu verlassen, war ein Schatten über dem sonnigen Fleckchen, alles hinter mir zu lassen. „Wir helfen Flüchtlingen aus Ländern wie dem Iran, China, Kambodscha und jetzt auch Syrien, bei allem, was sie durchmachen."

„Ich bin kein Flüchtling."

„Du musst keiner sein, damit die Techniken bei dir funktionieren. Du hast einen Auslöser – etwas, das Panik aufkommen lässt. Bei mir waren es laute Geräusche … alles, was sich wie Bomben oder Gewehrschüsse anhörte. Bei dir sind es Menschenmengen. Daran können wir arbeiten."

Ich rutschte über die Matte, bis sich unsere Knie beinahe berührten. „Hier … lass es mich dir zeigen. Das ist nur Atmen."

„Ich weiß bereits, wie man das macht."

Ich lachte. „Okay, stimmt. Jeder weiß, wie man atmet, sonst wären wir nicht hier. Aber es gibt einen *richtigen* Weg zu atmen."

Er schien skeptisch zu sein. Seine Augen flogen kurz zu meinen und huschten dann schnell wieder weg. „Ich wusste nicht, dass es einen *richtigen* Weg zu atmen gibt."

„Nun, den gibt es. Es ist die Art von Atmung, die gesund für dein Zwerchfell und deine Bauchmuskeln ist. Es ist wahrscheinlich das Gegenteil von dem, was du immer gedacht hast. Wenn du einatmest, weitet sich die Brust, und wenn du ausatmest, zieht sie sich zusammen. Aber es sollte eigentlich genau andersherum sein. Wenn du korrekt atmest, wird das ein Gefühl der Beruhigung in deinem Nervensystem auslösen. Hier … gib mir deine Hand."

William streckte zögernd eine seiner großen Hände aus und ich nahm sie. Während ich sie auf meinen Bauch legte, holte ich tief Luft und atmete anschließend wieder aus. „Siehst du, was ich meine?"

Seine Finger bewegten sich sehr leicht an meinem Bauch und unter dem dünnen Stoff meines T-Shirts reagierte meine Haut auf seine Berührung – reagierte *wirklich* auf seine Berührung. Überall prickelte es, als hätte ich von statischer Aufladung einen Schock bekommen. Ich widerstand dem Drang zurückzuweichen und riskierte einen Blick in sein Gesicht, um zu sehen, ob er verstand, was ich demonstrierte.

Er runzelte die Stirn. „Mach es nochmal.“

Ich tat es und er hielt inne. Ich wartete.

„Noch einmal.“

Ich kam der Bitte nach und er sagte nichts, bewegte nur wieder seine Finger und spreizte sie auf meinem Bauch aus. Seine Finger waren so lang, dass er den größten Teil meines Bauches bedeckte. Nach einem weiteren Moment ohne einen Kommentar seinerseits sah ich auf. Er hatte ein überaus breites Grinsen im Gesicht.

Nun, er mochte vielleicht denken, dass sein Gehirn nicht auf normale Weise funktionierte, aber jetzt gerade benahm er sich genau wie ein typischer Mann.

Ich schlug seine Hand weg. „Du verstehst, was ich meine.“

Er blinzelte. „Ich brauche später vielleicht noch einen Auffrischungskurs.“

„Bring mich nicht dazu, dir eine zu kleben, Wil.“ Sein Gesicht trübte sich kurz und mir fiel ein, dass er vielleicht nicht bemerkte, dass ich scherzte. Ich fühlte mich sofort wie ein Trottel. „Ich mache nur Witze.“

Er nickte. „Jetzt musst du mir sagen, ob ich richtig atme.“

Er atmete ein und aus. Ich lehnte mich nach vorne, um einen besseren Blick auf seinen Bauch zu bekommen. „Nochmal?“

„Vielleicht solltest du deine Hand hierher legen.“ Er deutete auf seinen festen, trainierten Bauch, der jetzt, zum Glück, von seinem T-Shirt bedeckt war. „Damit du es erkennst.“

Ich spähte in sein Gesicht, um zu sehen, ob er mich reinlegen wollte, aber er wirkte todernst. Ich streckte zögernd meine Hand aus und platzierte meine Fingerspitzen sanft auf den Bereich gleich unter seinem Brustbein. Er atmete ein und aus, und das Gefühl seiner steinharten, muskelbepackten Brust unter meinen Fingerspitzen ließ diese kribbeln. *Schon wieder.*

Ich zog meine Hand weg. „Das ist gut."

„Wir haben also bewiesen, dass ich weiß, wie man atmet. Und jetzt?"

Ich lächelte. „Jetzt erden wir uns."

„Erden? Das klingt nach Elektrik."

„Es ist eine Visualisierungstechnik, die gut zu deiner Art zu denken passen sollte. Es ist also Zeit, deinen bilderorientierten Geist auf die Probe zu stellen. Schließ deine Augen und lege deine Handrücken mit geöffneten, nach oben gerichteten Handflächen auf deine Knie." Zögernd fügte er sich und schloss seine Augen dabei als Letztes, als hätte er keine Ahnung, wie er seine Hände bewegen oder platzieren sollte, wenn er sie nicht ansah.

Ich fing an, mit leiser und gleichmäßiger Stimme zu sprechen. „Okay. Jetzt wirst du jeden Teil deines Körpers entspannen. Mit jedem Atemzug, den du nimmst und ausstößt, wirst du *noch* entspannter werden. Deine Muskeln werden sich lockern. Dein Herzschlag wird langsamer werden. Deine Atemzüge werden immer weiter voneinander entfernt kommen."

Eine lange Pause. „Du benutzt einen Jedi-Gedankentrick, um mich dazu zu bringen, zu atmen aufzuhören, oder?"

„Wil! Bleib ernst. Tu, was ich sage."

„Ich werde tun, was du sagst."

„Gut."

„Das ist sehr gut."

Ich öffnete ein Auge und spähte zu ihm, aber er hatte seine Augen geschlossen und saß genauso da, wie zu dem Zeitpunkt, bevor ich meine Augen geschlossen hatte. *Hmm.* Machte er Scherze? Es war so schwer zu sagen!

Ich entschied mich, ihn zu testen. „Mach deinen Kopf frei."

„Mein Kopf ist frei."

„Das sind nicht die Droiden, nach denen du suchst."

„Das sind nicht die Droiden, nach denen ich suche …"

Ich klopfte ihm mit meinem Handrücken auf sein Bein. „Hör auf herumzublödeln. Das ist wichtig!" Das Lächeln verschwand von seinem Gesicht und ich fühlte mich sofort schlecht. Ich räusperte mich und fuhr in einem weniger gehässigen Ton fort. „Du musst das ernst nehmen. Du musst gewinnen. Du musst meine Ehre verteidigen, erinnerst du dich?"

Ich sagte es sanft, aber er nickte nüchtern. „Deine Ehre, deine Tiara, meinen Platz im Clan … meinen Wert. Eine Menge hängt davon ab. Ich werde nicht wieder herumscherzen."

Er hatte mich vor ein Rätsel gestellt. „Ähm … deinen *Wert?*"

„Ja."

Ich blinzelte. „Was genau meinst du damit? Du denkst, dass du verloren hast, weil du nicht würdig warst?"

Sein Blick traf meinen und entfloh ihm genauso schnell wieder. „Ich habe wegen meiner Defizite verloren."

„Wir alle haben Defizite. Du bist nicht anders. Das hat nichts mit deinem Wert zu tun."

Er schien nicht überzeugt zu sein. „Im Mittelalter wurden Streitigkeiten durch Duelle gelöst. Der würdige Ritter war derjenige, der das Duell gewann."

„Nun, das ist das einundzwanzigste Jahrhundert, nicht das Mittelalter und du bist nicht unwürdig. Wer auf Erden hat dich überhaupt auf den Gedanken gebracht, dass du unwürdig wärst?"

Irgendetwas blitzte in seinen Augen – ein tiefer, dunkler Schmerz. Seine Lippen waren so fest aufeinandergepresst, dass sie bereits weiß wurden, doch er antwortete nicht. Ich hatte einen Nerv getroffen und seine vulkanische Fassade war ein kleines bisschen eingerissen.

Ich streckte beschwichtigend eine Hand aus. „Ähm, es tut mir leid. Ich wollte nicht neugierig sein. Wenn du glauben willst, dass es bei diesem Kampf um deinen Wert geht – wenn dich das motiviert –, dann solltest du daran glauben dürfen."

„Ich glaube daran, weil es stimmt", beteuerte er.

Und er sagte es auf so traurige Weise, dass sich irgendetwas in meiner Brust verdrehte und dann zusammenzog. Ich bemerkte, dass er diese Worte benutzte, um etwas anderes zu sagen. Diese Worte hatten Gewicht. Sie fielen wie Münzen, klirrten zwischen uns auf dem Boden, bis sie regungslos waren und ihr Echo verstummt war.

„Das glaubst du nicht wegen Doug, oder?"

Er sah zutiefst verwirrt aus. „Doug?"

„Ich meine, weil Doug gemein zu dir war und Scheiße über dich erzählt hat?"

Er kaute auf seiner Lippe. „Ich denke nie an Doug. Er ist meine Zeit nicht wert."

„Oh … Ich bin nur verwirrt, denke ich." Ich wollte *unbedingt* mit ihm diskutieren. Wenn nicht wegen Doug, wieso sollte er sich sonst für unwürdig halten?

„Doug kann mich nicht zerstören, weil ich ihn nicht respektiere. Wieso sollte ich Wert auf seine Meinung über mich legen oder mich dadurch definieren lassen?"

Ich nickte. „Gutes Argument. Das ist eine gesunde Einstellung. Aber wieso hältst du dich dann für unwürdig?" Der Schmerz, der in seinen Augen zu sehen war, reichte tiefer in seine Vergangenheit. Ich wollte sofort wissen, um was es sich handelte.

Er sah weg. „Ich habe Gründe."

Damit hatte sich die Sache also erledigt.

Ich biss die Zähne aufeinander und kämpfte gegen den Drang an, der Sache nachzugehen. Aber ich konnte mir nicht erlauben, mich da hineinziehen zu lassen. Ich würde bald weiterziehen und durfte mich hier nicht festhalten lassen. Ich würde William helfen, weil etwas von mir auf dem Spiel stand, aber da musste es enden.

Ich nahm einen tiefen Atemzug und hob mein Kinn, bereit anzufangen. „Es wird Zeit für uns, zurück zur Atmung zu kommen, okay? Wir werden nicht mehr darüber reden, ob du würdig bist oder nicht."

Er blickte zu mir hoch und nickte, aber was ich in seinen Augen sah, erschreckte mich. Denn es sah sehr nach Angst aus.

Kapitel Sechs
William

„JETZT", SAGT SIE UND ICH VERSUCHE, NICHT DARAUF ZU achten, wie ihre Lippen die Worte formen, wie sie ihre hellen Haare von ihren Schultern nach hinten streicht. Ich versuche, das enge, angespannte Gefühl zu ignorieren, das ich durchlebe, wann immer ich in ihrer Nähe bin. Ich wische meine Handflächen wieder an meiner Jeans ab und sie lehnt sich nach vorne, um mich zu korrigieren. „Nein. Handflächen nach oben. Leg sie auf deine Knie."

Sie nimmt meine Handgelenke in ihre kleinen Hände – ihre Finger sind nicht einmal lang genug, um meine Handgelenke zu umschließen – und dreht meine Hände nach oben.

Ich mache das manchmal. Die Handflächen über meine Hosenbeine zu reiben, beruhigt mich. Ich drehe meine Handflächen wieder um und streiche sie noch ein paar weitere Male über meine Jeans. Es fängt schon an zu wirken.

Sie verschränkt ihre Arme vor der Brust. „Was ist los? Willst du das nicht tun?"

„Ich weiß gerne, was noch kommt, und mag es, die Kontrolle darüber zu haben." Ich streiche meine Hände wieder über meine Oberschenkel, da die Reibung mich beruhigt.

Ihre Augen verfolgen meine Bewegung. „Soll ich gehen?"

Ich erstarre. „Nein."

„Ich will nicht, dass du dich unwohl fühlst, weil ich hier bin, William."

Mein Rücken richtet sich auf und meine Muskeln spannen sich an. Obwohl ich von ihrer Nähe irritiert bin, habe ich plötzlich Angst, dass sie gehen wird. Sie riecht so gut – wie frisch gemahlener Zimt. Aber das ist alles, was ich riechen kann, und sie ist alles, an was ich denken kann. Und es interessiert mich wirklich nicht im Geringsten, richtig zu atmen. Ich will sie einfach nur zufriedenstellen.

Ich zwinge mich, aufzuhören, meine Hände über die Jeans zu reiben, indem ich sie zu Fäusten schließe. „Lass uns weitermachen."

„Tust du das, um dich zu beruhigen?"

Ich nicke.

„Dann hast du einen Weg gefunden, damit zurechtzukommen, wenn du gestresst bist. Das ist sehr nah an dem dran, was wir erreichen wollen – einen Bewältigungsmechanismus finden, um mit Menschenmengen umzugehen."

„Das ist nicht gerade etwas, das ich in voller Ritterrüstung machen kann. Und es würde nicht helfen, selbst wenn ich es tun könnte."

Sie denkt eine Minute nach, wobei ihre Augen nach links wandern, während sie ihre Oberlippe zwischen ihre geraden, weißen Zähne nimmt. Ihre dunkelrosa Zunge schießt hervor, um ihre Lippen zu befeuchten, und ich bin plötzlich erfüllt von warmer Erregung. Ich frage mich, ob sie weiß, wie entzückend sie ist. Wie sehr ich sie küssen will, sie berühren will …

Ihr Kopf wendet sich ruckartig zurück zu mir. Während sie spricht, fängt sie an, an den Ringen an ihren Fingern herumzuspielen. „Wie fühlst du dich, wenn du die Rüstung trägst?"

„Ich mag es, die Rüstung zu tragen. Sie hat einen beruhigenden Effekt."

Sie neigt ihren Kopf zur Seite. „Wirklich? Ich hätte gedacht, dass du dich dabei gestresst oder unbehaglich fühlst, da eine Rüstung anzulegen quasi das Gleiche ist, wie loszuziehen und zu töten."

„Ich töte niemanden in meiner Rüstung."

Sie atmet hörbar aus und ihre Augen wandern zur Decke. „Natürlich nicht, aber ... du machst dich zum Kämpfen bereit. Das stresst dich nicht?"

„Nein, das Gewicht der Rüstung beruhigt mich." Sie scheint es nicht zu verstehen und ich habe nicht wirklich eine Ahnung, wie ich es ihr erklären soll. Ich wünschte, ich könnte ein Bild malen, um es ihr verständlich zu machen – um die Nachricht geradewegs von meinem Gehirn an ihres zu vermitteln.

Es herrscht Stille zwischen uns und sie lässt sich zurück auf die Matte fallen. Mit einem langen Seufzen starrt sie an die Decke hinauf. „Du musst bereit sein, mit mir daran zu arbeiten."

„Ich bin bereit."

„Nein, du widersetzt dich mir jedes Mal. Könntest du mir bitte auf halbem Weg entgegenkommen?"

Ich stelle mir ungefähr fünf verschiedene Möglichkeiten für einen „halben Weg" vor – die Hälfte eines Kürbiskuchens beim Familienessen im Haus meines Vaters, ein halbleeres Glas Wasser, das ich auf der Küchentheke neben dem Spülbecken habe stehen lassen, bevor ich in meine Werkstatt gegangen bin, die Hälfte des Wegs nach –"

Jenna setzt sich plötzlich so schnell wieder auf, dass ich aus diesem Gedankengang schrecke. „Du machst mich wütend, Wil. Es tut mir leid. Ich muss das einfach sagen. Ich *brauche* diese Tiara wieder.“

„Wieso?“

Ihre hellen Augenbrauen ziehen sich zusammen. „Es spielt keine Rolle, wieso. Es ist wichtig für mich.“

Ich nicke. „Ich verstehe.“

„Nein. Tust du nicht. Ich will nicht gemein sein, aber … nun, meine Schwester heiratet im Juni und sie will sie bei ihrer Hochzeit tragen.“

Ich habe das Gefühl, dass das nicht die ganze Geschichte ist, aber ich weiß nicht, was ich angesichts ihrer unübersehbaren Wut sagen soll.

Sie seufzt wieder. „Interessiert es dich nicht, dass du dich dem Clan nicht mehr anschließen können wirst, wenn Doug gewinnt? Er sagt, dass du dich selbst verbannen musst.“

Meine Augen sinken zu Boden, als ihre Worte wie ein starker Fluss über mich strömen. Sie ziehen an mir und rauben mir den Atem, als wäre ich unter tobenden Stromschnellen gefangen. „Ich interessiere mich für meine Freunde. Ich habe nicht so viele.“

Sie sagt nichts, also lehne ich mich auf meine Arme zurück und beobachte sie.

„Wieso hast du Doug zu dem ersten Duell herausgefordert? Damals mochtest du das Kämpfen noch nicht einmal. Es hat alle überrascht.“

Ich schlucke etwas hinunter, das sich wie ein großer Kloß in meinem Hals anfühlt. Ich kann ihr den wahren Grund nicht sagen. Ich habe keine Ahnung, wie sie auf *Weil Doug dich hatte und ich wollte, dass du mein bist* reagieren würde.

Aber ich will auch nicht lügen. „Doug ist arrogant und beleidigend gegenüber anderen. Ich hatte es satt." Das ist die Wahrheit ... zum Teil jedenfalls.

Sie scheint einen Moment darüber nachzudenken, bevor sie aufsieht. „Ist – ist das der einzige Grund?"

Mein Gesicht wird heiß. Soll ich lügen? *Kann* ich lügen?

„Um mir selbst zu beweisen, dass ich es schaffen kann." Ich schmettere das hinaus, weil, ja, das war auch ein Grund. Es ist wahrscheinlich der wichtigste Grund, weshalb ich etwas anfange und in fast allem, was ich versuche, hervorragend bin. Meine Kunst, das Schmieden, das Schwertkämpfen. Alles.

Habe ich nicht mein ganzes Leben lang diese Maßstäbe für persönlichen Wert aufgestellt? *Wenn ich einfach bessere Noten in der Schule bekomme, wird sie stolz auf mich sein. Sie wird mich lieben. Wenn ich ein fähiger Künstler werde, wird sie vor ihren Freunden damit angeben, dass ich ihr Sohn bin. Sie wird nicht mehr weg bleiben ...*

Als ich wieder einatme, tut es tatsächlich weh. Aber ich schiebe diesen alten Schmerz beiseite, zwinge ihn zu verschwinden.

Jenna zieht ihre Schultern hoch. „Wir müssen dich an Menschenmassen gewöhnen. Wie bei einer Sportveranstaltung. Magst du Baseball?"

„Nein."

„Okay, auch gut – im März gibt es sowieso keine Baseballspiele. Aber Eishockey ... wir könnten zu einem Spiel der Ducks gehen?"

Ich schüttle meinen Kopf.

„Komm schon. Das wird lustig. Eishockeyspieler haben eine große Ähnlichkeit mit modernen Rittern. Sie, ähm, tragen ihre eigene Art von Rüstung, sie tragen große Stöcke – wie Lanzen – und sie kämpfen viel."

Ich lache bei dem Gedanken, Eishockeyspieler mit Rittern zu vergleichen. Ich habe schon einmal Ausschnitte von Eishockeyspielen gesehen, und ich würde sie niemals als solche ansehen. Ich wage einen Blick auf Jennas Augen und sehe, dass sie mir nicht ins Gesicht sieht. Sie starrt auf meine Brust. Also nutze ich die Gelegenheit, um diesen dunkelblauen Kreis um diese kornblumenfarbenen Iris, die mit hellen Wimpern umrahmt sind, zu studieren. Sie sieht jugendlich und frisch aus und trägt kaum Make-up und ich finde, dass sie so noch schöner aussieht. Ich fühle mich warm, wie wenn die Sonne an einem wolkigen Tag zum Vorschein kommt.

Ohne Vorwarnung treffen ihre Augen auf meine und ich reiße meinen Blick weg. Ich kann nicht zu fest oder zu tief hinsehen. Es fühlt sich an, als würde ich Dinge sehen, die ich nicht sehen sollte.

„Vertraust du mir, William?" Ich zögere, darauf zu antworten. Um ganz ehrlich zu sein, Jenna hat mir keinen Grund gegeben, ihr zu vertrauen. Sie wartet ab und seufzt dann. „Wenn du mit mir dort hingehst, können wir üben. Ich kann mir sonst keine andere Möglichkeit vorstellen, dich an Menschenmengen zu gewöhnen.

„Hast du das getan? Wegen deiner Angst vor lauten Geräuschen?"

Sie nickt. „Ja ... ich habe mir ein paar Filme im Kino angesehen. Über Krieg. Und" – sie zittert, als sie fortfährt – „ich bin an einen Schießstand gegangen. *Das* war schwer. Ich bin ziemlich ausgeflippt."

Ich sehe auf, will plötzlich mehr über sie wissen – darüber, als sie wie ich mit Panik zu kämpfen hatte.

„Wie hast du es überstanden?"

„Ich habe mich daran erinnert, dass der Geist über die Materie triumphiert."

Und wieder spricht sie in Metaphern. Ich habe diesen Ausdruck schon einmal gehört, aber ich verstehe ihn immer noch nicht und es ist sogar schwer, ihn mir auszumalen. Sie scheint es an meiner Reaktion zu bemerken.

„Es bedeutet, dass ich mich daran erinnern musste, dass ich stärker bin als die Angst."

Ich nicke, während ich nach unten sehe und über ihre Worte nachdenke. Wie wahnsinnig tapfer es war, sich selbst dazu zu zwingen, sich mit dieser Angst zu konfrontieren. Nur der Gedanke daran, wie sie an dem Schießstand „ausflippt", rüttelt etwas in mir wach – einen heftigen Beschützerinstinkt, denke ich. Ich stelle mir vor, wie ich mit ihr dort bin, meine Arme um sie lege, ihr zuflüstere, dass alles gut werden wird und ich sie beschütze.

Wenn sie tapfer genug ist, das zu tun … dann kann ich das auch sein.

„Und wenn ich gehen will?"

„Dann werden wir gehen", sagt sie einfach.

„Wieso bist du an dem Schießstand ausgeflippt?"

„Es hat … Erinnerungen zurückgeholt. Sie haben mich überrumpelt."

„Welche Erinnerungen?"

Ihr Gesichtsausdruck verändert sich, ebenso wie ihre gesamte Haltung. „Schlechte Erinnerungen. Ich will dich lieber nicht damit belasten." Sie lacht, als sie das sagt, und winkt mit einer Hand ab. Sie will nicht ins Detail gehen, denn was immer es auch ist, es ist düster. Ich erinnere mich an die Bilder und den Film, die ich über diesen Krieg gesehen habe. Schreckliche Bilder kommen mir in den Sinn.

Und als sie klein war, war sie dort ... inmitten des Ganzen. Ich staune, dass sie sich entschlossen hat, sich dem Gewehrfeuer trotz des Schreckens auszusetzen.

Ich räuspere mich. „Dann werde ich hingehen. Wenn du mit mir kommst. Aber –"

„Wir werden gehen, wenn du gehen musst. Sobald es unerträglich wird. Ich werde dich nicht verurteilen. Okay?"

Ich nicke, aber mein Herz rast. Ich bin mir nicht sicher, ob es an dem Gedanken liegt, mich dem auszusetzen, oder an der Tatsache, dass ich mehr Zeit mit Jenna verbringen werde.

***

Ich habe die Tickets für das Eishockeyspiel besorgt und wir gehen, nachdem ich aus der Arbeit komme. Ich hatte Zweifel darüber geäußert – per SMS –, durch den Verkehr um die Eishockeyarena zu fahren. Sie hatte die Idee, bei einem nahegelegenen Kino zu parken und dann zu Fuß weiterzugehen. Das ist also unser Plan.

Ich warte am Bordstein vor ihrer Wohnung. Ich habe ihr jetzt bereits zweimal geschrieben, dass ich hier bin, und sie hat mich nun endlich wissen lassen, dass sie auf dem Weg nach unten ist. Ein paar Minuten später erscheint sie in Jeans und einem langärmligen Pullover, der die Kurven ihres Körpers hervorhebt. Sie lächelt, als sie einen Blick auf mein Auto erhascht, und ihre hellen Haare quellen aus einer dunklen Strickmütze hervor. Je mehr ich mich auf sie konzentriere, desto schwieriger ist es, mich auf etwas anderes zu konzentrieren, also blinzle ich und reiße meine Augen von ihr los.

„Genau pünktlich. Tut mir leid, dass ich zu spät bin …", sagt sie, als sie einsteigt.

„Schon wieder."

Als ich hinübergreife, um die Temperatur im Auto anzupassen, bemerke ich, dass ihre Augenbrauen zucken, aber sie antwortet nicht. Ich fahre vom Bordstein weg, während sie weiter schweigt.

Ihr Zimtduft greift meine Sinne an, seitdem sie sich neben mir niedergelassen hat. Er ist so ablenkend, dass ich mich kaum auf die Straße konzentrieren kann.

Ich räuspere mich. „Ich bin immer pünktlich. Und wenn nicht, dann habe ich einen guten Grund dafür."

Sie wetzt in ihrem Sitz umher. „Irgendwie habe ich das schon von dir gewusst." Ich rätsle über ihre Worte und frage mich, wie sie das bereits über mich wissen konnte. „Also, wie fühlst du dich deswegen?", fragt sie.

Ich zucke mit den Schultern. „Ich werde dir mehr Informationen geben können, wenn wir dort sind."

„Bist du nervös?"

„Ich versuche, nicht daran zu denken. Wenn ich daran denke, stelle ich mir dauernd riesige Menschenmengen vor, die sich aneinander vorbeidrängen –" Und wieder füllt dieses Bild meine Gedanken. Ich kann die anderen Körper praktisch spüren und kann außer Köpfen und Armen nichts anderes um mich sehen. Ich schüttle meinen Kopf, um das Bild loszuwerden.

„Denk nicht darüber nach." Sie legt ihre Hand auf meinen Oberarm. „Versuch, es dir nicht so vorzustellen." Ich zucke mit der Schulter, was zur Folge hat, dass ihre Hand hinunterrutscht, aber sie kommentiert das nicht.

„Ich kann nicht anders. Ich denke einfach so. *Alles* ist in Bildern."

„Aber es gibt andere Wege, in einer Menschenmenge zu sein – kontrollierte Wege. Wie bei einem Eishockeyspiel, bei dem jeder seinen eigenen Sitz hat und mehr oder weniger auf seinem eigenen Platz bleibt. Es muss nicht alles wie ein Moshpit bei einem Rockkonzert sein. Du könntest dir vorstellen, wie du in einem Museum bist, dir schöne Kunst ansiehst und jeder den eigenen Raum des anderen respektiert."

Sie beobachtet mich für eine lange Zeit, aber meine Hände sind am Lenkrad und meine Augen auf der Straße. Ich versuche das Gefühl zu ignorieren, dass ich bekomme, wenn sie in der Nähe ist. Es kann so überwältigend sein, dass es ablenkend wirkt, und ich muss dagegen ankämpfen, um mich auf das Fahren zu konzentrieren.

Ein paar Minuten später sind wir in Anaheim und ich parke das Auto. Wir gehen zu dem Bürgersteig entlang der belebten, überfüllten Katella Avenue. Der Santa Ana River ist trotz der Tatsache, dass es Winter ist, kaum mehr als ein Rinnsal, als wir die Brücke überqueren. Ich spähe über meine rechte Schulter zu den Bergen und sehe, dass darauf nur sehr wenig Weiß ist. Meteorologen prognostizieren für dieses Jahr eine der schlimmsten Trockenzeiten und ich denke, sie haben recht.

Wenn ich an Trockenzeiten denke, stelle ich mir plötzlich die leere Wüste entlang der Interstate 15 in Richtung Las Vegas vor. Aber dieses Bild wird mir in dem Moment entrissen, als ich spüre, dass jemand meine Hand nimmt und sie drückt. Ich drehe meinen Kopf.

Jennas Hand hält die meine und alles wird schneller – das Schlagen meines Herzens, die Geschwindigkeit meines Blutes in meinen Venen, das Tempo, in dem ich atme. Ich habe keine Ahnung, was diese Geste bedeutet. Ich nehme unsere Hände hoch, um darauf zu starren.

„Tut mir leid – magst du das nicht? Ich wollte dir nur eine moralische Stütze anbieten."

„Stütze? Wie ... mich aufrecht halten?"

„Im übertragenen Sinne, ja."

Ich denke darüber nach. „Ist es das, was Händchenhalten bedeutet?"

„Manchmal. Aber manchmal ist es mehr. Es kommt auf die Umstände an ... auf die Beziehung."

Ich bemerke, dass ich mich mehr darauf konzentriere, ihr zu folgen, als auf die friedliche Reihe von menschlichen Wesen, die zum Eingang des hoch aufragenden Honda Centers gehen, das der Sitz der Anaheim Ducks ist. Also drücke ich ihre Hand ebenfalls.

„Danke für das Zeichen deiner Unterstützung. Bis jetzt hilft es."

„Wir sollten ein Codewort haben."

„Ein Codewort?"

„Damit du mir sagen kannst, wenn du dich nicht so gut fühlst."

„Kann ich dir nicht einfach sagen, wenn ich mich nicht so gut fühle?"

Sie zuckt mit den Schultern. „Ja. Aber ein Codewort könnte spaßiger sein. Wir könnten ein Spiel daraus machen. Zum Beispiel … wenn du dich nicht so gut fühlst, kannst du *Essiggurken* sagen. Und wenn du wirklich, wirklich das Gefühl hast, dass du gehen musst, kannst du *Relish* sagen."

„Ich mag Relish."

„Das Wort ist nicht wichtig. Wir können ein anderes nehmen, wenn du willst."

In diesem Augenblick erreichen wir die Glastüren, die hineinführen. Leider muss ich ihre Hand loslassen, um die Tickets aus meiner Geldbörse zu holen und sie dem Kartenabreißer zu übergeben.

Drinnen ragt das Gebäude hoch über uns auf. Es ist groß – sehr groß. Ich versuche wirklich so zu atmen, wie sie es mir gezeigt hat, aber ich bin mir nicht sicher, ob es hilft. Ich werde es jedoch weiterhin versuchen, weil sie es mir gezeigt hat und anscheinend daran glaubt. Was hilft, ist, dass wir in eine Richtung gehen, in die die meisten nicht gehen. Ich habe die teureren Tickets gekauft, in der Hoffnung, dass genau das der Fall sein würde.

Jenna sieht auf unsere Ticketabschnitte hinunter, um zu ermitteln, wo sich unsere Sitze befinden. „Wow, du hast viel Geld ausgegeben. Ich habe noch nie zuvor auf den guten Plätzen gesessen."

„Gehst du öfter zu Eishockeyspielen?"

Sie zuckt mit den Schultern. „Ich bin mal mit einem Kerl gegangen, dem Eishockey gefiel. Er hatte Saisontickets, also bin ich oft mit ihm mitgegangen."

Als wir auf der Suche nach unserem Bereich auf die andere Seite der Arena gehen, werde ich von unangenehmen Gefühlen über das, was sie eben gesagt hat, überwältigt. Ich komme nicht umhin, mich zu fragen, wer der Kerl war, den sie gedatet hat. Es war nicht Doug. Soweit ich weiß, mag er Eishockey nicht und sie war nicht sehr lange mit ihm zusammen.

Plötzlich bin ich aufgebracht, als Erinnerungen davon, sie zusammen zu sehen, durch meine Gedanken huschen – wie sie nebeneinander bei den RMRA-Treffen sitzen, Händchen halten und sich sogar küssen. Dieses hitzige Gefühl in mir ist Eifersucht, und es ist nicht rational, da sie nicht mehr mit Doug zusammen ist. Aber ich hasse diese Erinnerungen, weil sie mich daran erinnern, dass sie mit Doug zusammen war und nicht mit mir. Es macht keinen Sinn, aber ich bin trotzdem wütend.

„Warst du mit vielen Kerlen zusammen?", frage ich. Es überrascht mich, wie ich damit herausgeplatzt bin. Ich habe über die Jahre gelernt, meinen Mund geschlossen zu halten und mich zu zwingen, erst darüber nachzudenken, was ich sagen will, bevor ich etwas ausspreche. Etwa die Hälfte der Zeit bleiben die Worte unausgesprochen. Aber diese Worte entkommen mir, da ich mit der Abwendung von irrationaler Eifersucht beschäftigt bin.

„Ähm. Mit ein paar."

„Alex sagt, dass du nie sehr lange mit ihnen zusammen bist."

Ihre Augen fixieren sich auf die Decke. „Alex ist übertrieben kritisch gegenüber meinen Datinggewohnheiten. Sie versteht es nicht wirklich."

Nun, dann sind wir schon zu zweit. *Ich* verstehe sie auch nicht.

Sie bleibt stehen und dreht sich zu mir. „Das ist unser Bereich. Bist du bereit?"

Ich bleibe neben ihr stehen und blicke mich um, während Menschen zu unserer Tür gehen. Wir sind ziemlich früh dran, also ist noch nicht viel los. „Ja."

Als wir hineingehen, bin ich sofort von der gewaltigen Arena um uns und über uns überwältigt – so sehr, dass mir schwindlig wird. Aber ein paar Leute sitzen bereits und es fühlt sich nicht so erdrückend an, wie ich erwartet hatte, also bin ich erleichtert. Jenna beobachtet mich genau, als wir die Treppe hinuntergehen, um unsere Plätze zu suchen. „Wow, William. Du musst ein Vermögen dafür bezahlt haben. Ich bin es gewohnt, auf den *Nosebleed*-Plätzen zu sitzen."

Ich sehe hinauf in die Arena, zu den Plätzen, auf die sie deutet. „Da oben bekommen Leute Nasenbluten?"

Sie lacht. „Nein, sorry. Das ist nur ein Ausdruck. Es bedeutet, dass die Plätze so weit oben sind, dass man Nasenbluten bekommen *könnte*."

Ich stelle mir das letzte Mal vor, als ich eine blutige Nase hatte. Ich wurde in der High School angegriffen und irgendein Kind hat mir einen Kopfstoß direkt auf die Nase verpasst, wobei er mich einen *hoffnungslosen Vollidioten* genannt hat. Das Blut war heiß und schmeckte nach Metall.

Ich sehe zurück zu Jenna, die mir ins Gesicht blickt. Ich schaue schnell weg.

„Du stellst dir vor, Nasenbluten zu haben, oder?"

„Ja."

„Ich denke, ich lerne langsam damit umzugehen, wie du denkst. Ich werde versuchen, mich wortgetreuer auszudrücken."

Mit einem kleinen Lächeln sinkt sie in ihren Sitz. „Willst du an ein paar Sachen arbeiten, während wir auf den Spielbeginn warten?"

„Mehr Visualisierung?"

Sie zuckt mit den Schultern. „Wenn du willst. Wir können uns auch einfach nur unterhalten."

„Über was würden wir uns unterhalten?"

„Nun … Ich habe mir Gedanken über deine Rüstung gemacht. Du sagtest, dass dich das Tragen einer Rüstung aufgrund ihres Gewichts beruhigt."

Ich nicke. „Der Druck fühlt sich gut an."

„Ich denke, das verstehe ich. So wie wenn man beim Zahnarzt ist und sie einem diesen schweren Umhang anlegen, wenn sie eine Röntgenaufnahme machen. Dabei fühle ich mich entspannt."

Ich stelle mir meinen letzten Besuch beim Zahnarzt vor. Die Dentalhygienikerin, Nancy, sagte mir, dass sie mich mag, weil ich nicht versuche zu sprechen, während meine Zähne gereinigt werden. Sie hat kurzes, blondes Haar und ihr Haarspray riecht fürchterlich. „Ja. Nicht genau, aber es kommt ungefähr hin."

Menschen strömen herein, sprechen laut und lachen noch lauter. Gerüche von Essen, das sie von den Verkäufern hertragen, übermannen mich. Ich habe Hunger, aber ich bin nicht in der Stimmung, etwas zu essen.

Die ganze Zeit über redet Jenna mit mir. Ich versuche, mich darauf zu konzentrieren, was sie sagt, aber ich schnappe nur manches auf. Ich setze mich anders auf meinen Platz und drehe mein Ohr zu ihr, aber alles, was ich hören kann, sind die hereinkommenden Leute, die sich um uns herumdrücken und die Arena füllen. Die Ducks haben sich gut geschlagen, sagt sie mir, und die Saison ist schon beinahe vorbei. Es kommen eine Menge Leute, um diese letzten Spiele zu sehen.

„Wie geht es dir? Sind wir schon nahe an Essiggurken?"

Ich sehe sie fragend an und erinnere mich dann, dass es ein Codewort ist. „Es wird mir gut gehen, wenn ich mein Skizzenbuch heraushole. Das ist etwas, das ich in der Öffentlichkeit als hilfreich empfinde."

Ich ziehe einen kleinen Block und einen Drehbleistift, den ich immer benutze, wenn ich unterwegs bin, aus meiner hinteren Hosentasche. Sie neigt ihren Kopf und sieht mich aus ihren Augenwinkeln an. Ich sehe auf und unsere Blicke treffen sich.

Es ist viel leichter, wenn sie mich so ansieht – weniger intensiv. Weniger so, als würde man in einen hellen Scheinwerfer oder die Sonne blicken. Jenna ist definitiv die Sonne zu den hellen Scheinwerfern aller anderen.

„Was zeichnest du?"

Ich klappe mein Skizzenbuch auf – natürlich auf der falschen Seite. Es ist bereits eine Skizze auf der Seite, aber bevor ich auf die nächste freie Seite blättern kann, stoppt sie mich und dreht das Blatt, sodass sie es ansehen kann. „Wow, du hast das gezeichnet? Das ist so gut."

Ich sehe auf die Hand, die ich gemalt habe, hinunter. Es ist eine meiner schnelleren Zeichnungen – aus dem Gedächtnis statt von einem Modell. Das ist eine meiner Stärken. In diesen wenigen Kunstkursen, an denen ich teilgenommen hatte, musste ich das Modell nur ein paar Minuten aus verschiedenen Winkeln studieren. Anschließend konnte ich mir das Bild ins Gedächtnis rufen, wann immer ich es brauchte. Das gab mir die Möglichkeit, mir bei der Fertigstellung Zeit zu nehmen.

„Wessen Hand ist das? Jedes Detail ist so …“ Dann hebt sie ihre Hand und positioniert sie neben der Zeichnung. Ich nehme an, dass sie jetzt vermutet, dass sie das Modell war.

„Das ist meine Hand?“

„Nun …“ Ich bin mir nicht sicher, wie sie das aufnehmen wird, also antworte ich nicht.

Sie zeigt auf den Mittelfinger auf der Zeichnung und bemerkt den abgebrochenen Nagel. „Der ist mir vor Kurzem abgebrochen … an dem Tag, als ich bei dir war. Wann hast du das gezeichnet?“

„Heute Morgen.“

Sie setzt sich auf und beugt sich über die Zeichnung, während sie eine Strähne ihres goldenen Haars hinter ihr Ohr steckt. Und jetzt kann ich meinen Blick nicht von diesem Ohr abwenden … die Form, die Beschaffenheit. Es sieht zart und empfindlich aus, wie der Rest ihres Körpers. Ich werde das Ohr als Nächstes zeichnen.

„Wie zum Teufel hast du das getan, Wil? Es ist ein zu winziges Detail, als dass du dich daran erinnern könntest.“

„Wenn ich in der richtigen Geistesverfassung bin, kann ich alles abrufen, was ich sehe. Wenn ich mich konzentriere, kann ich auch die Details sehen.“

Sie schüttelt ihren Kopf, als würde sie mir nicht glauben. Ich schlucke und meine Kehle fühlt sich eng an. Sie wird mich herausfordern, mich einen Lügner nennen.

„Das ist einfach … unglaublich.“

Ich blinzle. „Es stimmt wirklich.“

Sie sieht mich wieder von der Seite an. „Ja, ich glaube dir, William. Das ist einfach nur so faszinierend. Geradezu verblüffend. Ich wünschte, ich könnte das. Meine Erinnerungen an manche Dinge scheinen so schnell zu verblassen. Dinge, an die ich mich gerne besser erinnern würde."

„Wie zum Beispiel?"

Sie zieht ihre Unterlippe in ihren Mund, um darauf zu beißen. Ihre Lippen sind hellrosa und etwas glänzend von dem Produkt, das sie benutzt hat. Mir fällt auf, dass ich gerne wissen würde, wie es sich anfühlt, meine Lippen auf ihre zu pressen. Ich wollte noch nie eine Frau so sehr küssen, wie ich Jenna küssen möchte.

Heute Abend. Wenn wir alleine sind. Ich werde sie küssen.

Ich darf mich aber nicht näher damit befassen, denn dann wäre ich versucht, es jetzt statt später zu tun. „Woran würdest du dich gerne besser erinnern?", wiederhole ich die Frage.

Sie zuckt mit den Schultern und sieht weg. Ihr Bein hüpft auf der Stelle auf und ab. „An meinen Vater."

„Du hast ihn lange nicht gesehen?"

Sie leckt sich über die Lippen und reibt ihre Hand über ihre Jeans, als wollte sie etwas entfernen, das gar nicht da ist. „Zwanzig Jahre. Er ist im Krieg gestorben."

„Und du warst … klein."

„Ich war fünf, als ich ihn das letzte Mal gesehen habe. Bevor wir gegangen sind, um in die Vereinigten Staaten zu kommen."

Das bekümmert mich. Ich wäre sehr, sehr traurig, wenn mein Vater tot wäre. Er ist ein toller Dad – ein großartiger Mann. Ich bin auf einmal verloren in diesen elenden Gefühlen und habe Angst vor der Möglichkeit, ihn zu verlieren. Wie muss es sein, seinen Vater zu verlieren? Mein Dad … Ich bin froh, ihn zu haben. Sein Bruder ist jung gestorben. Was, wenn *er* gestorben wäre?

„Ich habe dich deprimiert. Siehst du … Ich sollte niemals über meine Kindheit sprechen. Es ist ein deprimierendes Thema.“

Ich runzle die Stirn. „Du bist im Krieg aufgewachsen. Du kannst nichts dafür, dass es ein deprimierendes Thema ist.“

Sie räuspert sich und lässt ihr Knie noch eine Weile hüpfen, bevor sie sich wieder auf meinen Notizblock konzentriert. „Also, zurück zu der Zeichnung … wieso hast du meine Hand gezeichnet? Sie ist nicht gerade eine besonders außergewöhnliche Hand.“

Ich zeichne die Linien der Zeichnung nach und gebe dabei acht, die Bleistiftstriche nicht zu verwischen. „Deine Handgelenke … sie sehen zart aus, aber sie sind stark. Sieh hier “ Auf meiner Zeichnung zeige ich auf die Beule auf der Oberseite des äußeren Handgelenks. „Du hast einen auffälligen Ellenfortsatz, aber ein sehr dünnes Ellengelenk. Und hier –“

„Du kennst die komplette Anatomie?“

Ich nicke. „Ich zeichne Menschen … da ist es wichtig, die Anatomie zu verstehen.“

„Wow, ich wette, Mia benutzt dich als Lernpartner für die medizinische Fakultät, oder?“

„Manchmal. Aber mein Wissen muss nicht so tief wie ihres gehen.“

Sie schiebt ihren langen Ärmel nach hinten, um ihr Handgelenk zu begutachten, dann blickt sie auf die Zeichnung, als würde sie die beiden vergleichen. „Ich hätte nicht in einer Million Jahren gedacht, dass meine Handgelenke außergewöhnlich sind.“

„Nun, du wirst keine Million Jahre leben, also –“

Sie hebt lachend eine Hand und ich bemerke, dass ich wieder das Übliche getan habe. „Tut mir leid, ich habe mich wieder nicht wörtlich ausgedrückt. Es bedeutet, dass ich überrascht bin."

Ich blättere zu einer leeren Seite und fange an zu skizzieren, während wir uns unterhalten. Dieses Mal suche ich mir ein sichereres Objekt zum Zeichnen aus – die Anzeigentafel, die mittig über der Eishalle hängt. Für eine Weile hilft das. Mit Jenna neben mir überstehe ich die restliche Zeit, in der die Menschen hereinmarschieren – durch unsere Reihe an uns vorbeigehen und sich auf die Sitzplätze vor und hinter uns setzen –, und die Vorstellung der Spieler, die aufs Eis hinauslaufen, als ihre Trikotnummern und ihre Namen ausgerufen werden. Mir geht es gut, solange ich mich auf mein Skizzenbuch konzentrieren kann und nur hin und wieder aufsehe.

Es wird schwieriger, die grellen Lichter, den Geruch von Essen, das Geräusch schlurfender Füße überall um uns herum auszublenden. Es ist laut und Jenna muss sich nahe zu mir lehnen, wenn sie mir etwas sagen will. Ich will jedoch, dass sie damit weitermacht. Ich mag, wie es sich anfühlt, wenn ihre Haare gegen meine Wangen streifen. Ich mag, wie sie heute Abend duftet … wie Regen auf Gras. Wie reife Birnen.

Aber nach einer Weile wird es zu schwer – und die Arena zu dunkel –, um mich auf meinen Skizzenblock zu konzentrieren, also bin ich gezwungen, ihn in meiner Gesäßtasche zu verstecken. Der Lärm ist ablenkend, genau wie die Gegenwart der Zuschauermenge. Es fühlt sich an, als würden Ameisen über meine Haut krabbeln. Ich reibe meine Hände über meine Oberschenkel, um mich zu beruhigen, aber das hilft auch nicht.

Jenna aber beobachtet mich genau. Sie lehnt sich herüber und sagt: „Geht es dir gut?"

„Ähm …"

„Fühlst du dich etwas … Essiggurken?"

Ihr Satz macht absolut keinen Sinn, aber ich erinnere mich daran, dass das an unserem Code liegt. Also nicke ich. „Ja. Essiggurken. Saure Dill-Essiggurken."

Ihre Augenbrauen heben sich. „Wir wollen keine sauren Dill-Essiggurken. Ich, ähm, habe eine Idee. Vielleicht wird es dir helfen, dich auf andere Gedanken zu bringen, sodass du das Spiel verfolgen kannst."

„Okay."

„Nun, es wird nicht so gut sein wie eine Ritterrüstung oder gar ein Bleiumhang beim Zahnarzt."

Sie steht auf und sinkt dann genauso schnell auf meinen Schoß. Dann lässt sie sich vorsichtig auf meinen Schenkeln nieder. Ich erstarre und bin völlig ratlos, was ich jetzt tun soll. Tatsächlich bin ich gerade so verwirrt, dass ich vergesse, mir wegen der Menschenmenge um uns oder der Geräusche des Eishockeyspiels Sorgen zu machen.

Sie dreht sich um und sagt: „Ist das okay? Bist du okay?"

Ich lehne mich ein bisschen nach vorne, sodass sie meine Antwort hören kann. „Ja."

Eine wunderschöne Frau sitzt auf meinem Schoß. Wie Jordan sagen würde: *Was gibt es da nicht zu mögen?*

Langsam lehnt sie sich zurück und an meine Brust. Wir berühren uns jetzt von ihren Knöcheln aufwärts über ihre Beine bis zu ihren Hüften, die auf meinen Oberschenkeln ruhen. Ihr Rücken ist an meine Brust gedrückt. Ihr Kopf zur Seite geneigt, sodass ich noch immer an ihr vorbeischauen kann, wenn ich das

Spiel sehen will. Das will ich aber nicht. Jetzt gerade könnte ich mich nicht darauf konzentrieren, auch wenn ich es versuchte.

Mein Herz rast. Das Gefühl von ihr und dieser Duft – er ist jetzt noch stärker. Ist es ihr Shampoo? Ihre Seife? Oder ist es *sie*, was ich rieche?

„Fühlst du dich wohl?", fragt sie und dreht ihren Kopf erneut, wobei ihr seidenes Haar mein Gesicht streift. Ich schließe meine Augen und genieße es.

Gerade könnte ich alle Codeworte vergessen. Ich könnte mit ihr die ganze Nacht so dasitzen.

Meine Hände umfassen die Armlehnen, aber ich löse langsam meinen Todesgriff. Jenna legt ihre Arme neben meine und ihre Handflächen ruhen auf meinen Händen. Ihre sind so viel kleiner, aber ihre Finger passen in die Spalten zwischen meinen. Ich kann meinen Herzschlag an jedem Zentimeter meines Körpers fühlen, der an sie gepresst ist.

Ihr Nacken ist drei Zentimeter von meinem Mund entfernt. Er sieht weich … saftig aus. Ich will ihn schmecken. Würde sie so gut schmecken, wie sie riecht? Wie würde sich ihre Haut unter meinen Händen anfühlen?

Es könnte ihr vielleicht nicht gefallen, wenn ich das täte. Meine Hände haben Schwielen vom Schmieden und meinem Kunsthandwerk. Sie würden sich rau und hart auf ihrer glatten, geschmeidigen Haut anfühlen.

Plötzlich stelle ich mir vor, sie zu schmecken *und* sie zu berühren und mein Körper reagiert darauf. Ich werde hart, genau da, wo sie auf mir sitzt, und ich will nicht, dass sie es bemerkt.

Also sage ich in ihr Ohr: „Relish."

Ich wollte dieses Wort wirklich nicht sagen, aber ich will auch nicht, dass sie meine Erektion spürt. Sie wird denken, dass ich ein Perverser bin oder so. Aber ihre Reaktion ist langsam und sie bittet mich, mich zu wiederholen. Zur gleichen Zeit springt die Menschenmenge auf ihre Beine und feuert die beiden Spieler an, die auf dem Eis kämpfen.

Ich drehe mich und schiebe meinen Arm unter ihre Knie und ziehe sie mit einer flinken Bewegung mit mir hoch.

„Was zum –?", sagt der Mann neben mir, aber ich höre nicht zu. Ich muss hier raus und sie kommt mit mir.

„Will!", ruft sie, aber der Rest ihrer Worte wird von der Menge erstickt. Ich dränge mich durch die Reihe und hinaus zum Gang. Dann das Gleiche die Treppen hinauf zu dem Bereich, in dem Essen und Getränke verkauft werden. Dort halte ich an und endlich kann ich atmen.

Jenna starrt mich mit weiten Augen an, aber unternimmt keinen Versuch, sich aus meinem Griff zu lösen, also lasse ich sie nicht hinunter. „Ich dachte, dass es helfen würde, mich auf deinen Schoß zu setzen." Sie runzelt die Stirn.

„Es hat geholfen." In *gewisser* Weise. Aber es hat manches schwieriger gemacht.

„Nun, du hast es beinahe bis zur ersten Pause geschafft. Das ist gut." Sie macht eine Pause und ihr Gesicht wird rot. „Es ist, ähm, eine gute Sache, dass du so stark bist, dass du mich einfach so hochnehmen und einfach gehen konntest." Sie leckt sich über die Lippen und sieht hoch in mein Gesicht. Ihre Augen fallen auf die am nächsten liegende Tür und ich fange an, dorthin zu gehen.

„Ich muss nicht sehr stark sein, um dich zu tragen. Du kannst nicht mehr als hundert Pfund wiegen."

„Frauen sprechen nicht gerne über ihr Gewicht.“

„Ja, ich erinnere mich daran, das gehört zu haben, aber ich verstehe es nicht.“

„Frauen sind kompliziert, Wil. Du solltest zum Beispiel auch nicht darüber reden, wie wir in unseren Jeans aussehen.“

Meine Augen fallen auf ihre Beine und ich bemerke, wie ihre Jeans ihre femininen Oberschenkel betont. Sie sieht wirklich gut darin aus. Sollte ich ihr das nicht sagen? Sie *hat* mich immerhin gewarnt.

Ihre Nähe, das Gefühl ihres Körpers an meiner Brust, ihr Duft und der enge Pullover, der die Kurven ihrer Brüste betont … nichts davon hilft bei meinem gegenwärtigen Zustand der Erregung. Nicht im Geringsten.

Jetzt, wo wir uns außerhalb der Glastüren befinden, ist es sicher, sie herunterzulassen. Ich lasse ihre Beine los und sie landet mit einem dumpfen Schlag auf den Füßen.

„Oh!“, ruft sie und greift nach meinem Arm, um ihr Gleichgewicht zu finden. Da ich ihren Griff nicht erwartet hatte, verkrampfe ich mich und reiße meinen Arm weg. Ich ziehe sie mit mir und sie fällt beinahe hin, bevor ich sie auffange.

„Du hast mich erschreckt“, sage ich zu ihr.

Sie schnaubt. „Nun, du hast mich zuerst erschreckt! Man hebt jemanden nicht einfach mitten in einer Menschenmenge schwungvoll hoch und lässt ihn dann ohne ein Wort kurzerhand auf den Parkplatz plumpsen.“

„Ich habe Wörter gesagt. Mehr als nur eines.“

Sie wirft ihre Hände in die Luft. „Ich kann einfach nicht. Ich kann nicht!“

„Du kannst was nicht?“

Ihre Hände ballen sich an ihren Seiten zu Fäusten und sie spricht jetzt durch ihre Zähne. „Du gehst mir auf die Nerven."

Ich blinzle und weiche von ihr zurück. „Oh."

Sie verschränkt ihre Arme vor der Brust und alles, woran ich denken kann, ist, wie der Stoff über ihren Brüsten sich spannt und ich jede Wölbung sehen kann. Ich bin besessen davon, mir vorzustellen, wie sie unter ihrem Shirt aussehen. Es sieht so aus, als hätte sie sehr schöne Brüste. So schön wie der Rest von ihr. „Nun … sollte ich nicht genervt sein?"

Ich denke eine Minute über diese Frage nach, aber erschrecke mich, als sie mir auf den Arm schlägt.

„Hör auf, auf meine Brüste zu starren!"

Ich reiße meinen Blick von dieser perfekten Brust los.

Dann sagt sie ihn. Den Satz, den ich mehr als alles andere hasse. „Sieh mir in die Augen, Wil."

Mir wird flau im Magen. Ich hasse es, wenn Leute das zu mir sagen. Ich hasse es mehr, als wenn man mich Spasti oder Rain Man, oder was auch immer ich schon genannt wurde, nennt. Denn die Leute, die das zu mir sagen, sind nicht meine Feinde. Das sind Menschen, die mir wichtig sind – meine Freunde, sogar meine Familie. Ich schlucke und stecke meine Hände in meine Hosentaschen, aber ich starre noch immer auf den Boden.

„Sieh mich an!", wiederholt sie.

Ich hole tief Luft, und dann, weil ich nicht auf meine Stimme vertraue, schüttle ich meinen Kopf und balle meine Fäuste in meinen Taschen zusammen.

Kapitel Sieben
Jenna

ICH WAR MIR NICHT GANZ SICHER, WAS GERADE PASSIERTE. Es hatte als ziemlich angenehmer Ausflug zu einem Eishockeyspiel begonnen, aber die Dinge hatten sich schnell verschlechtert. Und nun wollte ich das mit William auf dem Parkplatz des Honda Centers genauer besprechen, wobei das Sicherheitspersonal uns komische Blicke zuwarf.

„Sieh hoch, Wil."

Stattdessen rieb er seine Hände an den Seiten seiner Oberschenkel, machte dann kehrt und ging weg.

Einfach so. In vollem Tempo. Als würde er gar nicht wollen oder erwarten, dass ich mit ihm mithalte.

Ich musste laufen und als ich ihn einholte, waren wir bereits auf einem schmalen Bürgersteig entlang einer belebten Allee angelangt. Ich klebte an seinen Fersen, als wir den Fluss überquerten und eine Abkürzung zum Parkplatz nahmen.

Sobald wir den erreicht hatten, wurde er schneller, als wollte er vermeiden, dass ich neben ihm ging. Göttin bewahre, dass *das* passierte. „William Drake. Bleib sofort stehen!"

Er blieb stehen, aber drehte sich nicht um.

Ich holte ihn ein und stellte mich in seine Blickrichtung. „Also?", sagte ich.

„Was also?"

„Was zur Hölle war das? Wieso bist du losgestürmt?"

„Weil ich nichts Gemeines sagen wollte und du mich wütend gemacht hast."

„Weil ich dich gebeten habe, mir in die Augen zu sehen?"

„Ja."

„Nun, vielleicht bin ich es einfach leid, dass du überall hinsiehst, nur nicht in meine Augen."

Er blinzelte. „Es ist schwierig."

„Warum?"

Er schüttelte seinen Kopf. „Wenn ich dir in die Augen sehe, bin ich zu abgelenkt, um zu hören, was du sagst. Das ist intensiv."

„Was ist intensiv? Ich meine, ich weiß, dass ich wunderschön bin, aber ...", scherzte ich in dem Bemühen, die Stimmung aufzuhellen.

„Ja. Du bist wunderschön. Du bist die schönste Frau, die ich je gesehen habe."

Ich holte tief Luft. *Wow.* Er hatte es in einem so sachlichen Ton gesagt, als würde er erklären, dass der Himmel unbestreitbar blau war. Es waren schnörkellose Worte, kein offensichtlicher Versuch der Schmeichelei. *Wieso schnürte sich meine Kehle so zu?*

„Ich habe nur gescherzt." Ich lachte verlegen. „Ich bin nicht wirklich so eingebildet."

„Ich habe keine Ahnung, was das bedeutet. Aber du solltest nicht darüber scherzen, wunderschön zu sein. Das ist kein Scherz." Er stopfte seine Hände in seine Hosentaschen und wartete.

Ich fühlte mich gleichzeitig unwohl und zufrieden. Meine Wangen waren brennend heiß und ironischerweise konnte *ich ihm* jetzt nicht in die Augen sehen, selbst wenn er es gewollt hätte.

„Das wusste ich nicht", platzte ich plötzlich heraus und meine Stimme zitterte vor Reue.

„Was?"

„Das es für dich so schwierig ist, mir in die Augen zu sehen. Ich dachte, das wäre ein Mythos. Ich verbringe nicht viel Zeit mit autistischen Menschen."

„Es ist bei jedem schwer, ihm in die Augen zu sehen, aber leichter, wenn ich die Person kenne." Erleichterung, dass es für ihn anscheinend in Ordnung war, darüber zu sprechen, überkam mich. „Hauptsächlich hält es mich davon ab, mich auf das zu konzentrieren, was gesagt wird. Ich fühle mich dabei auch, als würde ich die Privatsphäre dieser Person verletzen."

„Indem du ihr in die Augen siehst?"

„Als würde ich Dinge sehen, die ich nicht sehen sollte." Er schüttelt seinen Kopf. „Ich habe es satt, dass ich es den Leuten erklären muss. Und du wirst es nicht verstehen, also –"

„Die Augen sind die Fenster zur Seele", unterbrach ich ihn leise.

„Augen sind keine Fenster."

„Es ist eine Metapher, Wil. Es bedeutet, dass die Augen eines Menschen zeigen können, was mit ihm unter der Oberfläche los ist. Vielleicht fühlst du dich wie ein Voyeur?"

Er war eine lange Zeit ruhig und verlagerte dabei sein Gewicht von einem Bein auf das andere. „Ja, also vielleicht lässt du mich durch dein Fenster spähen, wenn ich so lange, wie du willst, mit dir Augenkontakt halte."

Ich öffnete meinen Mund, kurz davor zu protestieren, als ich das Lächeln auf seinem Gesicht sah. Er war ziemlich zufrieden mit sich und seinem Witz. „Haha. Aber andererseits starrst du wirklich genug auf meine Brüste.“

„Ich mag deine Brüste.“ Seine Augen schossen zu meiner Brust und das bewirkte, dass meine Nippel unter meinem Shirt steif wurden.

Ich verschränkte die Arme, um meine unbewusste Reaktion zu verstecken, und lachte. „Das sehe ich.“

„Und deinen Hintern. Und deine Beine. Und –“

„Okay, okay. Ich habe es kapiert. Lass uns in dein Auto steigen“, sagte ich mit einem gereizten Seufzen. *Typisch Mann.*

William öffnete mir die Autotür, ging dann um das Auto herum und setzte sich hinters Steuer. Als wir vom Parkplatz fuhren, wagte ich einen Blick auf sein markantes Profil.

Ich war mir nicht zu gut dafür, mich darüber zu freuen, wenn mich ein heißer Kerl beachtete. Und ganz offensichtlich hatte William das getan. Er hielt mich für die wunderschönste Frau, die er je gesehen hatte. Durch sein Kompliment – welches eher als Beobachtung einer Tatsache formuliert war – fühlte ich mich noch strahlender als Aphrodite, als Adonis sich entschieden hatte, lieber mit ihr anstatt mit der Göttin Persephone zusammen zu sein.

Wir holten uns etwas Fast Food von einem Drive-in und aßen es im Auto, um dem Ansturm zum Abendessen zu entgehen. Dann fuhr William mich nach Hause, und da er seine ritterlichen Pflichten ernst nahm, bestand er darauf, mich die zwei Treppen nach oben zu meiner Tür zu begleiten.

Ich war mir nicht ganz sicher, wieso ich William so sehr küssen wollte – nun, vielleicht weil er einfach verdammt heiß war –, aber wenn es jemals eine günstige Gelegenheit dazu gab, dann war sie jetzt. Also lehnte ich mich zu ihm, um ihm einen

Gute-Nacht-Kuss zu geben. Er war so viel größer als ich, weshalb ich mich auf meine Zehenspitzen stellte und erwartete, dass er sich zu mir hinabneigte.

Aber so war es nicht.

Er musste nicht gewusst haben, was ich versuchte, was erklären würde, wieso er einen Schritt zurück machte, als er sah, wie ich mich zu ihm lehnte. Ich verlor mein Gleichgewicht, aber er fing mich auf und seine starken Arme blieben ein paar Augenblicke länger um mich gewunden, als nötig gewesen wäre. Es war etwas Elektrisierendes in dieser Umarmung – eine Schwere in der Luft, wie kurz vor einem Regenguss.

„Geht es dir gut?", fragte er.

„Ähm, ja", sagte ich und fühlte, wie mein Gesicht brannte. Göttin sei Dank war es draußen dunkel. „Ich, ähm, ich wollte dir nur einen Gute-Nacht-Kuss geben."

Eine Pause. „Oh." Er räusperte sich. „Das hättest du mir sagen sollen."

Langsam und steif beugte er sich hinunter und ich – jetzt unfassbar beschämt – drehte meinen Kopf und drückte ihm schnell einen flüchtigen Kuss auf die Wange. Dann griff ich nach dem Türknauf, um schnell in meine Wohnung zu laufen und meine Wunden zu lecken.

Ich wurde davon abgehalten, als William eine große Hand um meinen Arm legte.

„Das ist kein Gute-Nacht-Kuss", sagte er.

„Ach so? Na dann –" Und das war alles, was ich herausbekam, bevor er seinen Mund auf meinen presste. Ich hatte kaum eine Chance durchzuatmen, bevor ich mich auf dem Ritt meines Lebens befand…

Ich öffnete meine Lippen und plötzlich erzitterte etwas in mir, als wäre ich in einer Achterbahn, die mit voller Geschwindigkeit auf dem Gleis unterwegs war. Der Schock war so stark, dass ich beinahe zurückgewichen wäre.

Ich war natürlich froh, dass ich es nicht getan hatte, als William seine Handflächen an meinen Hinterkopf gleiten ließ und seine Finger sich in meine Haare flochten. Ich presste meine Hände an seine breite Brust, als er meinen Körper gegen die kalte Metalltür drückte. Nach Atem ringend spürte ich diesen Kuss nicht nur dort, wo sich unsere Lippen berührten, sondern in meinem ganzen Körper. Von meiner prickelnden Kopfhaut, wo seine Finger ruhten, ohne ihren Halt aufzugeben, bis zum Kribbeln in meinen Zehen.

Es war beinahe *zu* viel. Und trotzdem wollte ich *mehr*. Wie bei einem Adrenalinrausch in der Achterbahn nach dem ersten atemraubenden Sturz, würde ich nicht aufhören, bis die Fahrt zu ihrem quietschenden Halt gekommen war.

Beinahe als hätte er den Gedanken gehört, glitt Williams Zunge langsam meine Lippen entlang und bat verführerisch um Erlaubnis, einzudringen.

Göttin, das Kribbeln verwandelte sich plötzlich in Schmerzen. Es war mehr als nur schieres Wollen. Ich *brauchte* mehr.

Erlaubnis erteilt.

Innerhalb weniger Sekunden wurde der Kuss intensiver und der Druck seines Mundes wurde stärker. Seine Zunge glitt in meinen Mund und duellierte sich dort mit meiner, als stünden wir uns auf einem Schlachtfeld gegenüber. Gegen meinen Willen entwischte meinen Lippen ein leises Stöhnen.

Ich hatte schon ewig keinen solchen Kuss mehr gehabt. Er war versengend, hell und mächtig – purer Nervenkitzel. Ich zitterte vor Angst *und* Verlangen. Ich wollte zurückweichen und es beenden, während ich gleichzeitig wollte, dass es niemals endete.

William traf die Entscheidung für mich, und als er sich langsam zurückzog, fühlte ich mich genauso erschüttert von der Trennung unserer Verbindung, wie ich mich gefühlt hatte, als sie begonnen hatte. Nach einem langen, stillen Moment räusperte er sich. „*Das* ist ein Gute-Nacht-Kuss.“

Ich brach in schallendes Gelächter aus. Ich konnte nicht anders. Sobald ich das tat, weitete sich sein Grinsen und ich fühlte ein Stechen, als ich sah, wie entzückend und unglaublich sexy er aussah. Meine Kehle schnürte sich zu und meine Herzfrequenz erhöhte sich, als eine entfernte Angst an meinen tiefsten Gedanken nagte.

Ich konnte mich aus so vielen Gründen nicht auf William einlassen, nicht zuletzt, weil ich bald gehen würde. Und auch wenn ich die Tiara zurückhaben *musste*, konnte ich nicht zulassen, dass Gefühle involviert waren. Ich – ich konnte mit ihm nicht so weit gehen. Ich konnte niemals mit *irgendjemandem* so weit gehen. Mein Herz war schon vor langer Zeit getötet und begraben worden.

Aber es hatte nicht lange gedauert, bis ich bemerkt hatte, dass William anders war als die anderen. Und wenn Ann recht hatte und er etwas für mich übrig hatte, dann durfte das nicht noch weiter gehen.

Ich machte einen Schritt zurück, um in den Flur zu treten, nur um mir meinen Kopf laut an der geschlossenen Tür anzuschlagen. „Autsch! Scheiße.“ Ich hatte vergessen, die Tür zu öffnen, und in meinem geblendeten Zustand versucht, eine feste Materie zu durchdringen. Man musste kein Physikstudent sein, um zu wissen, dass das nicht funktionieren konnte.

William fragte, ob es mir gut ginge, und ich murmelte kaum genug, um seine Sorge zu lindern, bevor ich mich so schnell wie möglich von ihm verabschiedete. Dann sperrte ich die Tür auf und ging hinein, bevor er noch irgendetwas sagen konnte.

Nein, ich konnte diese Zugbrücke nicht senken und ihn hineinlassen. Ich musste alles drinnen eingesperrt lassen – meine Wachtürme besetzen, die Stadttore verbarrikadieren. Er konnte seine Belagerung beginnen, außerhalb des Burggrabens auf der Lauer liegen, aber ich würde nicht lange genug hier sein, damit er es aussitzen konnte. Im Gegensatz zu einer mittelalterlichen Festung war Jenna Kovac ein bewegliches, flüchtiges Wesen.

Und das würde ich immer sein.

Ich konnte nicht einschlafen, bis die Sonne schon fast wieder aufging, da ich ein paar Stunden damit verbracht hatte, den Kuss noch einmal zu erleben. Ich wälzte mich hin und her und redete mir ein, dass ich eine Idiotin war. Es war immerhin nicht das erste Mal, dass mich ein gut aussehender Kerl geküsst hatte.

Als ich am Samstag aufwachte, war es schon fast Mittag. Doch tiefer Schlaf war mir verwehrt geblieben. *Dank meiner Mitbewohnerin.* Es sollte ein Gesetz geben, das Staubsaugen an Wochenenden vor neun Uhr morgens verbot. Und gäbe es so ein Gesetz, wäre ich die Erste gewesen, die wegen Alex die Cops gerufen hätte.

Zu ihrem Glück war sie schon weg, als ich aufstand. Sie hatte mir eine Notiz am Kühlschrank hinterlassen, um zu erklären, dass sie den Tag damit verbringen würde, ihrer Mutter bei einem Garagenflohmarkt zu helfen. Ich schlürfte gerade eine Schüssel Müsli, als mein Handy klingelte.

Ich sah den Namen und ging sofort ran. Ich würde diesen Anruf auf keinen Fall verpassen – egal wie übernächtigt ich war.

„Ćao, Helena", sagte ich mit einem Lächeln im Gesicht.

„Janja! Wie geht es dir? Hast du diesen Nachmittag Zeit? Ich werde heute Abend in Orange County sein, um ein paar Freunde zu treffen. Ich dachte, ich könnte früher kommen und dich zum Mittagessen ausführen? Bist du beschäftigt?"

„Jetzt, ja. Ich habe dich schon ewig nicht mehr gesehen."

„Ja, es ist schon über einen Monat her und das ist meine Schuld. Aber wir holen das beim Mittagessen nach, ja?"

„Natürlich."

„Okay, ich werde dich in einer Stunde abholen."

Nachdem ich aufgelegt hatte, drückte ich den Knopf auf meinem Handy und schaute auf das Datum. Achtundzwanzigster März. Es war kein Zufall, dass Helena mich heute sehen wollte – der Jahrestag war in weniger als einer Woche.

Sieben Jahre. Ich blinzelte das Brennen aus meinen Augen und schluckte, entschlossen, mein feinstes Outfit auszugraben und es zu tragen, wenn ich Helena traf. Sie war immer so elegant und alles war so perfekt aufeinander abgestimmt. Jahrelang wollte ich erwachsen werden, um genau wie sie zu sein.

Eine Erinnerung schoss mir in den Kopf. In der Nacht, in der ich sie kennengelernt hatte, war der Homecoming-Ball meines ersten Jahres an der High School gewesen. Mein drittes Date mit Brock. Er hatte mich zu sich mitgenommen, um Fotos zu machen und seine Eltern kennenzulernen, und sie waren so begeistert gewesen, dass er ein Mädchen aus dem „Land der Vorväter" datete.

Ich dachte über diese Nacht nach, während ich doppelt so viel Zeit wie üblich für meine Haare und mein Make-up aufwendete. Ich flocht meine Haare zu einem Französischen Zopf zurück und band sie mit einem bestickten Band zusammen. Caitlyn hatte es mir auf dem letzten Markt gegeben, aus Freude darüber, dass ich zugestimmt hatte, als ihre Wahrsagerin mit dem Mittelalterfest mitzureisen.

Helena kam pünktlich und ich wartete am Bordstein auf sie ... an genau der gleichen Stelle, an der William mich am Abend zuvor abgeholt hatte. Er wäre wahrscheinlich sowohl schockiert als auch begeistert gewesen von meiner Pünktlichkeit. Ich lächelte bei dem Gedanken.

Helena sah – wie immer – perfekt aus. Eine neunundvierzigjährige Frau, die mindestens ein Jahrzehnt – vielleicht auch zwei – jünger aussah, als sie tatsächlich war. Sie hatte dunkle Haare und olivfarbene Haut und sie erinnerte mich immer an eine weltgewandte Filmschauspielerin aus den Achtzigern.

Sie hatte hohe Wangenknochen und ein elegant geformtes Gesicht mit einem Hals wie ein Schwan und eine wunderschöne Figur. Die Kleidung, die sie trug, war teuer aber dezent und sie zog bewundernde Blicke auf sich, wo auch immer sie hinging.

Es gab keinen Zweifel, dass sie ihre Schönheit an ihren Sohn weitervererbt hatte. Mit seinen dunklen lockigen Haaren und tiefblauen Augen war er der attraktivste Junge an unserer High School gewesen. Und er hatte mich gewählt. Oder besser gesagt, er hatte zugehört, als die Schicksalsgöttinnen uns füreinander ausgesucht hatten.

„Janja!“ Wie immer begrüßte mich Helena, indem sie mich auf beide Wangen küsste und somit alte Traditionen am Leben hielt. Wie ich war Helena im früheren Jugoslawien geboren worden. Im Gegensatz zu mir war Helena ethnisch eine Serbin, während ich eine bosnische Kroatin war. Aber wir hatten uns hier, in Kalifornien, kennengelernt und jetzt waren sie und ihr Ehemann wie eine Familie für mich.

Niemand von uns hatte ein Restaurant mit Balkanküche in der Gegend gefunden, das unser Verlangen nach unserem Heimatland befriedigte, also führte sie mich an diesem Nachmittag in eines der schicken Bistros in der Innenstadt von Fullerton.

„Wie geht es Vuk?“, fragte ich, als man uns die Speisekarten reichte und uns Wasser servierte. „Fühlt er sich besser?“

„Dieser letzte Schreck hat ihn wirklich verändert“, sagte sie und sprach von der kürzlichen Diabetes-Diagnose ihres Mannes. „Wir trainieren jeden Tag zusammen und er achtet endlich darauf, was er isst. Habe ich dir schon erzählt, dass wir im Juni nach Belgrad fliegen, um seine Mutter zu besuchen? Er will abnehmen, bevor sie ihn sieht.“

„Oh, das freut mich so für euch. Ich habe gerade herausgefunden, dass Maja im Juni heiraten wird.“

Ihre Gabel blieb auf dem Weg zu ihrem Mund stehen und sie sah mit erhobenen Augenbrauen auf. „Wo? In Sarajevo?“

Ich nickte.

„Wann? Vielleicht können wir zusammen hinfliegen. Vuk und ich haben noch keine Flugtickets gekauft.“

Ich stocherte eine Weile in meinem Salat herum und räusperte mich, während ich versuchte herauszufinden, wie ich das Thema wechseln könnte.

Ich hatte keine Lust, mit ihr darüber zu sprechen und trotzdem war es meine Schuld, da ich überhaupt erst damit angefangen hatte.

„Anfang Juni, denke ich.“

„Wirst du früher hinfliegen?“

Noch mehr Stille und Salatstochern meinerseits.

„Janja…“

Ich seufzte und sah weg. „Ich habe im Moment nicht wirklich das Geld, um ein Flugticket zu kaufen. Ich versuche herauszufinden, wie ich es anstellen könnte.“

„Es ist einfach. Du kommst mit Vuk und mir nach Belgrad und nimmst dann den Bus nach Sarajevo, um bei deiner Familie zu sein.“

Ich unterdrückte ein Lächeln. „Danke. Ich werde sehen, was ich tun kann.“

„Nein, da gibt es kein *Sehen*. Vuk hat eine Menge Flugmeilen von all seinen Geschäftsreisen. Es wird uns nichts kosten, ein weiteres Ticket zu besorgen.“

Ich war beinahe sprachlos vor Dankbarkeit. Es war so großzügig von ihr, mir das anzubieten, aber es war keineswegs untypisch. Es schmerzte mich nur der Gedanke, neben ihr in diesem Flieger zu sitzen und keine Tiara auf meinem Schoß zu haben.

Ich musste sie zurückkriegen. Ich würde auf gar keinen Fall mit leeren Händen bei der Hochzeit auftauchen. Maja zu enttäuschen würde genauso sein wie damals, vor all den Jahren, als ich Mama enttäuscht hatte.

Wir beendeten unser Essen und ich benutzte ein Stück meines Brötchens, um die Soße vom Teller aufzusaugen. Helena neckte mich wegen meiner altertümlichen Manieren und ich lachte und gab ihrem Sohn für diese Angewohnheit die Schuld.

Unser Lächeln verblasste nur ein bisschen bei der Erwähnung des Geistes unter uns. Ohne sie anzusehen, griff ich nach meinem Glas Wasser. „Ich kann nicht glauben, dass es nächste Woche schon sieben Jahre sind …"

Helenas elegante dunkle Brauen waren sorglos, aber ich konnte den Schmerz in den Tiefen ihrer blauen Augen erkennen. Dieser einzigartige, stechende Schmerz, der, wie ich mir vorstellte, nur wirklich von anderen Eltern verstanden werden konnte, die mit dem schrecklichsten aller Schicksale bestraft worden waren – ihr Kind überlebt zu haben. Aber Helena war keine mythische Königin Niobe, die unaufhörlich um ihre verlorenen Kinder weinte. Helena war vielmehr das Abbild würdevoller Stärke. Ich bewunderte sie dafür sehr – neben vielen anderen Dingen.

Sie rollte ihre Lippen in ihren Mund und strich dann ihre Serviette auf ihrem Schoß glatt. „Ich werde morgen zum Friedhof gehen. Ich werde nächste Woche nicht in der Stadt sein", verkündete sie mit flacher Stimme.

Ich richtete mich in meinem Stuhl auf. „Ich werde nächste Woche dort sein. Ich werde dafür sorgen, dass frische Blumen an seinem Grab sind."

„Du gehst oft hin", sagte sie. Es war keine Frage.

Ich nickte. „An seinem Geburtstag. Den Feiertagen. Dem Jahrestag unseres ersten Dates. Und ...“ Ich ließ das Letzte unausgesprochen. Dem Jahrestag seines Todes. Nächste Woche. Sieben Jahre. Sieben Jahre, seit mein Herz ihm in dieses Grab gefolgt war.

Ihre dunklen Brauen zuckten zusammen. „Wie oft macht das? Einmal im Monat? Öfter?“

Ich zuckte mit den Schultern. „Irgend so etwas.“

Sie runzelte die Stirn, begutachtete das übriggebliebene Essen auf ihrem Teller und stocherte mit einer Gabel danach. „Jenna, wir hatten dieses Gespräch schon einmal“, sagte sie und wechselte zu Englisch.

„Ich weiß, was du sagen willst.“

„Tust du das? Und trotzdem wirst du es ignorieren? Du bist fünfundzwanzig Jahre alt. Du hast dein ganzes Leben noch vor dir. Ich *weiß*, dass er nicht wollen würde, dass du so lebst.“

„Dass ich wie lebe? Mein Leben ist noch nicht vorbei. Ich habe mich mit anderen Kerlen getroffen.“

„Ja, wie läuft es mit dem neuen? Douglas, oder?“

Ich verzog das Gesicht, da mir bewusst war, dass dies nur dazu dienen würde, ihr Argument noch zu bestärken. „Ich habe letzte Woche mit Douglas Schluss gemacht.“

„Hmm“, sagte sie und ihr Blick auf mir verschärfte sich. Hitze stieg in meine Wangen. Es war, als wären sie und Alex mental verbunden. „Braco war nicht perfekt. Du erinnerst dich nur so an ihn.“

Ich schluckte, da meine Kehle plötzlich zugeschnürt war. Helena beobachtete mich, während ich meine Tränen wegblinzelte. „Ich weiß, dass er nicht perfekt war. Er war nur –“

„Perfekt für dich, ich weiß. Aber ihr wart beide Kinder. Woher willst du wissen, dass ihr euch nicht irgendwann auseinandergelebt hättet? Jenna … er würde nicht wollen, dass du dein Leben beendest, nur weil seines geendet hat. Ich sage das frei heraus, weil ich mit einem Mädchen spreche, dass ich jetzt seit bereits zehn Jahren als meine adoptierte Tochter ansehe."

Ich griff hinüber und bedeckte Helenas Hand mit meiner. „Danke. Ich verstehe, was du versuchst zu tun."

„Dann musst du auf mich hören. Irgendwo da draußen gibt es jemanden für dich. Diese Überzeugung, die du hast, dass es den einen wahren Seelenverwandten gibt … sie ist nicht wahr. Es kann nicht sein."

Ich schüttelte meinen Kopf, da ich ihren Worten keinen Glauben schenken konnte. „Also glaubst du nicht, dass Vuk dein Seelenverwandter ist?"

„*Nein*, tue ich nicht. Er ist mein Freund und mein Liebhaber und mein Partner, aber es gibt keinen Seelenverwandten."

„Du denkst, dass du mit jemand anderem genauso glücklich sein könntest wie mit ihm?"

Sie zuckte mit den Schultern. „Vielleicht sogar noch glücklicher. Vielleicht gibt es dort draußen irgendwo einen Vuk, der seine Socken nicht überall auf dem Boden herumliegen lässt, oder dem es gefällt, hin und wieder den Abwasch zu machen. Oder der tanzen kann." Darüber mussten wir beide lachen.

Wir lehnten eine Nachspeise ab, als der Kellner zurückkehrte, und Helena fragte nach der Rechnung. Wie immer wünschte ich mir, ich wäre in der Lage anzubieten zu bezahlen, und schwor mir, dass ich sie irgendwann in ein nettes

Restaurant ausführen und die Rechnung stolz selbst begleichen würde.

Nachdem sie mich zurück zu meiner Wohnung gefahren hatte, gab Helena mir eine lange Umarmung und nannte mich *srce moje*, was „mein Herz" bedeutete. Ein Name, bei dem eine Mutter ihr Kind nannte. Sie hielt mich fest und als ich zurückwich, klammerte sie sich noch stärker an mich.

„Für mich, Janja, und für *ihn*. Verliebe dich wieder. Du musst dich befreien, bevor das überhaupt wieder möglich sein wird."

Ich küsste ihre Wangen und erlaubte meinen Tränen nicht zu fließen, bevor sie sich umdrehte. Ich brachte es nicht übers Herz, ihr zu sagen, dass ich das nicht erlauben konnte – dass ich nicht nur mich selbst beschützte, sondern alle um mich herum. Zu viele meiner Beziehungen haben damit geendet, dass Menschen verletzt oder sogar tot waren.

Ich war eine Wanderin, die nie dazu bestimmt war, Wurzeln zu schlagen. Ich war im zarten Alter von fünf aus meiner Heimat gerissen worden und hatte mich seitdem treiben lassen. In vielerlei Hinsicht war das mein Schicksal.

Kapitel Acht
William

Es ist wieder Montagmorgen und ich sitze an meinem Schreibtisch und arbeite an dreidimensionalen Renderungen – schon wieder. Hauptsächlich prüfe ich die Arbeit der Künstler unter mir, aber ich bereinige auch Details und nehme Feinabstimmungen der Texturen vor. Viele nennen das mühsam, aber mir gefällt es, meine Aufmerksamkeit auf Details zu konzentrieren.

Vor allem heute. Ich bin seit dem Moment, als ich Jenna geküsst habe – und sie den Kuss erwidert hat – unfähig, an etwas anderes außer an sie zu denken.

Ich habe letzte Nacht Stunden damit verbracht, über diesen Kuss nachzudenken. Ich konnte nicht schlafen. Ich konnte mich nur daran erinnern, wie unsere Münder miteinander verschmolzen sind und daran, wie es sich angefühlt hat, als ihr Körper an meinen gepresst war. Jetzt versuche ich, das Bild aus meinem Kopf zu verdrängen, während ich meine Brille ausrichte. Es gibt heute eine Menge zu tun. Dinge, die meine Fixierung auf Jenna nicht mit einschließen.

Und genau wie letzten Montag bin ich mir bewusst, dass jemand an meinem Schreibtisch steht. Aber im Gegensatz zu Jordan wartet die Person diesmal nicht, bis ich mit meiner Arbeit fertig bin, bevor sie spricht.

„Liam", sagt mein Cousin. Ich hätte merken sollen, dass er es war, als alle Arbeitskollegen in meiner Nähe still wurden. Adam erscheint nicht sehr oft in der Designabteilung und obwohl die Atmosphäre in unserem Büro ziemlich zwanglos ist, sind manche Leute trotzdem noch eingeschüchtert, wenn der CEO unangekündigt aufkreuzt.

Manchmal passiert mir das auch, obwohl ich derjenige bin, der während unserer Jugendzeit ständig seine Unterhosen vom Badfußboden aufgehoben hat. Er hat auch stetig mein Lieblingsfrühstücksmüsli aufgegessen. Tatsächlich hat mich Adam anfangs wahnsinnig genervt, als er bei uns eingezogen ist. Zum Glück hat es nicht lange gedauert, bis sich das geändert hat.

Ich richte mich auf und sehe ihn an. „Was?"

„Ich brauche dich für eine Sekunde. Lass uns spazieren gehen."

Lass uns spazieren gehen. Das ist seine liebste Art, eine kurze, diskrete Unterhaltung mit einem Angestellten zu führen. Es könnte hier vielleicht sogar irgendwo ein Meme darüber im Umlauf sein. Oder eine witzige kleine Cartoon-Zeichnung von meinem Cousin, der am Schreibtisch eines Angestellten steht und ihn zu einem Spaziergang auffordert.

Wenn Adam spazieren gehen will, ist das normalerweise keine gute Sache. Es *ist* eine logische Art, etwas Privatsphäre in einem Großraumbüro zu bekommen, nehme ich an. Aber wenn Adam mit mir reden muss, weiß er genau, wo ich wohne und ist auch wohl vertraut mit meiner Handynummer.

Ohne ein Wort speichere und schließe ich meine Arbeit, nehme meine Brille ab und räume meinen Schreibtisch auf, sodass alles perfekt angeordnet ist, damit ich nach der Mittagspause gleich wieder dort weitermachen kann, wo ich aufgehört habe. Ich gehe hinter ihm aus dem Stockwerk, in dem sich die Designabteilung befindet, und ignoriere die Blicke, die uns folgen. Niemand wird es später wagen, mich nach den Details zu fragen, also ignoriere ich sie.

Wir gehen gerade einen Flur auf dem Weg zur Entwicklungsabteilung entlang, als er stehen bleibt und sich zu mir dreht. „Ich habe nicht viel Zeit, aber ich muss eine kurze Unterhaltung mit dir führen. Was auch immer zwischen Jordan und dir abgeht, muss aufhören."

Ich verschränke die Arme vor der Brust und er scheint großes Interesse an dieser Geste zu finden. „Nichts geht zwischen mir und ihm vor."

„Das ist nicht gut. Ich verstehe, dass er dich verärgert hat. Er nervt mich auch oft, aber er ist dein Freund. Er ist *mein* Freund und, am allerwichtigsten, er ist dein Chef."

Ich zucke mit den Schultern. „Genau wie du."

Seine Augen blicken zur Decke und wieder zurück. „Ja, wir sind eine Familie. Das ist etwas anderes. Wir haben einander am Hals und sollten wir jemals so werden, würde dein Vater uns beiden in den Arsch treten. Jordan ist ein guter Kerl. Er hat es vermasselt, aber es tut ihm aufrichtig leid. Und ich kann keine weitere Feindschaft in meinem Büro gebrauchen, Liam."

Er bezieht sich auf die Auseinandersetzung, die ich mit Gene hatte, einem ehemaligen Co-Direktor in der Designabteilung. Wir hatten künstlerische Differenzen und offensichtlich waren diese überall ausposaunt worden. Wir waren beide von den Angestellten in anderen Abteilungen als die „launischen Künstler" abgestempelt worden.

Es war alles okay bis zu jenem Tag, als er sich ungeniert den Ruhm für meine Arbeit einheimste. Von da an weigerte ich mich, mit ihm zu arbeiten oder auch nur mit ihm zu sprechen. Adam versuchte sein Möglichstes, um das Problem zu lösen, aber am Ende fand Gene irgendwo anders einen Job. Adam gab schließlich zu, dass es kein großer Verlust war, ihn ziehen zu lassen.

„Hör mal, du musst lernen, Arbeit und Privates zu trennen." Adam erklärt: „Jordan hat dich nicht verarscht – "

„Hat er *wohl*. Er hat mir einen schlechten Rat gegeben."

Adam holt tief Luft und bläst sie hinaus. „Aber du hast den Rat angenommen. Du musst daran arbeiten, was es bedeutet, jemandem zu verzeihen. Letztendlich wird diese Sturer-Hund-Einstellung nur dir selbst schaden, nicht den anderen."

„Ich bin kein Hund."

Adam sieht weg und lacht. „Nein, ich meine … hör mal, ich liebe dich, Mann, aber du *hast* ein Problem damit. In all den Jahren, die ich dich kenne, warst du nie der Versöhnliche."

„Wieso sollte ich? Wenn jemand sich seine Chance bei mir ruiniert, dann war's das. Ich brauche solche Leute nicht in meinem Leben."

Adam reibt sich jetzt seinen Nacken und sieht beide Richtungen des Flurs entlang. „Menschen können also nicht menschlich sein und etwas vermasseln? Wenn sie einen Fehler machen, sind sie für dich für immer tot?"

Ich schüttele meinen Kopf. „Ich werde niemanden töten."

„Das ist eine Redewendung, Liam. Es bedeutet, dass du dich verhalten wirst, als wären sie tot, auch wenn sie es nicht sind. Du brichst die Beziehung zu ihnen ab. Es war eine Sache mit Gene. Er hat bewiesen, dass er absolut keine Moral hat, und ist schließlich gegangen – das war für uns eine Win-Win-Situation.

Aber das wird mit Jordan *nicht* passieren, okay? Er geht nirgends hin und du musst lernen, mit ihm auszukommen."

Als ich nichts dazu sage, seufzt er und sieht auf seine Uhr. „Ich muss zu einem Lunch-Meeting außerhalb des Geländes, aber Alter, denk darüber nach. Was, wenn dein erstes Duell deine einzige Chance gewesen wäre, diesen anderen Kerl zu besiegen? Du hast deine zweite Chance bekommen – gib auch Jordan eine. Das ist alles, was ich verlange."

Ich denke einen Moment darüber nach. „Das habe ich getan."

Er runzelt die Stirn. „Hast du? Was meinst du?"

„Ich habe ihm gesagt, dass er es bei mir wiedergutmachen kann, indem er mir dabei hilft, gegen einen Linkshänder zu trainieren."

Adams Gesichtsausdruck verändert sich. „Das ist toll." Er lächelt. „Du machst mich glücklich."

Ich runzle die Stirn. „Ich habe das nicht getan, um dich glücklich zu machen, aber es freut mich, dass du es bist. Ich hoffe nur, dass Jordan zu dem Training kommt, sonst wird es *wirklich* so sein, als wäre er für mich gestorben."

„Ich werde sicherstellen, dass er das tut. Ich werde auch kommen."

„Gut", sage ich. „Ich habe diesmal nicht so lange Zeit, mich vorzubereiten."

Adam nickt. „Wir werden dir so gut wir können helfen und … denk einfach darüber nach, alles klar? Manchmal ist die moralische Überlegenheit nicht die beste Position, um seinen Claim abzustecken."

„Häh?", sage ich völlig verwirrt. Sprechen wir überhaupt dieselbe Sprache? Alles, was ich mir vorstellen kann, ist ein

Haufen Goldgräber, die herumhetzen und Pfähle in den hügeligen Boden stoßen.

Er seufzt. „Ich meine nur, dass stur und nachtragend zu sein nicht immer die beste Variante ist. Aber ich kann hier sitzen und dir das erklären und mich dumm und dämlich reden und du würdest wahrscheinlich nicht zuhören. Vielleicht wirst du dir darüber klar werden, wenn du in einer Beziehung bist. Andernfalls wirst du einfach nur einsam sein, denn niemand ist perfekt."

Vielleicht bezieht er sich auf sich und Mia. Sie waren alles andere als perfekt und hatten sich schon etliche Male getrennt, bevor sie endlich glücklich zusammenkamen. Vielleicht sind das die Chancen, von denen er spricht. Musste er ihr irgendetwas vergeben oder musste sie ihm vergeben?

Oder vielleicht beides? Ich frage mich, ob es bedeutet, neue Dinge über sich selbst zu lernen, wenn man sich auf eine Beziehung einlässt. Und sich zu verändern. Ich mag keine Veränderungen.

Ich grüble über diese Gedanken nach, als ich meinen Arbeitstag beende. Auf dem Weg nach Hause halte ich an einem Obststand an. Es ist Erdbeersaison in Südkalifornien und überall gibt es Stände, an denen die Früchte frisch gepflückt und in große Kisten verpackt verkauft werden. Sie sind dunkelrot und beinahe so groß wie kleine Äpfel. Ich kaufe schließlich eine ganze Kiste, auch wenn ich weiß, dass ich sie nicht alle essen kann, bevor sie schlecht werden. Also halte ich bei dem Haus meines Vaters und lasse ein paar bei ihm und seiner Frau, Kim.

Ich klingle und gehe hinein, wie ich es immer mache, und Kim kommt um die Ecke. „Liam!", sagt sie. Es hat nicht lange gedauert, bis sie die Gewohnheit all meiner anderen

Familienmitglieder angenommen hat, mich mit diesem Spitznamen anzusprechen. Kim ist jetzt erst seit kurzer Zeit meine Stiefmutter – knapp neuneinhalb Monate. Und die Tatsache, dass sie Mias Mutter ist, macht Mia zu meiner Stiefschwester.

„Ich habe Erdbeeren mitgebracht." Und weil ich weiß, dass sie mich zum Abendessen mit ihnen einladen wird – das tut sie immer –, füge ich hinzu: „Aber ich kann nicht lange bleiben – "

„Ja, es ist Montag. Ich verstehe schon ... deine Trainingsroutine. Das ist okay, aber warte wenigstens, damit du deinen Dad begrüßen kannst. Er ist vor ein paar Minuten nach Hause gekommen."

Nachdem er sich umgezogen hat, kommt Dad aus dem Badezimmer und wir reden ein paar Minuten. Sie danken mir für die Erdbeeren, bevor ich mich verabschiede und anmerke, dass ich bereits meinem Zeitplan hinterherhänge. Zum Glück kennen sie mich gut genug, um nichts dagegen zu sagen.

Ich bin schon beinahe zur Tür hinaus, als ich plötzlich stehenbleibe. Das passiert Sekunden, nachdem ich durch die Vorhalle gegangen bin. Irgendetwas ist mir ins Gesicht gesprungen. Irgendetwas ist anders. Ich drehe mich um und gehe zurück dorthin, wo ich es gesehen habe ... und da ist es.

Ein neu gerahmtes Gemälde hängt im Flur. Meine Kehle ist unerklärlich eng. So eng, dass ich nicht schlucken kann.

„Was ist denn?", fragt mein Dad. Kim entschuldigt sich schnell und ich bin so bestürzt, dass ich mich nicht von ihr verabschieden kann.

„Dieses Bild. Woher habt ihr es?"

Es gibt eine lange Pause. Mein Dad sagt nichts. Ich drehe mich um, um das Kunstwerk zu begutachten. Ich bin sehr damit vertraut. Ich habe es angefertigt, als ich vierzehn Jahre alt war. Es ist eine schwarze Strichzeichnung mit Aquarelltönung, eine Technik, die ich schon seit mindestens vier Jahren nicht mehr verwendet habe. Es zeigt eine herbstliche Szene in den Hügeln um die historische Stadt Julian. Dort wird alljährlich ein Apfelfest abgehalten und ich hatte die Gegend, kurz bevor ich das gemalt habe, besucht.

Aber ich habe es vor Jahren weggeworfen. Es war zu viel Zorn und Schmerz damit verbunden. Ich balle meine Hände zu Fäusten, als ich die Szene in meinem Kopf erneut abspiele. Ich kann jedes lebhafte Detail sehen und jedes Gefühl spüren, einschließlich der kalten Wut und des Schmerzes. Wie ich in mein Zimmer zurückkehre, nachdem ich in die Küche gerufen worden war, um am Telefon mit meiner Mutter zu sprechen. Ihre Ausreden – es gab immer Ausreden –, warum wir nicht zum Abendessen ausgehen würden, wie sie es vorher geplant hatte.

Ich hatte dieses Bild gepackt – es war als Geschenk für sie vorgesehen gewesen – und es in den Mülleimer geschoben. Ich habe nicht geweint. Und ich habe danach jede Einladung, sie zu sehen, abgelehnt.

„Also?", frage ich mit zusammengebissenen Zähnen.

„Ich habe einen großen Ordner mit deinen Kunstwerken und habe ihn Kim gezeigt. Ihr gefiel das sehr und sie wollte es rahmen und in unserem Eingangsbereich aushängen."

„Aber ich habe das weggeworfen", sage ich ruhig und blicke ihn aus meinen Augenwinkeln an.

„Liam", sagt Dad.

Ich drehe mich zu ihm und er sieht mich nicht an. Das ist gut, denn ich will nicht, dass er mich so sieht und ich will ihm definitiv nicht in die Augen sehen, wenn er mich anlügt.

„Ich habe das weggeworfen, Dad. Was hat es an deiner Wand zu suchen?"

Er holt tief Luft und bläst sie wieder hinaus. „Ich habe es aus deinem Mülleimer gerettet. Es war zu schön, um es wegzuwerfen."

Ich blinzele verwirrt. Nicht, weil er es aus dem Müll geholt hat, sondern weil ich mir nicht sicher bin, wie ich mich fühle. Dieser Schmerz und dieser Zorn sind zurück, so frisch wie damals, zusammen mit der Feindseligkeit gegenüber einer Mutter, die sich nie genug um mich gekümmert hat. Diese Gefühle sind gemischt mit Frustration und der Bewunderung für einen Vater, der sich beinahe zu sehr um mich kümmerte.

„Stört es dich?" Dads Frage unterbricht meine wirren Gedanken. „Kim liebt es wirklich. Eigentlich liebt sie all deine Kunstwerke."

Meine Stiefmutter liebt, was meine Mutter nie gesehen hat. Wofür sie sich nie interessiert hat. Ich hole tief Luft und spüre plötzlich Dads Hand auf meiner Schulter. „Liam."

Ich verkrampfe mich. „Ich muss gehen. Ich bin schon achtunddreißig Minuten hinter meinem Zeitplan."

Seine Hände rutschen hinunter. „Okay, mein Sohn. Ich hab dich lieb."

Dieses Mal erwidere ich seine Worte nicht, wie ich es normalerweise mache. Stattdessen sage ich: „Auf Wiedersehen."

Als ich mich an meine Trainingsroutine mache – und zusätzlichen Elan hineinstecke, um die verlorene Zeit aufzuholen und ihn als Ventil für diese verwirrenden Gefühle zu nutzen –, denke ich über die Dinge nach, die heute passiert sind. Speziell über Adams Worte über Vergebung und Loslassen. Später am Abend, als Dad mir eine SMS schreibt, um zu fragen, ob es mir gut geht, antworte ich mit ja und dass er das Bild an der Wand hängen lassen solle.

Kapitel Neun
Jenna

FRÜH AM SAMSTAGMORGEN MACHTE ICH MICH WIE versprochen zum Friedhof auf. Alex war so freundlich, mir ihr Auto zu leihen, aber weil ich nicht wollte, dass sie den ganzen Tag zu Hause feststeckte, fuhr ich schon bei Aufbruch der Morgendämmerung los.

Ich hatte kein Geld für einen professionellen Blumenstrauß, also hatte ich am Abend zuvor etwas Zeit für einen Spaziergang bei Sonnenuntergang aufgewendet und entlang der Straße wildwachsende Blumen gepflückt. Dabei schwelgte ich in Erinnerungen, die ich in der Regel lieber begraben lassen wollte … unser erstes Date, unser erster Kuss. Das eine Mal, als er all seine Ersparnisse von seinem Teilzeitjob im Pizzaladen ausgegeben hatte, um mich zu einem besonderen Date auszuführen und mir eine Kette zu unserem Jahrestag zu kaufen. Ich hatte diese Kette noch immer, obwohl der Verschluss kaputt gegangen war und ich sie nicht mehr tragen konnte.

Ich hatte die Wildblumen mit einem hübschen Band zusammengebunden und nahm sie mit zu Brocks Grab. Dort entfernte ich das verwelkte Bukett, das Helena die Woche zuvor dort hingelegt hatte, und ersetzte es durch meinen frischen Bund.

Ich verbrachte eine Stunde in stiller Besinnung, bevor ich laut zu sprechen begann. Manchmal tat ich das – und nicht nur, wenn ich an Brocks Grab stand. Hätte zufällig irgendjemand mitgehört, hätte er mich für verrückt gehalten, weil ich zu meinem toten Freund sprach. Aber ich mochte den Gedanken, dass er mich, wo immer er auch war, hören konnte. Dass er unsere Verbindung noch immer so spüren konnte, wie ich sie spürte. Dass er wusste, dass ich ihn vermisste.

Dem Selbstmitleid frönend, fluchte ich, was für ein scheußliches Schicksal es war, seinen Seelenverwandten in jungen Jahren zu finden und dann der gemeinsamen Zeit auf ewig beraubt zu werden. Ich beklagte mich, dass ich mein ganzes Leben nur mit einer Erinnerung an ihn leben musste und ich trauerte über die Tatsache, dass ich Brock nie wieder näher kommen konnte als bis zu dieser Gedenktafel auf dem grünen Rasen, an der ich gelegentlich Blumen niederlegte.

Meine Gedanken wanderten zum vorherigen Abend, als ich mir selbst Tarot-Karten gelegt hatte. Ich wollte bestätigt haben, dass es die richtige Entscheidung war, Ende Juni mit dem Mittelalterfestival auf Reisen zu gehen.

Ich zog den Narr. Wie passend. Wie typisch *ich*.

Nicht, weil ich närrisch war, sondern wegen dem, was der Narr repräsentierte – einen Wanderer, einen Abenteurer. Eine Person, die dem Wind lauschte und an keinem Ort Wurzeln schlug.

Die Karte zeigte einen Mann mit seinen Habseligkeiten in einem Beutel über seiner Schulter, der zur strahlenden Sonne hinaufsah. Er trat gefährlich nah an den Rand einer Klippe und ein fröhlicher Hund klammerte sich an seinen Fersen fest. Er war bereit, ein ganz neues Abenteuer zu beginnen.

Ich fühlte mich ebenso und versuchte, alle anderen schmerzlichen Gedanken in meinem Hinterkopf zu ignorieren – den Gedanken, Alex und meine anderen Freunde zu verlassen. Und aus irgendeinem Grund tauchten auch William und seine überraschenden Lippen plötzlich auf, bevor ich die Erinnerung an unseren Kuss aus meinen Gedanken verbannte.

Aber als ich nach Hause fuhr, kehrten meine Gedanken immer wieder dorthin zurück – zum Gefühl von Williams Händen in meinem Haar, als sie gegen meinen Hinterkopf drückten, zur Art, wie mein Körper sich bei dem Kontakt sofort erhitzt hatte. Ich konnte nicht *nicht* daran denken.

Mit einem frustrierten Seufzen drehte ich einen meiner liebsten Mythologie-Podcasts auf, um ihn auf dem Nachhauseweg zu hören.

Ein paar Stunden später saß ich am Esszimmertisch über meinem Terminplaner, machte eine To-Do-Liste für die Woche und überprüfte meine Termine. Trotz meines Zögerns, William zu nahe zu kommen, war ich entschlossen, diese Tiara zurückzubekommen. Deshalb versuchte ich herauszufinden, wann ich noch mehr Zeit hineinzwängen konnte, um ihm bei seinen Problemen mit Menschenmengen zu helfen. Wenn ich vorher schon hochmotiviert war, sie zurückzubekommen, dann war ich jetzt, wo Helena einen Flug nach Serbien möglich gemacht hatte, noch entschlossener.

Alex setzte sich auf einen Stuhl mir gegenüber und ließ eine Essensbox vor mein Gesicht plumpsen. Das köstliche Aroma von Lupes Enchiladas wirbelte um meine Nase herum.

„Mittagszeit. Iss auf. Ich habe für heute Abend ein paar aus der Gang eingeladen und wir werden uns Doctor Who ansehen und Tequila trinken."

Ungeachtet des Sirenengesangs – anderweitig bekannt als das großartige Essen von Alex' Mom – blickte ich wieder auf meine Tagesordnung. *19 Uhr – William: Visualisierung & Atemübung.*

„William wird mich heute Abend besuchen."

Ihre Augenbrauen hoben sich. „Gut. Er wird alle kennen. Heath, Kat, Mia und Adam und ein paar ihrer Freunde aus der Arbeit kommen auch."

Ich nahm mir mit der Gabel einen Bissen direkt aus der Box – fleischiger, käsiger Geschmack explodierte auf meiner Zunge und mein Magen knurrte nach mehr. „Deshalb hast du wie eine Irre geputzt, als ich nach Hause gekommen bin. *Schon wieder.* Ich dachte, du hättest deinen Verstand verloren."

Alex grinste und zeigte auf ihre Stirn. *„Loco como un zorro."*

„Verrückt wie ein Zorro?"

„Wie ein Fuchs. Und wir wissen beide, dass ich ein Füchsin bin."

Ich warf ihr anzügliche Blicke zu und ließ ihre geschmeidige, bronzefarbene Haut, ihre großen, dunklen Augen und hohen Wangenknochen auf mich wirken. Sie hatte einen rebellischen pinken Streifen in ihrem beinahe schwarzen Haar. Ihre ach-so-traditionelle Mom hatte sie deswegen zusammengestaucht, aber ich hatte Alex überredet, standhaft zu bleiben und ihn zu behalten. „Bist du. Wenn ich vom anderen Ufer wäre, würdest du in Schwierigkeiten stecken."

Sie streckte mir die Zunge raus. „Also, was ist mit William? Bist du jetzt mit *ihm* zusammen? Ich wette, die Mädels im Clan sind angepisst."

Ich lachte. „Nein. Nein, wir sind nicht zusammen." Wir tauschten nur explosive Küsse an der Türschwelle aus. Mein Gesicht errötete, als ich mich daran erinnerte, wie sich unsere

Zungen ineinander verschlangen. *Verdammt.* Der Kerl wusste, wie man küsste. Was sagte man nochmal über die Ruhigen? *Stille Wasser sind tief…*

„Hmm. Erst besuchst du ihn zuhause, dann ein Ducks-Spiel letzte Woche. Heute Abend eine Trinkparty…"

„Ich hatte keine Ahnung, dass du das vorhast. Wir wollten heute Abend an seiner Visualisierung und Atmung arbeiten."

Sie blickte mich mit einem verschmitzten Lächeln an. „*Schweres* Atmen?"

Ich verdrehte die Augen. „Beruhige bitte deine Libido."

Sie sah mich skeptisch an. „Du findest ihn nicht süß? Vor allem, nachdem er so viel trainiert hat…"

„Nein, ich finde ihn nicht süß", antwortete ich und behielt meine restlichen Gedanken für mich. William war nicht nur „süß", er war *heiß.*

Und er küsste wie Eros höchstpersönlich. Diese Hände… die Art, wie sie durch meine Haare gewandert waren … Ich schluckte und sah weg.

Er war nicht der Richtige für mich. Oder genauer, *ich* war nicht die Richtige für *ihn.*

Ich *konnte nicht* richtig für ihn sein. Ich würde schon in drei Monaten gehen und meine Intuition sagte mir, dass, wenn ich es zuließe, mein Verhältnis mit William länger als das andauern würde.

Wir arbeiteten nur an einer gemeinsamen Sache. Wir konnten es nicht mit etwas anderem vermasseln … fantastische Küsse hin oder her.

„Du weißt, was diese Tiara mir bedeutet." Ich sprach mit leiser Stimme, sodass sie nicht vor Emotionen zittern konnte.

„Er muss das Duell gewinnen, damit er sie mir zurückholt, und ich muss ihm dabei helfen."

„Aber küssen sollte dazu gehören." Sie nickte enthusiastisch und mein Gesicht brannte noch heißer. Ich gab vor, in meine Hand husten zu müssen, als wäre mir das Essen zu scharf. Wie sich herausstellte, beachtete Alex mich nicht so aufmerksam. *„Ich würde ihn daten, wenn er auf mich stehen würde."*

„Genau wie die halbe RMRA – zumindest die weibliche Hälfte."

„Stimmt. Aber er steht auf jemand anderen." Sie grinste mich an.

Ich schnaubte. „Wir sind nur Freunde."

„Freundschaften können Vorzüge haben. Du hattest vorher schon Freunde mit gewissen Vorzügen."

Ich zuckte mit den Schultern. „Ich gehe in ein paar Monaten."

Ihr Gesicht wurde dunkler. „Ja, ich weiß. Zeit für dich weiterzuziehen wie deine Zigeunervorfahren."

Ich verfluchte mich selbst. Das war ein heikles Thema mit Alex.

„*Roma*-Vorfahren. Sie mögen es nicht, Zigeuner genannt zu werden. Und ich habe keine Ahnung, ob ich tatsächlich Roma-Blut in mir habe."

Sie zuckte mit den Schultern und erwiderte meinen Blick nicht. Jetzt stocherte sie in ihren Enchiladas herum. Ich aß noch ein paar Bissen und beobachtete sie sorgfältig.

„Geht es dir gut?", sagte ich endlich als Antwort auf ihr Schweigen.

Sie zuckte erneut mit den Schultern. „Ich habe neulich zufällig Dr. Zweitberger getroffen, als ich im Naturwissenschaftsgebäude war."

Ich hob meine Augenbrauen. „*Du* warst im Naturwissenschaftsgebäude? Bekommst du davon keinen Hautausschlag?"

Sie lächelte. „Es gibt dort drüben ein paar süße Wissenschafts-Nerds. Manchmal hänge ich da rum. Jedenfalls hat mich dein Professor erkannt. Er hat mich gefragt, wann du zum Programm zurückkehrst."

Da ich mit meinem Essen fertig war, beschäftigte ich mich mit Saubermachen, um ihrem suchenden Blick auszuweichen. „Wahrscheinlich noch eine Weile nicht ... wenn überhaupt noch."

Alex war plötzlich sehr enttäuscht. „*Im Ernst?* Du hast noch wie viel? Zwei Semester?"

„Vier Kurse. Es ist okay. Was zum Teufel hätte ich schon mit einem Hochschulabschluss in Physik gemacht?"

„Unterrichtet, wie du es wolltest."

Ich lachte. „Ich habe das aus einer Laune heraus gesagt."

Sie durchbohrte mich mit ihrem Blick. „Du kannst wunderbar mit den Kindern im Flüchtlingszentrum umgehen und du wärst eine tolle Naturwissenschaftslehrerin. Ich weiß, dass es dein Traum ist, mehr Mädchen dazu zu bringen, Naturwissenschaften zu studieren."

Ich zuckte mit den Schultern. „Das wäre nett gewesen, aber ich habe das hinter mir gelassen."

Ihre Lippen wurden dünner. „Ja, das ist deine Spezialität, oder?"

Ich atmete tief ein und zwang mich, nicht von ihr genervt zu sein. Alex trug ihr Herz auf der Zunge und sagte immer ihre Meinung. Das war eines der Dinge, die ich an ihr liebte.

Sie schüttelte ihren Kopf. „*Jenna ...*"

„Alejandra", äffte ich sie nach.

Sie blinzelte. Ach Scheiße. Ich konnte sehen, dass sie nur Sekunden davon entfernt war, in Tränen auszubrechen.

„*Wieso* tust du dir das an? Wieso bestrafst du dich so?"

Ich schüttelte meinen Kopf, während ich den Behälter zuklappte, um die Speisereste für den Kühlschrank vorzubereiten.

„Es ist das Überlebenden-Syndrom, weißt du." Ihre Stimme zitterte. „Du bist immer so, nachdem du zum Friedhof gegangen bist. Hast du Angst, dass andere Menschen, die du liebst, auch sterben werden? Ziehst du deshalb weiter?"

Ich ließ mich wieder auf meinen Stuhl fallen und blies dabei wie ein Reifen, der durchstochen worden war, Luft aus. Ich griff nach oben und rieb mir die Stirn.

Überlebenden-Syndrom. Das war nicht das erste Mal, dass ich das gehört hatte.

„Lass uns nicht streiten, Alex."

Sie schüttelte ihren Kopf. „Das will ich auch nicht. Aber ich muss einfach sagen, dass ich hasse, was du tust. Du sabotierst dich selbst, weißt du."

„Ich ziehe weiter, um das Leben zu genießen … um neue Dinge zu erleben. Das ist keine Bestrafung!"

„Aber was ist mit allen hier, die sich um dich sorgen? Mit mir, Mia, allen anderen? *All* deinen Freunden. Was ist mit Helena?"

„Ich wohne nicht mehr in Helenas Nähe und wir stehen uns immer noch nah. So wird es auch mit dir und mir sein."

Ihre Lippen verzogen sich. „Ja, sicher." Sie stand auf und nahm den Behälter vom Tisch, dann huschte sie in die Küche. Ich schnappte mir unser Geschirr und folgte ihr.

„Kann ich dir noch bei etwas für die Party helfen?"

Sie antwortete schnell. „Nein, passt schon. Es kommt keiner vor acht oder neun. Ich schätze, wir können eine Menge Wiederholungen ansehen oder ein Trinkspiel spielen oder was auch immer. Einfach abhängen." Alex zögerte, bevor sie hinzufügte: „Du wirst dich doch zu uns gesellen, oder?"

Ich zuckte mit den Schultern. „Falls ich bis dahin mit William fertig bin. Wir werden sehen. Du weißt, dass ich kein großer Fan von diesem neuen Doctor bin. Er ist düster und launisch."

„Hmmm. Ich liebe ihn. Es muss an den Augenbrauen liegen!"

Ich lachte sie aus und war erleichtert, dass die Stimmung zwischen uns sich ein wenig erhellt hatte. „Du bist eine Spinnerin."

Ein paar Stunden später klopfte William um genau sieben Uhr an der Wohnungstür. Ich lief, um ihm die Tür zu öffnen, aber Alex war schneller. „William! Hey, Kumpel. Wie geht es dir?"

Er nickte. „Hi, Alex. Mir geht es gut. Wie geht es dir?" Er hatte wieder diesen merkwürdigen Ton in seiner Stimme, als würde er auswendig gelernte Zeilen rezitieren.

„Einfach großartig. Ich hoffe, du hast Lust, später etwas zu trinken, denn wir werden uns Doctor Who ansehen!"

Er runzelte die Stirn. „Wiederholungen? Ich habe bereits jede Folge zweimal auf Blu-ray gesehen."

„Nein, so hast du es noch nicht gesehen. Wir trinken und sehen es uns betüdelt an!"

Er sah Alex an, als hätte sie alles auf Spanisch gesagt.

„Kümmere dich nicht darum. Wil ist zum Arbeiten hier." Ich gab ihm ein Zeichen, dass er mir in mein Schlafzimmer folgen sollte. „Komm, Alex wird hier nur laut sein und stören."

„*Wil?*", sagte Alex leise, als ich an ihr vorbeiging. Ich brachte sie zum Schweigen und führte William in mein Zimmer.

„Sorry, hier drin gibt es nicht viele Möbel. Ich habe keine so schöne Mietwohnung wie du. Willst du den Stuhl oder das Bett?"

„Es gehört mir", antwortete er mit leiser Stimme, als er seinen großen Körper auf das Fußende meines Bettes platzierte. Wahrscheinlich eine gute Sache, denn der Korbstuhl sah nicht stabil genug aus, um ihn zu tragen. Ich kam zu dem Schluss, dass er mit Bedacht entschieden hatte, das Bett zu nehmen.

„Entschuldige – was?"

„Mein Haus. Es gehört mir. Ich habe die Hypothek letztes Jahr abbezahlt."

„Oh ... oh, das ist toll. Es ist ein schönes Haus. Eigentlich sogar ein sehr schönes Haus. Ich wusste nicht, dass sie die Designer bei Draco so gut bezahlen."

Als er auf den billigen Druck an der Wand starrte, nutzte ich die Gelegenheit, um *ihn* anzustarren. Er trug heute Abend Jeans und ein dunkelblaues T-Shirt in fast genau der gleichen Farbe. Es war eine Menge Blau und normalerweise stimmte er seine Kleidung nicht gut aufeinander ab, aber heute Abend war sie dezenter, weil so gut wie alles zu Jeans passte. Dennoch füllte er diese Jeans mit seinen langen, muskulösen Beinen gut aus. Und sein T-Shirt sah auch verdammt gut aus, wie es so über seine harte Brust und seinen hervortretenden Bizeps gespannt war, als er sich zurücklehnte, um weiterhin ruhig dieses Poster zu betrachten. Ich hätte beinahe geseufzt und konnte meine Augen natürlich nicht davon abhalten, über die starke Säule seines Halses und über seine breiten Schultern zu wandern.

Dann schossen meine Augen mit Erinnerungen an den Geschmack seiner Lippen auf seinen Mund. *Das ist kein Gute-Nacht-Kuss*, hatte er gesagt. Und er hatte recht. Hitze drang über meine Wangen in meinen Körper ein, wanderte meine Wirbelsäule hinunter und ließ sich in meinem Bauch nieder.

Ich schluckte und wandte widerwillig meine Augen ab, bevor er mich dabei erwischte, wie ich ihn wie ein Narr angaffte. Wie Echo, die den wunderschönen Narzissus angestarrt hatte, bis es zur Obsession wurde.

Das Poster, von dem er gerade fasziniert war, war ein Druck, den ich auf einem Flohmarkt erworben hatte. Es zeigte einen Garten bei Nacht und eine junge Frau darin, die eine Blumenkrone trug. Sie beugte sich vor und musterte die Gruppe von Feen und anderen winzigen Geschöpfen, die sie inmitten von glühenden Bällen aus schillerndem Licht umgaben. Ich mochte es wegen seiner skurrilen Atmosphäre.

„Es ist der Industriestandard", antwortete er und ich brauchte ein paar Sekunden, um zu verstehen, dass er auf meinen Kommentar über sein Designergehalt antwortete. „Ich wurde jedoch nicht immer mit Geld bezahlt. Am Anfang, als nicht viel Geld da war, hat Adam mich mit Aktienanteilen an der Firma bezahlt."

Meine Augenbrauen schossen hoch. „Heilige Scheiße ... im Ernst? Die müssen jetzt ein Vermögen wert sein."

Er starrte noch immer auf den Druck. Ich konnte nicht sagen, ob er ihn mochte oder sich davor graute. „Es ändert sich je nach Tag und Wert der Aktie. Ich schenke dem nicht viel Aufmerksamkeit. Als ich das letzte Mal von meinem Buchhalter gehört habe, war mein Wertpapierbestand etwas mehr als sechsundfünfzig Millionen Dollar wert", sagte er, als spräche er über Eishockey-Spielergebnisse.

Ich fiel beinahe vom Stuhl. Ich wusste, dass sein Cousin vom Millionär zum Milliardär geworden war, da er die Firma selbst gegründet hatte, aber ich hatte keine Ahnung, dass auch William Millionär war.

„Ähm … wow. Wieso arbeitest du dann noch?"

Er nahm seine Augen endlich von dem Poster und schaute auf meine rechte Schulter. „Was sollte ich sonst tun?"

Ich lachte. „Ich weiß nicht … das ganze Jahr über verreisen? Jede Woche an einem anderen Strand sitzen und Bücher lesen? Mir würden eine Menge Sachen einfallen."

„Die Farben in diesem Druck sind sehr viel blasser, als sie sein sollten." Angesichts der Art und Weise, wie er ignorierte, was ich gerade gesagt hatte, interessierte es William offensichtlich nicht, über Geld zu sprechen. „Das ist ein berühmtes Gemälde von E. R. Hughes, einem englischen Maler der präraffaelitischen Tradition", sagte er, ohne es noch einmal anzusehen.

„Es ist ein altes Poster, das ich vor ein paar Jahren gekauft habe. Ich werde es verschenken, wenn ich umziehe."

„Wenn du mit dem Mittelalterfest mitziehst?"

Ich rutschte auf meinem Stuhl umher und kreuzte meine Beine. Williams Blick folgte der Bewegung, wobei seine Augen auf meine entblößten Waden fixiert waren. Ich saß einen Moment so da und beobachtete ihn, wie er mich beobachtete. Er gaffte nicht. Er … studierte nur. Vielleicht prägte er sich ein, wie meine Beine in den Shorts aussahen, sodass er sie später in sein Skizzenbuch zeichnen konnte.

Ich erinnerte mich an die Zeichnung, die er mir bei dem Eishockeyspiel gezeigt hatte – die von meiner Hand. Sie war ausgezeichnet ... so realistisch. Und detailreich. Beinahe schon liebevoll. Ich hatte nie wirklich gedacht, dass meine Hand besonders schön war, aber er hatte sie wunderschön wiedergegeben. Er hatte sie wunderschön *gemacht*.

Ich blinzelte und fragte mich, woher der merkwürdige Gedanke gekommen war.

„Ich habe nie wirklich lange an einem Ort gelebt. Meine Freundin sagt, ich habe *želja za putovanjem*, wie sie es nennt – Wanderlust. Nichts kann mich irgendwo festnageln."

„Nägel? Würde das nicht wehtun?"

Ich lachte. „Entschuldige, nein. Ich meine ... es ist schwer für mich, an einem Ort zu bleiben. Nichts kann mich ruhig halten."

„Nichts? Und ... niemand?"

Ich runzelte die Stirn, während ich einen Moment darüber nachdachte. Ich dachte über den Schmerz in Alex' Augen nach, als ich ihr gesagt hatte, dass ich gehe. Und Mia. Tatsächlich verstanden es die meisten meiner Freunde nicht. Die Leute vom Mittelalterfest kapierten es aber. Viele von ihnen waren wie ich. „Ich werde eine Weile auf dem Mittelalterfest arbeiten, Tarot-Karten legen."

Sein Gesichtsausdruck veränderte sich nicht. „Du glaubst daran? An Wahrsagen?"

„Ich glaube, die Karten können Leuten beibringen, ihrer eigenen Intuition zu folgen. Ich bin nur dafür da ... dem auf die Sprünge zu helfen. Meine Tante hat sehr viel Karten gelegt. Sie hat es mir beigebracht, bevor sie zurück nach Bosnien ging."

Nach etwas Zögern äußerte er sich. „Ich hätte gerne, dass du das irgendwann einmal für mich machst. Ich glaube aber nicht daran", fügte er schnell hinzu.

Ich nickte. „Ich werde sie für dich legen. Aber jetzt gerade müssen wir an deiner Visualisierung und Atmung arbeiten. Wir können das, was bei dem Eishockeyspiel passiert ist, nicht bei deinem nächsten Duell gebrauchen, stimmt's?"

Er sah mich kurz an, traf meinen Blick und riss dann seine Augen weg. Er sah beinahe … schuldbewusst aus.

„Was ist los, Wil?"

Er zuckte mit den Schultern. „Ich bin nicht wegen der Menschenmenge gegangen."

Ich blinzelte. Nun, das war mir neu. „Du hast mich hochgehoben und mich aus der Arena getragen, als würde sie brennen. Wenn ich mich recht erinnere, schienst du ganz schön entschlossen, dort rauszukommen."

Ein Lächeln spielte um seine Lippen und dann flogen seine Augen kurz auf meine Brust, bevor sie sich genauso schnell wieder weg bewegten. Dann errötete er ziemlich. Obwohl William dunkle Haare und Augen hatte, war seine Haut blass und errötete in einem dunklen Rotton.

„Wirst du mir sagen, wieso du rot wirst, oder muss ich raten?"

Williams Kiefer pressten aufeinander und er sah über meine Schulter in die Ferne.

„Hmm." Ich verschränkte meine Arme. „Ich saß auf deinem Schoß und …" Ich erinnerte mich an das Gefühl von seinem Körper unter meinem, an die Härte seiner Brust an meinem Rücken. Es war verdammt angenehm für *mich* gewesen und vielleicht – „Oh, ich verstehe. Es hat dich angemacht."

„Angemacht?"

Ich stöhnte in Gedanken. Diese Sprachsache ging mir etwas auf die Nerven. „Du wurdest … erregt?"

Seine Gesichtsfarbe wurde dunkler. Er hatte sich wahrscheinlich Sorgen gemacht, wie ich darauf reagieren würde, wenn ich wusste, dass er eine Erektion bekommen hatte.

Es war sowohl hinreißend als auch wahnsinnig erregend. Und lustig. Weil ich ebenfalls angeturnt gewesen war. Seine starken Arme unter meinen zu spüren, seinen warmen Atem in meinem Nacken. Es war beinahe unmöglich gewesen, mich auf das Spiel zu konzentrieren.

Plötzlich fing ich an zu lachen.

„Wieso lachst du?"

„Weil es lustig ist. Dachtest du, dass ich dich schlagen würde?"

Er runzelte die Stirn. „Nein. Ich dachte nur, dass du mich einen Perversling nennen würdest."

„Es war eine natürliche Reaktion, Wil. Ich kann dir dafür keine Schuld geben. Ich war diejenige, die sich freiwillig auf deinen Schoß gesetzt hat, schon vergessen? Und ich weiß, wie die männliche Anatomie funktioniert."

Seine Augen verengten sich. „Wie gut weißt du es?"

Meine Augen fielen vielsagend auf seinen Schritt. „Ich weiß genug. *Deshalb* bist du also abgehauen – ich meine, gegangen?"

Er rieb eine Hand an seinem Oberschenkel. „Ja."

„Nun, das nächste Mal sagst du es mir einfach. Wir sind hier alle erwachsen. Stell dich nicht so affig an, okay?"

„Ich bin nicht affig."

Ich räusperte mich. „Wie wäre es, wenn wir jetzt an der Visualisierung arbeiten, bevor alle eintreffen ..."

Ich wies ihn an, sich mit gekreuzten Beinen auf den Boden gegenüber von mir zu setzen, sodass sich unsere Knie berührten.

Oder besser, sodass meine Knie seine Schienbeine berührten, da seine Beine länger waren als meine.

Sein ganzer Fokus schien sich auf den Berührungspunkt unserer Beine zu konzentrieren. „Geht es dir gut? Keine, ähm, unerwarteten Reaktionen?"

Er blickte finster drein, antwortete aber nicht.

„Okay, also das sollte leichter für dich sein, weil du von Natur aus in Bildern denkst. Wir werden mit Hilfe eines mentalen Bilds meditieren ..."

„Was stelle ich mir vor? TIE-Fighter? Snowspeeder? Kampfläufer?"

„Einen Baum."

Er hob seine Augenbrauen und lächelte. „Ewoks?"

„Nein, keine Ewoks. Einen Baum. *Du* bist ein Baum."

„Aber – "

„Wir tun nur so, Wil. Stell dir vor, du bist eine große Eiche und mit der Erde verbunden. Du bist fest und kräftig und unerschütterlich wie ein Baum. Du bist so tief eingegraben, dass dich nicht einmal der heftigste Sturm umwehen kann. Weil deine Wurzeln tief in die Erde reichen."

Er sah mich an, als wäre mir ein drittes Auge auf der Stirn gewachsen."

„Nein, ich bin nicht verrückt. Schließ deine Augen und stell dir vor, dass sich Wurzeln von deinem Körper in den Boden unter uns erstrecken."

„Aber der Boden ist nicht unter uns. Wir sind zwei Stockwerke über dem Boden."

Ich seufzte. „Tu es einfach." Seine Augen klappten zu. „Gut. Streck deine Hände aus, das könnte helfen, mit mir Kontakt herzustellen." Ich legte meine Handflächen in seine und umschloss seine Hände.

„Jetzt atme ein und schick diese Wurzeln hinunter in die Erde unter dir."

„Aus meinem Hintern?"

„Was?"

„Kommen die Wurzeln aus meinem Hintern?"

„Komm schon! Du nimmst das nicht ernst."

Ich bewegte mich, um meine Hände von seinen zu ziehen, aber seine Finger schlossen sich fester um meine. In diesem Moment passierte etwas Erstaunliches. Es fühlte sich an wie … ein Hitzeimpuls, der von ihm auf mich überging. Wenn ich noch spiritueller gewesen wäre, als ich eigentlich war, hätte ich es einen Energieaustausch genannt oder gesagt, dass ich seine Aura gespürt hatte.

Aber nein, das war etwas viel Einfacheres. Ich leckte über meine Lippen und gestand mir diese schonungslose körperliche Anziehung ein.

William war ein gut aussehender Kerl und obwohl er ein Mann weniger – und manchmal verärgernder – Worte war, war er es auch gewohnt, seinen Willen zu bekommen. Ich versuchte noch einmal meine Hände wegzuziehen, aber er ließ sie immer noch nicht los.

„Ich will dich jetzt gerade nicht loslassen", sagte er mit leiser Stimme.

Ich atmete tief durch meine Nase ein und nahm einen Hauch seines Geruchs wahr. Er roch nach Seife und einfach lecker. Und jetzt wurde die Spannung intensiver, als mein Blick von der starken Säule seines Halses zu seiner Brust hinunterglitt. „Vergiss nicht zu atmen", murmelte ich.

„Das werde ich nicht vergessen."

Ich antwortete nicht. Ich sprach mit mir selbst, nicht mit ihm.

„Ich will nicht, dass du mit dem Mittelalterfest ziehst, Jenna", sagte er ruhig in seiner seltsamen monotonen Stimme.

„Was ist mit dir?", fragte ich. „Packt dich nicht manchmal die Wanderlust?"

Er schüttelte seinen Kopf. „Lust, ja. Wanderlust, nein."

Lust … davon gab es gerade eine Menge, als ich mich auf Williams breite Brust konzentrierte. Sein T-Shirt war mit einem Foto von einem Ritter in voller Ritterrüstung mit den Worten *Dressed To Kill* darunter bedruckt. Ich fragte mich, ob er das Wortspiel verstand – oder sogar die Ironie – und ich vermutete, dass ihm jemand das T-Shirt geschenkt hatte.

Mein Griff um seine Hände lockerte sich, als ich mir der rauen Schwielen unter meinen Handflächen bewusst wurde. William war ein Mann, der mit seinen Händen arbeitete – alles reines Talent und Maskulinität. Und je mehr ich mir dessen bewusst wurde, desto wärmer wurde mir – und desto schwerer wurde es zu atmen. Er drückte seine Finger zu, als würde er ahnen, dass ich meine Hände wegziehen wollte.

Ich fing an zu zappeln, als er zuerst meinen Hals und dann meine Schulter prüfend ansah, wobei sein Blick bis zu meinem Kinn reichte. „Wieso würde ich fortgehen wollen, wenn alles und alle, die ich am meisten liebe, dort sind, wo ich mich gerade befinde?"

Sehnsucht. Verlust. *Schmerz.* Irgendetwas in seinen Worten bereitete mir Schmerzen, und ich hasste es, mich so zu fühlen, weshalb ich mir selten erlaubte, in diesen Gefühlen zu schwelgen.

„Kannst du – kannst du meine Hände jetzt loslassen?", flüsterte ich. Und das tat er – langsam –, aber ohne sie wegzuziehen.

Ich entfernte meine Hände, während ich versuchte zu analysieren, woher dieses plötzliche Schmerzgefühl kam. Mein Gehirn arbeitete auf Hochtouren, um einen Weg zu finden, es zu stoppen.

Als wir weiterhin dort saßen, schweiften Williams Augen wieder zu dem Poster zurück, dann zu der Pinnwand, die daneben hing. Er erhob sich vorsichtig und ging direkt zu ihr hinüber. Etwas musste ihm ins Auge gesprungen sein.

Er griff nach oben und fuhr die dekorativen Schnörkel am Rand von Majas Hochzeitseinladung mit seinem langen Zeigefinger nach. „Das ist gute Arbeit. Handgemalt."

„Das ist die Hochzeitseinladung meiner Schwester. Anscheinend zeichnet ihr Verlobter gerne als Hobby."

Er nickte und lehnte sich vor, um einen genaueren Blick darauf zu werfen, wobei seine Augen flüchtig den Text überflogen. Es waren liebevoll handgemachte Einladungen statt der modernen, massenproduzierten. Und Maja hatte darauf geachtet, dass ein paar auf Englisch erstellt wurden, um sie ihren alten Freunden in den Vereinigten Staaten zu schicken. „Im Juni", sagte er leise. „Wirst du dabei sein?"

Ich zuckte mit den Schultern. „Ich dachte, ich könnte für ein paar Wochen zurückgehen … etwas Zeit mit meiner Familie verbringen, bevor das Mittelalterfest Ende des Monats nach Norden zieht."

Er nickte, sagte aber nichts, bevor er sich wieder zu mir umdrehte.

Es war etwas so Erfrischendes an William. So Bescheidenes. Er fühlte sich in seiner Haut wohl und versuchte nicht, sich als etwas darzustellen, was er nicht war.

Und er prahlte nie. Die lässige Art und Weise, auf die er hatte durchblicken lassen, dass er finanziell mehr als abgesichert war, war ein Beweis dafür. Das Auto, das er fuhr, das Haus, in dem er lebte … beide waren schön, aber nicht übertrieben. Nichts an ihm schrie *Mann mit kleinem Penis versucht verzweifelt zu kompensieren*. Er war in praktisch jeder Hinsicht das genaue Gegenteil von Doug.

Ich musste mir eingestehen, wenn ich es schon niemand anderem gestehen konnte, dass ich William wollte. Vielleicht titulierte mich die Karte, die ich letzte Nacht gezogen hatte, wirklich als Narren. Plötzlich überkam mich eine Welle von Traurigkeit.

Ich lehnte mich auf meine Hände zurück. „Ich denke, ich könnte einen Drink gebrauchen. Wie sieht's mit dir aus? Trinkst du?"

„Manchmal. Aber nicht übermäßig. Und nicht, wenn ich fahre."

„Betrinken wir uns, Wil." Und bevor er antworten konnte, drückte ich mich hoch und drehte mich um, um den Raum zu verlassen. Ich wollte nicht riskieren, dass er meine Melancholie bemerkte – oder diese starke Anziehungskraft, die ich für ihn empfand. Mit Alkohol konnte ich mich überzeugen, dass das alles an meinem verletzlichen Zustand und meiner blinden Anziehung zu einem gut aussehenden Kerl lag. Und nichts anderem.

Und wie alles andere, würde auch das vorbeigehen.

Kapitel Zehn
William

ICH WAR VORBEIGEKOMMEN, UM ZEIT ALLEINE MIT JENNA zu verbringen – und auch, um an diesem Problem mit Menschenmengen zu arbeiten, nehme ich an. Ich hatte mir nicht vorgestellt, dass ich im Kreis meiner Freunde sitzen, Trinkspiele mitmachen und meinen Cousin dabei beobachten würde, wie er sich betrinkt, während seine Verlobte lacht. Tatsächlich hatte ich Adam zuvor noch nie betrunken gesehen.

„Ich habe noch nie … Star Wars nur in meiner Unterwäsche angesehen", sagt Mia mit einem Schmunzeln, wobei sie Adam direkt ansieht.

„Oh, shit", sagt er und greift sich dann sein Bierglas, um es auf ex auszutrinken. „Die Hälfte davon sollte als ein Kurzer zählen."

„Nicht nach den Richtlinien der FDA zum Alkoholgehalt. Trink aus, Sohn, oder trink das harte Zeug", sagt Heath, der sein Schnapsglas hochhält und mit Adams Bierkrug anstößt. Heath kippt seinen Kurzen hinunter, während die Frauen lachen.

„Na gut." Adam seufzt, hält dann seinen Krug hoch in die Luft und stößt einen lauten Rülpser aus. Alle lachen und necken ihn, vor allem Mia.

„Verdammt, ich werde zu Light-Bier oder Eselpisse wechseln müssen. Die schmecken beinahe gleich", murmelt er.

„Oh nein, wir werden dich heute stockbesoffen machen. Ich habe vor, jede Gelegenheit, dich zum Trinken zu zwingen, zu nutzen“, sagt Heath. „Kommt schon, Leute, wer will Adam Drake besoffen sehen?“

Jeder außer Adam und mir hebt die Hand.

„Ich! Ich, definitiv ich!“ Kat lacht und Mia schneidet ihr eine Grimasse.

„Die Macht ist mit dir, aber du bist noch kein Jedi“, sagt Adam zu Heath. Ich frage mich, was das Zitat mit dem Trinkspiel zu tun hat.

Und dieses Spiel ist seltsam. Wir sollen eine Aussage über etwas machen, das wir noch nie getan haben, und wenn die anderen Leute im Raum es getan *haben*, dann müssen sie trinken. Das Ziel des Spiels ist natürlich, betrunken zu werden. Ich frage mich, wieso wir dafür ein Spiel brauchen. Wieso setzen wir uns nicht einfach um den Tisch und trinken?

„Dann bin *ich* also an der Reihe“, sagt Adam und bekommt einen komischen Gesichtsausdruck. Ich habe ihn schon vorher dieses Gesicht aufsetzen sehen … wenn er etwas Verschlagenes plant. „Ich habe noch nie jemandem einen geblasen.“

„Ach, komm schon!“ Heath und alle Frauen stoßen an und trinken. Adam sieht sehr zufrieden mit sich aus.

Ich bin jedoch überhaupt nicht glücklich. Während ich Jenna beim Lachen und Trinken beobachte, spüre ich denselben Anfall von Eifersucht in mir. An wen denkt sie? Doug? An einen anderen Mann? An andere *Männer*? Plötzlich möchte ich auf etwas einschlagen. Mir gefällt es nicht, sie mir mit anderen Männern vorzustellen.

Ich will sie mir nur mit *mir* vorstellen.

Aber ich habe es mir antrainiert, es nicht so weit kommen zu lassen. Wenn ich etwas erwarte, kann ich nicht gut mit der Enttäuschung umgehen, wenn es nicht passiert. Plötzlich *stelle* ich es mir aber vor.

Sie sieht zu mir hoch, ihre hellen Haare fallen in Wellen über ihre Schultern. Ihr Mund ist geöffnet und sie küsst mich, wie sie es letzte Woche getan hat … so wie die Heldin in einem Film. So wie Arwen Aragorn in *Die Gefährten* küsste. Auch wenn wir nicht an einem riesigen Wasserfall stehen und diese lästige Musik nicht super laut im Hintergrund spielt.

Die anderen setzen das Spiel fort und ich ignoriere alles, was um mich herum passiert, weil ich in dieser Vorstellung gefangen bin.

„Erde an William!", sagt Alex. Ich musste heute Abend noch kein einziges Mal trinken. Ich bezweifle, dass sich das jetzt ändern wird.

„Was?", frage ich.

„Ich sagte *Ich habe noch nie mit einer Frau geschlafen*", wiederholt Alex.

Alle sehen mich an, jedoch vermute ich, dass Adam die Antwort bereits kennt, weil er jetzt spricht und sagt, dass wir einfach zur nächsten Frage übergehen sollen. Er versucht, mich zu beschützen. Es war schon immer so, seit er, als er dreizehn und ich elf war, bei uns eingezogen ist. Wir mochten genetisch vielleicht Cousins sein, aber in vielerlei Hinsicht ist er mein älterer Bruder.

Aber dieses Mal schüttle ich, statt seine Hilfe anzunehmen, meinen Kopf. „Ich auch nicht", sage ich. Und schaffe es durch eine weitere Runde, ohne trinken zu müssen.

Heath ist an der Reihe. Er starrt Alex wütend an. „Nun, nachdem Alex meinen Satz gestohlen hat, muss ich korrigieren, was ich sagen wollte. Also … ich habe noch nie mit einem Mädchen rumgemacht."

Die anderen Männer trinken, genau wie Jenna. Alle geben erstaunte Laute von sich. Nachdem sie ihren Kurzen hinuntergekippt hat, sieht sie mit weiten Augen auf. „Was?"

Alex fängt an zu lachen. „Kümmere dich nicht um die Kerle, sie stellen es sich nur alle vor – und werden geil."

„Jap. I kissed a girl – and I liked it." Sie fängt an den Song von Katy Perry zu singen und alle anderen lachen.

Endlich habe ich die Möglichkeit zu trinken, also kippe ich einen Kurzen hinunter und fange sofort zu husten an. Ich habe vorher schon Tequila getrunken, aber ich mag ihn nicht wirklich. Bier ist viel besser. Vielleicht mache ich es wie Adam und wechsle zu Bier.

„William!", sagt Heath, wobei er die Worte lallt. „Du alter Hund … Details! Ich brauche Details!"

Ich schüttle meinen Kopf. „Du wirst sie nicht kriegen. Spiel dein Spiel. Ich garantiere dir, dass du mich nicht betrunken kriegst, bevor du ohnmächtig wirst."

„Herausforderung angenommen!", sagt Heath.

Mia ist wieder an der Reihe. „Verdammt … es wird langsam hart!"

„Ja, das hat sie gesagt", antwortet Adam mit einem Grinsen.

Mia runzelt die Stirn und sieht ihn durch zusammengekniffene Augen an. „Ändere dieses Pronomen lieber, Mister. Und zwar schnell, außer du willst, dass deine allerliebsten Körperteile verletzt werden."

„Hey, es sind auch *deine* liebsten. Okay, wie wäre es damit … das hast *du* gesagt?“

Mia lacht und grunzt durch ihre Nase. „Viel besser. Alles klar, lasst uns dieses Spiel in eine nicht sexuelle Richtung leiten …“

„Das macht keinen Spaß“, sagt Jordan, welcher daraufhin gleich von seiner Freundin, April, mit dem Ellbogen gestoßen wird. Sie scheint noch immer wütend wegen der vorherigen Runde zu sein, als Jordan der Einzige war, der auf *Ich hatte noch nie einen Dreier* trinken musste.

Letztendlich spielen wir noch drei Runden. Jordans Herausforderung „Ich habe noch nie meine Stiefcousine geküsst“ löst eine Menge Fluchen und unhöfliche Gesten bei einem jetzt volltrunkenen Adam aus.

Genau wie ich prophezeit hatte, bin ich am Ende des Spiels die einzig nüchterne Person. Ich freue mich still darüber und es kümmert mich nicht einmal.

Danach sitzen alle herum und unterhalten sich entweder oder trinken weiter, bis sie umfallen (Heath) oder versuchen nüchtern zu werden, indem sie Kaffee kochen (Adam). Schließlich gehe ich zurück in Jennas Zimmer, um meine Schuhe zu holen, und halte plötzlich an, als ich sie zusammengerollt und weinend auf ihrem Bett vorfinde.

Es ist kein lautes Schluchzen. Tatsächlich kommt kaum ein Geräusch von ihr außer eines, das klingt wie von einem Katzenbaby. Sie bemerkt nicht einmal, dass ich hier bin. Schnappe ich mir meine Schuhe und gehe, oder versuche ich sie zu trösten? Ich habe keine Ahnung, wie ich sie trösten kann, und ich könnte es letztendlich noch schlimmer machen. Ich bin vor Unentschlossenheit erstarrt, bis sie ihre Wangen mit ihrem

Handrücken abwischt und seufzt. Ich bemerke, dass sie nicht mehr wirklich weint.

Ich setze mich neben ihr auf das Bett und, ohne zu verstehen, weshalb ich es mache, streiche ich ihr über ihr Haar … als würde ich ein Katzenbaby streicheln. Sie dreht sich um und sieht mich an, dann schnieft sie laut. „Mach das Licht aus und komm wieder her", flüstert sie.

Ich mache, worum sie mich bittet, und taste mich zum Bett zurück. Sie streckt ihre Hand aus, packt mein Handgelenk und zieht. Ich denke, das bedeutet, dass sie möchte, dass ich mich wieder aufs Bett setze. Das mache ich, aber sie zieht wieder. „Würdest du dich neben mich legen? Ich brauche gerade einfach jemanden."

Jemanden? Einfach irgendwen? Oder … *mich?*

Trotz dieser Fragen, die in meinem Gehirn herumschwirren, lege ich mich neben sie. Aber ich versuche, sie nicht zu berühren. Innerhalb weniger Sekunden ist sie herübergerutscht, hat ihren Kopf auf meine Schulter gelegt und meinen anderen Arm um sie gezogen.

Ich bin so angespannt, dass ich mir sicher bin, dass sie es spüren kann. Sie bewegt ihren Kopf und rutscht näher an mich und ich kann ihre Haare wieder riechen. Dieser gleiche Duft. Er erfüllt mich mit … etwas. Lässt es so erscheinen, als würde mein Blut schneller werden, schneller durch meine Venen laufen. Und es fällt mir auch schwer zu schlucken.

„Entspann dich, Wil. Atme tief durch. Oder stört dich das? Würdest du lieber nicht berührt werden?"

Ich hole tief Luft und atme wieder aus. Sie dreht ihren Kopf, um mir ins Gesicht zu sehen, aber es ist dunkel, also kann ich mir nicht vorstellen, dass sie etwas sehen kann. Ich kann sie auch nicht sehr gut sehen, aber ich kann sie definitiv riechen. Ihr Duft umhüllt mich. Das reicht, um bei mir Schwindel auszulösen. Und es fühlt sich *wirklich* an, als würde sich der Raum drehen.

Ich räuspere mich. „Wieso weinst du, Jenna? Bist du traurig wegen deiner Tiara?"

Sie schüttelt ihren Kopf und ist eine lange Zeit still, bevor sie wieder schnieft und mit einer Hand über ihre Wange wischt, während sie sich an mich lehnt. „So werde ich manchmal, wenn ich zu viel trinke."

„Trinken macht dich traurig?"

„Nur, wenn ich traurig bin, bevor ich anfange zu trinken. Das verstärkt es nur." Ich stelle mir ein Mikrophon vor, dass in einem lauten Raum hallt, kreischt und in meinen Ohren schmerzt. Tut ihr ihre Traurigkeit so weh?

„Dann solltest du nicht trinken, wenn du traurig bist."

Sie gibt ein leises, zartes Lachen von sich. „Perfekt logisch, Wil. Du hättest ein Vulkanier werden sollen."

„Das wurde mir schon mal gesagt. Wieso bist du traurig?"

Sie ist plötzlich still und sehr ruhig, dann zuckt sie mit den Schultern. „Es war einfach nur ein langer Tag ... der schlecht angefangen hat. Es wird mir besser gehen, wenn ich meinen Rausch ausgeschlafen habe."

Ich drehe meinen Kopf, aber nur leicht. Ihre Haare kitzeln meine Nase, weshalb meine beiden Möglichkeiten sind, mich wegzudrehen, sodass ich sie nicht länger spüre, oder mein Gesicht noch fester in ihre Haare zu drücken. Ich entscheide mich für Letzteres.

Jennas Hand bewegt sich über meine Brust. Es ist eine leichte, zittrige Berührung und ich hasse es, dass es mir unangenehm ist. Ich fange ihre Hand mit meiner ein, um das zu beenden.

„Magst du das nicht?“

Ich nehme mir einen Moment, um über die Frage und wie ich darauf antworten möchte nachzudenken. „Ich mag keine leichten Berührungen. Das fühlt sich an, als würde etwas auf meiner Haut krabbeln.“

„Magst du es gar nicht, berührt zu werden, oder ...?“

„Ich mag es nicht, leicht berührt zu werden.“

Plötzlich erhöht sich der Druck ihrer Hand, weil sie sie nun fester auf meine Brust presst. Mein Herz fängt direkt unter ihrer Hand, die fest auf meinem Brustbein liegt, zu rasen an.

„Wie ist das?“

„Besser“, antworte ich, aber meine Stimme krächzt. Plötzlich ist es schwieriger zu sprechen und mein Mund ist trocken. Ich bin beinahe besessen von dem Gedanken, sie wieder zu küssen.

Es ist ein komisches Wort, Kuss. Bei so vielen verschiedenen Bedeutungen verwirrt es mich manchmal. Ein Kuss kann etwas Süßes aus Schokolade sein, es kann ein Todeskuss sein, es kann der Kuss der wahren Liebe sein. Es kann eine unschuldige Berührung auf die Wangen zur Begrüßung sein oder ein flüchtiges Zeichen der Zuneigung. Aber das gleiche Wort kann genauso gut unglaubliche, unergründbare Leidenschaft beschreiben. Wie Jack und Roses verbotener Kuss in *Titanic*, obwohl ihre Liebe dem Untergang geweiht war. Oder jener Ausdruck von unsterblicher Liebe und einem Versprechen der Selbstaufopferung, wie Arwens Versprechen an Aragorn, als sie verkündet, dass sie das ewige Leben der Elfen aufgeben wird, um mit ihm als eine Sterbliche zusammen zu sein.

„Ist das wahr ... was du bei dem Spiel gesagt hast?“, sagt sie mit leiser Stimme.

„Ich kann mich nicht daran erinnern, während dieses Spiels gelogen zu haben."

„Als du gesagt hast, dass du noch nie mit jemandem geschlafen hast – ich meine … bist du noch Jungfrau?"

Ich denke darüber nach, wie ich diese Frage beantworten möchte, und die Stille dehnt sich aus.

Sie bewegt sich und dreht sich zu mir. „Ich halte deswegen nicht weniger von dir, falls du deswegen nicht antwortest. Eigentlich ist es genau das Gegenteil."

„Wirklich?"

„Ich bin einfach nur überrascht. Du siehst sehr gut aus. Es gibt Frauen im Clan, die sich darum reißen würden … dich zu bespringen." Dass löst bei mir nur Bilder von springenden Leuten aus – auf einem Pogo-Stick, auf einem Trampolin, von einer Klippe – auch wenn ich mir vage bewusst bin, dass sie sich auf Sex und nicht auf das eigentliche Springen bezieht.

„Ich hatte die Möglichkeit. Ich habe mich dagegen entschieden."

Sie hebt ihren Kopf von dem Kissen. „Wirklich? Du wolltest nicht?"

„Ich will schon. Mit der richtigen Person." Ich warte darauf, dass sie auf eine der vielen Möglichkeiten, die ich schon vorher zu hören bekommen habe, reagiert … Ungläubigkeit oder Abneigung oder mit Fragen über meine Sexualität.

„Das bedeutet, dass Sex dir mehr bedeutet als den meisten Kerlen."

Sie hat recht, und irgendetwas in meiner Brust windet sich bei ihren Worten. Es klingt, als bewundere sie diesen Unterschied, welcher mir in meinem Leben sowohl ein Segen als auch ein Fluch gewesen war. Ich *bin* anders.

Aber Jenna versteht mich. Es ist lange her, dass jemand mich wirklich verstanden hat.

Und ich kann nicht länger widerstehen. Ich will mehr von dem, was wir letzte Woche geteilt haben. Ich drehe mich zu ihr und drücke meinen Mund auf ihren. Sie keucht leise und ich hätte mich vielleicht weggezogen, wenn ich sie nicht so sehr begehrt hätte.

Kapitel Elf
Jenna

WILLIAMS ZUNGE DURCHBRACH MEINE LIPPEN UND glitt dieses Mal mühelos hinein, ohne um Erlaubnis zu bitten. Er hatte die Kontrolle übernommen und ich überließ sie ihm bereitwillig – sogar noch bereitwilliger, als seine Hand von meinem Kopf über meinen Rücken und meine Hüfte langsam zu meinem Hintern glitt.

Was zum Teufel war das? Mein Körper zitterte, als wäre *ich* die Jungfrau, nicht er. Plötzlich konnte ich nicht mehr atmen. Es passierte so viel in diesem Moment, und ich war von dem abrupten Gefühlsrausch beinahe überwältigt.

Ich war nicht mehr vom Alkohol berauscht. Ich war von *ihm* berauscht. Seinem Geruch. Seinem Geschmack. Dem Gefühl seines harten, maskulinen Körpers neben meinem.

Vor zwanzig Minuten hatte ich mich nur von schmerzlichen Gedanken über den heutigen Besuch am Friedhof und meine potenziell lebenslängliche Einsamkeit begleitet in die Dunkelheit zurückgezogen. Ich hatte meine Wunden geleckt, als William eingetreten war und sich sofort auf meinen emotionalen Zustand eingestellt hatte. Es war demütigend, ihn hier zu haben, doch impulsiv hatte ich ihn um Trost gebeten.

Und er hatte ihn ohne das Ziel, mehr daraus werden zu lassen, angeboten. Er hatte mein Haar gestreichelt und mich in seinen Armen gehalten, in denen ich mich so sicher fühlte, als könnte ich in seine eiserne Umarmung gehüllt ein Jahrzehnt lang schlafen. Als wäre ich Hera, die Hypnos, den Gott des Schlafes, um den Segen einer friedlichen, ungestörten Ruhe bat.

Was hatte das zu bedeuten? Und wieso ließ mich das noch mehr schmerzliche Sehnsucht empfinden als zuvor? Um Himmels willen …

Mein Herz raste, aber nicht nur vor Verlangen. Es war Angst. Pure, kreischende Angst versetzte mich in einen Kampf-oder-Flucht-Modus, während sie mit meiner hungrigen, brennenden Lust, die mehr, mehr, *mehr* wollte, Tauziehen spielte.

Als Williams schwielige Hand die zarte Haut meines Halses umschloss, setzte sich das Verlangen durch. Das raue Gefühl seiner Finger brachte mich um den Verstand und ließ die Lust noch um ein paar Stufen über das bereits lodernde Level unserer Küsse ansteigen.

Ich platzierte meine Hände auf seiner kräftigen Brust und ließ sie über jede Ebene gleiten. Ich war begierig danach, unter sein Hemd zu kommen, und schwor mir, ihn innerhalb der nächsten halben Stunde ausgezogen zu haben. Dieser heiße Brocken würde nicht mehr lange eine männliche Jungfrau bleiben, wenn ich dabei ein Wörtchen mitzureden hatte.

Da ich noch näher an ihm sein musste, drückte ich meine Brüste fest an seine Brust.

Er blies einen langen, warmen Atemzug an meinen Mund, der von einem Geräusch an der Tür unterbrochen wurde. Eine weitere Person war im Zimmer. „Hey Jenna, weißt du, wo meine –?"

Ich erstarrte und bemerkte jetzt erst, dass William in diesem Moment komplett auf mir lag. In dem schwachen Licht, das vom Flur hereindrang, konnte ich nur eine erstarrte Mia ausmachen.

Langsam und träge richtete ich mich auf, während mein ganzer Körper dagegen protestierte, von William weggezogen zu werden. Er rollte zurück und befreite mich von seinem Körper, dann setzte er sich sofort auf, ohne die Verlobte seines Cousins direkt anzusehen. Seine Augen waren wie die eines getadelten Schuljungen auf den Boden gerichtet, was mich irgendwie störte.

Wofür in aller Welt musste sich jemand von uns schämen? Wir waren beide mündige Bürger, die in keinerlei fester Beziehung mit anderen Menschen waren, um Himmels willen.

Wir saßen nebeneinander auf dem Bett und ich zupfte mein Shirt zurecht, wobei ich dachte, dass er, wäre er irgendein anderer Kerl gewesen, seine Hände innerhalb der ersten Minute dieses Kusses unter diesem Shirt gehabt hätte.

Aber stattdessen hatte er sanft meinen Kopf in seinen großen Händen gehalten. *Wie unglaublich süß.* Ich blickte kurz zu ihm und dann in den Flur, wo Mia noch immer mit offenem Mund dastand.

Unsere Blicke trafen sich und ich zog meine Augenbrauen hoch.

„Ähm … oh, tut mir leid. Adam hat endlich beschlossen, dass er in nächster Zeit nicht mehr nüchtern genug wird, um zu fahren, also hat er einen Wagen gerufen, um uns abzuholen. Heath ist eingeschlafen und wir haben ihn überall mit Edding bemalt, um uns die Zeit zu vertreiben. Er verbringt die Nacht wahrscheinlich auf eurem Wohnzimmerboden. Ich bin hier reingekommen, um nach meinem Handy zu suchen.“

„Es liegt auf meinem Schreibtisch. Du hast es an mein Ladegerät gesteckt, weißt du noch?"

Mias Blick war auf den gebeugten Kopf ihres Stiefbruders fixiert und sie antwortete nicht sofort. Endlich raffte sie sich auf. „Oh, ja … ähm. Stimmt. Oh Mann … ich bekomme im hohen Alter von vierundzwanzig Jahren schon Gedächtnislücken."

Ich sah weg und William wurde neben mir unruhig und legte seine Hände über die beträchtliche Beule in seiner Jeans. *So peinlich.*

Mia ging zu meinem Schreibtisch hinüber und zog ihr Handy vom Ladegerät, dann packte sie es in ihre Gesäßtasche. Sich wieder zu mir drehend, sagte sie. „Jenna, kann ich … kann ich kurz mit dir reden?"

William erhob sich vom Bett und bedeckte noch immer auffällig seinen Schritt. „Entschuldigt mich. Ich muss das Badezimmer benutzen."

Mia sah ihm mit besorgtem Blick nach und schloss dann die Tür hinter ihm. Ich griff hinüber, schnipste die Schreibtischlampe an und musste bei dem unerwünschten Licht blinzeln. Meine *Freundin* starrte mich wie eine tadelnde Mutter an, die die Antibabypille in der Geldbörse ihrer Teenager-Tochter gefunden hatte oder so.

„Kann ich fragen, was zwischen dir und William läuft."

Ich biss meine Zähne aufeinander. Was ging sie das an, Stiefschwester oder nicht? „Du kannst fragen."

Sie neigte ihren Kopf und verzog das Gesicht.

Ich seufzte. „Nun, dass Einzige, was du gesehen hast, waren Küsse, richtig? Das ist, was zwischen uns abläuft. Küssen."

Mia atmete tief auf, wodurch sie auch ein verlegenes Lachen vertrieb. „Ich will nicht wie ein Arschloch klingen. Ich bin einfach nur ... sei vorsichtig, okay?"

„Wir sind hier alle Erwachsene, Mia. Wir wissen, was wir tun."

Ihr unbehagliches Lächeln wurde breiter und sie verlagerte ihr Gewicht von einem Bein auf das andere. „Ich weiß das – ich weiß. Es ist nur, dass du bald wegziehst. Und angesichts deiner Dating-Vorgeschichte ..."

Ich blinzelte. Jetzt sang Mia das gleiche Lied wie Alex – *und* Helena! „Die Anzahl der Kerle, mit denen ich ausgegangen bin, ist irrelevant. Nur weil du vor Adam mit niemandem zusammen warst –"

„Das habe ich nicht gemeint. Es tut mir leid. Natürlich kannst du mit jedem zusammen sein, mit dem du willst und solange du willst, und du weißt, dass ich dich nicht verurteilen würde. Über. Haupt. Nicht. Ich mache mir nur Sorgen um die ganze Dynamik, die hier abgeht. Was passiert, wenn ihr zusammenkommt und euch dann trennt? Wir sind alle ein Teil des gleichen Freundeskreises –"

„Ach, darüber machst du dir Sorgen? Ross und Rachel haben das ganz gut hinbekommen." Ich zuckte mit den Schultern.

Mia fiel der Unterkiefer herunter. „Ross und Rachel gibt es nicht wirklich. Sie waren zusammen und haben sich dann immer wieder getrennt und hingen ohne Konsequenzen mit ihren gemeinsamen Freunden ab. Das Leben ist keine Folge von *Friends*, Jenna. Wenn so etwas passiert ... könnte das alles ändern."

Und wenn irgendjemand Lektionen über die harte Realität des Lebens gelernt hatte, war es Mia. Das letzte Jahr war ein ziemlich schreckliches Jahr für sie gewesen, da sie lebensbedrohlich erkrankt gewesen war. Ich blickte in ihre dunklen Augen und sah einen kleinen Hauch von etwas, das ich vorher noch nie gesehen hatte – ein beinahe ruheloser Blick von unausgesprochenen Traumata, in die ich nicht eingeweiht war.

„Aber ich werde weggehen." Aus irgendeinem Grund, den ich nicht allzu genau beleuchtete, zitterte meine Stimme.

Mia ging einen Schritt auf mich zu. „Es tut mir leid, dass ich dir auf die Nerven gehe. Aber ... William bedeutet mir viel und ich werde diejenige sein, die die Scherben kittet, wenn du gehst. Tu ihm nicht weh, okay?"

„Ich will ihm nicht wehtun, Mia." Und es stimmte. Ich hatte kein Verlangen, ihn zu verletzen.

Aber ich *wollte* diejenige sein, an die William seine äußerst leckere Jungfräulichkeit verlieren würde. Wieso nicht? Er musste sie irgendwann verlieren und wenn die Küsse, die wir ausgetauscht hatten, irgendein Anhaltspunkt gewesen waren, könnte es sehr, *sehr* spaßig werden.

Es klopfte an der Tür. Da ich dachte, es wäre William, beschloss ich, diese peinliche Unterhaltung zu beenden. „Herein!"

Die Tür öffnete sich und ein anderer dunkelhaariger Mann – der William tatsächlich sehr ähnlich sah – steckte seinen Kopf herein. „Bist du bereit zu gehen?", fragte Adam. „Ich muss wirklich heim und pennen."

Mia drehte sich mit einem Grinsen zu ihm. „Oh, hat dich das ganze Bier endlich eingeholt? Armer Schatz ... selbst wenn du sofort einschläfst, wirst du die halbe Nacht wach sein, um es wieder rauszupinkeln."

Adams Mund formte sich zu einem schiefen Lächeln und er sah sie mit müden, aber von Liebe erfüllten Augen an. „Ich liebe es, wenn du schmutzige Dinge zu mir sagst."

Mia lachte so heftig, dass sie grunzte, und Adam und ich neckten sie deswegen, als wir zurück ins Wohnzimmer gingen. Es war, wie sie gesagt hatte. Heath lag schlafend auf dem Boden und war auf jedem Zentimeter seiner entblößten Haut bemalt. Irgendjemand hatte ihm einen abgefahrenen gezwirbelten Schnauzbart und Vulkanier-Augenbrauen verpasst, zusammen mit einer Piratenaugenklappe. Seine Arme, sein Hals und sogar der Teil seines Bauches, an dem sein T-Shirt hochgerutscht war, waren komplett beschrieben.

Ich lachte. „Göttin, wird der angepisst sein, wenn er aufwacht und das sieht."

„Was soll's …" Mia zuckte mit den Schultern. „Geschieht ihm recht, wenn er sich so zuschüttet."

Ich betrachtete Mias besten Freund auf dem Boden. „Connor geht bald wieder nach Irland zurück, oder? Vielleicht hat Heath es wirklich gebraucht, sich zu betrinken. Trennen sie sich?"

Mia sah ihn besorgt an. „Ich weiß nicht alle Details darüber, was zwischen ihnen vor sich geht. Heath spricht nicht viel. Aber wir sollten sicherstellen, dass er in nächster Zeit nicht alleine ist."

Adam verdrehte die Augen. „Ich werde ihn nicht babysitten. Kat kann das übernehmen. Sie ist seine Mitbewohnerin."

William kam aus Richtung des Badezimmers zu uns und stellte sich leise neben mich.

Adam und Mia boten Kat an, sie mit nach Hause zu nehmen, was sie begeistert annahm.

„Kannst du dafür sorgen, dass Heath morgen sicher nach Hause kommt?", fragte Mia sie, als sie nach draußen gingen.

„Ja. Ich werde seinen verzweifelten Arsch abholen."

Sie verabschiedeten sich von uns und gingen dann. Da Heath schlafend auf dem Boden lag, waren William und ich im Wohnzimmer die beiden einzigen Menschen bei vollem Bewusstsein.

„Also, ähm, sehe ich dich morgen auf dem Markt?", fragte ich ihn, obwohl ich die Antwort bereits kannte.

Williams Gesicht hellte sich auf. „Ja, ich muss ein paar Waren an Clan-Mitglieder ausliefern. Ich war die ganze Woche nach der Arbeit in der Werkstatt."

Plötzlich stellte ich ihn mir vor, wie er eifrig hämmerte und sein Bizeps hervortrat und sich anspannte, und wie er dabei nichts außer seiner Lederschürze über der Jeans trug.

„Soll ich dich dorthin mitnehmen?" Seine harmlose Frage riss mich aus meiner lusterfüllten Vorstellung.

Ich schluckte, dann warf ich ihm aus dem Augenwinkel einen Blick zu. „Sicher ... wie wäre es, wenn wir vorher noch gemeinsam frühstücken?"

„Wann soll ich dich zum Frühstücken abholen?"

Ich biss mir – perplex, dass er meine offensichtliche Anspielung überhört hatte – auf die Lippe. Dann ging ich auf ihn zu, nahm seine große Hand in meine und sagte: „Du könntest einfach ... über Nacht bleiben."

Seine Reaktion war subtil. Seine Augen auf unsere verschränkten Hände fixiert, senkten sich seine dunklen Augenbrauen, als würde er sich konzentrieren. „Ich bin mir nicht sicher, was du fragst, aber ich habe eine Vorstellung. Und falls ich falsch liege ..."

„Du verstehst mich nicht falsch, okay? Ich will, dass du bleibst und die Nacht mit mir verbringst."

Er schluckte sichtbar – und hörbar – und seine Finger schlossen sich um meine Hand. „Nun, wie ich dir bereits im Schlafzimmer gesagt habe, hatte ich noch –"

„Das weiß ich. Das ist mir egal." Eigentlich machte es das in mancher Hinsicht noch heißer. Ich fand die Vorstellung, seine Erste zu sein, sehr erregend.

Ich ging einen weiteren Schritt auf ihn zu, sodass mein Oberkörper an seinen gedrückt war. Meinen Kopf anwinkelnd, sodass meine Lippen nur ein paar Zentimeter von seinen entfernt waren, sagte ich: „Hast du es auch gespürt? Als wir uns geküsst haben?"

Er atmete aus, wobei sein Atem meine Nase kitzelte. „Was gespürt?"

„Diese Verbindung zwischen uns? Die Chemie?"

„Ich weiß nur, dass es sich gut angefühlt hat." Seine Hand festigte sich um meine, beinahe schmerzhaft. „Und ich will mehr."

Ich strich mit meinen Lippen über seine. „Ich auch ... also bleib bei mir."

Er stand einen langen Moment stocksteif da und ich legte meine Hand um ihn, um ihm über den Rücken zu streichen und mein Anliegen zu unterstreichen.

„Nein." Er sagte es mit kalter Endgültigkeit und völlig von Emotionen befreit.

Ich runzelte die Stirn. „Du willst nicht?"

„Oh, doch, ich will."

Mein Unterleib streifte an ihm und ich spürte es – er war wieder steif. Ich rieb mich schamlos etwas an ihm, um ihm die Idee schmackhaft zu machen. „Ich will dich, Wil."

Er neigte seinen Kopf, bis er auf meiner Schulter ruhte. „Ich will nichts Kurzzeitiges, Jenna. Ich will mehr als nur ein Mal.“

Ich erstarrte. William hob seinen Kopf und sein Blick traf den meinen nicht völlig, bevor er ihm auswich und sich stattdessen auf die Mitte meiner Stirn konzentrierte. Ich räusperte mich. „Nun, es muss ja kein One-Night-Stand sein.“

Er seufzte, trat zurück und ließ meine Hand los. „Ich werde keinen Sex mit dir haben, wenn ich weiß, dass du nächste Woche oder nächsten Monat jemand anderen haben wirst. Wenn ich dich habe, will ich, dass es dauerhaft ist. *Für immer.*“

Ich schüttelte meinen Kopf. „Ich lasse mich auf nichts Dauerhaftes ein, William. *Nie.*“

Er blickte finster drein. „Ich verstehe. Gute Nacht, Jenna.“

Mir klappte der Unterkiefer herunter. Passierte das gerade wirklich? Wann hatte ein Kerl jemals mein Angebot, mit ihm ins Bett zu gehen, ausgeschlagen? Ich unterbreitete es nicht oft – das musste ich nicht – aber die Antwort war nie *nein.* Nicht bis zu diesem Augenblick. Was zum *Teufel?*

William drehte sich um, um zu gehen, aber meine Stimme schien in meiner Kehle stecken geblieben zu sein. Seine Abfuhr traf mich viel härter, als sie sollte. Ich griff nach seiner Hand. „Warte. Willst du es nicht einfach … hinter dich bringen?“

Er erstarrte in seiner Bewegung und seine Körpersprache war steif, doch er zog seine Hand nicht aus meiner. Langsam drehte er sich wieder zu mir und sagte: „Ich bin überrascht, dass du es nicht verstehst. Im Schlafzimmer hast du gesagt, dass es mir mehr bedeutet als anderen Kerlen. Wie kommst du da auf die Idee, dass ich es jemals einfach nur *hinter mich bringen* wollen würde? Ich hatte diese Gelegenheit schon vorher und habe sie nicht ergriffen …“ Seine Stimme verstummte und er schüttelte entschlossen seinen Kopf. „Gute Nacht, Jenna", sagte er, während er seine Hand sanft aus meiner zog. „Ich werde dich morgen um neun Uhr dreißig für den Markt abholen."

„Gute Nacht." Ich spürte einen seltsamen Kloß in meinem Hals, als ich ihm beim Gehen zusah. William war hartnäckig … entschlossen. Diese Dinge hatte ich bereits über seine Persönlichkeit erfahren. Aber er war ein Mann und er fühlte sich offensichtlich zu mir hingezogen. Wie lange konnte er es aushalten? Er war immerhin nicht übermenschlich. Ich hatte seine Wünsche respektiert, während ich insgeheim hoffte, dass er irgendwo da drin eine schwache Seite hatte.

Kurz nachdem sich die Tür geschlossen hatte, trat Alex von der Küche herein. Sie warf einen Blick auf den auf dem Boden ausgebreiteten Heath und sagte: „Das sieht nicht bequem aus. Kannst du mir einen Gefallen tun und das zweite Kissen von meinem Bett bringen? Ich werde ihm eine Decke holen."

Als ich ins Wohnzimmer zurückkam, hockte sie neben ihm und versuchte, ihn umzudrehen. „Verdammt, kannst du mir dabei helfen? Ich will ihn auf die Seite legen, falls ihm schlecht wird, aber er ist so verdammt groß."

Heath war mindestens einen Meter neunzig und extrem gut gebaut. Er musste mindestens hundertzehn Kilo wiegen. Und Alex war gerade einmal einen Meter dreiundfünfzig und hatte einen kurvigen Körperbau. Ich war größer, aber spindeldürr. Ich hatte keine Ahnung, wie wir ihn bewegen sollten, aber irgendwie schafften wir es.

„Ich bin erschöpft", sagte ich und unterdrückte ein Gähnen. „Und ich muss morgen auf den Markt. Ich hoffe, dass ich durch das Kartenlesen ein wenig anständiges Geld verdiene."

„Bei zwanzig Dollar pro Person für fünfzehn Minuten Arbeit, würde ich sagen ja! Ich würde es auch machen, wenn meine Mutter nicht aus den Wolken fallen würde, wenn ich mit den *cartas del Diablo* spiele. Apropos … wann fängst du damit in Vollzeit an? Und wann wirst du beim Flüchtlingszentrum kündigen? Ich wette, sie sind am Boden zerstört, weil du gehst."

Laut gähnend sah ich sie nicht an, als ich sagte: „Ich schlafe gleich ein, Süße. Lass uns morgen plaudern."

Ich drehte mich um, um in mein Zimmer zu gehen, aber Alex folgte mir hinein. „Sie wissen noch nicht, dass du gehst, oder?"

Ich griff in mein T-Shirt, öffnete meinen BH und zog ihn aus meinem Ärmel. „Sie werden es erfahren … bald."

„Du hast noch immer nicht den Mut, ihnen die Neuigkeit beizubringen?"

Ich zuckte mit den Schultern. „Sie wissen, dass ich knapp bei Kasse bin, und sie können mir keine Lohnerhöhung geben. Ich bringe es nicht einmal übers Herz, danach zu fragen. Sie werden es verstehen, wenn ich ihnen sage, dass ich weiterziehen muss."

Alex neigte ihren Kopf zur Seite. „Es geht hier aber nicht nur ums Geld, richtig? Brennst du wirklich darauf weiterzuziehen, oder ist das alles nur irgendeine seltsame Philosophie von dir? Es ist, als wärst du die Dame in dem Film *Chocolat*. Sie ging auch immer dorthin, wohin der Wind sie trieb."

Ich verdrehte die Augen. Romantische Gedanken waren Alex' Alltagsgeschäft. „Wir haben das schon einmal durchgekaut. Ich *brauche* das Geld, damit ich zu Majas Hochzeit fliegen kann."

„Hoffentlich mit der Tiara."

Mein Herz stockte. „Ja, hoffentlich."

„Also, wie kommt William voran? Ist er schon etwas näher dran, das große Duell zu gewinnen?"

Ich seufzte. „Er nähert sich an, aber ich hoffe, dass ich ihn an einen weiteren belebten Platz mitnehmen kann. Das Problem ist, dass es unterhaltsam genug sein muss, um ihn anzulocken. Ich denke dabei an Kino oder … ich weiß es nicht."

„Wieso nicht Disneyland? Es ist nur fünf Meilen entfernt."

Ich seufzte verträumt. „Du weißt, wie sehr ich diesen Ort liebe, aber … ich habe gerade nicht die Mittel, um nach Disneyland zu fahren."

Sie zuckte mit den Schultern. „Das ist einfach. Ich kann noch immer günstige Tickets von meinen früheren Kollegen schnorren. Ich finde, du solltest zugreifen. Immerhin *ist* es der glücklichste Ort auf Erden, richtig? Wer könnte dazu nein sagen?"

Kapitel Zwölf
William

ICH SCHÜTTELE MEINEN KOPF UND UMKLAMMERE DAS Lenkrad fester. „Nein", wiederhole ich.

„Aber es ist Disneyland! Wer kann nein zu Disneyland sagen?", fragt Jenna.

„Ich habe es gerade getan." Ich behalte meine Augen auf der Straße und stoppe an der roten Ampel. Jenna lacht, aber ich weiß nicht, ob sie über meine Antwort oder über mich lacht. Vielleicht über beides.

„Wann warst du das letzte Mal dort?"

Die Erinnerung an diesen Ausflug schießt durch meinen Kopf. Ich war sechs. Meine Mutter hatte wieder damit begonnen, regelmäßig etwas mit uns zu unternehmen, aber sie hatte auch klargestellt, dass sie es nicht längere Zeit mit mir aushalten würde. Es lief alles gut bis zu dieser schrecklichen Wanderung durch Adventureland.

Wir waren sehr nahe an dem *Jungle Cruise*-Fahrgeschäft entlanggegangen, als Schüsse fielen – aus einer Spielzeugpistole. Das plötzliche laute Geräusch erschreckte mich, und ich wusste nicht, wie ich mit meiner Angst umgehen sollte. Ich konnte nicht atmen, und als sie versuchte mich weiterzuziehen, weigerte ich mich und legte mich auf den Boden, während andere Parkbesucher sich um mich versammelten. Ich schrie und weinte, als sie mich mit sich zerrte und dabei die ganze Zeit fluchte. Wenn ich meine Schübe hatte – meine Mutter nannte sie *Ausraster* –, wurde sie üblicherweise gemein, schrie und beschimpfte mich mit genau den Ausdrücken, die die Kinder in der Schule verwendeten.

„Wieso musst du so ein Idiot sein, Liam? Ich habe dich und deine Schwester hierher gebracht, um Spaß zu haben, und jetzt ruinierst du alles. Britt weint wegen dir. Hör sofort damit auf.“

„Hey.“ Jenna legt ihre Hand auf meine Schultern. „Geht es dir gut?“

Ich spanne mich an und schüttele dann meinen Kopf. „Ich habe keine guten Erinnerungen an diesen Ort. Vor allem nicht an den Jungle Cruise.“

Sie dreht sich zu mir und sieht mich an. „Nun, dann könnten wir ein paar gute Erinnerungen schaffen. Wie wäre es mit dem *Indiana Jones*-Fahrgeschäft? Oder die neue Version von Space Mountain? Gab es die beim letzten Mal, als du dort warst, schon?“

Ich schüttele wieder den Kopf. Wir hatten es nicht bis ins Tomorrowland geschafft. Meine Mutter hatte meinen Dad angerufen und darauf bestanden, dass er mich abholte. Sie hatte den restlichen Tag mit Britt dort verbracht und sie erst am nächsten Tag zurückgebracht. Ich werde nie vergessen, wie ich zufällig mithörte, wie sie meinem Dad erzählte, wie viel Spaß sie hatten, nachdem ich weg war. Oder die Worte, die Britt zu mir sagte, als sie mir Süßigkeiten gab, die sie von ihrem eigenen Taschengeld für mich gekauft hatte.

„Es tut mir leid, Liam. Ich wünschte, wir hätten mehrere Fahrgeschäfte zusammen fahren können.“

Ich habe mich immer gefragt, wieso es meiner Schwester leidtat. Meiner Mutter tat es das nicht.

Sie hat danach nie wieder versucht, mich zu sich zu nehmen, aber mit Britt unternahm sie weiterhin ein paar Mal im Jahr etwas. Eigentlich wurde ich fast nie zu meiner Mutter eingeladen und wenn ich dann *doch* einmal eingeladen wurde, kam es nur selten zustande. Dad versuchte stets mich aufzubauen, indem er sagte, dass diese Tage besondere Vater-Sohn-Tage waren. Aber es war ihm nie gelungen. Ich fühlte mich einfach nur verletzt … verletzt darüber, dass mich nicht einmal meine Mutter lieben konnte.

„Tut mir leid, Wil. Willst du darüber reden?"

Ich blinzele, überrascht von der Erkenntnis, dass ich tatsächlich darüber sprechen möchte. „Ich habe als Kind eine schlechte Erfahrung im Disneyland gemacht. Und dann war meine Mutter … sie war oft mit meiner Schwester dort, aber nicht mit mir."

Jenna richtet ihre Augen wieder auf die Straße und ihre Hand rutscht meinen Arm hinunter. „Oh. Tut mir leid. Hat sie das oft gemacht? Deine Schwester dir vorgezogen?"

„Sie wusste nicht, wie sie mit mir umgehen sollte. Es war schwierig für sie."

„Du musst sie nicht in Schutz nehmen, William. Und diese Aussage lässt es so wirken, als würdest du dir die Schuld für *ihre* Unzulänglichkeiten geben."

„Das tue ich. Und wieso nehme ich sie in Schutz, wenn ich die Wahrheit ausspreche?"

„Weil die Art, wie du es darlegst, dein Denken beeinflusst – über sie und über dich. Wenn die Stimme in deinem Kopf negative Dinge über dich sagt, dann musst du einen Weg finden, das zu ändern.“

„Es gibt keine Stimmen in meinem Kopf, Jenna. Nur Bilder. Viele Bilder.“

„Du hast Gefühle.“

Ich blinke rechts an dem Stoppschild und biege ab. „Ja, ich habe Gefühle.“

„Und du hast auch die Macht, deine Geschichte neu zu schreiben, weißt du.“

Ihre Worte erwischen mich wie ein reißender Fluss. Ich stelle mir Stapel von Geschichtsbüchern und altes Pergament mit einer altmodischen Schreibfeder und Tinte vor. „Ich habe keine Ahnung, was das bedeuten soll“, sage ich, als ich auf den Parkplatz des Yorba Regional Parks biege – ein wunderschöner, natürlicher Ort am Ufer des Sumpfgebietes um den Santa Ana River.

„Es bedeutet, dass du diese negativen Assoziationen und deine Einstellung zu vergangenen Ereignissen ändern kannst. Du kannst deine Sichtweise ändern. Du kannst diese Erinnerungen neu programmieren und sie in einem Zusammenhang bilden, in dem du dir nicht die Schuld gibst, weil du *nicht* schuld warst.“

Ich drehe mich zu ihr und für einen Sekundenbruchteil treffen sich unsere Augen. Ihr Blick durchsticht mich wie eine spitze Lanze. „Machst du das? Wenn du das tun würdest, müsstest du vielleicht nicht an einen neuen Ort weglaufen.“

Ihre Kinnlade fällt herunter und ihre blauen Augen sind weit geöffnet. Ich zucke mit keiner Wimper, während ich auf ihre Antwort warte. Ihr Gesicht läuft dunkelrot an und sie sucht ihre Tasche zusammen, bevor sie aus meinem Truck klettert und die

Tür zuschlägt – zu fest. Ich verlasse ebenfalls meinen Wagen und gehe hinter den Truck. Dort steht sie mir gegenüber, mit steifen Armen, geballten Fäusten, immer noch gerötetem Gesicht. Sie ist genauso wunderschön wie immer, und jedes Mal, wenn ich es bemerke, fällt es mir schwer zu schlucken und manchmal sogar zu atmen.

„Das war nicht nett von dir", presst sie zähneknirschend heraus.

„Was?"

„Was du gerade gesagt hast."

„Darüber, dass du wegläufst? Wieso macht dich die Wahrheit wütend?"

„Weil ich *nicht* weglaufe."

„Dann … gehst du weg?"

Sie atmet hörbar durch den Mund aus und verdreht die Augen zum Himmel. „Du machst mich wahnsinnig."

„Das bekomme ich oft gesagt."

Sie leckt sich mit ihrer kleinen, rosa Zunge über ihre Unterlippe und ich denke sofort daran, wie es sich anfühlte, diese Zunge in meinem Mund zu haben. Ich habe in meinem Leben genau drei Frauen geküsst. Eine davon war ein Mädchen, das in der High School behauptet hat, ich sei ihr Freund, obwohl wir nie zusammen waren. Eine andere war meine Mitbewohnerin, mit der ich ein paar Jahre zusammenwohnte, nachdem ich von zu Hause ausgezogen war. Sie hat versucht, mich bei verschiedenen Gelegenheiten zu küssen und mir ein ähnliches Angebot gemacht wie Jenna letzte Nacht. Ich habe ihr ebenfalls mit nein geantwortet.

Und jetzt die dritte – Jenna.

Aber ihre Küsse waren anders. Es fühlte sich an, als würde ich ertrinken und aufwachen und ersticken und einen unerreichbaren Sieg einfahren, alles gleichzeitig. Es war überwältigend, aber auch beruhigend. Mein Körper fühlte sich an, als würde er brennen und vor eisiger Kälte zittern, ganz ruhig stehen und gleichzeitig unglaublich schnell eine Rennbahn entlangrasen.

Ich will dieses Gefühl noch einmal. Ich will *sie*. Und nicht nur ihre Küsse. Ich will alles. Alles, was sie mir angeboten hat ... *und mehr*.

Aber ich will es nicht nur einmal. Ich will es nicht für eine Woche oder einen Monat, nicht einmal für ein paar Monate. Und das ist, was passieren wird. Ich werde hier alleine zurückbleiben und mich nach mehr von ihr verzehren.

Mir gefällt nicht, dass ich mich bereits so fühle – dass sie so viel Macht über meine Gedanken und Emotionen hat. Ich fühle mich dadurch verletzlich. Und ich mag dieses Gefühl nicht.

„Es tut mir leid, dass du wütend bist", sage ich. Und das tut es wirklich. „Ich sage nur die Wahrheit. Ich sage, was ich denke, und ich habe keine Ahnung, wann es angemessen ist und wann nicht."

Ihr Blick ist jetzt nach unten gerichtet und sie spielt mit etwas in ihrer Tasche. Ich weiß, dass sie ihre Tarotkarten mitgebracht hat, um Leuten, die sie dafür bezahlen, das Schicksal vorherzusagen. Ich frage mich, ob sie glaubt, dass es wahr ist. Vielleicht befolgt sie, was die Karten ihr sagen. Vielleicht sind *sie* der Grund, weshalb sie weiterzieht. „Liegt es an den Karten?"

Sie sieht zu mir hoch. „Was?"

„Sagen dir die Karten, dass du weggehen sollst? Du hast zwei verschiedene Colleges besucht und du hast gerade dein

Physikprogramm ohne Abschluss abgebrochen. Laut Alex hast du nie mehr als drei oder vier Jahre an einem Ort verbracht. Und du gehst bald wieder. Wenn du also nicht wegläufst, wieso ziehst du dann weiter?"

Sie zuckt mit den Schultern und ich fange an, die von mir hergestellten Sachen aus dem Laderaum meines Trucks zu ziehen. Alles ist sorgfältig beschriftet, sodass es einfacher ist, die Güter auszuliefern. Ein paar Schaufeln hier, einige Schnallen dort, Gartengeräte für Anita, unsere Naturheilkundige. Sie liebt es, historisch authentische Gartenwerkzeuge zu verwenden.

Jennas Kopf ist dem Park zugewandt, als sie anfängt, mit zusammengebissenen Zähnen mit mir zu sprechen. „Ich laufe *nicht* weg. Vielleicht habe ich es mir zu meinem Lebensziel gemacht, mich stetig herauszufordern, neue Dinge zu erleben."

„Vielleicht? Du bist dir also nicht sicher?"

Ihre Augen schließen sich und sie murmelt vor sich hin. Es hört sich an, als würde sie zählen. Mit angespanntem Gesicht wirbelt sie herum und geht weg, wobei sie mir über die Schulter zuruft, dass wir uns später wieder sehen, wenn sie mich nicht mehr schlagen will.

Ich bezweifle, dass sie mich sehr fest schlagen könnte, oder dass sie es überhaupt wirklich will. Aber ich mache ein finsteres Gesicht bei dem Gedanken, dass ich sie verärgert habe. Wie üblich habe ich keine Ahnung, wie ich das angestellt habe.

Sobald ich alle meine Artikel zusammengesammelt habe, drehe ich meine Runde und mache meine Freunde von RMRA ausfindig, die an verschiedenen Ständen ihre Waren ausgebreitet haben. Unter anderem gibt es einen Weber, eine Schneiderin, eine Frau, die authentische Wollstrümpfe herstellt, und einen Silberschmied, der Schmuck entwirft. Ann, eine

Auslandsstudentin aus Somalia, hat ein paar neue Schnallen für die Ledergürtel, die sie herstellt und verkauft, bestellt. Ich bin immer noch Anfänger, also habe ich ein paar Anläufe gebraucht, bis ich sie gut hinbekommen habe, aber ich bin zufrieden mit dem Endergebnis.

Wir haben die Erlaubnis von der Stadt bekommen, unsere Waren auf Tischen in einer Ecke des Parks anzubieten. Die Besucher schlendern vorbei, um sich die Stände anzusehen, und es sind auch Mitglieder anderer RMRA-Clans aus der Gegend gekommen, die ihre eigenen Waren mitbringen und zum Verkauf oder Tausch anbieten. Ich verkaufe meine Sachen nicht, da ich das Geld nicht brauche. Ich mache es, weil ich Freude daran habe, zu lernen, wie man Dinge auf authentische Weise anfertigt. Es macht die anderen Clanmitglieder glücklich und ich habe nicht viele Freunde, weshalb ich das ernst nehme. Sie sind Freunde, die ich nicht verlieren will, also versuche ich, nicht an die Möglichkeit zu denken, dass ich sie verlieren werde, falls ich dieses Duell verliere.

Ich sehe Doug in der Ferne. Er benutzt einen Wetzstein, um Waffen und Werkzeuge zu schleifen. Genau wie ich bräuchte auch er das Geld nicht, aber er verlangt es trotzdem. Er hat viele Male erklärt, dass niemand seine Arbeit wertschätzen wird, wenn er nicht dafür bezahlt.

Als ich von Tisch zu Tisch gehe, fragen mich die Leute nach dem Duell. Es hat sich herumgesprochen, dass ich aus der Gemeinschaft verbannt werde, wenn Doug gewinnt. Viele regen sich über ihn auf, weil er so unübliche Bedingungen fordert. Aber ich habe es akzeptiert, denn wenn ich wieder verliere, werde ich mich sowieso nicht für würdig erachten, unter ihnen zu sein.

„Sir William!", sagt Thomas, unser Müller und Bäcker, der frischgebackenes Bauernbrot an seinem Stand anbietet. Er reicht mir ein Hefebrötchen. „Brich dein Fasten mit mir."

„Guten Morgen, Thomas. Ich habe keine Zeit. Heute habe ich viele Auslieferungen."

Er nickt und sieht mich lange an. „Stimmt es, was man über die Bedingungen des Duells mit Sir Douglas erzählt?"

Ich nicke und bin nicht überrascht, denn dies ist das dritte Mal, dass mir eine Variation dieser Frage gestellt wird. „Es stimmt."

Er fängt an zu sprechen, doch seine Worte scheinen für mich zu verstummen, denn ich habe gerade Jennas hellblonde Haare an einem Stand gegenüber entdeckt. Sie spricht mit Agnes, unserer Meisterschneiderin, und bewundert die Kleider in ihrem Aushang. Es gibt viele schöne, leuchtende Stoffe, aber das Kleid, das ihre Aufmerksamkeit erregt zu haben scheint, hat verschiedene Blautöne. Oben hat es die Farbe des Himmels, welche sich dann allmählich zu einem tiefen Kobaltblau verdunkelt und unten schließlich zu einem Mitternachtsblau wird. Es ist am Rücken geschnürt und hat lange, fließende Ärmel im Stil eines Gewands einer mittelalterlichen Dame. Eine Brise erwischt den Rock und ich beobachte, wie Jenna ehrfürchtig mit einer Hand über den Stoff streicht.

Ich stelle mir vor, dass sie es trägt. Dass das Kornblumenblau an der Taille des Rockes zu dem Blau ihrer Augen passen würde. Dass das Himmelblau am Ausschnitt ihre Haut strahlen lassen würde. Sie ist bereits wunderschön, aber in diesem Kleid würde sie aussehen wie ein Engel ... oder eine Feenprinzessin. Ich könnte sie porträtieren, als würde sie dieses Kleid tragen, aber es wäre besser, sie im echten Leben darin zu sehen.

Sie lacht mit Agnes, bevor sie sich umdreht und weggeht. Nachdem ich meine Unterhaltung mit dem Müller beendet habe, gehe ich hinüber zum Stand der Näherin.

„Sir William! Seid gegrüßt", sagt sie und begrüßt mich mit dem typischen mittelalterlichen Gruß.

„Seid gegrüßt, gute Frau."

„Ich fürchte, ich habe heute keine Aufträge für Euch. Diese Aufhänger und Haken, die Ihr mir vor ein paar Monaten gemacht habt, funktionieren gut. Ich glaube, Euer handwerkliches Können ist langsam so gut, dass Ihr euch mit der Qualität bald selbst aus dem Geschäft drängt."

Ihre Worte überraschen mich. „Ich würde niemals weniger als mein Bestes geben."

„Natürlich, natürlich. Was kann ich nun für Euch tun, Sir William? Sucht Ihr nach einem neuen Gewand? Einem Wams vielleicht?"

Ich sehe das exquisite Kleid an, dass Jenna gerade bewundert hat. „Ich möchte dieses Kleid erwerben."

„Ich glaube nicht, dass es Euch passen würde." Agnes lächelt.

„Nein, es ist nicht für mich. Ich hätte gerne, dass Ihr es auf Fräulein Kovac zuschneidert."

Ihr Gesichtsausdruck ändert sich, aber ich habe keine Ahnung, wie ich ihn deuten soll. „Das würde ich gerne tun. Hättet Ihr es gerne als eine Überraschung? Ich könnte eine Ausrede erfinden, um an Fräulein Kovacs Maße zu kommen."

Ich denke einen Moment darüber nach. Ich mag Überraschungen überhaupt nicht, aber ich weiß, dass das bei vielen anders ist. Und es könnte nett werden, zu sehen, welchen Effekt diese Überraschung auf sie hat. Vielleicht könnte sie sie überzeugen zu bleiben. Denn seit der letzten Nacht und den langen Stunden, die ich wachgelegen habe und daran gedacht habe, wie ihr Körper sich an meinem angefühlt hat, weiß ich, dass es das ist, was ich brauche. Dass sie bleibt. Dass sie mein ist.

Und ich werde alles geben, was nötig ist, um das zu verwirklichen, auch wenn ich gerade keine Ahnung habe, was das sein wird.

„Ich hätte gerne, dass sie es rechtzeitig für den Beltane Ball auf dem Festival hat. Ist das möglich?"

Agnes lächelt breit. „Mehr als möglich. Ich könnte für Euch sogar noch etwas dazu Passendes fertigen."

Ich denke einen Moment darüber nach, da ich mir nicht sicher bin, wie Jenna eine solche Geste interpretieren würde. Wenn wir passende Kleidung tragen, denkt sie vielleicht, dass ich sie für mich beanspruche. Andererseits *will* ich sie für mich beanspruchen.

Wenn sie weglaufen und nie mehr zurückkommen will, dann liegt es an mir, ihr diese Entscheidung unmöglich zu machen, oder wenigstens extrem schwierig.

„Ja, das wäre toll", sage ich zu Agnes.

„Klingt wunderbar. Ich werde Eure Maße beim nächsten Treffen nehmen." Ich ziehe meinen Geldbeutel heraus und gebe ihr zweihundert Dollar als Anzahlung. „Ich werde euch den Restbetrag bei der Lieferung mitteilen."

„Ja, Ma'am." Bevor ich gehe, erinnere ich mich daran, „Danke" zu sagen.

Ich blicke hinunter zum Ende der Stände und sehe, dass Jenna jetzt mit ihrer Freundin Caitlyn, die gegen eine kleine Gebühr die Silhouetten von Menschen nachzeichnet, an einem Tisch sitzt. Jenna blättert ihre Tarotkarten durch, aber ihre Augen sind auf etwas anderes gerichtet. Ich folge ihrem Blick und sehe, dass sie Doug beobachtet, der mit einem neuen Mitglied unserer Gruppe spricht, einer dunkelhaarigen Frau namens Glynnis.

Ich frage mich, was Jenna denkt. Ist sie wütend, ihren Exfreund mit einer anderen Frau sprechen zu sehen? Hat sie noch immer Gefühle für ihn? Wie stark waren ihre Gefühle für ihn?

Ich beschließe, dass ich das nicht herausfinden will – und dass ich alles in meiner Macht Stehende tun werde, damit sie ihn vergisst. Auch wenn das bedeutet, ihn vom Angesicht des Herrschaftsgebiets von Anaya hinwegzufegen. Ich werde nicht noch einmal riskieren, sie zu verlieren.

Entschlossenen Schrittes gehe ich auf ihren Stand zu, lasse mich auf den harten Holzstuhl vor ihrem Tisch sinken und lege ihr einen Zwanzigdollarschein hin. Ich glaube überhaupt nicht an Schicksal, aber ich werde *sehr wohl* jede von Jennas Bewegungen beobachten und jedes ihrer Worte anhören, wenn sie mir meines wahrsagt.

Kapitel Dreizehn
Jenna

„WIE KANN FRÄULEIN JENNA DIR HELFEN?", fragte ich und versuchte dabei, nicht zu lächeln. Williams Gesicht war ausdruckslos, aber irgendwie auch herausfordernd, als sagte es „Jetzt zeig mal, was du kannst".

„Ich suche die Antwort auf eine Frage", antwortete er, ohne zu zögern. Meine Augenbrauen zuckten etwas vor Überraschung. Er hatte am Abend zuvor erwähnt, dass seine Meinung hierüber eine skeptische war, und ich war mir sicher, dass meine kurze Antwort, in der ich erklärt hatte, dass die Karten als meditatives Mittel dienten, seine Zweifel nicht zerstreut hatten.

Ich zog eines meiner älteren Kartendecks hervor – das Rider-Waite. Ein Klassiker mit leuchtenden Farben und wunderschön gezeichneten Bildern und eines der ältesten und bekanntesten Tarot-Decks, die es gab. Etwas an William schrie geradezu nach klassisch.

„Nimm die Karten in die Hand und halte sie ein paar Minuten. Denk dabei an deine Frage. Du kannst sie mischen, Karten abheben, was auch immer. Manipuliere sie einfach und konzentriere dich auf das, was du wissen willst."

Ich hätte bei seinem Gesichtsausdruck beinahe gelacht – eindeutiger und offensichtlicher Zweifel –, aber er hielt mich bei Laune und tat, was ich ihm gesagt hatte. „Sage ich dir meine Frage?"

„Wenn du willst. Aber du musst nicht."

Nachdem er die Karten eine Weile gemischt hatte, nahm ich sie von ihm zurück und legte ein klassisches keltisches Kreuz aus. Die Ergebnisse waren ... äußerst überraschend. Kaum kleine Arkana-Karten.

Williams Augen wanderten über jede einzelne Karte. „Das sind gute Illustrationen." Er streckte sich und fuhr die Kante einer der Karten nach – Der Gehängte. Eine Trumpfkarte. „Wunderschönes Detail", flüsterte er.

„Das Deck ist um eine Reise herum designet. Es erzählt eine sehr komplizierte Geschichte, aber jeder Teil der Reise ist von Archetypen gezeichnet. Es kann komplex sein, aber du kannst sie einfach als ... Anreize für Dinge, über die du in deinem eigenen Leben nachdenken solltest, sehen. Wie du deine eigene Reise durchs Leben angehst."

Sein Finger tippte auf die Ecke des Gehängten, welcher genau das darstellte – ein Mann, der kopfüber mit einem Bein von einem Baum hing, während das andere Bein über einen Zweig gehakt war. Seine Hände waren hinter seinem Rücken und seine Haare hingen lose auf den Boden. „Und wofür steht er?"

„Der Gehängte steht für Stillstand, einen Trott, ein Bedürfnis nach Veränderung oder etwas Neues zu lernen. In der nordischen Mythologie hing der Gott Odin neun Tage lang am Weltenbaum, um Wissen zu erlangen."

„Du sagst also, dass ich etwas Neues lernen muss?"

Ich zuckte mit den Schultern. „Nun, eigentlich sollten sie alle der Reihe nach gelesen werden, was ich tun kann. Aber zuerst möchte ich darauf hinweisen, dass die einzige kleine Arkana-Karte, die du gezogen hast, der König der Kelche ist."

„Es gibt Farben? Wie bei Spielkarten?"

Ich nickte. „Ja, aber statt Herz, Pik, Karo und so weiter gibt es Kelche, Stäbe, Schwerter und Münzen."

„Und wieso ist der König der Kelche bedeutend?"

„Weil er in dieser Legung und an dieser Stelle den Fragenden repräsentiert. Das ist die Person, die nach der Antwort sucht. Du. Und der König der Kelche repräsentiert einen Mann von emotionaler Stabilität, einen Mann, der getreu der Ehre lebt – ruhig, gütig und vertrauenswürdig."

Es war auch wirklich bizarr, dass diese Karte genau an dieser Stelle lag. War es Schicksal? Flüsterte Sie oder Er mir etwas zu? „Göttin", murmelte ich, als ich realisierte, dass diese Lesung vielleicht genauso für mich wie für William bestimmt war. Die Karte mochte vielleicht ihn darstellen, aber jetzt gerade sprach sie zu mir.

Ich streckte mich, um die Karte im exakt selben Moment wie William zu berühren, wobei sein Mund geöffnet war, um eine weitere Frage zu stellen. Unsere Finger trafen sich und dieser elektrisierende Schlag sandte wieder einen Schauer meinen Arm hinauf. Langsam und mit Bedacht legte William seine Hand über meine, wobei er mich nicht ansah, aber meine Finger unter seinen großen, schwieligen Fingern einfing.

Ich konnte aufgrund des trommelnden Herzschlages in meiner Kehle kaum atmen. „Ich nehme meine Ehre sehr ernst", sagte er.

Ich holte bebend Luft, konnte meine Augen nicht von der starken Säule seines Halses reißen, die aus seinem historischen Hemd ragte.

„Du nimmst viele Sachen sehr ernst", krächzte ich und dachte erneut an meine gestrige Entschlossenheit, William ins Bett zu bekommen. Wenn das überhaupt möglich war, wollte ich es jetzt noch mehr als zuvor.

Ich zitterte, als würde ich frieren, obwohl wir beide in der Sonne saßen. „Oh Göttin …" Ich drückte meine Augen fest zu.

„Glaubst du an eine Göttin?" Ich öffnete meine Augen, als er die Frage stellte. „Das sagst du oft."

Ich räusperte mich. „Wenn es ein höheres Wesen gibt, dann stelle ich sie mir lieber als Frau vor. Mutter Natur. Mutter Erde. Ich wurde katholisch erzogen und hielt immer sehr viel von der Jungfrau Maria. Sie war jemand, mit dem ich mich identifizieren konnte. Als ich also älter wurde und das Bedürfnis hatte zu beten, dann betete ich zu ihr. Und als meine Überzeugungen vom Patriarchat abschweiften, dachte ich weiterhin an die Gottheit als Frau. Mythologie hat mich schon immer fasziniert. Meine Vorstellungen von einer höheren Macht verlaufen also gewissermaßen parallel zu meiner Überzeugung von den Karten. Archetypen. Vorbilder und Geschichten, in denen man Inspiration, Mut … Stärke finden kann."

Seine Augen verengten sich. „Du hast deine eigene Stärke."

Ich blinzelte, saß ruhig da und dachte darüber nach. Ich wusste nicht, was ich ihm antworten sollte, und selbst wenn ich es gewusst hätte, hätten die plötzlichen Emotionen, die meine Kehle umklammerten, eine Antwort nicht erlaubt. Als ich endlich fähig war zu sprechen, bemerkte ich, dass wir nicht mehr alleine waren.

„Sir William! Fräulein Jenna", sagte Caitlyn. Sie lächelte, bevor sie sich einen Stuhl von ihrem Tisch schnappte, an dem sie zuvor Aufträge für Bilder entgegengenommen hatte. Dieses Mal hatte sie Ann dabei. „Was haben wir denn hier?"

„Nur ganz gewöhnliches Kartenlesen", log ich mit einem Schulterzucken. Ich versuchte mich noch immer dieses seltsamen Gefühls zu entledigen, dass diese Karten mindestens genauso mit mir wie mit ihm sprachen. Aber was sagten sie? Was versuchte mir mein Herz zu sagen?

„Also William", sagte Caitlyn, wobei sie ihm mit ihren dunkelblonden Wimpern schöne Augen machte. „Wie geht es deinem *Schwert?*"

„Ich habe mein Schwert nicht mitgebracht. Keine Kämpfe heute."

„Es ist aber ein schönes, *langes* Schwert, oder?" Sie warf mir einen neckenden Blick zu. „Hast du das bemerkt, Jenna? Dass Williams Schwert ziemlich lang ist? Ich wette, es ist länger als das von Doug."

Ich warf ihr einen Todesblick zu, dem sie geschickt auswich, indem sie ihren Blick auf William fixierte. Ann jedoch kämpfte hinter ihrer Faust tapfer, um nicht zu lachen.

„Ich bin größer als Doug, also ja, ich schwinge ein längeres Schwert. Sie werden individuell angefertigt, je nach unserer Größe und der Länge unserer Armspanne."

„Hmm. Ich *wette*, du hast ein längeres Schwert. Vielleicht darf ich eines Tages sehen, wie du es schwingst."

William sah sie an, als wäre sie vom Mars. „Du hast das Schwert schon gesehen. Sowohl das lange Schwert als auch das kürzere, das ich zusammen mit meinem Schild benutze – "

„Dann könntest du mir vielleicht die verschiedenen Teile beschreiben. Es gibt einen *Schaft*, richtig?"

„Caitlyn –", warnte ich sie.

„Ja, der Schaft ist Teil der Klinge." Er nickte. „Es gibt auch noch einen Griff, eine Parierstange, einen Knauf –"

„Und dieser knotige Teil ganz am Ende ... die Pinne?"

Ann krümmte sich vor Lachen und Tränen liefen ihr übers Gesicht.

„Genug, Caitlyn!", knurrte ich wütend. „Ich bin mitten in einer Lesung."

„Vielleicht hat Jenna eine Scheide, in die du dein Schwert stecken –"

Ich stand auf und drückte gegen ihre Schulter. „Hau ab, bevor ich dich an den Pranger stellen und mit Tomaten bewerfen lasse."

„Nun, gut ... hier geht also die Party ab", sagte eine bekannte Stimme gleich hinter meiner Schulter. „Wer hätte gedacht, dass Sir William im Mittelpunkt davon stehen würde?"

Ich weigerte mich, mich umzudrehen und ihn anzusehen, aber die anderen beiden Frauen grüßten Doug mit kühler Höflichkeit.

„Hey, Doug", sagte Caitlyn.

„Sir Douglas", Ann neigte ihren Kopf und machte einen sehr seriösen Knicks.

Es gab eine peinliche Stille und ich vermutete, dass Doug darauf wartete, dass ich mich umdrehte und etwas zu ihm sagte. Tat ich aber nicht.

„Also, was gibt es, Jen? Redest du jetzt nicht mehr mit mir?"

Ich verschränkte die Arme vor der Brust und weigerte mich noch immer, ihn anzusehen. „Hältst du noch immer meine Tiara als Geisel? Wenn ja, dann liegst du richtig. Ich rede nicht mit dir."

Aus meinem Augenwinkel erhaschte ich einen Blick auf ihn und sah, wie er dramatisch mit offenen Handflächen gestikulierte. „Hey, wir haben eine völlig faire Vereinbarung. Ich denke, wir können uns hier alle wie Erwachsene benehmen."

„Dafür ist es bei dir zu spät", knurrte ich.

Doug trat näher an mich heran und ich nahm Bewegungen auf der anderen Seite des Tisches wahr.

„Komm schon, Jen, musst du so sein?" Dougs Hand landete auf meiner Schulter und ich riss mich von der Berührung los und fuhr in an. Aber William war schneller.

„Weg von ihr", sagte er mit leiser Stimme, tödlich wie Gift.

„Beruhige dich, Forrest Gump. Ich verletze sie nicht. Ich habe das Recht, mit meiner Freundin zu sprechen."

Mein Körper verkrampfte sich und ich versuchte, den Zorn, den ich plötzlich spürte, unter Kontrolle zu halten. „*Ex*", korrigierte ich. „*So was von* Ex. Und wenn du ihn noch einmal so nennst, werde ich anfangen, über den wirklichen Grund zu sprechen, weshalb du überkompensieren musst, indem du dich ständig wie ein Arschloch benimmst." Ich hielt meinen Daumen und Zeigefinger etwa zweieinhalb Zentimeter voneinander entfernt in die Höhe, worauf sowohl Caitlyn als auch Ann lachten.

Sein Mund wurde schmal. „Was auch immer. Du hast mich also durch etwas Minderwertigeres ersetzt, wie ich sehe. Häng nur rum mit dem Rain Man."

Caitlyn wurde puterrot. „Verpiss dich, Doug. Du bist ein Arschloch."

„Ich nenne es nur beim Namen. Und vielleicht bin ich nur besorgt, dass Jen einen riesigen Fehler macht."

„Ich habe bereits einen riesigen Fehler gemacht, als ich zugestimmt habe, mit dir auszugehen", murmelte ich. „Jetzt hau ab."

„Wow." Er hielt seine Hände pseudo-kapitulierend hoch. „Ich sehe, was hier läuft. Ich habe dich monatelang wie Gold behandelt und jetzt drehst du dich einfach um und benimmst dich ganz herzlos. Glaub es oder nicht, aber ich *habe* Gefühle, auf denen du anscheinend gerne herumtrampelst." Er wandte seine Aufmerksamkeit wieder William zu. „Lass dir das eine Lehre sein, denn sie wird das Gleiche mit dir machen. Sie wird dir etwas vormachen wie einem kleinen Hund, bis sie mit dir fertig ist."

William musterte ihn von Kopf bis Fuß.

„Du führst dich tatsächlich auf wie ein kleines Biest, also wieso sollte sie dich nicht wie einen kleinen Hund behandeln?" Williams legte seine bissige Schlagfertigkeit so ruhig dar, dass er sich anhörte, als würde er Schwerttechniken erörtern.

Doug lief dunkelrot an und öffnete seinen Mund, dann schloss er ihn wieder wie ein Fisch. Er drehte sich, um etwas zu mir zu sagen, aber William richtete seinen Finger direkt in sein Gesicht, bevor er ein Wort rausbringen konnte.

„Sprich sie *ja nicht* an. Sie will nicht mit dir sprechen. Und sprich auch nicht mit *mir*. Atme nicht meine Luft ein."

Ann und Caitlyn fingen beide zu lachen an und Doug riss seinen Kopf in ihre Richtung. Aber statt sich zurückzuziehen, verschränkte er seine Arme vor der Brust und starrte William herausfordernd an.

William erwiderte seinen Blick nicht, aber er ging einen drohenden Schritt auf Doug zu. Ich war *so* nah dran, mich zwischen die beiden zu stellen und den Ego-Streit zu beenden, als Doug, erschrocken über Williams drohende Haltung, erstarrte.

Dann trat er mit einem deutlichen Ausdruck von Angst in den Augen zurück, bevor er abwinkte und sagte: „Was auch immer. Ihr seid alle ein Haufen Loser." Dann drehte er sich um und ging davon.

„Wow", sagte Caitlyn. „Er wird immer verrückter."

Mit an den Seiten geballten Fäusten beobachtete William, wie Doug wegging, wobei seine Augen jeder Bewegung des Idioten folgten. „Wil? Geht es dir gut?", fragte ich.

Er presste seine Zähne so fest aufeinander, dass sein Kiefer hervortrat. Ich betrachtete seine Haltung und seinen Körperbau genau. Er war so gottverdammt heiß, dass es beinahe wehtat, ihn zu lange anzusehen. Und er war nie heißer, als wenn er mich verteidigte.

„Hey", sagte ich und legte eine Hand leicht auf seine Schulter. Er riss sich sofort von meiner Berührung los und ich erinnerte mich daran, dass er gerne vorgewarnt wurde, bevor man ihn berührte. „Tut mir leid …"

Er leckte seine Lippen. „Ich muss spazieren gehen und mich beruhigen. Ich bin gerade sehr wütend. Wenn er hierher zurückkommt, schreib mir eine SMS."

Ich biss mir auf die Unterlippe. „Er wird nicht zurückkommen. Aber wenn doch, dann mache ich das. Versprochen."

Er runzelte die Stirn und sah mich angestrengt an – natürlich sah er überall hin, nur nicht in meine Augen – als würde er mich inspizieren, um sicherzugehen, dass es mir gut ging. Dann nickte er, drehte sich um und ging.

„Heilige Scheiße", schnaubte Caitlyn, bevor sie sich auf ihrem Stuhl herumdrehte. „Hier fliegt ja eine ganze Menge Testosteron herum. Was ist denn mit Doug los?"

Ann starrte mich mit geneigtem Kopf direkt an. „Doug ist eifersüchtig. Ich habe ihn beobachtet, als du die Karten für William gelesen hast, und er hat seine Augen keine Sekunde von euch beiden abgewandt."

Caitlyn runzelte die Stirn. „Dann stimmt es? Du gehst jetzt mit William?" Sie schien nicht überaus glücklich zu sein und ich dachte an ihren Kommentar von vor ein paar Wochen zurück.

Lass ein paar von ihnen für uns unscheinbare Mädels übrig.

Ich hatte vermutet, dass sie auf William stehen könnte. Es war im Bereich des Möglichen. Immerhin hatte er seinen eigenen Fangirl-Bereich.

„Ich arbeite nur mit ihm, um ihm bei seinen Problemen mit Menschenmengen zu helfen. Damit er eine bessere Chance hat, diesen Blödmann beim nächsten Duell zu besiegen."

Ihre Schultern entspannten sich etwas. *Oh oh.* Sie hätte genauso gut einfach *Gott sei Dank* sagen können.

Ann ließ sich auf dem Stuhl nieder, den William freigemacht hatte. Ich sammelte vorsichtig mein Rider-Waite-Deck zusammen und schob es in seinen Satin-Beutel. Wir verbrachten die nächsten paar Stunden damit, über andere Dinge zu sprechen, größtenteils über die Arbeit und Anns neues Magister-Studium in Afrikanistik und Europäistik an der Cal State Fullerton.

Ich las noch für ein paar weitere Leute – Clan-Mitglieder, Höflinge von anderen Clans der RMRA und *normale*

Parkbesucher, die nicht an der Nachstellung teilnahmen. Zum Schluss hatte ich einiges an Geld verdient.

Und glücklicherweise kehrte William unversehrt von seinem Spaziergang zurück, da ich ihn wieder Stände besuchen und mit anderen Clanmitgliedern sprechen sah, als wäre nichts geschehen. Ann erwischte mich dabei, wie ich ihn beobachtete, kurz bevor es Zeit war, den Stand zu schließen.

„Ich glaube nicht, dass es schlecht für dich wäre, William zu daten", murmelte Ann.

Ich antwortete nicht, sondern warf einen verstohlenen Blick auf Caitlyn, die sich mit Aufräumarbeiten auf ihrer Seite des Standes beschäftigte. Nach ein paar angespannten Minuten lachte sie vor sich hin.

Anns Kopf drehte sich in Caitlyns Richtung. „Was?"

„Ich wette nur, Jenna könnte William daten, ohne dass er wissen würde, dass sie zusammen sind."

Ich versteifte. „Er ist nicht dumm."

„Oh nein. Nicht einmal annähernd. Ich meine nur, dass er … hinreißend ahnungslos ist. Zum Beispiel hat er mich einmal abblitzen lassen und ich glaube nicht, dass er es überhaupt bemerkt hat."

Ich steckte meine Karten zusammen mit den anderen Decks in meine Umhängetasche und verstaute meine Tageseinnahmen in meiner ledernen Gürteltasche. Obwohl ich Caitlyn normalerweise vermutlich gebeten hätte, näher auf ihre Geschichte einzugehen, unterließ ich es angesichts der Thematik.

Ann starrte mich noch immer an, während ich an der Decke auf dem Tisch herumfummelte. „Wieso hassen die beiden sich so sehr?"

Caitlyn und ich hoben beide unsere Köpfe, um sie anzusehen. „Wer? Doug und William?", fragte Caitlyn.

Das interessierte mich auch. Ann nickte und wir starrten beide Caitlyn an und warteten auf Antwort. Caitlyn war seit vielen Jahren Clanmitglied und kannte jeden Klatsch. Sie räusperte sich. „William ist beinahe von Anfang an eine der Säulen des Clans. Er unterstützt die Clanmitglieder immer. So gut wie jedes Mitglied hat großen Respekt vor ihm. Aber die Dinge änderten sich, als Doug auftauchte. Er wusste, wie man den Leuten Honig um den Bart schmiert und schnell ihre Gunst erlangt."

Meine eingeschlossen, dachte ich. Obwohl Doug aus der Ferne viel charmanter und faszinierender als aus der Nähe wirkte. Er war verständnisvoll und äußerst schmeichelnd gewesen und ich hatte mich in einer etwas freudlosen Situation befunden, weshalb ich die Aufmerksamkeit willkommen hieß.

„Also hasste er William von Anfang an?", fragte Ann.

Caitlyn schüttelte ihren Kopf. „Nein … überhaupt nicht. Eigentlich hatte er versucht, sich bei William einzuschleimen, so unglaublich das klingt. Aber William reagiert nicht gut auf Schleimerei und Doug fühlte sich letztendlich von Williams unverblümter Persönlichkeit beleidigt."

Sie steckte ihre Zeichenmaterialien in eine Stofftasche, stand auf und klappte behutsam den Tisch zusammen, sodass er auf den Truck geladen werden konnte.

„Ich habe William schon immer gemocht. Er ist ein toller Kerl." Sie war einen Moment still, bevor sie mit den Schultern zuckte und fortfuhr. „Ich muss zugeben, dass ich diesen Schlagabtausch mit Doug irgendwie dazu genutzt habe, ihm näher zu kommen, versteht ihr? Ich habe mit ihm gesprochen, ihm ein paar Ratschläge gegeben. Und eines Abends, nach einem unserer Treffen, habe ich ihm angeboten, ihm beim Zusammenpacken seiner Sachen zu helfen, wenn er mich dafür nach Hause fährt, was er angenommen hat. Aber als wir bei mir ankamen, war er darauf konzentriert, nach Hause zu kommen, und kein bisschen daran interessiert, noch auf einen *Kaffee oder ein Bier* nach oben zu kommen. Er sagte, es wäre für beides davon zu spät und dankte mir. Dann fuhr er davon."

Ann kicherte. „Er hatte wirklich keine Ahnung, dass du ihn anbaggerst?"

Caitlyn lächelte kläglich. „Ich war etwa fünf Minuten lang beleidigt, dann habe ich gelacht und beschlossen, offensichtlicher vorzugehen. Das hat auch nicht funktioniert", sagte sie mit einem neutralen Blick in meine Richtung. „Er war an jemand anderem interessiert."

Ann folgte ihrem Blick, um mich anzusehen, und ich beschäftigte mich, indem ich mir ein paar Stühle schnappte. „Wir sollten die raus zum Truck bringen."

„Hast du jemals daran gedacht, dass das vielleicht der Grund war, aus dem Doug sich mit dir verabredet hat?", fragte Ann, als Caitlyn außer Hörweite war.

„Was?", fragte ich. Sie trug den dritten Stuhl und ging neben mir her zum Truck.

„Eine Menge Leute wussten, dass William auf dich stand. Ich frage mich nur, ob Doug es William heimzahlen wollte, indem er sich mit dir verabredete."

Ich hob meine Augenbrauen. „Ich bin also nur Luft? Er konnte mich nicht um meinetwillen mögen?"

Ann verdrehte die Augen. „Nein, so habe ich das nicht gemeint. Sorry. Natürlich steht er auf dich, aber … du weißt, wie Männer sind.“

Ich seufzte. „Männer leiden dauernd an Testosteronvergiftung und machen deswegen dumme Sachen.“ Wie ihren Erzfeind zu einem Duell herauszufordern, wenn sie eine Phobie vor Menschenmassen haben. Wie in den extremen Beschützer-Modus zu schalten, wann immer irgendeine Art von Bedrohung für das sanftere Geschlecht bestand. Wie völlig vernünftige Angebote, mit einer Frau ins Bett zu gehen, abzulehnen. *Okay, vielleicht nicht das Letzte …*

Kapitel Vierzehn
William

A UF DER FAHRT ZURÜCK ZU IHREM HAUS SAGT JENNA kein Wort. Vielleicht ist sie noch immer verärgert wegen der Konfrontation mit Doug. Er hat ein paar wirklich gemeine Sachen gesagt und ich wünschte, es gäbe einen Weg, sie ungehört zu machen.

Aber es könnte auch an dem liegen, was ich zu ihr vor dem Markt gesagt habe. Ich war nicht gemein, nur ehrlich. Es ist bedauernswert, denn ich habe keine Ahnung, wie ich die Feinheiten ihrer Stimmung deuten soll.

„Also … wir müssen über Dougs Tendenz, dich zu provozieren, sprechen", sagt sie und bricht damit endlich das Schweigen.

„Was willst du damit sagen?"

„Es ist offensichtlich, dass Doug bewusst versucht, dich in Rage zu versetzten. Du darfst nicht auf seine Provokationen eingehen. Du musst das ignorieren."

Ich blinzle. „Ich will es nicht ignorieren. Wenn er jemanden beleidigt, der mir wichtig ist, werde ich ihn dafür bezahlen lassen. Wenn jemand sich erst einmal bei mir unbeliebt gemacht hat, wird das immer so bleiben."

„Für immer? Wirklich? Du vergibst nicht?"

Ich denke einen Moment darüber nach. „Ich sehe keinen Grund, einem schlechten Menschen eine zweite Chance zu geben, mich zu verletzen – oder jemand anderen, der mir wichtig ist.“

„Hmm. Das lässt dich etwas stur klingen.“

„Ich bin stur. Und ich bin stolz darauf.“

Sie atmet hörbar aus und murmelt kopfschüttelnd: „Männer.“

Ich runzle die Stirn. „Frauen sagen das oft.“

„Das liegt daran, dass Männer dazu neigen, uns ziemlich oft zu nerven.“

Ich blinke und verlasse die Autobahnausfahrt. „Mia sagt das Gleiche.“

„Sie ist eine Verbündete, auch wenn sie zur anderen Seite übergelaufen ist.“ Sie verschränkt ihre Arme vor der Brust.

„Welche andere Seite? Die Männerseite?“, frage ich.

Jenna sieht aus dem Fenster, aber ich erhasche einen Blick auf ihr Gesicht. Ich kann sehen, dass sie lächelt. „Die Beziehungsseite. Wenn Menschen in einer Beziehung sind, verändern sie sich.“

Ich denke einen Moment darüber nach. „Denkst du, das liegt an der anderen Person? Dass sie sich verändern, weil sie mit der Person zusammen sind?“

Sie runzelt einen Augenblick die Stirn und dreht ihren Kopf zu mir. Meine Augen sind auf die Straße gerichtet, aber ich kann sagen, dass sie mein Profil mustert. Meine Hände festigen sich um das Lenkrad und ich bin so abgelenkt, dass ich beinahe zu lange brauche, bis ich an der roten Ampel bremse.

„Ich denke, es verändert Einstellungen und Wahrnehmungen. Ich glaube nicht, dass es die Menschen selbst verändern kann. Ich glaube aber, dass es anders ist, wenn man mit seinem Seelenverwandten zusammen ist. Und niemand kann sagen, dass Adam und Mia nicht vom Schicksal füreinander bestimmt sind.“

„Seelen können sich nicht paaren. Nur Körper …“ Das Bild von Jenna und mir zusammen auf ihrem Bett, ihr Körper an meinem, schießt mir in den Kopf. Ich frage mich, wie sich ihre Haut anfühlt. Ist sie so weich, wie sie aussieht? Ich will es wissen.

„Menschen können füreinander bestimmt sein. Sie haben ihre eine wahre Liebe“, antwortet sie.

Ich schüttele meinen Kopf. „Das hört sich albern an. Was, wenn dein Seelenverwandter auf einem anderen Kontinent geboren wurde? Oder erst fünfzig Jahre nach dir geboren wird?“

Sie zuckt mit den Schultern und entspannt sie dann. „Ich glaube einfach daran.“

„Und du? Denkst du, du würdest es wissen, wenn du deinen Seelenverwandten triffst?“ Plötzlich hoffe ich – auch wenn ich nicht daran glaube –, dass sie denkt, dass *ich* ihr Seelenverwandter bin. Das würde die Sache so viel leichter machen. Das würde ihr den Grund geben zu bleiben.

„Habe ich bereits … vor langer Zeit.“

Ich bekomme ein flaues Gefühl im Magen. Sie liebt jemand anderen? Wieso ist sie dann nicht mit ihm zusammen? Vielleicht will er sie nicht. Nein, das kann nicht stimmen. Ich kann mir keinen Idioten vorstellen, der Jenna nicht wollen würde.

Aber meine Kehle hat sich zugeschnürt. Ich kann nicht fragen. Ich will das Thema ändern, also mache ich es.

„Mein Dad und meine Stiefmutter veranstalten heute Abend ein Familienessen. Es findet jeden Sonntag statt und ich gehe normalerweise alleine hin. Willst du mit mir kommen? Adam und Mia werden auch da sein. Und du könntest meine Schwester und meinen Schwager und meine beiden Neffen kennenlernen."

Sie ist einen Moment lang still. „Wir sind aber mit unserer Arbeit noch nicht sehr weit gekommen. Als Nächstes würde ich gerne ein bisschen Yoga versuchen."

„Ich kann etwas Yoga. Mein Kampfkunstlehrer nutzt es zum Aufwärmen."

„Okay. Ich werde zum Abendessen kommen, unter der Bedingung, dass wir anschließend zu dir gehen und versuchen, an neuen Übungen zu arbeiten."

„Abgemacht. Dann hole ich dich um siebzehn Uhr dreißig ab?"

„Klingt gut." Ein paar Minuten später setze ich sie ab und fahre nach Hause, wobei ich versuche, nicht an Jenna und ihren *Seelenverwandten* zu denken. Das Unmögliche scheint in weite Ferne zu gleiten, und wenn ich es zulasse, werde ich die Hoffnung verlieren. Ich kann nicht erlauben, dass das passiert.

Kapitel Fünfzehn
Jenna

ILLIAM HOLTE MICH GENAU RECHTZEITIG AB – natürlich tat er das. Er trug einen Strickpulli und Jeans, worin er sogar noch umwerfender aussah als in seinem mittelalterlichen Gewand.

Wir bogen in die Auffahrt eines großen Hauses in den Hügeln von North Tustin. Mit Überraschung bemerkte ich die Schmetterlinge in meinem Bauch, als ich aus dem Auto stieg, und rief mir in Erinnerung, dass ich nur die Familie eines *Freundes* kennenlernte. Normalerweise war ich ziemlich locker, wenn es darum ging, die Eltern zu treffen. Ich war in genügend Kurzzeitbeziehungen gewesen, dass ich wusste, dass es so etwa um das zehnte Date herum passierte – vielleicht ein oder zwei Monate nach dem Beginn der Beziehung. Es war leicht, die Schwärmerei eines Kerls daran zu messen, wie schnell er dich ihnen vorstellte. Beim ersten Date? Bloß nicht. Der Kerl war ein potenzieller Stalker, was bedeutete, sich *schnell* aus dem Staub zu machen. Wenn der Kerl zu lange wartete oder sich schwache Ausreden ausdachte, wenn das Thema zur Sprache kam, dann hatte er etwas zu verbergen.

Glücklicherweise hatte ich die perfekte Ausrede – wenn auch eine beschissene –, den Gefallen niemals zu erwidern. Aber wenigstens musste ich meine Eltern nie enttäuschen, indem ich einen zukünftigen Ex mitbrachte.

Aber das war … ich wusste nicht, was das war. William und ich waren nicht zusammen. Wir hingen ab. Arbeiteten auf ein gemeinsames Ziel hin. Okay, und wir küssten uns. Wir hatten uns definitiv geküsst.

William führte mich wortlos ins Haus und ich wurde an der Tür von Mias Mutter Kim – Williams neuer Stiefmutter – begrüßt. Ich kannte sie bereits und sie umarmte mich herzlich.

„Jenna, schön dich zu sehen."

„Es ist auch toll, dich zu sehen. Du siehst fantastisch aus!" Und das tat sie. Die Ehe bekam ihr gut.

Mias Mutter hatte Adams Onkel, der auch Williams Dad war, nicht lange nachdem Adam und Mia angefangen hatten, miteinander auszugehen, kennengelernt. Sie hatten sich verliebt und geheiratet und waren somit Adam und Mia zuvorgekommen. Manchen unserer Freunde – vor allem Jordan – gefiel es, Mia und Adam damit aufzuziehen, dass sie *küssende Cousins* waren. Aber ich fand die ganze Sache wundervoll. Es schien, als könnte man seinen Seelenverwandten in jeder Lebensphase treffen.

Ich wünschte, meine Mutter wäre offen dafür, die Liebe wiederzufinden, aber Papa war ihr Seelenverwandter gewesen, weshalb es für sie vorbei war. Wieso sollte sie nach jemand neuem Ausschau halten? In diesem Punkt stimmte ich ihr zu.

Mia tauchte neben ihrer Mutter auf. Sie sahen sich sehr ähnlich, hatten beide dunkle Haare, braune Augen, waren groß und schlank. Aber Mia hatte kein Lächeln auf dem Gesicht – es war eher eine starre Grimasse.

„Jenna! Was für eine Überraschung, dich hier zu sehen." Ihr Blick huschte zu William. Sie lehnte sich nach vorne und er machte sich klein, um seine Wange für einen Kuss auf ihre Höhe zu bringen. „William, du hast uns nicht gesagt, dass Jenna mitkommt. Ich werde noch einen weiteren Platz am Tisch aufdecken." Dann wirbelte Mia, ohne mich auch nur anzusehen, herum und verschwand.

„So, jetzt stellen wir dich einmal den Leuten vor, die du noch nicht kennengelernt hast. Peter ist in der Küche." Kim nahm meinen Arm. „Liam, Adam wollte mit dir sprechen, aber er telefoniert gerade. Irgendetwas wegen der Arbeit."

Meine Augen huschten nervös im Raum umher. Sofort bemerkte ich, dass es ein Fehler gewesen war, mit William mitzukommen. Jeder hier würde eine falsche Vorstellung bekommen und natürlich hatte William das mit seiner Kurzsichtigkeit für soziale Situationen nicht vorhersehen können. Er machte es nur seinen restlichen Familienmitgliedern nach, welche wahrscheinlich hin und wieder ihre Partner mitgebracht hatten. Plötzlich verwandelten sich die Schmetterlinge in summende Wespen.

Ich betrat die volle Küche und wurde sofort von dem Duft von käsiger, fleischiger, nach Knoblauch riechender Herrlichkeit, die in der Luft hing, überfallen. Mia stand mit dem Rücken zu mir und zog Küchengeräte aus einer Schublade. Ein großer Mann in seinen frühen Fünfzigern war leicht als ein Drake zu erkennen und dann war da noch eine andere Frau, die ungefähr wie dreißig aussah.

Kim fing an, uns vorzustellen. „Peter, das ist Mias Freundin, Jenna. Liam hat sie mitgebracht."

Peter erschien mir wie ein ruhiger, stoischer Typ, nicht anders als sein Sohn, obwohl er Augenkontakt hielt. Dennoch waren sie unverkennbar Vater und Sohn. „Schön, dich kennenzulernen, Jenna. Mia hat schon von dir erzählt. Nur gute Sachen. Willkommen, ich hoffe, du magst Lasagne."

„Ich liebe Lasagne, danke."

„Das ist Britt, Liams ältere Schwester", fuhr Kim fort.

„Bitte verwende nicht das Wort *älter*, um mich zu beschreiben", sagte sie und stemmte die Hände in ihre Hüften. „Da fühle ich mich immer so, als hätte ich jede Menge Falten."

Im Gegensatz zu Peter und William war Britt von kleiner Statur. Sie hatte dunkelblonde Haare und blaue Augen und ich nahm an, dass sie ihrer Mutter gleichsah. Sie redete auch schnell und lachte laut. Das genaue Gegenteil von ihrem Bruder. „Du wirst hier irgendwo zwei kleine Rabauken sehen, die sich wahrscheinlich um die Xbox prügeln. Das sind meine."

„Ich freue mich, euch alle kennenzulernen", warf ich mit vorgetäuschtem Jubel in den Raum.

Britt wischte sich die Hände an ihrer Schürze ab. Sie lächelte, aber ihre Augen verengten sich etwas. „Du bist also der Grund, weshalb William noch ein Schwertduell bestreitet?"

Ich blinzelte und mein Mund öffnete sich, doch ich wusste nicht, wie ich darauf antworten sollte. „Ähm ..."

Sie winkte ab. „Schon in Ordnung. Ich bin froh darüber. Das Kämpfen hat ihm gutgetan. Das ganze Training hat ihn von seinen Obsessionen weggezogen. Ich meine, er ist so verdammt talentiert, aber ich glaube nicht, dass er eine Ausrede hat, außer für die Arbeit das Haus zu verlassen. Er hat dort sein gesamtes Atelier und seine Eisenschmiede eingerichtet. Manchmal vergehen Wochen und ich frage mich, ob ich überhaupt noch einen Bruder habe."

„Nun … ich … freue mich, dass ich helfen kann. Und das ist alles, was ich tue, weißt du. Nur helfen." Mein Gesicht fing an zu brennen. *Oh, Göttin.*

Drei Augenpaare starrten mich nun an. Oh scheiße. Jetzt würden sie denken, dass ich kein Interesse an William hatte und in die Defensive ging oder – ach scheiße.

Bei diesem peinlichen Familie-Kennenlern-Treffen schien mehr auf dem Spiel zu stehen als bei den vorherigen. Bei dem hier war mir tatsächlich *wichtig,* was die Leute von mir hielten.

„Ich ziehe bald um. Ende Juni schließe ich mich dem Mittelalterfest an. Wir reisen den Großteil des Sommers die Küste nach Nord-Kalifornien hinauf und dann nach Nordwesten. Das Fest klappert alle westlichen Staaten ab. Ich freue mich sehr darauf." Inzwischen bekam ich Strahlenverbrennungen vom Erröten.

Britt nickte mit dem Kopf. „Das ist toll … Du gehst also nicht aufs College?"

Peter warf seiner Tochter einen strengen Blick zu, aber sie ignorierte ihn.

„Ähm, ich bin aufs College gegangen. Ich habe Physik studiert."

„Ah, und wirst du noch deinen Master machen?", fragte Britt.

„Ähm, ich muss mir Jenna mal eine Minute ausleihen", sagte Mia und zog mich am Ellbogen mit sich.

Überströmt vor Erleichterung folgte ich ihr aus der Küche und den Flur hinunter zu einem der Schlafzimmer. „Danke", murmelte ich leise.

„Du musstest gerettet werden. Britt ist spitze, aber sie kann brutal werden, wenn sie im Verhör-Modus ist. Sie arbeitet für das Justizministerium."

„Oh je. Es war *wirklich,* als wäre ich von der CIA in die Mangel genommen worden."

„William bringt nicht jeden Tag eine Frau mit hierher. Oder überhaupt."

Ich schüttelte meinen Kopf. „Ich verstehe es nicht. Es gibt ein halbes Dutzend Mädels im Clan, die in ihn verliebt sind."

„Ein paar in seiner Abteilung in der Arbeit auch. Aber er datet niemanden."

„Ah."

„Oder … doch?" Sie drehte sich mit erhobenen Augenbrauen zu mir.

Oh weh, wo wir gerade bei CIA-Verhör waren. Mia war dabei, selbst eines zu beginnen.

Nicht, wenn ich es irgendwie verhindern kann. „Was ist das alles?", fragte ich und betrachtete den Zeichentisch, die Farben und die Regale. Wir befanden uns in einem Schlafzimmer ohne Bett.

„Das war Williams Schlafzimmer. Die drei, William, Adam und Britt, sind alle in diesem Haus aufgewachsen. Wenn er hier ist – vor allem bei den größeren Familientreffen –, schaut er manchmal kurz in sein altes Zimmer und bastelt an Sachen herum, um der Menschenmenge zu entgehen."

„Ich verstehe." Ich ging um den Tisch herum, um einen Blick auf das zu werfen, was dort lag. Ein riesiger Zeichenblock und einige Aquarellfarben. Es gab einige Kritzeleien und kleine Zeichnungen, aber nichts Großes. Was ich sah, zeigte das unglaubliche Talent, über das ich so viel gehört hatte und das ich durch winzige Einblicke selbst gesehen hatte.

„Britt sagte, dass William ein Atelier hätte?"

„Ja, in seinem Haus. Aber ich glaube nicht, dass du das in nächster Zeit sehen wirst", sagte Mia vielsagend. Sie würde das Thema, dass die Welt zusammenbrechen würde, wenn William und ich anfingen, miteinander zu gehen, nicht fallen lassen.

Ich seufzte. „Ich war schon in seinem Haus, um ihm mit seinem Problem mit Menschenmengen zu helfen."

Mia öffnete ihren Mund, um noch etwas zu sagen, da erschien Adam in der Türöffnung und schob sein Handy in seine Hemdtasche. Genau wie sein Cousin war Adam groß, dunkel und *sehr* gut aussehend. Die Familie Drake hatte bei der Gen-Lotterie wirklich das große Los gezogen. „Ich wurde als Bote geschickt, um euch zu sagen, dass das Essen fertig ist."

„Prima", sagte Mia. Sie drückte sich in der Türöffnung an ihn und schnappte sich das Handy aus seiner Tasche. „Ich komme gleich, nachdem ich das hier in den Pool geschmissen habe."

Er lachte und küsste sie auf die Nase. „Sei nicht mürrisch. Es *war* wichtig."

„Du hast es versprochen …"

Er seufzte lange. „Okay. Dann schalt es aus."

Und das musste er ihr nicht zweimal sagen. Sie schaltete das Handy ab, dann ließ sie es mit einem Lachen in ihren BH rutschen und trabte den Flur hinunter.

„Ich freue mich schon darauf, mir das nachher zurückzuholen", sagte er und folgte ihr.

Ich bildete das Schlusslicht und staunte noch immer darüber, was ich auf Williams Skizzenblock gesehen hatte. Nach dem

Abendessen würden wir zu ihm nach Hause fahren und ich würde es zu meiner Mission machen, sein Atelier zu sehen.

Falls ich es durch die Familienverhör-Hölle schaffte …

***

Ein paar Stunden später saßen William und ich auf der Matte auf dem Boden in seinem Fitnessstudio Schrägstrich Wohnzimmer, bereit, uns der Kunst der Meditation anzunehmen.

Mein Plan war es, ihn so entspannt werden zu lassen, dass er damit einverstanden war, mit mir nach Disneyland zu fahren. Ich war überzeugt, dass wir, wenn wir das Chaos der Main Street USA bezwingen und uns durch Dornröschens Schloss schlagen konnten, ohne aufgeben zu müssen, eine sehr gute Chance hatten, Williams Phobie vor Menschenmengen zu überwinden.

„Du bist doch ein Dungeons and Dragons Spieler, richtig?", fragte ich. „Wir werden das angehen, wie du ein D&D-Spiel angehen würdest." Wieder dieser skeptische Gesichtsausdruck.

Ich erhaschte einen Blick auf seine braunen Augen, die die Farbe von dunkler Schokolade hatten. Obwohl er nicht tief in meine blickte, waren sie trotzdem angenehm anzusehen. In der Tat hörte ich nie auf, Williams gutes Aussehen zu bewundern.

„Wie soll das sein wie D&D?"

Ich zuckte mit den Schultern. „Nun, du stellst dir vor, was der Dungeon Master dir beschreibt, richtig? *Du betrittst einen Raum, der so finster ist, dass du nur ein paar Fuß um jede Fackel herum sehen kannst. Es liegt ein modriger Geruch in der Luft und du hörst das Echo von tropfendem Wasser in der Ferne.* Und so weiter. Es geht darum, die Geschichte in deinem Kopf entstehen zu lassen, wie du sie durch die Erzählungen des Dungeon Masters erlebst. Was wir machen werden, ist dem ähnlich."

„Nur weniger spaßig und ohne Würfel", sagte er.

Ich lachte. „Richtig. Aber du kannst deine D&D-Fähigkeiten einsetzen, wenn wir eine Möglichkeit erarbeiten, wie du in einer Menschenmenge sein kannst, ohne ihr zu erlauben, dich zu beeinflussen. Visualisiere einfach dein bevorzugtes Szenario, vielleicht eines, in dem du ein Held bist, der gegen das Böse ankämpft."

Er legte die Stirn in Falten, als er darüber nachdachte, und dann wiederholte ich in Gedanken die Worte, die ich gerade ausgesprochen hatte. „Und weißt du, es stimmt wirklich. Du bist wirklich ein Held, der gegen das Böse ankämpft." Ich lachte. „Zumindest *meiner* Meinung nach."

Er konzentrierte sich angestrengt auf meine Finger, als ich beliebige Formen vor mir auf der Matte nachzeichnete.

Ich richtete mich auf. „Und jetzt … atme ein paar Mal tief ein und entspann dich. Schließe einfach deine Augen und stell dir vor, dass du mit fünf anderen Leuten in einem Raum bist."

„Was für ein Raum?"

„Das spielt keine Rolle. Irgendein Raum. Ein großer Raum."

„Okay … das Esszimmer in Adams Haus."

Ich atme ein und ermahne mich, geduldig mit ihm zu sein. „Das wird gehen. Du bist dort mit fünf anderen Leuten."

„Muss ich dir sagen, wer sie sind?"

„Nein … stell dir diese Leute einfach vor. Du stehst herum und unterhältst dich."

„Ich mag es wirklich überhaupt nicht, herumzustehen und mich zu unterhalten."

Aah. Ich fing langsam an, vor Wut zu kochen. Die Zähne zusammenbeißend, zwang ich mich, mich zu entspannen. „Okay, du stehst mit deinen Händen in den Taschen in Adams Esszimmer und starrst die anderen Leute im Zimmer gruselig an."

Keine Reaktion von ihm. Gut. Wenn er mir noch eine Frage gestellt hätte, wäre ich ausgeflippt.

„Okay, jetzt betreten noch einmal fünf Leute den Raum."

„Kenne ich diese Leute oder sind sie Fremde?"

Oh meine Göttin! Ich würde ihm die Augen ausstechen. „Ist das wichtig?"

„Für mich schon."

Natürlich würde er das sagen. *Ruhig, Jenna. Du befindest dich auf einem weiten offenen Feld ...*

„Okay ... ähm ... du kennst diese Leute. Jetzt sind zehn Leute im Raum."

„Elf."

„Was?" Ich hätte beinahe vor Frustration gekreischt.

„Es sind elf Leute im Raum. Ich plus die anfänglichen fünf ergibt sechs. Dann noch weitere fünf. Elf." Er klang äußerst zufrieden mit sich.

„Okay, wie auch immer. Konzentrier dich einfach, Wil. Du bist in diesem Raum mit elf – ich meine zehn anderen Leuten. Wie fühlst du dich?"

„Ganz okay. Das Esszimmer ist groß. Es ist nicht überfüllt."

Zumindest kamen wir weiter. „Alles klar. Jetzt kommen weitere zehn herein. Es sind jetzt ..." Ich zählte an meinen Fingern ab, um es herauszufinden.

„Einundzwanzig –"

„Einundzwanzig Leute im Raum."

Er zögerte. „Das Zimmer fühlt sich langsam voll an.“

„Gut … jetzt konzentrier dich. Ich will, dass du atmest.“

„Das tue ich. Ich würde in Ohnmacht fallen, wenn ich es nicht täte.“ Oder er würde in Ohnmacht fallen, weil ich ihn verprügle, was ich irgendwie tun wollte.

„Nein, atme auf diese besondere Art und Weise, die gute Art –“

„Die *richtige* Art?“

„Ja, stell dir vor, du bist mit diesen einundzwanzig anderen Leuten in diesem Raum …“

„Zwanzig anderen Leuten.“

„Du hast mir gerade gesagt, dass da einundzwanzig Leute im Raum wären.“ Fuck, das fing langsam an, sich wie ein Abbot und Costello Comedy-Programm anzuhören.

„Sind es. Ich und zwanzig andere Leute.“

Ich öffnete meine Augen und atmete laut aus, während ich mich auf den Rücken fallen ließ, um zur Decke hinaufzustarren. „Das funktioniert nicht.“

Einen langen Moment sagte er nichts. „Bist du böse auf mich?“

Tiefe Atemzüge. Atme das Gute ein und das Böse aus. „Nein. Ich bin nur frustriert. Das funktioniert offensichtlich nicht … nicht mir deiner wortgetreuen Denkweise. Wir müssen uns etwas anderes einfallen lassen, was bei dir funktioniert.“

„Es ist schon okay. Mir haben schon vorher Leute gesagt, dass ich nervig bin.“

„Ich werde dir nicht sagen, dass du nervig bist.“

Er versteifte sich. „Du denkst, dass ich ein hoffnungsloser Fall bin.“

Ich neigte meinen Kopf zur Seite und sah ihn an. „Tue ich nicht. Ich gebe *nie* jemanden so einfach auf. Ich bin eine Kämpferin, kannst du dich erinnern? Ich wurde in einem Krieg geboren." Ich klopfte leicht auf die Matte. „Komm, leg dich hier neben mich. Lass uns etwas anderes versuchen."

Er fügte sich langsam, bis er neben mir auf der Matte lag. Ich konnte ihn wieder riechen – diesen reinen, maskulinen Duft. Er erinnerte mich an unsere heißen Küsse, die wir in meinem Bett ausgetauscht hatten.

Ich schluckte, da ich plötzlich spürte, wie diese sexuelle Spannung zurückkehrte, wie eine Faust, die sich gleich unter meinem Bauchnabel ballte und mir einen süßen Schmerz bereitete. Vielleicht musste ich selbst etwas Meditation praktizieren. Dieser Kerl reizte mich – auf mehr als nur eine Art und Weise.

Ich drehte mich zu ihm und winkelte meinen Arm an, um meinen Kopf in meine Hand zu legen. „Woran liegt es, dass dich Menschenmassen so durcheinander bringen? Steckt da eine Geschichte dahinter?"

Er drehte seinen Kopf, um mich anzusehen, aber als sich unsere Blicke trafen, rollte er wieder auf den Rücken und blickte an die Decke. „Als ich in der Grundschule war, habe ich die Pause wegen all der Kinder gehasst. Sie haben mich schikaniert. Mich eingekreist."

Ich riss schockiert meinen Mund auf. „Sie haben dich gemobbt? Wieso war das erlaubt?"

„Sie haben mich niemals geschlagen oder verletzt – damals nicht. Sie haben mich aber gerne wahnsinnig gemacht. Sie sind alle miteinander in einem Kreis um mich herumgestanden und haben gebrüllt und verschiedene Sachen im Sprechchor gerufen.

Sie fanden es witzig, mir dabei zuzusehen, wie ich desorientiert wurde. Wenn irgendwelche Erwachsenen gefragt haben, was los war, sagten sie, dass wir alle ein Spiel spielten – dass ich damit einverstanden war. Ich hatte Panikattacken, wann immer die Glocke läutete und der Lehrer darauf bestand, dass ich für die Pause nach draußen gehe."

In mir baute sich ein übles Gefühl auf, als ich seiner Geschichte lauschte, die er mit beinahe emotionsloser Neutralität erzählte – als würde er mir von einer Geschichte erzählen, die er in einer Zeitung gelesen hatte. Ich blinzelte, da meine Augen stachen, als ich den Schmerz und die Verwirrung eines Kindes spürte, das versuchte, Dinge in Ordnung zu bringen und dabei von all den Sinnesreizungen, die ihm aufgezwungen wurden, überwältigt wurde. In gewisser Weise konnte ich das nachvollziehen, da ich hier in den Vereinigten Staaten in die erste Klasse gekommen war, ohne ein Wort Englisch zu sprechen. Es war überwältigend für mich gewesen, isolierend. Und ich konnte mich an Monate voller Angst und Verunsicherung erinnern. Aber das hatte nachgelassen, als ich mich angepasst hatte. Ich hatte die Fähigkeiten besessen, die Sprache schnell zu lernen. William hatte nicht so viel Glück gehabt.

„Scheiße, das ist furchtbar", sagte ich mit zitternder Stimme. Er starrte weiterhin an die Decke, aber erwiderte nichts. Aus einem Impuls heraus streckte ich mich und berührte seinen Arm. „Hey ... du bist jetzt hier ... nicht dort."

Er drehte sich um und sah mich an und dieses Mal zog er seinen Blick nicht weg. Es war beinahe, als wäre er sich nicht bewusst gewesen, dass seine Augen direkt in meine starrten. Aber *ich* war mir dessen bewusst und meine Atmung stoppte.

Unsere Verbindung knisterte leise in der Luft zwischen uns. Tränen sprangen mir in die Augen, als ich tief in diese dunkle Reflexion von roher Verletzlichkeit mit einem starken Hauch von Selbstverachtung blickte.

William war unschuldig – und nicht nur aus sexueller Sicht. Seine Gefühle, Emotionen, Auffassungen. Trotzdem schien es so, als hätte er all die Dunkelheit, die er gesehen und erlebt hatte, irgendwie als *seine* Schuld verinnerlicht. Diese verzerrte Logik war Teil der deplatzierten Last, die er sich auf die Schultern gehievt hatte. Und in diesem Moment konnte ich sehen, dass er aufgewühlt war.

Ich legte meine Hand auf seine kratzige Wange. „Es war falsch, was sie gemacht haben. Du konntest nichts gegen deine Reaktionen machen. Du bist nicht weniger wert als sie."

Seine Wange spannte sich unter meiner Hand an und er wich sofort zurück und setzte sich auf.

Ich drückte mich neben ihm hoch. „Was ist los?"

„Man muss mich nicht wie ein Kind beruhigen. Ich bin ein Mann."

Ich hielt inne, da ich nicht wusste, was ich sagen sollte. Ich fühlte mich, als würde ich in eine Falle laufen. „Ich habe Empathie gezeigt, Wil. Es tut mir sehr leid, dass du gemobbt wurdest. Das sollte keinem Kind passieren dürfen. Genau wie kein Kind in einer Stadt leben sollte, die bombardiert wird."

Er saß einen weiteren langen Augenblick da, immer noch angespannt. Ich kniete mich hin und legte eine Hand auf seine Schulter. Er riss sie weg. „Ich will gerade nicht berührt werden."

„Okay. Es tut mir leid."

„Krieg ist eine Tragödie. Autismus ist *keine* Tragödie."

Ich nickte. „Da stimme ich dir zu. Eigentlich denke ich, dass es in mancher Hinsicht ein Segen ist."

Er sah mich von der Seite an und versuchte wahrscheinlich herauszufinden, ob ich es ernst meinte oder nicht.

„Ich wünschte, ich könnte die Welt manchmal so sehen wie du", erklärte ich. „Ich wünschte, ich hätte deine Empfindsamkeit, auch wenn sie so intensiv ist, dass es schmerzt. Ich wünschte, ich könnte meine Talente bündeln, wie du es kannst. Es tut mir leid … ich wollte dich nicht beleidigen."

Er drehte seinen Kopf und sah zuerst mein Kinn an, dann meine Nase, dann meinen Mund. Dort blieb sein Blick haften. „Jenna", sagte er.

„Ja?"

„Ich will dich küssen."

„Hilf mir zu visualisieren, was du meinst. Würdest du mich auf die Lippen küssen … oder auf die Wange?", antwortete ich, da ich dem Drang, ihn zu necken, nicht widerstehen konnte.

Seine Augen ruhten mit unerschütterlicher Konzentration auf meinen Lippen. „Auf deine Lippen. Meine Lippen und deine Lippen."

Oh ja, bitte. Ich lächelte. „Wie lange? Wären es fünf Sekunden oder eher eine Minute?"

Er zögerte, aber er zog seine Augen nicht weg. Ich leckte mir über die Lippen, nur um ihn etwas zu quälen.

„Und wären unsere Münder offen oder geschlossen? Oder vielleicht halb offen? Wäre Zunge im Spiel? Wie viel Zunge?"

Eine weitere lange Pause. „Du ärgerst mich."

„Ich habe nur versucht, lieb zu sein … Bist du sauer?"

Er knurrte, streckte seine Hand aus, legte sie um meinen Nacken und zog meinen Kopf an seinen. Und dieser Kuss. *Dieser Kuss.*

Wow.

Seine Lippen liebkosten meine, sie drückten meinen Mund auf. Ohne Zeit zu verschwenden, glitt seine Zunge selbstbewusst hinein. Unsere bisherigen Küsse waren erstaunlich gewesen, aber *dieser* hier …

Er küsste mich, als hätte er es jeden Tag seines Erwachsenenlebens gemacht. Unsere Zungen verschlangen sich ineinander und wanden sich und mein Blutdruck schoss um ungefähr hundert Punkte hinauf. Mir war am ganzen Körper heiß. Erregung blühte feucht und kochend in meinem Zentrum auf und strahlte mit jeder Bewegung seines Mundes, mit jedem Sausen seiner Zunge, in meinen Körper aus. Schnell und unverfroren machte er mich zu seiner Sklavin.

Ungeachtet der Tatsache, dass er mir gerade gesagt hatte, dass er nicht berührt werden wollte, hoffte ich, dass er seine Meinung vielleicht geändert hatte. Ich lehnte mich nach vorne, legte meine Hände an seine Brust und ließ sie seine Vorderseite hinuntergleiten. Seine Brust war hart, fest, stark – die Brust eines Schmieds. Ich berührte ihn weiterhin fest, da ich wusste, dass er das bevorzugte.

Plötzlich spürte ich, wie seine Hand an meinen Bauch glitt und ihn mit dem gleichen tiefen Druck streichelte. Mein Magen überschlug sich und ich setzte mich vor ihm auf, sodass wir uns gegenüber saßen, und legte meine Beine über seine Oberschenkel.

Er küsste mich noch immer und seine Zunge erforschte meinen Mund mit der Furchtlosigkeit eines Astronauten auf einem neuen Planeten, der mehr von dem Drang, neue Dinge zu erleben, angetrieben wurde, statt von der Notwendigkeit auf Sicherheit zurückgehalten zu werden.

Als seine Hand weiterhin über meinen Bauch strich, bemerkte ich, dass sie sich jedes Mal langsam ein paar Zentimeter näher an den Rand meines BHs bewegte, bevor sie sich wieder senkte. Ich fuhr schamlos mit meinen Händen über seine Nippel und rieb sie durch sein Hemd hindurch, was er mit schneller werdender Atmung belohnte.

Ich riss meinen Mund von seinem und begann, erst sein raues Kinn und dann seinen Hals zu küssen, hinab zum Kragen seines Shirts und dann denselben Weg wieder hinauf. Sein Adamsapfel tanzte unter meinen Lippen und seine Hände glitten über meine Schulterblätter und drückten mich fest an ihn.

„Wil", hauchte ich. Er antwortete nicht, küsste mich jedoch weiterhin, von meinem Kiefer hinauf zu meinem Ohr. Dann nahm er mein Ohrläppchen in den Mund und liebkoste es liebevoll mit seiner Zunge. „Berühr mich … berühr meine Brüste." Meine Stimme bebte vor Verlangen.

Seine Hände auf meinem Rücken erstarrten und sein Mund fand seinen Weg zurück zu meinem. Wir küssten uns wieder und er nahm meine Brust in seine Hand. Mein Nippel wurde unter seiner Berührung sofort steif. Seine Handfläche rieb über die ohnehin schon empfindliche Knospe, was Hitzestöße von meiner Brust nach unten in mein Zentrum schickte und dieses Verlangen maximierte.

„Wil", flüsterte ich zwischen weiteren Küssen.

„Ja?", sagte er.

„Ich habe noch eine Brust. Und du hast noch eine Hand."

Das musste ich ihm nicht zweimal sagen. Seine andere Hand glitt um meinen Körper und fing an, meine vernachlässigte Brust mit Zuwendung zu überschütten. Als er seine beiden Daumen über meine Nippel rotieren ließ, wölbte ich den Rücken, um meine Brüste fester an seine Hände zu pressen. Alle Nervenenden in meinen Körper waren so fest gespannt, dass man auf ihnen eine Melodie hätte spielen können, wie ein Bogen, der über die Saiten einer Violine gezogen wurde.

Ich musste die Hitze seines Körpers an meinem spüren – dieses himmlische Gefühl von Haut auf Haut. Meine Hände fielen auf seine Taille, glitten unter sein Shirt und über seinen flachen Bauch. Seine Augen schlossen sich und seine Hände erstarrten. Ich war mir nicht sicher, ob das der Punkt war, an dem er sich zurückziehen würde, also nutzte ich meinen Vorteil aus.

„Zieh dein Shirt aus.“

Er öffnete seine Augen und sah meinen Mund an, dann ließen seine Hände lange genug von meinen Brüsten ab, dass er am Kragen seines Shirts ziehen und es über seinen Kopf ausziehen konnte.

Das hat ja nicht viel Überredungskunst gebraucht.

Ich lächelte, da ich zufrieden war, eine Schicht Kleidung näher an meinem Ziel zu sein. „Jetzt –“

Aber er griff ohnehin schon nach meinem Shirt und zog an meinem Ausschnitt. Ich nahm seine Hände und legte sie stattdessen auf den unteren Saum des Shirts.

„So machen das Mädchen.“

„Ich bin kein Mädchen.“

Ich lachte. „Aber ich bin eines.“

Mit einem Lächeln nahm er langsam den Saum meines Shirts und zog es hoch und über meinen Kopf. Dann fokussierten sich seine Augen auf die hervorstehenden Nippel, die durch den dünnen Stoff meines BHs zu sehen waren.

Es passierte. Es passierte wirklich.

Ohne weitere Hinweise von mir, kehrten Williams Hände zu meinen Brüsten zurück und er nahm sie über meinem BH in die Hände. Ich drückte mit einer Hand seinen Kopf hinunter, damit er mich küsste, während ich mit der anderen seine äußerst leckere Brust streichelte. Wow … wer hätte gedacht, dass ein moderner Schmied, der zum Ritter wurde, so heiß und sexy sein konnte?

„Jenna", murmelte er an meine Lippen, als er endlich hochkam, um Luft zu holen. Er sprach in stockenden Silben, also wusste ich, dass er versuchte, langsamer zu machen – was mir signalisierte, dass es Zeit war, aufs Gaspedal zu drücken.

Ich senkte meinen Mund auf seine Brust, küsste mich zu einem seiner Nippel hinunter und rotierte mit meiner Zunge darüber. Er schmeckte salzig und süß, wie Salzwasser-Toffee.

Sein Atem zischte durch seine Lippen und seine Finger fädelten sich durch mein Haar.

„Das fühlt sich so gut an", flüsterte er zitternd.

Ich widmete mich dem anderen Nippel und leckte und saugte daran. Er stieß ein befriedigendes Stöhnen aus, was ich deutlich bis in meine Zehen spüren konnte. Jeder Nerv und jeder Muskel in meinem Körper schrie jetzt förmlich nach Erlösung.

„Wil, ich will dich", sagte ich und küsste mich wieder seinen Hals hinauf.

„Ich will dich auch."

Ich griff nach hinten und öffnete mit einer Hand meinen BH – eine Fähigkeit, die ich mit etwas Übung gemeistert hatte – und ließ die Träger an meinen Armen hinuntergleiten. Nur Sekunden, nachdem ich mich von meinem BH befreit hatte, waren seine Hände auf meinen Brüsten und die raue und schwielige Berührung fühlte sich vorzüglich auf meiner empfindlichen Haut an.

Ich erhob mich, um ihn zu küssen. Seine Küsse wurden wilder, seine Zunge tauchte in meinen Mund ein und zwang meine mit der Wildheit seines Eifers zur Unterwerfung. Als wir voneinander abließen, war ich genau wie er außer Atem. Sein hübsches Gesicht war errötet und seine Augen dunkel vor Verlangen. Ich konnte erkennen, dass er dabei war, die Kontrolle zu verlieren.

Mein Plan, einen heißen, männlichen, jungfräulichen Adonis zu verführen, lief gut.

Langsam senkte William seinen Kopf und umschloss meinen Nippel mit seinem heißen Mund. „Ja", hauchte ich und spornte ihn an, da ich bereits gelernt hatte, dass er feine Andeutungen überhaupt nicht verstand. „Das gefällt mir sehr. Ich –"

Meine Worte erstickten in meiner Kehle. Es gab keine Worte. Nicht einmal Gedanken, nur der durchdringende, intensive Genuss seines Mundes, der an meinem Nippel saugte. Ich glaube, ich könnte vielleicht sogar vergessen haben zu atmen, denn verdammt, es war überwältigend. Verlangen fuhr durch mich wie ein Blitz.

Ich packte Williams Kopf und fuhr mit meinen Fingern in sein dichtes Haar, um ihn dort festzuhalten, wo er sich gerade befand. Hätte ich das nicht getan, wäre ich vielleicht zu einer hilflosen Pfütze aus sexueller Hitze auf dem Boden geworden.

Heilige Scheiße. Es lag nicht nur an seinen Küssen. Es waren seine Berührungen. Es war alles. Es war elektrisierend – und ich war süchtig.

„Oh, Wil, ich will es. So. Sehr.“

Sein Mund erstarrte für einen Moment, dann zog er sich zurück – nur Millimeter, aber es reichte aus, um meinen Atem vor Entzug stocken zu lassen. „Was ist *es*?“

„Was?“

„Du sagtest, du willst *es*. Was ist *es*?“

Da war ich wieder, ich hatte angenommen, dass ihm das Offensichtliche klar war. „Das hier ... uns. Ich will, dass wir zusammen sind.“

„Wir sind zusammen.“

„Nein, ich meine ... zusammen wie in ... Sex haben.“

Eine weitere Pause. Sein Atem tanzte über die Oberfläche meiner empfindlichen Brustwarze und ich zitterte wegen des Verlusts seiner Berührung. Ich strich mit meinen Fingern durch seine Haare, dann rieb ich meinen Daumen über seine Wange.

„Es ist in Ordnung, es zu wollen, Wil.“

Er wich zurück und ich bemerkte, dass sein Gesicht gerötet war. Er starrte auf meinen Hals und sagte: „Sag mir, dass du hier bleibst und nicht mit dem Ren Faire reisen wirst.“

Mir schwirrte der Kopf. „Ich – was?“

„Ich habe dir bereits gesagt, dass wir keinen Sex haben werden, wenn ich dir dann dabei zusehen kann, wie du gehst. Wenn wir das machen, will ich dein Versprechen, dass du bleibst.“

Seine Stimme war flach und kühl und brachte all meine sexuell geladenen Hoffnungen zum Einstürzen. Ich ließ mich auf meine Beine zurückfallen und sah ihn an. Er drehte sich um, schnappte sich sein Shirt und streifte es über seinen Kopf, doch es war verkehrt herum. Mit einem schwachen Fluchen bemerkte er seinen Fehler und mir wurde noch ein weiterer netter Blick auf seine Brust gegönnt, während er sich aufrichtete.

Ich weigerte mich, dies eine ausweglose Situation zu nennen. Ich wusste, dass er es wollte. Ich wusste, dass er wie jeder andere heißblütige Mann Mitte Zwanzig war. Und er war eindeutig erregt … Wie resolut konnte er eigentlich sein?

Ich lehnte mich auf meine Arme zurück und drückte meine Brüste in einem attraktiven Winkel nach vorne. Ich wurde belohnt, als Williams Augen sich auf meine Brust fixierten. Dann sah ich, wie Anstrengung über seine gut aussehenden Gesichtszüge huschte. Endlich schloss er seine Augen und lehnte sich zurück.

„Zieh deine Kleidung an", sagte er.

Ich ignorierte seine Forderung. „Wieso willst du nicht –"

„Ich habe nie gesagt, dass ich nicht will." Und der noch immer offensichtlichen Erektion in seiner Jeans nach zu urteilen, konnte er es kaum leugnen.

„Dann –"

„Aber wir werden das nicht tun. Nicht, bis ich dieses Versprechen habe. Und wenn ich es nicht bekomme, werden wir das nicht tun."

Ich würde seine Meinung ändern – früher oder später. Kein Mann, egal wie starrköpfig, war *so* stark. Außerdem erkannte er den Gefallen, den ich ihm tat, indem wir uns *nicht* banden, nicht. Schlechte Dinge neigten dazu, Menschen zu passieren, die mich liebten …

Ich schluckte und schob diesen Gedanken beiseite.

„Wir sind nicht im Mittelalter, Wil. Man ist dem anderen gegenüber nicht verpflichtet, nur weil man mit ihm schläft."

Er wurde angespannt. „Wenn du glaubst, dass das der Grund ist, dann hast du mich völlig missverstanden."

Ich zog eine Augenbraue hoch, da die Herausforderung in seiner Stimme mich wurmte.

Ich streckte mich, packte mein Shirt und meinen BH und legte beides auf meinen Schoß. Nach einem langen Augenblick öffnete er seine Augen, da er vermutlich annahm, dass ich mich angezogen hatte. Als er sah, dass es nicht so war, schloss er seine Augen nicht erneut.

„Auch wenn wir uns gerade vergnügen könnten ...

„Es geht nicht darum, sich zu vergnügen. Es geht darum, dass du danach davonläufst."

Da war es wieder. Es hatte mich heute schon einmal aufgebracht, als er es mir im Park vorgehalten hatte, und jetzt kotzte es mich einfach nur an.

„Du weißt überhaupt nichts über mich oder meine Vergangenheit, also ist es unverschämt zu sagen, dass ich weglaufe."

Er schüttelte den Kopf. „ Leute nennen meine ehrlichen Aussagen immer unhöflich. Ich wollte dir gegenüber nicht unhöflich sein. Aber was ist es dann, wenn du hier Menschen hast, die dich gernhaben, wie Alex und Mia ... wie mich. Und du willst einfach weggehen, ohne die Absicht jemals wieder zu kommen?"

„Ich –" Wie sollte ich das erklären? Ich hatte es immer als weiterziehen betrachtet, um den nächsten Regenbogen zu fangen. Um zu lernen und als Mensch zu wachsen. Um das Leben zu erfahren. Um nicht unterdrückt zu werden ... nicht an etwas oder jemandem zu hängen. Denn Bindungen konnten verletzen und Teile deines Herzens umbringen, indem sie diese Teile auf die schmerzhafteste Art und Weise zerrissen, wenn diese Bindungen dich für immer verließen.

Er würde es nicht verstehen.

Er *konnte* es nicht verstehen.

Und es machte keinen Sinn, darüber zu streiten, also machte ich, was ich am besten konnte. Ich wechselte das Thema.

Ich streckte mich und warf mich in Pose, indem ich meine nackte Brust ausstreckte. „Wil … ich will, dass du mich zeichnest. Wie eines deiner französischen Mädchen."

Sein Blick wanderte meinen Körper hinunter und erwärmte die Teile meines Körpers, die er berührte. „Habe ich bereits."

Ich leckte meine Lippen und lächelte. „So?"

Er antwortete nicht, aber Hitze stieg ihm ins Gesicht.

Ich setzte mich auf. „Du *hast*?"

Sein Gesicht war stoisch. „Ich verweigere die Antwort, mit der Begründung, dass ich mich belasten könnte."

„Du machst den fünften Zusatzartikel der Verfassung geltend? Hmm … jetzt muss ich es sehen. Ich schlage dir einen Deal vor. Ich werde mein Shirt wieder anziehen, wenn du es mir zeigst."

Er dachte lange darüber nach. „Ich könnte einfach ausharren, bis du nach Hause gehen willst. Dafür musst du dein Shirt wieder anziehen."

„Das stimmt. Aber bis dahin würde ich oben ohne in deinem Haus herumwandern, vielleicht sogar mit dir zusammenstoßen und gegen dich fallen. Du weißt schon … einfach schamlos sein."

Er starrte weiterhin wie hypnotisiert auf meine Brüste.

„Du willst sie noch einmal berühren, nicht wahr?"

Er stand auf. „Ich werde dir ein paar Zeichnungen zeigen, wenn du dein Shirt anziehst.“

Mit einem kleinen Geräusch des Triumphs tat ich, wie er verlangte. Aber in Wirklichkeit hätte ich so oder so gewonnen. Dass er mich wieder mit diesen großen, schwieligen Händen begrapscht hätte, hätte niemand als Niederlage definiert.

William gab mir die Kurzversion einer Führung durch seinen großen Bungalow. Als er mich in sein Atelier führte, das interessanterweise in seinem Schlafzimmer war, erklärte er, dass hier das Licht am besten war. Er hatte sogar ein extra Waschbecken und ein Trockengestell im angrenzenden Bad installiert, damit er seine Ausrüstung waschen konnte.

Der Raum war bestens ausgestattet, mit speziellen Werkzeugen und Gegenständen, die ich nicht einmal erkannte. Der Boden bestand aus poliertem Beton und es gab spezielle diffuse Lampen mit Filtern in verschiedenen Tönen, um die Beleuchtung anzupassen. Zudem hatte er Verdunkelungsvorhänge, die vor alle Fenster gezogen werden konnten. Es war ein schönes Zimmer und hätte ein wunderschönes Schlafzimmer hergegeben, aber als Atelier war es unglaublich.

Schränke und stehendes Zubehör säumten die Wände und eine Rolle mit verschiedenen Hintergründen hing von der Decke. Ein großer professioneller Zeichentisch dominierte den Raum, da er gleich unter der Deckenbeleuchtung platziert war. Auf dem Tisch standen eine Vielzahl von Pinseln, Farbpaletten, Boxen mit Zeichenkohle, Pastellfarben und Behältern mit speziellen Bleistiften und Radiergummis, alle perfekt aufgeräumt. Ich streckte mich nach einem glänzenden Metalllineal.

„Fass das nicht an", ermahnte er mich. Nachdem ein ernster Blick seine Stirn in Falten gelegt hatte, fügte er hinzu: „Bitte."

Meine Augen weiteten sich und ich zog meine Hand weg. Anscheinend war ihm das Studio heilig. „Ich sehe hier keine deiner Regeln hängen wie in deiner Schmiede."

„Das liegt daran, dass niemand – außer mir – hier reinkommen darf."

Ich blinzelte. „Mia sagte, sie war schon hier."

„Sie stand im Flur, genau wie jeder andere. Ich mag es nicht, Leute in diesem Raum zu haben."

„Willst du, dass ich mich an die Tür stelle?"

„Nein. Nur – wenn du nichts berühren könntest, wäre das gut."

Ich war ein bisschen überwältigt, dass ich den besonderen Status hatte, den Tempel des Künstlers zu betreten, während seine engsten Angehörigen es nicht durften. Hatte das ein gewisses Maß an Vertrauen offenbart? Bei dem Gedanken bildete sich ein Kloß in meinem Hals.

Ich zappelte auf der Stelle herum, dann stopfte ich meine Hände in die Hosentaschen, als wollte ich ihm versichern, dass ich mich benehmen würde. „Deal."

Er ging zu einer der Staffeleien, nahm eine leere Leinwand ab und stellte sie vorsichtig auf den Boden. Dann öffnete er einen großen Schrank und durchblätterte ein paar Zeichenbögen, ohne sie anzusehen. Es war, als wüsste er genau, wonach er suchte und wo es sich befand.

Er ging vom Schrank zurück zu der nun leeren Staffelei und stellte zögernd ein Bild darauf. Sobald ich sehen konnte, was es zeigte, wäre ich beinahe vor Schock umgekippt. Auf jeden Fall konnte ich nicht mehr atmen.

Es war ein absolut exquisites Acrylgemälde von mir ... *Heilige. Scheiße.*

Obwohl er angedeutet hatte, dass es peinlich sein könnte, war es das in Wirklichkeit überhaupt nicht. Das Bild war eine Nahaufnahme meines Kopfes und meiner Schultern und stellte mich über meine nackte Schulter blickend dar. Ich trug kein Shirt, aber da ich vom Betrachter abgewandt war, konnte man keine anatomischen Einzelheiten sehen. Selbst wenn er sich entschieden hätte, sich deutlicher auszudrücken, hätte ich mich in diesem Moment nicht noch besonderer fühlen können, selbst wenn Dégas höchstpersönlich mich ohne einen Faden am Leib gemalt hätte.

Er musste *ewig* dafür gebraucht haben und es war so liebevoll detailliert – der Schimmer in meinen Augen, die Haarsträhnen, die sich über meine Schultern ausbreiteten, die Rundung meines Ohrläppchens. Ich bemühte mich, Luft zu holen. „Ich kann mich nicht daran erinnern, dass du jemals ein Foto von mir geschossen hast. Wie – wie hast du das gemacht?"

Er schien von meiner unlogischen Frage verwirrt zu sein, aber antwortete trotzdem. „Ich male nicht nach Fotovorlagen. Fotos sind zweidimensional. Mein Gedächtnis erinnert sich an alles dreidimensional. Und ich habe dich oft genug gesehen, um mir die Details wieder ins Gedächtnis rufen zu können und dieses Bild zu erstellen."

„Ist das der Grund, weshalb du keine Nacktdarstellung von vorne gemalt hast? Weil du mich noch nicht nackt gesehen hast?"

Er sah weg und zuckte mit den Schultern.

Ich konnte meine Augen nicht von dem Bild nehmen. Ich fühlte mich deswegen innerlich merkwürdig – besonders, wie eine Königin. *Janja, ti si kraljica.* Diese Worte in Papas Stimme tauchten in meinem Kopf auf. Sie sagten mir, ich sei eine Königin. Bis zu diesem Moment hatte ich mich nie wieder wie eine gefühlt. Ich schluckte.

„Gefällt es dir?", fragte er.

Ich blinzelte mir die Tränen aus den Augen. *Ob es mir gefällt?*

„Es ist fantastisch. Ich bin nur so …"

„Was?"

„Überwältigt …" Ich schüttelte meinen Kopf. „Du bist toll, Wil."

Er antwortete nicht, aber er drehte sich wieder zu der Leinwand.

„Würdest du mich malen, wenn ich für dich posieren würde?"

„Nackt?" Ich lachte wegen seines schockierten Gesichts, was gut war. Es half diese starken Emotionen zu zerstreuen und das begrüßte ich. Denn diese Erinnerungen waren mit Schmerz verbunden. Und ich wollte mich nicht daran erinnern. Nicht jetzt.

„*Ja,* nackt … Ganz offensichtlich brauchst du mich für ein Portrait nicht hier zu haben."

Er sah von meiner Schulter zur Leinwand und wieder zurück. „Du musst nicht hier sein, wenn ich male."

Ich lächelte. „Okay, soll ich dann einfach jetzt für dich Modell stehen?" Ich tat so, als würde ich mein Shirt wieder hochziehen – vor allem, weil ich ihn ein bisschen ärgern wollte, aber auch, weil ich nicht über meine Ehrfurcht vor seinem Talent hinwegkam. Er triefte geradezu davon und ich war verwirrt und etwas ratlos, wie ich mich verhalten sollte.

Seine Augenbrauen hoben sich alarmiert. „Zieh dein Shirt nicht wieder aus. Ich habe gerade wieder alles unter Kontrolle", sagte er mit einem flüchtigen Blick auf seinen Schritt.

„Es tut mir leid … ich albere nur rum, weil ich mich unwohl fühle." Ich seufzte und ließ meine Arme an meine Seiten fallen. „Weißt du, es ist wirklich nicht fair."

„Was ist nicht fair?"

„Dass du gut aussehend, klug *und* wahnsinnig talentiert bist. Ich habe keine Ahnung, weshalb du der Meinung zu sein scheinst, dass du *irgendjemandem* beweisen musst, dass du würdig bist."

Seine Augen senkten sich und der schon bekannte besorgte Blick trübte seine Gesichtszüge. Würde er endlich darüber reden oder würde er weiterhin verschwiegen bleiben? Und was hatte das alles mit seiner Mutter und Disneyland zu tun?

Ich fand, dass dieser Zeitpunkt so gut wie jeder andere war, um ihn damit zu konfrontieren. „Ich habe eine Idee … wir sollten nach Disneyland fahren, um Spaß zu haben, während wir an deinem Problem mit Menschenmengen arbeiten."

Er versteifte sich und seine großen Hände ballten sich an seinen Seiten zu Fäusten. „Ich werde nicht nach Disneyland fahren."

„Hey, wenn du willst, dass ich dir helfe, musst du meinen Vorschlägen gegenüber offen sein. Wir müssen nicht einmal in die Nähe von Adventureland oder dem Jungle Cruise gehen, okay? Um ehrlich zu sein, wäre das für mich kein großer Verlust. Sie erzählen idiotische Witze und ich muss die *Rückseite des Wassers* nicht zum hunderttausendsten Mal sehen." Als er darauf nichts sagte, ging ich noch weiter. „Komm schon, Wil. Es ist der glücklichste Ort auf Erden. Da kannst du doch mit mir hingehen, oder nicht? Wir werden nur ein paar Stunden dort sein.“

Er holte tief Luft, dann atmete er aus.

„Wenn du nicht *ja* sagst, reiße ich mir mein Top wieder runter.“

Er streckte seine Hand abwehrend aus. „Okay, okay. Ja. Ich werde mitkommen.“

„Verdammt“, brummte ich missbilligend. „Irgendwie wollte ich, dass du sie wieder berührst.“

Dieses Mal belohnte er mich mit einer tiefen Farbe auf seinem Gesicht. „Dir macht es zu viel Spaß, mich zu ärgern.“

Ich lachte. „Nun, du wirst lernen müssen, mich ebenfalls zu ärgern.“

Sein ernster Gesichtsausdruck löste sich zu einem sanften Lächeln auf, bei dem ich gleich ein nervöses Gefühl im Bauch bekam. „Wann fahren wir?“

„Ich würde sagen, nächstes Wochenende, aber ich muss den ganzen Samstag arbeiten. Unter der Woche wäre es besser – und es wäre definitiv weniger los –, aber da musst *du* arbeiten.“

„Ich kann mir einen Tag Urlaub nehmen“, sagte er. „Sie werden nichts einzuwenden haben, weil ich mir nie frei nehme. Wir können am Mittwoch fahren.“

„Wir würden also deinen üblichen Zeitplan durcheinander bringen *und* an den Menschenmassen arbeiten. Zwei Fliegen mit einer Klappe. Das gefällt mir.“ Sein Gesicht trübte sich erneut, also fuhr ich fort. „Ich muss am Vormittag im Flüchtlingshilfezentrum arbeiten. Die Gruppentherapiesitzung endet um zehn. Wenn du früher kommst, könntest du teilnehmen, wenn du willst.“

Er sah aus, als würde er gleich nein sagen, also flitzte ich zu ihm hinüber und legte – ganz langsam, sodass er wusste, was ich tat – meine Arme um seinen Hals. Dann stellte ich mich auf meine Zehenspitzen und küsste ihn auf die Wange. „Bitte?"

Er stieß ein tiefes Seufzen aus. „Ich werde da sein. Gib mir einfach die Adresse."

Etwas später fuhr er mich nach Hause, und nachdem ich quasi fast das ganze Wochenende mit ihm verbracht hatte, fühlte es sich beinahe so an, als hätte er ein Loch in meinem Leben hinterlassen. Ich war erstaunt und ein wenig erschrocken darüber, wie sehr ich mich tatsächlich auf nächsten Mittwoch freute.

Kapitel Sechzehn
William

WIE JENNA MICH GEBETEN HATTE, KOMME ICH frühzeitig am Flüchtlingshilfezentrum an. Als ich an der Rezeption meinen Namen nenne und ihnen sage, weshalb ich hier bin, erwarten sie mich bereits. Ann, ihre Freundin, die ich bereits von der RMRA kenne, kommt heraus, um mich nach hinten zu begleiten.

„Sie ist gerade beschäftigt. Heute Morgen wurde es etwas emotional, also auch wenn ich denke, dass sie ursprünglich wollte, dass du dich mit in den Kreis setzt, wäre das wahrscheinlich gerade nicht das Beste."

Ich muss zugeben, dass ich erleichtert bin. Ich habe an ein paar Gruppenberatungsgesprächen teilgenommen, als ich noch ein Teenager war, und das ist nicht gut ausgegangen.

Als ich durch die Tür gehe, finde ich mich in einem großen Raum wieder, der wie ein Klassenzimmer mit Schreibtischen und Stühlen ausgestattet ist. Entlang der Wand befinden sich Computer sowie mehrere Couchen und bequeme Sessel neben Bücherregalen, die mit Romanen und Sachbüchern gefüllt sind. In der hinteren Ecke haben sechs Leute einen Stuhlkreis gebildet und unterhalten sich leise.

In der Nähe, direkt gegenüber des Kreises, steht Jenna neben einer jungen Frau, deren Kopf gebeugt ist. Sie unterhalten sich leise und das andere Mädchen – ein Teenager, glaube ich – tupft ihre Augen mit einem Taschentuch ab.

Ann erscheint an meiner Schulter und sagt leise: „Anchali hat Panik wegen schlechter Erinnerungen, die während der Sitzung hochgekommen sind. Jenna beruhigt sie gerade. Es wird eine Weile dauern."

Ich beobachte, wie Jenna die junge Frau besänftigt und dabei ihren Arm berührt, ähnlich wie sie es bei mir macht. Ich bemerke, dass sie diese Dinge, die ich schätze, auch mit anderen teilt. Und auch wenn ich mich dadurch weniger besonders fühlen könnte, tue ich es nicht.

Jenna mag es, anderen zu helfen. Sie ist aufgeschlossen und sieht Dinge aus verschiedenen Perspektiven. Und doch hat sie mir erst letzte Woche gesagt, dass sie wünschte, sie könnte die Welt wie ich sehen. Dieser Gedanke weckt ein warmes Gefühl in der Mitte meiner Brust.

Als ich sie jetzt beobachte, kann ich sehen, dass es ihr gefällt, anderen Menschen zu helfen. Und es ist sicher nicht einfach, hier in einem Flüchtlingszentrum Menschen zu helfen, wenn sie selbst noch immer solch furchtbare Erinnerungen an den Krieg hat, den *sie* miterlebt hat. Aber sie hört anderen zu, wenn sie ihre Geschichten erzählen, und hilft ihnen, wie sie nur kann.

Genau so, wie sie mir hilft. Und obwohl ich weiß, dass es zu ihrem eigenen Vorteil ist, dächte ich gerne, dass sie mir so oder so hälfe, auch wenn die Tiara nicht auf dem Spiel stände.

Ann spricht jetzt mit mir. „Kannst du mir mit Raul helfen? Jenna hat ihn gebeten, ein Schild zu erstellen, aber ich muss das Klassenzimmer für unsere nächste Sitzung vorbereiten." Sie zeigt auf einen jungen Mann mit schwarzen Haaren und bronzefarbener Haut, der an einem Zeichentisch sitzt.

Ich bin skeptisch, mich einem Fremden zu nähern, also gehe ich langsam und versuche auszuformulieren, was ich sagen werde. Welche Art von Hilfe braucht er? Er scheint etwas zu zeichnen. Als ich ihm näher komme, blickt er zu mir auf und sieht dann weg.

„Hallo. Ich bin William Drake. Brauchst du Hilfe?"

Ohne mich anzusehen, zuckt er mit den Schultern. Ich stehe einen Moment da und sehe ihm bei seiner Arbeit zu. Er erstellt einen ziemlich komplizierten Schriftzug in einem sehr modernen, urbanen Stil, der einigen der eher künstlerischen Graffitis, die ich an Betonmauern und Autobahnüberführungen gesehen habe, ähnelt. Ann sagte, es sei ein Schild für das Hilfszentrum, und es sieht so aus, als erstelle er einen Entwurf.

Ich stecke meine Hände in die Hosentaschen, da ich mir nicht sicher bin, was ich tun soll. Ich stehe weiterhin einfach da, bevor ich ihn unterbreche, um einen Vorschlag zu machen.

„Du hast eine interessante Schriftart erstellt. Aber wenn du die Buchstaben so überlappen lässt, dann sollte das untere Bein des *N* über dem *G* anstatt darunter liegen. Das ist ästhetisch ansprechender, wenn sich die Buchstaben alle auf die gleiche Weise überlappen."

Der junge Mann lehnt sich zurück und analysiert den Schriftzug einen Moment lang mit geneigtem Kopf. „Ich denke, das könnte gut aussehen."

Ich beuge mich nach vorne, um mir ein Blatt Papier und einen bedauerlicherweise stumpfen Bleistift zu schnappen, dann skizziere ich in groben Zügen, was ich meine. „Ich kenne mich nicht gut mit urbaner Kunst aus, aber so könnte das aussehen."

Der junge Mann verfolgt jede meiner Bewegungen, ohne ein Wort zu sagen. „Wie hast du das so schnell gemacht?“ Er spricht mit einem starken spanischen Akzent.

„Es ist nur ein Entwurf. Du kannst sicherstellen, dass du dein Wort auf der Seite zentrierst, indem du die Anzahl der Buchstaben in dem Wort zählst. Dann nimmst du den mittleren Buchstaben und fängst damit genau in der Mitte der Seite an. So.“ Als ich es demonstriere, legt er seinen Bleistift ab, um sich auf das zu konzentrieren, was ich tue.

„Wo hast du das gelernt?“, fragt er.

„Ich habe einfach viel gezeichnet – so wie du. Abgesehen vom Kunstunterricht war ich in der Schule nie gut. Ich habe es mit dem College versucht, aber das war nichts für mich. Die Dozentin dort hat jedoch gemeint, ich könnte privat mit ihr und einer Gruppe anderer Studenten üben. Du könntest mit Freunden zeichnen und lernen, indem ihr eure Arbeiten gegenseitig kritisiert. So habe ich es größtenteils gelernt.“

„Ich gehe noch auf die High School.“

„Geh dort in einen Kunstunterricht.“

„Aber lehren sie einen dort nicht nur Sachen, die man nicht machen will?“

„Du musst die Grundlagen lernen, um das machen zu können, was du machen *willst*. Es geht darum, deine Fähigkeiten und deine Technik aufzubauen.“

Ich gebe ihm noch ein paar weitere Tipps und dann zieht er ein paar Blätter aus seiner Heftmappe und zeigt mir ein paar seiner früheren Arbeiten. Sie sind beeindruckend. Ich frage ihn nach bestimmten Entscheidungen, die er getroffen hat, und stelle fest, dass ich auch neue Dinge dazulerne.

„Ich bin Raul", sagt er plötzlich und streckt seine Hand aus. Ich starre sie ein paar Sekunden lang an, bis ich realisiere, dass er will, dass ich ihm die Hand schüttle. Ich bin kein großer Fan von Händeschütteln, also halte ich meine für ein High-Five hoch und er lächelt und schlägt ein.

„Ich bin William."

„Wirst du hier unterrichten?"

„Ich bin nur hier, um Jenna abzuholen. Ich bin kein Lehrer."

Er neigt seinen Kopf zur Seite. „Du solltest einer sein."

Irgendetwas an der Art, wie er das sagt, löst in mir ein wohliges Gefühl aus. Er wendet sich erneut seinem Blatt zu und fängt an, mit meinen Vorschlägen ein neues Schild zu zeichnen. Dann steht Jenna an meiner Seite und beobachtet ihn.

„Hey, Raul", sagt sie. „Tut mir leid, dass ich mich nicht früher um dich kümmern konnte. Ich musste Anchali helfen."

Raul sieht auf. „Das ist schon okay, dein Freund hat mir geholfen. Er ist ziemlich gut. Ich müsste nur wissen, wie man einige dieser Wörter für das Schild, dass du haben willst, schreibt."

Jenna sieht mich aus den Augenwinkeln an, als sie sich hinunterbeugt, um einen Satz für Raul aufzuschreiben. Sie wird rot. Ich denke über Rauls Annahme, dass ich Jennas Freund bin, nach und auch davon bekomme ich ein warmes Gefühl direkt in meiner Brust. Denkt Jenna auch darüber nach?

Ich beobachte sie, als sie vorgebeugt ist, die Rundung ihrer Beine, ihren Po, ihre Hüften. Ich will, dass sie meine Freundin ist. Aber es geht um mehr, als nur eine Frau, die ich unglaublich begehrenswert finde, zu küssen oder mit ihr Sex zu haben. Ich möchte Zeit mit ihr verbringen. Ich will sowohl meine Tage als auch meine Nächte mit ihr verbringen.

Plötzlich möchte ich ihre Hand halten, also greife ich nach unten und nehme sie. Sie dreht ihren Kopf schnell zu mir, dann lächelt sie. Ihre Finger schließen sich um meine und dieses warme Gefühl in meiner Brust fängt an sich auszubreiten.

„Was hältst du von unserem Zentrum?"

Ich nicke. „Es ist ein sehr interessanter Ort. Ich wette, sie sind traurig, dass du gehst."

Rauls Kopf schießt hoch. „Du *gehst?*"

Jenna dreht ihren Kopf scharf in die Richtung des Jungen. „Keine Sorge, Raul. Ich gehe noch nicht so bald."

„Aber –", werfe ich ein.

„Wil, es ist Zeit zu gehen. Bye, Raul!" Sie zieht mich mit sich und winkt Ann zum Abschied zu, während sie ihr ein paar Anweisungen gibt. Dann packt sie ihre Sachen und sagt nichts mehr, bis wir den Parkplatz erreichen.

Seufzend sagt sie: „Wenn du noch einmal hierherkommst, sag bitte nichts darüber, dass ich gehe, okay?"

Jenna hält noch immer meine Hand, also festige ich den Griff. „Sie wissen es nicht?"

„Sie müssen es nicht wissen. Noch nicht. Ich werde ihnen Bescheid geben. Das Mittelalterfest verlässt die Gegend erst in zweieinhalb Monaten."

„Du hast nicht den Mut, es ihnen jetzt zu sagen?"

Ihre Augenbrauen ziehen sich zusammen. „Es geht nicht um Mut. Mensch, William. Manchmal bist du einfach so …"

„Schroff?" Das habe ich schon einmal gehört.

„Voreingenommen gegenüber den Entscheidungen anderer Leute. Ich habe gute, stichhaltige Gründe, um zu gehen."

Wegzulaufen, füge ich in Gedanken hinzu. „Du hast auch gute, stichhaltige Gründe zu bleiben", sage ich laut.

Sie lässt meine Hand fallen und atmet hörbar über den Mund aus. „Lass uns einfach ins Auto steigen."

Sie schweigt die meiste Zeit auf unserer Fahrt nach Disneyland und sitzt mit vor der Brust verschränkten Armen da. Also fange ich an, ihr von der urbanen Kunst, die Raul erstellt hat, zu erzählen, während ich auf ein paar Beispiele dafür hinweise, die ich auf unserer Fahrt durch Anaheim sehe.

Manche davon sind nur geschmacklose, hässliche Graffitis, aber es gibt auch ein paar Beispiele mit wirklich schönem künstlerischen Ausdruck. Es lässt mich hoffen, dass die Schöpfer dieser Kunst ihr Handwerk irgendwann auf eine professionelle Ebene bringen. Ich bemerke, wie gut es sich angefühlt hat, jemand anderem ein bisschen von meinem Wissen zu vermitteln – und dass er dieses Fachwissen, das ich geteilt habe, zu schätzen gewusst hat.

„Es hat mir gefallen, Raul etwas beizubringen."

„Gut. Unterrichten *kann* Spaß machen." Sie lächelt und ich könnte schwören, dass das Licht im Auto heller wurde.

„Hast du jemals darüber nachgedacht, Lehrerin zu werden?"

Sie sieht mich lange an. „Ja, habe ich tatsächlich. Vielleicht eines Tages … wenn ich mein Bedürfnis umherzuziehen gestillt habe."

Ich runzle die Stirn. Je weniger man darüber sagt, desto besser. „Ich war überrascht, Ann zu sehen. Ich hatte vergessen, dass sie mit dir zusammenarbeitet."

„Ja. So haben wir uns kennengelernt, und als ich angefangen habe, zur RMRA zu gehen, hat sie auch angefangen, sich sehr dafür zu interessieren."

„Ist sie auch ein Kriegsflüchtling?"

Jenna nickt. „Ja. Aus Somalia. Sie und ihre Familie sind dem Krieg dort entkommen, indem sie nach Kenia geflüchtet sind, bevor sie es in die Vereinigten Staaten geschafft haben."

Ich denke darüber nach, während wir weiterfahren. „Und Raul? Woher kommt er?"

„Honduras. Sie waren den ganzen Weg aus Mittelamerika größtenteils zu Fuß unterwegs. Seine Mutter kam auf der Reise hierher ums Leben. Es war schrecklich."

Ich stelle mir Ann und Raul und ihre Familien vor, die durch den Dschungel oder die Wüste marschieren, um Sicherheit zu finden, und ich bin plötzlich traurig, dass andere in solch bedauernswerte Situationen hineingeboren wurden. Wie zum Beispiel Jenna. Ich kann mir nur vorstellen, dass sie in den ersten fünf Jahren ihres Lebens mehr Tod und Grauen gesehen hat als ich in meinem ganzen Leben – inklusive in Filmen. Ich realisiere, wie viel Glück ich habe, vor allem, als ich an die Nachrichtenberichte über die Flüchtlinge aus Syrien denke, die unter ähnlichen Umständen fliehen.

„Wie war deine Reise?", frage ich.

„Hä? Oh, du meinst aus Jugoslawien?"

„Ja, war es bei dir auch so? Zu Fuß?"

Sie hält einen Moment inne und blickt aus dem Fenster. „Nein, wir kamen in Sarajevo auf einen Lastwagen – meine Tante, meine Schwester und ich – und wurden nach Zagreb in Kroatien gefahren. Unterwegs kamen wir an einem Kontrollpunkt vorbei und …" Sie schaudert und schüttelt ihren Kopf. „Jedenfalls war sie überhaupt nicht wie Rauls Reise. Wir hatten ein paar Verwandte in Zagreb und sind dort geblieben, bis wir nach Amerika fliegen konnten. Ich hatte Glück."

Nachdem ich ihre Geschichte und ein paar der Dinge, die sie durchlebt hat, gehört habe, finde ich nicht, dass sie so viel Glück hatte, wie sie denkt. Ich glaube einfach, dass sie stark ist. Unglaublich stark.

Und wunderschön – nicht nur von außen betrachtet, sondern bis hinein zum Kern dessen, was *sie* ausmacht. Jenna hilft Menschen und sie ist barmherzig ... man muss kein professioneller Künstler sein, um diese Schönheit anzuerkennen.

Ich hoffe, dass ich sie für mich gewinnen kann und dass sie bleiben wird, wenn ich beweise, dass ich würdig bin. Denn je mehr Zeit ich mit ihr verbringe, desto mehr will ich sie für immer bei mir haben.

Aber jetzt ändern sich meine Gedanken, da wir in das riesige „Mickey und Freunde"-Parkhaus fahren, dass den Parkbesuchern zur Verfügung steht. Mir dreht sich der Magen um, mein Herz rast und ich atme schnell. Und obwohl es dem, was Jenna durchlebt hat, nicht einmal nahe kommt, bin ich noch immer voller Furcht bei dem Gedanken, einige meiner eigenen Kindheitsschrecken erneut zu durchleben.

Kapitel Siebzehn
Jenna

WIR ENTSCHIEDEN UNS DAGEGEN, DIE ÜBERFÜLLTE Straßenbahn vom Parkhaus aus zu nehmen. Durch den Spaziergang würde der Übergang eher allmählich stattfinden und so wahrscheinlich weniger Angst verursachen. Glücklicherweise waren nicht so viele Leute da, weil es mitten unter der Woche im April war und der Park zu dieser Zeit nicht annähernd so gut besucht war wie in der Hochsaison.

Aber William schien trotzdem angespannt zu sein, also entschied ich mich, ihn von seinen Ängsten abzulenken. „Wie kommt es, dass dein Dad und Adam dich *Liam* nennen? Du scheinst das nicht besonders zu mögen."

„Es ist ein Spitzname in der Familie."

„Ah, *nur* für Familie?"

„Familienmitglieder und alte Freunde haben mich Liam genannt, als ich jünger war. Sie sind den Namen gewohnt. Aber ich bevorzuge William."

„Oh, dann sollte ich dich also nicht Wil nennen."

„Wil ist okay – wenn *du* mich so nennst."

Ich lächelte. „Ich bin also die Einzige, die dich Wil nennen darf?"

„Nun, ich kann ja nicht wirklich jemanden davon abhalten, mich Wil zu nennen."

„Würdest du mich abhalten wollen?" Ich neigte meinen Kopf mit gehobener Augenbraue zu ihm hoch.

„Es kommt darauf an."

„Auf was?"

„Wie du es sagst. Wenn du verärgert bist oder schreist, wäre es mir lieber, wenn du ihn gar nicht benutzt."

Ich lachte und er lächelte. Dann griff er nach meiner Hand und ich nahm sie und drückte sie zur Bestärkung – meine stille Art *Du schaffst das* zu sagen.

„Jenna ist eigentlich mein Spitzname", fuhr ich fort und bemerkte, dass er entspannter war, wenn er mit mir sprach. „Aber er wurde zu meinem rechtmäßigen Namen, als ich als Staatsbürgerin der Vereinigten Staaten eingebürgert wurde."

Überrascht drehte er seinen Kopf zu mir. „Wirklich?"

„Ja, ich habe ihn gewählt, als ich hierhergekommen bin und mit der Schule angefangen habe. Er ist meinem wirklichen Namen, Janja, ziemlich ähnlich. Die Leute haben ihn falsch ausgesprochen. Es wird *Jan-ja* geschrieben, aber die Amerikaner sagten *Dschen-dscha*. Ich war jung und es hat mich gestört, also habe ich ihn geändert." Ich zuckte mit den Schultern.

Er runzelte die Stirn, sagte aber nichts.

„Was ist los?"

Er schüttelte den Kopf, als wir nebeneinander hergingen, und hatte seine freie Hand in seine Hosentasche gesteckt. „Ich habe nur gerade bemerkt, dass ich so viele Dinge über dich nicht weiß. Und es macht mich traurig, wenn ich daran denke, dass es noch so viel mehr gibt, das ich niemals wissen werde."

Ich blinzelte und war mir plötzlich eines leichten Schmerzes in meiner Brust und einer leisen Stimme in meinem Kopf bewusst, die mir sagte, dass es so besser war. Es würde weniger wehtun.

„Wie spricht man meinen Namen auf Bosnisch aus?", fragte er.

"Vilijam", antwortete ich.

„Und das würde man zu Vil verkürzen? Jemand könnte mich stattdessen vielleicht *Vile* nennen. Da gefällt es mir auf Englisch besser."

Ich lachte und war erleichtert von der Unbeschwertheit. William konnte ein lustiger Kerl sein, was ein starker Kontrast zu seinem stoischen, ruhigen Verhalten war. Mit ihm lachte ich mehr, als ich mit den meisten Kerlen, die ich datete, gelacht hatte.

Wir näherten uns schnell dem Eingang des Parks. „Okay, die erste Hürde wird der Ticketverkauf sein", sagte ich und drückte seine Hand erneut. „Dort befindet sich ein Drehkreuz, also werden sich die Leute in einer Reihe aufstellen. Es könnte dort vielleicht etwas viel los sein."

Wir verließen Downtown Disney und William blickte an den Geschäften und Restaurants vorbei zum Eingang des Parks, der nun vor uns lag. „Zuerst werden sie an dieser Station dort in deine Tasche schauen", sagte er und deutete auf die Station, an der die Taschen kontrolliert wurden. „Dann werden sie am Tor unsere Tickets nehmen. Ich habe die komplette Prozedur im Internet nachgeschaut, sodass ich mich vorbereiten und jedes Ergebnis voraussehen konnte. Ich habe mir auch eine Karte des Parks eingeprägt."

Ich folgte seinem Blick. „Das stimmt. Und danach werden wir an den *Mickey Mouse-* Blumen im Vorgarten gleich unterhalb des Bahnhofs vorbeigehen, dann durch den Tunnel zur Main Street USA. Dort beiben normalerweise immer eine Menge Leute stehen, um Fotos zu machen."

Er nickte. „Du kennst dich an diesem Ort wirklich gut aus."

„Alex hat hier mal gearbeitet. Sie hat mich die ganze Zeit reingeschmuggelt. Zumindest nachdem ich ihr die Geschichte erzählt habe."

„Welche Geschichte?" Er neigte seinen Kopf und war eindeutig interessiert.

„Als meine Mutter und mein Vater mir anfangs gesagt haben, dass sie meine Schwester und mich hierher schicken und wir hier leben sollten, wollte ich das nicht." Ich zuckte mit den Schultern. „Also haben sie sich mit mir zusammengesetzt und gesagt, dass ich in der Nähe von Mickey Mouse leben würde und ob das nicht eine tolle Sache wäre?"

„Hat dich das überzeugt?"

Du musst tapfer sein, meine kleine Tochter. Ich schluckte, als Papas Stimme in meine Gedanken eindrang. Die Disneyland-Geschichte war die Geschichte, die ich normalerweise jedem erzählte. Es war die Wahrheit. Nur nicht die ganze Wahrheit. Soweit meine Freunde wussten, war das der Grund, weshalb ich eingewilligt hatte, meine Eltern und mein Land zu verlassen.

Aber es war nicht die ganze Geschichte.

„Sicher, mehr oder weniger." Ich zuckte erneut mit den Schultern und wollte plötzlich das Thema wechseln. Bei dem Gedanken, William anzulügen, wurde ich kribbelig und mir wurde unwohl. Aber er war neugierig, das konnte ich erkennen, und wir waren dabei, es ohne einen Vorfall durch die

Ticketschlange zu schaffen. Also sprach ich weiter. „Ich wollte eine Prinzessin sein, wie Arielle oder Jasmin. Anscheinend hatte ich immer davon gesprochen, auch wenn ich mich nicht mehr daran erinnern kann. Maja hat mich ständig damit aufgezogen, als wir jünger waren."

„Maja hat also auch hier gelebt. Wann ist sie zurückgegangen?"

„Als ich sechzehn war und sie zweiundzwanzig, sind wir für einen Sommer zurückgeflogen. Meine Mutter hat uns gebeten zu bleiben und das hat sie getan. Ich kam zurück in die Vereinigten Staaten."

„Deine Mutter musste dich also dazu überreden, in die Vereinigten Staaten zu gehen, als du fünf warst, aber sie konnte dich nicht dazu überreden, in Bosnien zu bleiben, als du sechzehn warst?"

Ich warf ihm einen flüchtigen Blick zu, da ich von seinem Wahrnehmungsvermögen beeindruckt war. „Ja. Ich war fest entschlossen hier zu bleiben."

„Wieso?"

„Nun …" Ich blickte ihn kurz an, sah dann weg und gab ihm ein Zeichen, sich vor mich in die Reihe zu stellen.

Wir waren gerade dabei, durch das Drehkreuz zu gehen, als William zurückschreckte. Die Person in der Reihe hinter mir stieß gegen mich, woraufhin ich wiederum gegen Williams gut gebauten Hintern stieß. Nicht, dass es mir etwas ausgemacht hätte. Er hatte einen tollen Hintern.

„Tut mir leid! Geht es dir gut?", fragte ich.

„Ähm", sagte er nur. Seine Hände fingen an, an seinen Oberschenkeln auf und ab zu reiben. *Hatte er gerade Panik?*

Ich wandte mich schnell an die Leute hinter mir und bat sie, das Drehkreuz neben uns zu benutzen, dann stellte ich mich an Williams Seite.

„Hey! Du kennst das Ende meiner Geschichte noch nicht. Ich werde durch das Drehkreuz gehen und wenn du das Ende hören möchtest, musst du mir folgen."

Stirnrunzelnd starrte er das Drehkreuz an. Ich gab der Ticket-Lady unsere beiden Eintrittskarten und ging dann langsam hindurch. Dann drehte ich mich um und rief: „Denk nicht daran, Wil. Denk einfach nur daran, wie sehr du meine Geschichte hören willst."

Er sah auf und schaute mir tapfer in die Augen. Ich lächelte und nickte ihm zu und er schluckte sichtbar. Dann ging er durch das Drehkreuz, ohne es mit seinen Händen zu berühren.

Wir ignorierten die Ticket-Lady, die uns anstarrte, als wären wir Aliens. William kam mir entgegen, wobei seine Augen kein einziges Mal von meinen abließen, und lächelte dann.

„Jetzt erzähl mir diese Geschichte."

Kapitel Achtzehn
William

„HIGH FIVE!", SAGT SIE, WÄHREND SIE IHRE HAND hochhält, und ich schlage ein. Dann will sie mich umarmen. Ich mache instinktiv einen Schritt zurück, nicht weil ich Umarmungen nicht mag, sondern weil ich überraschende Umarmungen nicht sehr gut aufnehme. Es ist erschreckend, wenn Leute ihre Hände ausstrecken, um mich ohne vorherige Ankündigung anzufassen.

Jennas Augen weiten sich, als sie meine Reaktion sieht. „Es tut mir leid."

„Ich bevorzuge es, wenn ich zuerst gefragt werde."

„Nach einer Umarmung? Okay. Verstanden."

Wir gehen auf einen der beiden Tunnel zu, die unter den Bahngleisen verlaufen und zu dem Hauptplatz führen. Die Wände dort sind künstlerisch gestaltet – stilisierte Poster aus den fünfziger und sechziger Jahren, die für verschiedene Attraktionen im Park werben. Ich bleibe stehen, um sie einen Moment zu bewundern, und sie steht dabei neben mir. „Das könntest du besser."

Es stimmt, das könnte ich. Aber ich habe nicht vergessen, weshalb ich ursprünglich durch dieses elende Drehkreuz gegangen bin, wobei die Gefahr, darin stecken zu bleiben, noch immer genauso groß war wie damals, als ich sechs war und von meiner gereizten Mutter durchgezogen wurde.

„Also, wirst du mir sagen, weshalb du beschlossen hast, in die Vereinigten Staaten zurückzukehren?"

Sie blickt mich an. „Oh, nun, das ist eigentlich ziemlich das Ende der Geschichte."

„Aber du hast gesagt, dass du mir sagen würdest, weshalb."

Sie nickt und dreht sich um, wodurch sie andeutet, dass wir den kurzen Tunnel verlassen sollten. Er bringt uns auf den runden Markplatz hinaus. Von hier aus führt eine Straße zum Rest des Parks. Es gibt eine Pferdestraßenbahn, die den Platz umrundet, und ich mache einen weiten Bogen darum, als wir vorbeigehen. Pferde sind mir auch unheimlich, vor allem große wie dieses glänzend schwarze Zugpferd.

Ich nehme die Gebäude, die die kurze *Straße* säumen, zur Kenntnis und denke mir, dass ich diesen Ort hier irgendwann gerne einmal zeichnen würde. Natürlich würde ich das nicht hier tun. Also präge ich mir so viele Details ein, wie ich nur kann, um sie später wieder abrufen zu können. Das hilft mir auch dabei, mich weiterhin davon abzuhalten, die Leute, die hier herumlaufen, zu bemerken. Zum Glück sind nicht genug von ihnen hier, um es eine Menschenmenge zu nennen.

„Ich bin zurückgekommen, weil ich verliebt war."

Ich richte meine Augen auf Jennas Gesicht. Es ist schwer zu sagen, ob sie Scherze macht, aber sie lächelt oder lacht nicht. Ich muss eine Person wirklich gut kennen, um ihre Körpersprache und deren Bedeutung zu verstehen. Ich kann die von Adam, Britt und meinem Dad größtenteils lesen, aber Jenna ist mir immer noch zu ungefähr siebzig Prozent ein Rätsel.

„In wen warst du verliebt?"

Sie zuckt wieder mit den Schultern. „In einen Jungen. Hey, wir sollten zum Rathaus gehen und herausfinden, welche Attraktionen Drehkreuze haben, sodass wir sie meiden können. Außer … du willst heute auch daran arbeiten?"

Ich blicke finster drein, als ich mir das Drehkreuz erneut vorstelle und diese Angst, darin stecken zu bleiben oder entzweit zu werden, im Geiste noch einmal erlebe. Ich schüttle meinen Kopf. „Eins nach dem anderen."

„Ich bin gleich wieder da." Nach ein paar Minuten kehrt sie mit einer Liste in der Hand wieder zurück. „Anscheinend bist du bei Weitem nicht die einzige Person, die ein Problem mit Drehkreuzen hat! Sie hatten diese Liste schon vorbereitet."

Das sagt sie, damit ich mich besser fühle, nehme ich an. Als würde ich mich irgendwie besser fühlen, wenn ich weiß, dass all diese anderen Leute dieselbe Angst haben. Ich denke einen Moment darüber nach und bin überrascht, dass ich mich tatsächlich etwas besser fühle. Jenna ist gut darin, mich zu beruhigen, und hilft mir dabei, mich weniger wie der Freak zu fühlen, der ich bin.

Bald gehen wir einen der Bürgersteige auf der Main Street hinauf zu dem berühmten Süßigkeitenladen. Ich kann den Duft von Vanille in der Luft riechen.

„Hast du gewusst, dass Walt Disney diese Straße so entworfen hat, dass sie länger aussieht, als sie eigentlich ist?", fragt sie.

„Das wusste ich. Und du hast das Thema gewechselt."

Sie wirft mir einen Blick zu und sieht dann wieder weg, wobei sie ihre Hände in ihre Gesäßtaschen stopft. „Habe ich. Weil es zu dieser Geschichte wirklich nicht viel mehr zu sagen gibt. Es gab einen Kerl. Wir hatten uns in der Junior High School kennengelernt. Als ich zu Besuch nach Bosnien zurückkehrte, waren wir ein paar Jahre zusammen. Ich beschloss, in die Vereinigten Staaten zurückzukehren, während meine Schwester und meine Tante dort blieben. Als ich zurückkam, zog ich mit ihm und seiner Familie zusammen. Zwei Jahre später kam er bei einem Autounfall ums Leben."

Ich mache ein finsteres Gesicht. „Das ist traurig. Er war jung."

„Ja." Ich studiere ihr Gesicht, versuche festzustellen, ob sie traurig ist. Trauer ist eine merkwürdige Sache. Sie schmerzt die kurzen Tage und Monate danach wie ein Messerschnitt, verblasst irgendwann zu einer Sehnsucht, dann zu einer winzigen Erinnerung und Kummer.

„Wie hieß er?"

„Sein Name war Braco, aber in diesem Land hieß er Brock. Seine Familie stammt aus Serbien, aber sie lebt hier. Ich stehe ihr immer noch nahe. Sie ist für mich wie meine eigene Familie."

Ich weiß nicht, wie ich darauf antworten soll, also gehe ich weiter und sie fährt bald fort. „Genau genommen fliege ich diesen Sommer mit ihnen nach Belgrad und reise dann zur Hochzeit nach Sarajevo."

„Aber du wirst zurückkommen, damit du mit dem Ren Faire reisen kannst?"

„Ja." Sie zeigt nach vorne zu der Burg. „Sieh nur, Sir William, ich glaube, diese Burg muss verteidigt werden! Sollen wir hingehen und sehen, ob du das Schwert aus dem Stein ziehen kannst?"

Ich spotte. „Das ist für Kinder."

„In Disneyland ist jeder ein Kind, Wil. Das ist ja das Schöne daran."

„Nun, ich mache nichts mit verkleideten Leuten. Die sind gruselig."

„Die Figuren?"

Ich schaudere. „Ja, die müssen wir meiden."

Sie lacht. Ich liebe es, wie sich ihr Lachen anhört. Es ist melodisch. Und in solchen Momenten wünsche ich mir, dass ich ein Geräusch oder eine Emotion malen oder zeichnen könnte – dass ich sie so klar erfassen könnte, wie ich die Dinge, die ich sehe, erfassen kann.

Wir schaffen es ohne Vorfälle am Schwert im Stein vor dem *König Artus*-Karussell vorbei und durch den Rest von Fantasyland. Und zum Glück sind nirgends verkleidete Figuren.

Ich stelle fest, dass meine Herausforderungen mit Menschenmassen am schlimmsten sind, wenn wir vor den beliebteren Attraktionen in einer langen Reihe anstehen müssen. Jenna nutzt diese Gelegenheiten, um mit mir Visualisierung zu üben, und ich bin froh, sagen zu können, dass es größtenteils funktioniert.

Eines der Fahrgeschäfte ohne Drehkreuz, die sie gefunden hat, ist Pirates of the Caribbean und an diesem Fahrgeschäft finde ich letzten Endes großen Gefallen. Mein Lieblingsteil davon ist, Jenna zu beobachten, wie sie neben mir sitzt und die ganze Fahrt über die Lieder mitsingt. Am Ende der Fahrt bin ich froh, dass wir hierhergekommen sind. Es ist nicht annähernd so schlimm, wie ich angenommen hatte.

Wir gehen jedoch nicht in die Nähe des Adventureland und nach dem Abendessen beschließen wir, noch ein paar Mal Space Mountain und Star Tours zu fahren. Ich denke, sie ist langsam erschöpft.

Wir kommen gerade aus der Geistervilla, als sich im Nu alles ändert.

Es sind Geräusche wie Blitz und Donner über unseren Köpfen zu hören. Erschrocken sehen wir beide nach oben und ich schlage meine Hände über meine Ohren. Ich greife nach irgendetwas, um mich zu beruhigen, als ich aus meinem Augenwinkel sehe, dass Jenna auf dem Boden kauert.

Ist sie krank? Verletzt?

Ihr Körper ist zusammengerollt und sie umklammert ihre Knie mit ihren Armen und drückt sie an die Brust. Leute, die aus dem Fahrgeschäft kommen, gehen an uns vorbei und rempeln uns an, aber ich mache mir zu viele Sorgen um Jenna, als dass ich mir um irgendwen von ihnen Gedanken machen könnte. Ich beuge mich zu ihr hinunter und frage: „Geht es dir gut?"

Zitternd und wimmernd schaukelt sie hin und her und zieht ihren Kopf ein.

Mir gefriert das Blut in den Adern und meine Gedanken rasen, als ich versuche herauszufinden, was ich tun soll.

Kapitel Neunzehn
Jenna

"Jenna…" Auch wenn sein Mund an mein Ohr gepresst war, konnte ich William kaum durch den Nebel meines blanken Horrors hören.

Meine Gedanken steckten in der Vergangenheit – zwanzig Jahre zuvor – fest, waren als Geisel in den Momenten zwischen den Explosionen gefangen. Meine Augen schlossen sich fest, ich fuhr bei jedem neuen himmelspaltenden Knall zusammen und ich atmete so schnell, dass mir schwindlig wurde. Gerade als ich dachte, dass ich in Ohnmacht fallen könnte, schließen sich Arme fest um mich.

"Papa! Papa! Pomozi nam!"

Es ist das dritte Bombardement diese Woche. Wir sind seit letzten Donnerstag nicht in der Lage gewesen, Wasser zu holen. Mama sagt, wir können uns nicht waschen, bis sich die Lage beruhigt. Wir haben fast keine Kerzen mehr, also weine ich jeden Abend bei Sonnenuntergang aus Angst vor der Dunkelheit. Und dieses Mal kommt die Bombardierung in der Dunkelheit…

Plötzlich bewegte ich mich, aber nicht mit eigener Kraft. Diese Arme waren noch immer um mich geschlungen und hielten mich fest an eine harte, breite Brust. Ich konnte Williams warmen Atem auf meinem feuchten Gesicht spüren.

„Es tut mir leid, Sir. Sie können hier nicht durchgehen – "

„Wir gehen wieder hinein", sagte er mit wilder Entschlossenheit. „Sie hat Angst vor dem Feuerwerk."

Die Stimmen klangen so weit entfernt und ich konnte nur daran denken, ob ich stark genug war, meinen nächsten Atemzug zu machen oder nicht. Erstaunlich, wie Geräusche einen in seinen schlimmsten Albtraum zurückversetzen konnten. Und wenn das geschah, konnte man nur noch das hören oder sehen. Es war, als wäre ich wieder dort gewesen, in dieser kleinen Wohnung, in der ich versuchte, Maja zuzurufen, und sie mir nicht antwortete. Der Geruch von Putz und altem Tapetenkleister drang in meine Nasenlöcher ein.

„Folgen Sie mir durch den Ausgang", sagte eine Stimme.

Das Dröhnen, Knallen und Schießen ging weiter, aber die furchterregenden Geräusche wurden leiser. Ich öffnete meine Augen gerade weit genug, um zu sehen, dass wir uns wieder im Ausgangsbereich der Geistervilla befanden.

William sprach leise und küsste mein Haar. Mit einem Wimmern schmiegte ich mich an ihn. Ich war noch nicht bereit, schon wieder eine Erwachsene zu sein. Ich schloss meine Augen und drückte meine Wange an sein Schlüsselbein. „Wil …"

„Halt dich an mir fest, so lange du willst", flüsterte er in mein Ohr. Ich war mir der Menschenmenge, die an uns vorbeiging, kaum bewusst. Das Pochen meines Herzens und mein verzweifeltes Atmen waren die einzigen Geräusche, die ich hören konnte.

„Lass mich bitte nicht los", sagte ich durch meine klappernden Zähne.

„Werde ich nicht. Werde ich nie."

„Können – können wir einfach hierbleiben, bis sie aufhören?"

Es gab noch eine weitere Diskussion mit jemandem, den ich nicht sehen konnte, und dann sprach William wieder in mein Ohr. „Das Feuerwerk sollte in ungefähr sechs Minuten vorbei sein."

„Göttin sei Dank", sagte ich.

„Willst du jetzt aufstehen?"

„Nein … wenn das für dich in Ordnung ist."

„Du wiegst nicht mehr als meine Rüstung. Es ist in Ordnung."

„Ich bin dir so dankbar." Ich genoss das Gefühl seiner festen Arme um mich und seiner harten Brust an meiner Wange. Ich entspannte mich und schloss meine Augen.

Ich hätte eine Woche lang hierbleiben und mich von ihm festhalten lassen können, obwohl seine Arme bis dahin sicherlich aufgegeben hätten. Er hätte es wahrscheinlich trotzdem versucht. Ich lächelte bei dem Gedanken.

„Ich habe kaum etwas getan", antwortete er.

Ich erzwang ein kleines Lachen. „Wir sind heute hierhergekommen, um dir zu helfen, und am Ende hast *du mir* geholfen."

Er schwieg einen Moment, dann fragte er leise: „Geht es dir wieder besser?"

Ich nickte und dieses diffuse Gefühl von alten Erinnerungen verschwand langsam zusammen mit der Panik. „Ich habe die Feuerwerk-Show völlig vergessen. Normalerweise halte ich mich währenddessen entweder in einem Geschäft oder in einer Attraktion auf, oder drüben in dem anderen Park, California Adventure, wo das Feuerwerk weiter weg ist. Es bringt eine Menge Erinnerungen hoch. Schlechte Erinnerungen."

„Hat sich das Bombardement so angehört?"

Jetzt, da das Knallen leiser geworden war, konnte ich sachlicher darüber nachdenken, was passiert war, und darüber sprechen, wie ich es immer tat – als wäre es jemand anderem passiert. „Es hat sich beinahe genauso angehört. Und ich höre es manchmal immer noch in meinen Alpträumen." Ich atmete tief aus. „Wir haben jeden Tag von einem Nachbarn oder einem Freund gehört, dessen Haus komplett zerstört worden war. Es hat sich angefühlt, als wäre man ein wehrloses Opfer, das auf seinen eigenen Untergang wartet."

William küsste erneut mein Haar und ich schmiegte mich an ihn. Und allem Anschein nach konnte ich nicht aufhören zu reden, nachdem ich erst einmal damit angefangen hatte.

„Und Scharfschützen ... es gab dort auch Scharfschützen. Eines Tages waren wir in einem Park und Zora, die beste Freundin meiner Schwester, wurde angeschossen. Einfach aus dem Nichts heraus. Direkt vor unseren Augen. Sie war innerhalb von Minuten tot. Ich wusste nicht einmal, was passiert war, und Mama wollte es mir nicht erzählen."

Seine Arme festigten sich um mich und in diesem Moment bemerkte ich, dass ich nicht wollte, dass er mich losließ, obwohl ich jetzt meine ursprüngliche Panik überwunden hatte. Es fühlte sich zu gut an. Er sagte kein Wort, was mich dazu veranlasste, weiter zu sprechen.

„In einer Nacht wurde das Gebäude, neben dem wir gewohnt haben, bombardiert. Die Decke in dem Schlafzimmer, in dem meine Schwester und ich geschlafen haben, ist eingestürzt und hat uns unter dem Schutt begraben. Wir wurden nicht verletzt, aber es war furchterregend. Ich kann mich nur daran erinnern, dass ich das Gefühl hatte zu sterben. Es gab keinen Strom und es war überall stockfinster. Ich konnte nur das Atmen und

Wimmern meiner Schwester hören. Das war für meine Eltern das Zünglein an der Waage gewesen."

„Aber du hast es überstanden", sagte er und küsste mein Haar wieder. „Du bist in Sicherheit. Du bist jetzt hier."

Ich schüttelte meinen Kopf. „Ich kann nicht glauben, dass mich diese eine Sache – dieses Feuerwerk zu hören – sofort wieder in diese Nacht zurückversetzen kann."

„Krieg ist eine schreckliche Sache. Vor allem für Kinder."

Ich sah zu ihm auf. Der Lärm draußen war verstummt, aber wir bewegten uns nicht. Dann lehnte ich mich nach vorne und küsste ihn, lange und mit Zunge. Als wir schließlich Luft holten, war sein Gesicht errötet. „Du warst schon wieder mein Held, Wil. Ich danke dir."

Er schwieg, aber er lächelte und sah sehr zufrieden mit sich aus.

Ich erwiderte das Lächeln. „Wenn ich dich bitte, mit mir zu *It's a Small World* zu gehen, würdest du es tun?"

Er machte ein finsteres Gesicht. „Keine tanzenden Puppen. Ein Mann hat seine Grenzen."

„Willst du dann heimfahren?", fragte ich.

„Ja."

„Gut. Zu mir oder zu dir?"

„Du versuchst mich zu verführen, nicht wahr?"

Ich zuckte mit den Schultern. „Du wirst früher oder später nachgeben. Wie du gesagt hast, ein Mann hat seine Grenzen. Ich werde meinen Standpunkt nicht aufgeben."

Seine Arme legten sich fester um mich. „Ich auch nicht."

Ich hob mein Kinn und stellte mich der Herausforderung. „Ich nehme an, dass die dickköpfigste Person sich durchsetzen wird."

„So scheint es.“

Wir gingen kurz darauf und hatten eine ruhige Autofahrt nach Hause. William hielt bei mir am Bordstein an, aber ich stieg nicht sofort aus. Eine halbe Stunde – und eine heftige Knutsch-Einlage – später stieg ich aus dem Auto und gestand mir eine vorübergehende Niederlage in meinem Streben, ihn mit nach oben zu nehmen, ein.

Normalerweise hätte er mich bis zur Tür gebracht, aber ich bemerkte, dass er es mir an diesem Abend nicht einmal angeboten hatte.

Vielleicht kam ich ihm näher, als ich dachte.

Kapitel Zwanzig
William

SIE HAT WIRKLICH KEINE AHNUNG, WIE NAHE SIE DRAN IST. Ich versuche, es zu verbergen, aber es wird immer schwieriger, nein zu sagen. Denn durch die Zeit, die ich mit ihr verbringe, realisiere ich, dass sie mehr ist als nur ein schönes Gesicht und ein lieblicher Körper. Sie besitzt Stärke und Mitgefühl. Sie verteidigt jene, die nicht für sich selbst eintreten können.

Und sie sorgt sich. Das letzte Mal, als ich in ihrem Haus war, bemerkte ich ein Exemplar von *Thinking In Pictures* von Temple Grandin in ihrem Zimmer. Grandin ist eine weitbekannte Sprecherin für Menschen mit Autismus, weil sie selbst an Asperger leidet und auf diesem Gebiet große Erfolge erzielt hat. Ohne mir irgendetwas zu sagen, hat Jenna sich ein Exemplar des Buches besorgt, um es zu lesen. Ich kann nur annehmen, dass sie das getan hat, um besser zu verstehen, wie mein Gehirn funktioniert.

Oder war es nur Mittel zum Zweck? Will sie so verzweifelt ihre Krone zurück, dass sie gewillt ist, alles zu tun, damit ich ihr helfe, sie ihr zu beschaffen? Und wenn ja, wo bleibe ich dann, sobald ich das erreicht habe?

Das sind nur ein paar der Fragen, über die ich nachdenke, während ich am folgenden Samstag mit meinem europäischen

Kampfkunstlehrer trainiere. Wie immer ist Adam gekommen, um uns zu unterstützen. Er bleibt für gewöhnlich eine Stunde, aber heute ist er länger da, weil Jordan sich entschieden hat, auch mitzukommen. Und so sehr ich hasse, es zugeben zu müssen, ist Jordan doch überraschend gut für einen Anfänger. Er besitzt eine ausgezeichnete Balance von den vielen Jahren, seit denen er surft, und er ist wahrscheinlich von Natur aus athletisch, was ich nicht bin. Ich hatte sehr hart trainieren müssen, um das zu kompensieren.

Wir machen eine kurze Pause und Jordan fragt mich, wie es mit Jenna läuft. Ich werfe ihm einen Blick von der Seite zu, während ich mir das Gesicht mit einem Handtuch abwische. Anhand seiner Stimmlage habe ich keine Ahnung, was Jordans Motive sind. Obwohl ich ihn schon lange kenne, ist Jordan für mich schwieriger zu lesen als andere Menschen.

Ich bin verleitet, ihn zu ignorieren und ihm zu sagen, dass er weggehen soll, weil ich wütend auf ihn bin, aber ich erinnere mich an die Unterhaltung, die ich kürzlich mit Adam hatte.

„Sie hilft mir mit meiner Enochlophobie."

Er runzelt die Stirn. „Ah", sagt er, als würde er es verstehen, obwohl ich weiß, dass er das nicht tut. „Hoffentlich beinhaltet ihre *Hilfe* viele Orgasmen?"

Ich schüttle den Kopf. „Nein, keine Orgasmen."

„Ähm, brauchst du Hilfe in diesem Bereich?"

Ich verziehe das Gesicht. „Nicht von *dir*."

Er fängt an zu lachen. „Nein, nicht – ähm." Als er mich anschaut und vermutlich den Ausdruck von Ekel in meinem Gesicht sieht, fängt er an, noch lauter zu lachen. „Das war kein solches Angebot."

Adam gesellt sich nach einem Abstecher zur Toilette wieder zu unserer Gruppe. „Was ist so lustig?", fragt er Jordan.

„Ich coache unseren jungen Protegé hier in der Kunst der Frauen."

Adams Augen weiten sich und er dreht sich zu mir. „Hör auf nichts, was er sagt. Seine Ratschläge sind scheiße."

Jordan zeigt Adam den Mittelfinger und dreht sich zu mir. „Aber du hast Interesse daran, irgendwann so weit mit ihr zu gehen, richtig?"

„Wohin gehen?", frage ich. Jordan und Adam wechseln einen Blick.

„Er meint Sex, Liam."

„Oh. Ich habe Interesse, aber das wird nicht passieren."

Adam runzelt die Stirn. „Warte, warum nicht?"

„Weil sie Ende Juni mit dem Ren Faire auf Reisen gehen wird."

„Aber bis dahin sind es noch zwei Monate. In dieser Zeit kann viel passieren." Adam grinst. „Viel, was *Spaß* macht."

„Das kling für mich wie der perfekte Ausgangspunkt", sagt Jordan. „Greife es an, bringt es hinter euch. Habt Spaß. Und da es ein festes Verfallsdatum für das Ganze gibt, gibt es keine Komplikationen ... keine Fragen, ob oder wann es ernst wird, oder wann man das Ganze beenden sollte."

Adam schüttelte den Kopf. „Verdammt, Alter, du warst wirklich abgebrüht, bevor du dich hast an die Leine legen lassen."

„Sagt der Kerl mit der Schlange an Freundinnen mit gewissen Vorzügen, bevor *er* sich hat an die Leine legen lassen."

„Schnauze", befiehlt Adam und wendet sich wieder an mich. „Also, Liam, angenommen du siehst das nicht wie ein strategisches Manöver wie unser zynischer Freund hier ... sie kommt doch irgendwann wieder, oder? Oder wenn sich etwas Gutes daraus entwickelt, geht sie vielleicht erst gar nicht."

Das waren auch meine Gedanken, aber ich will nicht mit Jenna Geschlechtsverkehr haben, bevor sie sich nicht entschlossen hat, dass sie bleiben würde. „Denkst du, ich sollte es *angehen*, selbst wenn es noch nichts Festes ist?"

Adam blinzelt. „Wir befinden uns nicht im Jahr 1899, Liam. Man muss nicht mit einer Frau zusammen sein, um mit ihr ins Bett zu gehen, solange sie gewillt ist –"

„Und volljährig ist", wirft Jordan ein. Wir drehen uns beide zu ihm und starren ihn an. Er sieht von einem von uns zum anderen. „Was? Manche dieser jungen Dinger sehen viel älter aus, als sie sind."

Adam schüttelt den Kopf und dreht sich wieder zu mir. „Egal. Es schadet nicht, diese Tür zu öffnen, weißt du."

Ich runzle einen Augenblick lang die Stirn – Bilder einer Glasschiebetür, der Eingangstür meines Hauses, einer Fliegengittertür rasen mir in schneller Folge durch den Kopf. „Ich bezweifle, dass ich in dieser Angelegenheit locker sein kann."

Jordan legt seine Hand auf meine Schulter. Als ich zusammenzucke und sie finster anblicke, zieht er sie schnell weg. „Du bist ein gesunder, heißblütiger Mann in seinen Zwanzigern. Du musst das angehen ... und zwar bald."

Ich blicke Adam an, um zu sehen, ob er Jordans Kommentar abtut, doch das tut er nicht. Stattdessen nickt er zustimmend. „Wenn sie gewillt ist – und ich nehme an, das ist sie – solltest du es versuchen. Sieh es einfach als neue Lebenserfahrung an."

„Ja." Jordan nickt. „Lebe im Jetzt, William. *Carpe Diem.*"

Eine Trillerpfeife ertönt und wir kehren auf die Trainingsmatten zurück. Wir kämpfen mit metallenen Übungsschwertern und tragen eine Schutzausrüstung, doch nach einer Weile beginnen wir zu schwitzen und wechseln zu leichteren Bambusschwertern und ziehen unsere Hemden aus. Ich lerne viel mit Jordan, oder *Southpaw*, wie Adam ihn scherzhaft nennt, da er Linkshänder ist.

Ich schlage ihn gründlich und lande drei oder vier Treffer für jeden von seinen. Er flucht gewaltig, wenn ich ihn in die Rippen oder an der Taille treffe, und Adam lacht, bis *er* an der Reihe ist, gegen mich anzutreten. Dann lacht er nicht mehr so sehr.

Ich bin gut und bin nicht einmal abgelenkt, obwohl es seltsam ist, dass mein Cousin und Jordan mir Ratschläge zum Thema Sex geben. Aber das ändert sich, als die Frauen von wo auch immer sie waren zurückkommen, um noch etwas zuzusehen, bis das Training endet.

Ich schäme mich, da wir alle oberkörperfrei kämpfen und sie die „tolle Aussicht" kommentieren. April pfeift sogar, als Jordan seinen Bizeps anspannt und dann fragt: „Junge Lady, hast du auch brav dein Ticket für die Waffenshow gekauft?" Was auch immer *das* bedeutet.

Und ich, ich bekomme schnell rote Flecken auf meiner Brust, da Adam und Jordan sich für meine Prügel von zuvor revanchieren.

„Du hast dein Mojo verloren, Kumpel", sagt Jordan.

„Ich bin nur ein wenig ... abgelenkt."

Jordan wirft einen Blick in die Richtung, wo Jenna sitzt und uns zusieht. „Ja, ich habe das bemerkt."

Später, als wir uns in der Umkleide anziehen, kommt Adam zu mir und legt mit einer Vorwarnung seine Hand auf meine

Schulter. „Du musst flachgelegt werden, Liam. Geh es an, okay? Das könnte vielleicht sogar bei deinem Kampf helfen." Und mit diesen Worten legt er mir ein eingepacktes Kondom in meine Hand.

Jordan sieht das und nickt. „Hey, ich habe etwas für die zweite Runde." Er zieht seine Geldbörse aus der Gesäßtasche seiner Jeans und nimmt ein Kondom heraus. Dann öffnet er seine Sporttasche und holt noch eines heraus. Dann zieht er noch eines aus seinem Sonnenbrillenetui und gibt mir alle drei. „Die brauche ich nicht mehr."

Adam schnaubt und er zuckt mit den Achseln. „April nimmt jetzt die Pille. Aber als wir sie noch benutzten, war ich gerne vorbereitet." Er zwinkert.

„Arsch", murmelt Adam.

„Du hasst es einfach, wenn ich mehr habe als du. In diesem Fall sogar das Dreifache." Jordan lacht auf dem ganzen Weg zu Tür.

Ich denke viel über ihren Ratschlag nach, als ich mit Jenna nach Hause fahre. Mein ganzer Körper schmerzt vom Workout. Sie kommt mit zu mir, da wir am Nachmittag das weitere Training besprechen und noch einige Orte aufsuchen wollen. Ich bin nicht glücklich bei diesem Gedanken – Disneyland war schon eine gewaltige Herausforderung –, aber ich bin auch entschlossen, das durchzuziehen.

Ich bin weit gekommen, anfangs hatte ich kaum etwas über das Kämpfen gewusst und dann habe ich Doug fast in etwas besiegt, worin er schon jahrelang Übung hat. Ich kann *das* auch. Ich würde nicht ruhen, bis Jenna ihre Krone wieder in den Händen hält.

Was sie, wenn ich darüber nachdenke, schon länger nicht mehr erwähnt hat. Also frage ich sie, als wir nebeneinander auf der Couch in meinem Wohnzimmer sitzen, nach dem Grund.

Sie zuckt mit den Schultern. „Ich denke nur, dass du nicht noch mehr Druck brauchst."

Ich runzle die Stirn, als ich darüber nachdenke. „Druck ist gut. Er zwingt mich, härter zu arbeiten."

Sie neigt ihren Kopf zur Seite und sieht mich an. „Warum bestehst du so darauf, so hart zu dir selbst zu sein? Ist es diese Sache, dass du würdig sein willst? Denkst du, du wärst nicht würdig? Weil du von meiner Position aus nämlich würdig aussiehst."

Ich lächle. „Der Ort, wo du sitzt, ändert, ob ich würdig bin?"

Sie lacht. „Du bist ein sehr lustiger Mann, weißt du das, William? Ein sehr lustiger, süßer und gut aussehender Mann."

Göttin, wie sehr ich sie gerade küssen will. Aber stattdessen lehne ich mich zurück und lege meinen Kopf auf die Kopfstütze und blicke zur Decke, während ich stöhne.

„Bist du okay?", fragt sie. „Du reibst dir den Nacken und stöhnst jedes Mal, wenn du deine Sitzposition änderst."

Ich zucke mit den Schultern; es ist mir peinlich, ihr zu erzählen, dass mir alles wehtut, weil Jordan und Adam so hart zugeschlagen haben. „Nur etwas verspannt."

„Du bist überall verspannt?", fragt sie. Der Ausdruck auf ihrem Gesicht könnte Besorgnis bedeuten, aber ihr Lächeln ist seltsam.

„Nun, nicht *überall* – nur gewisse Muskelgruppen."

„Muskelgruppen? Wo zum Beispiel? Zeig es mir."

„Nun, da ist meine rechte Schulter ..."

Bevor ich darauf zeigen kann, streckt sie ihre Hand aus und streicht mit ihren Fingerspitzen über meine verspannte Schulter. „Hier?"

„Ja."

Sie lehnt sich zu mir und ich komme nicht umhin, ihren Geruch einzuatmen. Immer wenn ich diesen Zimtduft rieche, lässt das meine Brust prickeln, und bevor ich realisiere, was sie macht, küsst sie meine Schulter. Mein Blick senkt sich, als sie zurückweicht, um mir ins Gesicht zu blicken und sagt: „Ist das alles?"

Ohne nachzudenken, was ich sage – worauf ich schon so oft aufmerksam gemacht worden bin –, platze ich heraus: „Was machst du?"

„Ich küsse es gesund." Sie wirkt ernst, aber manchmal sieht sie so aus, wenn sie sarkastisch ist.

„Du glaubst doch nicht wirklich, dass es das besser macht." Sie *muss* mich wieder necken. Wehwehchen küssen ist etwas, was Mütter für ihre kleinen Kinder machen.

Sie lächelt breit und zeigt eine Reihe gerader, weißer Zähne. „Es kann doch nicht schaden, oder?"

Ich runzle verwirrt die Stirn. „Natürlich schadet es nicht, aber –"

„Wil, zeig es mir einfach. Wo bist du noch verletzt?"

Ich zögere. „Nun, mein Arm tut auch weh."

„Oberarm?" Ihre Finger drücken auf genau den besagten Arm. Dann beugt sie sich vor und pflanzt Küsse von meiner Schulter bis zu meinem Ellbogen hinab. Als sie meine nackte Haut berührt, fühlt es sich an wie eisiges Feuer. Das ist die einzige Möglichkeit, wie ich es beschreiben kann. Es brennt und friert zur selben Zeit. Ich bin mir jeder Zelle ihrer weichen Lippen bewusst, die die Zelle meiner Haut berührt.

Mein Mund ist trocken und die Region unterhalb meines Gürtels fühlt sich unangenehm an.

„Hört der Schmerz da auf?", fragt sie und hebt langsam ihren Kopf, um mich anzusehen. Ich bemerke, dass ihr Gesicht gerötet ist, wie an dem Tag, als wir ohne Shirts im Kraftraum waren. An dem Tag, an dem ich ihre Brüste berührt und an ihren Nippeln gesaugt habe und sie diese Geräusche tief in ihrer Kehle gemacht hat.

Nun gibt sie mir weitere Küsse auf die Innenseite meines Arms, zwischen meinem Ellbogen und meinem Handgelenk. Sie nimmt meine Hand in ihre beiden und bringt meine Handfläche zu ihrem Mund. Sie öffnet ihn und platziert einen heißen Kuss darauf.

Ich kann nicht atmen. Nun, *natürlich* atme ich, ansonsten würde ich ohnmächtig werden, aber es fühlt sich definitiv schwierig an, es zu tun.

Sie blickt zu mir auf. „Noch weitere verletzte Stellen?"

Ich bin erstarrt, weil ich sie wirklich anlügen und verletzte Stellen erfinden will. Ich will ihren Mund und ihre Hände *überall*. Plötzlich fühle ich mich, als würde ich sie überall *benötigen*.

„Ähm ..." Ich zeige auf den Ansatz meines Halses und erinnere mich daran, wie gut es sich das letzte Mal angefühlt hat, als sie mich dort geküsst hat. Mit einem Lächeln lehnt sie sich vor und setzt mir mit offenem Mund einen heißen Kuss darauf, wobei sich ihre Zunge herausschlängelt und über meine Haut leckt. Mein Herzschlag wird schneller. Als sie zurückweicht, fühlt sich die Stelle, wo sie mich geküsst hat, kalt an.

Meine Hände wandern zu ihrem Rücken und halten sie fest. Ein leichtes Seufzen entkommt ihren Lippen und sendet mir einen Blitzschlag die Wirbelsäule hinunter.

Ich bin so hart wie kaltgeschmiedeter Stahl und muss mich anders ausrichten, damit ich den Druck lindere. Es fühlt sich gut und gleichzeitig schmerzhaft an. Ich will, dass das viele Stunden anhält, und ich will gleichzeitig, dass es aufhört.

„Tut dein Mund auch weh?"

Ich erinnere mich plötzlich an die berühmte Szene aus *Jäger des verlorenen Schatzes*, in der Marion sich um Indiana Jones kümmert. Sie fragt ihn, wo es *nicht* wehtut und als er auf die Körperteile zeigt, küsst sie sie. Sie sind auf einem Schiff und küssen sich und plötzlich kommt eine Abblende, aber man weiß, dass sie Sex haben und es dem Zuschauer nur nicht gezeigt wird.

Und obwohl ich nicht antworte, küsst Jenna mich jetzt auf den Mund, genau wie Marion Indy geküsst hat. Und genau wie Indy wehre ich mich nicht. Wir sind schließlich keine Idioten. Wir beide wissen, wenn unseren Lippen etwas Gutes widerfährt.

Mein Mund öffnet sich und ihre Zunge gleitet fast im selben Augenblick herein, als hätten wir bereits zuvor ausgemacht, dass wir genau das tun würden. Es ist so, als würde sie alle Prozeduren und Passwörter bereits kennen. Meine Mauern haben mich verlassen.

Sie scheint auch zu wissen, dass jedes Lecken mit ihrer rosa Zunge mich lockerer macht. Ich liebe es, wie sie mich kostet, und ich will sie kosten, mehr und mehr. Und je stärker das Verlangen wird, umso schwieriger ist es, mir vorzustellen, mit dem, was wir machen, aufzuhören. Denn es fühlt sich so gut an.

So gut.

Jenna lässt jetzt ihre Hand über meine Brust wandern, als sie mich küsst, aber anders als beim letzten Mal ist sie leise. Ich fange an, die Gefahr hiervon zu spüren, denn wenn sie nicht spricht, dann zwingt sie mich nicht dazu, mich auf das zu konzentrieren, was sie sagt, und lenkt mich so ab.

Jetzt ist ihre Hand auf meinem Bauch und bewegt sich tiefer und tiefer, während ihre Zunge weiter die meine liebkost. Ihre Handfläche gleitet über meinen Nabel und landet schließlich auf meinem Oberschenkel. Und ich kann nicht anders. Als sie mich *dort* berührt, egal wie leicht und flüchtig, ringe ich nach Luft.

Hitze schießt durch meinen Bauch und verbrennt mich von innen. Ich bin froh, dass sie nicht in meinen Kopf sehen kann – Gedanken von ihren Händen an mir, ihrem Mund an mir.

Sie zögert und ihre Hand streichelt meinen Oberschenkel durch mein Hosenbein. Das Gefühl ist so stark, dass es droht, mich zu kontrollieren. Und das Erschreckendste daran ist, dass es mir egal ist.

Meine Hände sind in ihren hellen Haaren verschlungen und halten ihren Kopf an meinem. Ich habe keine Erinnerung daran, wie sie überhaupt dorthin gelangt waren. Alles, was ich weiß, ist, dass ich ihre Lippen auf meinen will, während unsere Zungen sich verknoten – stundenlang. Dann bewegt sich ihre Hand und gleitet über meine Erektion.

Und sie bleibt dort. Ich erstarre, unsicher, was ich tun soll.

„Wil, bitte lass mich dich berühren", flüstert sie.

Lass sie. Als ob ich sie auffordern könnte, aufzuhören.

Ich lehne mich gegen die Couch zurück und ziehe sie mit mir, sodass unsere Münder immer noch verbunden sind. Sie ist halb neben mir, halb auf mir und ihre Hand spielt durch das dünne Material meiner Khakihose an mir herum. Ich frage mich, ob ich das beenden kann, bevor wir tatsächlich Sex haben. Ich weiß, dass ich diese Linie gezogen habe, in der Hoffnung, dass sie mich beschützt.

Aber gerade habe ich das überwältigende Verlangen, *sie* zu berühren. Ich will ihre Brüste in meinen Händen spüren, spüren, wie ihre Nippel unter meinen Fingerspitzen hart werden.

Als meine Hände ihre Brüste finden, stöhnt sie wieder und ich reibe ihre Nippel, bis ich diese Perlenform spüre, als sie sich verhärten. Ich bin fasziniert, dass ich das nach nur einem Mal über ihren Körper gelernt habe. Ich weiß, was ihr gefällt, und ich will mehr lernen.

Ich will ihren Körper kennen, wie ich die Leinwand eines Projekts kenne, an dem ich schon seit Monaten arbeite – ich lebe damit, starre sie an, bin mir ihrer Texturen und Konturen bewusst, weiß, welche Farben ich verblenden muss, um sie auszufüllen.

Ich will *sie* ausfüllen.

Ich kann vielleicht nicht erkennen, wenn ihre Stimmung gereizt ist, aber ich kann die Zeichen lesen und weiß genau, was sie erregt. Und ich frage mich, ob dieser Prozess jedes Mal gleich ist. Ich muss herausfinden, was mir konstant das beste Resultat verschafft.

Sie streichelt mich jetzt schneller und es fühlt sich an, als würde die Reibung anfangen, mich zu entzünden. Jede Bewegung ihrer Hand ist wie ein elektrischer Schock, der direkt in mein Inneres schießt.

„Mir gefällt es, dich zu berühren, Wil", sagt sie. Ihre Stimme klingt anders. Ruhig und rau zur selben Zeit.

Ich schlucke etwas, das sich wie ein gewaltiger Klumpen in meiner Kehle anfühlt. *Mir gefällt es definitiv auch.*

„Gefällt es dir? Wenn ich dich berühre?"

„Ja", stöhne ich.

Jennas Lippen schweben über meinen. „Gut. Ich will, dass du dich gut fühlst, Wil."

Ich greife nach unten und zieh den Saum ihres Shirts hoch – so wie sie es mir das letzte Mal gezeigt hat. Sie ringt nach Luft und hebt dann ihre Arme, damit ich ihr das Top ausziehen kann, was ich mit Genuss tue. Der Spitzen-BH, der ihre Brüste bedeckt, ist die nächste Barriere und ich habe nicht die leiseste Ahnung, wie ich ihn loswerden soll. Aber ich verzehre mich danach, ihre Nippel wieder zu kosten, also schiebe ich die Spitze schnell beiseite und lege meinen Mund um einen. Sie wölbt sich zurück und fädelt ihre Finger durch meine Haare.

„Das fühlt sich gut an, Wil." Meine Zunge fährt den Umriss ihres steifen Nippels entlang, wieder und wieder. Ich sauge stark daran und sie schreit auf. Ein guter Schrei, denke ich? Sie weicht nicht zurück.

Ich schiebe meinen Finger in das andere Körbchen ihres BHs und spiele mit dem anderen Nippel.

Sie setzt sich jetzt über mich und reibt sich an mir. Jedes Mal, wenn ihr Becken gegen meines drückt, werde ich erregter.

Aber ich will nicht, dass sie aufhört. Also drehe ich meinen Kopf, um an dem anderen Nippel zu saugen und sie reitet mich weiter, drückt sich auf eine Weise gegen meinen erigierten Penis, dass es fast wehtut, so intensiv ist es.

„Wenn du so weitermachst, komme ich", würge ich endlich als Warnung heraus. Scham windet sich in meine Brust und vermischt sich mit der Hitze, die sich so gut anfühlt.

Sie weicht zurück, um mir ins Gesicht zu sehen, und ich habe fast Angst, sie anzusehen. Als ich es schließlich tute, lächelt sie mich an. Ich habe sie nicht schockiert. Ich habe sie nicht abgestoßen. Zumindest denke ich das.

„Das ist der Plan", sagte sie mit einem leichten Lachen.

„Du hast nichts dagegen?"

„Ich sagte, ich will, dass du dich gut fühlst. Was, denkst du, habe ich gemeint?"

Ich atme tief ein und langsam wieder aus. „Ich versuche, nicht zu einem Entschluss zu kommen, was Leute meinen, wenn sie Worte und Ausdrücke gebrauchen, denn ich liege damit oft falsch."

„Nun, dieses Mal liegst du nicht falsch." Ihre Hand ist auf dem Knopf meiner Hose und ich verkrampfe mich. „Darf ich?" Sie beißt sich auf die Lippe.

Ich lache. „Denkst du wirklich, dass die geringste Chance besteht, dass ich *nein* sage?"

Ihr Lächeln wird breiter und sie lacht. „Das kann man nicht wissen, Wil. Du hast mich schon früher überrascht."

Sie rutscht von meinem Schoß und dreht ihr Handgelenk, um den Knopf meiner Hose zu öffnen. Dann gleitet ihre Hand hinein und ...

Wenn ich dachte, dass es sich zuvor gut angefühlt hat, dann habe ich mich entweder geirrt oder hatte keine Ahnung, wie sich *das* anfühlen würde. Ihre Haut auf meiner Haut, während sie mich sanft streichelt und dann langsam den Druck erhöht, ist himmlisch. Ich greife in ihre Haare und ziehe grob ihren Kopf zu meinem. Ich brauch ihre Lippen auf meinen, unsere Zungen zusammen. Dieses Gefühl, wie sie mich berührt, ist fast mehr, als ich aushalten kann, und es fühlt sich an, als würde ich einen Kurzschluss bekommen.

Als sie weitermacht, sehne ich mich danach, einen Teil meines Körpers in sie zu stecken. Ich bin besessen von dem Verlangen, sie um mich zu spüren, heiß und feucht. Ich will uns sofort auf den Rücken rollen und tue es schließlich – ich schiebe mich tief in sie. Aber ich muss mich damit begnügen, meine Zunge in ihren Mund zu schieben, während ihre schlanken, femininen Finger sich um mich legen.

„Das fühlt sich so gut an", lasse ich keuchend heraus. Es freut mich zu bemerken, dass sie genauso schwer atmet wie ich. „Jenna ... du bist ..." Ich sauge einen Atemzug ein und als ich meinen Mund wieder von ihrem nehme, murmle ich wild gegen ihre Lippen: „Ich wünschte, ich wüsste, wie es sich anfühlt, in dir zu sein."

Ihre Finger werden langsamer und sie fängt an, ihren heißen Mund meinen Hals hinabwandern zu lassen. „Ich kann dir zeigen, wie es sich anfühlt." Als ich anfange, zu protestieren, unterbricht sie mich. „Nein, nicht, was du denkst."

Plötzlich küsst sie sich meinen Hals und meine Brust hinab und saugt durch den Stoff meines T-Shirts an meinen Nippeln, bevor sie es mir mit meiner Hilfe auszieht. Jetzt leckt sie meine Bauchmuskeln, als sie sich zu meinem Nabel hinabbewegt. Ich merke mir genau, was sie macht, denn ich bin entschlossen, all das auch mit ihr zu machen. Ich werde mich über ihre Brust, ihren Bauch und ihren Nabel hinabküssen, dann meine Zunge die Innenseite ihrer Schenkel entlanggleiten lassen und zuhören, wie sie meinen Namen stöhnt. Und dann werde ich –

Oh, sie küsst mich *dort*.

Jetzt fange ich an, mich wegen dem, was geschehen könnte – sehr bald geschehen könnte –, gehemmt zu fühlen. Aber es fühlt sich so gut an, dass ich von der Intensität des Vergnügens, das ihr Mund mir bereitet, fast paralysiert bin.

Trotzdem denke ich, dass jetzt vermutlich der Zeitpunkt ist, das zu beenden, bevor es zu weit geht, obwohl ich es wirklich hasse, das zu beenden. Ich versuche, sanft ihren Kopf wegzudrücken, aber sie schiebt meine Hand weg. „Es ist okay, Wil. Bitte lass mich."

„Aber ich könnte –"

„Das ist der Plan, Wil. Es ist okay." Dann schlängelt sich ihre Zunge heraus, um um die Spitze zu kreisen, und ein heißer Rausch von Verlangen überwältigt mich. „Ich habe das schon mal gemacht."

Bevor ich noch etwas sagen oder auch nur daran denken kann, eifersüchtig zu sein, weil sie das für einen anderen Mann gemacht hat, öffnet sich ihr Mund und schließt sich um meinen schmerzenden Schaft. Und das ist es – jeder andere Gedanke in meinem Kopf ist verschwunden. Ich kann mich nur noch darauf konzentrieren, wie gut es sich anfühlt.

Meine Perspektive darüber, wie gut ich mich fühlen kann, hat sich geändert – *das hier* ist der absolute Höhepunkt. Bis ein paar Sekunden später ihre Zunge an der Unterseite meines Penis entlanggleitet und meine Perspektive erneut verändert.

Ich weiß, dass es sich noch besser anfühlen muss, in sie zu stoßen. Zu spüren, wie sich ihre Muskeln um mich verengen und mich dort halten. Zu fühlen, wie ihre weichen Schenkel an meinen Hüften ruhen, während ich in sie hinein- und wieder aus ihr herausgleite. Ich stelle mir das alles detailliert vor.

Aber wenn ich zu sehr daran denke, werde ich all meine Prinzipien über Bord werfen und es machen wollen. In der Tat zittere ich bereits jetzt vor Verlangen danach. Als hätte ich tagelang nichts gegessen und würde Essen *brauchen*, oder als wäre ich Stunden durch die heiße Wüste gelaufen und würde Wasser *brauchen*.

Ich *muss* in Jenna sein.

Und jedes Gleiten ihrer Zunge, jede Bewegung ihres Kopfes, jede Stellungsänderung ihres Mundes verändert meine Perspektive über das, was noch vor zehn Sekunden atemberaubend war. Gefühle werden vervielfacht, intensiviert ... verstärkt. Jennas Mund befehligt jeden meiner Gedanken – befehligt *mich*.

Ich ringe jetzt nach Luft und komme kaum dazu, durchzuatmen. Ich versuche mich zurückzuziehen, weil ich nur Sekunden davor bin, zu kommen, doch sie lässt mich nicht.

„Jenna, ich –" Und jetzt ist alles vorbei, da ich komme und nicht will, dass sie ihren Mund wegzieht. Selbst wenn sie es versuchen würde, wäre ich versucht, sie dort zu halten. Glücklicherweise tut sie das nicht.

Denn *das* ...

Ein unglaublich heißes Gefühl erfüllt mich – meine Schenkel, meinen Bauch, meine Brust. Mein ganzer Körper versteift sich voller Vergnügen, als ich ejakuliere. Es geht immer weiter und ich bin erstarrt, während mein Kopf für alles außer *dem hier* taub ist.

Als mein Orgasmus abgeklungen ist, zieht Jenna sich langsam zurück. Ich kann nur an die Decke starren und mich in diesem erstaunlichen, glühenden Gefühl baden, als sie aufsteht und ins Badezimmer geht.

Minuten später kommt sie zurück, legt sich neben mich auf die Couch und lehnt sich an mich. Ich habe mich kaum bewegt.

Ich bin schweißbedeckt und fühle mich berauscht – oder zumindest so, wie ich es mir vorstelle, wenn man berauscht ist.

Als einer der fünfundneunzig Prozent aller Männer, die regelmäßig masturbieren, habe ich schon unzählige Orgasmen erlebt. Einige waren sehr gut und einige nur okay. Aber was Jenna für mich getan hat ... es ist fast, als könnte dieses Wort nicht für all die anderen Male benutzt werden. Sie gehören nicht einmal in dasselbe Lexikon.

Ich drehe mich um und blicke in diese wunderschönen blauen Augen und ich habe keine Angst mehr, in ihre Seele einzudringen. „Du hast gerade jeden Orgasmus ruiniert, den ich je haben werde.“

Kapitel Einundzwanzig
Jenna

ICH SETZTE MICH BESORGT AUF. „DAS IST NICHT DEIN ERNST, oder? Was stimmt nicht?"

Seine Augen verfolgten immer noch die meinen. Es gefiel mir, aber gleichzeitig verstörte es mich. Es war so ungewöhnlich für ihn, mir in die Augen zu sehen. Es machte mir fast Sorgen.

„Nichts stimmt nicht. Es ist nur ... Ich denke, dass jeder andere Orgasmus jetzt enttäuschend sein wird."

Ich lachte erleichtert. „Das war dein erstes Mal mit Oralsex, oder? Oder sogar mit jemand anderem, der dir einen Orgasmus verschafft hat? Ich habe mit einem Partner fast immer einen besseren Orgasmus, als wenn ich es mir selbst mache."

Seine Gesichtszüge verdunkelten sich. „Es ist immer besser?"

„Nun ... ja, wenn ich einen bekomme."

„Tust du das nicht immer?"

Ich zuckte mit den Schultern. „Nein. Manchmal will ich keinen. Manchmal weiß er einfach nicht, was er tut." *Wie Doug,* fügte ich im Geiste hinzu. Doug der Blindgänger. „Und manchmal spiele ich ihn einfach nur vor, damit es vorbei ist."

Williams Gesicht war ernst und sein Blick verlagerte sich zur Decke. Er fädelte seine Finger durch mein Haar und sagte: „Das klingt nicht sehr vergnüglich."

„Es ist okay."

Er schüttelte den Kopf. „Nein ... das ist nicht okay. Jeder Mann, der das Glück hat, dich so zu berühren, sollte alles tun, damit du dich gut fühlst."

Ich lächelte. Keine List, keine Lüge. Keine schönen Worte, um zu versuchen, zu bekommen, was er wollte. Ich konnte William vertrauen, denn er sagte immer genau das, was er dachte.

Ich rollte auf die Seite und legte meine Hand auf seine raue Wange. „Du bist so süß."

Er blickte mir wieder in die Augen und ich fragte mich, ob das ein Nebeneffekt des Orgasmus war. Ich wollte nicht, dass er wegsah. Zum ersten Mal konnte ich sehen, dass seine Augen nicht so dunkelbraun waren, wie ich anfänglich gedacht hatte. Es gab hellere goldene Stellen in seinen dunklen Iris. Ich schluckte, davon berührt, dass er mich so tief in seine Geheimnisse blicken ließ.

Plötzlich stützte er sich auf einen Ellbogen und legte eine Hand auf meine Schulter, um mich sanft auf den Rücken zu rollen. Er senkte seinen Kopf, um seinen Mund auf meinen zu pressen, und es raubte mir den Atem, als er mit seiner Zunge in meinen Mund eindrang.

Dann wich er zurück. „Ich will dir dasselbe gute Gefühl geben, das du mir verschafft hast. *Nein,* ein noch besseres." Seine freie Hand umfasste meine Brust und sein Daumen rieb durch meinen BH hindurch über meinen Nippel. Ich stieß ein leises Quietschen aus, als die unerfüllte Sehnsucht zwischen meinen Beinen wieder aufflammte. Meine Augen rollten zurück in meinen Kopf, bis meine Augenlider sich schlossen.

„Oh", hauchte ich und wölbte den Rücken.

Kurz darauf zog er an meinem BH. „Ich werde nicht einmal so tun, als würde ich wissen, wie dieses Ding funktioniert."

Ich lachte und entfernte ihn für ihn. Dann sah ich zu, wie seine Augen dunkler wurden, als sie über meine nackte Brust wanderten. Er schnippte mit seinen Fingern sanft gegen jeden steifen Nippel. „So ein blasses Rosa, wie eine Winterrose."

„Eine Winterrose ... das ist wunderschön."

„Nicht annähernd so schön wie du, Jenna."

Er senkte seinen Mund auf meine Brust und nahm mich in seine heiße, feuchte Wärme. Ich stieß ein langes, atemloses Stöhnen aus und presste mich tiefer in seinen Mund. Seine Hände an meinen Hüften drückten stärker zu, fast schmerzhaft, und es fühlte sich *so gut* an.

Ich wollte wirklich kommen und ich wollte, dass es durch Williams Berührung geschah. Zu diesem Zweck war seine Hand an meiner Jeans und öffnete den Knopf, während er weiterhin meine Brust mit Aufmerksamkeit überschüttete.

Sein Mund kehrte auf meinen zurück und eine Hand folterte meine sensiblen Knospen, während die andere in meine Jeans glitt.

Ich wollte, dass meine Jeans *weg* war, also öffnete ich den Reißverschluss und trat sie so schnell ich konnte von meinem Körper. In dem Augenblick, als meine Beine frei waren, schlang William eines seiner Beine über meines, um es dort zu verankern, und legte dann seine Hand wieder dorthin, wo sie gewesen war, um mich durch das dünne Material meines Höschens zu streicheln.

„Ich habe das noch nie zuvor getan ... aber ich habe ausgiebige Nachforschungen angestellt", murmelte er.

Mit einem Stöhnen antwortete ich: „Ich würde sagen, dass du bis jetzt eine Eins Plus bekommst, Wil."

Er wich zurück und öffnete seinen Mund, um nach der unvermeidlichen Erklärung zu fragen.

„Ich erkläre es dir später. Mehr Mund", sagte ich.

Er lehnte sich vor, um mich wieder zu küssen, und der Druck seiner Finger wurde stärker. Er brannte direkt in mich. Ich konnte diese Berührung hinter meinen Augen spüren, unter meinem Brustkorb, in meinen Zehen. Mit jeder Bewegung seiner Hand streichelte er mich überall und beherrschte meinen Körper, ohne es zu realisieren. Sein Mund kehrte zu meinem Nippel zurück und fing an, mich erneut zu foltern. Ich stieß einen angespannten Atemzug aus, als die Erregung zwischen meinen Beinen stärker wurde. Mein Verlangen wurde zu rauem Stöhnen.

„Ich sehe, dass es dir gefällt", sagte er.

„Ja", sagte ich schwer seufzend. „Mehr."

Er schob langsam mein Höschen meine Beine hinunter. Obwohl ich mich so sehr sehnte, mehr von seinen Händen auf mir zu spüren, drängte ich ihn nicht. Er hatte sehr wahrscheinlich zuvor noch keiner Frau den Slip ausgezogen. Das war auf so viele Arten ein erstes Mal für ihn und ich wollte, dass er es genießt.

„Es sieht so zart aus, dass es reißen könnte."

Ich lächelte und dachte daran, dass es ziemlich sexy sein könnte, wenn er sich eines Tages dazu entschied, es zu zerreißen. Nachdem er mir das Höschen von den Knöcheln gezogen und vorsichtig auf meiner Jeans beiseitegelegt hatte, drehte William sich wieder zu mir und betrachtete meinen Körper von Kopf bis Fuß.

Noch ein erstes Mal ... ich nackt vor ihm.

„Prägst du mich dir ein, damit du mich später zeichnen kannst?", scherzte ich.

Seine Augenbrauen zuckten zu einem Stirnrunzeln. „Ich werde mich immer daran erinnern können, wie du in diesem Moment aussiehst, ausgebreitet auf der Couch, ohne Kleidung."

Ich lächelte und wollte gerade antworten, als eine Hand zum Scheitelpunkt meiner Schenkel wanderte und die andere mein Handgelenk nahm und es über meinem Kopf in die Couch drückte. Seine Finger waren sanft, als er mich weiter erforschte und sanft den oberen Rand meines Geschlechts streichelte, bevor er tiefer wanderte.

Dann fand er meine Klitoris und ich wäre fast aufgesprungen. „Hier? Das ist deine Klitoris ..."

„Ähm, ja, das stimmt. Das ist eine *sehr* gute Stelle zum Berühren."

„Ich weiß."

Sein Mund kam auf meinen herunter und seine Finger erhöhten den Druck.

„Öffne deine Beine weiter", flüsterte er zwischen zwei Küssen und ich gehorchte bereitwillig. Nun berührten mich zwei – nein, drei – Finger, die mich abwechselnd sanft und schnell und dann langsam und fest streichelten. Genau an den richtigen Stellen.

Er lernte das sehr schnell.

Zwei Finger glitten in mich und erforschten meinen Eingang, bevor sie mit stetigen Bewegungen weiter hineinglitten. Als ob das noch nicht genug gewesen wäre, schloss sich sein Mund wieder um meine Brust und saugte meinen Nippel zwischen seine Zähne. *Oh. Meine. Göttin.*

Innerhalb weniger Minuten war ich eine atemlose Sklavin seiner Finger und seines Mundes. Und er hörte nicht auf.

„Woher weiß ich, wenn du gekommen bist?"

„Oh, du wirst es wissen", sagte ich. „Hör einfach nicht auf."

Aber er hörte auf. Als ich die Augen öffnete, sagte er: „Ich will tun, was du getan hast, und meinen Mund benutzen. Wäre das okay für dich?"

Wäre das okay für dich? Das wäre der verdammte Himmel!

„Bitte", sagte ich und er bewegte sich sofort hinab zu meinem Schritt. Er fing mit schüchternen Küssen an und begann dann, meine Klitoris zu lecken. In diesem Augenblick glitten auch zwei Finger wieder in mich, wobei sie tief in mich eintauchten.

Wo zum Teufel hatte er das gelernt?, dachte ich schockiert, als mein Körper sich gehorsam zum Befehl seiner Hände wölbte. Wäre er ein anderer Mann gewesen, hätte ich angenommen, dass er mich angelogen hatte darüber, noch Jungfrau zu sein.

Meine Kehle war nun heiser vom Stöhnen. Zwischen dem, was sein Mund mit mir machte und wie seine Finger immer tiefer eintauchten – ganz zu schweigen davon, wie heiß es war, dass er noch immer mein Handgelenk mit seiner freien Hand umklammerte –, erlebte ich nichts außer Ekstase.

Bald hielt ich den Atem an, als sich heiße Krämpfe des Vergnügens über meinen ganzen Körper ergossen. Er hörte etwas zu früh auf und ich musste seine Hand packen und sie gegen meine Klitoris pressen, bis mein Orgasmus abgeklungen war. Als das der Fall war, brach ich auf der Couch zusammen und meine Haut glitzerte vor Schweiß.

Er bewegte sich und legte sich neben mich. „Ich habe meine Hand weggezogen, weil ich dein Gesicht sehen wollte, als du deinen Orgasmus hattest. Das war eines der schönsten Dinge, die ich je gesehen habe."

Ich lachte fast, aber entschied mich dagegen, einen Scherz über mein Orgasmusgesicht zu machen. Stattdessen drehte ich mich und blickte ihm wieder in die Augen. Er hielt meinen Blick für ein paar Sekunden und dann rutschten seine Augen zu meinem Kinn hinab.

„Das war atemberaubend", sagte ich leise. „Danke."

Ein schwaches Lächeln tauchte auf seinen Lippen auf, als wäre er stolz auf sich, und ich merkte, dass ich ihn, obwohl ich gesättigt war, wirklich wieder küssen wollte. Ich wollte mehr von ihm. Und jetzt, da ich gekostet hatte, wie es zwischen uns sein könnte, und da ich bereits nackt war ...

Ich erhob mich auf einen Ellbogen und fing seinen Mund mit einem Kuss ein. „Es ist nicht fair, dass du mich nackt sehen durftest und ich dich nicht. Aber weißt du ... das hier muss noch nicht das Ende sein."

Er sagte nichts, aber erwiderte meine Küsse mit wachsendem Eifer. Meine Hand rutschte über seinen Schritt, um – ähm – die Temperatur zu testen.

Er war wieder hart.

„William", sagte ich gegen seinen Mund und er küsste mich weiter. „Ich nehme die Pille und bin sauber."

Der Kuss endete und er wich zurück. „Warum solltest du nicht sauber sein? Du duscht regelmäßig."

Ich grinste. „Nein, ich meine, ich habe keine Geschlechtskrankheiten. Ich lasse mich regelmäßig testen. Und da du noch nie ... müssen wir uns über Kondome keine Gedanken machen."

„Ich habe Kondome." Meine Augenbrauen schossen hoch. *Wirklich ...* „Aber nichts wird passieren, außer ..."

Ich ließ mich in die Couch zurückfallen und blickte zu ihm hinauf. Er hatte einen sehr entschlossen Gesichtsausdruck, verdammt.

„Sag, dass du bleibst, Jenna."

Ich leckte über meine Lippen und schwieg. Ein nagendes Gefühl von Schuld stieg in mir auf und brachte mich dazu, zu hinterfragen, woher es kam. Als ich sprach, war meine Stimme kaum mehr als ein Flüstern. „Das Leben ist zu kurz, um sich über Bindungen Sorgen zu machen. Wir sollten einander einfach genießen."

„Ist es das, wovor du Angst hast? Dass das Leben zu kurz ist?"

Meine Augen schlossen sich.

„Leute, die dir etwas bedeuteten, sind gestorben. Deshalb denkst du darüber nach, wie kurz das Leben ist. Deshalb musst du davonlaufen und alles erleben, was du kannst. Deshalb lässt du dich von Furcht leiten."

Ich öffnete die Augen und stieß ihn gegen die Brust, um ihn wegzuschieben. „Bitte geh runter", sagte ich. „Ich bin kein Feigling."

Er setzte sich zurück und sah mir zu, wie ich meine Klamotten schnappte und sie anzog. „Du hast recht. Das bist du nicht."

Ich blinzelte und spürte plötzlich Tränen in meinen Augen aufsteigen. Er war näher an der Wahrheit, als ich es in einer Million Jahren zugeben würde. Das Leben *war* kurz. Leute die man liebte, starben und ließen einen ganz alleine. Ich biss mir auf die Lippe und weigerte mich, den Tränen zu erlauben hervorzutreten.

„Jenna ..." Ich wollte gerade von der Couch aufstehen, als er seinen Arm um meine Hüfte legte. „Ich wollte deine Gefühle nicht verletzen."

„Aber das hast du."

Er küsste mein Haar. „So bin ich. Ich sage, was in meinem Kopf vorgeht. Es tut mir leid."

Ich ließ mich gegen seine harte Brust fallen und sein anderer Arm drückte mich an sich. Alles in mir schmerzte. Ich wollte so sehr bei ihm sein, dass es wortwörtlich *schmerzte*.

Und das Erschreckendste daran war, dass ich ernsthaft anfing, darüber nachzudenken, ihm zu sagen, dass ich bleiben würde, um zu sehen, was daraus werden könnte. Aber es gab Versprechen, die ich halten musste – gegenüber anderen und gegenüber mir selbst.

Wenn *etwas* daraus wurde, dann würden sich all meine Überzeugungen und alles, was ich über die Welt zu wissen glaubte, in Luft auflösen. Ich wäre auf unbekanntem Terrain. Keine Karte. Kein Plan. Nicht einmal meine Karten, auf die ich mich verlassen konnte.

Er hatte recht. Ich hatte Angst. Ich hatte wirklich schrecklich Angst vor dem, was daraus werden könnte.

Kapitel Zweiundzwanzig
William

EIN PAAR TAGE SPÄTER WIRD MEIN TRAINING VON EINER unerwarteten SMS von Jenna unterbrochen. Es ist seltsam, da ich gerade an sie gedacht habe.

Mia und Adam haben uns eingeladen, mit ihnen zu Medival Times zu gehen. Wollte sehen, ob das okay für dich ist.

Ich bin noch nie zuvor dort gewesen. Laut Reklame ist es eine Dinnershow mit Rittern und Lanzenstechen – mit dem Zeitalter inakkuraten Waffen und Rüstung.

Ich weiß, dass es wahrscheinlich das Beste wäre, mit etwas derartigem an unseren Fortschritt in Disneyland anzuknüpfen, aber ich will nicht wirklich. Ich würde viel lieber wieder Zeit mit Jenna alleine verbringen.

Aber Zeit mit ihr alleine würde nur zu weiteren frustrierenden Umständen wie beim letzten Mal führen – der Nacht, in der ich wirklich gerne Sex mit ihr gehabt hätte, aber trotzdem aufgehört habe.

Manchmal denke ich, dass ich nicht klug bin.

Ich: *Ich weiß nicht.*

Sie: *Ich würde dich gerne wiedersehen. Und wir könnten uns über diese Pseudokämpfe lustig machen. Das könnte witzig sein und, was wichtiger ist, dir mit deinen Problemen mit Menschenmengen helfen.*

Ich: *Unauthentische Kämpfe nerven mich.*

Sie: *Ich werde meine tief ausgeschnittene Mittelalterbluse und ein Push-up-Mieder tragen ...*

Ich: *Deal.*

Während die Tage vergehen, bis ich sie das nächste Mal sehe, verbringe ich viel Zeit damit, über meine Überzeugungen nachzudenken. Ich erwäge ernsthaft, sie hinter mir zu lassen. Ich habe viel darüber nachgedacht, was Adam gesagt hat – und auch, was der Idiot Jordan gesagt hat.

Also spreche ich das Thema Sex das nächste Mal, als Adam und ich alleine sind, an und frage ihn nach Rat. Ich bin erleichtert, dass Jordan nicht da ist, um mit seiner Fülle an Kondomen und schlechten Ratschlägen zu stören.

Es ist Mittwochabend und ich trainiere in seinem hauseigenen Fitnessstudio, weil er Trainingsgeräte hat, die ich nicht besitze. Er joggt heute auf seinem Laufband anstatt auf der Straße oder am Strand, was er vorzieht. Danach gehen wir in die Küche hinauf, um eine Getränkepause zu machen und setzen uns. Er nimmt sich einen Apfel aus einer Obstschale, wäscht ihn und beißt hinein.

„Was hast du auf dem Herzen?", sagt er, ohne mich anzusehen.

Ich versuche schon die ganze Zeit eine Möglichkeit zu finden, wie ich es ansprechen soll, und er scheint das an meiner Art gesehen zu haben. Ich beneide ihn, weil er Dinge basierend auf meinen Gesten und meinen Blicken bemerkt. Ich habe das auch bei seinem Umgang mit anderen gesehen. Wir können im selben Raum sein und an derselben Unterhaltung teilnehmen und doch, wenn wir danach darüber diskutieren, kommt er mit einer langen Liste von Nuancen und Eindrücken, die ich völlig übersehen habe.

Ich bin sehr dankbar, Adam schon so lange als einen Verbündeten zu haben. Er ist unglaublich klug und das schon immer. Das bin ich zwar auch, aber er ist auf andere Art schlau. Deswegen ergänzen wir uns.

„Ich will wegen etwas mit dir reden", sage ich und bestätige seine Vermutung. „Aber du könntest dich dabei unbehaglich fühlen."

Ein Teil seines Mundes zieht sich zu einem Lächeln hoch. „Willst du mir wieder wegen einem Hochzeitstermin in den Ohren liegen? Denn wir sind auf derselben Seite. Ich weiß, was ich will. Emilia ist diejenige, die ausweicht." Wie immer nennt er seine Verlobte bei ihrem vollen Namen anstatt Mia, wie alle anderen sie nennen.

„Ich will dir nicht in den Ohren liegen. Dazu bin ich viel zu groß." Adam verzieht das Gesicht bei meinem Versuch, einen Scherz zu machen, dann schraubt er seine Wasserflasche auf und nimmt einen Schluck.

„Ich wollte dich wegen Sex fragen. Ich habe viele Fragen und das pornografische Material, das ich mir angesehen habe –"

Adam verschluckt sich an seinem Wasser und hustet. Vielleicht war es die Erwähnung von Pornografie. Aber wie sonst soll ich etwas über Sex lernen, wenn nicht, indem ich Leuten zusehe?

„Benutz keine Pornos als Lehrmaterial, Liam", sagt Adam schließlich, wobei die Röte in seinem Gesicht dunkler wird. „Sie machen Sachen in Pornos – selbst das nullachtfünfzehn Zeug –, die man im echten Leben nicht versuchen sollte."

Ich kratze mich an meinen Bartstoppeln. „Nullachtfünfzehn? Sind die Stellungen durchnummeriert?"

„Ich meine, ähm, normalen Sex. Nichts Versautes. Egal, vieles von dem, was sie in Pornos machen, ist nicht real. Viel davon ist Schauspielerei, viel kreative Techniken. Viele seltsame Stellungen, um die Kamerawinkel zu maximieren."

Ich nicke und absorbiere das. „Ich verstehe die Mechanik dahinter. Und ich verstehe, dass es für einen Mann einfacher ist, einen Orgasmus zu bekommen. Aber was ich wissen will, ist, wie es ist, wenn einer der Partner viel unerfahrener ist als der andere. Wie gehen sie mit dem ersten Mal dieser Person um?"

Adam nimmt einen langen Atemzug und blickt beim Ausatmen zur Seite. „Nun, solange beide Partner die sexuelle Vergangenheit des anderen kennen – besonders in einem Fall wie diesem –"

„Wie war dein erstes Mal?", unterbreche ich. „War sie erfahrener als du?"

Adam blinzelt und sein Gesicht errötet wieder. „Ähm, ja. Sie war älter und sie hatte schon einige Partner vor mir gehabt."

„Wie viel älter?"

„Sechs Jahre", antwortet er und blickt über seine Schulter, als hätte er Angst, jemand könnte zuhören. Aber wir sind alleine, da Mia heute Abend mit ihrer Mutter ausgegangen ist. Adam rutscht auf seinem Platz umher und fummelt an seiner Wasserflasche herum, sodass sie laut knackt.

„Sechs Jahre?", wiederhole ich. „Also war Lindsay deine erste Partnerin? Ich dachte, sie kam später."

Adams Augen weiten sich. Ich weiß, dass dieser Blick Überraschung bedeutet. Wahrscheinlich ist er überrascht von meiner Schlussfolgerung. „Ich hatte keine Ahnung, dass du davon wusstest."

„Es war kein gut gehütetes Geheimnis, Adam. Ihr beide habt für meinen Dad gearbeitet und dann, als du ins College bist, ist sie oft nach Pasadena gefahren, um dich zu besuchen. Es ist schwierig, ein zweijähriges Geheimnis vor gemeinsamen Freunden zu hüten."

Sein Mund wird schmal. „Vermutlich."

„Ich wusste nur nicht, dass sie deine Erste war. Aber diese Information ist nützlich. Hat sie dir erklärt, was sie wollte? Was ihr gefiel?"

Adam dreht den Strunk seines Apfels und blickt nicht auf. „Ähm, ja, mehr oder weniger. Und ich wurde mir über einige Sachen klar, während wir dabei waren. Ich lerne schnell."

Er *musste* schnell gelernt haben. Ich erinnere mich daran, den Tratsch anderer über ihn gehört zu haben, als er noch Single war, und ihm fehlte es anscheinend nie an Sexualpartnern.

„Und Mia?"

Adam bekommt diesen seltsamen Gesichtsausdruck, den ich überhaupt nicht lesen kann. Er schießt aus seinem Stuhl hoch und reibt sich den Nacken.

Nach einer langen Minute will ich die Frage wiederholen – für den Fall, dass er mich das erste Mal nicht verstanden hat –, als er endlich wieder spricht. „Was ist mit ihr?", fragt er leise.

„War sie erfahrener als du?"

Seine Wangen spannen sich an, als würde sich sein Kiefer verkrampfen, und plötzlich zeigt er großes Interesse daran, die

Magnete am Kühlschrank neu anzuordnen. „Nein", ist alles, was er sagt.

„Vielleicht sollte ich mit ihr reden. Vielleicht war einer ihrer vorherigen Partner erfahrener als sie."

Dieser seltsame Blick taucht wieder auf Adams Gesicht auf. „Mach dir keine Mühe. Emilia war Jungfrau."

„Oh. Hmm." Ich kratze mich wieder am Kinn. „So viel dazu, etwas über die Perspektive einer Frau zu hören. Also war sie noch nie mit jemand anderem außer dir zusammen?"

Er steht jetzt irgendwie steif da. „Nein."

„Das bereitet dir keine Sorgen?", frage ich.

Er runzelt die Stirn. „Sorgen? Warum sollte mir das Sorgen bereiten?"

„Nun, wenn ihr zwei heiratet, wird sie nie die Chance haben, mit jemand anderem zusammen zu sein – vermutlich für den Rest ihres Lebens. Fühlt sie sich nicht, als hätte sie etwas verpasst?"

Adam stößt ein langes Seufzen aus und dreht sich um, um sein Trainingshandtuch aufzunehmen. Aber er antwortet lange nicht. „Ich denke, dass ich so noch nie darüber nachgedacht habe. Es scheint ihr nichts auszumachen."

„Du solltest sie fragen."

„Oder", sagt er und dreht sich wieder zu mir, „ich könnte es einfach nicht erwähnen. Und das solltest du auch nicht – besonders nicht das Ganze mit Lindsay."

„Warum? Glaubt sie, dass du Gefühle für Lindsay hast? Ich hoffe, das hast du nicht. Aber falls doch, werde ich das nächste Duell gegen dich bestreiten." Ich scherze. Ich weiß, dass er keine Gefühle für Lindsay hat, obwohl sie sich von Zeit zu Zeit immer noch als Freunde treffen.

„Emilia weiß das Wichtigste schon. Aber es würde sie aufregen, darüber zu reden. Leute hören nicht gerne etwas über die früheren Liebhaber ihres Partners.“

„Nun dann, ich denke, du hast Glück, dass sie keine hat, über die du etwas hören könntest.“

Adam blickt einen Augenblick lang zur Decke, sagt aber nichts.

„Warum ist das so?“

„Warum ist was so?“

„Warum wollen Leute nichts über die früheren Liebhaber ihrer Partner wissen?“

„Willst du dir Jenna mit einem anderen Mann vorstellen?“

Ich stelle es mir sofort vor – Jenna in Dougs Armen. Wie sie Händchen halten. Wie er sie küsst. Plötzlich bin ich unerklärlicherweise wütend und mein Gesicht wird heiß. Adam bemerkt es natürlich, denn er nickt. „Siehst du? Jetzt verstehst du es.“

„Du hast Glück, dass du dir darüber *nie* Sorgen machen musst.“

„Ich habe aus vielen Gründen Glück. Ich habe die tollste Frau der Welt. Du kannst die zweitbeste haben.“ Er grinst.

„Es macht aber keinen Sinn, dass mich das wütend macht. Ich weiß, dass sie Doug jetzt hasst. Er war ungehobelt und fies zu ihr. Sie will nicht einmal mehr mit ihm reden. Es gibt nichts, weswegen ich eifersüchtig sein müsste.“

„Aber sie dir zusammen vorzustellen, selbst wenn es Vergangenheit ist, reicht aus, um dich wütend zu machen. Und vielleicht war sie davor noch mit anderen Kerlen zusammen.“

„Das war aber, bevor ich sie kennengelernt habe. Aber selbst das macht mich wütend. Ich verstehe das nicht.“

Adam lächelt. „Ich denke, dass es dich ziemlich schwer erwischt hat.“

„Was hat mich erwischt?“

„Ich denke, dass du dich sehr in dieses Mädchen verliebst. Sei bitte vorsichtig, okay? Steck nicht zu viel hinein. Emilia sagt ...“ Dann unterbricht er sich und blickt weg.

„Was sagt sie?“

Adam schüttelt den Kopf. „Nun, einige Leute sind gerne in Langzeitbeziehungen und andere nicht. Und du hast erwähnt, dass Jenna vorhat, bald wegzuziehen.“

Ich zucke mit den Schultern und blicke dann ebenfalls weg. Adams Worte bestärken meinen Entschluss, keinen Geschlechtsverkehr mit Jenna zu haben. Selbst wenn es das schönste Erlebnis meines Lebens sein würde, wäre es den Schmerz, dass sie mich danach verlässt, nicht wert.

„Ich verstehe. Ich plane nicht, mit ihr Sex zu haben.“

Adam bekommt wieder dieses seltsame Lächeln. „Du solltest einfach mit dem Strom schwimmen, Liam. Sieh, wohin er dich bringt. Halte dich nicht zurück. Manchmal passieren Dinge, die nicht in deinem Plan sind.“

„Das passiert dir nie“, sage ich. „Du hast immer alles schon lange im Voraus ausgearbeitet.“

Adam lacht, aber ich bin nicht sicher, warum. „Manche Dinge im Leben sind unmöglich zu planen. Die Liebe ist eines davon – natürlich nur, falls es sich als das herausstellt.“

Ich frage mich, was er meint, und grüble weiter über dieses große Mysterium namens *Liebe* nach. Wer hätte gedacht, dass etwas, das man nicht sehen, hören oder berühren, geschweige denn *definieren* kann, jemandes Leben so vollständig beherrschen kann?

Kapitel Dreiundzwanzig
Jenna

Es war endlich Wochenende und ich war aufgeregt, weil ich mit William, Adam und Mia auf das Medieval Times gehen würde. Wie versprochen trug ich mein mittelalterliches Gewand, inklusive eines Korsetts über meiner tief ausgeschnittenen, schulterfreien Bluse. Mia trug mein anderes Outfit – ich hatte mit einer unserer Schneiderinnen gehandelt, um es ihr anzupassen –, aber da Mia größer war, war es schließlich doch noch etwas kurz. Aber sie trug Stiefel zu dem Kleid und das sah toll aus.

Die Jungs weigerten sich, bei dem Spaß mitzumachen, und entschieden sich stattdessen für langweilige Kleidung des einundzwanzigsten Jahrhunderts. Doch Adam sagte, dass ihm das Dekolletee gefiel, das Mias Kostüm ihr zauberte, und gab ihm zwei Daumen hoch.

Ich war ziemlich schockiert gewesen, als Mia mit dem Medieval Times auf mich zugekommen war und gesagt hatte, dass sie William bei seinen Problemen mit Menschenmengen helfen wollte. Mir schien es immer so, als hätte dieses hart arbeitende junge Paar keine Zeit für solche Dinge. Adam war ein mega-beschäftigter Milliardär und Mia war völlig mit ihrem Medizinstudium eingespannt. Aber scheinbar irrte ich mich.

Adam spendierte uns sogar eine Limousine und die besten Plätze im Haus.

Das Medieval Times fand im Buena Park entlang eines Abschnitts mit vielen Lokalitäten und Veranstaltungsorten statt, nicht weit von Disneyparks Rivalen Knott's Berry Farm. Das Gebäude war groß, ähnlich einer riesigen Lagerhalle, aber mit Türmen und anderen Details geschmückt, die es wie eine Burg aussehen ließen. Es gab sogar falsche Wehranlagen und eine Zugbrücke sowie farbenfrohe Wimpel, die über den mit Zinnen verzierten Wänden wehten. Das Ganze wurde jedoch von der blinkenden LED-Reklame zerstört, das den Passanten auf dem belebten Boulevard die Veranstaltung ankündigte.

Wir zeigten unsere Tickets vor und man gab uns unsere Platzkarten und bunte Papierkronen, die anzeigten, dass wir im roten Bereich der Arena saßen.

Ich seufzte, als wir uns entlang der Wand der Eingangshalle setzten. „Was ist das nur mit dieser männlichen Faszination für Brüste? Meine Augen sind *hier* oben, Leute!", sagte ich, nachdem das fünfzehnte Paar männlicher Augen an meinem Dekolletee hängengeblieben war. Mia und ich zogen in unseren mittelalterlichen Gewändern viel Aufmerksamkeit auf uns.

Adam zuckte mit den Schultern und legte einen Arm um seine Verlobte, wobei er einen würdigen Blick in ihren Ausschnitt warf. „Sei dankbar, dass Männer keine Brüste haben. Sie würden sonst nie das Haus verlassen."

William beschimpfte ihn, was für eine dämliche Idee das sei, da männliche Säugetiere keinen Bedarf für Milchdrüsen hätten. Es war amüsant, Adam und Mia zuzusehen, wie sie gegen das Gelächter, die diese Schimpftirade provozierte, ankämpften.

Die Haupthalle außerhalb der Arena war ein kapitalistischer Himmel. Wohin man blickte, gab es Prinzessinnenaccessoires, wehende Wimpel und mittelalterliche Plastikschwerter zu kaufen. Neben der Haupthalle waren die Ställe, wo die Gäste die schönen Rösser bewundern konnten, auf denen die Ritter während des Lanzenstechens ritten. Mia, die mit Pferden aufgewachsen war, interessierte sich sehr dafür und kommentierte deren Schönheit und gute Züchtung. Wir konnten auch die Stallungen für die Raubvögel – Falken und Habichte mit Hauben und langen Lederriemen an den Beinen – begutachten.

Als ich neben William herging, erhaschte ich ein paar Ausschnitte der leisen Unterhaltung zwischen Adam und Mia. Ich hörte etwas von einer Art „Wette" aus dem üblichen gegenseitigen Necken heraus.

Wieder in der Halle stand William an der Wand, während wir weiter warteten. Mit fest verschränkten Armen überblickte er den Raum und atmete tief ein – so wie ich es ihm gezeigt hatte – und war sich scheinbar jeder Kleinigkeit, die passierte, bewusst. Ich bot ihm meine Ohrstöpsel und die Melodien meiner Playlist an, um die Geräusche der Menschenmenge zu übertönen, was ihn sichtlich beruhigte.

Adam ging, um uns etwas zu trinken zu kaufen.

„Also ... wie läuft es mit dir und William?", fragte Mia.

„Gut." Ich nickte. „Wir haben Spaß."

Mias Kopf neigte sich zu mir und ihr Mund wölbte sich zu einem schiefen Lächeln. „Wirklich ... welche Art Spaß?"

Ich runzelte die Stirn. „Die übliche Art."

„Wie die übliche Art zwischen zwei Freunden, die abhängen, oder ... *deine* übliche Art?"

„Mensch, Mia, du lässt es klingen, als wäre ich eine gefallene Frau, um den mittelalterlichen Ausdruck zu verwenden.“

Sie zuckte mit den Schultern. „Nur neugierig.“

Ich kniff die Augen zusammen. „Das sagst du immer. Du bist *extrem* neugierig. Genau wie dein zukünftiger Ehemann.“ Nach unserer Begegnung auf der Couch hatte ich William auf die Kondome angesprochen und er hatte geantwortet, dass Adam sie ihm zusammen mit einigen Ratschlägen gegeben hatte.

Mia wurde rot und wechselte das Thema. Was gut war, da sie wirklich nicht wissen musste, wie sehr William es genossen hatte, mit meinen Brüsten zu spielen – oder wie sehr es mir gefallen hatte, als er das getan hatte. Das würde unser kleines Geheimnis bleiben.

Weiter wurde nichts gesprochen, bis wir in den roten Bereich der großen Arena geführt wurden. Dort würden wir den Roten Ritter anfeuern können. Das Spielfeld war in sechs verschiedene Farben aufgeteilt: grün, schwarz-weiß, rot, gelb, blau und rot-gelb, alle mit ihrem dazugehörigen „Streiter“.

„Das ist unsere Glücksnacht! Rot ist meine Lieblingsfarbe“, sagte ich. „Was ist deine, Wil?“

„Alle“, antwortete er mit ernstem Gesicht.

„Hmm ... das muss eine Künstlersache sein, vermute ich.“

Er blickte auf den gedeckten Tisch. „Es gibt keine Gabeln.“

„Wir sind auf dem Medieval Times. Wir essen wie im Mittelalter“, scherzte Adam.

„Das Essen und die Art zu essen sind völlig *un*authentisch“, sagte William. „Ich werde nicht mit meinen Händen essen.“

„Wieso ist das nicht authentisch?“, fragte ich.

„Nun, sieh dir die Speisekarte an. Rosmarinkartoffeln und Tomatensuppe. Kartoffeln und Tomaten kamen aus der Neuen

Welt. Während des Mittelalters hatten die Europäer keinen Zugang dazu. Und Pepsi diskutieren wir erst gar nicht."

Adam lachte hinter vorgehaltener Hand und Mia schlug ihm auf den Arm, ohne ihn überhaupt anzusehen. „Ich frage für dich nach einer Gabel, William. Aber ich frage nicht nach einer für Adam. Er benimmt sich sowieso wie ein Neandertaler."

„Hey", antwortete Adam und heuchelte Verärgerung, bevor ihm ein Grinsen entkam.

Ich nutzte diese Gelegenheit, um etwas zu fragen, das mich schon seit einiger Zeit interessierte. „Habt ihr zwei bei euren vollen Terminplänen überhaupt noch Zeit für Dates?"

Die zwei sahen sich an und Mia lächelte reumütig. „Nein, nicht wirklich. Wir sind bereits wie ein altes Ehepaar."

„Weswegen wir endlich ein Datum festlegen sollten", sagte Adam.

Sie verdrehte die Augen. „Du und dein verbohrtes Gehirn. Welchen Unterschied macht das?"

„Das werden wir sehen, oder?", sagte er und warf ihr einen mysteriösen Blick zu. „Wenn ich das Datum bestimmen darf."

„In deinen Träumen."

Verwirrt über ihre kryptische Unterhaltung blickte ich hilfesuchend zu William, doch er hörte nicht zu. Er warf einen unheilvollen Blick über die Arena, speziell auf die Pferde und Reiter, die hereingekommen waren, um sich „aufzuwärmen", indem sie einige kleine Kunsttücke vorführten. Er murmelte wiederholt, dass Ritterspiele und Wettbewerbe unauthentisch waren. Er benutzte dieses Wort *oft*.

Unser Essen wurde serviert – köstliches gegrilltes Hähnchen mit den zuvor erwähnten unzeitgemäßen Kartoffeln und eine leckere gebackene Apfeltarte zum Nachtisch. Nachdem wir gegessen hatten, begannen die Ritter mit ihrem Wettkampf, um den „König" und die „Prinzessin", die hoch auf einer Plattform über der Arena saßen, zu beeindrucken. William kritisierte die Heraldik, die Waffen und besonders die „Scheinrüstung" der Ritter. „Wenn ich so eine Rüstung zu einem Wettkampf tragen würde, wäre ich in wenigen Minuten hirntot oder körperlich behindert."

Nachdem das Geschirr abgetragen worden war, saßen Adam und Mia mit zusammengesteckten Köpfen da und unterhielten sich. Ich versuchte schamlos mitzuhören. Wieder schnappte ich das Wort „Wette" auf, das von einem heimlichen Blick in Williams und meine Richtung gefolgt wurde. Da reimte ich es mir zusammen.

„Oh. Meine. Göttin", rief ich sofort, als die Schlussfolgerung in meinem Kopf aufpoppte. „Ihr zwei habt eine Wette über uns abgeschlossen, oder?"

Williams Kopf drehte sich herum und er sah mich an. „Eine Wette? Welche Art von Wette?"

Sie mussten meine Frage nicht einmal beantworten. Ich konnte es an der Art sehen, wie Adam wegblickte, als hätte er nichts gesagt, und an der Tatsache, dass Mia so rot wie eine nicht-mittelalterliche Tomatensuppe wurde. Ich hatte recht.

„Eine Wette?", sagte Adam schließlich, als er mich ansah. „Das ist lächerlich. Was für eine Wette sollten wir denn über euch abschließen?"

Ich kniff die Augen zusammen. „Nun, ich vermute, dass derjenige, der gewinnt, das Datum der Hochzeit festlegen darf ... und dass ihr darum wettet, ob William und ich miteinander schlafen."

Adams Reserviertheit verschwand – nur einen Augenblick lang –, aber Mias Reaktion gab mir die Informationen, die ich brauchte. Ihre Augen weiteten sich und *schuldig* stand fett auf ihrer Stirn geschrieben.

„Was?", sagte William und schoss aus seinem Stuhl hoch, sodass er den Rest von uns überragte. Er blickte seinen Cousin finster an. „Ist das der Grund, warum du mir *hilfreiche* Ratschläge gegeben hast? Du hattest ein Motiv dazu?"

Adam hob seine offene Hand. „Setz dich, Kumpel. Wir können später darüber reden. Die Prinzessin wird gleich vom Bösewicht gefangen genommen."

Doch stattdessen schnappte William sich ein Plastikschwert – ich hatte keine Ahnung, woher es kam – und zeigte damit auf seinen Cousin. Adams Augen weiteten sich, doch er nahm das Ende des Schwerts und schob es weg. „Hey! Richte das woanders hin."

Die Spitze des Spielzeugschwerts kehrte daraufhin vor Adams Gesicht zurück. „Sag mir die Wahrheit ... worum ging es bei der Wette?", verlangte William von seinem Cousin.

Adam verdrehte die Augen. „Ich bin dein Fahrer. Verärgere mich nicht oder ich lasse dich hier zurück."

William schlug seinem Cousin mit dem Schwert auf die Schulter. Wahrscheinlich tat es nicht weh, doch Adam stand auf. „Liam, verdammt, beruhige dich."

William stach wieder mit der falschen Klinge nach ihm. Da hörte ich einen Jungen rufen: „Hey, der Mann hat mein Schwert!"

Adam trat murmelnd zurück und Mia lachte und sagte zu Adam, dass er bekäme, was er verdiente. William stürzte sich wieder auf ihn und die zwei Männer eilten schnell die Treppe hinauf und durch die Tür hinaus, die in die Lobby führte. Mia und ich tauschten Blicke aus, schnappten unsere Sachen und folgten ihnen nach draußen.

„Wer wettet hier was?", fragte ich sie, als wir den zwei Wettkämpfern die Treppe hinauf folgten.

Sie seufzte schwer. „Ich wusste, dass es eine dumme Idee war. Es hat als Scherz angefangen. Aber Adam war sich sicher, dass er gewinnen würde."

„Und die Einsätze?"

„Du hattest recht. Der Gewinner darf das Hochzeitsdatum festlegen. Adam sagte, dass William – in seinen Worten – bei dir *punkten* würde. Und ich sagte nein, dass William kein Kerl für etwas Zwangloses ist."

„Danke, dass du mich als etwas Zwangloses bezeichnest. Ich denke, dass ich hier auf Adams Seite stehe."

„Es tut mir leid, Jenna. Ich meinte das nicht als Beleidigung, aber – du weißt doch selbst, wie du bist. Diese ganzen Beziehungssachen sind für dich doch nur temporär."

„Und? Ist es nichts Positives, dass Wil endlich seine Jungfräulichkeit verlieren könnte?"

„Es bedeutet ihm mehr als das."

„Er ist ein Kerl. Ich *garantiere* dir, dass es ihm nicht mehr bedeutet." Obwohl ich es besser wusste, sagte ich es trotzdem. Hauptsächlich, weil ich es hoffte.

Wir drückten uns durch die Türen und hörten sofort das Geräusch von hartem Plastik, das auf hartes Plastik traf. Offensichtlich hatte Adam sich ebenfalls ein Schwert geschnappt und wehrte Williams Hiebe ab.

„Alter. Hör mit diesem *Inigo Montoya*-Gehabe auf, bevor ich dich wirklich verletze", sagte Adam, als Williams Klinge gerade aggressiv gegen seine knallte. Ein paarmal schaffte Adam es nicht, Williams Angriffe zu blocken, und bekam die flache Seite der „Klinge" an seiner Schulter oder seinem Oberschenkel zu spüren.

„Wie kannst du es wagen!", sagte William zähneknirschend.

„Es war ein Scherz. Scheiße. Fuck – das hat wehgetan, Liam. Verdammt!" Und dann fing Adam an, ernsthaft gegen William zu kämpfen.

Mia trat vor, bevor ich etwas sagen konnte. Nicht dass ich das vorgehabt hätte. Ich war völlig verwirrt von diesen zwei gutgebauten Männern, die sich mit aller Kraft – und Plastikschwertern – aufeinander stürzten.

„Halt!, rief Mia, doch sie ignorierten sie völlig. Ich war wie betäubt, hauptsächlich weil beide sie bewunderten, weswegen ich gedacht hatte, dass ihr Wort Gesetz wäre. Aber sie hörten nicht, sondern schoben und schlugen einander im Wechsel.

Die Leute von der Bar und dem Souvenirshop kamen herbei, um zuzusehen, und aus den Augenwinkeln sah ich einen uniformierten Sicherheitsmann in ihre Richtung eilen.

„Jungs, ihr werdet gleich festgenommen –", fing ich an.

„Verlagert das nach draußen!", schrie Mia lauter als zuvor. *Darauf* hörten sie.

„Haben sie überhaupt für die zwei Schwerter bezahlt?", fragte ich, als wir uns durch die Glastüren auf den Parkplatz schoben.

„Ich habe dem Kerl einen Geldschein hingeworfen, als ich mir das Schwert geschnappt habe", sagte Adam zähneknirschend, wobei er seinen Cousin finster anblickte. „Und ich habe sie gebeten, dem Jungen, dem Liam es weggenommen hat, ein neues zu bringen."

William schüttelte murmelnd den Kopf. Ich fasste hinter ihm Tritt und betrachtete ihn genau. Er war von Kopf bis Fuß angespannt. Ich blickte zu Mia und wir platzierten uns zwischen den beiden Männern, die immer noch aufgebracht waren und einander finster anstarrten.

„Werden wir im selben Auto nach Hause fahren können?“, fragte Mia die beiden. „Denn ich will nicht hinten in der Limo zwischen den vierhundert Pfund von zwei Trotteln eingeklemmt werden, die sich aufeinander stürzen.“

„Ihr beide solltet euch all diese aufgestaute Energie für euer Training morgen aufsparen“, sagte ich und unterdrückte ein Lachen bei dem Gedanken daran, dass morgen im Trainingsraum „Plastikschwerter, Teil 2“ aufgeführt werden würde. „Da könnt ihr dann mit echten Waffen aufeinander losgehen. Und wenn alles so läuft, wie du willst, William, dann verletzt du ihn so schwer, dass er kein Datum für die Hochzeit festlegen kann, selbst wenn er die Wette gewinnt.“

„Warum wettet ihr überhaupt, um etwas so Wichtiges wie euren Hochzeitstermin festzulegen?“ William schnaubte. „Das ist nicht das erste Mal, dass ihr euch so kindisch benehmt. Ihr solltet *mich* den Termin festlegen lassen.“

Mias Mund fiel auf.

„Nun, das war ja irgendwie die Idee“, sagte Adam und Mia schlug ihm mit dem Ellbogen in die Rippen.

Peinlich.

Wir fuhren schweigend nach Hause. Mia hatte schließlich wieder die Nerven, etwas zu sagen, bevor wir bei mir ankamen. „Es tut mir leid, Leute. Wir wollten das Ganze nicht seltsam für euch machen.“

William und ich sahen einander flüchtig an. „Es ist nicht seltsam für *uns*“, sagte er.

Mias Augenbrauen hoben sich. „Oh ... naja ...“

Er fuhr fort. „Es ist aber seltsam für euch beide. Adam will dieses Jahr heiraten. Er hat es mir gesagt. Du willst warten, bis du mit dem Medizinstudium fertig bist. Selbst wenn er ein Arschgesicht ist, stimme ich ihm zu.“

Adam blickte finster drein. „Arschgesicht?“

Ich versuchte, ein Lachen zurückzuhalten, das in meiner Kehle aufstieg, als Mia William mit weiten Augen ansah. Die beiden hatten ihr Fett wegbekommen und sie wussten es.

„Belassen wir es einfach dabei, okay?“, sagte ich, bevor es wieder eskalieren konnte. „Vielleicht sollten wir Wil zuerst absetzen.“

„Ich denke, dass ich die beiden für zehn Minuten im Zaum halten kann“, sagte Mia. „Besonders, da sie sich morgen wirklich vermöbeln dürfen.“

Weder Adam noch William sahen den jeweils anderen an und Göttin sei Dank war mein Stopp der erste. Als wir ankamen, hüpfte ich so schnell ich konnte aus der Limousine der Peinlichkeiten.

***

„Und die Dame hinter der Frau mit dem gestreiften Kleid?“

William setzte sich wieder neben mich auf die jetzt berüchtigte Couch. Ich saß mit dem Gesicht zu ihm da und hatte ein großes Buch auf meinem Schoß, so ausgerichtet, dass er das Bild, das ich betrachtete, nicht sehen konnte. Ich hatte weder den

Namen noch etwas anderes davon erwähnt, nur die Seitenzahl des zufällig aus dem Regal ausgewählten Buches.

Sein Kopf war gegen die Wand zurückgelehnt und seine Augen waren geschlossen. „Die in Schwarz mit dem Hut?"

„Ähm, ja, sie."

Er drückte seine Augen fester zu. „Es ist schwieriger, das mit zweidimensionalen Szenen zu machen, aber ... mal sehen. Sie hat ihre Hand auf der Schulter der Frau vor ihr. Sie trägt ein schwarzes Kleid und ihr Hut ist blau mit orangefarbenen Blüten. Um ihren Hals trägt sie ein schwarzes Halsband mit einem korallenfarbenen Anhänger."

Heilige Scheiße, das war fast unheimlich. Seine Erinnerung war sowohl akkurat als auch detailliert. Meine Augen suchten das ganze Bild ab – *Bal du Moulin de la Galette* von Auguste Renoir – ein Gemälde, das hunderte von Leuten auf einem Ball unter offenem Himmel in Paris zeigte. Das Licht und die Farben des Bildes waren exquisit.

„Wolltest du noch etwas wissen? Ich kann dir etwas über das tanzende Paar hinter ihnen sagen, wenn du möchtest. Oder die Menschenmenge weiter im Hintergrund."

Ich schloss vorsichtig das Buch. „Nein, das ist okay. Ich bin genug eingeschüchtert."

Er öffnete die Augen und blickte mich an. „Eingeschüchtert? Warum? Weil ich ein gutes Gedächtnis habe?" Er zuckte mit den Schultern. *Gut,* ha! „Das ist nichts Besonderes. Ich drehe trotzdem in Menschenmengen durch."

„Nicht wahr. Du warst heute im Kino wirklich gut."

„Ich musste Pausen machen", sagte er und bezog sich auf die vielen Male, die er den Kinosaal verlassen hatte, um durchzuatmen.

„Aber die Pausen wurden immer seltener, je später es wurde. Ich bin stolz auf deine Fortschritte." Er antwortete nicht, also stupste ich ihn an. „Das ist mein Ernst, Wil. Du spornst dich selbst an. Du machst das toll. Es ist nicht nötig, all deine wunderbaren Errungenschaften herunterzuspielen, nur weil du ein paar Hänger hast. Die haben wir alle."

Seine braunen Augen fixierten mich, meine Haare, meine Lippen, mein Kinn. „Du hast Hänger? Ich dachte, du wärst perfekt."

Hitze drang in meine Wangen. „Hör auf. Du weißt, dass ich das nicht bin."

Seine dunklen Brauen verzogen sich und er hob die Hand, um meine Wange und meinen Kiefer mit seinem Daumen nachzufahren. „Ich weiß das nicht. Ich sehe ... eine starke Frau, die rein und gut ist, und entschlossen, anderen zu helfen. Und nicht nur äußerlich schön, sondern auch innerlich."

Ich leckte über meine Lippen, als meine Kehle sich zuschnürte. „Hör auf. Du beschämst mich."

Er wirkte wirklich verwirrt. „Du und ich sind die Einzigen hier. Weswegen schämst du dich? Die Wahrheit ist nicht beschämend, Jenna."

Ich legte das Buch auf den Boden zu unseren Füßen. Prompt bückte er sich, hob es auf und stellte es wieder an genau dieselbe Stelle, von wo ich es zwanzig Minuten zuvor geholt hatte.

„Warum hörst du so ungern positive Dinge über dich?", fragte er, als er sich neben mir niederließ, dieses Mal näher als zuvor.

Ich zuckte mit den Schultern.

„Willst du deshalb nicht bleiben? Weil du denkst, dass du nicht gut genug bist, um Beständigkeit zu verdienen?"

„Wil", warnte ich seufzend. Er war wie ein Hund mit einem Knochen, unfähig oder ungewillt, das gehen zu lassen.

„Sag es mir, Jenna. Ich will es ehrlich verstehen."

Ich schüttelte den Kopf. „Ich denke, ich kann dir nicht helfen, das zu verstehen. Es ist einfach ... mein Schicksal, vermute ich. Mein Bauchgefühl sagt mir, dass es das ist, was ich tun muss."

Er dachte einen Augenblick darüber nach und fuhr dann mit seinen Fingern durch mein Haar. „Kann dein Schicksal sich ändern? Wenn du jemanden finden würdest ... selbst wenn es nicht dein Seelenverwandter ist ..." Seine Stimme zitterte vor Emotionen und verstummte dann.

Ich drückte meine Augen zu. „Ich habe keine Antworten auf alles. Ich weiß nur, was ich weiß ... und das ist nicht davonlaufen. Ich verspreche es dir ..." Ich sagte die Worte, aber mein Herz stand heute nicht hinter ihnen. Ich wollte einfach, dass er mich festhielt. Ich wollte, dass wir die Gesellschaft des anderen genossen. „Ich habe auf die harte Weise herausgefunden, dass nichts für die Ewigkeit ist. Dass alles nur temporär ist."

„Alles ist temporär, wenn man weiterzieht, bevor es für die Ewigkeit werden kann", sagte er. „Das ist eine sich selbst bewahrheitende Prophezeiung."

„Ich kann nicht erwarten, dass du das verstehst."

„Vielleicht solltest du mir eine Chance dazu geben."

Ich lehnte mich von ihm weg und ließ mich in der Ecke der Couch nieder, wobei seine Hand sich aus meinem Haar löste und zurück in seinen Schoß fiel. „Du weißt schon fast alles ... bis ich fünf war, lebte ich in einem ganz anderen Land, das ständig bombardiert wurde. Meine Schwester und ich wurden weggeschickt. Mein Papa hat alle möglichen Versprechungen gemacht, aber nichts davon ist je eingetreten. Ich habe ihn nie wieder gesehen. Ende."

William betrachtete mich jetzt intensiv. Er verlagerte sich, sodass er mir direkt gegenüber saß. „Er konnte nicht wissen, dass er sterben würde."

Mein Atem zitterte. „Er hätte mit uns kommen können. Dann wäre er nicht in diesem beschissenen, sinnlosen Krieg gestorben. Stattdessen sagte er mir, ich müsse tapfer sein. *Geh nach Amerika*, sagte er. *Dort wirst du sicher sein und wir werden bald alle wieder zusammen sein*. Er war ein Lügner." Plötzliche Emotionen stiegen in mir auf und schnürten mir den Atem ab. Ich bedeckte mein Gesicht, nicht nur, um die Tränen vor William zu verbergen, sondern auch um die Schande über das, was ich als Letztes gesagt hatte, zu verbergen: *Ich meinte das nicht so, Papa. Vergib mir.*

Ich spürte das Gewicht von Williams Armen um meine Schultern. Ich lehnte mich an ihn und die Tränen flossen leise meine Wangen hinab. Mit ihm so nahe spürte ich dasselbe Gefühl von Sicherheit, dass ich in jener Nacht bei meiner Panikattacke während des Feuerwerks in Disneyland gespürt hatte. Sein harter Körper war beruhigend. Bald erzählte ich ihm Dinge, die ich noch *nie* jemand anderem erzählt hatte.

„Und dann kamen wir hierher. Wir sind oft umgezogen, wohnten ein oder zwei Jahre bei einem entfernten Verwandten, hatten einige Zeit lang unser eigenes Apartment. Dann, als wir die Wohnung wegen einer Miterhöhung verloren, lebten wir bei Freunden der Familie. Und wie ich dir bereits gesagt habe, lernte ich Brock kennen und verliebte mich in ihn, als ich ein Teenager war." Ich schniefte.

„Mama wollte, dass ich zurückkomme – *komm heim, es ist an der Zeit,* hatte sie gesagt. Aber ich konnte nicht, weil es nicht mehr mein Zuhause war. Ich bin jetzt genauso wenig Bosnierin, wie ich Französin oder Kanadierin bin. Brock war *hier* und Mama war so wütend, dass ich die Chance aufgegeben hatte, bei meiner eigenen Familie zu leben. Aber ich war so dumm und jung und verliebt, dass sonst nichts zählte. Also habe ich meine Mutter verletzt, indem ich hiergeblieben bin. Brock und ich sollten auf ewig zusammen sein, darauf vertraute ich, bis ..." Meine Stimme verstummte, als die Emotionen mich erneut übermannten.

„Bis er starb."

„Ja. Menschen tun das anscheinend in meiner Nähe." Diese Dunkelheit erhob sich und sie war blendend.

„Was, denkst du, du bist verflucht oder so?"

Ich nahm einen tiefen Atemzug und blies ihn mit zitterndem Pfeifen hinaus. „Ich hätte diejenige sein sollen, die an jenem Abend fuhr. So war der Plan. Wir waren auf eine Party gegangen und dort konnte man trinken. Aber ich war müde. Wir stritten und ich sagte ihm, dass ich nach Hause gehen würde, um zu schlafen. Ich war nüchtern. Ich hätte ihn fahren können. Stattdessen fuhr er später mit einem Freund mit, der zu viel getrunken hatte. Ich ... ich war nicht für ihn da."

Er schüttelte den Kopf. „Es ist nicht logisch, dir für etwas die Schuld zu geben, dass du unmöglich hast vorhersehen können. Niemand kennt die Zukunft."

„Aber ich kenne meine Zukunft. Sie ist *Veränderung.* Immer Veränderung. Sobald etwas anfängt, permanent zu werden, werde ich nervös ... unruhig." Ich seufzte und schniefte meine Tränen wie ein Baby zurück. Sie verstopften mir die Kehle. „Ich lebte nach seinem Tod noch einige Zeit bei seiner Familie. Ich hatte Depressionen, aber irgendwie schaffte ich die High School. Ich wollte nicht aufs College weggehen, bis seine Mutter sagte, dass ich muss. Dass es das Beste für mich wäre, mein Leben weiterzuführen. Also tat ich das ... aber mein Leben weiterzuführen bedeutete, wieder umzuziehen." Ich seufzte schwer. „Es gibt eine Legende in meiner Familie. Baba – so nannten wir meine Großmutter – sagte immer, dass wir Zigeunervorfahren haben. Die Roma sind Wanderer. Sie haben kein festes Zuhause und manchmal spüre ich diese Verbindung in mir. Als wäre mir nie bestimmt gewesen, an einem Ort festzustecken. Dass diese Dinge in meinem Leben geschehen sind, um mich das zu lehren."

Er schnaubte. „Es ist einfacher, weiterzuziehen und die Vergangenheit zu vergessen, wenn alles schmerzhaft ist. Oder zumindest versuchen, sie zu vergessen."

Ich blickte ihn an und wunderte mich über diese seltsame und akkurate Einsicht, was bei ihm nicht oft vorkam. Sprach er aus Erfahrung? „Also denkst du immer noch, dass ich weglaufe?"

„Ich denke, dass ein Mensch manchmal etwas über sich so sehr glauben kann, dass es die Wahrheit wird."

Ich kniff die Augen zusammen. „Wie nicht würdig zu sein. Eine Person kann sich für nicht würdig halten."

William blinzelte. „Ich vermute, dass du recht hast."

„Vielleicht sind wir uns ähnlicher, als du denkst." Mein Mund verzog sich zu einer Art Lächeln. „Trotz der Tatsache, dass ich neurotypisch bin."

„Das halte ich dir nicht vor", sagte er mit einem verschlagenen Lächeln.

Trotz der Tränen lachte ich. „Göttin sei Dank."

Er streichelte sanft mein Haar. „Vielleicht ist Beständigkeit das, was dir Angst macht."

Ich zuckte mit den Schultern. „Vielleicht." Aber wenn ja, warum fühlte ich mich dann innerlich leer? Es mangelte mir definitiv an der üblichen Aufregung, die ich immer verspürte, wenn ich weiterzog.

„Ich will, dass du bleibst, Jenna. Ich will, dass du mit mir zusammen bist."

Ich zog eine Augenbraue hoch und blickte in sein Gesicht hinauf. „Du meinst wie Sex und so?"

„Mehr als das. Wir könnten ... eine Beziehung haben."

Ich lächelte. „Meine Beziehungen halten auch nicht lange. Mit Doug waren es drei Monate. Das ist etwa der Durchschnitt." Ich blickte weg. Die Art, wie William scheinbar mein Gesicht studierte, ohne mir in die Augen zu sehen, verwirrte mich.

„Bist du immer diejenige, die Schluss macht?"

Ich dachte einen Augenblick darüber nach und blätterte schnell mein Inventar an früheren Freunden durch. In jedem Fall war ich diejenige gewesen, die es beendet hatte. Meine Kinnlade fiel herunter. „Wow ..."

„Was?"

„Ich war wirklich immer diejenige, die jedes Mal Schluss gemacht hat."

„Nach drei Monaten?"

Ich zuckte mit den Achseln. „Mehr oder weniger." Er drehte sich weg, aber nicht bevor ich den düsteren Blick auf seinem Gesicht sah. „Was ist los?"

Er schüttelte den Kopf. „Ich wäre lieber nicht mit dir zusammen, wenn es nur so lange anhält. Ich denke, dass es am Ende zu hart werden würde."

Ich schluckte und wich von ihm zurück. Er hatte nicht ganz unrecht. „Du bist ein Alles-oder-Nichts-Kerl, oder?“

„Bei mir zählt nur Absolutes.“

Meine Augenbrauen kräuselten sich, als ich darüber nachdachte. Hatte ich die Herzen dieser Kerle gebrochen? Ich hatte es nie ernst genug werden lassen und meistens hatten sie es einfach entspannt hingenommen und hinter sich gelassen. Aber ich hatte das Gefühl, dass William sich nicht einfach davon erholen würde, wenn ich wegzog, egal was ich ihm sagte oder wie sehr ich versuchte, ihn darauf vorzubereiten.

Er hatte recht damit, und ich musste aufhören, darauf zu drängen. Er wollte mehr, als ich ihm geben konnte ... und ich konnte nicht verlangen, dass er weniger erwartete, als er wollte.

Er wollte mich. Und so toll und wundervoll das auch war, ich konnte ihm nicht geben, was er wollte. Das war *mein* Fehler, nicht seiner.

Ich steckte in diesem endlosen Kreislauf kurzfristiger Erfüllung fest – immer der nächsten glänzenden Sache nachzujagen, dem Wind zu folgen. *Davonzulaufen.*

Kapitel Vierundzwanzig
William

ICH FÜHLE MICH MELANCHOLISCH, ALS ICH SIE NACH HAUSE fahre, und bin nicht in der Lage, die Gefühle, die wir heute aufgewirbelt haben, abzuschütteln – eine seltsame Mischung aus Fröhlichkeit und Traurigkeit, aus Hoffnung und Verlust und starkem Verlangen.

Diese Schwere scheint nicht wegzugehen. Jedes Mal, wenn ich sie ansehe, wird das Gewicht schwerer und macht mich sogar ein wenig atemlos. Es ist so, als würde ich etwas verlieren, das immer noch direkt vor mir ist. Obwohl das, was ich verliere, nie mir gehört hat.

Aber ich kann nicht anders. Ich will, dass sie mein ist. Und in diesen Momenten, in denen ich sie mit meinen Händen und meinem Mund und meiner Zunge zum Höhepunkt brachte, war sie zu meinem Kunstwerk geworden. Sie war *mein* geworden. Für diese wenigen Minuten, in denen sie sich mir hingab, beanspruchte ich sie bereitwillig für mich. Es fühlte sich mächtig an. Und berauschend.

Das Auto bewegt sich nicht mehr und das tut auch Jenna nicht. Sie sieht, die Hände immer noch in ihrem Schoß, aus dem Fenster zu ihrem Wohnblock. Ich lasse meine Hände in der 10-vor-2-Position am Lenkrad, so als würde ich noch fahren. Ich starre geradeaus durch die Windschutzscheibe. Ich habe keine Ahnung, wie ich die Worte sagen soll, die ich sagen möchte.

„Machst du dir Sorgen?", platze ich plötzlich heraus.

Ihr Kopf dreht sich langsam zu mir. „Worüber?"

„Darüber, dass ich das Duell verlieren könnte. Darüber, dass du die Tiara vielleicht nicht zurückbekommst."

Sie lächelt schwach und legt ihre Hand leicht auf meinen Oberarm. Ich widerstehe dem Drang, diese Berührung abzuschütteln, auch wenn sie dazu führt, dass ich mich unbehaglich fühle. Denn ihre Berührung ist etwas, das ich nicht verweigern kann.

„Du wirst nicht verlieren", erklärt sie. „Ich glaube an dich."

„Die Tiara ist sehr wertvoll." Es ist keine Frage, denn ich habe schon länger über ihren Wert nachgedacht. Ihren persönlichen Wert.

Sie nickt.

„Ist sie aus Diamanten und wertvollen Edelsteinen?"

„Keine Diamanten, nein. Sie besitzt einen materiellen Wert, aber das ist nicht der Grund, warum sie mir wichtig ist. Es geht eher um ihren sentimentalen Wert."

„Was ist ihr sentimentaler Wert?"

Sie leckt sich über die Lippen und sieht mich lange an. Die Stille hält sogar so lange an, dass ich denke, dass sie nicht antworten wird.

Nach einem langen Seufzen räuspert sie sich und spricht. „Ich habe nie mit jemandem außerhalb meiner Familie darüber gesprochen, also ist es schwer, das in Worte zu fassen. Es ist so tief in Gefühlen verwurzelt, dass ich mir nicht sicher bin, ob du es verstehen würdest."

„Ich bin keine Maschine, Jenna. Ich habe Gefühle."

Sie lächelt. „Das weiß ich." Sie wickelt eine lange Strähne ihres strahlenden engelsgleichen Haars um ihren Zeigefinger und steckt sie dann hinter ihr Ohr. Ich bin fasziniert von dieser Geste. Nicht nur will ich ihr Ohr zeichnen und malen, ich will auch dieses weiche Ohrläppchen wieder in meinem Mund und zwischen meinen Lippen spüren.

„Es ist schwierig für mich, einfach ..." Sie schüttelt den Kopf und schnieft. „Als ich klein war, wollte ich nicht in die Vereinigten Staaten kommen. Das habe ich dir erzählt. Es machte mir Angst und meine Eltern kamen nicht mit mir. Ich habe dir auch die Geschichte erzählt, dass meine Mom sagte, ich würde neben Micky Mouse wohnen, aber das ist nicht der wahre Grund, aus dem ich zugestimmt habe zu gehen."

Ich runzle die Stirn. „Nein?"

„Ich meine, das ist tatsächlich passiert, aber wer mich wirklich überzeugt hat, war mein Dad. Er setzte sich zu mir und erfand diese verrückte Geschichte darüber, dass ich insgeheim eine Prinzessin und die Tiara meine Krone wäre. Es stimmt, dass die Tiara in meiner Familie seit Generationen weitervererbt wurde. Sie wurde meiner Oma gegeben, die es ihrem einzigen Kind, meinem Vater, vermachte. Mein Dad gab sie mir an jenem Tag – dem letzten Tag, an dem ich ihn gesehen habe. Er sagte, er wolle, dass ich sicher sei, also müsse ich mich eine Zeit lang in einem anderen Land verstecken und erwachsen werden und lernen, damit ich eines Tages zurückkommen und Königin werden könne."

Jetzt laufen ihr Tränen aus den Augenwinkeln, aber gleichzeitig lacht sie. Das verwirrt mich total. Ist sie glücklich oder traurig? Oder vielleicht beides?

„Weißt du, wie lange ich diese Geschichte geglaubt habe?" Sie sackt in ihrem Sitz zusammen. „Viel länger, als ich zugeben will, ohne vor Scham zu sterben."

„Das macht Sinn." Ich nicke. „Besonders wenn wir klein sind, wollen wir alles glauben, was uns unsere Eltern sagen."

Ich versuche, mir die Geschehnisse vorzustellen, die sie mir erzählt. Ich stelle mir ihren Vater vor, einen Mann Mitte dreißig, vielleicht so blond wie sie, oder vielleicht auch dunkelhaarig mit einem starken Kiefer. Er streichelt ihr schönes engelsgleiches Haar und sagt ihr, dass sie eines Tages eine Königin sein wird, doch sein Gesicht ist ernst und er will nicht, dass sie weiß, dass er Angst hat.

Und plötzlich bin ich noch trauriger.

„Die Tiara war sein letztes Geschenk an dich?"

Sie blickt nach unten auf ihre Hände, die immer noch auf ihrem Schoß verschränkt sind. „Ich sehe sie nicht exakt als das, aber ja, es stimmt."

„Ich hatte angenommen, dass sie sehr wertvoll für dich ist, aber ich hatte keine Ahnung, dass sie so einen großen persönlichen Wert hat. Aber eines verstehe ich nicht."

„Das wäre?"

„Wenn sie dir so viel bedeutet, warum hast du sie dann verpfändet?"

Ihr Mund wird schmal. „Das war der letzte Ausweg. Ich habe es für Maya, meine Schwester, getan. Sie wollte heiraten, aber die Familie ihres Verlobten wollte es nicht erlauben, bis die Familie der Braut für die Hochzeit zahlen konnte. Sie hat mich nie um das Geld gebeten, aber sie hat auch keine Ahnung, was ich tun musste, um es zu beschaffen. Ich werde es ihr nie erzählen. Sie erwartet, dass ich die Tiara mit mir nach Bosnien bringe, damit sie sie an ihrem Hochzeitstag tragen kann."

„Warum hast du es ihr nicht gesagt?"

Sie zuckt mit den Schultern und lehnt sich vor, wobei sie sich mit der Hand über ihr Gesicht reibt. „Warum stellst du so viele Fragen?"

„Es tut mir leid. Ich denke, dass ich manchmal einfach bestimmte Dinge nicht verstehe, die für andere ganz klar sind."

Sie dreht sich zu mir. „Die ganze Zeit dachtest du, sie wäre nur ein altes, wertvolles Schmuckstück, an dem keine Erinnerungen hängen. Trotzdem hast du geschworen, sie mir zurückzuholen, ohne zu wissen, warum ich sie verpfändet habe oder warum sie mir wichtig ist."

Ich habe keine Ahnung, was ich sagen soll, also antworte ich ihr nicht. Es war sowieso keine Frage.

„Diese letzten Wochen, in denen du mit mir trainiert und gearbeitet hast ..." Sie verstummt und schüttelt den Kopf.

Ich weiß, dass sie denkt, dies wären unangenehme Opfer für mich gewesen, aber ich würde die Zeit, die ich mit ihr verbracht habe, kaum als Bestrafung ansehen.

„Du musst mich für oberflächlich und leichtsinnig gehalten haben, weil ich sie einfach so verpfändet habe."

„Es war egal, was deine Gründe waren, Jenna. Wichtig für mich war, dass du sie zurück wolltest und sie dir wichtig war. Ich musste nicht wissen, warum."

Ein Blick zieht über ihr Gesicht – ich kann nicht sagen, was er bedeutet, aber sie beißt mit ihren weißen Zähnen auf ihre schöne pinke Lippe. „Du bist süß."

„Das sagst du oft."

Sie lächelt. „Weil es wahr ist."

„Das könnte wahr sein, aber ich habe ein sehr gutes Gedächtnis. Es zu wiederholen ist nicht notwendig."

Sie lacht. Es ist dieses schöne, musikalische Geräusch, das ich so liebe. „Und was, wenn ich es sage, um mich selbst daran zu erinnern?"

Jetzt bin ich wirklich verwirrt. „Du musst dich daran erinnern, dass ich süß bin?"

Sie wirft ihren Kopf zurück und lacht, und ich kann meine Augen nicht von diesem langen blassen Hals nehmen, den ich wieder kosten möchte.

„Ich denke, ja." Sie dreht sich wieder zu mir und lehnt sich vor, um mich auf die Wange zu küssen. Ich drehe meinen Kopf, um ihre Lippen mit meinen einzufangen.

Zuerst ist ihr Kuss unsicher, zögerlich. Als wäre sie nicht sicher, ob sie zurückweichen will oder nicht. Bevor sie es tun kann, hebe ich meine Hand, um ihren Kopf an meinem zu halten.

Aber sie wehrt sich, indem sie ihren Mund geschlossen hält, und ich bekomme diese seltsame Idee, dass, wenn ich sie dazu bekomme, sich zu öffnen – sich *mir* zu öffnen –, ich sie herumkriegen kann und sie mein sein wird.

Ich will, dass sie mein ist. Ich brauche *sie*.

Ich fahre ihre weichen Lippen mit meiner Zunge nach, aber sie öffnet sich nicht schnell genug, weshalb ich mich entscheide, sie zu belagern. Um ihre Verteidigung zu durchdringen, schiebt sich meine Zunge mit nur wenig Widerstand durch die Barriere ihrer Lippen. Dann stöhnt sie und entspannt sich.

Ich nehme sie an den Schultern und ziehe sie an mich. Plötzlich sind wir miteinander verschmolzen, ihre Hitze und meine Hitze. Das Gefühl von ihr an mir ist *so, so* gut.

„Wil", flüstert sie. „Komm mit mir nach oben."

Ich will nicht darüber nachdenken oder diesen Kampf führen – und ich weiß, dass es ein Kampf sein wird, bis sie endlich zugibt, dass ich gewonnen habe. Bis dahin kann ich nicht nachgeben.

„Bleib hier und sei meine Freundin", antworte ich.

Ich will sie wieder berühren. An ihrem ganzen Körper. Ich will sie wieder zum Stöhnen bringen. Ich will diese schmerzhafte Anspannung in meinem Körper, die danach schreit, von ihr gestillt zu werden.

Aber mehr als alle andere will ich, dass sie mein ist.

Ihre Hand presst gegen meine Brust und sie drückt sich weg, wobei sie meine Augen meidet. Was gut ist, da ich wirklich nicht in ihre blicken will. Mein Magen fühlt sich an, als hätte ich achtzig Pfund Stahl geschluckt.

„Ich sollte gehen", sagt sie atemlos. Dann lehnt sie sich langsam zurück, öffnet die Autotür und steigt dann noch langsamer aus, als würde sie mir die Chance geben, meine Meinung zu ändern.

Das werde ich nicht.

Das kann ich nicht.

Die Zeit wird langsam knapp, aber ich kann es immer noch schaffen.

***

Am folgenden Sonntag gehen Jenna und ich in den Zoo von Santa Ana, um weitere Menschenaufläufe zu suchen. Danach landen wir im Haus meines Dad für ein weiteres Familiendinner. Kim hat anscheinend alle eingeladen, die ihr einfielen. Zusätzlich zu unserer üblichen Gruppe sind einige von Mias Freunden hier, inklusive Heath – der hauptsächlich in einer Ecke sitzt und Bier trinkt -, Alex und Kat. Jenna verbringt die meiste Zeit bei den Mädels und ich tue nichts anderes, als sie aus der Ferne zu beobachten.

Nach einer Weile verspüre ich den Wunsch mich zurückzuziehen, also entschuldige ich mich ins Badezimmer und verschwinde danach in mein altes Zimmer im hinteren Teil des Hauses. Dort nehme ich den Bestand meiner beinahe vergessenen D&D-Figuren auf und staube sie ab. Es ist mehr als acht Monate her, seit ich eine angemalt habe. Mein Job, das Schmieden und das Schwerttraining haben die meiste Zeit meiner Freizeit beansprucht. Ich rücke die Figuren gerade auf ihrem Regal zurecht, als Jenna eintritt und sich umsieht.

„Mia hatte recht! Sie sagte, dass du hier hinten sein würdest."

„Sie kennt mich gut", ich zeigte auf den einzigen Stuhl im Raum. „Ich saß in diesem Stuhl, als ich sie vor zweiundzwanzig Monaten das erste Mal getroffen habe." Etwas, was ich gesagt habe, amüsiert sie, weil ihr Lächeln breiter wird und ihre Zähne sich zeigen. Ich kann nie sagen, ob mich jemand amüsant oder lächerlich findet, also mache ich einfach weiter. „An dem Abend, als ich sie kennenlernte, wusste ich, dass Adam es ernst mit ihr meinte. Es war das allererste Mal, dass er eine Frau mit zu unserem Familiendinner mitgebracht hatte."

„Nun, da sie heiraten werden, würde ich sagen, dass du recht hattest."

Ich drehe mich wieder zu den Figuren. „Ich habe bei solchen Dingen nur selten recht, aber ich bin froh, dass ich mich bei Mia und Adam nicht geirrt habe."

„Es scheint, du bist nicht der Einzige. Nicht nur hat Adam eine Verlobte gefunden, nein auch dein Dad hat eine neue Frau gefunden, als er ihre Mom kennenlernte. Das ist so eine coole Story. Ich denke, dass Mia und Adam genauso denken – solange Jordan nicht wieder mit diesem ganzen Stief-Cousin-Cousine-Ding anfängt."

Sie sieht mich einen Augenblick an und sagt dann: „Ich denke nicht, dass du dir Sorgen machen musst, dass sie nicht heiraten. Sie haben viel durchgemacht. Wenn sie das nicht auseinandergebracht hat, dann wird nichts das tun."

„Ich denke nur, dass es Sinn macht, es offiziell zu machen." Ich zucke mit den Schultern. „Ich bin kein Experte, aber ich mag Dinge gern abgeschlossen und erledigt."

„Nun", sagt sie mit einem leichten Lachen, als sie einen Finger zu einem Knopf meines Hemdes hebt, „da ist immer noch ihre Wette –"

Ich verkrampfe und Hitze steigt mir ins Gesicht. „Rede *nicht* über diese Wette!"

Sie lacht wieder, nimmt aber ihren Finger nicht weg. Ich packe sie am Handgelenk und halte ihre Hand still. Sie blickt in meine Augen und ich habe nur Nanosekunden, um ihrem Blick auszuweichen.

„Ich mag es nicht, wenn etwas nicht nach Plan verläuft. Adam und Mia sollten es hinter sich bringen, wenn sie wissen, dass es das ist, was sie tun wollen. Was hat es für einen Zweck zu warten? Ich habe gerne alles schon im Voraus festgelegt. Ich bin mir gerne der Zukunft sicher."

Sie beißt sich auf die Lippe. „Das Leben funktioniert aber nicht immer so, Wil. Ich dachte einst genau zu wissen, was ich mit meiner Zukunft anfangen würde, aber ..." Ihre Stimme verstummt langsam und klingt wieder traurig.

Ich kann ihr Haar riechen, als sie sich umdreht, um die Figuren anzusehen. Ich mache mir eine mentale Notiz über die, die sie bewundert. Vielleicht werde ich ihr später ein paar geben. Ich realisiere, dass ich immer noch ihr Handgelenk festhalte und sie sich nicht von mir losreißt.

„Göttin, es ist eine Ewigkeit her, seit ich D&D gespielt habe. Ich vermisse es. Ich habe nie wie du Figuren gesammelt, aber ich habe jede Menge Würfel."

Ich blicke auf die Kommode hinter meinem Arbeitstisch. „Meine alten Würfel sind auch hier."

„Wirklich? Kann ich sie sehen?"

„Du willst meine Würfel sehen?"

Sie lächelt. „Ja, wie jeder anständige Nerd habe ich einen Würfelfetisch."

Ich bewege mich weg von ihr und wühle durch meine Schubläden, um meinen alten Würfelbeutel zu finden. Dann leere ich den Samtbeutel auf meinem Arbeitstisch aus. Ein Haufen Würfel rollt über die verkratzte und fleckige Oberfläche. Es gibt alle möglichen Farben – da es Dungeons and Dragons Würfel sind – und auch viele verschiedene Formen und Größen.

Durch irgendeinen seltsamen Zufall hebt Jenna meinen Glücks-W20 auf. Er ist bernsteinfarben mit schwarzen Ziffern auf den Seiten. Der zwanzigseitige Würfel, der berühmteste aller Würfelarten, die in D&D benutzt werden, ist ein Ikosaeder – ein symmetrischer Polyeder mit zwanzig Seiten.

Sie rollt ihn über den Tisch und ... würfelt eine natürliche Zwanzig. Sie lacht. „Nat 20. Heute ist meine Glücksnacht. Zu blöd, dass wir nicht spielen."

„Du und ich könnten spielen."

Ihre Augenbrauen ziehen sich hoch. „Jetzt? Wie ... ein Rollenspiel?"

Ich zucke mit den Schultern. „Ich war nie ein Dungeon Master – ich konnte mir nie passende Geschichten einfallen lassen. Aber ich könnte ein gewöhnlicher Charakter sein, vielleicht ein Schmied, der manchmal als Nebenbeschäftigung ein Ritter ist."

Sie sieht mich von oben bis unten an. „Du bist mehr als nur gewöhnlich." Sie verschränkt die Arme vor der Brust, sodass sich ihr Shirt über ihre Brüste spannt. Ich erinnere mich sofort an das Bild, wie sie ausgebreitet auf meiner Couch lag und diese Geräusche der Lust von sich gab, als ich ihre Brüste berührte und küsste. Die Erinnerung allein läßt mich hart werden. *Schmerzhaft* hart.

Ich ringe mit mir, um das Bild aus meinen Gedanken zu vertreiben, bevor es droht, meine Aufmerksamkeit völlig von der Realität vor mir abzuziehen. Ich reiße meine Augen von ihrer Brust, ändere die Position, in der ich dastehe, und hoffe, dass sie nicht bemerkt, wie sexuell erregt ich bin, wenn ich es nicht sein sollte.

„Ich könnte eine reisende Wahrsagerin und heimliche Magierin sein. Wir befinden uns irgendwo in einem Gasthaus und wir sind im Schankraum ineinander gelaufen. Was sagst du zu mir?"

Ich lächele über ihre Bereitschaft, das Spiel zu spielen. „Ich frage mich, wie die Chancen stehen, dass du mich küsst?"

Ihre Augenbrauen wandern wieder nach oben. *Gut, ich habe sie überrascht.* Mit einem Lächeln dreht sie sich zu dem Haufen Würfel und schnappt sich zwei zehnseitige Würfel. Ein Wurf mit diesen Würfeln wird eine Prozentzahl ergeben. Wenn ein Charakter eine gewisse prozentuale Chance hat, etwas zu tun, entscheidet so ein Wurf, ob er eine Chance hat, es auszuführen.

„Sagen wir, du hast eine fünfprozentige Chance, als völlig Fremder einen Kuss von mir zu bekommen. Willst du es versuchen?", fragt sie.

Ich denke einen Augenblick darüber nach. „Kann ich etwas tun, um meine Chancen zu erhöhen?"

„Natürlich, das ist ein Rollenspiel!" Sie lächelt. „Aber ich werde dir nicht sagen, wie."

„Natürlich nicht. Es wäre kein Spiel, das es wert ist, gespielt zu werden, wenn du das tätest. Ich biete dir an, dir einen Drink auszugeben." Ich mache eine Pause und denke nach. „Dann gebe ich dem Barkeeper ein Zeichen, der wunderschönen Dame zu bringen, was auch immer sie trinken möchte."

Sie überlegt einen Augenblick und spielt mit den Würfeln. „Okay ... das ist nett. Gibt es ein Limit, was du bereit bist zu zahlen? Was, wenn ich das teuerste Glas Champagner bestelle?"

„Ich werde ein Glas Dom Perignon für meine Lady bestellen", sage ich.

Sie lächelt wieder und ihre Zähne strahlen. „Das hat deine Chance um fünfzehn Prozent erhöht. Du hast jetzt eine zwanzigprozentige Chance, einen Kuss von mir zu bekommen."

Ich runzle die Stirn. „Das ist nur eins aus fünf. Diese Chance gefällt mir nicht. Ich würde sie gerne noch weiter verbessern. Was, wenn ich dir sage, wie schön du bist?"

„Hm, ich warte", sagt sie und kippt ihren Kopf zur Seite. „Was willst du zu mir sagen?"

„Dass deine Augen genauso blau sind wie das Wasser in der berühmten türkischen Salzwüste Pamukkale. Das Wasser in den

Sinterteichen ist die reine Reflexion des Himmels – blass und makellos. Sie haben genau dieselbe Farbe wie deine Augen." Sie schluckt und ich fahre fort: „Und dein Haar ist so glänzend und golden wie Engelshaar. Und deine Haut ist so weich –"

„Warte, woher weißt du, dass meine Haut weich ist? Wir haben uns gerade erst kennengelernt."

„Weil ..." Ich zögere und suche nach etwas, was ich sagen soll, außer der Tatsache, dass ich diese Haut gestreichelt habe. Ich habe meine Hände über ihren glatten Bauch wandern lassen, ihre runden Brüste, ihre weichen Schenkel. Diese Gedanken machen es mir nicht einfacher, meine Erektion zu bändigen.

„Sie sieht weich aus", sage ich. „Wie Seide."

„Okay", sagt sie nickend. „Und ich wusste nichts über diese – diese türkischen Salzseen."

„Pamukkale. Es bedeutet so viel wie ‚Baumwollschloss' wegen der weißen Kalkeinlagerungen. Aber das Wasser ist taubenblau. Wie deine Augen. Ich habe Bilder davon gesehen und immer wenn ich in deine Augen blicke, denke ich an diese Teiche."

Sie blinzelt. „Oh ..."

„Im Altertum badeten die Leute in diesem Wasser, weil sie glaubten, dass sie dadurch gesegnet werden würden."

„Willst du sagen, dass du in meinem Wasser baden willst?"

Ich runzle die Stirn. „Ähm ..."

Sie lacht. „Egal." Sie spielt wieder mit den Würfeln in ihrer Hand. „Deine Chancen werden besser. Fünfzig Prozent. Willst du es riskieren und würfeln?"

Ich ziehe es vor, wenn die Chancen zu meinen Gunsten stehen, also strecke ich meine Hand aus und nehme eine Strähne ihres himmlischen Haars und schiebe es hinter ihr Ohr. Ihre großen blauen Augen weiten sich, als sie in mein Gesicht blickt.

Unsere Augen verpassen sich nur knapp, als ich meinen Blick auf ihr T-Shirt senke und sehe, wie sich ihre Brust durch ihre erhöhte Atemfrequenz immer schneller bewegt. „Du bist so schön, dass es mir manchmal schwer fällt zu atmen, wenn ich dich ansehe."

Sie schwankt kurz in meine Richtung, als würde sie gegen ihren Willen angezogen werden. Ich stabilisiere sie mit meiner Hand auf ihrer Schulter und ihre Augenlider senken sich. Sie leckt sich über die Lippen. „Wow. Du, ähm ... du findest wirklich schnell heraus, was du tun musst."

Wir stehen nun sehr nahe voreinander und ich kann meinen Herzschlag in meiner Kehle spüren. „Wenn du jetzt würfelst, würde ich dir eine fünfundachtzig-prozentige Chance geben, mich küssen zu können."

Ich strecke meine Hand mit der Handfläche nach oben aus. Mit dieser Chance kann ich leben. Ich vermassle nur selten einen solchen Wurf. Sie legt mir die zwei Würfel in meine Hand und ich werfe sie, ohne meine Augen von ihr zu nehmen, auf den Arbeitstisch. Sie dreht den Kopf und bläst ihren Atem hinaus. „Einundneunzig. *Scheiße.*"

Ich schaue hinüber, um es zu überprüfen. „Nein, es ist andersrum. Neunzehn. Der blaue ist die erste Ziffer."

Sie seufzt. „Göttin sei Dank", murmelt sie und greift nach oben, um ihre Hände an beide Seiten meines Gesichts zu legen. Ich verkrampfe sofort, ziehe sie weg und zeige ihr an, dass sie sie stattdessen um meinen Hals legen soll. Ich schlängle meine Hände hinter ihren Rücken und ziehe ihren Körper fest an mich. Ihre Brüste drücken gegen meine Brust und ihre Arme schließen sich enger um meinen Hals, als sich unsere Münder treffen. Anders als in jener Nacht im Auto öffnet sie sich mir sofort.

Ich schmecke sie und ich ertrinke, aber ich werde auch von Kraft erfüllt – wie ein Superheld. Es ist, als würde man jede Sekunde sterben und wiedergeboren.

Ihre Zunge bewegt sich und sie erfüllt meinen ganzen Körper mit Vergnügen. Meine Hände gleiten von ihrem Rücken zu ihrem wohlgeformten Po hinab.

Unsere Köpfe bewegen sich lange Augenblicke zusammen, aber ich weiß, dass mein Körper mehr will. Ich bin bereit für sie und angesichts der Hitze ihres Körpers ist sie ebenfalls bereit.

Ich will sie *wirklich*.

Wenn niemand in diesem Haus wäre, würde ich sie im Grunde sofort auf den Boden drücken und ihr die Kleidung ausziehen. Ich würde sie natürlich zuerst fragen, aber dann würde ich es definitiv tun.

Obwohl ich ihren Drang wegzugehen kenne, weiß ich, dass es gut ist, dass gerade Leute im Haus sind.

Jenna stellt sich auf ihre Zehenspitzen, um sich noch stärker an mich zu pressen, und meine Hände umfassen ihren runden Po und reiben über den steifen Jeansstoff ihrer Hose. Sie gibt leise Geräusche von sich, die mich daran erinnern, wie sie sich anhörte, als ich sie zum Höhepunkt brachte.

Plötzlich höre ich Schritte an der Tür. Jenna und ich weichen voneinander zurück und drehen uns dann zu dem Besucher um. Ich blicke in das erstaunte Gesicht meines Cousins, der gerade einen Schritt zurück macht und wieder gehen will, jedoch in dem Moment mit jemandem hinter ihm zusammenstößt – Mia.

Jenna zieht ihren Kopf ein und wischt sich den Mund mit dem Handrücken ab, doch ich kann sehen, dass sie lacht. Ich weiß nicht, ob ich lachen oder wütend sein soll. Das Einzige, was mich beruhigt, ist, dass mein Cousin erschrocken aussieht.

Mia steckt ihren Kopf an seiner Schulter vorbei und blickt durch die Tür. Sie sucht den Raum ab und blickt dann zu Adam hinauf. „Was habe ich verpasst?"

„Ähm, hey", sagt Adam zu mir, während er ihre Frage ignoriert. „Ich wollte nur, ähm, ich wollte dir nur sagen, dass Mia und ich los müssen. Ich wollte mich nur verabschieden und vergewissern, dass, ähm, zwischen uns alles okay ist." Seine Stimme klingt komisch, aber zumindest hat er nicht mehr diesen schockierten Gesichtsausdruck.

Jennas Gesicht ist jetzt rot und sie lacht wirklich laut – so laut, dass ihre Augen sich mit Wasser füllen, als würde sie weinen. Aber ich weiß, dass sie nicht traurig ist.

Mia wirft ihr einen Blick zu. „Bist du in Ordnung?"

Jenna nickt nur. Jetzt lacht Adam, als er Jenna betrachtet. „Nun, ich würde sagen, ihr sollt weitermachen, aber Liam greift mich dann vielleicht wieder mit einem Schwert an."

„Ich denke, es ist eine gute Idee, deine Klappe zu halten", warne ich und zeige auf mein altes Stahlschwert, das als Dekoration an der Wand hängt.

Adam blickt einen Augenblick lang zur Decke hinauf, wie er es immer macht, wenn er nicht weiß, was er zu mir sagen soll. „Okay, Liam. Ich seh dich morgen in der Arbeit. Bye, Jenna." Er dreht sich um und geht, wobei er Mia ausweicht, die uns einfach nur mit großen Augen anstarrt.

„Nun, ich habe verpasst, was auch immer das war, aber ich wollte mich auch nur verabschieden und ich drücke dir die Daumen, William. Ich weiß, dass dein großes Duell nächstes Wochenende ist und ich werde unsere Frühstücksverabredung diese Woche nicht schaffen, da ich bald Prüfungen habe."

Ich nicke und bin besorgt wegen der Planänderung. „Okay. Schreib mir einfach später."

Mia blickt jetzt Jenna an, die sich endlich wieder erholt hat. Die beiden scheinen ohne Worte zu kommunizieren. Mia wirft ihr einen Blick zu und Jenna erwidert ihn, wobei sie den Kopf schüttelt. Plötzlich verschwindet das Lächeln aus ihrem schönen Gesicht und es wird zu einem Stirnrunzeln. Ich blicke Mia an, die nun verärgert oder wütend aussieht – diese Blicke sind bei Mia etwa gleich. Und plötzlich bin ich sauer auf sie. Was auch immer sie getan hat, hat Jenna verärgert und das stört mich.

Zum hundertsten Mal wünsche ich mir, dass ich Gesichtsausdrücke lesen könnte. „Naja, bye." Mia macht einen Schritt zurück.

„Ja, bye", sagt Jenna und sieht mich an. Dann dreht sie sich von der Tür weg und studiert wieder die Figuren, während Mia geht.

Ich drehe mich zu ihr und sie fummelt an den Figuren herum, doch ich habe das Gefühl, dass sie sie nicht wirklich ansieht. „Was ist passiert? Seid du und Mia wütend aufeinander?"

Sie blickt mich an und ihre Augenbrauen ziehen sich nach oben. „Nein ... nein. Es ist nur ..." Sie schüttelt den Kopf und zuckt dann mit den Schultern. „Es ist nichts, weswegen du dir Sorgen machen musst, William. In einem Monat wird es nicht mal mehr von Bedeutung sein ..." Ihre Stimme verstummt und sie legt die Stirn in Falten.

Ich beiße die Zähne zusammen, weil ich nicht froh bin, – wieder – daran erinnert zu werden, dass sie weggeht. Ich drehe mich um, sammle meine alten Würfel auf und werfe sie in den Beutel, den ich dann wieder in die Schublade packe.

„Was ist das alles?", fragt sie hinter meiner Schulter.

Ich blicke nach unten und sehe den Schub, der voller versiegelter Briefumschläge in verschiedenen Farben ist. Jeder von ihnen ist an mich adressiert und in einer bekannten Handschrift verfasst. Ich erstarre. Ich will jetzt wirklich nicht darüber reden – oder auch nie.

Sie beugt sich vor. „Diese Briefe sind alle versiegelt. Du hast sie nie geöffnet."

Ich zucke mit den Schultern, bevor ich die Schublade zuschlage. „Ich wollte sie nie öffnen."

„Was ist das? Von wem sind sie? Wenn ich fragen darf ..."

Mein Herz rast und ich bekomme ein Übelkeitsgefühl im Magen. „Es sind Geburtstagskarten und sie sind von meiner Mutter."

„Und du hast sie nie geöffnet?"

Meine Hände ballen sich an meinen Seiten zu Fäusten und entspannen sich wieder. „Meine Mutter und ich hatten keine gute Beziehung." Ich wende mich von der Kommode ab.

„Willst du darüber sprechen?"

„Nein."

„Okay."

Es gibt ein lang andauerndes Schweigen. Ich schiebe meine Hände in meine Taschen und mir fällt nichts ein, was ich sagen soll. Jenna bewegt sich nahe zu mir und legt ihre Hände fest auf meinen Oberarm. „Es ist okay. Wir alle haben problematische Beziehungen zu unseren Eltern."

„*Hatte*. Meine Mutter ist vor fünf Jahren gestorben, da war ich einundzwanzig."

„Oh. Tut mir leid."

„Warum tut es dir leid? Du warst nicht verantwortlich."

Sie zuckt mit den Schultern. „Das ist nur etwas, was Leute sagen. Mir tut dein Verlust leid."

Ich runzle die Stirn und denke darüber nach. Ich frage mich, warum ich das vorher noch nicht gehört habe.

Alles, woran ich denken kann, ist *ihre* Stimme in meinem Kopf. Ihre missbilligende Stimme, die mir sagte, dass sie nicht wisse, was sie mit mir tun solle, dass sie keine Ahnung habe, wie sie überhaupt eine Beziehung zu mir herstellen solle. *Was für eine Mutter sagt ihrem Kind so etwas?*

Meine Brust schnürt sich zusammen und es fällt mir schwer zu atmen. Ich weigere mich, mich davon übermannen zu lassen.

Weigere mich, dieses Gespräch über *sie* meinen Moment mit Jenna ruinieren zu lassen. Oder ist er bereits ruiniert worden?

Kapitel Fünfundzwanzig
Jenna

ICH HATTE KEINE AHNUNG, WAS ICH SAGEN SOLLTE, ODER OB er überhaupt getröstet werden musste. Seine Lippen waren fest zusammengepresst und die Muskeln in seinem kräftigen Arm angespannt.

„Wil. Vielleicht *solltest* du darüber reden."

Er riss sich plötzlich von mir weg und das raubte mir den Atem. Wieder und wieder fuhr er sich mit einer Hand durch sein dunkles Haar, bis es auf beiden Seiten hochstand. Aber als er sich an mir vorbeidrücken musste, um hinter seinem Arbeitstisch hervorzukommen, hatte ich ihn in der Falle. Er tänzelte von einem Bein aufs andere.

„Darüber reden *sollen*. Ist das etwas anderes, als darüber reden *müssen* oder darüber reden *wollen*?"

Ich seufzte. „Du bist aufgebracht und verärgert. Vielleicht kann ich dir helfen, das zu verarbeiten."

Er zuckte mit den Schultern. „Wegen meiner Mutter werde ich nicht mehr wütend."

Ich unterdrückte ein Lachen – vermutlich machten sogar Autisten auf Macho, wenn sich eine Gelegenheit bot. Er konnte so oft behaupten, wie er wollte, dass alles in Ordnung war, aber das war offensichtlich nicht wahr.

„Jeder hat ein Problem mit seiner Mutter. Ich auch ... ich habe dir davon erzählt, nicht wahr? Wir verstehen uns wieder, aber sie war eine Zeit lang sehr sauer auf mich, weil ich wieder in die Vereinigten Staaten zurück bin, um bei Brock zu sein."

Er schüttelte den Kopf. „Rede nicht von ihm." Seine Faust öffnete und schloss sich wieder.

„Okay", flüsterte ich.

„Ich weiß nicht, warum, aber ich werde wütend, wenn du von ihm sprichst. Als wäre ich eifersüchtig auf ihn. Ich sollte nicht eifersüchtig sein, da er tot ist. Aber ich *bin* eifersüchtig und das ist verwirrend und ich möchte lieber nicht darüber nachdenken."

Aus irgendeinem Grund raubte mir sein ehrliches Geständnis den Atem. *Ich sollte nicht eifersüchtig auf ihn sein, da er tot ist.* Plötzlich schnürte sich meine Brust zusammen und meine Augen fühlten sich kribbelig an. Ich konnte nicht genau sagen, warum – war es die Erinnerung daran, dass Brock tot war, oder war es mehr?

Vielleicht war es Williams aufrichtiges Geständnis, von dem er selbst nicht einmal wusste. Manchmal war er so unschuldig, dass es mir bis ins Herz stach.

Ich lehnte mich trotz seines Aufruhrs auf ihn zu und stellte mich auf die Zehenspitzen. Meine Finger fuhren durch sein dichtes, dunkles Haar, genau dort, wo er es nur Augenblicke zuvor selbst gemacht hatte. Seine Augenlider senkten sich und seine Hände entspannten sich. „Wil, kann ich dir helfen? Lässt du mich dir helfen?"

„Wie denkst du, dass du mir helfen kannst?", fragte er leise, ohne mich anzusehen.

„Vielleicht, indem wir darüber reden? Wir haben alle Probleme mit unseren Eltern. Das versichere ich dir. Deine sind vielleicht schwieriger, weil deine Mom verstorben ist und du nicht mehr mit ihr reden kannst."

„Wenn sie noch leben würde, hätte ich ihr nichts zu sagen. Ich habe selten mit ihr geredet."

„Wie alt warst du, als sie und dein Vater sich scheiden ließen?"

„Fünf." Seine Stimme war völlig emotionslos. Er klang wirklich wie eine Maschine, obwohl er behauptet hatte, er wäre keine.

„Und du und deine Schwester wohnten bei deinem Dad, als sie sich getrennt haben?"

„Ja."

Einsilbige Antworten ... *hmm.* Es würde eine Weile dauern, es bei dieser Geschwindigkeit aus ihm herauszubekommen. Ich drückte leicht gegen seinen festen, kräftigen Arm, um ihn dazu zu bekommen, eine Grimasse zu schneiden. „Wil, erzähl mir davon. Wie war das? Warst du froh, dass du anstatt bei ihr bei deinem Dad gelebt hast?"

Sein Gesicht war so leer wie seine Stimme. Vielleicht eine Abwehrhaltung? „Das war nie eine Option. Sie ist gegangen. Sie hat klargemacht, dass sie keine Beziehung zu mir haben wollte."

Ich kniff verwirrt die Augen zusammen. „Aber deine Schwester ..."

„Oh, Brit hat sie immer gesehen. Jede Woche. Meine Mutter hatte sie sogar gebeten, bei ihr zu wohnen, als sie dreizehn geworden war, aber Britt lehnte ab. Ich denke, dass meine Schwester immer Mitleid mit mir hatte und mich nicht verlassen wollte." Er zuckte mit den Schultern. „Ich sagte ihr, dass sie gehen sollte, wenn sie wollte. Ich liebe meinen Dad und ich war froh, bei ihm zu sein."

Ich lächelte. „Dein Dad ist ein wirklich toller Mann."

Sein Kiefer verkrampfte sich und entspannte sich dann wieder. „Ja. Er hätte etwas Besseres verdient gehabt, als er bekommen hatte." Er schüttelte den Kopf.

„Hat ihn deine Mutter nicht gut behandelt?"

„Ich bin mir sicher, dass sie einst glücklich zusammen waren, vielleicht bevor ich geboren wurde oder etwas größer war."

Ah, *jetzt* kamen wir der Sache näher. „Warte, du glaubst doch nicht, dass du der Grund warst, warum sie sich haben scheiden lassen, oder?"

Er drehte sich leicht von mir weg und richtete seine Worte an die Wand. „Es ist eine statistisch bewiesene Tatsache, dass Eltern autistischer Kinder anfälliger für Scheidungen sind." Ich biss mir auf die Lippe und versuchte etwas zu finden, das ich hätte sagen können, aber er redete weiter. „Nicht, dass die Scheidungsraten in den Vereinigten Staaten sehr hoch wären, aber sie sind höher bei Paaren mit derartigen Kindern."

„Du denkst also, deshalb ließen sie sich scheiden? Wegen irgendeiner Statistik? Wil – einige Leute drehen einfach durch und kommen mit dem Elternsein nicht klar, oder auch nur mit der Ehe an sich."

Er drehte sich wieder zu mir, sah mich aber immer noch nicht an. „Ihre zweite Ehe war in Ordnung. Sie hat nach weniger als einem Jahr, nachdem sie uns verlassen hatte, wieder geheiratet und blieb verheiratet, bis sie starb."

„Nun, dann scheiß auf sie. Das ist *ihr* Problem, nicht *deines*. Du hast daran keine Schuld. Welche Art Mensch verlässt seine Kinder?"

„Sie hat uns nicht verlassen –"

Ich trat auf ihn zu, nahm wieder seinen Arm. Ich wollte ihn schütteln – um ihm zu zeigen, wie falsch und gefährlich sein Denken wirklich war. „Wil, sie hat *dich* verlassen. Vielleicht nicht deine Schwester, aber definitiv dich. Sie hat nie realisiert, wie sehr es dich verletzen würde, wenn sie deine Schwester dir vorzieht, oder es war ihr sogar egal."

Er schluckte, aber er blieb stumm und blickte über meine Schulter. Ich legte meine Hände auf seine Wangen. Er riss seinen Kopf weg.

„Nicht mein Gesicht ..."

„Okay." Ich bewegte meine Hände zu seinen Schultern und drückte ihn fest. „Du bist es wert, geliebt zu werden. Und du warst es auch wert, von *ihr* geliebt zu werden. Und die Tatsache, dass sie dir diese Liebe nicht geben konnte, war *ihre* Schuld, nicht deine."

William leckte sich über die Lippen und nach einer langen Pause blickten seine dunklen Augen endlich in meine. Ich wollte ihn in die Arme nehmen und halten und küssen und trösten, aber ich hatte keine Ahnung, ob es das war, was er gerade von mir brauchte. *Ich* brauchte das, aber seine Bedürfnisse waren in diesem Augenblick viel wichtiger.

Sein Kopf fiel leicht nach vorne und seine Stirn berührte meine. Ich konnte spüren, wie sein warmer Atem über mein Gesicht glitt, als wir schweigend dastanden. Als ich wieder in seine Augen blickte, waren sie geschlossen und seine langen dunklen Wimpern lagen ruhig auf seinen Wangen.

„Weißt du, was wir tun sollten", sagte ich leise. Er hätte mich nicht verstanden, wäre es hier im hinteren Teil des Hauses nicht so still gewesen.

„Was?", fragte er, ohne die Augen zu öffnen.

„Wir sollten diese Karten öffnen. Wir sollten sie lesen und nachsehen, was in ihnen steht."

Seine Augenlider schnellten hoch. Er sah aus, als wäre ihm bei dem Gedanken übel, und langsam bewegte er seine Stirn von meiner weg. „Ich will das nicht tun."

„Warum?"

„Weil ... weil ich mir lieber vorstelle, was in ihnen steht."

„Und was möchtest du, dass in ihnen steht?"

„Ich stelle mir gerne vor, dass es ihr leidtat. Dass jede Karte eine Entschuldigung war, die ich hätte annehmen können, aber es nicht getan habe."

„Würdest du dann anders über sie denken?"

„Ich weiß nicht."

„Können wir es herausfinden?"

Er war lange Zeit still.

Ich drehte mich um und ging zur Kommode und öffnete langsam den Schub, um ihm Zeit zu geben zu protestieren. Er sagte nichts, also fischte ich die Karten heraus – es gab sechzehn Stück. Ich fing an, die verschiedenfarbigen Umschläge dem Alter der Poststempel nach zu ordnen. Alle waren im Oktober abgestempelt worden. Der erste 1994. Da war er sechs Jahre alt gewesen.

„Wann hast du Geburtstag?"

„Vierzehnter Oktober", sagte er leise, als er zusah, wie ich die Karten ordnete.

„Ah, Waage. Das ergibt Sinn. Leidenschaftlich, künstlerisch, sanft und sensibel."

„Nichts von diesem Astrologie-Zeug macht Sinn", antwortete er.

„Okay, was auch immer. Hier ist die Karte zu deinem sechsten Geburtstag", sagte ich und hielt ihm den sonnengelben Umschlag hin. „Willst du sie aufmachen?"

„Ich will keine davon aufmachen."

„Darf ich dann diese hier öffnen?"

Er nickte langsam. Ich schob meinen Fingernagel unter die Zunge des Umschlags und riss ihn auf. Es war eine bunte, typische Karte für einen kleinen Jungen mit Bildern von Zügen und Trucks in grellen Primärfarben. Sie wirkte kindisch, selbst für einen Sechsjährigen. Als ich die Karte öffnete, fielen einige Geldscheine heraus.

Darin stand eine kurze Notiz, die ich laut vorlas:

Für Liam

Ich wünsche dir einen glücklichen sechsten Geburtstag. Ich verspreche dir, bald mit dir zum Eisessen zu gehen.

In Liebe, Mom

Ich drehte mich zu William. „Und, ist sie mit dir zum Eisessen gegangen?"

Er zuckte mit den Schultern. „Ich erinnere mich nicht. Vielleicht."

Ich legte meine Hand wieder auf seinen Arm. „Bist du okay?

Er wich leicht zurück. „Warum sollte ich nicht okay sein? Diese Karte hat absolut nichts ausgesagt."

„Willst du, dass ich die nächste öffne?"

Wieder hob er die Schultern. Ich legte die sechs Ein-Dollar-Scheine – einen für jedes Lebensjahr – auf seinen Arbeitstisch und nahm den nächsten Umschlag. Die nächsten paar Jahre waren ziemlich genau wie das erste - immer ein Geldgeschenk, das seinem Alter entsprach, und ein einfacher, schneller Geburtstagsgruß mit dem Versprechen, ihn bald zu besuchen oder irgendwo mit ihm hinzugehen.

William wurde etwas entspannter, wenn auch sehr enttäuscht. Etwa um seinen fünfzehnten Geburtstag herum erinnerte er sich, dass sie einige seiner Meilensteine besucht hatte, wie seine erste Amateur-Kunstausstellung, aber alles in allem waren ihre Besuche selten gewesen. Als er älter wurde, versprach sie ihm, mit ihm zum Essen zu gehen, und er ließ mich wissen, dass sie diese Versprechen nie eingehalten hatte.

Als er die letzten beiden Karten auf dem Haufen anstarrte, war es schwierig, seine Stimmung einzuschätzen. Aber mit einem langen Seufzen schnappte er sich die vorletzte Karte, öffnete sie mit einem schnellen Ruck und faltete sie auf, ohne auf den Druck auf der Vorderseite zu achten. Eine neuwertige Zwanzig-Dollar-Note glitt aus der Karte. Ich legte sie auf den Geldstapel auf dem Tisch.

Mit flacher Stimme las er vor:

Lieber Liam,

ich weiß, dass es wahrscheinlich zu spät ist, um es zu erklären. Ich weiß nicht einmal, ob ich es kann. Du bist jetzt ein Mann. Ein erwachsener Mann, den ich nicht einmal kenne ... Aber ich hoffe, dass du es eines Tages verstehen wirst.

Alles Liebe,

Deine Mom

Er blies seinen Atem hinaus, als hätte ihm jemand in den Magen geschlagen. „Sie wusste da noch nicht, dass sie krank war. Ich denke, sie hat es im folgenden Jahr herausgefunden."

„Woran ist sie gestorben?"

„Nierenversagen."

Ich nahm den letzten Umschlag und reichte ihn ihm. „Aber sie wusste es, als sie diese Karte abgeschickt hat. Vielleicht steht in ihr, wonach du suchst?"

Er blickte mich an und dann auf die Karte. „Ich bezweifle es."

„Nun, lass mich dir eines sagen. Sie war nicht perfekt. Sie hatte ihre Fehler, wie wir alle. Und du kannst dich nicht mehr mit ihr versöhnen, aber du kannst ihr vergeben."

Er runzelte die Stirn. „Warum sollte ich das tun?"

„Weil du dich dann besser fühlen wirst. Buddha sagte einst, dass einen Groll hegen ist, als würde man Gift trinken und erwarten, dass die andere Person stirbt."

Er schluckte und riss den letzten Briefumschlag auf, ohne zu antworten. Dann öffnete er die Karte, nahm das Geld heraus und schloss sie sofort wieder.

„Willst du sie nicht lesen?"

Er atmete ein und aus. „Noch nicht. Ich bin noch nicht bereit."

Ich nickte. „Okay. Brauchst du eine Umarmung?"

Seine Augenbrauen kräuselten sich. „Nein."

„Darf ich dann deine Hand halten?"

Er nickte. Ich legte meine Hand in seine raue Handfläche und er schloss sie um mich und hielt mich ganz fest – fast schmerzhaft. Ich erwiderte den Druck.

Wir beide starrten auf den Haufen aus Geldscheinen. „Das sind zweihundertsechzehn Dollar", sagte ich. „Du solltest es für etwas Lustiges verprassen."

„Wie zum Beispiel?"

Ich zuckte mit den Schultern. „Oh, ich weiß nicht. Wie wäre es mit der Fun Zone in Newport? Oder wir könnten im Dale and Boomers Videospiele spielen."

Er erstarrte. „Da sind jede Menge Menschen."

„Daran musst du immer noch arbeiten."

Er presste die Lippen zusammen. Dann zog er seine Hand aus meiner, schnappte sich das Geld und steckte das dicke Bündel Geldscheine in seine Geldbörse. „Dann ab ins Dale and Boomers. Kommst du mit mir mit?"

„Natürlich. Wir sind doch Freunde, oder?"

Seine Augen fixierten sich auf meine. „Ich will, dass wir mehr als Freunde sind."

Er schob seine Geldbörse wieder in die Tasche und wandte mir dann seine ganze Aufmerksamkeit zu, während er mein Handgelenk nahm. Der Ausdruck in seinen Augen war so intensiv, dass ich einen Schritt zurück machte.

Er machte einen Schritt auf mich zu.

Ich wich wieder zurück und er folgte mir.

„Jenna", sagte er leise.

„Wil –" Aber ich wurde unterbrochen, als ich gegen die Wand hinter mir stieß und sein Kopf sich auf meinen senkte. Der Griff um mein Handgelenk festigte sich und seine andere Hand wanderte in mein Haar.

Er war nicht grob, aber sicherlich auch nicht sanft, und obwohl ich es verdammt heiß fand, musste ich mich fragen, woher das kam.

Trotzdem, als unsere Zungen sich ineinander verschlangen und mein Körper sich an seinem aufheizte, wollte ich alles andere vergessen außer jene Nacht vor zwei Wochen, als wir uns ausgezogen hatten. Alles was ich wusste, war, dass ich mehr wollte – ich hatte nicht aufgehört, mehr zu wollen. Ich hatte nur aufgehört, darauf zu drängen.

Jetzt war anscheinend *er* an der Reihe.

Seine Brust presste sich gegen meine, sein Kopf war zu mir herabgebeugt, seine Lippen liebkosten meine und seine Zähne knabberten an mir. Er hatte meine Sinne angegriffen und mein Verlangen für sich beansprucht und nutzte beides wie eine Armee, die eine Festung einnehmen wollte. Die Hand, die an meinem Nacken gelegen hatte, glitt jetzt tiefer, um meine Brust zu packen, und mein Nippel gehorchte seinen Fingern und wurde hart. Meine Augen rollten zurück in meinen Kopf, als die Bartstoppeln an seiner Wange gegen die meine rieben.

Oh Göttin. Das fühlte sich so gut an. Sein Mund glitt von meinem und er küsste sich zu meinem Hals und meinem Kinn hinab. „Bleib bei mir, Jenna."

Mein erster Impuls – es lag mir schon auf der Zunge – war, *ja* zu sagen. Aber ich schluckte es hinunter und verschloss meinen Mund. Im selben Augenblick war mein Ohrläppchen in seinem heißen Mund und er kratzte mit den Zähnen darüber. Ich sackte fast an ihm zusammen.

„Sag, dass du bleibst. Versprich es mir."

„Ich kann nicht", flüsterte ich zitternd. „Aber das bedeutet nicht, dass wir uns nicht sehen können, bis ich gehe ..."

Er erstarrte und sein Körper war so steif, als wäre er in Stein gemeißelt. Langsam zog er seinen Mund von meinem Hals.

„Ich brauche dich, du musst bleiben."

Ich schluckte. „Das meinst du nicht so."

Sein Gesicht errötete und seine schönen Gesichtszüge verzerrten sich vor Wut. „Sag mir nicht, was ich meine und was nicht. Du weißt nicht, was in meinem Kopf vor sich geht", knurrte er zwischen zusammengepressten Zähnen hervor.

Ich legte eine Hand an seine harte Brust und drückte ihn vorsichtig zurück, doch er riss seine Hand hoch und stieß meine weg, als wäre sie ein Insekt.

„Wil –"

„Nein, du hast recht. Warum sollte ich jemanden wollen, der mich einfach verlässt, wenn es kompliziert wird? Du hast absolut recht."

Er hätte mich genauso gut ohrfeigen können. Ich blinzelte und meine Augen stachen.

„Aber –"

„Du musst dich nicht erklären. Du warst von Anfang an ehrlich. Du bist nur aus einem Grund hier. Du brauchst deine Tiara."

Mein Mund fiel auf. „Das war vielleicht anfangs der Grund, aber –"

Er hob die Hand, um mich zu unterbrechen. „Du musst meine Gefühle nicht schonen. Es war von Anfang an eine eindeutige Abmachung. Ich hatte unrecht, mehr von dir zu erwarten."

Ich runzelte die Stirn. „Was meinst du?"

Er schob seine Hände in die Taschen. „Es bedeutet, dass du keine Zeit mehr vergeuden musst, mich zu rehabilitieren. Es ist nicht mal mehr eine Woche übrig. Ich werde entweder versagen oder gewinnen, auch ohne dich."

Das Blut verließ in einem Anfall von Wut meinen Kopf. „Aber ich will –"

„Du musst mich auch nicht bei Laune halten. Ich werde dir deine Tiara zurückholen und dann müssen wir uns nicht mehr sehen."

Ich blinzelte. „Ich sehe dich nicht, weil ich *muss*, und ich weiß –"

Er drehte sich um und ging weg, bevor ich ausreden konnte ... *ich weiß, dass du gewinnen wirst, Wil. Ich glaube an dich.*

Ich fühlte mich, als wäre mir der Boden unter den Füßen weggerissen worden. „Wil – bitte sei nicht wütend."

Er schüttelte den Kopf. „Es ... es tut einfach weh."

Es schmerzte, daran zu denken, ihn nicht wiederzusehen. Ich versuchte, nicht zu ergründen, was dieses Gefühl eines Lochs inmitten meiner Brust bedeutete.

Er stoppte an der Türschwelle und drehte sich zu mir um. „Ich mag dieses Gefühl nicht. Ich will nicht mehr. Du sagst, dass ich es wert bin, geliebt zu werden. Aber offensichtlich nicht von *dir.*"

Die Luft rauschte aus meiner Brust. „Das stimmt nicht. Du bist ... und ich bin ... aber ich kann nicht. Denn ich glaube wirklich, dass ich meinen Seelenverwandten bereits getroffen habe. Und er ist gestorben, also –"

„Das macht es einfach."

Plötzlich wurde mein Gesicht heiß. Ich versuchte, mir zu sagen, dass er sich so benahm, weil seine Gefühle verletzt waren, aber das gab ihm nicht das Recht, so mit mir zu reden. „Daran ist nichts *einfach*, Wil. Ich habe mich damit abgefunden, dass –"

„In deinem Kopf ist er perfekt. Der perfekte Liebhaber, der perfekte Partner. Und nichts wird dem je widersprechen, da er dich nie enttäuschen wird – er dich nie enttäuschen *kann*. Aber du wirst in deinen anderen Beziehungen enttäuscht und das bestärkt nur deinen lächerlichen Glauben daran, dass es in deinem Leben nur eine einzige Person für dich gab. Oder eine Person für jeden auf diesem Planeten."

„*Lächerlich?* Warum bist du so gemein? Ich habe nie so etwas zu dir gesagt."

Sein Kiefer verkrampfte sich und seine Hand packte den Türknauf so fest, dass seine Fingerknöchel weiß wurden. „Du kannst das ruhig glauben. Niemand kann mit einem Toten wetteifern und gewinnen."

Ich warf meine Hände hoch. „Warum müssen alle *wetteifern?* Warum redest du überhaupt so? Liegt es an diesen Geburtstagskarten? Du hast ein Recht darauf, wütend auf deine Mom zu sein, aber –"

William zog seine Schlüssel aus der Hosentasche und drehte sich abrupt um. „Du brauchst jemanden, der dich nach Hause fährt." Und dann verließ er den Raum. *Scheiße.*

Ich war immer noch sauer auf ihn, als ich ihm den Gang hinunterfolgte. Als ich das Esszimmer betrat, sah ich, wie Britt und Kim sich mit je einem Glas Wein in der Hand auf der Couch unterhielten. Peter räumte gerade das Geschirr ab. „Es gibt Kuchen zum Dessert ...", fing er an, doch seine Stimme verstummte, als er einen Blick in das Gesicht seines Sohnes warf.

„Ich muss los. Ich bringe Jenna heim."

„Ich packe euch ein Stück ein." Sein Dad ging in die Küche und William verschränkte seine Arme vor der Brust, während er wartete.

Auf der Couch runzelte seine Schwester die Stirn und sah mich dann direkt an. „Was ist los, Liam? Bist du okay?"

„Es geht mir gut", biss er heraus und tippte dann als Zeichen seiner offensichtlichen Ungeduld mit seinem Fuß. Mir fiel angesichts seines ungehobelten Benehmens die Kinnlade herunter.

Kim stand auf, stellte ihr Glas ab und kam zu uns herüber. „Hey William, ich warte schon die ganze Zeit darauf, die Details deines Duells zu erfahren. Die Zeit und der Ort, und vielleicht eine Wegbeschreibung? Wir würden gerne kommen und dich anfeuern."

Er schüttelte den Kopf, sagte jedoch nichts ... er sah sie nicht einmal an. *Göttin, war das peinlich.* „Ich, ähm, ich warte im Auto. Gute Nacht zusammen und danke für das wundervolle Abendessen." Ich machte kehrt und ging hinaus.

Ich der kühlen Nachtluft nahm ich ein paar tiefe Atemzüge und ließ die Tränen über meine Wangen fließen, bevor ich sie schnell wegwischte. Ein Teil von mir brodelte voller Wut auf ihn. Aber der größere Teil von mir war sauer auf mich selbst.

Das hatte als einfache Situation begonnen, die für uns beide nützlich sein sollte. Ich hatte ihn gebraucht, damit er mir meine Tiara zurückholte, und er hatte meine Hilfe gebraucht, um mit seiner Angst vor Menschenmengen zurechtzukommen. Und dann hatte es sich einfach so ergeben, dass ich seine Gesellschaft genoss.

Ich hatte angefangen, *ihn* zu genießen.

Und ich war nicht bereit, dass dies zu Ende sein sollte.

Die Fahrt nach Hause verlief angespannt. William sagte absolut nichts. Mit jedem gefahrenen Kilometer fühlte ich mich elender. Er stoppte am Bordstein vor meiner Wohnung und ließ den Motor laufen, ohne mich auch nur anzusehen.

Ich drehte mich zu ihm und legte meine Hand auf seinen Arm. „Wil."

Er riss sich aus meinem Griff los. „Wir sehen uns auf dem Festival, Jenna. Bis dahin wünsche ich dir alles Gute."

Meine Kehle schnürte sich vor Schmerz zu. Ich würde vor ihm nicht zusammenbrechen. Aber ich konnte auch nicht einfach die Tür öffnen und gehen. „Du bist genau wie dieser Gehängte, weißt du. Das war die perfekte Karte für dich."

Er blickte finster drein. „Ich sagte dir, dass ich nicht an dieses Tarot-Zeug glaube."

„Der Gehängte ist im Stillstand und das bist du ebenfalls. Du wirst von deiner Wut auf deine Mutter zurückgehalten. Du lässt das deinen Baum sein, an dem du dich aufhängst."

Er schwieg, als er das Steuer fest umfasste. Und ich, ich war kurz davor, wieder in Tränen auszubrechen. Anstatt sie ihn also sehen zu lassen, stürmte ich so schnell ich konnte aus dem Wagen.

Ich schaffte es, meine Emotionen im Zaum zu halten, als ich die Treppe hinaufging, und sogar bis nach der Unterhaltung mit meiner Mittbewohnerin, die gerade *The Walking Dead* ansah. Dann schlich ich mich in mein Schlafzimmer, zog mich fürs Bett um und weinte mich in den Schlaf, als ich es nicht länger zurückhalten konnte.

Manchmal war es erlösend zu weinen, beruhigend. Aber dieses Mal nicht. Die salzigen Tränen flossen in das klaffende Loch, dass mir gerade in mein Herz gerissen worden war, nur um den Schmerz noch zu erhöhen, anstatt ihn zu verringern.

***

„Was ist los, Jenna? Du wirkst diese Woche so weggetreten", sagte Alex zu mir. Es war ein paar Tage, bevor ich zum Beltane Festival aufbrach, und ja, *weggetreten* war vermutlich eine gute

Beschreibung dafür, wie ich mich fühlte. Aus dem Lot geraten war eine andere.

Ich vermisste William schrecklich. Seit wir angefangen hatten, zusammen abzuhängen, hatte es nur eine Woche gegeben, in der wir uns nicht gesehen hatten, aber nie ohne miteinander zu schreiben oder zu telefonieren. Das hier fühlte sich schlimmer an als eine Trennung – zumindest jene Trennungen, die mir etwas bedeutet hatten.

Und je mehr ich über seine Worte nachdachte, umso mehr begann ich, mir über diesen Makel an mir selbst Gedanken zu machen. Besonders darüber, ob ich andere Leute wegen meiner eigenen Unzulänglichkeiten verletzt hatte. Wegen meiner eigenen Ängste.

Ängste, die ich hinter meiner Überzeugung versteckt hielt.

Und da wir gerade davon sprachen, Leute zu verletzen ... es raubte mir den Atem, als ich meine Kündigung im Flüchtlingshilfezentrum abgab und den Ausdruck auf dem Gesicht meiner Chefin sah. *Schock. Enttäuschung. Traurigkeit.* Doch letztendlich wünschte sie mir alles Gute.

Also ja ... ich war weggetreten. Aber ich hatte meine Gründe.

Ich gab Alex ein Schulterzucken und stocherte in meinem Essen. Aufgewärmte Spaghetti vom Vortag mit Ramen-Nudeln waren zu einem Grundnahrungsmittel geworden.

„Bist du nervös wegen des Duells?" Ihre Stirn runzelte sich. „Denkst du, William wird die Tiara verlieren?"

Ich schüttelte den Kopf. „Ich denke, er wird gewinnen. Er hat sehr hart gearbeitet."

„Dann lächle!"

Ich legte meine Gabel beiseite und starrte auf meinen Teller, wobei ich plötzliche Tränen wegblinzelte, während meine

Hände zitterten. „Was mache ich, Alex? Wohin führt mich mein Weg?"

Sie schlug ihr Textbuch zu – anders als ich machte sie wirklich ihre Hausaufgaben – und legte ihren Bleistift weg. „Klingt, als müsstest du den Ratschläge-Stand aufsuchen."

Unser kleiner Insiderwitz. Alex half Leuten gerne mit Ratschlägen aus. Meine Freunde und ich hatten angefangen anzudeuten, sie sollte einen kleinen Stand eröffnen, inklusive einer Blechdose für Trinkgeld, so wie Lucy in den *Charlie Brown* Comics.

„Rede mit mir", sagte sie, als ich aufblickte.

„Ich weiß nicht ... ich weiß einfach nicht ... Bis letzte Woche war ich mir so sicher, was ich wollte."

Alex' dunkle Augenbrauen wanderten nach oben. „Und das bist du jetzt nicht mehr?"

Ich wusste, dass Alex nie betonen würde, dass sie es mir ja gesagt hatte. So war sie einfach nicht gepolt. Also hatte ich keine Angst, diesen Sinneswandel mit ihr zu teilen. Ich lehnte mich vor und massierte meine Stirn mit der Hand. „Ich bin so verwirrt."

„Der Rest der Bevölkerung in deinem Alter ist auch meistens verwirrt. Das ist okay. Niemand kennt alle Antworten."

Ich seufzte. „Ich wollte mich mehr auf diesen Umzug freuen, aber –"

„Aber die Realität, was es bedeutet, alle zurückzulassen, hat dich eingeholt?"

„Ich ..." Mein Blick wanderte zur Seite, während ich darüber nachdachte, was sie gesagt hatte. Dann nickte ich. „Ja."

„Jenna, meine *abuelita* hatte ein Sprichwort. Sie sagte, dass die Eiche die tiefsten Wurzen hat, und dass, wenn die Santa Ana

Winde wehen, diese lebendigen Eichen die Bäume sind, die am schwersten umzuwerfen sind. Im Gegensatz zu den Eukalyptusbäumen, die hier überall wachsen ... du weißt schon, diese wirklich, wirklich großen? Sie sind immer der Gefahr ausgesetzt, von genau denselben Winden umgeworfen zu werden. Und das liegt daran, dass ihre Wurzeln so flach sind."

Ich spielte mit dem Essen auf meinem Teller und hörte aufmerksam zu.

Sie fuhr fort. „Mit anderen Worten, je tiefer die Wurzeln reichen, umso weniger wahrscheinlich wird man umgeworfen. Und wenn du dich selbst entwurzelst und immer wieder umziehst, können deine Wurzeln unmöglich in die Tiefe reichen."

Ich lächelte. „Warum verspüre ich jetzt plötzlich den Drang, auf einen Baum zu klettern?"

Sie zuckte mit den Schultern. „Du hast um meinen Rat gebeten."

„Habe ich nicht wirklich, aber danke. Deine *abuelita* war eine weise Lady."

„War sie." Ihre großen, dunklen Augen wurden ernst. „Sie hat mir vieles beigebracht."

Ich lachte. „Du willst doch nicht versuchen, mir aus der Hand zu lesen, oder?"

Sie schnaubte. „Nein. Aber vielleicht solltest *du* deine Karten befragen."

Das war eine ausgezeichnete Idee ...

Und später in jener Nacht tat ich genau das. Ich zog mein zuverlässigstes Tarot-Deck hervor – dasselbe, dass ich benutzt hatte, um William die Karten zu legen –, breitete ein Tuch auf dem Boden aus und setzte mich im Schneidersitz davor. Ich ließ meine Gedanken treiben und mischte die Karten, doch jedes Mal, wenn ich die Augen schloss, war *er* dort. Sein schönes Gesicht, seine großen Hände, die meinen Kopf hielten, als er mich küsste, das Gefühl seines Körpers, als er mich in den Armen hielt.

Ich schluckte den Kloß in meiner Kehle und zog eine einfache Neunerlegung – neun Karten in drei Reihen. Die oberste Reihe repräsentierte die Vergangenheit. Die mittlere die Gegenwart. Die unterste die Zukunft. Ich hob mir meine komplexeren Legungen dafür auf, wenn ich anderen die Karten las. So oder so, die Karten alle direkt vor mir schienen dabei zu helfen, meinen Kopf zu leeren und mir neue Geschichten zuzuflüstern.

Manchmal *sprachen* die Karten zu mir und manchmal taten sie das nicht. Heute Abend schien es fast so, als würden sie mich anschreien. Die erste Reihe traf mich direkt zwischen den Augen: der Bube der Münzen, der Turm, die Fünf der Kelche. Wow, es war fast so wie meine eigene Biographie in drei einfachen Karten.

Meine Hände zitterten, als ich den Buben der Münzen nahm – *Brock*. Die Karte zeigte einen jungen Mann voller Potenzial, praktisch veranlagt, pflichtbewusst, nachdenklich und gewissenhaft. Ich lächelte. Ja, das war er.

Die Karte, die folgte, war der Turm – die allgemeingültige Die-Kacke-ist-am-Dampfen-Karte. Es war immer schwer, wenn diese Karte in einer Legung vorkam, doch ich beruhigte mich, dass sie in der Vergangenheit lag. Dass dieses schreckliche Ereignis – der Verlust von Brock und allem, was ich für unsere Zukunft geplant hatte – schon vor langer Zeit stattgefunden hatte. Vor sechs langen und schmerzhaften Jahren.

Was mich zur Fünf der Kelche brachte. Der Verlust und meine Reaktion darauf. Das Ereignis sandte Wellen des Schmerzes in die Gegenwart und die Zukunft. Meine Kehle schnürte sich zu, sodass ich nicht schlucken konnte.

Die Farbe Kelche zeigte an, dass alles an Emotionen gebunden war. Und es waren so viele an den Verlust und die Ereignisse, die folgten, gebunden. Verluste, die sogar noch tiefer gingen als der Verlust von Brock. *Papa ...*

Das Bild von drei auf dem Kopf stehenden Kelchen und zwei immer noch gefüllten Kelchen zeigte drei Kelche verlorenen Wassers – Trauer. Und doch ... zwei Kelche blieben voll. Zum ersten Mal überhaupt sah ich, dass es eine Karte der Hoffnung war. Was für eine seltsame Vorstellung ...

Einen zittrigen Atemzug nehmend, ging ich zur nächsten Reihe – meiner Gegenwart. Die drei Schwerter – die klassische Karte emotionaler Unruhe und des Konflikts. *So wahr.* Alles war durcheinander und brodelte über.

Ich steckte meine strähnigen Haare hinter meine Ohren. *Wil* ... Seine Worte – diese nackte Ehrlichkeit. *Es tut weh*, hatte er gesagt.

Ich blinzelte die stechenden Tränen weg und realisierte, wie recht er hatte. Es *tat* weh. Es schien fast so, als wäre es das Erbe, auf dieser Erde zu leben, diese Luft zu atmen, zu existieren. Ohne Schmerz gab es kein Glück.

Aber bedeutete es, dass man nie wieder glücklich sein konnte, wenn man etwas verloren hatte, auf das man all seine Hoffnungen gestützt hatte?

War es das, was ich tat? Mich selbst dafür zu bestrafen zu leben, während Brock tot war? Und Papa?

Und da war sie ... die nächste Karte in der mittleren Reihe, die mir ins Gesicht starrte. Die Acht der Schwerter. *Furcht. Blockade. Vermeidung.* Ich schluckte. Und sie war gefolgt von der Mondkarte – eine Warnung vor Unehrlichkeit, Täuschung oder Verwirrung.

Vielleicht alles davon. Ich *war* verwirrt. Hatte ich mir selbst etwas vorgemacht? Überzeugt davon, dass es mein Schicksal war, herumzuwandern ... nie zu lieben? Nie geliebt zu werden? Ich hatte den Narren oft als die Karte angesehen, die mich am besten beschrieb. Und vielleicht auf mehr Arten als eine war ich eine Närrin gewesen. Eine Närrin, die sich selbst belog.

Tränen strömten über meine Wangen und ich blinzelte, um durch meine verschwommenen Augen zu sehen, bis ich zur dritten Reihe kam – der Zukunft. Meine Kehle war zugeschnürt und es war schwer zu atmen, denn ...

Diese erste Karte.

Der König der Kelche.

Ich erinnerte mich an die Worte an William auf dem Markt. *Der König der Kelche repräsentiert einen Mann emotionaler Stabilität, einen Mann, der nach Ehre lebt – still, gütig und zuverlässig.*

William ... saß direkt am Startpunkt meiner Zukunft.

Ich biss mir auf die Lippen und schnappte mir den ganzen Stapel, da ich plötzlich von Emotionen überwältigt wurde. Ohne das Verlangen, die tiefere Bedeutung zu untersuchen, steckte ich die Karten in ihre Schachtel und stopfte sie in meine unterste Schublade. Ich schwor mir, sie mehrere Monate nicht mehr anzufassen. Und vielleicht würde ich sie außerdem mit weißem Salbei räuchern und andere Kartendecks mit auf das Festival nehmen.

Es dauerte Stunden, bis ich einschlief, und dann träumte ich von gigantischen Karten, die genauso groß waren wie ich und mich überallhin verfolgten, aber mich nicht erwischten.

Kapitel Sechsundzwanzig
William

Es ist eine Woche her, seit ich Jenna Lebewohl gesagt habe, und seitdem habe ich zielgerichtet mit meinem Training weitergemacht. Ich habe Gewichte gestemmt, bin gelaufen und zu meinem Kampfkunstlehrer gegangen. Ich habe sogar meditiert und diese Visualisierungsscheiße von Jenna geübt.

Der schwierigste Teil war, mich dazu zu zwingen, Zeit an belebten Orten zu verbringen. Britt und Mia haben mich in die Mall mitgenommen, aber Adam hat mich im Stich gelassen und gesagt, dass er sich weigere, einkaufen zu gehen, selbst wenn er mir damit helfen könne. Als wir durch die Bereiche zwischen den Geschäften wanderten, versuchte ich erneut diese Visualisierungstechnik – anstatt eines Stroms aus Menschen, der auf mich zufloss, stellte ich mir einen richtigen rauschenden Fluss und einen schäumenden Wasserfall vor. Es brauchte viel Arbeit, aber schließlich spürte ich, dass ich in einen Zustand der Ruhe überging und in der Lage war, die Situation wahrzunehmen, als wäre ich außerhalb meines Körpers.

Und so wenig es mir gefallen hat, ich habe jeden Tag in der Arbeit mein Mittagessen in der überfüllten Kantine gegessen. Anstatt als Menschen, die über ihren Tischen kauerten und redeten und mit ihrem Besteck klapperten, habe ich sie mir als

Tiere in der Wildnis vorgestellt – als Herden von Zebras oder Gazellen in der afrikanischen Savanne. Es war seltsam, aber es funktionierte.

Aber trotz des Fortschritts, den ich gemacht habe, war ich nicht in der Lage, nicht an Jenna zu denken. Ich habe sie vermisst und ich wollte ihr sagen, dass sich langsam alles zusammenfügt. Dass ich ihre Stimme in meinem Kopf gehört habe – wie sie mich ermutigt und an mich glaubt – und dass ich, wenn ich auf ein Hindernis stieß, daran dachte, wie sie mir geholfen hatte.

Wir arbeiteten gut zusammen. Aber das ist nicht der Grund, warum ich mich so nach ihr gesehnt habe. Oder warum mein Herz immer schneller wird, wenn ich an das nächste Mal denke, wenn ich sie sehen werde. Und obwohl das Festival den unausweichlichen Rückkampf mit Doug – und damit die Unsicherheit über das Ergebnis – bedeutet, ertappe ich mich dabei, wie ich die Tage, Stunden und Minuten zähle, bis ich sie wiedersehen würde.

Ein Tag hat 1440 Minuten. Wir haben einander seit Sonntagabend um etwa neun Uhr nicht mehr gesehen und ich werde sie am Freitagabend um etwa sechs Uhr wiedersehen. Das bedeutet, dass zwischen dem Moment, als wir im Schlechten auseinandergingen, bis zu dem Augenblick, an dem ich versuchen kann, es wiedergutzumachen, 7020 Minuten vergangen sein werden.

Und es wird danach besser sein. Das muss es einfach.

Denn Freitag ist der Beginn des Festivals und sobald das Festival endet, wird dort bis Ende Juni das Mittelalterfest stattfinden. Und sobald das Mittelalterfest weiterzieht, wird Jenna endgültig weg sein.

Am Freitag sind wir hierher gereist, zu einer kleinen Gemeinde nördlich des Weinanbaugebiets in Kern County, etwa zwei Fahrtstunden von Orange County entfernt. Das ist ein Gebiet in Südkalifornien, wo es *große* weite Flächen gibt. Wir kommen jedes Jahr auf einem großen Zeltplatz zwischen den trockenen und hauptsächlich flachen Hügeln zusammen, die diesen leicht bewaldeten Ort umgeben. Ich habe dieses Mal nichts außer meiner Rüstung und Kampfausrüstung sowie meinem handgenähten, mittelalterlichen Zelt und dem zum Leben Notwendigen mitgenommen.

Unser Clan hat sich am Südwestende des Zeltplatzes niedergelassen, das wir praktisch für die ganze Woche einnehmen. Alle stecken ihren Bereich für ihre Zelte, Platz zum Kochen und Stände, an denen sie ihre Waren verkaufen, ab. Im Norden und in einen kleinen Seitencanyon eingeschmiegt gibt es einen großen länglichen Bereich, der von betonierten Tribünen umgeben ist. Dort werden die Kämpfe stattfinden – zusätzlich zu den Mann-gegen-Mann-Duellen, wie mein Rückkampf mit Doug, werden auch Teamkämpfe ausgetragen.

Ich gehe die gesamte Arena ab, blicke zu den leeren Tribünen hinauf und arbeite dabei eine Strategie für meine Visualisierung aus. Als ich versuche, mir vorzustellen, wie es sein wird, wenn wir uns in zwei Tagen gegenüberstehen, bemerke ich eine weitere Person, die am anderen Ende der Arena steht. Aufgrund der Größe, des Körperbaus, der Haut- und Haarfarbe ist die Person leicht zu bestimmen – Jenna.

Ich kann plötzlich spüren, wie mein Herz in meiner Kehle pocht und mein Mund trocken wird, als würde ich dringend etwas zu trinken brauchen. Was verwirrend ist, ist, dass ich trotz meines Drangs, ihr aus dem Weg zu gehen, sie unbedingt wiedersehen will. Dieses Gefühl zieht mich wie beim Tauziehen in zwei Richtungen.

Und sie ist hier und beobachtet mich, was bedeutet, dass sie mich offensichtlich *nicht* meidet. Sie hat mich vielleicht sogar gesucht. Langsam trete ich gegen die Dreckklumpen am Rand der Arena und mache mich auf den Weg zu ihr, mein Herz wird dabei immer schneller, je näher ich ihr komme. Sie kommt nicht auf mich zu, um mich zu begrüßen, aber sie dreht sich auch nicht um und geht weg. Und mit jedem Schritt, den ich mache, realisiere ich, dass es mir nach einer Chance verlangt, ihr Gesicht wiederzusehen, mit ihr zu reden, sie festzuhalten und sie zu küssen.

Aber als ich endlich bei ihr ankomme, bleibe ich stehen und betrachte den Boden zwischen unseren Füßen. „Hallo“, sage ich.

Sie nimmt einen tiefen Atemzug und bläst ihn hinaus. „Hi.“

„Ich bin froh, dass du gut hergekommen bist.“

„Ich konnte mit Caitlyn und den Mädels herfahren.“

Ich nicke, nicht wirklich überrascht über diese Information. „Es ist schön, dich zu sehen.“

Ihr Mund wölbt sich zu einem leichten Lächeln. „Ich habe dich vermisst.“

Ich habe sie auch vermisst. Jeden Tag wollte ich sie sehen. Der Gedanke daran ruft mir in Erinnerung, wie sehr es wehgetan hat, sie *nicht* zu sehen. Ich weiß nicht, was ich sagen soll.

„Wil –“ Ihre Stimme zittert und sie dreht sich weg. Ich sehe zu, wie sich ihre Hände an ihren Seiten zu Fäusten ballen.“

„Ja?“

„Können wir bitte wieder Freunde sein? *Bitte?*“

Ich schließe die Augen und öffne sie wieder. „Wir sind Freunde, Jenna."

„Es war schrecklich, diese Woche nicht mit dir reden zu können."

Ich denke einen langen Augenblick darüber nach. „Es war auch für mich schrecklich."

Sie macht einen Schritt auf mich zu. Und dann noch einen.

„Darf ich dich umarmen?"

Ich trete vor und schließe sie in meine Arme. Da ist dieser stechende Schmerz wieder und dann dieses Gefühl, dass es richtig ist. Als würden wir zusammenpassen.

Ihr Kopf bewegt sich und ich rieche an ihrem Haar. Zimt. Gefühle und Impulse kommen in mir hoch. Ohne es zu realisieren, schließen sich meine Arme enger um sie und ziehen sie fest an mich. Dieser eine kleine Hauch hat Erinnerungen zurückgebracht – daran, wie ich sie hielt, wie sie in meinen Armen zitterte, in Disneyland, wie ich sie auf ihrem Bett küsste, als sie weinte, wie sich ihre kleine Hand anfühlte, wenn sie in meine glitt.

Ich schlucke etwas, das sich wie ein riesiger Felsbrocken in meiner Kehle anfühlt. „Lass uns heute Abend etwas Zeit zusammen verbringen", sage ich.

Sie seufzt und ich spüre, wie ihr warmer Atem über meinen Arm gleitet. Sie reibt ihre Wange gegen den Stoff meines Shirts und verursacht so, dass sich jeder Zentimeter meines Körpers anspannt.

Ich will sie. Und *nicht* nur als Freund.

Unsere Zeit getrennt voneinander hat diesbezüglich nicht geholfen. Diese Gefühle sind genauso stark wie zuvor. Sogar noch *stärker.*

Wir essen zusammen zu Abend – Suppe und dunkles Brot – und dann stelle ich ihren Stand für sie auf. Sie dekoriert ihn mit glitzernden Stofffetzen und einem großen Banner, auf dem steht: *Fräulein Jennas Weissagungen.* Wir reden darüber, was jeder von uns in der vergangenen Woche gemacht hat und ich erzähle ihr von meinen Fortschritten mit der Visualisierung. Sie hört aufmerksam zu und stellt mir Fragen, aber ich fühle mich beklommen.

Was, wenn ich die Tiara nicht zurückgewinnen kann.

Ich mache mir Sorgen, dass ich sie enttäusche, wenn ich nicht gewinne. Aber ich war noch nie bereiter für diesen Kampf als jetzt. Und ich *muss* gewinnen, denn ich darf sie nicht enttäuschen.

Ich muss ihr zeigen, dass ich es wert bin, von ihr geliebt zu werden.

Kapitel Siebenundzwanzig
Jenna

„Hast du letzte Woche etwas Lustiges gemacht?", fragte ich, bevor ich mir das letzte Stück Brot in den Mund stopfte. Die Maissuppe war würzig und köstlich.

Er zuckte mit den Schultern. „Nur ein kleines Kunstprojekt. Es half mir, mich zu entspannen." Während William seine zweite Schüssel leerte, wanderten meine Augen zu seinen wohlgeformten Armen – nirgends eine Spur von überschüssigem Fett. Die Adern überzogen seine Muskeln wie eine topographische Karte und ich wollte jede einzelne von ihnen mit meinen Fingerspitzen nachfahren ... gefolgt von meiner Zunge.

Meine Augen schossen zu seinem schönen Gesicht. „Was für ein Projekt? Ein Bild?"

Er war einen Augenblick lang still und drehte Däumchen. Schließlich sagte er: „Es ist etwas für dich. Eine Art Entschuldigung dafür, wie ich mich am Sonntag benommen habe ..."

Ich richtete mich auf. „Was? Du hast etwas für mich gemacht und ich kann es erst sehen, wenn wir nach Hause kommen? Wie –"

„Ich habe es mitgebracht. Es ist nicht sehr groß. Ich hatte nicht viel Zeit."

Ich stand von der Picknickbank auf, auf der wir gesessen hatten. „Du hast es mitgebracht? Warum sehe ich es dann nicht gerade in diesem Augenblick?"

Seine Augen weiteten sich und er starrte mich an, als wäre ich eine Verrückte. „Beruhige dich."

Ich schüttelte den Kopf und schlug spielerisch auf den Tisch zwischen uns. „Ich beruhige mich nicht. Du hast mir etwas Schönes gemacht. Ich will es sehen!"

„Du weißt nicht, ob es schön ist."

Ich stemmte die Hände in die Hüften. „William Drake, wenn du es gemacht hast, dann ist es schön. Das weiß ich bereits. Ich habe deine Arbeit schon gesehen."

Langsam erhob er sich und ein zufriedenes Lächeln breitete sich auf seinem Gesicht aus, doch er schüttelte den Kopf, als hätte ihn meine Aufregung aufgebracht.

„Nun, du hast es erwähnt, also musst du es mir jetzt zeigen", sagte ich mit einem Lächeln und streckte meine Hand zu ihm aus. „Komm schon ..."

Ich wusste, dass er es mir zeigen wollte, aber er war zu bescheiden, also nahm ich sanft seine Hand und zog ihn mit mir. William führte mich zu seinem Zelt, einem Pavillon, der wie etwas aussah, das ein mittelalterlicher Adliger bewohnen würde, wenn er auf dem Schlachtfeld war. Der Boden war mit einem dicken Teppich ausgelegt. Auf einer Seite lagen Kissen und Bettzeug auf dem Boden und auf der anderen Seite standen ein Tisch und einige hölzerne Boxen und Kisten. Seine Rüstung hing auf einem Aufsteller in der Ecke neben einem kleinen Waffenständer.

Es war schon nach Sonnenuntergang, also zündete William eine moderne Propangaslaterne an. Man hatte sich geeinigt, dass während der Nacht moderne Beleuchtung auf dem Zeltgelände benutzt wurde. Mit authentischer Beleuchtung, wie etwa Kerzen und Fackeln, würden wir uns nur einer Brandgefahr aussetzen und bestimmte Sicherheitsrichtlinien verletzen. Und auch wenn der Rest seines Zeltes aussah, als wäre er direkt aus dem Mittelalter, so tat die Laterne, die er an einen Haken in der Spitze des Zelts hängte, das nicht.

William zog eine lederne Posterröhre hervor und holte eine aufgerollte Leinwand heraus. Seine Bewegungen waren langsam und stockend, als würde er meine Reaktion fürchten. Vielleicht hatte er sich doch entschieden, dieses Nacktbild von mir zu malen ...

Aber nein, das Bild, das er auf seinem Bettlaken ausrollte, war kein Nacktbild. Ich brauchte nur Sekunden, um zu erkennen, was es war, doch dann blieb mein Herz stehen und meine Augen wurden von Tränen vernebelt. Ich hatte keine Ahnung, wie oder ob ich je wieder zu Atem kommen würde.

Schwarz umrandet und mit schönen Aquarellfarben ausgemalt, zeigte es die Main Street USA in Disneyland. Aber anstatt einer belebten Straße gab es nur zwei Figuren. Sie hielten Händchen, als sie mit dem Rücken zum Betrachter die Straße zum Dornröschenschloss hinabgingen. Es gab keinen Zweifel daran, wer das Mädchen mit den weißblonden Haaren war, dessen Hand Micky Mouse hielt – ich.

Die Geschichte aus meiner Kindheit, die ich ihm erzählt hatte. Er hatte sich daran erinnert. Und er hatte sie in so vielen Details auf die Leinwand gebracht, dass es wehtat, sie nur anzusehen.

Tränen strömten über mein Gesicht und es war mir egal, dass er sie sehen konnte. Tatsächlich stand er neben mir und hob seine großen Finger, um sie mir wegzuwischen.

„Ich wollte dich nicht traurig machen", sagte er leise.

Ich schüttelte den Kopf und schniefte. Ich war mir nicht einmal sicher, was es war. War ich *glücklich*? War ich *traurig*? War ich einfach so *unglaublich bewegt*?

„Das ist wunderschön, Wil. Du hast mich nicht traurig gemacht. Aber ich muss dich warnen, dass ich dich gleich sehr fest drücken werde – wenn das okay ist."

„Das ist okay", sagte er und öffnete die Arme.

Ich packte ihn um die Taille und hielt ihn fest. Das bedeutete, dass er während der Woche, in der wir uns nicht gesehen hatten, an mich gedacht hatte.

Wir hielten uns noch eine lange Zeit und dann drehte ich mich um, um wieder das Bild zu betrachten. Ich krabbelte aufs Bett, breitete es so flach wie möglich aus – die Ränder wölbten sich immer wieder hoch – und betrachtete jedes Detail. „Du bist umwerfend, Wil."

Er ließ sich neben mir auf dem Bett nieder. „Du auch."

Ich schüttelte den Kopf. „Nein, bin ich nicht ..."

„Doch. Du hast so viel mitgemacht und doch bist du immer noch ein positiver Mensch. Du hilfst anderen. Du bist stark und mutig und du kümmerst dich um andere. Du hast dich um mich gekümmert, Jenna. Du bist wie ein Sonnenstrahl in der Dunkelheit."

Ich drehte mich um und legte meinen Kopf an seine Schulter und er hob seine große Hand, um mich festzuhalten. So lagen wir eine Zeit lang still da. Und dann, als meine Augenlider schwer wurden, fragte ich ihn müde, ob ich die Nacht hier verbringen dürfte.

William setzte sich auf und ich half ihm, seine Überdecke wegzuziehen. Dann trat ich meine Schuhe von mir, während er die Lampe löschte. Wir krabbelten auf die flauschige Matratze, wo ich mich sofort neben ihm einkuschelte, während er mich in seinen starken Armen hielt. Und ich schlief so friedlich – so friedlich wie schon lange nicht mehr.

Am nächsten Morgen wachte ich in Williams Bett auf. Er schlief auf der Seite, von mir abgewandt, aber er hatte sein Hemd während der Nacht ausgezogen. Ich studierte die Muskeln auf seinem Rücken, die Art, wie sich sein Brustkorb langsam weitete und zusammenzog. Ich wollte mich über ihn lehnen und ihn küssen und meine Hände über seinen festen Rücken wandern lassen.

Aber ich konnte mich zurückhalten – wenn auch nur knapp. Ich wollte nichts anfangen, von dem ich wusste, dass er es stoppen würde. Die fundamentale Unstimmigkeit zwischen uns war noch nicht geregelt worden.

Ich schluckte den Kloß in meiner Kehle. *Würde sie das je?*

Mit schleichenden Bewegungen kroch ich aus dem Bett und zog meine Schuhe an. Ich musste in das Zelt, das ich mit meinen Freundinnen teilte, damit ich mich für den großen Tag umziehen konnte.

Es war der erste Mai – für unsere Mittelaltergruppe der erste Tag des Beltane Festivals. In früheren Zeiten markierte dieser Tag den Beginn des Sommers und ehrte die Fruchtbarkeit. Es würde ein Festmahl geben sowie Volkstanz und eine Feier um den Maibaum herum. Nach Einbruch der Dunkelheit würde der Beltane-Ball im Licht eines Freudenfeuers abgehalten werden.

Ich konnte es kaum erwarten.

Als ich mein Zelt erreichte, warfen mir einige meiner Freundinnen neugierige Blicke zu. Caitlyn fragte mich natürlich, wo ich die ganze Nacht gewesen sei.

„Ich, ähm, nun, es ist nicht so aufregend, wie du denkst. Ich war bei William "

Ihre Augenbrauen schossen hoch und erneut nahm ich dieses seltsame Gefühl von ihr auf – etwas wie leichte Eifersucht. „Dann *ist* es so aufregend, wie ich denke. Sir Heiß MacGeil mag doch Frauen."

Ich hatte nicht den Wunsch, Salz in ihre Wunden zu streuen. Caitlyn war eine gute Freundin und ich wollte sie nicht verletzen, also wählte ich meine Worte mit Bedacht. „Tut er ... und es wäre aufregend gewesen, wenn wir nackt gewesen wären, was wir nicht waren."

Ihr Mund verzog sich. „Nun, das ist scheiße." Aber ich wusste, dass sie nicht wirklich enttäuscht über diese Nachricht war.

Ich wandte mich um, um meine Tasche auf meine Pritsche zu legen, und wurde von der Schachtel, die dort lag, abgelenkt. „Wer hat sein Zeug auf meiner Liege gelassen?"

„Das ist für dich. Jonny ist gestern mit Lieferungen von Fräulein Agnes vorbeigekommen. Er sagte, das wäre für dich."

„Die Schneiderin? Ich habe nichts bei ihr bestellt."

„Ja, wir dachten, du hättest vielleicht im Lotto gewonnen", sagte Ann mit einem breiten Grinsen. „Oder eine Bank ausgeraubt."

„Das müsste ich auch, um mir eines ihrer schönen Kleider leisten zu können ..." Meine Augen überflogen die Schachtel. Das musste ein Fehler sein.

„Öffne sie und sieh nach, was es ist", sagte Ann.

Aber ich hatte bereits den Deckel von der Schachtel genommen und was ich sah, raubte mir buchstäblich den Atem. Ich zog den wunderschönen blauen Stoff aus der weißen Einlage und hielt ihn hoch. Angefangen mit einem sehr blassen Blau – fast weiß an den Schultern – zeigte sich ein Farbverlauf über Himmelblau bis hinab zu einem tiefen dunklen Mitternachtsblau am Saum. Das Kleid war mit goldenen Stickereien am Ausschnitt verziert, die die langen fließenden Ärmel hinabreichten. Das Gewand sah aus, als wäre es aus dem Himmel, dem klarsten See und einem mitternächtlichen Sternenschauer gewebt worden.

„Heilige Scheiße", murmelte Caitlyn in einem rauen Flüstern. „Das ist wunderschön."

„Ich weiß", sagte ich mit zitternder Stimme. Meine Augen flogen zu dem Blassblau an den Schultern hinauf – blassem Blassblau. Wie die türkischen Salzseen. An deren lange Namen ich mich nicht mehr erinnern konnte, obwohl ich in der Nacht, in der er mir davon erzählt hatte, in Google nach Bildern davon gesucht hatte. Dieses Kleid konnte von keinem anderen als William gekommen sein.

Und es war nicht nur wunderschön, sondern auch etwas so Aufmerksames. Ich sank auf die Liege neben mir und ließ meine Hand über das exquisite Material gleiten. Das war zu viel. Ich sollte das nicht annehmen.

„Ich denke, ich weiß, wer dir das geschickt hat", sagte Caitlyn mit leiser Stimme.

Ich blickte hoch und biss mir auf die Lippe. Sie lächelte. Ein sehr schwaches Lächeln.

Ann setzte sich neben Caitlyn auf die Pritsche und legte einen Arm um ihre Schulter.

Ich nahm einen tiefen Atemzug und blies ihn hinaus. „Caitlyn, es –"

Sie hob die Hand. „Sag nicht, dass es dir leidtut. Es gibt nichts, was dir leidtun muss. Aber bitte, um Gottes willen, brich ihm nicht das Herz. William ist so schwer zu erreichen, aber man muss kein Raketenwissenschaftler sein, um zu wissen, dass es ihn sehr erwischt hat. Ich denke, dass du die Wahrheit nicht erkennen willst. Ehrlich, Jenna, du bist der liebste Mensch auf der Welt. Du verdienst ihn."

Brich ihm nicht das Herz.

Doch als ich sie ansah und dann das Kleid, fühlte ich diesen seltsamen Knoten aus Emotionen in meiner Brust. Ich musste mich fragen – wessen Herz brach wirklich?

Meine Brust schmerzte. Als hätte mir jemand eine Harpune in meine Brust geschossen und zöge nun wild in Richtung William. Und je fester derjenige zog, umso tiefer grub sie sich hinein.

Ich war so verwirrt. Ich hatte so viele Gefühle für ihn. Seit ich ihn wiedergesehen hatte, konnte ich nicht abstreiten, dass die Gefühle meines Herzens mir bis in die Kehle sprangen. Was bedeutete das? Was versuchte mein Herz mir zu sagen? Was hatten die Karten mir gesagt? Und diese Unterhaltung mit Alex? Und … einfach … alles.

Mit jeder Minute, die verging, wurde der Gedanke, mit dem Mittelalterfest auf Reise zu gehen, immer weniger attraktiv.

Meine Nase fing an zu stechen, als ich noch mehr Tränen schluckte, und bald war ich von den anderen Damen in meinem Zelt umringt – Caitlyn, Ann und selbst ihrer Freundin Fiona.

„Hey", sagte Caitlyn mit beruhigender Stimme. „Was ist los? Willst du ihn nicht? Denn du weißt, dass ich ihn sofort nehme", fügte sie witzelnd hinzu.

Ich schüttelte den Kopf und strich wieder über das Kleid. „Ich bin einfach verwirrt."

„Aber willst du ihn?"

Als ich mit den feinen Glasperlen spielte, die in das Korsett des Kleides eingenäht waren, wusste ich, dass ich nicht lange darüber nachdenken musste. So sehr ich es mir auch nicht eingestehen wollte, so tat ich es doch. Ich wollte ihn so sehr. Also sagte ich atemlos: „Ja."

Aber ... wollte er mich immer noch? Oder hatte er mich mental bereits zu jener Gruppe Frauen gesteckt, die ihn nur verletzen und verlassen würden? Nur bei dem Gedanken daran, in derselben Kategorie zu stecken wie seine Mutter, die ihn im Stich gelassen hatte, wurde mir übel.

Aber dann dachte ich an die Art und Weise, wie er mich letzte Nacht gehalten hatte, als wir nebeneinander lagen. Wie sein Daumen mein Handgelenk und meine Hand liebkost hatte. Wie er seine Finger um meine gelegt und nicht losgelassen hatte.

Und irgendwie wusste ich tief drinnen, dass er das nie würde.

„Ich muss mich etwas bewegen." Ich stand auf und verstaute das Kleid vorsichtig in seiner Schachtel. „Ich komme wieder, um beim Mittagessen zu helfen und den Maibaum aufzustellen."

„Iss erst etwas zum Frühstück", sagte Caitlyn.

„Ich bin nicht hungrig. Aber danke! Ich muss nur etwas nachdenken."

Und das war genau, was ich machte, als ich den staubigen Pfad entlangwanderte, der zu dem Amphitheater führte, wo William und Doug morgen gegeneinander antreten würden. Ich folgte dem Pfad, der sich durch vertrocknete Büsche und die verschiedenen Pflanzen der Wüste wand, vorbei an sich sonnenden Echsen und vereinzelten Käfern. Ich behielt die Füße am Boden und die Augen auf die entfernten Sierras gerichtet, die im Osten in den Horizont schnitten. Die Sonne war noch nicht so schlimm. Da es Frühling war, würde es heute warm sein, doch nicht unerträglich.

Ich umarmte mich selbst, als ich so dastand und mich in der Schönheit der Natur um mich herum klein und unbedeutend fühlte. Meine Zweifel und Ängste fühlten sich angesichts des gewaltigen Universums um mich herum so belanglos an.

Ich dachte über Brock und mich nach, zwei winzige Fleckchen im Universum. Ich dachte daran, wie sehr ich ihn immer noch liebte. Darüber, wie sehr ich immer noch an dem Glauben festhielt, dass er der Einzige für mich war. Nun zerfetzten meine Gefühle für William diesen Glauben und ich musste mich damit arrangieren.

Ich konnte nicht anders, als über die Karten vom Vortag nachzudenken, besonders die Mond-Karte. Der Mond und die Erde, zwei weitere Flecke im Universum – wenn auch viel größere Flecke. Sie verursachten Verwirrung, Unsicherheit, Unwahrheiten. Diese Karte war eine Warnung, dass ich mich selbst betrog.

Mich mit meiner eigenen fehlgeleiteten Überzeugung betrog.

Die Erkenntnis raubte mir den Atem und ich blinzelte, als ich versuchte, den nächsten Atemzug zu machen, wobei ich meine verschwitzten Hände öffnete und schloss.

„Ich weiß nicht, was ich tun soll", sagte ich laut zum Universum. Die Brise schien meine Worte in die Ferne wegzutragen. Meine Augen schlossen sich und plötzlich hörte ich eine Stimme in meinem Kopf.

Geh zu ihm. Sei mit ihm zusammen.

Mein Herzschlag wurde schneller und ich ... ich kam nicht umhin, mich untreu zu fühlen.

„Brock, was soll ich tun?", sagte ich in die Luft und hoffte, dass die Brise mir antworten würde.

Sei glücklich. Ich will, dass du glücklich bist.

Ob es ein Geist oder meine Vorstellung war, die mir die Dinge sagte, die Brock sagen würde, würde ich nie herausfinden. Aber diese Nachricht war so deutlich in meinem Kopf und wurde sofort von einer weiteren gefolgt.

Bleib, bleib. Bleib, bleib.

Brock war meine Vergangenheit. Und wie gesegnet ich war, ihn kennengelernt und geliebt zu haben. Doch William ... William konnte meine Zukunft sein. Wenn ich ihn nur ließ.

***

Ich hatte keine Gelegenheit, vor dem Mittagessen mit William zu sprechen, da wir beide sehr mit den Vorbereitungen für die Beltane-Feier beschäftigt waren. Und das Zentrum davon war der Maibaum – ein entrindeter Pfahl, der von den stärkeren Männern in unserer Gruppe ein paar Fuß tief im Boden verankert wurde. An seiner Spitze hingen farbige Bänder, die wie die Speichen eines Rads nach außen fielen. Die Enden aller grünen, gelben, roten, pinken und violetten Bänder waren kreisförmig am Boden befestigt. Hier würden wir tanzen.

Alle Ungebundenen waren um den Kreis versammelt, immer abwechselnd Mann und Frau. Jeder von uns zog das Ende des

Bandes, das uns am nächsten war, aus dem Boden und nahm es in die Hand. Als wir an der Reihe waren, unsere Plätze einzunehmen, wurde William widerwillig von einer Gruppe gebundener Frauen ins Getümmel gestoßen, wobei sie ihn anfeuerten, während sie darauf warteten, dass wir mit dem Tanz beginnen würden. Ich bewunderte, wie weit er gekommen war. Noch vor ein paar Monaten hätte er niemals an einem Event wie diesem teilgenommen.

William blickte mich von der anderen Seite des Kreises aus an und warf mir ein Lächeln zu, dass nur als leichte Wölbung seiner Lippen beschrieben werden konnte. Ich lächelte zurück, bis sein Kopf sich nach unten neigte und seine Augen sich meinem Blick entzogen. Mein Herz tanzte – und nicht notwendigerweise aus Vorfreude auf die Musik.

Ich rang nach Luft bei dem offensichtlichen, aber schönen Gedanken, dass William mich glücklich machte.

Aber was *bedeutete* das?

Doug stand neben mir und warf sowohl William als auch mir finstere Blicke zu. Aber William bemerkte Doug nicht, sah ihn nicht einmal an, also folgte ich seinem Beispiel und ignorierte Doug ebenfalls.

Plötzlich setzte die Musik ein – eine Laute, eine Trommel und eine Geige spielten eine einfache mittelalterliche Melodie für den Maitanz. Wir begannen mit dem einfachen Tanz um den Maibaum – ganz nach den alten Bräuchen: ein Schritt, eine Verbeugung oder Knicks zu unserem Nachbarn. Eine stete Brise blies, als wir untereinander hindurchwebten, wobei unsere Bänder stetig kürzer wurden. Bald würde der Maibaum in ein Gewand aus einem wunderschönen Muster aus verflochtenen bunten Bändern gekleidet sein.

Ich passierte meine Freundinnen, dir mir alle verschmitzt zulächelten, zuzwinkerten oder lachten, als wir einander grüßten. Zuerst dachte ich mir nichts dabei, dann bekam ich langsam das Gefühl, dass ich die Zielschiebe eines Witzes war. Vielleicht neckten sie mich leise wegen William.

Ich studierte den Pfahl, ohne zu realisieren, wie oft ich mein Band schon mit meinen Nachbarn und Tanzpartnern verflochten hatte. Ich war nicht einmal darauf bedacht, jedes Mal, wenn wir einander passierten, Augenkontakt zu William herzustellen. Meine Augen waren nur auf den Pfahl gerichtet, bis ich realisierte, dass mein Band *sehr* kurz wurde.

Und als die Person mit dem kürzesten Band, war ich diejenige, die von den Bändern aller anderen an den Pfahl gebunden würde, was mich zur offiziellen Maikönigin machte. Es dauerte nicht lange, bis mich die anderen Tänzer an den Pfahl drückten und ihre längeren Bänder benutzten, um mich dort festzubinden, wie es der Brauch war.

Als Erste, der das Band ausging, hatte das Schicksal mich dazu bestimmt, die Maikönigin zu sein. Meine Freundinnen kamen näher und gratulierten mir mit breitem Grinsen auf ihren Gesichtern. Schließlich, als sie die Enden ihrer Bänder erreichten, drückten sie mir Küsse auf die Wange.

Für einen kurzen stressigen Augenblick dachte ich, dass Doug der letzte Mann sein würde. Aber als er mir mit seinem Band gegenüberstand, verzog er nur das Gesicht und ging weg, anstatt sich vorzubeugen und mir einen Kuss zu geben. Dadurch eröffnete er mir den Blick auf sie Person hinter ihm. Der letzte Mann, der ein Ende eines Bandes hielt, war jetzt der Maikönig.

William stand nüchtern vor mir, als die Leute ihre Glückwünsche schrien und jubelten. Als unsere Blicke sich trafen, errötete ich bis zum Ansatz meiner Haare, während alle um uns herum im Takt der Musik klatschten und riefen: „Küss sie! Küss sie!"

Er lächelte sichtlich erfreut auf mich herab, und ich grinste ebenso erfreut zu ihm zurück. Schließlich, nach ein paar weiteren Sekunden des Neckens, beugte er seinen Kopf zu mir, während ich meinen Kopf mehr als nur bereit, seinen Mund zu empfangen, zurücklegte.

Als er mich endlich küsste, war es *köstlich*. Im selben Augenblick, in dem meine Lippen sich öffneten, war seine Zunge in mir und kostete mich, und ich spürte, wie ein Blitz durch meinen Körper raste. Seine Hand ruhte an meiner Hüfte und er versuchte vorsichtig, mich an sich zu ziehen. Doch durch die Bänder an den Pfahl gebunden, konnte ich mich nicht wegbewegen.

„Huzzah!", rief unser Baron, Lord de Bricasse. „Die Schicksalsgöttinnen haben unsere Maikönigin und unseren Maikönig erwählt. Lasst uns diese Beltane-Festivitäten mit ihrer Krönung eröffnen!"

Ich wurde von Caitlyn befreit, die mich umarmte und mir dabei ins Ohr flüsterte, dass die Ladies das Ergebnis des Tanzes manipuliert hatten, indem sie dafür gesorgt hatten, dass ich das kürzeste und William das längste Band erhielt. Ich warf ihr einen ernsten Blick zu, als ich plötzlich ihre verschmitzten Blicke von vorher verstand. Aber dann zog ein Grinsen über mein Gesicht, das sie schnell erwiderte. Ich dankte ihr und in der nächsten Sekunde hatte ich eine Krone aus wunderschönen Wildblumen auf dem Kopf, deren Bänder meinen Rücken hinunterfielen.

Ich drehte mich um, um zuzusehen, wie sie den Maikönig krönten, und nahm mir einen Augenblick Zeit zu bewundern, dass die Menschenmenge beim Tanz ihn scheinbar kaum beunruhigt hatte. Williams Krone war viel spartanischer, aus miteinander verwobenen Lorbeerzweigen und Efeureben.

Auf Verlangen der Menge – das es weniger brauchte als zuvor – küssten wir uns erneut, während alle anderen sangen und jubelten. Ich murmelte gegen seinen Mund: „Ich muss mich für das Festmahl und den Tanz umziehen."

Sein Griff wurde fester und sein Mund bewegte sich weiter über meinen, wobei er ihn wieder und wieder gefangen nahm und mir den Atem raubte.

„Komm schon, Wil, du musst mich loslassen." Widerwillig versuchte ich mich von ihm zu lösen.

„Ich bin der König. Ich muss nichts tun, was ich nicht will", antwortete er und küsste mich wieder, selbst als die Menge anfing, sich in Vorbereitung auf die abendliche Feier aufzulösen.

Begeisterung durchströmte mich und meine Lider flatterten und schlossen sich. Ich fragte mich, ob er mich immer noch so wollte, wie ich ihn wollte. Vermutlich kannte ich die Antwort.

Ein intensives Gefühl von Freude knisterte in mir. Das Einzige, was sie noch perfekter machen konnte, war … „Aber ich will dieses schöne Kleid tragen, dass du mir gekauft hast."

Er hielt inne und langsam, ganz langsam, wich er zurück. „Obwohl ich es mir genau vorstellen kann, würde ich dich gerne darin sehen."

„Danke. Du hättest das nicht tun sollen."

„Aber ich habe es getan. Und ich bin der König, also kann ich tun, was auch immer ich will."

Ich lachte. „Dir gefällt dein neuer Titel wirklich sehr, oder?"

Er lächelte und hob eine Hand, um mit seinem Daumen über meine Wange zu streichen. „Es ist toll, König zu sein."

„Vielleicht darfst du heute Nacht auch noch sehen ... wie ich das Kleid *nicht* trage."

Seine Augenbrauen zogen sich zusammen und sein Blick wurde intensiv. „Das muss ich mir nicht vorstellen, weil ich es bereits gesehen habe. Ich muss mich nur daran erinnern."

Wenn ich ganz viel Glück hatte, dürfte ich mich heute auf etwas freuen.

„Wil, da ist etwas, was ich dir sagen muss –"

Er küsste mich wieder. Wir waren jetzt alleine auf der leeren Lichtung, da alle anderen wieder in ihre Zelte gegangen waren oder durch die Stände schlenderten.

„Erzähl es mir, während ich dich küsse", sagte er mit rauer Stimme. Das Kratzen zog sich durch meine Sinne. Es war wie das Geräusch eines leidenschaftlichen Augenblicks. Ich schluckte meinen schwachen Herzschlag und unterdrückte die Höhenangst, die ich empfand, als ich in unbekannten Abgrund hinabsteigen wollte.

„Ich will bleiben, Wil. Ich will, dass wir zusammen sind. Ich will sehen, wo uns das hinführt." Er erstarrte. Seine Augen waren auf meine Schultern gerichtet und seine Gesichtszüge gaben keinerlei Reaktion preis.

Hatte er mich gehört? Oh nein ... vielleicht hatte er es sich anders überlegt. „Wenn – wenn du das immer noch willst, natürlich ...", fügte ich hinzu und hasste, wie meine Stimme dabei quietschte.

Er brach in lautes Lachen aus. „Du musst mich das fragen?"

Ich zuckte gehemmt mit den Schultern. „Leute ändern ihre Meinung ..."

„*Ich* nicht", sagte er mit harter Stimme. „Aber ich muss mir sicher sein, dass du dir sicher bist."

Ich nickte. „Das bin ich ... ich habe heute viel darüber nachgedacht." *Nonstop, besessen darüber nachgedacht.*

Langsam und zärtlich küsste er mich auf die Wange. „Und dein Job?"

„Ich habe vor zu fragen, ob ich ihn wiederhaben kann."

Er küsste mein Kinn. „Und was ist mit der Uni?"

„Ich will sie beenden, sobald ich das Geld zusammengespart habe."

Er küsste meine Nase. „Und was ist mit dem Mittelalterfest?"

„Ich sage ihnen, dass sie jemand anderen finden müssen, der –" Ich wurde unterbrochen, als sein Mund wieder auf meinem landete und seine starken Hände mich an ihn zogen. Als sich unsere Körper aneinanderpressten, zischte die Luft aus meiner Brust. Und als er fertig war, mich zu küssen, wich er etwas zurück, um seine Stirn gegen meine zu lehnen. „Du hast mich sehr glücklich gemacht, Jenna. *Sehr* glücklich. Aber das ist nicht einmal ein Bruchteil der Gefühle, die du in mir weckst."

Ich lächelte. „Wil, du hast bereits ..."

Wir umarmten uns und dann entschuldigte ich mich und erinnerte ihn daran, dass ich meine Aufregung, dieses schöne blaue Kleid zu tragen, nicht mehr zügeln konnte. Er ließ mich widerwillig los und beendete unsere atemlosen Sätze mit weiteren Küssen.

Caitlyn schnappte sich gerade die Haarbürste, als ich das Zelt betrat. *Da bist du ja.* Du hast nicht auf meine Nachrichten geantwortet!"

„Sorry, ich war, ähm ... beschäftigt."

Sie grinste verschmitzt. „Komm schon, Ann und ich werden dir die Haare flechten."

Und genau das taten sie. Sie flochten mir das Haar entlang der Krone und webten die passenden Bänder, die in der Schachtel von Agnes mitgeliefert worden waren, hinein. Danach half Ann mir dabei, das Kleid anzuziehen, und verschnürte das Korsett an meinem Rücken. Dies war definitiv einer der Momente, in denen ich mir wünschte, einen hohen Spiegel zu haben, um mich zu bewundern.

Denn ich fühlte mich wie eine Prinzessin. Papa hatte mir einst gesagt, dass ich eine Prinzessin wäre – und dass ich eines Tages Königin sein würde. Nun war es keine Lüge mehr. Er hatte recht gehabt. Ich war die Maikönigin.

Und William war mein König. Jedes Mal, wenn ich an ihn dachte, ihn mir vorstellte, mich an den Geschmack seiner Lippen erinnerte, bekam ich Schmetterlinge im Bauch. Und mit jeder Minute, die verging, bis wir uns wiedersehen konnten, wurde diese Aufregung stärker.

Der Abend begann mit dem Festmahl. Gegrilltes Hähnchen und Brot mit gekochtem Gemüse bei Kerzenschein – die einzige Ausnahme zu unserer Kein-offenes-Feuer-Regel, und auch nur, weil die Kerzen in Glaslaternen steckten. Und wir aßen *nicht* mit den Händen.

Picknickbänke waren aufgereiht worden und ich saß an einem Ende und William am anderen auf unseren Ehrenplätzen. Wir sprachen mit unseren Tischnachbarn und blickten einander gelegentlich in die Augen, bevor Williams Blick sich wie ein Ninja davonstahl. Es wurde eine Art Spiel, ihn dabei zu ertappen, wie er mir in die Augen sah. Er kam mir vermutlich auf die Schliche, da er mich jedes Mal anlächelte, wenn ich ihn dabei erwischte, wie er mich ansah.

Und dann drehte er das Spiel um, indem er mich mit seinen dunklen Augen, die den goldenen Kerzenschein reflektierten, anstarrte. Als unsere Blicke sich trafen, schienen alle um uns herum zu verschwinden. Es gab nur noch uns.

Meine Kehle schnürte sich zu und ich schluckte, als ich ihn in seiner feinen Tunika bewunderte, welche – sicherlich nicht zufällig – zu meinem Kleid passte. Trotz allem, was um mich herum vor sich ging, konnte ich nur an später denken, wenn wir hoffentlich etwas Zeit zusammen verbringen würden.

Alleine.

Kapitel Achtundzwanzig
William

NACHDEM ICH JENNA VERLASSEN HABE, ZIEHE ICH MICH schnell an und kehre zur Lichtung zurück, um zu warten ... und zu warten.

Fast eine *Stunde. Wieder einmal zu spät, Fräulein Kovac!*

Eine der Frauen des Clans sagt mir, ich solle mich gedulden und dass Jenna damit beschäftigt sei, sich *hübsch zu machen.* Völlig unnötig, meiner Meinung nach. Wie kann man Perfektion noch verbessern? Die Gesichtszüge und das Haar eines Engels, die strahlende Haut und der Körper einer Göttin. Und ein Herz aus reinem Gold.

Mein Herz schlägt schneller, da diese Gedanken dahin führen, wohin sie es normalerweise tun. Was, wenn ich nicht genug für sie bin? Was, wenn ich ihr morgen ihr Erbstück nicht zurückholen kann? Was, wenn ich nicht ... würdig bin?

Ich trage meine neue Tunika, die mir von Agnes geschneidert wurde. Die Schneiderin unseres Clans hat ausgezeichnete Arbeit geleistet, vor allem bei den Stickereien an den Ärmeln. Sie sehen wie ein Kunstwerk aus. Da ich weiß, wie viel Arbeit in einem so schönen Gegenstand steckt, schätze ich die Arbeit von anderen immer sehr hoch ein.

Meine Tunika passt zu dem schönen Kleid, das Agnes für Jenna gemacht hat. Als sie endlich die Lichtung betritt, drehen sich alle Köpfe in ihre Richtung. Es ist nicht schwer zu verstehen, warum. Die verschiedenen Blautöne an ihrer blassen Haut sehen so schön aus, wie ich sie mir vorgestellt habe. Eigentlich sogar *besser*. Und sie schreitet herein wie die Königin, die sie ist, anmutig, das Kinn ein wenig erhoben – wahrscheinlich wegen der Krone aus Blumen in ihrem goldenen Haar. *Wunderschön.*

Ich kann meinen nächsten Atemzug nicht nehmen und ich bin mir ziemlich sicher, dass ich jeglichen Appetit für das Essen, das noch vor uns liegt, verloren habe. Sie wirft mir ein Lächeln zu und entschuldigt sich dafür, zu spät zu sein, aber sie sagt, dass sie dem Kleid gerecht werden wollte. Ich beobachte Jennas Lippen, während sie spricht, und erinnere mich daran, wie sie vor einer Stunde geschmeckt haben. Süßer als je zuvor, da sie gesagt hat, dass sie bleiben würde. Und jetzt gerade will ich sie nur in die Arme nehmen und sie für mich beanspruchen – wirklich.

Alle um uns herum bewundern sie und Lord de Bricasse meldet sich zu Wort. „Wir hatten keine so schöne Königin seit ...“

Noch nie. Ich beende im Geiste seinen Satz für ihn, auch wenn er scherzt und sagt, dass dies seit dem letzten Beltane nicht mehr der Fall gewesen sei.

Nach unserem Festmahl wird in einem speziell für Lagerfeuer ausgewiesenen Bereich das Feuer entzündet. Und es ist ein gewaltiges Freudenfeuer, dessen Hitze unsere Gesichter und Hände versengt. Alle klatschen und jubeln, als die Flammen höher und höher schlagen. Lord Ryleigh, oder *Joe*, wie er im alltäglichen Leben bekannt ist, holt seine Geige heraus und wir fangen an, uns auf dem Bereich um das Feuer zu versammeln.

In der Vergangenheit hatte ich es mir zur Gewohnheit gemacht zu gehen, bevor das Tanzen begann, da Tanzen unweigerlich Menschenmengen bedeutete. Aber heute Abend wird mich nichts davon abhalten, zu tanzen und meine Jenna zu halten – mit ihrem Körper nahe an meinem. Meinem Gesicht nahe an ihrem. Dem Geruch ihres Haares und ihrer Haut in meiner Nase.

Wir fangen mit einer einfachen Formation an, die auf einem englischen Volkstanz basiert. Lady Ryleigh, Joes Frau, ist Expertin für europäische Volkstänze und hat sie den meisten von uns beigebracht. Ich habe mein Wissen mit Videos und Youtube aufgefrischt.

Ohne zu fragen, teilt man mir Jenna als meine Partnerin zu, und ich wundere mich über den glücklichen Zufall, der uns zu König und Königin gemacht hat. Ich würde mich sogar fast Jennas Glauben an Schicksal anschließen, wenn ich ihn nicht so lächerlich fände.

Als ich sie betrachte, stelle ich mir anstatt der Maiköniginnen-Krone die Tiara auf ihrem Kopf vor. Entschlossenheit stählt mich. Morgen werde ich sie ihr zurückholen und ich werde Doug dabei demütigen. Mir ist egal, was er von mir denkt oder was er gesagt hat. Mir ist es sogar egal, dass der Einsatz auch für mich hoch ist. Denn wenn ich verliere, werde ich nicht hierher zurückkommen und Zeit mit meinen Freunden verbringen können. Das beunruhigt mich, aber es ist nicht das Schlimmste, was passieren könnte.

Nein, alles, woran ich denken kann, ist, diese Tiara für Jenna zurückzugewinnen. Sie glücklich zu machen. Ihrer würdig zu sein.

Ihre schmale Hand in meiner fühlt sich gut an, als wir uns festhalten und langsam erst nach links und dann nach rechts drehen. Ich mache einen Schritt zurück und verbeuge mich. Sie macht einen Knicks und wir wiederholen die komplexe Schrittfolge. Ich ertappe mich oft dabei, wie ich auf meine Füße blicke, was mir aber nicht nur dabei hilft, nicht über meine eigenen Füße zu stolpern, sondern auch, zufälligen Augenkontakt zu vermeiden.

Ich will keine falsche Bewegung machen und ich will ihr definitiv nicht auf die Zehen treten. Ich will, dass diese Nacht perfekt ist. Ich bin in meinem Kopf alles tausendmal durchgegangen und es sollte perfekt sein. Wir werden tanzen. Wir werden uns küssen. Und mehr.

Aber was, wenn ich ihr nicht geben kann, was sie braucht? Was, wenn ich morgen nicht ihr Held sein kann? Was, wenn ich sie enttäusche? Dieser Gedanke lässt mein Herz schneller schlagen, als es angesichts dieser einfachen körperlichen Aktivität sollte. Denn jetzt übermannen mich meine Ängste und sie sind alles, was ich sehen kann.

Es fällt mir immer schwerer, mich zu konzentrieren. Die Enge in meiner Brust intensiviert sich und als ich hochblicke und die Menschenmenge um uns wahrnehme, wird mir schwindelig. Ich presse die Augen zu und unterdrücke einen Anfall von Übelkeit.

Meine Augen fliegen auf, als ich plötzlich zurückgerissen werde. Mein Atem wird mir aus der Lunge geschlagen und kalte Angst übermannt mich und lässt meinen Magen brodeln. Ich drehe mich und sehe mich um, aber alles ist verschwommen. Die Leute um mich kommen näher, reden laut und klatschen. Köpfe bewegen sich in diese und jene Richtung.

Ich bleibe stehen, aber die ganze Welt bewegt sich weiter. Ich spüre, wie alle um mich näher kommen und ich kann nicht atmen.

Eine Hand packt mich an der Schulter und ich bin steif vor Angst. Ich reiße mich mit all meiner Kraft aus dem Griff los. „Finger weg!"

Ich sehe, dass es Ronald ist, ein weiteres Mitglied unseres Clans, und er blickt mich jetzt mit weiten Augen und offenem Mund an. Die Leute in unserer Nähe bleiben stehen und starren uns an.

„Hey, Kumpel", sagte Ronald lachend. „Das Duell ist erst morgen."

Meine Handflächen sind verschwitzt und die Angst in meiner Kehle ist kalt.

Ich darf das nicht für sie verlieren. Ich darf es nicht. Ich darf sie nicht verlieren, jetzt wo ich sie endlich gewonnen habe.

Ich presse meine Augenlider zu und versuche durchzuatmen, als er mir auf den Rücken klopft. Ich drehe mich um und schiebe ihn so schnell weg, dass er zu Boden fällt. Die Musik stoppt, aber ich renne bereits, bewege mich, dränge mich durch die Ansammlung von Körpern.

Ich muss hier weg. Das ist ein wahrgewordener Alptraum.

Aber es könnte gut sein, dass der Alptraum erst morgen beim Duell beginnt, wenn ich alles verlieren könnte.

Kapitel Neunundzwanzig
Jenna

ICH PACKTE WILLIAM AM OBERARM, UM IHN ZU STOPPEN, aber er schob sich weiter wild von mir weg, bevor er die Maikönig-Krone von seinem Kopf riss und sie dabei auf den Boden warf. Ich drehte mich um und entschuldigte mich bei der erstaunten Gruppe von Leuten in unserer Nähe.

„Tanzt weiter. Er wird schon wieder."

Aber er war bereits weg und verschwand in der Dunkelheit hinter dem glühenden Ring des Freudenfeuers. Und wie ein kleines Mädchen folgte ich ihm, wobei meine eigene Krone von meinem Kopf rutschte und hinter mir auf den Boden fiel.

Die Musik fing wieder an und ich nahm an, dass die Leute weitertanzten, während ich mich mit angestrengten Augen in die Dunkelheit bewegte.

„Wil?"

Stille. Ich konnte nicht einmal Schritte hören. Grillen zirpten in der Ferne und ein Kojote heulte. Das einzige Licht hier draußen spendete der Vollmond über uns.

Eine Gruppe von Leuten zu meiner Linken sprach mit leisen Stimmen und lachte gelegentlich. Als ich mich auf Williams Zelt zubewegte, hörte ich ein weiteres Geräusch. Ein Stöhnen, gefolgt von einem Keuchen. Ich erinnerte mich, dass gerade Beltane war, und nahm an, dass Leute sich paarweise zusammengefunden hatten und verschwunden waren, um alleine – und auf vergnüglichere Weise – zu feiern.

Ich schluckte und war sofort erregt. Es war Monate her und ich hatte mich schon viel zu lange nach William verzehrt. Diese unbewusste sexuelle Spannung, die in meinem Bauch lebte, drang nun in meine lebenswichtigen Organe ein.

Aber ich war gerade zu besorgt um ihn. Ich würde mich später auf ihn stürzen, wenn ich wusste, dass er sicher und beruhigt war.

Ich war gerade vor seinem Zelt angekommen, als eine Hand aus der Dunkelheit hervorschnellte und mich am Ellbogen packte. Erschrocken wich ich zurück.

„Wil! Du hast mich zu Tode –"

Doch meine Worte wurden von einem Keuchen ertränkt, als die Hand schmerzhaft an meinem Arm zog und die Augen, in die ich blickte, nicht Williams waren.

Ich wich zurück. „Doug, was zum Teufel? Geh weg von mir."

„Was hat Euch so aufgeregt, *Eure Majestät?* Hat sich dein Freak ohne dich in die Wälder verzogen? Vielleicht fressen ihn ja die Kojoten."

Ich neigte meinen Kopf zu ihm hinauf und sprach mit falscher Süße. „Solltest du nicht irgendwo liegen und dir einreden, dass du eine Chance hast, das Duell morgen zu gewinnen?"

Sein Kiefer verspannte sich und er kniff die Augen zusammen. „Du hast ein ziemlich großes Vertrauen in deinen neuen Freund, oder?"

Ich grinste ihn hämisch an. „Definitiv. Und jetzt geh mir aus dem Weg."

Anstatt das zu tun, trat er vor und blockierte mir ganz den Weg. „Jemand muss diesen armen Bastard vor dir warnen – dass du mit Männern spielst und sie für deine eigenen Zwecke benutzt, bevor du sie abservierst, wenn du sie nicht mehr brauchst. Ich bin sicher, dass du ihn nur fickst, damit er für deine kleine Prinzessinenkrone kämpft."

Ich streckte meine Hand mit erhobenem Mittelfinger in sein Gesicht. „Fick dich, Arschloch."

Doug lachte. „Wow, was für eine Dame."

„Wenn ein Mann diese Worte sagen kann, dann kann ich das auch. Besonders wenn es verdient ist. Hast du ein Problem damit?"

Er grinste und ich wollte ihm wirklich dieses Grinsen aus dem Gesicht schlagen. Ich bekam nicht oft gewalttätige Gefühle, aber jetzt gerade musste ich den plötzlichen Drang zügeln, ihm mein Knie in sein unzureichendes Gemächt zu treten. Ich begnügte mich mit dem Gedanken, dass William ihn morgen in meinem Namen angemessen vermöbeln würde. Es wäre Schwert gegen Schwert – und vorzugsweise Williams Schwert ein paar hundertmal gegen Dougs Helm.

„Und ich wollte ganz großherzig sein und dir deine Tiara anbieten, ganz ohne Duell."

Plötzliche Anspannung formte sich in meiner Kehle, aber Misstrauen zügelte jegliche Hoffnung, die in meiner Brust aufstieg. „Und wo ist der Haken?"

Er zuckte mit den Schultern und blickte weg. „Ich werde dir die Tiara aushändigen, wenn *Sir William* morgen nicht zum Turnier erscheint."

Ich zögerte und stellte mir die Tiara vor. Dann überkam mich das Bild meiner Schwester, wie ich ohne die Tiara an ihrer Tür auftauchen und ihr sagen müsste, dass sie an ihrem Hochzeitstag nicht mit Papas und Babas Segen vor den Traualtar treten würde. Die Enttäuschung in ihren Augen, wenn sie die Tränen unterdrücken würde. Mein Magen verknotete sich.

Ich war versucht ... *so versucht*. Diese Tiara könnte ganz einfach wieder mein sein, wenn ich William überredete aufzugeben. Und ich wusste, dass ich das wahrscheinlich könnte.

Ich räusperte mich und sprach mit leiser Stimme. „Wenn er aufgibt, dann gilt das für ihn als Niederlage. Und – und deine Bedingungen würden greifen?"

Er zuckte wieder mit den Schultern. „Ja. Er tritt nicht an, er geht. Exil."

Ich schüttelte den Kopf und verschränkte die Arme vor der Brust. „Ich kann ihn nicht bitten, das zu tun."

„Er hat sowieso Angst vor Leuten. Du hast diese Freakshow gerade gesehen. Du würdest ihm einen Gefallen tun und eine Ausrede geben. Gib ihm heute Nacht einfach einen wirklich guten Blowjob als Belohnung."

Meine Arme versteiften sich und ich war von wahrem Ekel erfüllt. „Du bist ekelhaft, Doug. Wirklich widerwärtig. Und William hat mehr Mut, Männlichkeit und Ehre in seinem Fingernagel als du in deinem ganzen Körper und einhundert Klonen davon, so sie – Göttin verbiete – existierten, zusammen. Du bist ein schändlicher, boshafter Mann. William ist ein wahrer Ritter."

Dougs Gesicht wurde während meiner Ansprache rot, doch er zuckte nur leicht mit den Schultern. Nichtsdestotrotz konnte ich sehen, dass es gesessen hatte. „Wir werden sehen, wie es morgen laufen wird."

„Ich weiß bereits, wie es ausgehen wird. William wird dich wie das Weichei, das du bist, vermöbeln. Und tief drinnen weißt du das auch, denn du hättest das hier nie angeboten, wenn du denken würdest, dass du gewinnen kannst. Jetzt geh mir aus dem Weg."

Er trat beiseite und als ich an ihm vorbeiging, drehte er sich um und sagte: „Viel Spaß mit deinem Spasti, solange er noch dem Clan angehört."

Ich hob eine Faust und rückte ihm auf die Pelle. „Nenn ihn noch einmal so, du Penner. Untersteh dich."

In dem schwachen Licht sah er tatsächlich verängstigt aus. Nicht so mutig ohne seine Rüstung, wenn er sich von einer Frau, die nur halb so groß war wie er, einschüchtern ließ. Ich wollte ihm wirklich auf sein Ohr oder seine Knollennase boxen. Oder irgendwo anders hin, wo es *wirklich* wehtat. Meine Handflächen sehnten sich geradezu danach, ihn zu ohrfeigen.

Er zeigte mir den Mittelfinger und verschwand dann hinter dem nächsten Zelt.

Unflätige Gesten hinter seinem Rücken zu machen, half auch nicht gegen meinen Frust. Mit einem erschöpften Seufzen führte ich meine Suche nach William fort, während sich diese tiefe Sorge wieder über mich legte.

Er war wahrscheinlich nicht in seinem Zelt. Ich hätte den Schein der Propangaslampe gesehen. Trotzdem hob ich die Klappe an und blickte hinein, doch ich konnte nichts sehen. Ich war gerade dabei, anderswo suchen zu gehen, als ich eine Bewegung vom Bett her hörte.

William hatte sich hingelegt, doch seine starke Silhouette war in dem fahlen Licht deutlich erkennbar, als er aufstand.

„Jenna", sagte er mit heiserer Stimme.

„Wil!", antwortete ich leise und wurde von Erleichterung erfüllt. Ich schob mich ins Zelt. „Ich habe mir solche Sorgen um dich gemacht. Ich habe nicht gesehen, wohin du gerannt bist."

Er machte einen weiteren Schritt auf mich zu, ohne etwas zu sagen.

Besorgt redete ich weiter. „Du hast doch nicht, ähm, du hast doch die ganze Scheiße, die Doug gesagt hat, nicht gehört ..."

Er machte noch einen Schritt und nickte, wobei er seine Hände an seinen Beinen auf und ab rieb. Ich biss mir auf die Lippe. *Scheiße.* War er wütend auf mich? Ich hatte auf Dougs Angebot geantwortet, ohne William vorher zu konsultieren und ihm eine Chance zu geben, selbst zu entscheiden, ob er aufgeben wollte oder nicht. Vielleicht machte ihn das sauer?

Er ging weiter auf mich zu, bis er direkt vor mir stand. Meine Augen klebten an der starken Säule seines Halses und dem nackten Teil seiner Brust, wo sein Wams geöffnet war.

Er roch nach Süßem und Seife und William. Mein Atem stockte.

„Du hast sein Angebot abgelehnt." Er klang ungläubig. „Aber du brauchst diese Tiara. Ich hätte das für dich getan. Ich hätte –"

Ohne ihn vorzuwarnen, presste ich zwei Finger auf seine Lippen, um ihn zum Schweigen zu bringen. „Ich *glaube* an dich, Wil."

Seine Augen flogen zu meinen und seine Hand hob sich, um meine Wange zu streicheln. Meine Augenlider flatterten und innerhalb weniger Sekunden glitt seine Hand auf meinen Nacken. Mit einem festen Ruck zog er mich an sich und unsere Münder trafen sich mit so viel Kraft, dass es mich erschreckte.

Ich war erstaunt über die Kraft in diesem Kuss, der fast wie ein elektrischer Schlag war. Und nach diesem kurzen Augenblick der Überraschung ließ ich mich an ihn fallen, weich und nachgiebig gegen seine männliche Härte.

Sein freier Arm glitt um meine Taille und hielt mich fest an ihm, während sein Kuss sich intensivierte und mir den Atem raubte. Ich öffnete mich für ihn und er schob unverzüglich seine Zunge in meinen Mund, deren enthusiastische Kraft ich bereitwillig erwiderte.

Schließlich trennten sich unsere Köpfe – aber nur kaum. Und als ich zu ihm hinaufblickte, atmete er schwer. Seine Augen verdunkelten sich voller Verlangen, als würde in wenigen Sekunden ein Sturm über den Bergen ausbrechen. Er kam für einen weiteren Kuss näher, als ich sprach.

„Wil, ich –" Aber ich beendete den Satz nicht, da er mich an sich zog und so wild küsste, dass ich meinen eigenen Namen vergaß. Ich konnte nicht denken, aber ich konnte diese warmen, festen, köstlichen Lippen auf meinen spüren. Diese Hände, die sich enger um mich legten und von Minute zu Minute hartnäckiger wurden. Diese feste Brust unter meinen suchenden Händen. Dieser Körper, der an mir hart wurde und mich seiner Erregung bewusst werden ließ.

Ich fing an, den Rest seines Wamses aufzubinden, während er sich an meinem Hals labte und ihn an genau den richtigen Stellen mit seinen heißen und verlangenden Küssen liebkoste. Er schien entschlossen, jeden Zentimeter meiner sensiblen Haut zu bedecken und ich würde mich nicht gegen sein Verlangen, gründlich zu sein, wehren.

Als seine Brust ganz entblößt war, fing ich an, ihn dort zu küssen, und in diesem Augenblick bewegte sich sein Mund weg von meinem Hals. Ich konnte seinen hastigen, dampfenden Atem in meinen Haaren spüren, als meine Lippen über seinen rauen, stoppeligen Hals glitten und hinabwanderten, um sein Schlüsselbein zu liebkosen. Eine seiner Hände fuhr in mein Haar und massierte meine Kopfhaut, während die andere zum Ausschnitt meines Kleides wanderte und daran zog, als würde er versuchen herauszufinden, wie man das Kleid auszog.

„Wil ..."

„Was?", antwortete er knapp, offensichtlich von seinem gegenwärtigen Ziel eingenommen, das Rätsel meines Kleides zu lüften.

„Ich brauche Hilfe beim Ausziehen ...", sagte ich.

„Ich will es dir wirklich ausziehen."

Ich lachte ein wenig. „Ich, ähm, dachte mir das schon. Ich will es auch ausziehen. So schön es auch ist –"

„Es ist nicht so schön wie du", sagte er und fuhr dann fort, mich zu küssen, wobei er mein Ohrläppchen zwischen seine Lippen zog und es mit der Zunge liebkoste. Meine Augen rollten in meinen Kopf zurück, als ein prickelndes Gefühl des Vergnügens durch meine Nervenenden direkt in mein Zentrum schoss und alles auf seinem Weg entflammte.

Ich hatte mich eigentlich schon eine Weile nach ihm verzehrt. Alles in mir verzehrte sich jetzt nach ihm. Und hoffentlich würde das, was gleich passieren würde, dieses Verlangen stillen.

Langsam wich ich von ihm zurück. Es war nicht einfach. Es war, als würde ich gegen einen Sturm anlaufen, der mir Widerstand leistete. Aber in dem Augenblick, als er sah, dass ich mich umdrehte, ließ er mich los.

„Es ist zugeschnürt, genau wie dein Wams. Nur am Rücken", sagte ich und versuchte, zu Atem zu kommen, obwohl ich wusste, dass es nichts gab, das mein rasendes Herz beruhigen würde.

Ohne ein Wort zu sagen, zog er abrupt und scharf an den Bändern. Zuerst waren seine Bewegungen übereilt, aber allmählich wurde er langsamer. Jedes Mal, wenn er eine Schnur aus einer Öse zog, berührte seine Hand meinen nackten Rücken und ich zitterte. Er begriff schnell und stellte sicher, dass er mich jedes Mal berührte, wenn er die Schnüre entfernte.

Meine Augen schlossen sich wieder und mein Bewusstsein konzentrierte sich auf seinen Atem an meinem Hals. Er ließ einen rauen, langen Zeigefinger über meine entblößte Wirbelsäule laufen und schien das Zittern zu genießen, das seine Berührung verursachte.

Als die Schnürung gelöst war und bevor ich mich wieder zu ihm umdrehen konnte, riss er sich sein Wams vom Körper und presste seine harte Brust gegen meinen Rücken. „Mir gefällt es, dich zum Zittern zu bringen.“

„Das bedeutet, dass ich dich wirklich will.“

Er küsste mich auf die Stirn, das Ohr, das Kinn. „Ich weiß, was es bedeutet, Jenna.“

Ich lachte. Natürlich tat er das. „Wil, ich will, dass du mit mir schläfst.“

„Das weiß ich auch.“

„Ich hoffe, dass *du* das auch willst.“

„Du weißt bereits, dass ich das will.“

„Warum reden wir dann noch?“

Er neigte seinen Kopf, um meinen Mund mit seinem einzufangen, und ich kippte meinen Kopf zurück, als der Kuss sich vertiefte. Seine Hände waren plötzlich in meinem Kleid und wanderten hinauf, um meine Brüste zu umfassen. Als er mit seiner harten, schwieligen Hand über sie rieb, schrie ich fast vor Vergnügen auf. Meine sensiblen Nippel waren jetzt feste Spitzen, die er mit seinen Daumen streichelte, als würde er an Saiten zupfen, die in meinem Inneren Vibrationen erzeugten. Ich ließ mich zurückfallen.

Das geschah wirklich. *Endlich.* Und ich hatte noch nicht einmal die Gelegenheit gehabt, ihm von meinen Gefühlen zu erzählen. Langsam wich ich zurück und drehte mich wieder zu ihm.

„Können wir –?"

Aber er schüttelte den Kopf und zog mir die Vorderseite meines Kleids zu den Hüften hinab. „Genug geredet", sagte er schroff, bevor er seinen Kopf hinabtauchte, um einen meiner Nippel in seinen Mund zu saugen. Die Berührung war wie ein Feuerwerk – der guten Art, nicht der Art, die mich vor Schrecken schreien ließ. Nein, dieses Feuerwerk war brillant, entflammend, überwältigend.

Sein Mund und seine Zunge machten verrückte Dinge. Überrascht stieß ich ein leises Grunzen aus, als seine Zähne leicht über diese sensible Stelle kratzten. Ich dachte, es wäre ein Versehen gewesen, bis er es Sekunden später wieder machte. Mein Rücken wölbte sich und drückte mehr von meiner Brust in seinen Mund.

Er antwortete, indem er mich sanft an den Schultern nahm und mich auf seine weiche Matratze hinabließ, ohne dabei mit dem, was er machte, aufzuhören. Bald lag er neben mir und überzog meine Brust immer noch mit seinen heißen, feuchten Küssen. Als er sich bewegte, fixierte sein Oberschenkel den meinen auf dem Bett und meine Hände wanderten zu seiner harten Brust.

Und da wusste ich es – genau wie ich es schon monatelang vermutet hatte: das würde *so gut* sein.

Kapitel Dreißig
William

JENNA GIBT GERÄUSCHE VON SICH – LEISES SEUFZEN UND Keuchen und lauteres Stöhnen, dessen Lautstärke sich erhöht, je mehr ich sie liebkose und koste. Und je lauter sie wird, umso härter werde ich, bis es fast wehtut. Ich bin so angespannt, dass ich mich fühle, als würde ich explodieren.

Ich *will* explodieren. In ihr. Gerade will ich das mehr als alles andere. Fast mehr als atmen. Es ist, als ... als wäre man hungrig und würde essen, aber sich nie satt fühlen. Je mehr ich sie koste, umso hungriger werde ich.

Ich packe ihr Kleid, um es ganz von ihrem Körper zu ziehen, und sie hilft mir, indem sie ihre Hüften vom Bett hebt. Sie streichelt immer noch meine Brust, genauso wie ich es mag, mit festen Strichen anstatt dieser leichten, kitzelnden Bewegung, die ich nicht leiden kann.

Jenna trägt keinen BH unter ihrem Korsett, aber sie trägt ein modernes Höschen. Ich bin froh, dass sie keine mittelalterliche Unterwäsche gewählt hat, denn diese hier ist klein, mit Spitze ... sexy. Das Lavendel des Stoffs sieht in dem silbernen Licht des Mondes über meinem Zelt wunderschön auf ihrer Haut aus. Das nächste Mal, wenn ich sie male, wird sie diesen Lavendelton tragen. Oder gar nichts.

Ich würde *nichts* vorziehen. Ich will sie so dringend haben, dass ich etwas zu kräftig an ihrem Höschen ziehe. Sie stößt einen schockierten Atemzug aus und ich murmle meine Entschuldigung.

Sie lächelt und schüttelt den Kopf. „Nein, es ist gut. Es ist sexy. Zieh so grob daran, wie du willst."

Das ist alles, was ich hören muss. Als ich das Höschen mit einem kraftvollen Ruck herunterreiße , gibt sie wieder dieses Geräusch von sich ... fast wie ein Seufzen. Aber sie weint nicht.

Sie lächelt und strahlt.

Sie ist nackt.

Und sie ist in meinem Bett.

Ich fummle an den Schnüren meiner Kniehose, fast möchte ich sie zerschneiden, um mich schnell auszuziehen. Im Gegensatz zu Jenna habe ich mittelalterliche Unterwäsche gewählt, die nach modernen Standards seltsam aussieht. Sie sind lose und fallen fast bis zum Knie und werden von einer Kordel zugehalten.

Aber ich habe mich in weniger als zwei Drittel einer Minute der Kniehose und meiner Unterwäsche entledigt. Und zum ersten Mal überhaupt sind wir beide nackt.

Nur ein paar Sekunden, nachdem ich diese Tatsache wahrgenommen habe, bedecke ich ihren warmen Körper mit meinem, Haut auf Haut. Mein Mund findet ihren wieder und dann werden alle rationalen Gedanken zu einem Stock, der in einem rauschenden Fluss schwimmt und von den mächtigen Strömungen mitgerissen wird. Dieses Verlangen ist die größte Macht in meinem Kopf und meinem Herzen.

Endlich. Ich bin nackt und Jenna ist nackt unter mir, berührt mich, küsst mich. Ihr Seufzen und Stöhnen ist wie Musik für mich. Und wie der Blasebalg eines Schmieds schüren sie das Verlangen, das in mir brennt, noch weiter an.

Sie gibt sich mir hin und ich nehme, was ich schon so lange begehrt habe.

In der Ferne unterhalten sich Menschen, lachen, werfen mehr Holz in das Freudenfeuer. Und die Trommeln. Sie schlagen, pulsieren, pochen einen urtümlichen Rhythmus.

Es ist Beltane – Paarungssaison.

Und wie eine alte, mächtige Magie, an die ich nicht wirklich glaube, erfasst sie Besitz von mir.

Meine Hände bewegen sich beharrlich über ihre Haut. In der Theorie weiß ich, was zu tun ist. Ich bin mir sicher, dass meine Instinkte wahrscheinlich die Führung übernehmen werden, aber ich will, dass es gut für sie ist. Ich habe zwar ausgiebige Nachforschungen darüber angestellt, doch das ist vielleicht nicht genug.

Ich bewege mich, sodass ich auf ihr liege, dabei stütze ich mich auf die Ellbogen, um sie nicht zu erdrücken. Dann ziehe ich meinen Mund von ihrem und sie blickt zu mir auf. Langsam öffnet sie die Beine ... und ich zögere.

Ich schlucke und fühle mich wieder, als wäre ich unwürdig. Als könnte ich unfähig sein, ihr zu geben, was sie will. Sie hebt die Hand und berührt mein Gesicht. Ihre Augenlider hängen schwer über ihren himmelblauen Augen. „Darf ich dir zeigen, was ich mag?"

Ich bewege mich nicht und sie legt ihre Hand auf meine Schulter. Die Berührung brennt und ich schließe meine Augen. „Ich will etwas tun, damit du dich gut fühlst, Jenna."

„Das tust du, Wil. Das tust du."

Sie drückt gegen meine Schulter, sodass ich jetzt neben ihr liege, und dann setzt sie sich auf mich. Ihre festen, harten Nippel liegen auf meiner Brust und die Hitze zwischen uns wird zu einem brennenden Schmelzofen. Jeder Punkt meiner Haut, der sie berührt, steht in Flammen.

Sie fängt an, meine Brust zu küssen, wobei sie meine Nippel in den Mund nimmt, so wie ich es bei ihr gemacht habe. Ihre Hände wandern über meine Oberschenkel und gleiten zwischen meine Beine, um mich zu erforschen. Meine Hände streichen über ihren Rücken hinab und packen ihren Po, um ihre Hüften an mich zu ziehen.

Wir brennen wie ein geschmolzener Stern. Wir generieren eine neue Art Hitze, eine Fusion, diese besondere nukleare Reaktion, die man im Zentrum von Sternen findet, deren unvergleichliche Hitze und Licht sich Milliarden von Jahren ausbreiten.

„Jenna, ich will –"

„Ich weiß, was du willst."

„Dann lass mich in dich."

Sie stöhnt. *„Ja."* Sie weicht zurück und meine Augen fixieren sich erneut auf diese perfekten runden Brüste. Sie sehen aus, als wären sie von der meisterlichen Hand Michelangelos aus Marmor gehauen worden. Jede Form, jede Wölbung, jede Spitze in perfekter Proportion. Ein künstlerisches Meisterwerk.

Sie ist ein Kunstwerk.

Und dann kann ich nicht mehr denken, weil sie mit einer Bewegung ihrer Hüften über meine Erektion gleitet und ich ihre Feuchtigkeit berühre. Es ist eine oberflächliche Verbindung, aber eine, die mich mit großem Vergnügen erfüllt. Ich bin noch nicht in ihr und doch will ich in mir zusammenbrechen, wie ein Stern, der schließlich zu einem schwarzen Loch wird.

Jenna greift nach unten und packt mich am Ansatz, um langsam meine Erektion so auszurichten, dass ich in sie eindringen kann. Ich halte den Atem an und bin nicht in der Lage, etwas anderes zu fühlen als ihre unglaubliche Hitze und Feuchtigkeit, die mich umschließen.

Sie stößt ein langes Stöhnen aus und hält dann inne, doch ich bin noch nicht ganz in ihr. Ich kann keine Sekunde mehr warten. Mit einem schnellen Atemzug, packe ich ihre Hüften und schiebe sie vor, sodass ich ganz in sie gleite.

Sie ringt nach Luft und ihre Augen weiten sich, weshalb ich zögere. „Habe ich dir wehgetan?"

Sie öffnet die Augen und strahlt mich an. „Nein ... überhaupt nicht. Du fühlst dich gut an, Wil. So gut in mir."

Ich muss mich bewegen, aber ich stehe vor einer schwierigen Entscheidung, da ich, obwohl ich zur ultimativen Erlösung gelangen möchte, auch will, dass das anhält. *Für immer.*

Ich will hier mit Jenna liegen, während sich unsere Hitze vervielfältigt, Fusion weitere Fusion erzeugt, und wir für eine Ewigkeit immer heißer und heller brennen.

Langsam schaukelt Jenna ihre Hüften gegen meine und ein Zischen entkommt meinen Lippen. Die Welt bewegt sich im Einklang mit diesen schlanken, runden, femininen Hüften. Sie hat mich im Griff, mit derselben Kraft wie die Gravitation eines Sterns. Und ich versinke in ihrer mächtigen, urtümlichen Quelle.

Ohne zu realisieren, was ich mache, packen meine Hände ihre Hüften und drängen sie, sich schneller zu bewegen. Ich kann nicht genug bekommen. Aber sie legt sanft eine Hand über meine und stoppt die Bewegung. „Nicht zu schnell, Wil. Oder das wird nicht gerade überwältigend."

Bei meinen Nachforschungen hatte ich gelesen, dass ein Mann beim ersten Mal keine wirklich gute Leistung brachte und dass dies oft daran lag, dass er zu schnell kam. Ich lasse langsam ihre Hüften los und sie beugt sich zu mir und küsst mich. Dabei öffnet sie ihren Mund und ich schiebe meine Zunge, ohne einen Augenblick zu zögern, in sie.

Der Gedanke, diese Verbindung mit ihr zu vergrößern, verzehrt mich. Ich wünschte, es gäbe andere Wege, wie wir aneinander festhalten könnten, außer diesen beiden. Meine Hände wandern um ihren Rücken, um dieses Verlangen, sie an mir zu halten, zu unterstreichen.

Ihre Hüften bewegen sich wieder. Meine Finger fahren in ihre Haare und halten ihren Mund an meinem. Sie berührt meine Brust, reibt über meine Brustmuskeln. Ihre Hände sind anerkennend, ehrfurchtsvoll.

„Du bist so schön, Wil", haucht sie, als sie schneller wird. Ich lasse sie los und sie weicht mit einem strahlenden Lächeln zurück.

Ich kann meine Augen nicht von ihren Brüsten nehmen. Ich beuge mich vor und fange einen dieser blassrosa Nippel mit meinen Mund ein. Das gefällt ihr, sehr. Ihre Bewegungen stocken und ihre Atmung zuckt unregelmäßig.

„Du bist so kostbar, meine Schönheit", murmle ich. Meine Stimme klingt seltsam. Schwerer, schärfer. Ich spüre, wie ich mit diesem bekannten Aufstieg zum Höhepunkt in ihr ansteige. Jenna fühlt es auch und antwortet mit einem langen Seufzen.

Sie ist noch nicht gekommen. Zielgerichtet schieb ich meine Finger zwischen ihre Beine, genau dorthin, wo wir verbunden sind, und ich finde ihre Klitoris, wie einen frechen, hervorstehenden Knopf. Sie keucht überrascht, aber hört nicht auf, sich zu bewegen. Wenn überhaupt, dann bewegt sie sich sogar schneller.

Also streichle ich sie dort und alles bewegt und ändert sich wieder. Sie fühlt sich enger um mich herum an, als ihre eigene Erregung sich aufbaut. Und als ich mich mehr darauf konzentriere, was ich für *sie* mache, versuche ich zu vergessen, was sie mit mir anstellt, um länger durchzuhalten. Es ist eine interessante Herausforderung, zu versuchen, diese Balance zu finden, aber Jenna ist so sanft und gebend, als sie mich einschließt, mich beschützt. Mich umgibt. Mich besitzt.

Sie ist allmächtig. Wie eine Göttin.

Meine Göttin.

Sie hört etwa eine halbe Minute, bevor ich komme, damit auf, ihre Hüften zu bewegen, also ziehe ich ihre Hüften über meine und sie verengt sich um mich und packt mich mit den Wellen ihres eigenen Orgasmus. Dann wirft sie ihren Kopf zurück und schreit.

Vielleicht hat man uns gehört, aber es ist mir egal. Denn gerade ist *sie* meine ganze Welt. Es existiert niemand außer uns.

Und endlich komme ich und es ist ein unglaublicher Höhepunkt. Ich werde ganz steif unter ihr und sie bewegt sich weiter, doch ich kann nicht atmen, kann mich nicht bewegen und kann nicht denken, als mein Orgasmus alles von einer unnachgiebigen Anspannung in warme Glückseligkeit verwandelt.

Ich packe ihre Hüften und halte sie still, als ich, so tief ich kann, in sie stoße. Pures Vergnügen – mächtiger als alles, was ich bisher gefühlt habe – erfüllt mich.

Meine Augen wandern zu ihr und unsere Blicke treffen sich. Und ich habe keine Angst mehr ... in ihre Seele zu blicken und mich auf diesem Level mit ihr zu verbinden.

Sie lehnt sich vor und legt sich auf meine Brust, um mich zu küssen. Während unsere Münder sich verbinden, drehe ich uns zur Seite, sodass wir nebeneinander liegen und uns ansehen. Dann streiche ich mit meiner Hand über ihr seidenes Haar und genieße das Gefühl. Ich liebe die Textur und möchte das die ganze Nacht und den ganzen Tag tun. Aber das ist nicht alles, was ich gerne die ganze Nacht und den ganzen Tag tun würde.

Ich schlucke und meine Augen wandern zur Decke. Jennas verschwitzter Körper klebt an meinem und plötzlich wird uns kalt und ich spüre, wie sie fröstelt. Ich greife hinüber, schnappe mir die zusätzliche Decke und ziehe sie über uns. Sie schmiegt sich in die Stelle zwischen meinem Arm und meinem Körper, wobei ihr Kopf auf meiner Schulter ruht.

„Nun ...", sagt sie endlich. „Das war atemberaubend." Sie bewegt sich, um mir ins Gesicht zu blicken. „Nun bist du keine Jungfrau mehr. Wie war es?"

Ich lecke meine Lippen. „Es war gut."

Sie lacht, aber ich habe keine Ahnung ‚warum.

„Nur gut, hm?"

Ich nicke. „Da gibt es kein *nur*. Es war ... mit nichts vergleichbar, das ich je erlebt habe."

Sie fährt mit der Hand über meine Brust und lächelt. „Okay ... Das reicht mir."

Ich blinzle und verstehe nicht, was sie meint, doch ich bin zu entspannt, sie zu bitten, es zu erklären. Mein Arm um ihren Rücken legt sich enger um sie.

„William, ich ... ich denke, ich bin dabei, dir zu verfallen."

Ich denke über ihre Worte nach und stelle mir verschiedene Szenarien vor – über etwas stolpern, von einer Klippe rutschen, verzweifelt, erschrocken. Mein Herzschlag wird schneller. Aber das tut sie nicht. „Du fällst nicht. Ich halte dich fest."

Sie lacht wieder. Offensichtlich habe ich sie nicht verstanden. Aber ich habe nichts dagegen, wenn *sie* lacht. Zumindest weiß ich, dass sie mich nicht auslacht. Oder falls doch, dann nicht auf verspottende oder abwertende Art.

„Nein, ich meinte das nicht bildlich. Ich meinte *verfallen* im Sinne von *Ich verliebe mich in dich.*" Ich runzle die Stirn. Sie zögert und sucht jeden Zentimeter meines Gesichts ab. Ich vermute, dass sie versucht, meine Reaktion abzuschätzen. Aber das wäre schwer, da ich selbst nicht weiß, was meine Reaktion ist. Sie räuspert sich und fährt fort. „Ich meine "

„Du denkst, du verliebst dich in mich?", frage ich. Es sind wunderbare Worte, aber ich will sie nicht glauben, bevor ich mir sicher bin – bevor *sie* sich sicher ist. Sie sagte *Ich denke,* was bedeutet, dass sie unsicher ist.

Und außerdem widerspricht es ihrer eigenen Logik. „Aber das ist nicht möglich. Du sagtest, das wäre nicht möglich."

Sie öffnet ihren Mund, will antworten, schließt ihn aber dann wieder. Sie denkt darüber nach, was sie sagen soll. Schließlich schüttelt sie den Kopf.

„Dann lass mich genauer sein. Ich liebe dich, Wil. Ich weiß nicht, wie und warum es geschehen ist ... nur dass es geschehen ist."

Ich liebe dich, Wil. Diese Worte treffen mich wie ein Schmiedehammer zwischen die Augen. Ich weiß genau, was sie bedeuten, aber sie fallen von mir ab, da sie keinen Halt fassen können – wie ein Kletterer an einer vereisten Klippe. Diese Worte sind zu gefährlich.

Eine Stelle in meiner Brust verkrampft und fängt an zu schmerzen. „Was ist mit Brock?"

Sie runzelt die Stirn. „Ich werde ihn immer lieben. Aber das bedeutet nicht, dass ich dich nicht lieben kann."

Ich schlucke einen plötzlichen Kloß in meiner Kehle. „Du *willst* mit mir zusammen sein, oder?"

Sie streicht sanft mit ihrer Hand über meine Wange und lächelt. „Ich sagte dir bereits, dass ich das will. Ich habe es mir seit heute Nachmittag nicht anders überlegt."

Meine Finger kämmen durch ihr Haar, ich schaue zur Decke des Zelts hoch und studiere das Muster aus Schatten im Mondschein. Wenn ich dieses Gefühl – diesen Moment – zeichnen könnte, wären diese Schatten der Hintergrund.

„Und was bedeutet das? Werden wir uns daten?"

Sie zögert und ihre Finger fahren das Lichtmuster auf meiner Brust nach. Die Berührung lenkt mich ab, also stoppe ich sie, indem ich meine Hand über ihre lege.

„Sicher ... wie wir es schon gemacht haben. Auch wenn wir es nicht daten genannt haben."

„Ich will, dass du bei mir wohnst. Damit wir uns immer sehen."

Sie schweigt eine lange Zeit. „Lass uns einfach ... sehen, was passiert."

Ich drehe mich zu ihr. „Willst du nicht mit mir zusammenwohnen?"

Sie kuschelt sich näher an meine Seite. „Das sage ich gar nicht. Ich sage nur ... eins nach dem anderen, okay? Lass uns erst einmal das hier genießen. Das hat lange auf sich warten lassen."

Ja, hat es. Aber das bedeutet nicht, dass ich sie nicht immer bei mir haben will. Ich frage mich, ob das ihre Art ist, eine engere Bindung einzugehen ... aber nicht zu eng. Ich schalte diese Furcht ab. Sie ist hier, richtig? Und sie hat ihre Pläne geändert, damit wir zusammen sein können.

Sie hat recht. Wir sollten das einfach genießen.

Aber ich kann nicht – nicht jetzt. Es gibt immer noch zu viele unbeantwortete Fragen, und um zu wissen, was ich in nächster Zukunft erwarten kann, brauche ich mehr Informationen. Also stelle ich mir die nächste Frage, die mir im Kopf umgeht. „Und was ist mit Seelenverwandten? Du glaubst immer noch, dass Brock deiner ist.“

Sie seufzt. „Ich bin gerade dabei, erneut über diese Vorstellung nachzudenken.“

Ich weiche zurück, fahre mit einer Hand über mein Kinn und versuche, das einsinken zu lassen. Meine Gedanken rasen und sind voller *was wenns und warums.* „Aber ich habe mich noch nicht als würdig erwiesen.“

Sie stützt sich auf ihren Ellbogen, damit sie mich direkt anblicken kann. „Doch, hast du. Schon ein Dutzend Mal hast du das.“

Ich schweige. Ich glaube ihr nicht.

Ihre Hand liebkost mein Gesicht, meinen Hals und sie versucht, mich dazu zu bewegen, sie anzusehen. Schließlich seufzt sie wieder. „Du bist mein Streiter, Wil. Gegen Doug. Du hättest dich nicht freiwillig für das Duell melden müssen, aber du hast es getan. Und du hast so schwer dafür gearbeitet, alles zu überwinden, was dich das letzte Mal zurückgehalten hat.“

„Du warst mein Held in Disneyland, als ich wegen des Feuerwerks in Panik geraten bin. Du bist – du bist so ein toller

Mensch. Du hast so viel, was dich würdig macht, und es ärgert mich, dass du überhaupt geglaubt hast, dass du das nicht wärst. Denn *nichts* könnte weiter von der Wahrheit entfernt sein. Du bist die würdigste Person, die ich je habe kennenlernen dürfen und ich glaube an dich."

Da ist es wieder. Dieser Satz, der mich wie ein Schraubstock an der Kehle packt. Ich werde von irgendwelchen komplexen Emotionen gepackt und es besteht keine Hoffnung, dass ich sie ergründen kann. Aber es ist exakt derselbe Satz, den sie gesagt hat, als sie das Zelt betreten hat. Ich war so von dem Verlangen, sie haben zu müssen, überwältigt, dass ich sie gepackt habe und nichts anderes sagen ließ.

Ein Teil von mir zweifelt und ich frage mich, ob sie diese Dinge jetzt nur wegen dem sagt, was gerade zwischen uns geschehen ist. Als würde sie mir sagen, was sie denkt, was ich hören möchte. Diese Möglichkeit macht mich nicht glücklich.

Aber als ich mich zu ihr drehe, erfassen meine Augen die ihren und unsere Blicke verwirren sich, als wären sie mit Angelschnüren verbunden, die verknotet und miteinander verdreht sind. Und je mehr ich in ihre Augen blicke, umso tiefer versinke ich darin. Es ist so, als würde ich in ihre Seele schauen. Und ich will alles sehen.

Nach ein paar Minuten blinzelt sie und weicht zurück, doch ich lege meine Hand an ihren Kopf und halte sie ab, sich von mir zu entfernen. „Jenna ... du bist die schönste Frau, die ich kenne. Und ich spreche nicht nur von deinem Äußeren. Das ist natürlich das, was mir als Erstes aufgefallen ist, aber ich habe schon zuvor schöne Frauen gesehen. Und viele von ihnen waren letztendlich keine guten Menschen. Aber du ..." Meine Stimme versagt, also räuspere ich mich und fahre fort. „Du bist auf jede erdenkliche Weise schön ... wie du dich verhältst, wie du denkst, wie du die Gefühle von anderen verstehst, wie du ihnen hilfst."

Ihre Augen werden unerklärlich rund und ihre Lippe zittert. Sie beißt sich darauf, um sie still zu halten. Als sie nichts sagt, fahre ich fort. „Du hast einst gesagt, dass in deinem Leben nichts permanent sei – dass alles befristet sei. Ich konnte nicht aufhören, über diese Worte nachzudenken, weil es unfair ist. Du verdienst etwas Permanentes und ich will der Mann sein, der dir das gibt."

Sie dreht sich, um meine Schulter zu küssen. „Ich will auch, dass du dieser Mann bist."

Mein Herz steigt in meine Kehle, und ich verspüre Hoffnung.

„Und wirst du diese Wander-Sache bekommen –"

„Wanderlust."

„– und einfach deine Sachen packen und gehen wie ... wie bei deinen anderen Freunden?"

Sie studiert mein Gesicht, legt ihre Hand an meine Wange und streicht mit den Fingern über meine kratzenden Bartstoppeln. Mir tut es plötzlich leid, dass ich keine Chance hatte, mich zu rasieren, bevor ich ihr Gesicht, ihren Hals, ihre Brust geküsst habe. Vielleicht fühlte es sich für sie nicht schön an, aber sie wollte es mir nicht sagen ...

Ihre Augenlider senken sich und sie beugt sich vor, lehnt ihre Stirn gegen meine und blickt mir in die Augen. Aber dieses Mal fällt es mir schwer, ihren Blick zu erwidern. Ich habe Angst, dass sie meine Zweifel sieht.

„Etwas ist dieses Mal anders, Wil. Ich habe für keinen von ihnen empfunden, was ich für dich empfinde. Ist das genug? Kannst du mir vertrauen?"

Ich lege meine Arme um ihre Taille und ziehe sie eng an mich. Sie schließt die Augen und zittert. Ein seltsames Gefühl überkommt mich und droht, mich zu ersticken. Es ist verwirrend und aufregend und furchterregend, alles zur gleichen Zeit.

„Ist dir kalt?", frage ich, obwohl ich bereits weiß, dass das nicht der Fall ist.

„Nein", flüstert sie. „Ich bin ... ich bin nur beeindruckt."

„Wovon?"

„Von *dir*."

Ich vergrabe meinen Mund und meine Nase in ihrem Haar, atme tief ein und genieße den Duft. Ich genieße das Gefühl ihrer Haut an meiner. Ich will ihren weichen, kurvigen Körper so schnell wie möglich wieder berühren und kosten. Noch während ich das denke, werde ich noch einmal hart. Ich fahre mit meiner Hand die geschmeidige Haut zwischen ihren Schulterblättern bis zum Ansatz ihrer Wirbelsäule und ihren Po hinab.

„Jenna, ich muss dich etwas Wichtiges fragen ..."

Sie neigt ihren Kopf zurück und wieder zieht dieser himmlische Duft in meine Nase. „Ja? Was ist?"

„Wie lange sollen wir warten, bis wir wieder Sex haben?"

Ein strahlendes Lächeln erhellt ihr Gesicht. „Keine Minute länger."

Sie bewegt ihr Gesicht zu meinem und küsst mich von oben. Währenddessen setzt sie sich wieder über mich. Aber so will ich es dieses Mal nicht.

Ich packe ihre Schulter mit einer Hand und ihre Hüfte mit der anderen und rolle uns herum, sodass ich nun über ihr bin.

Kapitel Einunddreißig
Jenna

Es dauerte nicht lange, um zu bemerken, dass William schnell lernte. Beim Sex war es nicht anders. Als er mich also auf den Rücken rollte und begierig meinen Mund küsste, war ich entzückt.

Während seine Zunge mich großzügig kostete, kratzte mich sein stoppeliges Kinn überall – an meinem Hals, meinen Brüsten. Obwohl das vorherige Mal keine lästige Arbeit gewesen war, fühlte es sich gut an, sich zurückzulehnen und ihn das Steuer übernehmen zu lassen. Ich war begierig darauf herauszufinden, wohin er uns bringen würde.

Und trotz der Tatsache, dass wir nur eine halbe Stunde zuvor Sex gehabt hatten, war William dieses Mal genauso engagiert und entschlossen. Kein Zentimeter meiner Haut wurde nicht von seinem heißen Mund berührt, keine Stelle nicht von diesen rauen Händen liebkost. Er verbrachte viel Zeit damit, meinen Brüsten besondere Aufmerksamkeit zukommen zu lassen – wahrscheinlich, weil er beim ersten Mal so verzweifelt in mir sein wollte. So verzweifelt, wie ich ihn in mir haben wollte.

Aber diese Berührungen bauten diese Dringlichkeit erneut auf, als wäre beim letzten Mal nichts befriedigt worden. Ich wölbte mich hoch, um ihm entgegenzukommen, als sein Mund über meine Nippel glitt und seine Zunge über sie rollte, wobei seine Zähne daran kratzten, bis ich vor Vorfreude bebte.

„William, ich brauche dich *jetzt*."

Er ließ sich nicht von seinem Streben ablenken, mich mit seiner Zunge und seinen Zähnen verrückt zu machen.

„Wil –"

„Davon habe ich geträumt, seit ich dich vor fast zwei Jahren das erste Mal gesehen habe. Ich werde es nicht übereilen."

Meine Wirbelsäule entspannte sich auf dem Bett und ich seufzte. Er hatte recht. Wir hatten die ganze Nacht Zeit. Und ich hatte mich entschlossen, das in seine Hände zu legen – in seine fähigen, talentierten, verrücktmachenden Hände. Trotz der Tatsache, dass ich mich danach sehnte, ihn wieder zu haben, schloss ich also die Augen und ließ ihn weitermachen.

„Schöne, wunderschöne Jenna", flüsterte er gegen die sensible Haut meines Bauchs. Sie zitterte unter seinem warmen Atem. Ich leckte meine Lippen und zuckte. Alles in mir pochte vor erneutem Verlangen.

Seine fleißigen Hände fuhren von meinen Knien aus meine Oberschenkel hinauf, erst an der Außenseite und dann an den sensiblen Innenseiten, bevor er sich im Zentrum meines Verlangens niederließ. Seine Finger glitten in meine Feuchtigkeit, rieben an meiner sensiblen Klitoris und alles in mir verkrampfte sich. Innerhalb weniger Minuten wurde ich von überwältigenden Wellen des Vergnügens erfasst. Ich war schockiert darüber, wie schnell es geschehen war.

Ich legte mich zurück, als seine warmen Lippen leicht meinen Mund berührten. Mit langsamen und entschlossenen Bewegungen ließ er sich zwischen meinen Beinen nieder, seine

Brust lag über meiner. Und im düsteren, bläulichen Licht des vollen Beltane-Mondes verbanden sich unsere Körper erneut.

Da es unser zweites Mal war, brauchte William länger, um dorthin zu gelangen, wohin er mich bereits in wenigen Minuten gebracht hatte. Deshalb fühlte ich mich sehr verwöhnt, als er anfing, diesen Berg gemeinsam mit mir erneut zu besteigen. Meine Hände fuhren über seine muskulöse Brust, strichen über seine Nippel, glitten dann zu seinem Rücken, und ich schloss meine Beine um ihn, als ich ihn dazu bringen musste, langsamer zu werden.

Aber das zählte alles nicht für ihn. Er riss sich aus meinem Griff los und zog meine Beine von seinen Hüften, wobei sein stockender Atem meinen Nacken in heißer Luft badete. Ich kam wieder, als er tief in mich stieß und mit meinem Namen auf den Lippen ein heiseres Stöhnen ausstieß.

Er kam in mir und trotz seines vorherigen Protestes schloss ich meine Beine wieder um ihn und zog ihn eng an mich. Er stieß seinen Atem aus und legte seine verschwitzte Stirn gegen meine, wobei er vorsichtig mein Haar zurückstrich.

Und dann ... flüsterte er: „Ich liebe dich."

Tränen sprangen in meine Augen. Diese Worte, von denen ich gedacht hatte, sie nie wieder zu hören, ließen so viel Freude in mein Herz rasen, dass es schmerzte. Bald strömten diese Tränen meine Schläfen hinab, als er sich auf die Seite rollte und mich genau ansah.

„Oh nein", sagte er leise und wischte sie mit seiner Hand weg. „Warum bist du traurig?"

Ich schüttelte den Kopf und schniefte. „Nicht traurig, Wil. Glücklich. Sehr, sehr glücklich."

Er runzelte die Stirn. Tränen der Freude verwirrten ihn offensichtlich, aber ich wollte es nicht erklären, also küsste ich ihn, um seinen unausweichlichen Fragen ein Ende zu machen.

Schließlich schliefen wir ein. Das Letzte, was ich zu ihm sagte, war, dass er sich ausruhen müsse, damit er am Morgen bereit sein würde, Doug in den Arsch zu treten. Und wir schliefen friedlich, die ganze Nacht in den Armen des anderen, zu erschöpft, um uns überhaupt zu bewegen.

Als ich aufwachte, schien die frühe Morgensonne ins Zelt und William war weg. Ich tastete zuerst nach ihm, bevor ich durch den Nebel meines Schlafs watete. Als ich nichts fand, dachte ich darüber nach, wie normal es sich angefühlt hatte, nach ihm zu greifen. Als hätte ich es schon monatelang jeden Tag gemacht.

Und diese seltsame widerhallende Sehnsucht, als ich bemerkte, dass er weg war – sie blieb mir nicht verborgen. Sie war angsterregend und aufregend zur selben Zeit. Ich rollte mich herum und vergrub mein Gesicht in seinem Kissen, um seinen Duft einzuatmen.

Zum ersten Mal, seit ich ein Teenager – eigentlich ein Kind – war, hatte ich einem Mann gesagt, dass ich ihn liebte. Und ich hatte es ernst gemeint. Ich schluckte und meine Kehle schnürte sich zu, da mich die Auswirkungen dieses Eingeständnisses plötzlich erschreckten. Ich hatte meine Pläne geändert, um mit William zusammen zu sein, aber es ging nicht *nur* darum, mit ihm zusammen zu sein.

Ich begann eine Zukunft, schlug Wurzeln. Ich vertraute darauf, wieder Glück zu finden, anstatt vor dieser Möglichkeit davonzulaufen.

Eilig zog ich mich an und schlängelte mich durch die Zelte zu dem Platz, den ich mir eigentlich mit den Mädels teilen sollte. Ich versuchte, mich nicht auf die Möglichkeit zu konzentrieren, dass Clanmitglieder mich mit demselben Kleid sehen könnten, das ich gestern Abend getragen hatte und das nur minimal zugebunden war, gerade so viel, das unangemessene Entblößung vermieden wurde.

Es war meine eigene mittelalterliche Nachstellung des berüchtigten Laufs der Schande. Aber es war mir scheißegal, wer mich sah. Zu berauscht war ich von meinem Hoch. Was für eine Nacht ...

Die Mädels machten fast einen Satz, als ich zurückkam. „Ohhh, hmm, sieh mal einer an. Ihre Majestät hat eine *gerade gefickt*-Frisur. Ihr königliches Gewand ist zerknittert und sieht aus, als würde es herunterfallen, oder etwa nicht? Ann, was, denkst *du*, hat Königin Jenna gestern gemacht?", sagte Fiona, Caitlyns beste Freundin.

Ich verdrehte die Augen und wühlte in meinem Seesack, um einige angemessene Kleidungsstücke des einundzwanzigsten Jahrhunderts herauszuholen. „Die Königin muss nicht verantwortlich für ihre Handlungen sein", schniefte ich hochmütig.

Caitlyn drehte eine Strähne ihres honigfarbenen Haars um ihren Zeigefinger und musterte mich. „Mädel, ich habe gestern viel Zeit für deine Frisur und dein Make-up aufgewendet. Du spuckst besser aus, was zwischen dir und Sir Heiß MacGeil läuft."

Ich lächelte. „Oder sonst ...?"

„Oder sonst werde ich deine Krone nehmen, die ich gestern vom Boden aufgesammelt habe, als du hinter William hergelaufen bist, und sie Doug geben. Ich werde ihm sagen, dass ich sie ihm von dir als Glücksbringer geben soll."

Ich ziehe eine Augenbraue hoch. „Ich kenne Roma-Flüche, das weißt du, oder? Ich kann machen, dass deine Zehennägel einwachsen."

Sie ließ sich auf meinen Schlafsack fallen und legte sich zurück, die Arme unter ihrem Kopf verschränkt. „Spuck es aus."

„Ich plaudere nicht aus dem Nähkästchen."

„Erzähl schon deine Fickgeschichten", sagte Fiona.

Ich verdrehte die Augen. „Göttin, ihr seid alle so vulgär."

Ein breites Grinsen zog über Caitlyns Gesicht. „Oh, tut mir leid. Hätte sie fragen sollen, ob du mit ihm Liebe gemacht hast, und dich bitten, davon zu erzählen?"

Mein Gesicht entflammte sofort und beide kreischten und klatschten in die Hände. Caitlyn setzte sich auf. „Du hast es gemacht! Gott, Jenna. Die Leute werden dich hassen – und mit Leute meine ich *mich*. Weißt du, wie viele versucht haben, diese Nuss in den letzten zwei Jahren zu knacken?"

Ich zog eine Augenbraue hoch. „Interessante Wortwahl."

„Er wird definitiv das Duell für dich gewinnen, weil du ihn rangelassen hast", erwiderte sie.

Wären diese Worte von jemand anderem als Caitlyn oder Ann gekommen, hätten sie mich sauer gemacht. Aber da ich wusste, dass sie scherzten und es nicht fies meinten, streckte ich ihr nur die Zunge heraus.

„Das Duell ist in einer Stunde. Wirst du ihm zuvor, ähm, *Glück wünschen?*" Sie machte Anführungszeichen mit den Fingern, nur um extra nervig zu sein. „Und was ist mit einem Glücksbringer von einer Lady? Hast du einen Schal oder ein Band oder so etwas?"

Ich tauschte gerade mein Gewand gegen normale Kleidung und hielt inne. „Das ist eigentlich eine gute Idee, ihm einen Glücksbringer zu geben."

„Gib ihm einfach dein Höschen", sagte Fiona kichernd.

„In dem war er schon letzte Nacht", lachte Caitlyn.

„Ladys!", tadelte ich sie, als ich durch mein verknotetes Haar bürstete und das kleine Zelt nach etwas absuchte, das ich ihm geben könnte. Ein Haarband? Ein Taschentuch?

„Hast du schon einmal einen Kerl entjungfert?", fragte Caitlyn.

„Was lässt dich denken, dass William noch Jungfrau war?", wich ich aus.

Brock war ebenfalls noch Jungfrau gewesen, also war das mit William nicht das erste Mal. Nur mit dem Unterschied, dass es damals für uns beide – Brock und mich – das erste Mal gewesen war. Das war mehr als ein Jahrzehnt her, also erinnerte ich mich nur an viele Peinlichkeiten und daran, dass es enttäuschend gewesen war. Die letzte Nacht mit William war eigentlich verdammt gut gewesen. Er hatte vielleicht vorher noch nie Sex mit einer Frau gehabt, aber es bestand kein Zweifel, dass er sich informiert hatte.

„Wie wäre es mit einem Band vom Maibaum?", sagte Ann und zeigte auf das rote Band auf dem Boden neben meinem Schlafsack.

Ich zog meine Jeans an. „Oh ja, das gebe ich ihm."

„Denkst du nicht, dass er dich in Gegenwart der Zuschauer darum bitten wird – wie Doug das letzte Mal?", fragte Ann.

Ich schüttelte den Kopf und zupfte meine Kleidung zurecht. „Nein. So ist Wil nicht." Ich lächelte bei dem Gedanken.

„Nun, dann los. Wünsch ihm Glück!", sagte Ann.

Ich fand ihn auf der Lichtung am Rande unseres Camps. Er wärmte sich in seinem Gambeson auf – der gesteppten Stoffrüstung, die man unter Plattenrüstungen und Kettenhemden trug. Er hatte mich kommen gesehen, dehnte jedoch weiter seine Muskeln und übte seine Schwünge. Ich nahm an, dass dies alles Teil seiner Routine war, die er zum Aufwärmen benutzte, und er diese nicht unterbrechen wollte – nicht einmal für mich. Das war okay für mich.

Ich beobachtete ihn geduldig dabei und etwa zehn Minuten später stoppte er und drehte seine Wasserflasche auf, um einen tiefen Schluck zu nehmen. Da ging ich zu ihm. „Hi."

Seine Augen flogen zu meinen und dann weg. „Guten Morgen", sagte er mit einem leichten Lächeln, das mein Herz ein wenig kribbeln ließ. Ihn nach letzter Nacht und allem, was zwischen uns geschehen war, wieder zu sehen, war aufregend. Als könnte ich nicht schnell genug genügend Luft bekommen. Ich biss mir auf die Lippe und hoffte, dass er ebenso fühlt.

Aber es war ziemlich unwahrscheinlich, dass sich seit letzter Nacht etwas geändert haben könnte. Also fühlte er ziemlich wahrscheinlich genauso. Er war konstant, permanent. Er hatte mir letzte Nacht gesagt, dass er mich liebte, und meine Vermutung war, dass er wahrscheinlich keine Notwendigkeit sah, es zu wiederholen. Ich würde ihn informieren müssen, dass ich es trotzdem gerne hörte, egal ob er dachte, dass es notwendig wäre, es zu wiederholen.

Ich lächelte, nahm seine freie Hand und wirbelte das rote Band in meiner anderen Hand herum. „Weißt du, was das ist?", fragte ich ohne Vorrede.

Seine Augen wurden schmal und sahen es an. Er nahm die Flasche von seinem Mund und drückte meine Hand. Dann ließ er wieder los, um die Fasche zu verschließen. „Es ist ein Band vom Maibaum", antwortete er.

„Nein. Nicht heute."

Er runzelte offensichtlich verwirrt die Stirn. „Es ist jeden Tag ein Maibaumband."

„Heute ist es mehr als das. Es ist mein Glücksbringer. Und ich will ihn dem würdigsten Ritter geben, den ich kenne."

Sein Blick schwebte wieder zu dem Band und sein Gesichtsausdruck war so ernst, dass ich fast lachen musste. Ohne ein weiteres Wort zu sagen, nahm er sein Schwert und präsentierte es mir mit dem Griff voraus. Ebenso feierlich verknotete ich das Band um den Griff, direkt unter der Parierstange. Er nahm das Schwert zurück und richtete das Band aus. Dann hob er das Schwert, um es zu testen.

Er murmelte mit fast ehrfürchtiger Stimme: „Danke."

„Wenn du ihm in den Arsch trittst, ist das Dank genug", sagte ich grinsend.

„In diesen Turnieren tritt man nicht. Es ist schwierig, jemanden zu treten, während man Plattenstiefel trägt."

Ich lachte. „Ich meinte das im übertragenen Sinn. Wenn du gewinnst, dankst du mir genug."

Seine Augenbraue zuckte. „Aber wenn ich verliere –"

„Das wirst du nicht. Jetzt komm her und küss mich, bevor ich gehe, damit du dich anziehen kannst."

Das musste ich ihm nicht zweimal sagen. Er legte sowohl sein Schwert als auch die Wasserflasche ab und legte dann seine Hände an meine Taille, um mich an sich zu ziehen. Unsere Münder trafen sich für einen langen, leidenschaftlichen Kuss und eine Gruppe unserer engsten Freunde stieß hinzu und sah uns mitten in diesem heißen Kuss, bei dem ich ihn fest umarmte, damit sich unsere Lippen nicht voneinander trennen konnten.

Man musste William hoch anrechnen, dass er mich einfach weiterküsste, als sie dastanden und sich sogar jemand laut räusperte. Als ein Pfiff losgelassen wurde, lösten wir uns schließlich voneinander. Ich blickte hoch und unsere Freunde standen um uns herum.

„Wer könnte zu einem Viel-Glück-Kuss wie diesem nein sagen?", entgegnete Jordan mit einem großspurigen Grinsen. William sah nicht amüsiert aus und Jordan schürte seinen offensichtlichen Ärger etwas. „Ohne meine Ratschläge –"

„Deine Ratschläge sind scheiße", sagten William und Adam fast gleichzeitig. April krümmte sich sofort vor Lachen, während Jordans Lächeln aus seinem Gesicht glitt.

Augen wanderten allmählich zu mir und Mia versuchte, mir mit Blicken eine Frage zu stellen. Ich wich ihr angestrengt aus. Alex reichte mir einen Kaffee in einem Thermobecher und ich dankte ihr.

Dann drehten wir uns alle zum Mann der Stunde.

Und wenn in der nächsten Zeit alles gut verlief, dem Mann des Tages, der Woche. Meiner Zukunft ...

Kapitel Zweiunddreißig
William

JETZT KOMMT ES DARAUF AN.

Monatelanges Training, Fitnessaktivitäten und spezielle Übungen, um Ausdauer aufzubauen. Verfeinerung meines Kampfstils und Anpassen meiner Rüstung. Wochenlange Arbeit mit Jenna – nicht dass ich irgendetwas dagegen gehabt hätte.

Aber wenn es um meine Bemühung geht, mich vor dem Kampf zu fokussieren, bin ich leicht verärgert, dass sie gekommen ist, um mir beim Aufwärmen zuzusehen. Denn jetzt kann ich nur an sie denken und alles was ich will, ist, sie anzusehen. Unsere Freunde sind jetzt auch da und wünschen mir Glück. Mein Geist ist vom Kampf abgelenkt und das stört mich.

Mein Cousin steht neben meiner Schulter und legt mir eine Hand darauf. Ich drehe mich zu ihm, als er spricht. „Hey, Junge. Bist du okay? Du wirkst ... angespannt.“

Ich blicke mich wieder um und versuche meine Augen von Jenna fernzuhalten, aber sie werden wie ein Magnet zu ihrem hellblonden Kopf hingezogen. „Das ist nicht, wie ich mich normalerweise aufwärme, mit so vielen Leuten um mich herum.“

Er nickt. „Richtig. Ich sehe mal, ob ich sie für dich entfernen kann“, sagt er leise.

Ein paar Minuten später schlägt er vor, dass sie alle eine Sektion auf der Tribüne besetzen und den anderen, die noch kommen werden, um mich zu unterstützen – inklusive meinem Dad und Kim –, Plätze freihalten. Jenna geht mit ihnen, aber nicht bevor sie mir noch einen Kuss auf die Wange gibt. „Ich würde dir ja viel Glück wünschen, aber du brauchst kein Glück. Du schaffst das."

Ich lächle und sehe ihr hinterher, als sie geht, doch ich habe nicht realisiert, dass Adam und Mia noch gewartet haben. Mia tritt vor und umarmt mich. „Viel Glück. Ich lasse dir Adam hier, um dir beim Aufwärmen zu helfen." Adam hat angeboten, mein Knappe zu sein, und ich habe dankend angenommen.

„Okay. Danke." Ich erwidere schnell ihre Umarmung. Als sie sich umdreht, um zu gehen, sage ich laut zu Adam, sodass sie es hört: „Adam, du kannst Mia später sagen, welches Datum du für die Hochzeit ausgesucht hast."

Mia bleibt abrupt stehen und dreht sich um, um mich anzusehen. Ihr Mund und ihre Augen sind rund. Adams dunkle Augenbrauen wandern seine Stirn hinauf. „Das sind, ähm, großartige Neuigkeiten", sagt er und dann kreuzt ein für ihn typisches verschlagenes Grinsen sein Gesicht. Er und Mia tauschen Blicke aus, aber ich habe keine Ahnung, was sie bedeuten.

„Ich liebe es, zu gewinnen", murmelt er. Mia verdreht die Augen zum Himmel und stößt ein lautes Stöhnen aus. Dann dreht sie sich um und stapft davon, während Adam ihr nachsieht und laut lacht.

Ich lächle, als Adam mich anblickt. „*Ich* bin derjenige, der gewonnen hat, du Arsch. Du profitierst nur davon."

Adams Augen werden schmal und er schnappt sich eines meiner zusätzlichen Schwerter. „Ich bin hier, um dir beim Aufwärmen zu helfen. Bring mich nicht dazu, es ernst zu meinen.“

Ich bringe mein Schwert hoch, um die Klingen zu kreuzen, wobei Jennas rotes Band unter der Parierstange in der leichten Brise flattert. „Sei einfach kein Idiot und vergeude diese Chance“, sage ich ihm. „Du musst sie so schnell wie möglich heiraten.“

Adam bekommt wieder diesen hinterhältigen Gesichtsausdruck. „Du hast dich also für das große Ganze geopfert?“

Ich schwinge und unsere Schwerter klirren, als sie zusammenstoßen. Die Morgensonne wird von ihren Klingen reflektiert. „Es war kein Opfer.“

Ein weiterer Schwung, ein weiteres Klirren. „Ich war sarkastisch.“

„Das ist bei mir vergeudet.“ Ich wirble mein Schwert herum und führe eine Serie von Attacken aus, die ihn aus dem Konzept bringen sollen.

„Langsam, Tiger“, sagt er nach dem Angriff. „Ich trage keine Rüstung.“

„Ich werde dein hübsches Gesicht nicht verletzen. Du musst für die Hochzeitsfotos doch gut aussehen.“

Er lacht. „Es ist dir wichtig, dass wir heiraten, hm?“

„Ihr habt einander einmal fast verloren. Das sollte nicht wieder passieren. Also vergeude diese Gelegenheit nicht.“

„Aber du sagtest, dass es dumm wäre, unser Hochzeitsdatum aufgrund einer Wette festzulegen.“

„Es *ist* dumm, aber du kannst genauso gut ausnutzen, dass du gewonnen hast.“

Wir wärmen uns weiter auf, ohne die Hochzeit nochmal zu erwähnen. Zwanzig Minuten später fängt er an, mir dabei zu helfen, meine volle Plattenrüstung anzulegen und zu befestigen, bevor er mir meinen schwarz-silbernen Wappenrock über die Brustplatte legt. Dann trägt er mein Schwert, meinen Schild und meinen Buckler zur Arena.

Als wir dort ankommen, ist die Tribüne voll, nicht nur mit Leuten aus unserem Clan, sondern auch mit Zuschauern anderer Clans, die das Sommerfestival besuchen. Es sind auch jene anwesend, die frühzeitig für das Mittelalterfest gekommen sind, das beginnt, sobald das Beltane Festival zu Ende ist. Zusätzlich gibt es auch viele Personen in moderner Kleidung, was zeigt, dass sie als Besucher hier sind, einige davon in der Sektion meiner *Anhänger*.

In der Minute, in der ich die Menschenmenge sehe, fängt mein Herzschlag an zu rasen und das Blut erstarrt in meinen Adern. Meine Gedanken fangen wieder an, denselben dornigen Pfad hinunterzugehen, den sie immer nehmen, wenn ich in einer Situation wie dieser bin.

Ich versuche es mit einem von Jennas Jedi-Gedankentricks – ein wenig kontrollierter Atmung. Aber das Atmen lässt es in meinem Helm nur heißer werden, selbst wenn das Visier oben ist. Die Menge schreit und jubelt und stampft, und Doug ist dort und ermutigt sie, indem er sein Schwert in die Luft hält und vor ihnen auf und ab schreitet.

Er stoppt vor Jenna, die in der ersten Reihe sitzt, und ich erstarre. Er versucht offensichtlich, ihre Aufmerksamkeit zu erregen, aber sie verschränkt die Arme und blickt weg.

Tief einatmend bedauere ich plötzlich, dass sie sein Angebot von gestern Abend nicht angenommen hat. Hätte sie akzeptiert, wäre es sichergestellt gewesen, dass sie ihre Tiara zurückbekommen würde.

Denn ich bin mir bei dieser Sache nicht sicher. Überhaupt nicht. Ich weiß, dass meine Fähigkeiten den seinen ebenbürtig sind. Ich weiß, dass ich in der besten körperlichen Verfassung meines Lebens bin. Ich weiß auch, dass ich ihn unter perfekten Umständen besiegen kann.

Aber ich bin mir nicht sicher.

Der Schiedsrichter winkt mit einer dreieckigen gelben Flagge an einem kurzen gestreiften Stab, als er die erste Runde des Kampfes ankündigt. Unsere Knappen fangen an, uns unsere Ausrüstung zu geben, und Adam legt eine Hand auf meine gepanzerte Schulter. Er blickt mich durch das Visier meines Helms an und sagt feierlich: „Viel Glück, Liam."

Ich nicke, um seine Worte zu würdigen, und drehe mich dann zu Doug. Mit zusammengekniffenen Augen sagt er: „Dieses Mal besiege ich dich sauber. Du bist Geschichte, Drake, hörst du mich?"

„Ich höre dich. Aber du liegst falsch. Du hast das Mädchen bereits verloren, und jetzt wirst du dieses Duell verlieren."

Sein Gesicht wird tiefrot und dann schlägt er sein Visier herunter, wobei er vor sich hinmurmelt. Ich weiß, dass seine Schimpftirade wahrscheinlich Obszönitäten beinhaltet, aber er kann sie nicht zu laut aussprechen. Würde der Schiedsrichter ihn hören, könnte Doug für unritterliche Ausdrucksweise bestraft werden.

Und das will ich nicht. Er hat so viel getan, was Jenna verletzt hat, dass ich ihm wehtun will. Ich will ihn schlagen und ich werde das unter den wachsamen Augen der Turnierrichter tun.

Kein Sieg oder keine Niederlage aufgrund von technischen Fouls ... nicht heute.

Unsere erste Runde wird nur mit Langschwertern ausgetragen, die wir beide beidhändig führen. Wie es bei europäischer Kampfkunst üblich ist, halten wir beide unsere Schwerter mit beiden Händen am Griff nach oben, um mit ihnen Abwärtsschläge auszuführen. Wir müssen den Gegner mit der normalerweise scharfen Seite der Klinge treffen, um einen Punkt zu erzielen. Jede Runde dauert so lange, bis ein Teilnehmer drei Treffer erzielt.

In unserem vorherigen Duell habe ich diese Runde gewonnen. Aber dieses Mal stürmt Doug sofort wie ein wilder Ochse auf mich los, als die gelbe Flagge gehoben wird. Ich bringe mein Schwert gerade noch rechtzeitig nach unten, um seinen ersten Angriff zu blocken.

Die Menge ist laut und ablenkend und ich komme nicht umhin, zu ihnen zu sehen. Ich entscheide mich, in die Offensive zu gehen, obwohl ich unterbewusst weiß, dass es zu früh ist. Ich kenne Dougs Kampftechnik gut genug, um zu wissen, dass er viele aggressive Taktiken in kurzen Angriffsserien ausführt, doch nur wenig Ausdauer hat. Das letzte Mal habe ich ihn in diesem ersten Kampf einfach ermüden lassen, indem ich seine Angriffe blockte und ihn attackieren ließ, bis er erschöpft war. Mein Plan war es, in dieser Runde dasselbe zu machen, aber ich konnte diese ängstlichen Gefühle nicht lange im Zaum halten.

Ich blicke weiter zur Menge und versuche, einen Blick auf Jenna zu erhaschen. Sie lehnt sich angespannt nach vorne und ihre Hand umschließt das Geländer vor ihr. Und in diesem Augenblick stürmt Doug los und trifft meinen Oberarmschutz mit der Außenseite seiner Klinge.

Die Flagge kommt zwischen uns herunter. Der Schiedsrichter, der die Treffer beobachtet, hebt seine Hand und zeigt auf Doug, um zu bestätigen, dass er den ersten Punkt gemacht hat.

Zähneknirschend kneife ich die Augen zusammen und schwinge – hart –, sobald die Flagge sich wieder hebt. Bevor Doug reagieren kann, treffe ich das obere Ende seiner Armschiene, direkt unter dem Ellbogen. Er ruft ein Schimpfwort und die Pfeife ertönt. Mein Treffer zählt und Doug wird wegen seiner Ausdrucksweise verwarnt.

In der Zwischenzeit merke ich mir, dass ich ihn am linken Arm getroffen habe. In dieser ersten Runde, wo wir unsere Waffen mit beiden Händen führen, ist das kein Problem. Aber ich frage mich, ob ich ihn hart genug getroffen habe, um etwas Schmerz für die nächste Runde verursacht zu haben. Er hat geflucht, was mir sagt, dass es wehgetan haben muss. Andernfalls hätte er keine Verwarnung riskiert – nicht einmal aus Wut. Also war wahrscheinlich Schmerz die Ursache.

Das werde ich zu meinem Vorteil nutzen.

Noch während ich darüber nachdenke, kommt Doug wieder auf mich zugestürmt und drängt mich zurück. Ich wehre seinen Schlag ab, aber er lässt nicht von seinem Angriff ab. Bald landet er einen weiteren Treffer, dieses Mal an den Beinschienen meiner Rüstung, die den Oberschenkel bedecken. Ich bemerke, dass er eine leichte Delle verursacht hat, doch meine Polsterung hat mich geschützt.

Nachdem die Flagge sich wieder hebt, fängt Doug mit einer tiefen Finte an, indem er die Spitze seines Schwerts auf meinen Schritt richtet, als würde er mir den Schwanz abschneiden wollen. *Arschloch.* Ich denke es glücklicherweise nur.

Ich schwinge tief, um sein Schwert von meinem Schritt wegzuschlagen, und er fängt an, laut unter seinem Helm zu lachen. Das macht mich noch wütender, also schwinge ich mein Schwert in einem weiten Winkel, um seinen favorisierten Arm zu treffen, doch er blockt rechtzeitig.

Ich habe Dougs Stil studiert. Wegen meiner Fähigkeit, mich an jedes Detail zu erinnern, kann ich Dinge in meiner Erinnerung verlangsamen und sie analysieren. Deshalb kann ich gut auf Stärken und Schwächen reagieren. Seine Vorteile sind Geschwindigkeit und kurze Energieschübe, während meine Ausdauer und Beständigkeit sind. Außerdem landen meine Treffer härter als seine, also schlage ich ihn auch in Punkto Stärke.

Aber meine Überanalysierung seiner Vorgehensweise hat gegen mich gearbeitet. Ich habe eine bestimmte Bewegung erwartet und er führt eine sehr überzeugende Finte aus, nur um schnell seine Bewegung zu ändern und nach oben zu schwingen, wodurch er einen Treffer mitten auf meiner Brustplatte erzielt. Das ist sein dritter und jetzt ist die erste Runde vorbei.

Doug hat gewonnen. *Fürs erste.*

Ich atme ein und schließe meine Augen, um mich einen Moment zu besinnen, während Adam mein Langschwert gegen einen Buckler und ein einhändiges Schwert tauscht. Ich will Jenna gerade nicht ansehen. Ich weiß, wie ihr besorgtes Gesicht aussieht, und ich will es nicht sehen. Sie denkt, dass sie die Tiara vielleicht verlieren könnte – dass sie nicht darauf hätte vertrauen sollen, dass ich sie für sie zurückgewinne.

Doug versucht erneut, die Menge anzustacheln, indem er wie beim letzten Mal vorgibt, dass er einen Schluck aus seiner Wasserflasche nimmt. Adam hingegen murmelt mir ermutigende Worte zu. Keines von beiden hilft bei meiner gegenwärtigen Lage.

Ich wünschte, ich könnte die Menge auslöschen – ich will sie nicht einmal ansehen. Dann erinnere ich mich, wie ich letzte Woche in der Mall gewesen war und mir die Menschen als strömenden Fluss aus Wasser vorgestellt habe. Ich habe mir die Leute in der Kantine in der Arbeit als Herde von Tieren vorgestellt, wie Zebras und Gazellen, die in der trockenen Savanne Gras kauen.

Mir fiel ein, dass ich *doch* die Macht habe, die Menge auszulöschen. Ich kann sie einfach aus meinen Gedanken streichen und mir etwas anderes an ihrer Stelle vorstellen. Also wird die brüllende Menge plötzlich zu einem brüllenden Drachen. Einer bösen Bestie, die droht, das Land zu zerstören. Doug ist der Hüter des Drachens – ein dunkler Ritter. Und ich muss an Doug vorbei, um den Drachen zu besiegen und alle zu retten. Es ist eigentlich fast wie eine Runde D&D, außer dass ich statt Würfel und Charakterbogen ein Schwert in der Hand halte.

Mit all der Konzentration und Vorstellungsgabe, die ich habe, stelle ich mir diesen Drachen vor, aus dessen Nasenlöchern Rauch aufsteigt, dessen Klauen die Luft durchschneiden und dessen Flügel einen gewaltigen Windstoß erzeugen, der drohen würde, mich umzuwerfen, wäre ich nicht der stärkste und tapferste Ritter des Landes.

So tun als ob ist nicht nur etwas für Kinder. Ich kann das auch. Und ich muss es tun. Denn *sie* glaubt an mich und ich werde sie nicht enttäuschen.

Ich spiele mit dem roten Band unter meiner Parierstange und fokussiere all meine Aufmerksamkeit auf Doug, während ich darauf warte, dass der Schiedsrichter die zweite Runde einläutet.

Ich *werde* siegen.

Der Kampf beginnt und Doug wird immer erschöpfter und pfeift praktisch durch seinen Helm, als ich meinen ersten Treffer lande. Ich habe fast zwei Minuten ihn herumtanzen und weite Schwünge austeilen lassen, während ich mich immer aus seiner Reichweite ferngehalten habe. Ich umkreise ihn wie ein Boxer und wehre seine Schläge ab; ich bin zu einer undurchdringlichen Wand geworden.

Als ich endlich den Treffer lande – wieder an seinem linken Ellbogen –, sagt mir seine schwere Atmung, dass es wehgetan hat. Dieses Mal hat er zumindest die Selbstbeherrschung, seine Zunge im Zaum zu halten. Aber ich habe seinen Schwertarm mit zwei guten Schlägen getroffen und das wird ihn schwächen. Ich frage mich, ob ich diese Runde einsacken kann. Ich brauche nur noch zwei Treffer ...

Dougs Schwert knallt auf meinen Buckler, sobald die gelbe Fahne nicht mehr zwischen uns ist. Ich stoße ihn zurück und zwinge seinen Arm in einen unangenehmen Winkel, worauf er ein hörbares Grunzen ausstößt, bevor ich ihm mein Schwert gegen die Seite seiner Brustplatte schlage. *Noch ein Treffer für mich.*

Er schafft es, einen Treffer zu landen, bevor ich meinen dritten Punkt mache. Ich entscheide die Buckler-Runde mit Leichtigkeit für mich und bemerke, dass er danach sofort seinen linken Arm fallen lässt und seinem Knappen sein Schwert reicht, während wir uns für die dritte Runde ausrüsten.

Ich trage einen großen Keilschild – schwieriger zu benutzen wegen seines Gewichts, jedoch mehr Schutz bietend. Doug wählt einen Rundschild, der wie sein Buckler aussieht, nur größer – sein Wappen ist darauf abgebildet, ein wilder schwarzer Löwe auf rotem Grund, jedoch schlecht gezeichnet.

Ich bemerke auch, dass er für diese Runde zu einem leichteren Schwert gewechselt hat. Das wird einfacher zu schwingen sein, hat jedoch auch eine geringere Reichweite. Deshalb wird es ihm schwerfallen, einen Treffer zu landen, wenn ich auf Abstand bleibe. Nicht nur ist mein Schwert länger, auch der Schutz meines Schildes ist besser. Zusammen mit der Tatsache, dass sein Schwertarm eingeschränkt ist, vermute ich, dass ich ungefähr einen Drei-zu-eins-Vorteil habe. Vielleicht sogar mehr, wenn ich es klug anstelle.

Doug heizt die Menge nicht mehr an, als wir uns für das letzte Mal gegenüberstehen. Wir starren einander durch unsere Visiere an, aber wir sind nicht in der Lage, die Augen des anderen zu sehen. Ich sinniere kurz darüber nach, dass es großartig wäre, wenn im echten Leben alle Helme mit Visieren tragen würden, sodass Augenkontakt für Neurotypische nicht mehr so wichtig wäre wie jetzt.

Die Flagge hebt sich und Doug stürmt mit einem Kampfschrei auf mich los. Er kommt mir nahe genug, um in den Clinch zu gehen, weshalb ich mich mit dem Schild gegen ihn stemme und wegdrücke. Er verliert seine Balance und hat Schwierigkeiten, seinen Stand wiederzufinden, weshalb er auf ein Knie fällt.

Mir ist erlaubt, in so einem Fall – wenn der andere Ritter gestürzt ist – einen Treffer zu landen. Also nutze ich die Gelegenheit und schlage härter als notwendig auf seine Schulter. Er belohnt mich mit einem Grunzen.

Das war dafür, dass du sie zum Weinen gebracht hast, Penner.

Und es gibt noch mehr, wo das herkam. Dafür, dass sie sich wegen ihrer Tiara Sorgen machen musste. Dafür, dass sie an sich gezweifelt hat und diese schrecklichen Dinge glaubt, die du zu ihr gesagt hast.

In dieser Runde geht es nur darum, es ihm heimzuzahlen – Doug hat es verdient.

Die gelbe Flagge wird wieder zwischen uns gesenkt und ich trete zurück, als Doug sich schwerfällig aufrichtet. Er hat seinen Schild fallen lassen und sein Knappe kommt, um ihn aufzuheben und wieder an seinem rechten Arm zu befestigen. Etwas kommt mir in den Sinn … da er links- und ich rechtshändig bin, kann ich meinen Schild gegen seinen schieben, um ihn wieder aus der Balance zu bringen.

In dem Augenblick, in dem die Flagge gehoben wird, teste ich dieses Manöver an ihm. Er ist sichtlich überrascht und tritt zurück, wobei er seinen Schwertarm leicht senkt. Dann zögert er, als ob er versuchen würde, aus mir schlau zu werden. Also nutze ich diese Unsicherheit zu meinem Vorteil und stoße mit einer Geschwindigkeit vor, die er bis jetzt noch nicht von mir gesehen hat. Ich versetze ihm einen weiteren Schildschlag und bei diesem Mal, bevor er seinen Stand wiederfinden kann, lande ich einen weiteren Treffer.

Doug wirft seine Waffe weg und die Flagge senkt sich. Noch ein Treffer und ich werde die dritte Runde einsacken. Noch wichtiger, das Duell wird mein sein.

Sein Knappe drückt ihm das Schwert wieder in seinen Panzerhandschuh und versucht, ihn zu ermutigen. Ich kann nicht hören, was sie sagen, doch Dougs Stimme klingt angespannt, als würde er mit zusammengepressten Zähnen sprechen. Er gibt sich keine Mühe mehr, die Menge anzustacheln.

Oh ja, die Menge. Die sind immer noch da, aber ich habe sie völlig vergessen. Ich bin jetzt wie in Trance, ein Zustand, von dem ich nie gedacht hätte, dass ich ihn erreiche – diese ultimative Konzentration, als würde ich in meinem Studio malen oder in meiner Schmiede arbeiten.

Als die Flagge wieder hoch kommt, ist es offensichtlich, dass Dougs Wut ihn übermannt hat. Er schwingt wild, ungezielt, schneidet durch die Luft, wahrscheinlich in der Hoffnung, mich zu überwältigen. In meinem konzentrierten Zustand blocke ich jeden Treffer, entweder mit meinem Schild oder meinem Schwert. Und innerhalb weniger Sekunden sehe ich eine Öffnung und nutze sie, indem ich meine Klinge nach unten schwinge und die Stelle treffe, an der sich unter der Rüstung sein Schlüsselbein befindet. *Mein dritter Treffer.*

Ich putze ihn in der letzten Runde weg, doch plötzlich fühlt sich der Kinnriemen meines Helms sehr eng an. Als die Flagge gesenkt wird und ich zum Gewinner erklärt werde, reiße ich meinen Kinnriemen los, um das Gefühl zu lindern. Mein konzentrierter Zustand löst sich auf und ich bin mir plötzlich der Menschenmenge wieder bewusst.

Alle jubeln laut, winken mit den Händen und stampfen mit den Füßen.

„Huzzah!", rufen sie und der Boden unter meinen Füßen fängt an zu schwanken. Ich drehe mich zu Jenna und suche ihren Blick und unsere Augen treffen sich durch mein Visier, bevor ihr Kopf zur Seite schnellt. Sie blickt zu meiner Rechten und ihre Augen weiten sich. Bevor ich überhaupt merke, was geschieht, trifft mich ein Gewicht von hinten und schlägt mich auf die

Knie. *„Dummer, verdammter Spasti!"*, höre ich Doug rufen, als er mir einen Schlag auf den Kopf versetzt, der mir den Helm herunterschlägt.

Ich drehe mich um, um zu sehen, was geschehen ist. Die Schiedsrichter und mein Cousin stürzen sich auf Doug und ringen ihn zu Boden, während er weiter seine Obszönitäten ruft. Ich mache einen wackeligen Versuch, wieder auf die Beine zu kommen, doch plötzlich verschwimmt die Welt und der Boden fühlt sich an, als würde er schaukeln.

Meine Stirn fühlt sich klebrig an und Flüssigkeit läuft mir in die Augen und sticht in ihnen. Mir ist heiß, aber es ist zu viel, um nur Schweiß zu sein.

Und bevor ich noch einen weiteren Gedanken zu Ende denken kann, wird alles schwarz.

Kapitel Dreiunddreißig
Jenna

D IE GANZE MENGE RANG NACH LUFT, ALS WIR SAHEN, wie William zu Boden ging. Anstatt ihm wie ein Gentleman die Hand zu schütteln, war Doug sofort auf William losgestürmt, nachdem dieser ihm den Rücken zugewandt hatte ... um mich anzusehen.

Mein Herz blieb stehen, als William wie ein Sandsack leblos umfiel. Blut strömte über seine Stirn hinab und in seine Augen. *So viel Blut ...*

Und er bewegte sich nicht. Er lag regungslos da, wie dieser Sandsack.

Fluchend sprang Mia von ihrem Platz neben mir auf und hüpfte über den niedrigen Zaun, um zu ihm zu laufen.

Aber ich konnte mich nicht bewegen. Ich war erstarrt und mir nur meines rasenden Herzschlags in der Kehle, des Eises in meinen Gliedmaßen und meiner flachen Atmung bewusst.

Absurd. Das Wort drang erneut in meine Gedanken ein und fast hätte ich gelacht – ge*lacht!* –, um die kalte Panik zu abzuwehren.

Ich versuchte, aufzustehen und Mia zu folgen, denn irgendwo inmitten dieser seltsamen, befremdlichen Situation wusste ich, dass ich das tun sollte. Aber meine Beine wollten nicht gehorchen und meine Arme waren wie totes Holz. Die Geräusche um mich herum klangen wie Echos aus weiter Ferne.

Ich war in einem Traum – nein, *einem Alptraum* – und wollte aufwachen. Jede Zelle meines Körpers war hundertfach schwerer, oder vielleicht sogar tausendfach.

Mia und Adam knieten über Williams bewusstlosem Körper. Alle Leute waren auf den Beinen, sahen zu, diskutierten, was geschehen war. Mia legte eine Hand unter Williams Hals, rollte ihn vorsichtig auf den Rücken und überprüfte seine Lebenszeichen. Adam zog sein Handy heraus, vermutlich um den Notruf zu wählen.

Und ich konnte nur hier sitzen und starren, als würde ich eine Nachrichtensendung im Fernsehen anschauen.

„Heilige Scheiße, was ist da gerade passiert?", sagte Alex an meiner Schulter, als die beiden Schiedsrichter Doug aus dem Ring zerrten. Mehrere Mitglieder des Clanrats versammelten sich am Rand der Arena schnell um ihn.

Jemand rannte mit einem Gegenstand zu Mia, der wie ein Erste-Hilfe-Kasten aussah, den sie schnell durchwühlte, bevor sie einen Verband herauszog. Als ich zusah, wie sie William versorgte, sah, wie das Blut anfing, die weiße Bandage zu durchtränken, verkrampften sich meine Fäuste so sehr, dass meine Finger schmerzten.

Ich schloss die Augen, als ein gewaltiges Zittern meinen Körper erschütterte. Meine Kehle zog sich zu, ich dachte an jene schreckliche Nacht, als Helena mich weinend aufweckte und mir sagte, dass es einen Unfall gegeben hatte. Das Brock umgekommen war.

Ich wollte weinen, aber es kamen keine Tränen. Alles in mir war leblos und so kalt wie der Mond.

Geschah es erneut? Konnte das Schicksal wirklich so grausam sein?

Als ich sechs Jahre alt war, hatte Tante Beti meine Schwester und mich nebeneinander auf die Couch in dem winzigen Apartment, in dem wir nach unserer Einreise in die Vereinigten Staaten wohnten, gesetzt. Mama und Papa sollten im darauffolgenden Monat ankommen, also konnte ich mir nicht vorstellen, warum Beti Tränen in den Augen hatte. Ich erinnerte mich daran, dass sie ihre Hände so fest zusammengedrückt hatte, dass die Haut weiß wurde und ich mich auf sie konzentrierte, während sie uns die schlechten Nachrichten verkündete.

Papa würde nicht kommen. Er war von der Kugel eines Scharfschützen getroffen worden, als er gerade mit den Wasservorräten für die Woche auf dem Heimweg gewesen war. Beti sagte, dass er, wie seit Beginn der Belagerung, die großen Kanister in einem Wagen hinter sich hergezogen hatte. Monatelang – *jahrelang* – hatte es weder fließendes Wasser noch Elektrizität in Sarajevo gegeben.

Aber ich war sechs und verstand das alles nicht. Was ich aber verstand, war, dass ich meinen Papa nie wieder sehen würde. Ich würde ihn nie wieder umarmen und seine kitzelnden Barthaare spüren, wenn er mir einen Kuss gab. Ich würde nie wieder eine seiner fantastischen Gutenachtgeschichten hören. Ich würde nie wieder ein zusätzliches Stück *halvi* von ihm zugeschoben bekommen, wenn Mama nicht hinsah. Ich würde ihm nie wieder in die Augen sehen können.

Und ich konnte nicht einmal zu seiner Beerdigung gehen.

In jener Nacht betete ich vor dem Zubettgehen – wie Tante Beti es uns immer gesagt hatte – und teilte mit, dass ich nach diesem Tag nie wieder mit Ihm reden würde. Dass ich immer wütend auf Ihn sein würde, weil er mir meinen Papa genommen hatte.

Aber ich war nicht nur auf Gott wütend. Ich hatte diese Tiara poliert und geweint, als ich an Papas Worte an mich dachte – sein Versprechen, dass wir gemeinsam in Amerika leben und wieder eine Familie sein würden.

Lügen.

Und jetzt war ich hier und musste zusehen, wie meine Zukunft erneut bedroht wurde. Wie immer als hilflose Beobachterin meines eigenen Lebens.

Ich konnte nicht atmen. Und ich konnte nicht weinen. Ich konnte nur dasitzen und starren und die zerfetzten Gedanken verfolgen, die durch meinen Kopf huschten.

William kam nicht zu sich, obwohl Mia ihr Bestes gab. In der Ferne hörte ich den Klang einer Sirene. *Ein Notarzt.*

Um Williams Kopf hatte sich eine Blutlache gebildet. Mia drückte auf die Wunde und schien Adam Anweisungen zu geben.

Alex drückte meinen Arm. „Sie werden dich mit ins Krankenhaus fahren lassen, da bin ich mir sicher."

Meine Nägel gruben sich in meine Handflächen, bis ich blutete. Adam war wieder auf den Beinen und rief Jordan etwas zu, der über den Zaun sprang und innerhalb weniger Sekunden bei ihnen war.

Zu diesem Zeitpunkt bog der Krankenwagen gerade mit Blaulicht auf den Parkplatz.

„Wow, sie waren schnell hier", sagte Alex. „Hier muss eine Feuerwache in der Nähe sein. Das nächste Krankenhaus ist in Bakersfield, etwa dreißig Meilen entfernt. Ich habe es gerade auf dem Handy nachgesehen. Wir können ihnen folgen."

Ich bewegte mich nicht. Ich antwortete ihr nicht.

Ich konnte meine Augen nicht von der leblosen Gestalt nehmen, die auf dem Boden lag. Nach einem Gespräch mit Adam rannte Jordan zu den Sanitätern, während Mia und Adam bei William blieben.

„Jenna, bist du okay?", fragte Alex mit quietschender Stimme.

Ich schüttelte den Kopf und meine Hände klammerten sich fest an den Sitz unter mir. Die Sanitäter schoben eine Bahre herbei und umringten die Gestalt im Staub. Alle versammelten sich am Geländer und gafften, während William versorgt wurde. Die Helfer fixierten seinen Kopf und seinen Hals auf einem Brett und hoben ihn auf die Bahre.

„Er kommt zu sich ... ich denke, er ist bei Bewusstsein!", sagte Alex. Sie stand auf Zehenspitzen, um über den Rest der Menge blicken zu können. Ich vergrub mein Gesicht in meinen Händen, unfähig hinzusehen.

Ich konnte Mia am Geländer hören, wie sie ihrer Mutter zurief, dass sie und Adam im Sanitätswagen mit ins Krankenhaus fahren würden. Ich blickte auf, als Adam Jordan seine Schlüssel zuwarf. Dann waren sie weg und folgten der Bahre zum Parkplatz und dem wartenden Krankenwagen.

Die Tribüne um uns fing an, sich zu leeren, und alle redeten aufgeregt über das Geschehene. Soweit ich wusste, hatten noch weitere Events auf dem Tagesplan gestanden, doch sie wurden entweder abgesagt oder verschoben, damit man sich um Williams Notfall kümmern konnte. Ich hörte sogar jemanden eine außerplanmäßige Ratsversammlung erwähnen, wahrscheinlich um Dougs Arschlochhandlung zu besprechen. Vielleicht sollte ich teilnehmen ... oder vielleicht sollte ich meine Sachen packen und –

„Jenna!", sagte Alex laut. Ich stand auf, klopfte meinen Rock ab und machte mich auf zu meinem Zelt. Sie rief wieder nach mir, aber anstatt mich zu ihr umzudrehen, ging ich weiter, nicht zum Parkplatz, sondern in die entgegengesetzte Richtung.

Eine leichte Brise blies und meine Wangen waren kalt und feucht. Ich wunderte mich darüber. Weinte ich wirklich? Tränen tröpfelten aus meinen Augen, aber ich fühlte mich nicht, als würde ich weinen. Ich fühlte nur eine frierende Kälte. Ich fühlte mich *taub*.

Alex' Arm legte sich um eine Schulter und versuchte, mich in Richtung des Parkplatzes umzuleiten. „William wird dich sehen wollen. Komm schon, wir können ihnen folgen."

Ich schüttelte meinen Kopf und meine zitternden Beine zogen mich zurück auf meinen ursprünglichen Pfad. „Kannst du auf mich warten? Ich werde meine Tasche packen und ich würde gerne nach Hause fahren."

Sie runzelte die Stirn. „Ähm, hattet ihr einen Streit oder so?"

Ich zitterte, von meiner Kopfhaut bis zu meinen Zehennägeln. Aber ich schwieg, weil ich mit ihr nicht darüber reden konnte ... eigentlich mit niemandem. Dieser eisige Schrecken pulsierte durch meine Adern und dämpfte alles. Er war alles, woran ich denken und was ich fühlen konnte.

Dieses mächtige Gefühl von Verlust. Dieser Schmerz. Diese *Panik.*

Brock kann nicht tot sein. Er ist nicht einmal achtzehn Jahre alt! Das ist nicht fair.

Ich erinnerte mich an den Tag, als sie ihn in dieses kalte, harte Grab auf dem Friedhof hinabgelassen hatten. Ich war auf die Knie gefallen und hatte geweint, weil ich wollte, dass sie auch mich dort hinablassen. Es war meine Schuld gewesen. *Meine*

Schuld. Ich hatte ihn nicht von der Party nach Hause gefahren. Josh hatte das – und Josh hatte zu viel getrunken.

Und jetzt war es William, verletzt und möglicherweise auf ewig behindert – meinetwegen. Er hätte *nie* das zweite Duell bestritten, wäre es nicht um mich gegangen ...

Was, wenn er eine Gehirnerschütterung hatte, oder schlimmer, eine Hirnverletzung? Was, wenn er eine Gehirnblutung hatte? Was, wenn ...

Aber William hat den Kampf gewonnen. Es ist nicht fair.

Ich saugte einen Atemzug ein, erschrocken wegen der Parallelen. Und ich war am Boden zerstört, dass ich mich heute genauso hilflos fühlte wie damals.

Das war nur meine Schuld. Es stimmte. *Sei ein Mann und liebe mich und du wirst sterben.* Ich war wirklich verflucht.

Ein Seufzen entkam meinen Lippen. „Ich halte das nicht aus." Meine Stimme war angespannt, erwürgt.

Alex' Arm glitt zögerlich um meine Schultern. „*Dios mio*, du zitterst wie Espenlaub."

„Bitte, Alex ... ich will nach Hause."

Sie schwieg, als wir zu meinem Zelt gingen, dann stand sie neben mir und sah zu, wie ich meine Sachen in meine Tasche stopfte, wobei ich mir gelegentlich mein Gesicht mit dem Handrücken oder meinem Ärmel abwischte, um meine Tränen zu trocknen. Aber immer wenn ich das tat, kamen neue, um sie zu ersetzen.

Als die Tasche voll war, war ich bereit zu gehen. Ich versuchte durchzuatmen, doch ich schaffte es nicht. Meine Brust wollte nicht kooperieren ... sie wollte sich nicht erweitern, um wieder Sauerstoff aufzunehmen.

Ich beugte mich vor und fiel auf die Knie.

„Jenna!", schrie Alex und ging neben mir in die Hocke. „Okay, du machst mir wirklich Angst."

Ich schüttelte den Kopf und seufzte so sehr, dass ich nicht atmen konnte.

„William wird wieder!" Sie rieb mir den Rücken. „Da bin ich mir sicher. Wir fahren ins Krankenhaus. Du wirst sehen. Kopfwunden bluten immer stark."

Aber ich hörte nicht zu. Ich schüttelte nur weiter den Kopf und kauerte mich dann zusammen, wobei ich mein kaltes, feuchtes Gesicht an meiner Tasche vergrub.

„Bring mich bitte heim", schaffte ich schließlich zu sagen.

Alex' Augen weiteten sich. Ohne Zweifel dachte sie, dass ich verrückt war. Oder herzlos. Oder beides. Vielleicht war ich das. Vielleicht verdiente ich es nicht, glücklich zu sein. Ich hatte meine Chance bereits verspielt.

Ich konnte das nicht noch einmal. Kein drittes Mal. Das Schicksal hatte gesprochen.

Mit zitternden Beinen folgte ich ihr zu ihrem Wagen. Ich warf meine Sachen in den Kofferraum und dann fuhren wir die anderthalb Stunden wortlos nach Orange County.

Mein Handy klingelte wiederholt während der ganzen Fahrt.

Mia: Hey, wo bist du? Bist du okay?

Ein paar Minuten später ...

Mia: W fragt nach dir. Kommst du? Was soll ich ihm sagen?

Ich schluckte schwer, bevor ich mein Handy ausschaltete. Die Tränen fingen wieder an sich zu sammeln und der Schrecken kehrte zurück. Ich erinnerte mich, wie ich Brocks Gesicht auf der Totenfeier berührt hatte. Seine Haut hatte sich wie Eis angefühlt. Genauso, wie ich mich innerlich fühlte.

Vielleicht war es das? Vielleicht *war* ich innerlich tot.

Kapitel Vierunddreißig
William

„RUF SIE NOCH EINMAL AN", SAGE ICH ZU MIA. ICH SEHE, dass sie etwas sagen will, aber sie tut es nicht.

„Werde ich. Ich warte nur ein paar Minuten. Leg dich zurück, William. Sie sind noch nicht fertig."

Ich starre zu den Löchern in der Schallschutzdecke. Wir sind schon *eine* Stunde in diesem dummen kleinen Raum in der Notaufnahme und hier gibt es keinen Handyempfang. Immer wenn Mia einen Anruf tätigen muss, muss sie aus dem Krankenhaus gehen, um das zu tun. Bei diesem Mangel an Kommunikationsmöglichkeiten könnten wir genauso gut wieder im Mittelalter sein. Noch schlimmer sogar, denn wir haben auch keine Brieftauben.

Ich bin am Verhungern und mein Kopf schmerzt, aber abgesehen davon geht es mir gut. Sie haben mich bereits genäht und die Wunde abgeklebt. Und jetzt will ich Jenna sehen.

„Vielleicht ist Alex' Wagen stehen geblieben und der Akku von Jennas Handy ist leer", sage ich. „Sie könnten in Gefahr sein."

Mia blickt durch den Raum zu Adam, der sich das Kinn reibt und sich zu mir dreht. „Ich bin sicher, sie ist in Ordnung." Dann dreht er sich zu Mia. „Vielleicht solltest du versuchen, Alex eine Nachricht zu schreiben."

Mias Augen weiten sich und dann blickt sie mich an und reißt ihren Kopf wieder zu Adam zurück. Ich habe weder die Energie noch das Verlangen herauszufinden, was das bedeutet. Mein Kopf tut *wirklich* weh.

„Ähm, gute Idee", murmelt sie.

Sie starrt Adam an und blickt dann zur Tür, dann wieder zu Adam. Ich schließe die Augenlider und reibe mir die Augen. Alles schmerzt und dieser verdammte Krankenhauskittel, den ich trage, kratzt und lässt meinen Rücken völlig entblößt. Ich hasse Krankenhäuser. *Hasse* sie.

Ich öffne meine Augen, als Adam und Mia beide aufstehen. „Ich muss auf die Toilette", sagt Adam.

„Ich zeige dir, wo sie ist. Sie ist ziemlich schwer zu finden." Mia nimmt seinen Arm und sie gehen zur Tür.

Ich runzle die Stirn und erinnere mich, dass wir auf dem Weg zum Untersuchungszimmer direkt an den Toiletten vorbeigekommen sind.

„Sie sind gleich –"

„Bin gleich wieder da, Kumpel", sagt Adam und hält Mia die Tür auf. Sie sind etwa fünf Minuten weg und dann öffnet sich die Tür wieder und nur Mia kommt herein.

„Adam trifft sich mit deinem Dad und meiner Mom im Wartezimmer, sobald er aus der Toilette kommt."

„Ihr hättet ihnen auch einfach schreiben können, dass es mir gut geht. Ich wünschte, ich hätte mein Handy. Ich habe *nichts* bei mir."

„Nun, einige deiner Freunde aus dem Clan waren hier, während man dich genäht hat. Sie haben angeboten, dein Zelt und deine Sachen zusammenzupacken und sie in deinen Truck zu laden. Dein Dad wird mit zum Zeltplatz fahren, damit er den

Wagen zu deinem Haus zurückfahren kann. Ich denke, sie haben gehofft, dass du das MRT bereits hinter dir hättest."

Ich blicke finster drein. „Ich will kein MRT."

„Es geht nicht darum, was du willst. Die Ärzte werden dich nicht entlassen, bis sie wissen, dass du in Ordnung bist. Du wurdest k.o. geschlagen, William. Da müssen sie ein MRT machen. Ich bin mir sicher, dass es bald soweit ist ... okay?"

Ich starre sie an und verschränke die Arme vor der Brust. „Hat Alex schon auf deine Nachricht geantwortet? Ich mache mir Sorgen um Jenna."

Mia zögert und blickt zur Tür, aber antwortet mir nicht.

„Wartest du darauf, dass Adam zurückkommt und dir erlaubt, mir zu sagen, was auch immer los ist?"

Sie wirft mir ihren bösen Blick zu. „Ich brauche Adams Erlaubnis nicht. Ja, Alex hat geantwortet. Sie sind okay. Sie sind, ähm, wieder in Orange County."

Ich setze mich auf und weitere Fragen schießen mir in den Kopf. Warum hat Jenna nicht nachgesehen, ob es mir gut geht? Warum ist sie nicht an ihr verdammtes Telefon gegangen?

Ich öffne den Mund und fange an zu fragen, als Adam mit einigen Gegenständen zurückkommt, die er zuvor nicht bei sich hatte. Mia aber beobachtet mich genau. „Bist du okay?"

„Nein", antworte ich.

Adam tritt näher ans Bett. „Dein Dad und Kim sind gerade gefahren, um deinen Truck zu holen, aber sie haben mir ein paar Sachen gegeben, die deine Freunde vom Zeltplatz mitgebracht haben. Dein Handy ..." Er fuchtelt damit herum und ich greife danach und reiße es ihm aus der Hand. Dann überprüfe ich die Textnachrichten.

Nichts. Rein gar nichts von ihr.

Er stellt eine seltsam aussehende lackierte Box auf die Essensablage vor mir. „Das gehört mir nicht", sage ich.

Adam zeigt darauf. „Sicher tut es das. Es ist Euer Preis, Sir William. Sie haben Doug dazu gebracht, ihn rauszurücken."

Ich werfe Adam einen Blick zu und er lacht. „Es ist die Tiara. Der Rat hat es Doug aufgrund der zuvor vereinbarten Bedingungen abgenommen. Danach haben sie ihn wegen des feigen Angriffs auf dich ins Exil geschickt. Du kannst ihn auch wegen tätlichen Angriffs verklagen."

Ich blicke wieder auf mein Handy. „Das Einzige, was ich gerade tun will, ist, mit Jenna zu reden." Ich mache Anstalten, von der Liege aufzustehen, aber Mia stellt sich vor mich und legt eine Hand auf meine Schulter.

„Nein, tust du nicht. Du kannst jetzt nicht aufstehen. Der Arzt hat dich noch nicht für gesund erklärt. Ich denke sogar, dass sie dich eine Nacht hierbehalten werden."

Ich schiebe ihre Hand von meiner Schulter und stehe auf. „Nein, das werden sie verdammt nochmal *nicht* tun", sage ich.

Aber Adam ist da und drückt mich zurück auf die Liege. „Ruhig, Junge", sagt er. „Und sei bitte nett zu Mia. Sie hat sich gut um dich gekümmert, als du k.o. warst."

Ich murmle meinen Dank und will wieder aufstehen. „Ich gehe nur kurz raus und rufe –"

In genau diesem Augenblick betritt der Arzt den Raum, um nach meiner Kopfverletzung zu sehen. Ich muss so dumme Dinge tun, wie seinen Finger zu drücken, dann seinem Finger mit den Augen zu folgen, während er ihn vor mir hin und her bewegt. Danach blickt er mit einer kleinen Taschenlampe in meine Augen, was ich *hasse*.

„Ich bleibe *nicht* hier", sage ich, bevor er sprechen kann. Er schreibt gerade etwas auf einem Klemmbrett – meiner Krankenakte.

„Wir müssen noch ein MRT machen und Sie im Idealfall eine Nacht zur Beobachtung hierbehalten. Wir können diese Diskussion führen, sobald ich das MRT habe. Wie wäre das?"

„Ich muss einen sehr wichtigen Anruf tätigen!", sage ich und versuche aufzustehen.

„Mr. Drake, Sie dürfen nicht aufstehen und herumgehen. Sie sind hier Patient, bis sie entlassen werden."

„Dann entlasse ich mich selbst. Ich werde nur –"

Adam ist wieder an meiner Seite und legt eine schwere Hand auf meine Schulter. „Du entlässt dich *nicht* selbst. Du bleibst hier, bis du dein Ergebnis hast."

Ich schiebe seine Hand weg. „Hör auf, mich zu berühren, verdammt! Ich will wissen, wo Jenna ist und warum sie nicht hier ist."

Der Arzt blickt von Adam zu mir und wieder zurück. Mia tritt vor. „Ich denke, je schneller wir das MRT bekommen können, umso besser."

Der Arzt nickt. „Ich sehe, was ich tun kann, um ihm einen besseren Platz in der Warteschlange zu verschaffen." Er geht kurz danach hinaus und ich versuche noch einmal aufzustehen. Adam verhindert es und ich schwinge eine Faust in seine Richtung.

„Gott, Liam, beruhige dich verdammt nochmal!" Er schlägt meine Faust weg, bevor sie trifft.

„Nein, hört mit dieser Scheiße auf. Ich muss mit Jenna reden. Ich muss wissen, warum sie nicht hier ist. Sie macht sich wahrscheinlich große Sorgen um mich."

„Sie ist okay." Mia tritt vor. „Sie, ähm ... naja, sie ist bei Alex, die mir gesagt hat, dass Jenna wegen deiner Verletzung wirklich erschüttert war. Sie gibt sich vielleicht selbst die Schuld. Ich bin mir nicht ganz sicher, was los ist, aber sie hat darauf bestanden, dass Alex sie direkt nach Hause fährt anstatt hierherzukommen."

Stille.

Keiner von uns sagt etwas für lange Zeit. „Aber warum sollte sie nicht kommen? Warum würde sie nicht für mich da sein wollen? Ich war für sie dagewesen ... bei *all* dem."

Mia schüttelt den Kopf und ich kenne sie gut genug, um zu wissen, dass der Ausdruck auf ihrem Gesicht ihr trauriger Blick ist. „Es tut mir leid, William. Ich weiß einfach nicht, was gerade in ihrem Kopf vor sich geht. Aber sie ist okay und sie ist nicht in Gefahr. Ich bin mir sicher, dass sie sich wegen dir Sorgen macht und dass sie wollen würde, dass du diese Untersuchung machst."

„Scheiß auf die Untersuchung", murmle ich.

„Ich verspreche dir, dass wir dich gleich zu ihr bringen, wenn wir dich hier rausbekommen, okay?", sagt Adam. Ich blicke ihn finster an und ein Ball aus Wut fängt an, ein Loch in meinen Bauch zu brennen. „Du kannst ihr die Tiara ..."

„Gerade möchte ich dir diese Tiara in deinen –"

„Jungs!", Mia hebt eine Hand. „Adam, warum holst du uns nicht etwas zu essen? Ich denke, dass William hungrig sein muss. Ich leiste ihm Gesellschaft und vielleicht beruhigt er sich."

Adam verschwindet, aber ich beruhige mich *nicht*. Ich kann nur daran denken, dass Jenna zuhause ist und ihrem Tag nachgeht und nicht einmal darüber nachdenkt, dass ich sie bei mir haben möchte.

Ich lege mein Gesicht in meine Hände und bin mir bewusst, dass die Kopfschmerzen immer noch da sind, aber allmählich schwächer werden.

„Ich bin sicher, dass sie hier wäre, wenn sie könnte."

Das klingt vertraut. Ich hatte es *oft* von Dad und Britt gehört, als ich aufwuchs. Fast Wort für Wort.

Und ich werde an all jene Male erinnert, als meine Mutter geplant hatte mich abzuholen und immer etwas dazwischenkam – manchmal Tage zuvor, manchmal in der letzten Minute. Unsere Pläne fürs Abendessen, oder den Park, oder das Museum ...

Sie hat sich nie für mich eingesetzt. Diese Planänderungen, die mir von Anfang an schon ein unbehagliches Gefühl gaben, erzeugte eine Wand aus Frustration und Wut, hart wie eine Ziegelwand. Es dauerte Wochen und Monate und Jahre, bevor ich über die Wut und den Groll hinwegkam. Bis heute bin ich mir nicht sicher, ob ich das je geschafft habe.

Enttäuschung liegt mir wie ein Schmiedeamboss im Magen, der mich runterzieht. Sie lässt mich glauben, dass *ich* das Problem bin. Ich bin der Grund.

Ich bin nicht würdig.

Es ist dasselbe. Es ist *immer* dasselbe.

Ich hatte dummerweise gehofft, dass ich dieses eine Mal, durch diesen Sieg Bewunderung, Respekt verdient hätte ...

Und Liebe.

Jenna sagte mir, dass sie mich liebt, aber sie ist nicht hier an meiner Seite und zeigt mir, dass sie mich liebt, wenn ich sie am meisten brauche. Ich schließe die Augen und versuche mir vorzustellen, dass sie anstatt Mia neben mir in diesem kalten, schrecklichen Krankenhaus steht.

Aber ich kann nicht. Stattdessen brenne ich nur vor Schmerz und Wut. Ich versuche durchzuatmen und mich zu beruhigen, damit ich es durch die nächsten paar Stunden schaffe, bevor ich hier weg bin.

Mia setzt sich und redet, aber ich höre ihr nicht zu. Und als Adam zurückkehrt, ist das Einzige, was ich tun kann, hier zu sitzen und mir zu wünschen, dass Adam und Mia Jenna wären und dass sie neben mir sitzt und meine Hand hält. Aber die Realität liegt weit entfernt von dieser Fantasie – sie ist so kalt und harsch wie dieses Krankenhaus, wo das Einzige, was mich wärmt, meine brennende Wut ist.

Kapitel Fünfunddreißig
Jenna

Es war kurz nach Mittag, als wir nach Hause kamen, aber anstatt etwas zu essen, goss ich mir einen Tequila ein, der noch von unserer Trinkeskapade übrig war, und schüttete ihn gefolgt von etwas Saft hinunter.

„Jenna –"

Ich riss meine Hand hoch, um Alex davon abzuhalten, noch mehr zu sagen.

„Nein, Alejandra. Ich will es nicht hören."

Ich schnappte mir die Flasche Cuervo und nahm sie mit ins Schlafzimmer. Dann, losgelöst von jeglicher Emotion – und logischen Gedanken – fing ich an, meine Sachen zu packen.

Ich verstaute alles in Schachteln. Die zwei Koffer würde ich mitnehmen und ich würde Alex bitten, ein paar der Kartons im Haus ihrer Mutter einzulagern. Den Rest würde ich spenden … an Freunde, die Wohlfahrt, wem auch immer. Solange ich nur alles loswurde.

Alte Dinge brachten nur alte Erinnerungen zurück – und die wollte ich nicht. Sie taten zu sehr weh. Mein Herz raste voller Furcht und Elend bei jedem Karton, den ich schloss, also nahm ich einen weiteren Drink und machte weiter, wobei meine Hände arbeiteten, als wären sie unabhängig von meinen Gefühlen.

Das Schicksal rief mich. Es war Zeit weiterzuziehen. Aber jedes Mal, wenn ich diesen Gedanken hatte, schmerzte mein Herz, als würde eine Glasscherbe darin stecken.

Ich hörte Papas Stimme in meinem Kopf ... *"Budi hraba, kci."* *Du musst tapfer sein ...*

Es war kühl gewesen an jenem Morgen im April, als er mich auf den Flüchtlingstruck am Stadtrand von Sarajevo lud, zusammen mit meiner Schwester und meiner Tante. Wir hatten endlich die Gelegenheit, sicher durch das Kriegsgebiet nach Zagreb zu fahren. An jenem Tag hatte er mir die Tiara in die Hand gedrückt und mir versichert, dass sie in der schön lackierten Schatulle sicher sein würde. Er hatte mir erklärt, dass meine Großmutter sie an ihrem Hochzeitstag getragen hatte, genauso wie deren Mutter zuvor. „Du bist eine Prinzessin und du musst in Sicherheit sein. Wir sehen uns bald wieder. *Obecavam."* Versprochen.

Er hatte dieses Versprechen gebrochen. Mama sagte mir, dass er innerhalb weniger Minuten gestorben war, ausgeblutet am Rand einer Straße, die wir während meiner Kindheit so oft entlanggegangen waren.

Papa ... ich kann nicht mehr. Es tut so weh. Bitte nimm den Schmerz weg.

Selbst in meiner alkoholisierten Benommenheit fühlte sich alles zu eng an – meine Kleidung, meine Brust, meine Fäuste. Es klingelte an der Tür und ich blickte aus dem Schlafzimmerfenster, erstaunt darüber zu sehen, dass es dunkel war. Der ganze Tag war in einem von Schmerz erzeugtem Nebel an mir vorbeigezogen.

„Hallo?", hörte ich eine vertraute Stimme ins Apartment rufen. *Helena.*

Ich hatte alle Taschentücher in meinem Zimmer aufgebraucht, also stürmte ich zur Tür hinaus und Richtung Badezimmer, doch sie stand im Gang und blockierte meinen Weg.

„Oh, Janjica!", sagte sie und nahm mein Gesicht in ihre Hände. „Was machen wir nur mit dir?"

Anstatt zu antworten, schniefte ich mit zitternden Lippen. Ich dachte an die Tragödie, die uns beide verband, und wie passend es war, dass sie gerade hier war. Helena strich mir die Haare aus dem Gesicht und hinter mein Ohr. Über ihre Schulter konnte ich sehen, dass Alex uns beobachtete, und ich wusste, dass es Alex war, die sie angerufen hatte.

„Sei nicht böse auf Alex", sagte Helena, wie üblich meine Gedanken lesend. „Sie macht sich Sorgen um dich. Und ich auch."

Ich zitterte und die Tränen kamen wieder. Helena zog mich in ihre Arme und presste mein Gesicht an ihre Schultern. „Ich kann diese Nacht nicht vergessen, Helena, ich kann nicht."

Sie wusste, wovon ich sprach, ohne fragen zu müssen. „Das wirst du nie ... und ich auch nicht", sagte sie in bosnischer Sprache. „Diese Nacht hat uns alle für immer verändert."

Sie stupste mich Richtung Schlafzimmer. Sobald wir es betraten, gab Alex mir eine frische Schachtel Taschentücher und schloss dann die Tür hinter uns.

Helena sank neben mir aufs Bett, auf dem ich mit geballten Fäusten vor und zurück wippte. Sie blickte sich kurz im Zimmer um und ihre Augen landeten auf den Schachteln, die an der Wand aufgereiht waren. In wenigen Stunden war mein Leben auf diese Kartons reduziert worden und ich war bereit weiterzuziehen.

„Sag mir, was geschehen ist …"

Ich atmete zitternd ein und wieder aus. „Da ist dieser Junge … und …" Meine Stimme bebte und ich blickte zu ihr hoch, bevor ich schnell wieder wegschaute. „Er ist eigentlich ein Mann, aber …"

Helena legte einen Arm um meine Schultern und sah mich genau an. „Weiter, Janja. Erzähl mir von ihm."

Meine Wangen wurden heiß und ich blickte sie nur aus den Augenwinkeln an, weil ich mich seltsam schuldig fühlte. Als würde ich sie hintergehen … und Brock.

„Gestern Nacht habe ich, ähm … habe ich ihm gesagt, dass ich ihn liebe."

Sie nickte. „Und ist das die Wahrheit? Liebst du ihn?"

Die Glasscherbe stach wieder in mein Herz und die Luft zischte aus meiner Lunge. Ich krümmte mich vor. *Ja.* Ich liebe ihn. Ich liebe ihn so sehr. So sehr, dass es wehtut. Oh, Helena. Es tut mir leid."

Ihr Arm legte sich enger um mich und zog mich in eine sitzende Position. „Liebe ist nichts, wofür man sich entschuldigen muss. Und wir sind nicht dazu bestimmt, nur eine Person in unserem Leben zu lieben. Du hast Braco geliebt. Und jetzt liebst du diesen Mann. Das ist kein Betrug."

Mein erbärmliches Seufzen fing wieder an und übertönte ihre edle Rede. „Hör auf damit. Sofort. Du hast das Recht, einen Mann zu lieben, und du hast das Recht, geliebt zu werden. Hör auf, dich selbst zu verletzen, weil du lebst und Braco nicht."

„Wie kannst du so nett zu mir sein? Ich habe ihn in jener Nacht nicht nach Hause gefahren –"

„Wir gehen das nicht noch einmal durch, Jenna", sagte sie mit ernster Stimme in Englisch. „Du hast zwei Jahre mit

Depressionen gelebt, gelähmt durch deine Schuld. Ich mache dich nicht dafür verantwortlich, weil es nicht deine Schuld war. Es ist passiert. Du warst früh nach Hause gegangen. Er hat sich einen anderen Fahrer gesucht ...“

Ihre Stimme wurde zu einem Seufzen. Dieses Seufzen stach in mein Innerstes. Ich presste die Augen zu und vergrub mein Gesicht in meinen Händen, doch Helena zog sie genauso schnell wieder weg.

„Hör auf, dich zu verstecken. Hör auf davonzulaufen. Hör mir zu!“ Sie drückte meine Hände. „Du bist wie meine eigene Tochter für mich. Das weißt du. Ich sage es dir die ganze Zeit. Das Einzige, was schlimmer wäre, als Braco verloren zu haben, wäre, auch dich noch zu verlieren.“

„Aber –“

„Kein *aber*. Steh auf. Wasch dein Gesicht und geh zu diesem Mann. Sag ihm, was du fühlst, okay? Sag ihm, dass du ihn liebst und bei ihm sein willst. Sei tapfer, Janja. Es braucht Mut, um durch dieses Leben zu gehen, denn wenn du nicht mutig bist, dann werden das Leben und seine Umstände dich zu Staub zermahlen.“

Sei tapfer, Janja.

Mein Atem stach in meinen Lungen und Tränen verstopften meine Kehle. Meine Augen waren so unglaublich wund, doch immer weiter kamen die Tränen. Ich hatte keine Ahnung, woher.

Ich schüttelte den Kopf. „Ich habe solche Angst.“

Sie strich über mein Haar. „Die haben wir alle. Jeden Tag, an dem wir hier sind, wissen wir nicht, was geschehen wird. Aber das Leben will gelebt werden. Denkst du, dass ich, wenn ich die Wahl hätte, in der Zeit zurückzureisen, keinen Sohn haben würde, damit ich dem Schmerz entgehen könnte, ihn zu verlieren? Nein. *Nie.* Ich habe dieses Baby ausgetragen und ihn großgezogen und ihn in den Armen gehalten und ihn geküsst und ihn geliebt. Und ich erinnere mich an den wundervollen Jungen, der er war. Ja, ich denke daran, was für ein wunderbarer Mann er geworden wäre, aber ich bin dankbar für jeden Tag, den er auf dieser Erde war. Ich werde es nie bedauern. Und das solltest du auch nicht."

Ich rieb meine Augen und hörte die Wahrheit in ihren Worten. Plötzlich legte sich eine unerklärliche Ruhe auf meine Schultern. Der Schmerz und die Trauer waren immer noch da, aber da war auch Trost. Und Liebe. Die Liebe, die ich für Helena empfand. Die Dankbarkeit, sie in meinem Leben zu haben.

Und sie hatte recht. Wenn ich die Wahl hätte, würde ich zurückgehen und alles noch einmal erleben. Ich wäre mehr als dankbar für die Zeit, die ich mit Brock hatte. Die Erinnerungen. Meine Beziehung zu seinen wunderbaren Eltern. Für alles. Ohne Reue.

Ohne Reue.

Helena musste diese Veränderung in mir gespürt haben, denn sie streichelte einfach mein Haar und sagte mir beruhigende Worte in unserer Muttersprache. Bald lag mein Kopf an ihrer Schulter und sie sang ein altes Volkslied, das meine Mama immer gesungen hatte, als ich klein war.

Ich war erschöpft und ausgelaugt, aber auch voller Sorge um William. Nach zehn Minuten Stille erhob ich mich langsam vom Bett und ging zu meiner Kommode, um mein Handy zu holen.

Ich holte es aus dem Ruhemodus und sah die zahlreichen Nachrichten und Erinnerungen über verpasste Anrufe. *Scheiße.* Alle machten sich wahrscheinlich große Sorgen um mich, während ich meine kleine Selbstmitleidsorgie hatte. Dabei hätte doch ich für William da sein sollen ...

Gerade als ich die Nachrichten-App öffnen wollte, klingelte es an der Tür. Ich nahm einen tiefen Atemzug und Helena stand vom Bett auf, nahm meine Hand und sagte: „Lass uns nachsehen, wer es ist, okay? Und danach redest du mit deinem jungen Mann. Ich hoffe, ich werde ihn bald kennenlernen. Eigentlich *erwarte* ich, ihn bald kennenzulernen."

Nickend wischte ich mir das Gesicht ein letztes Mal mit einem Taschentuch ab. Helena öffnete die Tür und zusammen gingen wir in das vordere Zimmer. Dort stand Alex und redete mit Adam, Mia und einem traurig und verwirrt aussehenden William, dessen Kopf stark einbandagiert war.

Freude durchdrang das Blut, das durch meine Adern pumpte, als ich ihn erblickte. Ich konnte das doofe Lächeln oder die Wärme und überwältigende Erleichterung, die ich verspürte, als ich sah, dass er in Ordnung war, nicht unterdrücken.

Ich raste zu William und stoppte, kurz bevor ich ihn in die Arme nehmen wollte, als ich sah, dass er sich sichtlich versteifte. „Wil", sagte ich leise.

Sein Kiefer spannte sich an und er wich von mir zurück. Dann streckte er mir eine vertraute lackierte Schatulle entgegen. *Meine Tiara.* Der Ausdruck auf seinem Gesicht war eisig. Das erschütterte mich und ich starrte ihn über die Schatulle an, anstatt zu nehmen, was er mir anbot. Seine Augen fielen zu Boden.

Und die Anspannung ... man hätte sie nicht mit einem Presslufthammer durchbrechen können. Adam und Mia wechselten einen langen Blick. Dann drehte sie sich zu William und legte eine Hand auf seine Schulter, die er sofort wegstieß.

„Ähm, Adam und ich werden draußen im Treppenhaus auf dich warten." Sie warf Alex einen bedeutungsvollen Blick zu.

„Oh, ja ... Mia, ich muss mit euch beiden noch etwas besprechen. Ich komme mit."

Die drei verließen die Wohnung. Neben mir legte Helena eine Hand auf meine Schulter und drückte sie, bevor sie den anderen folgte und vorsichtig die Tür hinter sich schloss.

Da begann William, mit monotoner Stimme, die noch flacher als gewöhnlich war, zu sprechen. „Ich bin gekommen, um dir das zu bringen. Ich habe das Duell gewonnen und gebe dir wie versprochen die Tiara." Er hielt mir die Box wieder hin. Dieses Mal nahm ich sie ihm ab, klappte sie auf, um zu sehen, dass die Tiara darin war, und stellte sie auf einen Tisch in der Nähe.

„Danke. Es tut –"

Aber er hatte sich bereits umgedreht und ging Richtung Tür.

„Wil, warte!", sagte ich und packte seinen Arm. Er riss sich los, als hätte ich ihn verbrannt.

Mein Magen verkrampfte sich vor Panik. „William! *Bitte.* Bitte lass mich erklären. Es tut mir leid."

Er zögerte, dann drehte er sich langsam zu mir. „Ich habe auf dich gewartet. Mia hat dir geschrieben. Ich habe angerufen. Du hast nicht geantwortet. Den ganzen Tag habe ich dagesessen und mir um *dich* Sorgen gemacht. Ich war in einem Krankenhaus – ich *hasse* Krankenhäuser. Das ist eine Tatsache, die du nicht weißt, weil du dir nie die Mühe gemacht hast, mich gut genug kennenzulernen, um das zu wissen. Ich musste dasitzen und diese dummen Untersuchungen ohne dich machen. Sie mussten mich ruhigstellen, um mich in diese verdammte Maschine zu stecken und meinen Kopf zu durchleuchten."

Ich rang nach Luft, als ich die Tiefe seiner Wut in der Benutzung eines Schimpfwortes erkannte. Ich hatte ihn das zuvor noch nie sagen hören, und es klang noch giftiger, wenn es von ihm kam.

Ich fühlte mich wie Dreck. Weniger als Dreck. Und doch konnte ich lediglich herauswürgen: „Ich bin so froh, dass es dir gut geht.“

„Du warst nicht für mich da“, wiederholte er.

„Ich weiß. Es tut mir leid. Ich ...“ Meine Stimme verstummte, bevor ich den Satz beenden konnte. *Ich bin egoistisch ausgeflippt und habe an mich anstatt an dich gedacht.*

„Bitte, William. Können wir reden?“

Er blinzelte. „Wir reden gerade.“

„Du bist sauer auf mich. Und du hast jedes Recht dazu. Aber bitte, kann ich erklären, was passiert ist? Ich – ich bin ausgeflippt, als ich sah, wie du zu Boden gingst. Da war so viel Blut. Ich dachte, ich würde dich verlieren, und ich fing an, Brocks Verlust noch einmal zu durchleben –“

Er entfernte sich von der Tür und begann, im Wohnzimmer auf und ab zu schreiten, seine Hände rieben dabei unaufhörlich über seine Oberschenkel. „Du liebst Brock immer noch.“

„Ja, das habe ich dir bereits gesagt. Aber ich liebe dich auch.“

Er wurde schneller und schüttelte den Kopf. „Aber du warst nicht für mich da.“

„Wil, ich habe Scheiße gebaut. Es tut mir leid.“

„Ich kann mich nicht auf dich verlassen. Woher soll ich wissen, dass du nicht einfach weggehst?“

Ich schluckte. „Ich will nicht weggehen. Ich will bei dir sein.“

Er nahm einen zerfetzten Atemzug und blies ihn hinaus. „Letzte Nacht hast du mir gesagt, dass du bei mir bleiben willst.

Dann hatten wir Sex. Nachdem das Duell vorbei war, warst du verschwunden. War das ein Zufall?“

Ich runzelte die Stirn und versuchte zu verstehen, was er andeuten wollte. Ich schüttelte den Kopf.

Dann hörte er so abrupt auf umherzugehen, dass es aussah, als würde ihn der Schwung umwerfen. Ich hatte meine Tür offengelassen und William starrte direkt in mein Schlafzimmer. Auf die leeren Wände, die gestapelten Kartons, die offenen, leeren Schubladen.

Ich schluckte den harten Kloß in meiner Kehle.

„Du *gehst* weg“, sagte er zähneknirschend und seine Hände ballten sich an seinen Seiten zu Fäusten.

Wenn ich im Boden hätte versinken können, hätte ich das sofort getan. Während er im Krankenhaus gewesen war, schwer verletzt, doch trotzdem besorgt um *mich*, hatte ich Tequila getrunken und meine Sachen gepackt.

Und für William gab es nur das Absolute – alles war entweder schwarz oder weiß. Wie konnte ich ihm das übersetzen?

„Ich hatte Angst ...“, fing ich an, aber er wandte sich von mir ab, noch während ich sprach, und seine Augen suchten den Rest der Wohnung ab, wahrscheinlich um andere Hinweise auf meine bevorstehende Abreise zu finden. *Das war ich, Jenna Kovac, permanentes Fluchtrisiko.*

William drehte sich mit an den Seiten geballten Fäusten wieder zu mir. „*Ich* hatte auch Angst. Angst, das Duell zu bestreiten und wieder gegen Doug zu kämpfen. Angst, dass ich besiegt werde und all meine Freunde *und* deine Tiara verliere. Ich hatte Angst, aber ich habe es trotzdem gemacht. Ich habe dir mit meinen Taten gezeigt, was ich für dich empfinde, nicht nur mit Worten."

Ich schloss die Augen und Tränen drangen wieder aus ihren wunden Tiefen. „Ich bin nicht perfekt, William. Ich bin nur ein Mensch. Und ich habe meine Fehler."

„Ja. Hast du."

Das tat weh. Eigentlich fühlte es sich wie weitere Glasscherben an, die in dieses zarte Organ in meiner Brust stachen. Ich atmete tief ein und versuchte, nicht in die Defensive zu gehen. Er hatte das Recht, verletzt zu sein. Aber andererseits hatte ich das auch. Und seine Worte *taten* weh.

„Können wir darüber reden, wenn du nicht so wütend bist?"

Er spannte seinen Kiefer an und seine Wangen zuckten. „Ich bin nicht wütend. Ich bin enttäuscht. Ich brauche jemanden, auf den ich zählen kann, und du bist nicht diese Person. Ich brauche jemanden, der das, was er sagt, mit Taten untermalt, der nicht nur etwas sagt, um zu bekommen, was er will. Du warst nicht da für mich." Er steckte seine Hände in seine Taschen. „Genauso wie du nicht für Brock da warst."

Ich rang nach Luft und fühlte mich, als hätte er mir seinen Buckler in den Magen geschlagen. Meine Knie gaben nach und ich landete auf der Couch und vergrub das Gesicht in meinen Händen. Seine Worte trafen mich tief und bestätigten jeden Selbstzweifel, den ich hatte – über jene Nacht, in der Brock gestorben war, und meine Rolle dabei.

„Wie kannst du?", würgte ich schluchzend heraus, da der Schmerz mich überwältigte. Er stach überall, wie Nadeln in meiner Haut.

William sagte nichts. Er bewegte sich auch nicht, als ich versuchte, mich zu beherrschen – und dabei versagte.

„Das war ein Fehler“, sagte er schließlich mit zitternder Stimme. Ich nahm meine Hände von meinem Gesicht, um zu ihm aufzusehen. Ein paar Sekunden danach drehte er sich zur Tür.

Ich sprang von der Couch auf und eilte zur Tür, um sie zu blockieren, damit er sie nicht öffnen konnte. „Tu das nicht“, seufzte ich. „Du weißt verdammt gut, dass ich dich nicht benutzt habe. Du weißt ...“ Meine Stimme verstummte mit einem Quietschen.

Seine Gesichtszüge waren so ruhig wie in dem Augenblick, als er hereingekommen war. Er blickte so unbewegt wie dieser Roboter, mit dem er oft verglichen wurde. „Ich weiß es *nicht*.“

Ich versuchte, ihm so gut wie möglich in die Augen zu sehen, doch er wich mir trotzig aus. „Du weißt, dass ich dich liebe, Wil. Das tue ich.“

Seine Lippen wurden schmal. „Das sind die Worte, die du benutzt hast, doch sie passen nicht zu deinen Taten. Du hast mich sofort verlassen, als es schwierig wurde. Du willst dich auf nichts einlassen. Du wirst wieder einen Grund finden, davonzulaufen.“

Ich saugte meine Lippen in meinen Mund und kaute darauf herum, während neue Tränen wie Säure in meinen Augen brannten und über meine Wangen hinabströmten. „Und du wirst mir nie einen Fehler vergeben.“

Er schloss lange die Augen, atmete tief ein und als er sie wieder öffnete, sah er mich direkt an. Aber anstatt zu antworten, drehte er den Knauf an der Tür. „Bitte geh zur Seite.“

Ich schüttelte den Kopf und weigerte mich zu akzeptieren, was er gesagt hatte. „Wil“, seufzte ich.

Und für eine Sekunde sah ich es, weil er mich direkt ansah. Schmerz zog durch seine Augen. Dann blinzelte er stark und drehte den Kopf weg.

Ich entschied mich, es zu riskieren. Was hatte ich zu verlieren? Ich hob meine Hand und legte sie an sein Gesicht, wobei ich mit den Fingerspritzen über seine kratzige Haut strich.

Er riss seinen Kopf von meiner Berührung weg. „Leb wohl, Jenna", sagte er mit leiser zitternder Stimme.

Langsam und leise machte ich ihm Platz und er vergeudete keine Zeit. Er öffnete die Tür und verließ die Wohnung.

Ich rutschte die Wand neben dem Türstock hinunter und kauerte mich zu einem Ball zusammen. Mit dem Gesicht in den Händen vergraben, dachte ich, dass ich keine Tränen mehr übrig hatte. Doch ich irrte mich.

Denn obwohl ich in meiner Panik und Furcht von vorhin bereit gewesen war, alles wegzuwerfen, war ich nicht vorbereitet, das zu verlieren.

Aber bereit oder nicht, es geschah. Und es gab nichts mehr, was ich dagegen tun konnte.

Kapitel Sechsunddreißig
William

IHRE WOHNUNG ZU VERLASSEN, WAR DAS SCHWERSTE, WAS ich je getan habe. Es ist ein stechender Schmerz, der in der Mitte meiner Brust beginnt und es mir schwer macht zu atmen. Ich fühle mich, als würde ich von innen mit scharfen Gegenständen gestochen werden. Es schmerzt ... und dieser Schmerz brennt zusammen mit der Wut wie ein Feuer.

Ich konnte sie nicht mehr ansehen.

Meine Freunde stehen in der Nähe des Treppenhauses, aber ich will mit keinem von ihnen reden. Ich will heim, in mein aufgeräumtes Haus und zu meiner beruhigenden Routine, wo nichts mich überrascht und alles geschieht, wie es soll. Dort muss ich mich auf niemand anderen verlassen und ich werde *nie* enttäuscht.

Ich halte es nicht aus, noch einmal enttäuscht zu werden. Nicht so. Es tut zu sehr weh.

Ich werfe einen Blick zu den anderen und bemerke, dass sie eng beieinanderstehen und mit leisen Stimmen sprechen. Bis auf die ältere Frau, die bei Jenna war, als wir eingetroffen waren. Ich habe keine Ahnung, wer sie ist, und will es auch nicht wissen.

Ich will nach Hause und all das vergessen – *sie* vergessen. Ich werde die Visualisierungstechnik, die sie mich gelehrt hat, nutzen, um sie aus meinen Gedanken zu löschen. Aus meinem Herzen. Aus meinem Leben.

Ich passiere sie und gehe die Treppe hinunter, ohne zu stoppen oder jemanden anzusehen. Mein Herz pocht und jeder Schlag verletzt meine Brust etwas mehr. Ich frage mich, ob das ein Symptom der Kopfverletzung ist. Da ich mich immer noch wegen der Medikamente benommen fühle, ergreife ich das Geländer, um sicherzugehen, dass ich nicht stolpere.

Adam und Mia folgen dicht hinter mir. Sie haben mich wissen lassen, dass sie mich in der Nacht nicht alleine lassen wollen, doch als ich mich geweigert habe, mit zu ihnen zu kommen, haben sie sich zu mir eingeladen, um dort die Nacht zu verbringen. Und was noch schlimmer ist, sie werden mich morgen früh für ein weiteres MRT ins Krankenhaus fahren.

Genau was ich brauche ... als wäre diese beschissene Situation nicht schon schlimm genug.

Ich bin müde und verletzt und ich will einfach nur schlafen gehen und diesen Tag vergessen.

Ja, ich habe gewonnen – aber ich habe auch verloren. *So, so viel.*

*****

Ich bin gezwungen worden, mir die ersten drei Tage der Woche freizunehmen. Manchmal ist es ein Nachteil, für seinen überfürsorglichen – und herumkommandierenden – Cousin zu arbeiten.

Ich verbringe meine Freizeit zuhause, räume mein Atelier um und repariere meine Schmiedewerkzeuge. Es ist die perfekte

Gelegenheit, meine Fähigkeiten zu verbessern, indem ich an meiner beschädigten Übungsrüstung arbeite.

Am Donnerstag kehre ich in die Arbeit zurück, doch ich gehe nicht zum Familienessen am Sonntag. Und das Telefon zu ignorieren ist einfach, da ich es ausgeschaltet habe. Jordan und Adam sehen in der Arbeit nach mir, aber ich sehe Mia bei unserem üblichen Frühstück am folgenden Mittwoch nicht, hauptsächlich weil sie viel lernen muss.

Meine Routinen bieten mir wieder Geborgenheit. Aber sie helfen mir nicht dabei zu vergessen. Und obwohl ich weiter meiner Prä-Jenna-Routine nachgehe, tut es zu sehr weh zu versuchen, sie jetzt zu vergessen.

Es tut zu sehr weh, irgendetwas zu versuchen.

Ich will mit ihr reden. Ich will ihre Stimme hören. Ich will ihre Berührung spüren, ihren Duft riechen. Ich will neben ihr liegen, sodass ihre und meine Haut sich berühren, während ich ihr beim Atmen zuhöre.

Und es macht mich verrückt. Denn ich *will* sie nicht so sehr wollen, wie ich es tue. Ich will, dass diese Gefühle weggehen. Ich will, dass alles wieder so wird, wie es war, bevor es so sehr wehtat.

Also beschäftige ich mich mit allen mondänen Aufgaben, die erledigt werden müssen. Ich halte mich genau an meinen Terminplan, damit ich kaum Zeit habe, meine Gedanken zu etwas wandern zu lassen, was ich nicht kontrollieren kann.

Am folgenden Wochenende verbringe ich den ganzen Tag in meiner Werkstatt. Ich kann keine Kunst erschaffen, wenn mein Kopf so ist, aber Dinge mit dem Hammer treffen funktioniert gut. Auf eine seltsame Weise fühle ich mich dadurch besser.

Die Schmiede läuft auf Hochtouren und es ist heißer als in einem Ofen. Ich brauche meinen Holzvorrat in alarmierender Geschwindigkeit auf, da die Blasebälge keinen Moment stillstehen. Ich höre die Türklingel, da sie auch in meiner Werkstatt klingelt. Trotzdem entscheide ich mich, sie zu ignorieren.

Minuten später taucht mein Dad in der Tür meiner Schmiede auf, wobei er wie verlangt auf Abstand bleibt, während er mir beim Arbeiten zusieht. Ich mache weiter und ignoriere seine Anwesenheit für etwa eine Viertelstunde, bevor ich meine Arbeit in den Schlackeeimer tauche. Das heiße Metall zischt, als es das Wasser berührt.

„Hey", sagt er, als ich mich endlich zu ihm drehe.

Ich nehme meine Schutzbrille und meine Lederschürze ab, dann wische ich mir das Gesicht mit einem sauberen Handtuch ab. „Hi. Warum bist du hier?"

Seine Augenbrauen zucken. „Brauche ich eine Entschuldigung, um meinen Sohn zu besuchen? Wir haben dich letzte Woche beim Abendessen vermisst."

„Ich habe mich nicht nach Gesellschaft gefühlt." Nicht, dass ich das je tue, aber jetzt noch weniger als normal.

Er runzelt die Stirn. „Okay. Aber ich darf doch trotzdem nach dir sehen, oder?"

„Ich bin erwachsen, Dad", erinnere ich ihn, als ich die Schmiede lösche. Ich werde zurückkommen müssen, um sauber zu machen, sobald sie abgekühlt ist, aber so ist es zumindest sicher genug, um kurz wegzugehen.

„Hast du etwas zu trinken? Hier ist es heiß", fragt er.

„Im Kühlschrank ist Bier, Wasser und Saft."

„Nun, dann mach eine Pause und wir setzen uns eine Minute hin."

Ich versuche, nicht laut zu seufzen, als wir die Werkstatt verlassen und durch den Garten in die Küche gehen. Es ist offensichtlich, dass Dad reden will. Wir haben schon länger nicht mehr unter vier Augen gesprochen, aber ich weiß, wann so eine Unterhaltung bevorsteht.

Und ich will ihn nicht wegstoßen. Ich weiß, dass er sich Sorgen um mich macht – das tun sie alle. Es ist besser, wenn ich einfach mein Bestes gebe, um seine Sorgen zu zerstreuen, und dann wird bald alles wieder normal sein.

Normal ist der Schlüssel. Ich brauche es, dass alles wieder normal wird.

Ich greife in den Kühlschrank und nehme zwei Flaschen Bier heraus, da ich weiß, was er mag. Ich schneide eine Limette auf und biete ihm ein Stück an, um es in den Flaschenhals zu stecken. So schmeckt mexikanisches Bier am besten.

Dad dankt mir und drückt die Limette in seine Flasche, bevor er sie ganz hinabschiebt, sodass sie auf dem Bier schwimmt – eine Angewohnheit, die mich verrückt macht. Ich schnaube und er lächelt. „In meinem Alter ändert man sich nicht mehr, Liam. Du solltest es besser wissen."

Ich nehme einen Schluck von meinem Bier, ohne zu antworten. Wir trinken still ein paar Minuten, bevor er sich schließlich räuspert. „Adam sagt, dass du schon wieder in der Arbeit bist. Ich frage mich, ob das eine gute Idee ist. Wie geht es deiner Verletzung?"

Instinktiv hebe ich meine Hand zu meinem Haaransatz, ohne die verletzte Stelle tatsächlich zu berühren. Es zieht immer noch, aber ich werde es überleben. „Es geht mir gut. Die Verletzung ist nicht so schlimm. Sie werden mir am Montag die Fäden ziehen und das ist das Schlimmste an dem Ganzen. Langsam fangen sie an zu jucken.“

„Also bist du bald wieder auf dem Damm, körperlich. Wie geht es dir emotional?“

Ich antworte nicht, sondern nippe weiter an meinem Bier, während ich darüber nachdenke, wie seltsam dieser Ausdruck ist. Dad benutzt ihn oft, aber ich habe keine Ahnung, auf welchem Damm ich sein soll.

„Liam ... willst du darüber reden?“

„Wir reden darüber.“

„Über Jenna.“ Er wirft mir einen ernsten Blick zu.

Ich nippe erneut an meinem Bier. Ich weiß nicht, was ich sagen soll. Ich weiß nicht, wie ich beschreiben soll, wie ich mich fühle. Ich führe dasselbe Leben, das ich immer geführt habe, aber jetzt fühlt es sich wie ein riesiges Loch an. Als würde ein großer Teil von mir fehlen. Während der Woche vor dem Festival – als ich mich entschieden hatte, sie nicht zu sehen – habe ich sie sehr vermisst. Aber jetzt ...

Es ist ein wenig so, wie ich mir vorstelle, dass es sein muss, wenn mir ein Körperteil fehlt, den ich nicht mehr sehen, spüren oder berühren kann. Als wäre mir ein Arm amputiert worden. So fühlt es sich an.

„Warum habt du und Mutter euch scheiden lassen?“, frage ich plötzlich und schockiere mich selbst damit noch mehr als meinen Dad. Und das heißt einiges, da er mit hochgezogenen Augenbrauen und offenem Mund ziemlich erschrocken aussieht.

„Ähm ...“ Er lehnt sich zurück und stellt sein Bier ab, bevor er sich seine dunklen Stoppeln am Kinn reibt. Die Leute sagen, dass ich wie mein Dad aussehe, und ich sehe das als Kompliment, obwohl ich noch stolzer wäre, wenn ich so ein guter Vater wie mein Dad wäre. „Wir haben nicht sehr gut kommuniziert ... und ich habe viel Zeit damit verbracht, die Firma zum Laufen zu bringen. Sie hatte zwei Kinder zuhause. Das war viel Stress, da ich so oft weg war."

Selbst jetzt gibt er ihr keine Schuld – wie es Paare, die sich trennen, normalerweise machen. Aber nicht er. So ist mein Dad.

„Und mich zu haben. Ich bin sicher, das war zusätzlicher Stress."

Seine Augenbrauen ziehen sich scharf zusammen. „Nicht mehr als bei jedem anderen Kind."

„Statistiken besagen, dass Eltern mit autistischen Kindern –"

Er macht eine scharfe ablehnende Geste mit der Hand. „Mir ist egal, was Statistiken besagen. Es war nicht deine Schuld, Liam. Es gibt viele verschiedene Faktoren, die entscheiden, ob eine Ehe funktioniert oder nicht. Wir passten einfach nicht so gut zusammen, wie wir anfänglich dachten. Dinge ändern sich, wenn man älter wird. Wir waren jung und ambitioniert. Wir haben uns viel aufgehalst – Elternschaft, eine neue Firma und andere Dinge. Es war niemandes Schuld, Liam. Oder wenn es jemandes Schuld war, dann meine und die deiner Mutter. Du warst noch klein, als wir uns getrennt haben."

„Aber –"

„Ist es das, was du immer gedacht hast? Dass sie wegen dir gegangen ist?"

Ich zucke mit den Achseln und nippe an meinem Bier.

Seine Schultern sind steif, als er sich auf seinem Stuhl bewegt. „Die Beziehung deiner Mutter zu dir – oder das Fehlen davon – hatte nicht mit der Scheidung zu tun", sagt er. Dann steht er auf und fängt an, im Raum umherzugehen. Glücklicherweise weiß er, dass er meine Sachen nicht aufheben und dann wieder hinstellen soll. Das würde mich wirklich nerven.

Er schiebt seine Hände in die Taschen und sagt: „Ich wünschte, ich hätte mehr tun können, um das zwischen dir und ihr besser zu machen. Ich dachte, ich würde dich beschützen."

Ich denke eine Minute darüber nach. „Es gibt nichts, was du hättest tun können."

„Ich hätte es unterlassen können, mich einzumischen." Er lässt den Kopf einen Augenblick hängen, bevor er sich wieder aufrichtet und mich anblickt. „Ich habe gesehen, wie es dir ergangen ist, als aus den Plänen, die sie gemacht hatte, nichts geworden ist, also habe ich sie ... davon abgehalten, weitere zu machen."

Ich schweige einen Augenblick und versuche, mich von dem Schock zu erholen, bevor er es merkt. Aber er betrachtet mein Gesicht und er ist fast so gut darin wie Adam, die Gefühle anderer zu bemerken. Er fängt wieder an zu reden, bevor mir etwas einfällt, was ich sagen könnte. „Ich habe Mist gebaut, und der Schaden war bereits angerichtet, bevor du alt genug warst, um es zu verstehen. Ich denke, ich hatte gehofft, dass es zwischen euch besser werden würde, als du älter wurdest, aber ..."

„Aber du wusstest nicht, dass sie sterben würde."

Er studiert ein Bild an der Wand, einen signierten und nummerierten Druck, den ich letztes Jahr gekauft habe. „Es war nicht alles ihre Schuld, Liam. Ich trage eine Mitschuld."

„Gib dir nicht die Schuld dafür, dass sie als Mensch versagt hat."

Er dreht sich wieder zu mir. „Wir haben alle Fehler, Liam. Wir sind Menschen. Ja, sie hatte ihre, aber auch ich habe meine."

Ich blinzle und denke daran, wie sehr diese Worte nach dem klingen, was Jenna zu mir gesagt hat. *Du wirst mir nie einen Fehler vergeben.* Das bedrückt mich und ich weiß nicht warum. Ich setze meine Flasche wieder an und leere den letzten Schluck.

Eine halbe Stunde später begleite ich meinen Dad zur Tür. Er stoppt und fragt mich nach einer Umarmung, die ich ihm zugestehe. „Ich liebe dich, Sohn", sagt er, als er meine Schultern packt.

„Ich liebe dich auch."

„Liam", sagt er und weicht etwas zurück, um mich direkt anzusehen. Meine Augen senken sich und betrachten seine Schulter. „Versuche, deiner Mutter zu vergeben. Sie verdient deine Vergebung. Und wegen deines Lebens, naja ... Du solltest mit Jenna reden. Klärt das alles. Sie scheint ein sehr süßes Mädchen zu sein."

„Sie ist eine Frau."

Er lacht. „Ja, du weißt, was ich meine."

Das tue ich, aber es ist einfacher, ihn zu korrigieren, als auf den Rest dessen, was er gesagt hat, einzugehen. Es stimmt, ich könnte mit ihr reden ... aber würde sie mich dann nur wieder verletzen?

***

Eine weitere Woche vergeht. Eine weitere Woche meiner beruhigenden Routine. Ich habe gerade unser übliches Mittwoch-Morgen-Frühstück mit Mia, als ich endlich den Mut aufbringe, das Thema anzusprechen.

„Wie geht es Jenna?", frage ich so leise und vage wie möglich. Als hinge nicht mein nächster Atemzug von der Antwort ab. Aber meine Stimme klingt immer noch zugeschnürt.

Sie starrt lange auf ihren Frühstücksteller und schneidet alles in kleinere Bissen, als sie es gewöhnlich tut. Dann lehnt sie sich zurück und unterdrückt mit ihrem Handrücken ein Gähnen. „Sorry, ich habe kaum geschlafen. Ich habe bis tief in die Nacht gelernt."

Ich steche mit der Gabel in ein Stück Wurst und führe es in meinen Mund, während ich auf die Antwort warte.

„Also, ähm, Jenna ist weggegangen."

Plötzlich schmeckt die Wurst in meinem Mund wie Asche. Ich höre auf zu kauen, als alles in mir sich verkrampft. Und doch – ich wusste es. Ich *wusste*, dass sie gehen würde. Trotzdem trifft es mich immer noch wie eine Ladung Ziegel.

„Das Mittelalterfest zieht aber nicht vor Ende Juni weiter", sage ich, als ich es endlich geschafft habe, den trockenen Klumpen aus Sägespänen hinunterzuschlucken.

Mia blickt mit einem Seufzen weg. „Nein, ich meine, sie hat das Land verlassen, William. Sie ist früher nach Bosnien geflogen, um vor der Hochzeit Zeit mit ihrer Mutter und ihrer Schwester zu verbringen."

„Hat sie gesagt, wann sie wiederkommt?"

„Hat sie nicht, William. Es tut mir leid. Sie sagte, dass ... die Möglichkeit besteht, dass sie vielleicht für immer bei ihrer Familie bleibt."

Plötzlich bin ich mit meinem Frühstück fertig. Ich lehne mich zurück und schiebe meinen Teller weg, bevor ich mich leise entschuldige. Ich habe noch viel Arbeit zu erledigen, aber ich kann den Rest des Tages an nichts anderes denken. Nicht dass

Jenna nicht auch vorher in meinen Gedanken war, aber jetzt ist sie auf der anderen Seite der Welt und ich kann nicht aufhören, daran zu denken, wie endgültig das scheint. Ich habe sie für immer verloren.

Ich kann nicht erklären warum, aber als ich an diesem Abend nach Hause komme, öffne ich den Schub, in dem das Geld und die Geburtstagskarten meiner Mutter liegen. Nachdem ich sie im Haus meines Dads geöffnet hatte, habe ich sie hierher mitgenommen. Sie sind immer noch von meinem sechsten bis zu meinem einundzwanzigsten Geburtstag geordnet. Ich lese sie in dieser Reihenfolge durch, bis ich zur letzten komme – der, die ich in jener Nacht, in der Jenna bei mir war, nicht gelesen habe.

Die, die Mutter mir nur wenige Monate vor ihrem Tod geschickt hat.

Liam,

es ist zu spät. Ich weiß das. Ich wünschte, ich könnte zurückgehen und alles zwischen uns ändern, doch als ich endlich in der Lage war, es zu versuchen, warst du bereits zu alt und zu verletzt von den Dingen, die in deiner Kindheit geschehen sind. Es tut mir leid, dass ich dir keine gute Mutter war. Ich bedauere das jeden Tag. Aber ich war jung und ein Mensch und nicht perfekt. Dein Dad war darin so viel besser als ich. Er hat dich gut erzogen und ich bin stolz auf alles, was du erreicht hast, obwohl ich nicht das Recht dazu habe.

Ich hoffe, dass du mir eines Tages, wenn ich weg bin, vergeben kannst.

Ich liebe dich. Das habe ich immer.
Mom

Da war sie – die eine Sache, nach der ich gesucht hatte. Die Nachricht, von der ich gedacht hatte, dass sie sie nie schreiben würde. Und hätte ich sie an dem Tag geöffnet, an dem ich sie erhalten hatte, hätte ich Zeit gehabt. Zeit, das Telefon abzunehmen und sie anzurufen, sie zu treffen und ihr zu vergeben.

Aber weil ich mich von meiner Wut und meinem Ärger habe leiten lassen, ist mir diese Gelegenheit verwehrt geblieben. *Für immer.*

Ich stehe in meinem Schlafzimmer, mein Gesicht ist nass. Ich weine, während ich darüber nachdenke, wie sehr ich mich nach ihrer Liebe gesehnt habe, als ich noch jung war. Darüber, dass sie mich nicht geliebt hat, weil ich kaputt war ... anders. All die Worte, die mir während meiner Kindheit auferlegt worden waren ... *Spasti, Freak, Behindi.*

Ich stehe fast eine Stunde in der Mitte meines Zimmers und weine wie ein Baby. Ich realisiere, dass meine Sturheit dafür gesorgt hat, dass ich die Gelegenheit verpasst habe, meiner eigenen Mutter zu vergeben, als sie noch lebte.

Buddha sagte einst, dass einen Groll hegen ist, als würde man Gift trinken und erwarten, dass die andere Person stirbt.

Ich erinnere mich an Jennas Worte aus der Nacht, als wir die Geburtstagskarten gelesen haben, und ich weiß plötzlich, dass ich Jenna wegen dem verurteilt habe, was meine Mutter getan hat. Dass ich erwartet habe, dass sie mich im Stich lassen würde, und dass ich sie deshalb weggeschoben habe.

Das Gesicht in meinen Händen vergraben, stelle ich mir das letzte Mal vor, als ich Jenna gesehen habe, gegen ihre Tür gepresst, mit feuchtem Gesicht, roten und geschwollenen Augen.

Und meine Worte ... meine grausamen, herzlosen Worte. *Wie ein Roboter.*

Aber was kann ich tun?

Jenna ist weg und sie kommt vielleicht nie zurück.

Habe ich sie endgültig verloren? Und wenn ich sie wiederfinde, würde sie mich überhaupt wieder wollen?

Das Einzige, was ich tun kann, ist, es zu versuchen.

Kapitel Siebenunddreißig
Jenna

MIR WURDE FLAU IM MAGEN, ALS DER BUS DIE SICH windenden Bergstraßen entlangfuhr. Es waren noch zwei Stunden der langen Fahrt von Belgrad nach Sarajevo übrig.

Nur fünf Stunden zuvor hatte ich mich von Helena und Vik an der Bushaltestelle verabschiedet. Es waren ein paar schnelle und erschöpfende Tage in Serbien gewesen, in denen wir ihre Familie besucht und die Stadt angesehen hatten. Und jetzt war ich hier – erneut alleine, nur mit meinen Gedanken und ohne Möglichkeit, ihnen zu entkommen.

Die letzten paar Wochen hatte ich wie hinter einem Schleier verbracht – ein böser, schmerzlicher und dann gefühlloser Schleier. Helena hatte sich Sorgen um mich gemacht und mehrmals am Tag wie eine besorgte Mutter nach mir gesehen. Sie war auf Abstand geblieben, bis Alex ihr eines Tages verraten hatte, dass ich nicht aus dem Bett steigen wollte. Da entschied Helena sich dazu, alles in die Wege zu leiten, um eine Woche früher als geplant loszufliegen.

Doch trotz der Hektik aufgrund der Reise nach Übersee vermisste ich William schrecklich. Ich wachte morgens auf, nachdem ich von ihm geträumt hatte, fühlte seinen vergänglichen Kuss auf meinen Lippen. Und ich starb einen kleinen Tod, als der Traum-Wil verblasste und die Realität übernahm, und als ich realisierte, dass er mich immer noch hasste. Dass ich das Bild seines Gesichts, als er meine Wohnung vor einigen Wochen verlassen hatte, nie auslöschen könnte. Schmerz und Enttäuschung. *Abscheu.*

Ich schüttelte den Kopf und fixierte meine Augen auf die schöne grüne und hügelige Landschaft meiner Heimat. Bosnien-Herzegowina war ein Land rauer, grüner Schönheit. Und bis die Dunkelheit hereinzog, verlor ich mich in der wunderschönen Aussicht, während ich versuchte, den langsam abstumpfenden Schmerz in meinem Herzen zu vergessen.

Ich hatte beschlossen, dass es an der Zeit war, etwas Dauerhaftes zu finden, und dass die Möglichkeit bestand, dass meine wahre Heimat nicht Südkalifornien war. Vielleicht lag mein Schicksal doch hier. Ich hatte mich entschieden, dem eine ehrliche Chance zu geben. Vielleicht war der Grund, warum ich in den Vereinigten Staaten nie Wurzeln geschlagen hatte, dass ich in Wahrheit Bosnierin war. Schließlich hatte ich hier Familie, die mich liebte.

Vielleicht war Bosnien meine Zukunft.

Sieben lange Stunden nach Betreten des Busses in Belgrad kam ich endlich außerhalb von Sarajevo an. Das letzte Mal, als ich hier gewesen war, war vor neun Jahren gewesen, und ich hatte mich um nichts gekümmert, sondern alles meine ältere Schwester machen lassen. Aber jetzt war da nur ich ... ganz alleine.

Ich hatte etwas Geld umgetauscht, bevor ich Belgrad verlassen hatte, und konnte mir deshalb ein Taxi nehmen. Der Fahrer flirtete mit mir und nannte mich *amerikanisches Mädchen,* obwohl ich fließend bosnisch mit ihm sprach.

Vermutlich hatte ich jetzt einen Akzent.

Das verstärkte nur dieses Gefühl, dass ich an keinen Ort ganz gehörte. Vielleicht weil ich mir nicht erlaubt hatte, irgendwohin zu gehören? Vielleicht war es an der Zeit, genau das zu tun.

Du verdienst etwas Permanentes und ich will der Mann sein, der dir das gibt.

Vielleicht tat ich das ... aber anscheinend verdiente ich *ihn* nicht.

Zwanzig Minuten später gab ich dem Taxifahrer mein Geld und sprang aus dem Wagen. Er lud meinen Koffer aus und stellte ihn neben mir auf den Gehsteig. *„Hvala"*, sagte ich zum Dank.

„Sie sprechen sehr gut Bosnisch, amerikanisches Mädchen."

Mit einem Seufzen nahm ich meinen Koffer, betrat das Mietshaus und stieg dann die Treppe hinauf zu Mamas Wohnung.

Mama und Maja waren beide zuhause, da sie sich freigenommen hatten, um auf mich zu warten. Als ich an der Tür auftauchte, sprangen sie sofort schreiend und weinend auf mich zu und küssten mich. Mama drückte mit Tränen in den Augen meine Wangen zusammen und sagte, dass ich schön, aber viel zu dünn sei.

Maja stellte mich ihrem Verlobten vor, einem großen dunkelhaarigen Mann mit schiefen Zähnen und einer süßen, weichen Stimme. Sie sagten mir, dass Sanjin ein wunderbarer Sänger im Kirchenchor wäre, was mich daran erinnerte, dass ich wahrscheinlich in die Kirche gehen musste, solange ich hier war, was ich schon ewig nicht mehr gemacht hatte.

„Janjica, ich kann es nicht glauben. Du bist endlich wieder zu uns zurückgekommen", sagte Mama.

Maja lächelte mich an und zog spielerisch an einer Locke meines Haars. „Sanjin hat vier Brüder. Wir sollten dich ihnen vorstellen. Vielleicht finden wir einen bosnischen Freund für dich, Janja, damit du nicht mehr nach Amerika zurückgehst."

Dieser scharfe stechende Schmerz in meiner Brust machte es mir schwerer zu atmen. Ich seufzte. „Keine Freunde für mich. Aber ich will eine Weile bleiben." Sanjin nahm meinen Koffer und trug ihn einen Stock höher in Majas Zimmer, wo ich in einem extra Bett schlafen würde, das sie für mich ausgeliehen hatten.

In jener Nacht blieben wir viel zu lange wach, tranken Wein, aßen umwerfend gutes Essen – *cevapi und somun*, Kebab und bosnisches Brot –, redeten und lachten. Es fühlte sich so gut an, hier zu sein.

Ich verbrachte meine Tage damit, Stari Grad – das älteste Viertel der Stadt, das ins fünfzehnte Jahrhundert zurückreichte – zu erforschen, zusammen mit dem *Baščaršija*, einem der ältesten Basare Europas. Ich machte auch noch einige Besorgungen für die Hochzeit meiner Schwester, während sie in der Arbeit war. Dabei stellte ich fest, dass mein bosnisches Vokabular stark eingeschränkt war, weshalb ich versuchte, meine eigene Sprache und Kultur wieder zu erlernen.

Eines Abends, als Maja sich gerade zum Schlafen herrichtete, lag ich auf meinem Bett und blätterte durch eines ihrer Bücher, das ich aus dem Regal gezogen hatte. Es war ein Kinderbuch in bosnisch-serbischem Kroatisch und ich hatte Schwierigkeiten, es zu lesen. Nach zehn Minuten schlug ich es zu.

„Hast du etwas auf Englisch zu lesen da?"

„Ein paar alte Bücher. Ich lese nicht mehr auf Englisch."

Ich lächelte. Maja hatte jetzt einen Akzent, wenn sie Englisch sprach. Wahrscheinlich so wie ich in Bosnisch. Und ja, alle in meiner Nachbarschaft bezeichneten mich entweder als Majas amerikanische Schwester oder Silvijas amerikanische Tochter.

Ich lächelte, als ich zusah, wie Maja sich Feuchtigkeitslotion ins Gesicht schmierte. „Du wirst eine wunderschöne Braut sein."

Sie strahlte. „Und du meine wunderschöne Brautjungfer! Warte, bis du dein Kleid siehst." Bei der Erwähnung des Kleides stellte ich mir das wunderschöne Gewand vor, das William mir geschenkt hatte. Ich blinzelte, frustriert, dass egal wie sehr ich es versuchte, ich ihn nicht aus meinem Kopf bekommen konnte.

Maja betrachtete mich. „Hast du Heimweh?", fragte sie plötzlich.

Ich vermutete, dass das hätte sein können, wenn ich tatsächlich eine Heimat *hätte* …

Aber ich fing an, mich zu fragen, was *Heimat* für mich bedeutete. Waren es Menschen oder war es ein Ort? Meine Familie und Freunde waren auf verschiedenen Seiten der Erde verstreut. In Bosnien, in Kalifornien …

„Nicht wirklich. Ich bin froh, hier zu sein", versicherte ich.

„Gab es niemand Besonderen, den du in Kalifornien zurückgelassen hast?"

Ich rollte mich auf den Rücken, um sie anzusehen. „Du bist so sehr verliebt, dass du alles durch eine rosarote Brille siehst."

Sie warf mir einen seltsamen Blick zu. „Du bist so dämlich wie eh und je, Janja."

Meine Augen wanderten zur Decke. „Ich bin definitiv … dämlich."

„Aber du bist auch traurig."

Ich runzelte die Stirn. „Ja."

„Wenn du kein Heimweh hast, was ist es dann?"

Ich seufzte. „Es *gab* jemanden. Aber das ist jetzt vorbei. Und ... es tut immer noch weh."

Sie kam zu mir und setzte sich an den Rand meines Bettes. „Oh, *draga moja*." Sie strich mir das Haar aus dem Gesicht. „Es tut mir leid. Hat es böse geendet?"

Ich schüttelte den Kopf und war plötzlich und unerklärlicherweise den Tränen nahe. Meine Lippe bebte und ich biss darauf. Der Schmerz kam überraschend heftig zurück.

„Komm her", sagte sie und gab mir ein Zeichen, mich aufzusetzen, was ich tat. Dann nahm sie mich in die Arme und hielt mich fest. „Willst du reden?"

Jetzt schluchzte ich – zum ersten Mal seit dem Tag, an dem William aus meiner Tür gegangen war und uns als *Fehler* bezeichnet hatte. Ich atmete lange aus und ließ die Tränen dieses Mal fließen, anstatt sie zurückzuhalten. Ich war bei meiner großen Schwester und es fühlte sich gut an. Es fühlte sich sicher an.

„Maja, ich liebe ihn so sehr. Ich will nur, dass es aufhört. Ich frage mich nur noch, ob ich mich je besser fühlen werde."

„Mit der Zeit wird es dir besser gehen. Es ist noch ganz frisch. Ich weiß, dass es schwierig ist, das jetzt zu glauben."

Wie mit Brock. Ich liebte ihn immer noch, aber dieser lähmende Schmerz, den ich nach seinem Tod gespürt hatte, war mit jedem vergangenen Jahr weniger geworden, bis er zu einer süßen, sehnsüchtigen Erinnerung geworden war.

Würde es mit William auch irgendwann so sein? Und noch wichtiger, wollte ich, dass es so werden würde? Sich zu wünschen, dass der Schmerz wegging, war ein doppelschneidiges Schwert, denn es würde bedeuten, dass man sich wünschte, dass die Gefühle ebenfalls verblassten. Und diese Gefühle, auch wenn sie wehtaten – *stachen* –, brachten mich auch dazu, mich lebendig zu fühlen.

Wochen vergingen und die Hochzeit näherte sich. Maja und Sanjin würden in einer süßen Kirche aus dem sechzehnten Jahrhundert nicht weit entfernt von dem Viertel, wo unsere Familie wohnte, getraut werden. Ihre bescheidene Wohnung lag in einem Viertel der Mittelschicht Sarajevos, wo Serben, Kroaten und Bosnier zusammen lebten. Deshalb gab es in naher Umgebung sowohl eine römisch-katholische Kirche sowie eine russisch-orthodoxe und eine Moschee.

Die Nacht vor der Hochzeit besuchte ich die Kirche, in der Maja getraut werden würde. Sie war still, ruhig und vom Schein flackernder Kerzen beleuchtet. Sie roch nach altem Weihrauch, verzweifelten Gebeten, bröckelndem Stein und altem Staub, der ohne Zweifel an schwer zu erreichenden höhergelegenen Stellen liegen blieb.

Als ich auf der Bank saß und zum funkelnden Altar blickte, dachte ich über meinen Glauben an Seelenverwandte nach. Würde Maja ihren heiraten? Hatte ich meinen vor sieben Jahren bei einem Autounfall verloren?

War ich dazu bestimmt, alleine durch dieses Leben zu gehen?

Vielleicht hatte William recht. Vielleicht *war* unser Zusammenkommen ein Fehler. Aber falls ja, war es der süßeste Fehler, den ich je gemacht hatte. Und obwohl es jedes Mal schmerzte, wenn ich an ihn dachte, würde ich die Zeit, die wir zusammen verbracht hatten, nie bereuen.

Ich hoffte nur, dass es eine Möglichkeit geben würde, wieder von neuem zu beginnen. Denn jetzt gerade sah es ziemlich trostlos aus.

Unsere Beziehung hatte gelodert, für eine kurze Zeit hell und heiß gebrannt. Sie hatte uns geblendet. *Mich* die Realität nicht sehen lassen. Und jetzt saß ich hier in einer kalten Kirche am anderen Ende der Welt und grübelte darüber nach, ob ich ihn je wiedersehen würde.

Meine Schwester war eine wunderschöne Braut. Am Morgen des großen Tages richtete unsere Tante ihr die Haare und das Make-up, und danach halfen wir Maja in ihr erlesenes Kleid. Als Babas Tiara unter dem Schleier auf Majas Kopf gesetzt wurde, funkelte sie in ihrem dunklen Haar.

Aber verdammt, ich konnte die Tiara nicht ansehen, ohne an William und alles, was er getan hatte, um sie zurückzuholen, zu denken. Die Emotionen klammerten sich um meine Kehle und würgten mich, als ich mein eigenes schönes Kleid anzog, mit dem ich neben meiner Schwester stehen sollte.

Ich trug lachsfarben und war die einzige Brautjungfer. Unsere kleine Cousine trug ein dunkleres Rosa und war das Blumenmädchen. Auf dem Weg zur Kirche – ein kleines Stück die Straße hinunter – riefen die Nachbarn ihre Glückwünsche hinaus, während ich Majas Schleppe hochhielt, damit sie nicht schmutzig wurde.

Mehrere Stunden und eine sehr ausgiebige Hochzeitsmesse später, waren Maja und Sanjin Mann und Frau. Und ich war erschöpft. Nachdem ich meiner Schwester ihr Blumenbouquet gegeben hatte, schritten sie wieder den Gang hinunter und alle klatschten und jubelten.

Ich ließ mich sofort auf die nächste Kirchenbank fallen, um den Druck von meinen Füßen zu nehmen. Die Gäste hatten sich alle während der Messe hinsetzen können, während ich wiederholt hatte stehen und knien müssen.

Von der Bank aus hob ich meinen Kopf, um die Fresken an der Decke der Kirche zu betrachten, während diese sich leerte. Ich würde ihnen in ein paar Minuten folgen, nachdem ich eine Chance gehabt hätte, Luft zu holen.

„Janjica? Kommst du?", fragte meine Mama.

Ich starrte weiter an die Decke. „Ja, ich komme gleich. Hab Spaß! Und schau dass du auf ein paar Fotos kommst, Mama!"

Sie knurrte etwas darüber, dass sie nicht wollte, dass man Fotos von ihr machte, drehte sich dann um und folgte den übrigen Nachzüglern. Gerade als ich hörte, dass sie sich dem Ausgang näherte, erinnerte ich mich, dass ich mein Geschenk in einer Tasche zuhause vergessen hatte.

Ich drehte mich um. „Mama, kannst du –?"

Ich erstarrte und war mir sicher, dass mir meine Augen einen Streich spielten. Da stand ein großer, gut aussehender Mann hinter Mama, der ein Doppelgänger von William hätte sein können. Obwohl ich wusste, dass es eine Illusion sein musste, fing mein Herz trotzdem an zu pochen.

Mama drehte sich, um meinem Blick zu folgen, und sah mich dann mit fragendem Gesicht an. „Kennst du ihn?", fragte sie.

„Ich denke ja ..." Ich kniff die Augen zusammen und hoffte, dass mir das Klarheit verschaffen würde. „Ich komme nach ... ich verspreche es."

Der Mann – William, es *musste* William sein – sah zu, wie Mama aus der Kirche ging, bevor er seinen Blick zu mir wandte.

Als seine Hände anfingen, über das Material an seinen Oberschenkeln zu reiben, zog sich meine Kehle zusammen.

Ich bewegte mich auf ihn zu und im selben Moment näherte er sich mir. Unsere Schritte hallten von dem steinernen Boden wider und keine anderen Geräusche außer das Jubeln und die Glückwünsche von draußen waren zu hören.

Bald trafen wir uns in der Mitte des Gangs. Ich konnte nicht atmen, konnte nicht schlucken – und konnte definitiv nicht sprechen. William sah mich mit ernstem Gesichtsausdruck an. Vielleicht versuchte er zu erraten, was ich dachte. Ich wünschte ihm Glück dabei, denn ich hatte selbst keine Ahnung, was ich dachte.

Er sah so unfassbar gut aus in diesem Anzug – der offensichtlich neu war –, selbst wenn er sich darin nicht wirklich wohlzufühlen schien. Und durch ein Wunder hatte er sein Hemd und seine Krawatte aufeinander abgestimmt.

William suchte jeden Zentimeter meines Gesichts ab, ohne mir in die Augen zu blicken, während ich seine gemeißelten, maskulinen Gesichtszüge und die Kurve seines Mundes studierte, was mich an seine leidenschaftlichen Küsse erinnerte.

Und diese *Gefühle*. Der Übergang von den dunklen Orten, die ich in den letzten Wochen erforscht hatte, zu dem Rausch aus Euphorie, die ich verspürte, als ich ihn nun sah, war, als würde ich in ein bereits fahrendes Kinderkarussell einsteigen.

Endlich räusperte er sich. „*Zdravo*", begrüßte er mich in perfektem Bosnisch.

Ich blinzelte und war kaum in der Lage zu antworten. „Was? Wie? *Wann?*" Ich schüttelte den Kopf und wünschte, ich könnte irgendwie daraus schlau werden.

„Ich habe herausgefunden, dass du weggegangen bist. Ich habe mich entschieden, dich zu holen."

Ich habe mich entschieden, dich zu holen. Ich schwankte und drohte, wie eine Frau aus dem neunzehnten Jahrhundert, deren Korsett zu eng war, ohnmächtig zu werden.

„Wie hast du mich hier gefunden?"

Er sah mich an, als wäre die Antwort offensichtlich. „Du hast gesehen, dass ich die Hochzeitseinladung in deinem Schlafzimmer gelesen habe."

Ich blinzelte. „Du hast nur eine Minute lang auf die Einladung geschaut, vor zwei Monaten ..."

Er zuckte mit den Schultern. „Ich erinnerte mich an das Datum, die Uhrzeit und den Ort der Hochzeit, also wusste ich genau, wo du um diese Uhrzeit an diesem Tag sein würdest."

Natürlich tat er das. Ich schüttelte den Kopf. „Aber warum bist du den ganzen Weg hierhergekommen? Du sagtest –"

Er erschreckte mich, indem er seinen Finger hob und auf meinen Mund presste. „*Volim te*", sagte er.

Ich liebe dich.

Mein Herz machte einen Satz, aber der Rest von mir konnte den immer noch frischen Schmerz nicht vergessen. Es war seltsam, dieses Gefühl zu fliegen und gleichzeitig in der Erde verankert zu sein. „Wil, du warst so wütend auf mich –"

„Ich bin nicht mehr wütend. Ich habe vergessen daran zu denken, dass wir alle unsere Fehler haben. Ich habe auch viele."

Ich lächelte – aufgeregt wie ein kleiner, neugeborener Welpe. „Du hast vergessen, daran zu denken?"

Er lächelte auch. „Ja." Seine Augenbraue kräuselte sich. „Mein Fehler ist, dass ich anderen nicht vergebe. Und das ist genauso schlimm, wenn nicht sogar schlimmer."

Ich dachte einen langen Augenblick darüber nach. Ich war nicht wütend auf ihn, aber ich war unglaublich verletzt und leckte immer noch diese Wunden.

Seine Augen überflogen mich von Kopf bis Fuß, betrachteten mein Kleid, mein geflochtenes Haar, mein edles Make-up. „Du bist wunderschön, Jenna. Die schönste Frau, die ich je gesehen habe." Seine Augen suchten erneut mein Gesicht ab und seine Körperhaltung richtete sich auf, als wäre er plötzlich verlegen. „Aber so schön ich dein Gesicht und deinen Körper finde, sie sind nichts im Vergleich zu deinem Herzen ... deinem sanften, liebenden Herzen. Ich hatte unrecht und es war unritterlich, dein reines Herz zu verletzen."

Ich biss mir auf die Lippe. „Wil –"

„Ich bin noch nicht fertig", sagte er. Es klang, als hätte er diese Rede oft geübt – was er wahrscheinlich hatte. „Ich bin ein Ritter und du bist die Frau, von der ich hoffe, dass sie meine Lady wird. Und ein weiser Mann hat dir einst gesagt, dass du eine Prinzessin bist und eines Tages Königin sein wirst. Er hatte recht. Du bist meine Königin. Die Königin meines Herzens." Er nahm meine Hand und verbeugte sich tief, wie ein Ritter des Mittelalters, der dem Königshaus seinen Gehorsam anbot. Dann küsste er sanft meine Hand. „Ich bin Euer demütiger Diener. Bitte, werdet Ihr mir vergeben?"

Ich atmete lange aus, während er seine Position hielt und sich über meinen Arm beugte. Dann streckte ich die Hand aus und streichelte sein weiches, dichtes Haar.

„Natürlich vergebe ich Euch. Erhebt Euch, Sir William. Ihr seid mein edler Beschützer und ich danke Euch für alles, was Ihr für mich getan habt. *Volim i ja tebe.* Ich liebe dich auch."

Er richtete sich mit einem breiten Lächeln auf seinem schönen Gesicht auf. „Jenna, ich –"

„Moment, William", sagte ich. Sein Gesicht verdüsterte sich und ich beeilte mich, es zu erklären, sodass er es verstand. „Ich meine, du musst eine Minute warten, während ich dir sage, was mir auf dem Herzen liegt." Ich seufzte. „Und warum ich denke, dass das zwischen uns nicht funktionieren kann."

Er blinzelte, als hätte ich ihn geohrfeigt, aber sagte nichts.

„Ich muss eine Zeit lang hier bleiben ... etwas Zeit mit meiner Familie verbringen. Herausfinden, wo meine Heimat ist."

Er schüttelte den Kopf. „Ich verstehe nicht. Deine Heimat ist, wo du die letzten zwanzig Jahre gelebt hast –"

Zum ersten Mal war *ich* es, die *seinen* Augen auswich. „Es ist nicht so einfach, William. Du hast mir geholfen zu verstehen, dass ich aufhören muss herumzuwandern. Dass ich Wurzeln schlagen, etwas Permanentes finden muss. Ich muss herausfinden, wo meine Heimat wirklich ist." Seine Augen konzentrierten sich mit lasergenauer Präzision auf einen Punkt über meiner Schulter. „Verstehst du das?"

Er nickte. „Ich denke, dass Heimat der Ort ist, wo man sich behaglich fühlt. Der Ort, wo man sich sicher und beschützt fühlt. Wo man weiß, dass man geliebt wird."

„Ja." Ich nickte. „Und ich muss herausfinden, wie das für mich aussieht."

Seine Augen flogen zu meinen. „Ich habe einige Lektionen in Visualisierung von einer sehr guten Lehrerin erhalten, also kann ich dir dabei helfen."

Meine Augenbrauen zogen sich hoch. „Oh, kannst du das?"

Er schenkte mir ein schnelles entschlossenes Nicken. „Schließt Eure Augen, Eure Hoheit." Ich lachte. „Nein, du darfst nicht lachen. Du musst das ernst nehmen."

Ich presste die Lippen zusammen. „Okay. Leg los." Ich räusperte mich und erinnerte mich daran, dass ich in klaren Sätzen sprechen musste. „Ich meine – mach weiter."

„Nimm meine Hand und schließe die Augen. Atme tief ein und entspanne dich." Ich tat, wie er sagte. „Jetzt hör genau zu und stell dir vor, was ich dir beschreibe. Du bist von einem langen Arbeitstag in deinem Job nach Hause gekommen – einem Job, wo du mit Leuten zusammenarbeitest, die nett zu dir sind und deine Meinung schätzen. Du steigst aus dem Auto, das du dir von deinem angesparten Geld gekauft hast. Und du wohnst in deiner eigenen Wohnung, die du selbst dekoriert hast. Einem Ort, wo du sicher und ruhig und glücklich bist. Du bist gerade an der Vordertür. Siehst du es?"

Ich war überrascht, wie einfach ich mir eine Tür aus dunklem Holz mit einem polierten Messinggriff vorstellen konnte. „Jetzt nimm deinen Schlüssel aus der Tasche und steck ihn ins Schloss. Nachdem du die Tür aufgesperrt hast, drehst du langsam den Türknauf. Du siehst den Eingangsbereich. Du siehst deine Bilder und Kunstwerke an der Wand, deinen Teppich auf dem Boden, deine Möbel im Wohnzimmer. Du gehst hinein, genau wie du es schon Wochen, Monate, *Jahre* gemacht hast. Und dein Zuhause ist ein Ort, den du liebst."

Er war einen langen Augenblick still, also machte ich weiter ... ich stellte mir vor, was er mir beschrieben hatte und noch mehr. Ich wanderte durch den imaginären Ort und fühlte mich entspannt. Ich erlaubte dem Stress des Tages von mir abzufallen.

„Du riechst, dass etwas anders riecht", fuhr er fort. „Der Geruch kommt aus der Küche. Ein köstliches Aroma aus gekochtem Gemüse, gebratenem Fleisch und Gewürzen."

Eine selbstkochende Küche? Nicht schlecht. Oder vielleicht eine Haushälterin? Ich biss mir auf die Zunge und fragte nicht, denn ich wollte, dass er weitermachte.

Glücklicherweise tat er das. „Als du die Küche betrittst, siehst du, dass Suppe im Slow-Cooker ist."

„Wer hat sie gemacht?" Dieses Mal kam ich nicht umhin zu fragen.

„Ich. Ich habe dir Suppe gemacht. Ich mache sehr gute Suppe."

Ich öffnete die Augen, um ihn anzusehen. „Wieso weiß ich das nicht?"

Er lächelte. „Du hast mich nicht danach gefragt. Schließ die Augen", murmelte er und ich gehorchte.

Ich fing an zu hoffen, dass irgendwo in diesem imaginären Haus mein Suppenkoch herumlief, nur mit einer Schürze bekleidet. Denn er stand nahe bei mir und *sein* Geruch ließ meine Nase kitzeln. Ich fing an, mich nach seiner Umarmung zu sehnen.

„Riechst du die Suppe?", fragte William.

„Ja. Mein Magen knurrt schon."

„Gut. Denn als ich in die Küche komme, ist das Erste, was ich mache, dich zu küssen und dich nach deinem Tag zu fragen. Dann schöpfe ich dir Suppe in eine Schüssel und schneide dir eine Scheibe frisches Brot ab, das ich in der Bäckerei gekauft habe."

„Wohnst du auch hier?"

Es gab eine lange Pause. „Das entscheidest du. Das ist deine Übung, nicht meine."

Ich schluckte. „Hmm. Vielleicht ... vielleicht wenn du mich umarmst, während ich es visualisiere. Vielleicht hilft das."

Sekunden später kam William näher und seine starken Arme legten sich um mich. Ich schluckte, überwältigt von den Emotionen, als er mich hielt.

Meine heimische Vision wurde plötzlich von starken, beschützenden Armen ersetzt, die mich hielten, während das Feuerwerk des Parks mich terrorisierte. Eine sanfte Stimme flüsterte in mein Ohr und sagte mir, dass alles gut werden würde. Dass er mich nie verlassen würde. Scharfe Augen, die alles bemerkten, selbst meinen eingerissenen Fingernagel. Lange, geschickte Finger, die meine Tränen wegwischten. Eine sanfte Stimme, die mir sagte, dass mein Herz genauso schön sei wie mein Gesicht und mein Körper. Lippen, die die meinen langsam liebkosten, aber mich auch wild einfingen. Ein Mann, der sich für mich gegen einen Rüpel stellte – mehr als einmal –, während er sich einem lächerlichen und potenziell verheerenden Verlust aussetzte.

Ich presste mein Gesicht in Williams Jackett und atmete ihn ein. Und ich fühlte diesen Ruck, gefolgt von einem tiefen, warmen Gefühl in meiner Brust – von Sicherheit, von bedingungsloser Liebe. *Heimat.*

Denn es gab vieles, was man für geliebte Menschen tun würde – Opfer, die man bringen würde, Risiken, die man eingehen würde, Hindernisse, die man überwinden würde. Aber der Person, die zur Luft, die man atmete, und zum Heim, nach dem man sich sehnte, wurde, würde man jeden Fehler vergeben und für sie würde man jede Herausforderung auf sich nehmen und sogar eine neue Zukunft planen.

Und ich war bereit – *so* bereit –, eine Zukunft mit ihm zu planen.

„Wil, ich will dich küssen.“

Er zögerte einen Augenblick lang, dann neigte er seinen Kopf zu mir. „Auf die Wange oder auf den Mund? Mit Zunge?“

Ich knurrte und packte seinen Hinterkopf und nach der anfänglichen Überraschung fügte er sich bereitwillig. Und wir küssten uns ... einfach so. Als hätten wir nie aufgehört.

Seine Zunge glitt in meinen Mund und entflammte mich. Seine Hände legten sich um meine Schulterblätter und er riss mich an sich. Hitze schoss durch mich und ein mächtiges Verlangen brannte wie ein Lauffeuer über meine Wirbelsäule nach unten.

Plötzlich fühlte es sich sehr warm an in der kleinen Kirche, obwohl es noch nicht einmal Sommer war. Ich konnte Schritte in der Nähe des Altars hören – wahrscheinlich ein Messdiener oder der Priester selbst. William musste sie auch gehört haben, da er innehielt und langsam seinen Mund wegzog.

Unsere feuchten Stirne waren aneinandergepresst. „Jenna.“

„William“, antwortete ich.

„Sag, dass du nicht wieder weggehst. Außer du nimmst mich mit.“

„Ich werde ohne dich nirgends mehr hingehen, wenn ich mich dadurch so elend fühle wie die letzten paar Wochen.“

Seine Arme legten sich enger um mich. „Lass uns nie wieder so dumm sein“, sagte er. „Wir gehören zusammen.“

„Komm ... deine Fähigkeiten mit Menschenmengen müssen nochmal getestet werden, zumindest für eine kurze Zeit. Wir müssen auf die Hochzeitsfeier. Und ich muss mit meinem gut aussehenden Amerikaner angeben.“

Er lachte. „Ich habe mir Aufnahmen angehört, um einige wichtige Sätze auf Bosnisch zu lernen.“

„Nun, mir gefallen die, die ich bis jetzt gehört habe ...“

„*Želim te.*“

Ich saugte einen Atemzug ein und warmes Verlangen blühte in meinem Zentrum auf. „Mmm. Ich will dich auch. Heute Abend. Nach der Party.“

Ich nahm seine Hand und wir gingen aus der Kirche und auf den Vorplatz. Ich konnte es nicht erwarten, ihn herumzuführen und neue Orte mit ihm an meiner Seite zu entdecken.

Aber zuerst wollte ich ihn meiner Familie vorstellen. Ich war sicher, dass sie ihn lieben würden. Vielleicht nicht so sehr wie ich, aber das war okay.

Denn jetzt verstand ich, was Heimat wirklich bedeutete. Mit Williams Hilfe hatte ich sie gefunden.

Und das fühlte sich unglaublich an.

Kapitel Achtunddreißig
Mia

LOS ANGELES INTERNATIONAL AIRPORT

Jenna: Gerade beim Zoll. Treffe dich nach der Gepäckausgabe.

Ich: Ja! Bin gleich da. Kann es kaum erwarten, dich zu sehen!

Ich sagte dem Fahrer, er sollte am Gehweg vor dem Tom Bradley International Terminal anhalten. Wir hatten genügend Zeit, denn William und Jenna waren gerade beim Zoll und würden danach noch ihr Gepäck abholen müssen. Also entschied ich mich, die Zeit zu überbrücken, indem ich Adam noch etwas beschwatzte.

Es waren fast zwei Monate seit dem Duell vergangen und er wollte mir immer noch nicht sagen, wann die Hochzeit stattfinden würde. Und er genoss jede Minute, die er mich zappeln lassen konnte. Ich hatte anfangs mitgelacht, aber als die Zeit voranschritt, war ich bereit, eine Revolte anzuzetteln.

Wir saßen in einer gemieteten Limousine. Obwohl Adam es meistens vorzog, selbst zu fahren, fuhr niemand – nicht einmal er – gerne Runden am Flughafen. Aus diesem Grund hatte ich den Vorteil, seine volle ungeteilte Aufmerksamkeit zu haben.

Und ich war bereit, diesen Vorteil auszunutzen, um zu bekommen, was ich wollte.

„Wie wäre es mit dem Star Wars Day?", fragte ich.

„Was?" Er runzelte die Stirn.

„Vierter Mai?" Auf seinen leeren Gesichtsausdruck hin ging ich näher darauf ein. „May. The. Forth. Wie in *May the force be with you. Möge die Macht mit dir sein.*"

Eine dunkle Augenbraue hob sich. „Dummes Wortspiel. Außerdem liegt das Datum schon zurück."

Ich zuckte mit den Achseln. „Dieses Datum kommt nächstes Jahr wieder ..."

Sein Lächeln wurde schief. „Oh nein. Ich habe dir bereits gesagt, dass wir noch *dieses* Jahr heiraten."

„Aber du sagst mir nicht an welchem Datum."

Er zuckte mit den Achseln. „Überraschungspartys sind immer lustig. Warum keine Überraschungshochzeit?"

Ich blickte ihn finster an. „Überraschungspartys sind immer lustig? Du hast einmal eine Überraschungsparty für mich geschmissen, die *nicht* lustig war. Und du hast mich gewarnt, *dir* nie eine zu schmeißen. Nicht, dass ich das vorhätte. Dein gutaussehendes Geniegehirn würde den Braten schon weit im Voraus riechen."

Ein langsames, selbstgefälliges Grinsen kroch über sein schönes Gesicht. „Das stimmt. *Ich* plane die Überraschungen."

Mein Mund verzog sich in gespielter Frustration. „Du hast deine Berufung verfehlt, Adam Drake. Du hättest für die CIA arbeiten sollen."

Er packte mich an der Taille und zog mich an sich. „Vielleicht tue ich das bereits."

Ich schüttelte den Kopf. „Wenn du diese Überraschungshochzeit durchziehst, verspreche ich dir, dass sie genauso schlimm enden wird wie diese Überraschungsparty."

Es war gut, dass wir endlich an einem Punkt waren, wo wir über die dunklen Momente unseres Lebens scherzen konnten – die Nacht, in der Adam mich das erste Mal gebeten hatte, ihn zu heiraten – aus den falschen Gründen. Die Nacht, in der ich ihn abgewiesen hatte und dann auf die peinlichste Überraschungsparty meines Lebens gegangen war. Ja, wir waren Lichtjahre von jener Nacht entfernt. Und wenn man an den Punkt kam, an dem man über schmerzhafte Momente lachen oder lächeln konnte, dann wusste man, dass man an seinem Wohlfühlort angekommen war – zumindest bis auf Weiteres.

Das Lächeln glitt von seinem hübschen Gesicht, und er blickte weg und rieb sich mit seiner freien Hand dramatisch das Kinn, so als wäre er ein Zeichentrickbösewicht.

„Komm schon, Adam, ich brauche ein Datum", jammerte ich.

Er lehnte sich zu mir und küsste meine Stirn. „Ich habe dir ein Datum versprochen. Ich werde es dir geben. Ich habe nur nicht gesagt, *wann* ich es dir geben würde."

Ich stand auf und wechselte die Sitzbank, um seinen grabschenden Händen zu entfliehen. „Willst du nicht wenigstens William sagen, dass wir ein Datum haben? Er hat dir geholfen, die Wette zu gewinnen."

„Oh, ich könnte es ihm sagen. Er würde es geheim halten."

Ich schmollte. „Sorg einfach dafür, dass das Geheimnis nicht zu gut gehütet wird, sonst besteht die Chance, dass die Braut nicht weiß, wann sie auftauchen muss."

Sein Lächeln weitete sich und er klopfte auf den Platz neben sich. Ich schüttelte den Kopf und weigerte mich, das Risiko einzugehen, in Reichweite seiner allzu überzeugenden Hände zu kommen. Ich streckte ihm die Zunge heraus, bevor ich sagte: „Du genießt das viel zu sehr. Ich muss vielleicht gewalttätig werden. *Oder* dich betrunken machen.“

„*Oder* ...“ Er hob seine Hand und machte eine Blowjob-Bewegung.

Ich verschränkte die Arme vor der Brust und dann fiel mir eine brillante Idee ein. Adam studierte mich mit einem besorgten Gesichtsausdruck. *Wie es sein sollte.* „Was?“

Ich zuckte übertrieben mit den Achseln. „Leider bin ich mir nicht sicher, ob ich unanständig mit dir sein kann.“ Ich seufzte dramatisierend. „Zumindest nicht, bis ich mir keine Gedanken mehr machen muss, wann ich heirate.“

Er kniff die Augen zusammen. „Willst du sagen, was ich denke, dass du sagst?“

Mein hinterhältiges Grinsen weitete sich. „Wahrscheinlich.“

„Ich habe das Bedürfnis, dich zu warnen, dass ich über legendäre Willenskraft verfüge.“

Ich lachte. Und lachte. Und grunzte. Und lachte dann noch etwas mehr. Das war vielleicht einmal der Fall gewesen, aber das traf schon länger nicht mehr zu. Jetzt hatte er die Willenskraft eines Studenten auf Viagra.

Er runzelte die Stirn. „*So* lustig war das nicht.“

Der Wagen hielt vor dem Terminal an. Ich sah William und Jenna händchenhaltend und wartend am Bordstein neben ihrem Gepäck stehen. Sie sahen beide überaus erschöpft aus. Nach einem Fünfzehn-Stunden-Flug war es ihnen nicht zu verdenken.

Ich drehte mich wieder zu Adam. „Ich kann es kaum erwarten, deine legendäre Willenskraft auf die Probe zu stellen.“

Und mit diesen Worten griff ich unter meinen Rock und zog mein Höschen aus. Dann knüllte ich es zusammen und stopfte es in die Tasche seiner Khakihose. „Hier, pass bitte für mich darauf auf.“

Ich sah, wie seine Augen sich weiteten, als ich aus der Limousine hüpfte. Sofort umarmte ich William – nachdem ich ihn zuerst vorgewarnt hatte – und bemerkte, dass Adam langsam aus dem Wagen stieg. „Hier sind ja unsere Weltreisenden!“

„Wie geht es euch?“ Adam klopfte seinem Cousin auf den Arm, während er Jenna umarmte.

„Hungrig und müde“, sagte sie. „Keiner von uns konnte auf dem Flug schlafen.“

„Wir haben bei uns ein Abendessen für euch vorbereitet und das Gästezimmer ist hergerichtet, falls ihr bleiben wollt. Unser Fahrer kann euch nach dem Essen aber auch heimfahren. Wir waren nicht sicher, was euch lieber ist.“

„Abendessen klingt *super*“, sagte Jenna.

„William, wie war es in Sarajevo?“, fragte ich.

„Belebt“, sagte er. „Schön. Alt. Und voller Menschen.“

Sobald der Fahrer das Gepäck verstaut hatte, stiegen wir alle in den hinteren Teil der Limousine. Ich schmiegte mich an Adam, obwohl das völlig unnötig war. Wir hatten jede Menge Platz hier hinten, aber meine Verführungspläne mussten umgesetzt werden. Ich würde mich so fest wie möglich gegen seinen Körper drücken. Nicht dass *das* wirklich ein Problem war. Der Mann war einfach so verdammt sexy.

William saß uns mit Jenna im Arm gegenüber. Ich war begeistert, sie so glücklich zu sehen, nachdem es ihnen so elend gegangen war, als sie voneinander getrennt waren. Und ich kam nicht umhin, stolz auf William zu sein, weil er das Risiko auf sich genommen hatte, um die halbe Welt zu reisen, wo er nicht einmal wusste, ob sie ihn empfangen würde. Das hatte großen Mut erfordert. *Gut für ihn.*

Aber meine Bemühungen, Adam auf dem Weg nach Hause zu verführen, wurden stark eingeschränkt, da die beiden jede meiner Bewegungen sehen konnten. Das Höschen war nur der Anfang gewesen. Aber als wir uns auf der vierstündigen Fahrt vom Flughafen zu unserem Haus in Newport Beach unterhielten, wickelte ich meine Finger zwischen seine und legte unsere Hände auf meinen Schoß – *sehr* nahe an die Stelle, wo mein Höschen normalerweise gewesen wäre. Ich versuchte auch einen Weg zu finden, ihm meine Brüste zu präsentieren, wenn die anderen beiden nicht hersahen.

Adam nahm das natürlich nicht einfach so hin. Während seine Hand auf meinem Schoß ruhte, kreisten seine Finger subtil über meinen Oberschenkel, was wie üblich ein Kribbeln in mir heraufbeschwor und die Luft im Wagen scheinbar heißer werden ließ. Er wusste verdammt genau, dass nur eine dünne Stoffschicht zwischen seiner Hand und seinem Ziel lag. Das war Krieg.

Herausforderung angenommen.

„Wir haben euch Licitar mitgebracht!", sagte Jenna.

Adam und ich blickten einander an. „Was ist das?"

„Lebkuchen", antwortete William. „Und zwar nicht die Art von Lebkuchen, die ihr normalerweise esst. Viel zu schön zum Essen." Ein paar Tage, nachdem er in Sarajevo angekommen war, hatte William Adam angerufen, um ihn wissen zu lassen, dass er Jenna gefunden hatte und einen Monat bleiben würde. Adam, der sowohl sein Boss als auch sein Cousin war, hatte William an sein aktuelles Projekt erinnern müssen. Aber angesichts der Umstände und der Tatsache, dass William sich fast nie frei nahm oder Urlaub machte, konnte er nicht viel sagen – Projekt oder kein Projekt. Also hatte Adam ihm stattdessen einen speziellen Laptop geschickt und William war in der Lage gewesen, etwas Arbeit zu erledigen, wenn er sich nicht gerade die Stadt ansah oder Zeit mit Jenna verbrachte.

Aber ich nahm an, dass es hart sein würde, wenn man einen Monat aus seiner Routine gerissen wurde – besonders für William. Meine Augen konzentrierten sich auf die Art, wie er sie hielt und sanft ihre Schulter liebkoste. Und die Art, wie er sie anblickte. Als wäre sie alles für ihn.

Jenna griff in ihr Handgepäck und zog eine Schachtel heraus. „Ich wollte nicht, dass es im Gepäck kaputt geht. Aber seht her! Eure Namen stehen darauf.“

„Aber wir mussten euer Hochzeitsdatum leer lassen, da ich nicht wusste, wann das sein würde.“ William warf seinem Cousin einen anklagenden Blick zu. „Adam hat es mir nicht gesagt, bevor ich abgereist bin.“

„Dann sind wir schon zwei, William.“ Ich grinste verschmitzt. „Er hat mir das Datum auch noch nicht gesagt.“

Jenna holte zwei wunderschöne herzförmige Lebkuchen heraus, die, wie William gesagt hatte, in wunderschönen Farben und Mustern dekoriert waren. Sie waren definitiv zu hübsch, um sie zu essen. „Das ist eine kroatische Kunstform“, erklärte er. „Wir haben sie auf unserem Trip nach Zagreb gekauft.“

Dann erzählte er uns die detaillierte Geschichte von Licitar in Kroatien. Währenddessen versuchte ich, meine Hand weiter und weiter Adams Oberschenkeln hinauf zu schmuggeln, ohne dass sie es bemerkten. So eine heimliche Verführung ist kein leichtes Geschäft. Vielleicht war Adam für die CIA geeignet, ich war es jedoch *nicht*.

Glücklicherweise trug ich meinen besten Push-Up-BH und stellte sicher, dass ich mich bei jeder Gelegenheit, die sich bot, zu ihm lehnte – unter dem Vorwand, seinen Lebkuchen zu bewundern. „Adam mag Süßes", sagte ich nickend. „*Sehr.*"

Er lachte und blickte aus dem Fenster. Jenna wühlte auf der Suche nach irgendetwas durch ihr Handgepäck und hörte nicht zu. William erzählte weiter ohne die Anspielung mitzubekommen.

Die Limousine setzte uns am Ende der Brücke ab, die zu der kleinen Insel in der Back Bay führte, wo wir wohnten. Adam wies den Fahrer an, zu warten, bis William und Jenna nach dem Abendessen bereit waren, nach Hause zu fahren. William hatte gesagt, dass er es kaum erwarten konnte, wieder in seinem eigenen Bett zu schlafen. Offenbar hatte Jenna noch nicht entschieden, ob sie bei ihm einziehen würde oder nicht, doch sie hatten sich geeinigt, es die nächsten paar Tage in seinem Haus auszuprobieren.

Als wir über Bay Island zu unserem Haus gingen, blieben wir beide etwas hinter William und Jenna zurück. Ich schmiegte mich an mein Opfer, bereit, eine neue Rolle einzunehmen – Emilia, die Jägerin. „Wenn du deine Karten richtig spielst, bekommst du etwas Süßes als Nachspeise."

Adam ließ prompt seine Hand auf meinen Hintern gleiten und drückte zu. „Du klingst sehr zuversichtlich. Vielleicht muss ich beweisen, dass ich länger als du durchhalte."

Ha! Ich fuhr mit meiner Hand schnell zu seinem Schritt hinunter und packte ihn. Er saugte seinen Atem ein, bevor er einen Schritt zur Seite trat. „Ausweichmanöver!", sagte er, als wir an der Tür ankamen und sie aufsperrten, um hineinzugehen.

Wir hatten ein nettes, angenehmes Abendessen. Die Köchin blieb, um uns Appetizer und den Hauptgang zu servieren und ging, als wir aßen. Sie hatte uns Instruktionen für die Nachspeise gegeben, die sie in den Kühlschrank gestellt hatte.

Adam und ich spielten weiter zusammen die Gastgeber, huschten in die Küche, um mehr Wein zu holen oder die Teller nach dem Hauptgang abzuräumen. Jedes Mal, wenn wir an einander vorbeigingen, nutzten wir die Gelegenheit, um uns gegenseitig ein kleines bisschen mehr zu foltern. Ich packte seinen Hintern mit meiner freien Hand, während ich eine Weinflasche in der anderen trug. Er strich mit seiner Hand über meine Brust, als er das dreckige Geschirr zur Spüle brachte.

Ich löffelte die gekühlte Vanillemousse in schicke Dessertschalen, stellte vier davon auf den Tresen und wartete, bis Adam wieder in die Küche kam.

Immer noch im Verführungsmodus, knöpfte ich meine Bluse auf und zog meinen BH nach unten, um meine Brüste zu entblößen und sie gleichzeitig hochzuheben, damit er einen perfekten Anblick hatte. Dann lehnte ich mich gegen den Tresen und posierte wie ein Erotikmodel, als ich wartete, dass er um die Ecke kam.

Leider war die Person, die die Küche betrat, *nicht* Adam – glücklicherweise war es auch nicht William. Jenna erstarrte, als ich beschämt versuchte, meine Bluse zuzuziehen und mich zu bedecken.

Jenna lachte mich aus. „Ich wusste nicht, dass du so für mich empfindest, Mia."

„Schnauze", biss ich heraus und knöpfte mein Oberteil wieder zu.

Sie ging zum Tresen. „Ich habe angeboten, mit dem Dessert zu helfen, und Adam war einverstanden damit. Ich nehme an, er wird verärgert sein, wenn er herausfindet, was er verpasst hat."

„Verdammt! Ich versuche, ihm den Hochzeitstermin zu entlocken. Ich will ihn geil machen und ihm dann sagen, dass ich ihn nicht ranlasse, bis er mir das Datum nennt."

Jenna kicherte und schnappte sich zwei Dessertschüsseln. „Versuch es ohne Unterwäsche", sagte sie, als sie wieder um die Ecke bog.

Ich nahm die anderen zwei Desserts und blickte ihr finster hinterher. „Ähm, danke. Gute Idee." *Daran habe ich schon vor zwei Stunden gedacht.*

Sobald ich mich aber neben Adam setzte, kam mir eine andere Idee. Als er nicht hinsah, tropfte ich einen kleinen Löffel Mousse auf sein Hosenbein. Jenna sah, was ich tat und musste ihren Mund bedecken, um nicht meinen schändlichen Plan preiszugeben.

„Ups! Sorry. Ich habe etwas verkleckert ..." Ich nahm Adams Hand und benutzte seinen Finger, um den Klecks Mousse aufzuwischen. Er blickte mich an, als wäre ich ein Freak, offensichtlich zu überrascht von meiner Tat, um vorherzusehen, was ich als nächstes tun würde. Ich brachte seine Hand an meinen Mund und saugte ihm die Mousse direkt vom Finger, ohne zu zögern, meine Zunge einzusetzen.

Dann blickte ich, als Krönung, tief in seine schönen Augen, als ich meine Zungenakrobatik beendete. Ich wurde mit einem unverwechselbaren Glühen der Erregung in diesen glänzenden schwarzen Augen belohnt.

Gott sei Dank. Ich fing an zu denken, dass ich in der Kunst der heimlichen Verführung langsam einrostete.

Jenna lachte sich gerade auf der anderen Seite des Tisches kaputt. Als ich Adams Finger freigab, trat ich sie unter dem Tisch.

„Hey!", jammerte sie.

William betrachtete die ganze Szene einfach, während er enthusiastisch seine Vanillemousse in den Mund löffelt, als würde sie verschwinden, wenn er nicht schnell genug wäre.

Fünfzehn Minuten später fuhr Adam das Paar in seinem Golfwagen zurück zur Brücke, wo die Limousine auf sie wartete, um sie zu Williams Haus zu bringen. Als Adam das Haus wieder betrat, stand ich an der Spüle und wusch das Geschirr ab, während ich über meinen nächsten Angriffsplan nachdachte.

Meine Hände waren triefend nass und das Wasser der Spüle lief, als er hinter mich trat und meine Hüften packte und meinen Hintern flach gegen seine offensichtliche Erektion zog. „Schamloses Mädchen", murmelte er gegen meinen Hals, als ich zitterte.

„Mmm. Ist das ein Lichtschwert in deiner Tasche oder bist du einfach froh, mich zu sehen?"

Er verschlang mich mit seinen Lippen, seinen Zähnen und seiner Zunge. Kribbeln schoss hinab in meine Zehen. Bei dieser Geschwindigkeit würde er mich dazu bringen, nachzugeben, ohne dass er die Info herausrückte. Dieser Arsch. Ich durfte ihn nicht damit durchkommen lassen – unwiderstehlich sexy oder nicht.

Ich lehnte meinen Kopf zurück und legte ihn an seine Schulter, als seine Hände gerade unter meinen Rock glitten und meine Oberschenkel hinaufwanderten. „Nicht fair. Du bist zu gut darin“, würgte ich heraus.

„Du hast dich nie darüber beschwert, dass ich *zu gut* darin bin.“

Ich drehte den Wasserhahn ab, konnte aber das Geschirrtuch nicht erreichen, um mir die Hände abzutrocknen, und es gab keine Möglichkeit, dass ich ihm entkam. Mit einem letzten halbherzigen Versuch, zu bekommen, was ich wollte, bevor ich mir meine Niederlage eingestand, wackelte ich mit meinem Hintern an seinem Schritt. Er belohnte mich mit einem rauen Stöhnen, während sein Mund mich in den Wahnsinn trieb, indem er an meinem Ohrläppchen saugte. Seine Hände rutschten meine Vorderseite hinauf und drückten mich an ihn.

Ich leckte seinen Nacken. „Willst du mich genug, um mir zu erzählen, wann wir heiraten?“

„Vielleicht. Aber du solltest es bis jetzt doch wissen, dass ich nicht gerne verliere.“

Seine Finger rutschten tiefer und mein Atem stockte. Ich wölbte mich zurück gegen seine Brust. „Oh, ich garantiere Ihnen, Mr. Drake, das ist definitiv eine Win-Win Situation für uns beide.“

„Mmm“, hauchte er gegen mein Ohr, während eine Hand sich ein paar Sekunden zurückzog. Das nächste, was ich hörte, war sein Reißverschluss und das Knistern der Kondomverpackung. Ich biss mir auf die Lippe. Er war vorbereitet gekommen.

„Machen Sie sich gefasst, Miss Strong – oder sollte ich Sie lieber die zukünftige Mrs. Drake nennen?“

Ein Hochgefühl, anstatt der Furcht, die ich normalerweise verspürte. „Der Klang gefällt mir. Wenn ich nur wüsste *wann*.“ Ich drehte den Kopf, um ihn zu küssen, und sein Mund nahm meinen mit seinen starken, besitzergreifenden Lippen ein, gefolgt von einem wilden Spiel seiner Zunge.

Gott, ich liebe diesen Mann.

Selbst wenn er mich verrückt machte. Und nicht nur mit seiner Zunge.

„Also, wann wird sie sein? Morgen? Nächste Woche? Ich brauche zumindest ein Kleid.“

„Du könntest Lumpen tragen und wärst immer noch die schönste Braut auf dem Planeten. Denn du wirst *meine* Braut sein.“

„Mmm. Du wirst besser im Schmeicheln.“ Seine Hände rieben mich jetzt an den richtigen Stellen. Ich verlagerte mich gegen ihn. „Und du bist immer noch verdammt gut mit den Händen.“

„Also nennen wir es ein Unentschieden?“ Ich konnte spüren, wie er gegen mein Zentrum presste, und mein Griff schloss sich fester um die Kante des Tresens.

„Ich denke, dass könnte ich tun.“

Kurz bevor er in mich eindrang, lehnte er sich vor und flüsterte mir ein Datum ins Ohr. Danach war es ein verrückter, leidenschaftlicher Schleier aus Küchensex. *Das* hatten wir schon eine Zeit lang nicht mehr gemacht. Und am Ende war ich mir nicht mehr sicher, ob ich mich richtig an das Datum erinnerte, also musste ich ihn wieder fragen.

Ich hatte es ihm mittels Verführung entlocken müssen, aber verdammt, es hatte echt Spaß gemacht.

Das war, wie Mr. Drake und ich tickten. *Win-Win.*

Aber natürlich musste er, da er ein Mann – und Adam – war, den Moment ruinieren, als ich mich gerade hämisch freute, weil ich die Info von ihm bekommen hatte.

„Sicher, du weißt jetzt *wann* ... aber ich habe dir nicht gesagt *wo*, oder?

Männer.

BIOGRAPHY

Brenna Aubrey ist eine USA TODAY-Bestsellerautorin von zeitgenössischen Liebesgeschichten, die sich um die Nerd-Kultur drehen.

Sie hat schon immer gerne gute Bücher gelesen und lange komplexe Geschichten in ihrem Kopf ersonnen. Brenna ist ein Stadtmädchen mit dem Herzen einer Naturliebhaberin. Deshalb verbringt sie so viel Zeit wie möglich im Grünen. Sie ist auch Mutter, Lehrerin, Nerd, Frankophile, bekennende Videospielsüchtige und eBook-Sammlerin.

Zurzeit lebt sie mit ihrem Mann, zwei Kindern, zwei hinreißenden Golden Retriever-Welpen, einem Vogel und ein paar Fischen an der Westküste der USA.